Am Felsfenster morgens

Satz: Schaber Satz- und Datentechnik, Wels
Printed in Austria by Wiener Verlag, Himberg
ISBN 3-7017-1095-3

PETER HANDKE

Am Felsfenster morgens

(und andere Ortszeiten 1982–1987)

Residenz Verlag

VORBEMERKUNG

Das Folgende sind Aufzeichnungen aus den letzten fünf – von den insgesamt acht – Jahren, die ich in Salzburg, Österreich, verbracht habe. Es handelt sich, vor allem, um Notizen, Wahrnehmungen, Bedenklichkeiten, Fragen, aus einer Zeit der Seßhaftigkeit und des Wohnens in meinem Geburts- und Heimatland, bestimmt durch Tun und auch gehörig viel Nichtstun. Es war die Zeit der vier Erzählungen »Der Chinese des Schmerzes«, »Die Wiederholung«, »Nachmittag eines Schriftstellers« und »Die Abwesenheit«; mehrerer Übersetzungen, aus dem Slowenischen, Altgriechischen, Amerikanischen, Französischen; aber auch des Müßiggehens, vor allem zu den Stadträndern und darüber hinaus, und des Umherirrens, Herumsitzens, Gartenlebens usw., wie sich das aus den oft fragmentarischen Erzählungen hier mehr zu erahnen gibt, als daß es sich ausmalen ließe.
Große Reisen fanden keinmal statt; das Wegfahren dauerte jeweils nur für kurze Expeditionen oder Abstecher in den jugoslawisch-italienischen Karst, ins Friaul, in die Pariser Vorstädte, meine damaligen, unschwer zu erreichenden Anschauungsgebiete.
Es dürften von den salzburgischen Augenblicks- und Stunden-Mitschriften beim Abschreiben hier etwa drei Viertel weggefallen sein: in der Regel Lektüre-Zitate, die Mehrzahl der Träume, viele Beschreibungen, die meisten Meinungen (ein paar gebe ich hier weiter, auch um mir, wie es sich wohl gehört, diese und jene Blöße zu geben).
An den damaligen Niederschriften, die in diesen Text übergegangen sind, habe ich freilich in sich kaum ein

Wort geändert (wie auch die Folge der Morgen und Abende, der Tage, Monate und Jahreszeiten gewahrt ist); unterlief mir manchmal, im Nachziehen der inzwischen zehn bis fünfzehn Jahre alten Sätze und Satz-Gefüge, eine Hinzufügung, Verdeutlichung oder Weglassung, so habe ich das in der Regel umgehend wieder rückgängig gemacht; einzig das Tagesdatum ist oft weggefallen. Kam es vor, daß ich mich, beim Kopieren und »Lichten«, verschrieb, so habe ich dieses Verschriebene hingegen, in dem und jenem Fall, mit Absicht so stehengelassen.
Die vorliegenden Aufzeichnungen enden mit dem Aufgeben des Wohnorts und dem Aufbruch aus meinem Heimatland, zusammenfallend mit dem Ende der dortigen Schulzeit meines Kindes – Aufbruch zu einer »Weltfahrt«, oder vielleicht bloß einem weiteren Umherirren, drei Jahre lang, wovon eine gewisse Anschauung gegeben wird in den Schilderungen von »Noch einmal für Thukydides« (1987–1990).
Und auch für die Journalabschrift »Am Felsfenster morgens« gelte jene Widmung vor das »Gewicht der Welt« (1975–1977), welche ebenso gelten könnte für »Die Geschichte des Bleistifts« (1976–1980) und »Phantasien der Wiederholung« (1981/82): *Für den, den's angeht.*
Im Unterschied aber zu jenen drei vorangegangenen Augenblicks-, Stunden- und Tages- (oder Nacht-) Sammlungen ist diese hier spezialisiert auf den Ort, den großen, und dessen kleine und kleinere Zweigstellen, wo die Augenblicke usw. stattfanden und Gestalt annahmen: an die Seßhaftigkeit. Reisemitschriften sind weggelassen, oder übersprungen – einmal, weil es während der Jahre in S. ja kaum zu Reisen gekommen ist, eher zu den erwähnten, allerdings häufigen, Abstechern, und dann auch, weil die Aufzeichnungen während solcher Abstecher ohne jene Ungewolltheit, Beiläufigkeit und eben Ortsverbundenheit geschahen

wie zum Beispiel die morgens am Felsfenster. Sollte ich die Eigenheit des Ganzen hier andeuten, so vielleicht folgend: Maximen und Reflexionen? nein, eher Reflexe; Reflexe, unwillkürliche, gleichwohl bedachtsame; Reflexe, die aus einer Bedachtsamkeit kommen, einer grundsätzlichen, und in deren Folge hin und wieder ausschwingen, auch ausschwingen wollen, über den bloßen Reflex hinaus, soweit der Atem reicht.

Peter Handke
Januar 1997

Seltsam, daß ich die Schönheit eines Ortes an meiner Lust bemesse, da zu arbeiten (zu tun, tätig zu sein)

Was »bei uns«, in Österreich, meist in den Wiesentalgründen, die Scheunenhütten sind, verschlossen, blickundurchlässig, verbergend, kompakt – dachte ich nicht immer, darin versteckten sich flüchtige Verbrecher? –, das sind jenseits der Grenze, der Karawanken, in Slowenien, in Krain, die durchlässigen, offenen, kein Versteck bietenden, wie schwerelosen Holzgestelle, die treffend »Heuhar(p)fen« heißen. Sind nicht durch sie aber erst Gebäude vorstellbar, so durchsichtig, daß auch der Insasse, der Flüchtige, der Versteckte, der Verfolgte, durchsichtig, unsichtbar, außer Gefahr wäre? (Die Wiederholung)

Das Kind strich im Getragenwerden oberhalb des Ellbogens des Vaters entlang; Empfindung animalischer, zartester Zärtlichkeit; das Kind wollte nichts vom Vater, es streichelte ihn auch nicht, es strich nur an ihm entlang (24. August 1982)

Wenn ich romancierhaft die Dinge registrieren oder recherchieren will, gerate ich ungut außer mich; Paradox: »*Nicht* beobachten, *nicht* fixieren, *nicht* genau hinschauen« als eine Grundregel, *ex negativo,* für mein Aufschreiben. Ich kann – ja, kann – nur »friedlich umherschauen«

Ein anderes Kind sprang zum Erwachsenen empor, um ihn zu küssen, erreichte ihn aber nicht; dafür küßte der Erwachsene dann die Hand des Kindes

Schwellenbewußtsein hieße: die Aufmerksamkeit für das Ding jetzt auf das nächste dann übertragen (28. August)

Die hl. Magdalena werde ich nie verstehen; nicht, weil sie Sünderin ist, sondern weil sie büßt

Statt »Höllenfeuer« sag »Schwellenfeuer«

Der Ziehharmonikaspieler gestern nannte die ausgeliehene, ihm fremde Harmonika im Gasthaus: »Ein zäher Teufel!« Er spielte sie ohne Gesang, leise, als Begleitung zum Tischgespräch der Kumpane (12. Sept.)

Unfallspuren: schwarzes Öl, gelbes Sägemehl, Fußstapfen da eingedrückt wie in nassen Schnee; niemand mehr da

»Wo möchten Sie leben?« – »In der Erzählung.« – »Wann möchten Sie leben?« – »Zur Zeit der Erzählung.« – »Wozu möchten Sie leben?« – »Für die Erzählung.« (Herbstanfang 1982)

Kafkas Geheimnis und Energie sind die Auflehnung und Empörung gegen das Geboren- und In-der-Welt-Sein. Auf-der-Erde-Sein dagegen kommt in seinem Erzählen fast gar nicht vor?

»Erzählung« heißt – soll heißen: mit ihr, an ihrer Hand, mittels ihrer eingreifen; sonst ist es bloße Nach-Erzählung (26. September 1982)

Der slowenische Ausdruck für »Wetterleuchten«: »Die Blitzjungfrauen spielen« (»igrajo drnice«)

Immer wieder spüre ich, auf die Schwelle zum Reich der Erzählung gelangt – »wo ich hingehöre!« –, das als eine überwältigende Wohltat. Es ist der Eintritt in das, was Wittgenstein »poetische Stimmung« nannte, wo die Gedanken so lebhaft würden »wie die Natur«. Aber dazu brauche ich immer wieder die Stille und die Menschenleere; nicht freilich die Menschen*ferne*

Das Übersetzen ist keine »beruhigende«, sondern eine »friedliche« Tätigkeit. Friedlich? – Ja, denn in ihr geht es um Entscheidungen. Und »beruhigend« hieße überdies: die Tätigkeit gälte allein mir. »Friedlich« aber heißt: sie gilt auch nach außen

Der Dobermann, indem er mich beim Heimweg auf den nächtlichen Felsenberg aus dem Busch heraus ansprang, scheuchte so die schon für den Schlaf in mir steckenden Alpträume aus mir heraus, so daß ich dann nur noch friedliche Träume hatte

Das schwermütige Mädchen gestern sagte: »Das einzige, was ich noch habe, ist die Sprache. Aber sonst habe ich nichts.« Und vor dem abschüssigen Weg: »Da unten wartet der Tod. Ich habe Angst, da hinunterzugehen. Schauen Sie doch selbst: wie kann man allein da hinuntergehen?« Und sie zeigte auf die leere Wegkrümmung. Ihr häufigster Satz war: »Ich werde es nicht schaffen. Ach, ich!« Zu mir: »Es ist klar, Sie haben keine Ahnung, was Hoffnungslosigkeit ist.« Einmal konnte sie nicht über die Schwelle ihres Krankenzimmers. Sie stand da und glaubte, würde sie über die Schwelle ins Zimmer treten, dort sterben zu müssen; der Arzt stand neben ihr, eine Stunde lang. Dann, endlich drinnen, habe sie aber gelacht. Sie habe solch ein Grauen vor Schwellen – dabei war da gar keine Schwelle gewesen, »nur so ein Metallstreifen«. Sie hat noch nie geschrien. Daß sie gerade in den schlimmsten Momenten ruhig bleibe, sei ihre Stärke. »Aber vielleicht sollte ich manchmal doch schreien?« Das Mädchen hatte, so im Erzählen, mit dem geneigten Kopf und dem Schein der Herbstsonne auf Lidern und Wangen, das »Menschheitsgesicht«, das Gesicht der Menschheit, die nicht ins Recht gesetzt wird, keine Möglichkeit bekommt, hoffnungslos ist und still zugrundegeht. Kann man für ihresgleichen mehr tun, als das entsprechende Denk-Mal zu setzen? Vielleicht sollte man aber doch an einem neuen Gesetz arbeiten, das diesen Menschen – der Menschheit – Recht schafft. Die Menschheit hat noch immer nicht recht bekommen? – »Menschheit?« Sagst du Menschheit? – Ja, denn ich sah sie (1. Oktober)

Ein schönes slowenisches Wort für »Zukunft«: *Folge-Zeit* (»prihodnost«)

Vor die Wahl gestellt zwischen einem neuen Weg und der Wiederholung eines Wegs, entschied ich mich für die Wiederholung, und es *war* eine Entscheidung

In der Erzählung leben? Endlich wieder Niemand sein

Wie reagiere ich auf das Schöne? – Ich möchte aufbrechen – weg vom Schönen, zu einem eigenen Schönen (6. Oktober)

Die Spielautomaten sind mir unzugänglich geworden; sie flimmern nur noch

Verb für die Weberknechte: sie »flüchten Hals über Kopf«

Ein Ziel in mir fühlen heißt: Ungeduld; den Weg in mir: Geduld (*und* Aufregung)

Mein Kapital ist die Ortskenntnis; oder auch nur die Ortswißbegier

»Ich bin nicht rechtschaffen müde!« heißt: »Ich habe nicht die Autorität eines redlich müde Gewordenen« (11. Okt.)

So wie ich glaube, dich zu kennen, habe ich von dir nichts mehr zu erzählen. Oder: Wenn ich sagen kann: »Ich kenne dich«, so ist an dir nichts mehr ins Bild zu setzen

Zum Vorwurf des »Nach-innen-Gehens«: nach innen gehend, bin da ja nicht ich, sondern ist da die Erzählung; oder nein: da sind ich *und* die Erzählung. »Und«-Gedicht: Ich und die Erzählung (16. Oktober)

Jede Stadt kann Zion sein, Haarlem, Leiden, Gelsenkirchen

»Man kann nicht die Sprache verlieren«, sagte gestern die fremde Frau. »Man fängt immer wieder zu sprechen an, nur leiser«

Eine Erzählung schließt immer auch einen Reisebericht ein (oder: bewahrt ihn in sich)

Hat dich einer, und noch so grundlos, als sein Angriffsziel gewählt, so wirst du ihm bald jeden Grund geben, der Angegriffene zu sein. Naturgesetz?

Die Vorstellung, nach jedem *Aus!* gleich neu anfangen zu können, allein, mit den anderen, so als sei nichts gewesen: war das nicht schon in der Kindheit eine

Grundvorstellung? Ein Ruck – und es ist nichts gewesen, keine Entzweiung, keine Schuld, keinerlei Endgültigkeit (25. Oktober)

Zeitgenössisches Schattendasein: vor dem Fernseher

Wir hatten seinerzeit ein Haustier, das ein Zentaur war; und im Sterben dann erwachte der Zentaur zum Menschen

Die Schönheit des gestrigen Tages – *inmitten der Dinge* – war von einer Stille, daß die Wiederkehr der Schönheit endlich einmal nichts Unerdenkliches wurde (29. Oktober)

Ideal: im allerstillsten Erzählen jene paar Sätze wie die Peitschenschläge in einem Peitschenkonzert (2. Nov.)

Aus mit mir ist es, sowie ich keine Zeit habe

Ein altgriechischer Ausdruck für die Vereinigung der Liebenden: »Das Größte geschah«

Der erste kalte Tag im Jahr: die Leute wärmen sich mit den Händen die Ohren (7. November)

Das Problem ist, daß die, die über Bücher schreiben, diese schon längst nicht mehr brauchen. Problem? Skandal?

Sorglosigkeit hieß: die Steinstufen waren Steinstufen; das Faß war gewölbt; die Münzen waren silbern oder bronzen, groß und klein; drinnen war drinnen, und draußen war draußen; dieser Busen war ein Busen; dieser Arsch war ein Arsch. Hoch die Sorglosigkeit!

Auf dem Scheitel des blonden Fußballspielers hatte sich in der Halbzeit von der Anstrengung ein dunkler Wirbel gebildet, hochgezwirbelt (14. November)

An den Übergängen, indem ich sie versäume, verliere ich oft die Kraft, statt sie an ihnen zu gewinnen

»Die Sehnsüchtigen« – nach Theokrit – »altern in einem [1] Tag«

Er preßte ein nasses Blatt gegen die Stirn, und das Blatt war auf der Stelle trocken, so heiß war die Stirn (26. Nov.)

Das Erzählen: unpersönlich *und* warm (»und«)

»Ich kann nicht klagen.« – »Dein Problem!«

Wie schön war es, einmal einen zu sehen, der Angst um jemanden hatte (4. Dezember)

Der Holunder ist auch deswegen »mein Busch«, weil jeder einzelne seiner Triebe nach oben strebt, ziemlich senkrecht, und der Busch, das Buschholz, im ganzen doch so schwach ist, daß die Zweige dann wieder nach unten weisen – freilich in Bogenform!

Du suchst überall, in der Religion, der Psychoanalyse, der Gesellschaftslehre, der Biologie, Antworten: warum wendest du dich nicht an die Kunst, die, stattdessen, dein Fragen bekräftigt? (8. Dez.)

Eine Frau sagte gestern: »Ich sehe den Abendstern!« Und der Mann neben ihr sagte: »Mehrere!«

Jene Dinge auf dem Schreibtisch, die den da Sitzenden immer neu zur Ordnung rufen. Wie? Indem sie ihn schön ablenken, oder: »im guten ablenken« (Winteranfang 1982)

Der erste Frosttag ist angekündigt: ein Lorbeerbaum wird über die Schwelle ins Haus getragen

Unterscheide zwischen »Leerform*eln*« und »Leerform*en*«: die letzteren als unvergängliche Errungenschaft; schau etwa auf die religiösen Leerformen – es gibt ohnedies nur ein paar (23. Dezember 1982)

Am Flughafen: das Weiß der Duty-Free-Taschen leuchtete durch die Trübglastüren, und die Wartenden außen bückten sich, um durch den einen Klarspalt die Erwarteten zu sehen

Der mit Stummheit Geschlagene hat auch keinen *Blick* mehr; ohne Sprache irrt der Blick nur noch umher

»Weißt du, was du tun sollst? Das Haus von Monsieur Duhourceau anschauen gehen, dann das des Chirurgen.« – »Warum?« – »Für nichts! Um mir zu erzählen, was du gesehen hast.« (Simenon, Der Irre von Bergerac)

»Die Flocken draußen helfen, zu leben«: das könnte die Schlußzeile eines Gedichts sein; und der Anfang? Vielleicht so: »Katze sitzt am Brunnen, große einzelne Flocke fällt an ihr vorbei ...« (nein, »sinkt«)

Ein kleiner Meisenlaut in der Morgendämmerung: »Ich höre!« Und das Herz hört *mit* (25. Dez. 1982)

Es gibt keine Hilfe als den Dienst; aber es muß ein Liebesdienst sein

Eine junge Frau sagte im Dunkel auf der Kanalbrücke in den Kinderwagen hinein: »Gelt, schön ist der Schnee?«

Wunderbarer Abend gestern in der sogenannten »Meierei« von St. Moritz im Engadin – allein. Ich war völlig dabei und wußte: »Das bin ich; im Dabeisein bin ich ganz« (27. Dez. 1982)

Frau auf Reklameplakat: durchdrang man die Reklame (den Zweck), zeigte sich da eine ungeheuer zarte, offene, feine, frei und erwartungsvoll dreinblickende junge Frau

Der Rauch aus den Dächern war verschiedenfarben, blau, gelblich, grau, je nach den verschiedenen Brennstoffen (Zernez im Engadin)

Hauptsache, du nimmst deinen Ort ganz ernst (ohne ihn zu verteidigen – das hieße schon, ihn nicht ganz ernst zu nehmen)

»Die Sonne geht unter, die Bäume sind rosig, auf der Landstraße kamen Liebespaare vorbei« (C. F. Ramuz)

Ich ging am See, die Abendglocken läuteten, durch das zugefrorene Seewasser ging ein Schüttern, als erhöbe sich ein verborgenes Tier (St. Moritz, 29. Dez.)

Geräusche des zufrierenden Sees: Flattern, Nach-Geräusche eines Leichnams, ein Untereisflattern – der Donner flattert tief unter dem Eis durch den ganzen See; ein dem »Irrlichtern« entsprechendes Geräusch; Untereistierlaut des Seeganzen; fast ununterbrochene Geräuschfolge; Musik (»Minimal«); die Geräusche kommen »angeschossen«, erdbebenhaft, zum Fürchten; zum Fürchten?

»Ich habe im tiefsten Schmerz zum Gebet gefunden. Es ist kurz und glühend« (C. F. Ramuz)

Aufwindkraftwerk; der Aufwind als Kraftwerk

Das Licht sei so schön hier, sagte sie. – Ja, aber wenn es für das schöne Licht keinen Gegenstand gibt? Zählt das Licht nicht erst mit einem Gegenstand? Zusammen mit einem irdischen Gegenstand? Was für einem Gegenstand? Einem Gegenstand, dem ich *nachschauen* könnte. So aber, ohne Gegenstand, erscheint mir das Licht als Gegen-Licht; die unbeschreiblichen Gegenstände hier machen das schönste Licht zum Gegenlicht. Das Herz muß ins Jetzt schlagen können – wie aber hier? Gibt es eine Entschuldigung dafür, daß ich hier bin? (Pontresina, 30. Dez. 1982)

Was heißt »Bild«? Üblicherweise sehe ich nur »Laufendes«; aber einmal bleibt ein Laufendes (auch bloß dieser Glasaschenbecher da) stehen; er steht; d. h., ich kann bei ihm innehalten, einhalten; und das ist dann ein Bild

Besser hören lernen; immer besser hören lernen (s. gestern abend der See): hier ist noch lange nicht alles getan (Und: ob die Musiker es wirklich besser wissen? Aber: Wisse, was du kannst; und laß ab, zu klassifizieren). Zuversicht habe ich nicht, was meinen Blick, sondern was mein Hören betrifft

Tage fast nur im Gegenlicht (Engadin), und im Gegenlicht kann ich auch nicht Betrachter sein, das heißt, ich bin gar nichts (Gedanke an die Pforte von San Zeno in Verona; vielleicht erreiche ich sie noch morgen abend?)

»Und ich sagte mir, daß ich ein wenig zu diesem Lande gehöre; es paßt zu mir in seiner Zartheit« (Ramuz vom

Waadtland). Was für eine Lust gibt so jemand wie Ramuz auf das Schreiben: »Jetzt« – notiert er in der neuen Wohnung – »warte ich nur noch auf die kleine innere Erschütterung, die mir anzeigt, daß das Leben wieder beginnt«

Wieder einmal der 31. Dezember: Aufblick in die Lärchen, in die Fruchtzapfen der Lärchen, und das Versprechen, die Verpflichtung, zu Werken

Hier und da eine Hausschwelle aus den rundgeschliffenen Steinen der Gletschermühlen (wo die Gletscher Steine zurechtmahlen), und das Eis rund um die Steine im Inn. Und was war sonst hier? Nichts, d. h. die ins Gehirn knallenden Schischuhe

Die Bauern- und Arbeitersöhne meiner Jugend waren *nicht* laut

Feierlich zu sein, gelingt mir nur, wenn ich allein bin

Indem du mich dauernd zum Mitspielen aufforderst, verdirbst du den andern im Kreis die Laune und mir die Freude

»Ehren« ist ein genauso materielles oder physikalisches Zeitwort wie »machen«, »bewirken«, »anstoßen«, »beschleunigen« (siehe Lukrez, De rerum natura); und die schön unbeleuchtete Kirche jetzt am Vorabend des neuen Jahres, in S'chanf; ebenso »winken«, etc.; erprobe neu die Verben

Zur Feier des Tages immerhin ein leerer Zug (Scuol → St. Moritz; Abend)

Gerade, bei geöffnetem Zugfenster, roch ich die im Eisenherd brennenden Buchsbaumstöcklein vom Silvester der Kinderzeit, mitsamt dem Weihrauch; der davon gewärmte Hut sollte, auf sämtliche Familienköpfe gesetzt – vom Großvater –, fürs ganze kommende Jahr den Kopfschmerz verhindern

»Ortshungrig« wäre nicht das rechte Wort für mich, aber »ortsbedürftig« (Bahnhofsbuffett St. Moritz, schön harte Thekenbank, hat etwas von einem New Yorker Coffee Shop – »dann fand der Ortlose im Ortlosen doch noch einen Ort: das Bahnhofsbuffett«)

Weinendes Kind mit dem Vater in der Bahnhofsgaststätte (Lecco, Italien). Lautloses Weinen, zugleich Tragen zweier schwerer Gepäckstücke, hinter dem freihändigen Vater her; Rückkehr ins Internat (2. Januar 1983)

Hüte dich vor dramatischen Formen. Jeder Satz darf nur ein Tupfer sein (Verona, Nacht)

Die Bronzetafeln von San Zeno in Verona: die wunderbaren romanischen Witzbolde (in denen Goethe groteske, abstoßende Monsterformen sah)

Und das Comic-lesende Kind auf dem Bahnhof von Verona dann wiederholte die romanischen Gesichter auf dem Portal von San Zeno (und das Bergdorf gestern oberhalb von Chiavenna, umgeben von kahlem Laubwald, darin ein Stück Nadelwald, das in dem Laubwaldgrau zu fahren schien wie in einer Wolke)

Im Unglück gibt es keinen Zusammenhang; ich kann da nicht sagen: »Ich bin immer so unglücklich gewesen.« In der Freude aber kann ich sagen: »Ah, ich habe mich schon hin und wieder so gefreut« (nach Cervignano, Dämmerung)

Spinozas Denkweise in den Redensarten: »Ich fühle mich unausgefüllt«, »erfülltes Dasein«, etc. (Villa Opicina: endlich wieder im unbekannten Europa)

Nichts Graueres wohl als der Karst im Winter (bis auf die vereinzelten schwarzweißen Elstern und die Hühner jetzt in der Palme von Krajna Vas, 4. Jan. 1983)

Der Bahnhof von Dutovlje in der Nacht, vor der Ankunft des letzten Zuges, mit immer noch dem alten Tisch im Warteraum, dieser aber inzwischen ohne Ofen; singende junge Frau in der Karstnacht, aus der Bahnhofswohnung; stehendes Auto schaltet die Scheinwerfer ein und macht so die Fassade deutlich; Bahnbeamter stürzt heraus und betätigt zwei Weichenhebel; Zug, der einfährt, löscht zwischendurch sein oberes Großlicht; Tischlampe im Bahnhofsbüro; Augenblicke

Ein Grundproblem ist es, zu sehen *und* gelten zu lassen

Noch einmal Leerform: in der Leerform ist das Kind dort, mit der gebauschten gelben Bluse, den schwarzen Schnallenschuhen, das Ereignis, die Erzählung, die gehörige Erzählung; ebenso diese junge Frau dort mit den weißen Lackstiefeln. Das Kind ging gerade *erfüllend,* die Leerform erfüllend, durch die Hotelhalle in Portorož auf Istrien. – Könnte es auch ein Erwachsener sein? Sicher – wenn er nichts tut als gehen. – Und am besten füllt die Leerform eine Farbe, eine menschliche, sich vorbeibewegende: das gehende Kind *erfüllt* die Leere und wird von dieser *umhüllt,* und der Betrachter mit ihm. Oder auch: dieser alte Mann, im Gehen die Brillen wechselnd; steckt die eine ins Etui, während er sich die andere aufsetzt. – Nichts darf freilich in einer solchen Art Erzählung passieren oder vorfallen – alles geschieht nur, ereignet sich. Und es darf auch keine Seitenblicke und Hintergedanken geben. – Die Kleinereignisse *durchmessen* die Leerform, mehr noch als daß sie sie erfüllen: einer, der sich im Gehen mit der Hand die Stirn befühlt; einer, der sich im Gehen den Puls mißt; und seltsam: was mir zu Mittag an diesem Meerkurort mißfallen hat, mehr als mißfallen, was mich ganz und gar »herabgestimmt« hat, alles, – das gefällt mir jetzt, in der Leerform, alles, auch die Riesenspeisehalle. Es ist eine Freude, derer man sich, da sie ereignislos ist, nicht (nie) zu früh freuen kann

»Großes«, schlichtweg Großes, gibt es in der Literatur nicht. Aber es gibt gute Beiträge

Izola, Istrien, 6. Jan. 1983: als Leerform der Fischerhafen, dann der verlassene Strand. Frau geht strickend, den Wollknäuel trägt sie daneben im Plastiksack – Schönheit und Stille hier, unvermutet. Und in der Kirche die Steinplatte mit karolingischem Flechtmuster. Und die Tamarisken verlieren ihre Nadeln wie die Lärchen. Und die Fischernetze klappern an ihren Holzkugeln. Und ich schleppe mich so friedlich den Kai entlang

Die Leerform schließlich nur füllen mit einem Zeitwort: die Schulkinder, auf dem Heimweg, »trödeln« (Štrunjan, die weggeschwemmte Saline nach der Sturmflut)

Der Leuchtturmpunkt, die *punta,* von Piran, inmitten der Kaikurve, die Laterne, der Turm, der Windwechsel genau da in der Kurve, die Gehenden zwischen Laterne und Steinturm: »Ich bin in Piran« ist für mich fast so etwas Helles wie jenes »Ich bin da«, das ich dachte am 1. März 1980 auf dem Hügel von Hellbrunn. Die Autos kommen in Kurven um eine andere Landzunge herum. Sitzen lernen! Das Betrachten geht auch ohne das Trinken oder Schlucken. »Das Mädchen mit dem roten Umhang.« – »Die Fahnen der rauchend Gehenden.« – »Frau, abendlich ein Tuch ausschüttelnd auf einem Balkon«

»Ein Unterfangen«, »er unterfing sich«. – Künstler, der Unterfänger. Suche die Einheit – die nichtrömische Einheit

Wie schön dieses Kind im Zug »U-di-ne« ausspricht, als sei das wirklich sein Ort (Heimfahrt, 7. Jan. 83)

Ein Baum im Wald aufgehellt von Lianenblüten, Waldrebenblüten: so als *die* Winterblumen habe ich diese noch nie gesehen (bei Gorizia)

In seinen zusammenhängenden Schilderungen läßt C. F. Ramuz zu wenig Platz zwischen den Sätzen und verläßt sich zu sehr auf die Farbenbezeichnungen, die bei Farben besonders von Blindheit bedrohten Wörter

Leerform: Scheues Sehnen erfüllt sie, Gier (zer)stört sie (Spinoza und Sehnen?). Sehnen scheint mir den Körper doch noch vollständiger zu machen als das Sich-Freuen. Sehnen geht in die Welt hinaus, *will* in die Welt hinaus; Freude bleibt, eher, für sich

Erzählen heißt auch Spurenverwischen; die Hunde finden deine Fährte nicht mehr (vor Carnia)

Vor dem Gral: überlege, was du nicht fragen darfst. Oder: Frag Liebes (→ Salzburg)

Die Frau mit den gepreßten Lippen, den lauten kleinen Ausländermädchen nachstarrend: die Welt wird immer unversöhnlich sein (zurück in S.; zurück im Land der ordentlichen Schwermut)

»Meister der Dämmerung«, das müßte man sein (im Anblick der dämmernden kalten Ebene, 11. Jan. 83)

Eine Münze fiel zu Boden, und für einen Augenblick, ein Ohrenspitzen, war es schon Frühling

»Madeleine, als ich sie anlächelte, schaute mich an wie die Leute, die sich mit jemandem versöhnen, den sie nicht lieben« (Emmanuel Bove, »Journal, geschrieben im Winter«)

Novalis 1802: »Der Spinozismus ist eine Übersättigung mit Gottheit: während zur Zeit Spinozas selbst die atheistische Tendenz abgestoßen hatte, erscheint jetzt der Spinozismus als der Inbegriff der Religiosität«

Am Residenzplatz lehnten Leute in der Wintersonne: die Betrunkenen; einer schlief im Stehen, die Zunge in die Backe gesteckt beim Schlafen, ab und zu in den Knien einknickend

»Sich rühren«, so ein Zeitwort einmal verwenden an der richtigen Stelle: zum Beispiel: Das Wasser – des Kanals – schien nicht zu fließen, sich nur zu rühren

Spinozas Wort für »wirklich«: *re vera;* und wenn Sp. die *Idee* von Gott beschreibt, *gibt* er uns die Idee

Nach dem Schneesturm: in den Bäumen die Piepser von Vögeln, als wollten diese voneinander wissen, ob sie noch leben; dann, als Antwort, ein Triller (18. Jan. 1983, Felsfenster)

Statt »eigentlich«, Verlegenheitswort, schreib: »Recht betrachtet«, oder auch: »anders betrachtet«, oder, am besten: LÄNGER BETRACHTET; aber warum nicht zeitweilen ein Verlegenheitswort? (im Morgendunkel am Felsfenster, 22. Jan. 1983)

Ich wollte, die Stirn an sie gestützt, mich an ihr ausschlafen

Statt »Schönheit« sag vielleicht »Liebreiz«

Freude ist eine Art Vorstellungskraft (und die fehlt mir heute)

Der Asket als »der mißratene Mensch« (Nietzsche)

Nietzsche nennt Spinoza einen Sehnsüchtigen, bezüglich dessen »deus sive natura«, und gar, umgekehrt, »natura sive deus«

Und Nietzsche: »Aus den Formeln zu den Formen« (Es wurde immer schon alles gewußt = erfahren)

Eine Farbe, die erinnert. An was? An nichts. Sie erinnert; Erinnerungsfarbe

»Wandfraß«: bei Nordwestwind

»Gegen die erkenntnistheoretischen Dogmen tief mißtrauisch, liebte ich es, bald aus diesem, bald aus jenem Fenster zu blicken« (wieder N.)

Statt »dann« schreib zeitweise: »In der Folge«

»Verewigen … kann aber auch jener tyrannische Wille eines Schwer-Leidenden sein, welcher das Persönlichste, Einzelnste, Engste, die eigentliche Idiosynkrasie seines Leidens noch zum verbindlichen *Gesetz* und Zwang stempeln möchte« (N.) – Trifft das auch auf mich zu? Nein

Geräusch des Schneeschaufelns: als suchte jemand mit dem Schlüssel das Schloß (3. Februar)

Ich selbst, aber beherrscht = Kunst

In mir »steht« die Freude: das ist ein der Freude entsprechendes Zeitwort

Gleichnis der Erzählung: Tupfer, das Wasser nicht antastend, und doch es verdeutlichend – und gerade das sollten die Sätze der Erzählung tun

»Anläßlich der Natur«, »aus Anlaß der Natur«: der Schnee zum Beispiel ist so ein »Anlaß«

Als Andreas Loser mit dem Felsbrocken in der Faust dem Hakenkreuzmaler nachrannte, spürte er selbst die Zähne im Mund als Waffe

Im Lauf der Jahre habe ich mein Gefühl der Schuld verloren. Ich bin unschuldig geworden. Was aber fange ich an mit meiner Unschuld? (6. Febr.)

Der in der Synagoge den Bannfluch erhielt, mußte sich auf die Schwelle legen; die andern gingen über ihn hinweg

Was ist höchstes Dasein für mich? Ganz außen sein (ohne außer mir zu sein). Und: Mein Platz ist die Außenstelle (ein wenig tundrahaft)

Sag statt »lernen« vielleicht »abschauen«: Ich habe dir das und das abgeschaut

Die Ausdauer – z. B. der Sportler – ist das Gegenteil von Geduld

Das Militär als Brückenbauer: so sollte es sein, und dabei sollte es bleiben (9. Febr. 1983)

»Späte Dämmerung«: Tageszeitbezeichnung

Nicht charakterisieren, nicht typisieren, keine Gestalten schaffen, sondern die Urbilder = Leerformen weitergeben (wie Homer, Goethe, Karl May)

Nein, wenn ich nicht schreibe, arbeite ich nicht, sondern erledige nur (dies und jenes)

Epik (»Die Wiederholung«): die Tage und die Nächte, *und* das Jahr, *und* das Jahrhundert (bei Emmanuel Bove sind es nur die Tage und Nächte, sogar sein: »Die Sterne zwinkerten in der klaren Luft, als bedrohte sie ein Himmelswind«)

Jenes Plakat für einen neueröffneten Friseursalon, wo die Modellköpfe ein Muster wie von Terroristenporträts bildeten – und jemand hatte auch wirklich, re vera, einige durchkreuzt

Mit dem fallenden Schnee alleinsein wollen (12. Febr.)

Der Eindruck, jemand habe »nichts zu sagen«, entsteht dadurch, daß er mehr sagen will, als er zu sagen hat (denn natürlich hat er, hat jeder etwas zu sagen)

Erkenne dich selbst – soweit das möglich ist

»Lieb *gewinnen*«: wunderbarer Ausdruck

Glänzende Bleistiftspitze, hervorschauend aus hellem Holz, wie ein Seehund aus seiner Scholle (13. Febr. 1983)

Die Alten des Dorfs stiegen in der Fast-Dunkelheit vom Hügel, der Schießstätte, auch Frauen darunter. Sie spielten leise, wie zur Probe, die ländlichen Instrumente, oder ahmten diese auch nur mit der Stimme nach. Sie gingen als zunehmend lautstärker werdende kleine Musikkapelle ins finstere Dorf, auf dem Weg zu ihrem Fest. Mein Großvater war einer von ihnen und spielte mit. Es war eine feierliche, von Trauer bewegte Gruppe. Für jeden von ihnen konnte es das letzte Fest sein

Es *gibt* die Sehnsucht, die Toten zu erwecken (»Die Wiederholung«)

Der Maler erreichte in jenem Bild sein Ideal, auf dem die Farben sich zeigten wie auf einem Glasfenster

»Er fühlte sich unbehaglich, wie es einem plötzlich geht, wenn man aufhört zu verstehen« (Maigret)

Eine andere, treffende Wendung für »Ich bin gegangen« oder »Ich bin gefahren«: »Ich bin«: Ich bin nach Gois. Ich bin in den Karst

Die Bäume belaubt mit Schnee

Literaturkritikervariante: ein Professor Unrat, der seine Strafe noch nicht abbekommen hat

Angesichts der Dinge der Welt bemühe ich mich (rufe ich mich auf), sprachlos zu sein; die Sprache ist für später

Haßausbruch gegen das Geliebte: das Übel daran ist, daß ich zugleich weiß, daß die Liebe zurückkehren wird, aber es mich davor ekelt, wie vor einer Schwäche

Taubenganggeräusche des zufrierenden Sees auch hier (Zeller See, 19. Febr.); Schwappen des bebenden Wassers ans Ufer, als führe in weitester Ferne ein Zug, oder wie ein Windhauch in einem Einzelbaum, auch wie ein Augenblicksgeräusch von einem im höchsten Himmel fliegenden Flugzeug; Einweckgeräusch; auch jenes Lautenspiel mit dem nassen Finger am Glasrand; Westerngeräusch, vor oder nach dem Schuß

»Fremdenwäsche«: die Wäsche für die Fremden (Aufschrift auf Regal in Privathaus)

Ein anderer Geräuschfächerteil des zufrierenden Sees: er tönt wie, oder als, eine singende Säge

Für mich jedenfalls gilt: das Wiederholen ist eine Tätigkeit; eine Durchquerung; und es gibt frische Luft, das Sausen an den Schläfen (→ Gerling)

Nicht stark will ich sein, sondern durchlässig; für möglichst viele Orte der Erde; die Durchlässigkeit als meine Stärke; die Durchlässigkeit trainieren (Gerling)

Auch ich kann, mit Francis Ponge, sagen: meine Heimat ist die wortlose Welt; weniger freilich als für Ponge sind das für mich die Dinge – es ist mehr der Wind, ein Rauschen, ein Lichtspiel, ein Fließen

Der Ort gibt die Erzählung, nicht umgekehrt (»Die Wiederholung«)

Erzählen: an Ort und Stelle schürfen

»État d'âme«: besseres Wort für »Empfindung«

Göttlicher Zustand: ein inwendiges Kichern, ein ungläubig-gläubiges Lachen (deus sive natura)

Zuhause ist immerhin das Gleichmaß (zurück in S., 21. 2.)

Der Blick der Wiederholung: gesenkten Auges auf die Erde, die von der Sonne beschienen wird (Platon)

»Gedankenunfähig stürzte er zu Boden«; oder: »Er fiel gedankenlos vom Stuhl« (das könnte ich immer wieder von mir nach dem Zeitunglesen sagen)

In einem großen Land, wie zum Beispiel Frankreich, bilden auch die Liebhaber ein Volk, es gibt eine Kultur der Liebhabenden. Dagegen in (m)einem kleinen Land …

»Die Gesellschaft ist eine vollendete Wesenseinheit des Menschen mit der Natur, die wahre Resurrektion der Natur« (Karl Marx …)

Eine Erzählung, in der es einmal, anders als bei Balzac, nicht hieße: »… erschien auf der Schwelle«, sondern: »Die Schwelle erschien« (aber wie häufig ist doch das Wort »Schwelle« bei Balzac und bei Simenon – eins der häufigsten Erzählhauptwörter)

Die Sonne bescheint mich, und ich will jemandem etwas schenken (der mittelalterliche Kanal, durchsonnt bis zum Grund, in die Tiefe; 24. Febr.)

Ich muß unterwegs sein (und wenn ich einmal nicht mehr kann?)

Winter-Frühjahrswende: Herzrad und Sonnenrad greifen wieder ineinander

Die Eisstockschützen auf dem vereisten Leopoldskroner Weiher: »Nicht so laut!« sagt der eine zum andern; d. h.: »Nicht so schnell!«

»Gefiederter Freund!« – Für mich ist das der Holunderbusch im Vorfrühling

Man kann sagen: »In diesem Traum spielte ich das und das ...«, so wie man von einem Schauspieler sagt: »In diesem Film spielte er ...«

Er zeigte ihr sein wahres Gesicht, d. h., er weinte

Der Leib der Erinnerung: ja, die Erinnerung hat viele Leiber, oder Leibhaftigkeiten, für jeden Ort einen Leib (gerade, am 27. Febr. 1983, hier in S., lag einer dieser Leiber im hohen Gras am Ufer der Seine im Bois de Boulogne, gegenüber St. Cloud)

Was nützt jeder Ort, wenn du ihn nicht beschreibst. Was nützt jeder Besitz, wenn du ihn nicht überlieferst

Birke und Weberknecht; Ähnlichkeit der langen dünnen Birkenzweige mit den Beinen des Weberknechts; das Sich-Regen der einen, das Ticken der andern; Ähnlichkeit?, nein, einfach »und«

»Tröstlich irr« und »trostlos irr«: ich glaube, ich wäre ein trostlos Irrer

Besitz ergreifen von der Erde kann ich nicht. Aber ich kann da sein

Der Held der »Wiederholung«, im Gegensatz zu den andern Jungen im Dorf, »kann nichts«: er kann nicht zuzwinkern, er kann nicht pfeifen, er kann nicht mit den Fingern schnippen (1. März)

Die Lust, wenn sie vorbei ist, ist vorbei; die Freude, wenn sie vorbei ist, ist nicht vorbei

Vor ein paar Tagen waren auf dem zugefrorenen Weiher noch die Eisstockschützen; heute stehen da nur noch die Schwimmvögel (2. März)

Letzter Schneefleck auf der Wiese als tote Katze

Sag nicht: »Ich habe etwas zu sagen«, sondern: »Ich habe etwas zu umschreiben«

Jene Frauen, die, wenn sie sich mit einem Mann zu einem Paar zusammenfinden, aufhören sich zu schmücken, und jene, die dann erst ihren vollen Schmuck anlegen und prachtvoll werden

Die Kunst ist, gut zu spielen, was ich bin. Wenn ich, was auch immer ich bin, schlecht spiele, ist es keine Kunst

Der warme Tag: kalte Luft nur noch als Strömung zwischen Daumen und Zeigefinger (Vorfrühling)

Frühjahr: man geht wieder hin zu den Dingen, etwa zu der kleinen Eibe im Garten

Die Vogelstimmen als Sonnennester im Morgengrauen (5. März)

»Der rote Berg«, so nannte jemand den mörtelgrauen Felsenberg hier, wegen der da liegenden Buchenlaubschichten

Das zur Freude gehörige Zeitwort: »einsetzen«

Wieder die aus der Morgendämmerung rufenden Vögel: die Raumknappen (8. März)

Das Fremdsein ist die dauerhafteste Kraft des Künstlers

»Die Wiederholung«: Wunsch, daß Österreich ein dunkles, schönes Land wäre

Nichts suggerieren, aber die Leute im guten »anstecken«

Kein *gelber* Schmetterling war der erste in diesem Jahr, sondern ein dunkler, roter; dunkel erscheinend vielleicht nur, weil er so knapp an mir vorbeiflog? – aber der zweite jetzt ist gelb, weiß die Beine und das Gesicht (9. März)

Mir scheint, jetzt erst, vor dem drohenden Ende der Welt, sind wir so frei, die Sprache der Welt zu sprechen, der Sonne, der Blumen, der Vögel, der Luft (*das* ist Literatur)

Blick aus dem Fenster am Zitronenfaltertag: Ach, Ostern

Finde dich in deine Bitterkeit (Leitmotiv für »Die Wiederholung«)

Amseln, Lebensschriller

»Namenlos schön«, zum Beispiel der kobaltblaue Krokus – und so laß ihn auch sein!

»Daß ich geweiht und gegönnt wieder die Schwelle mir sey!« (Hölderlin, Der Wanderer)

Das Dasein nutzen, in der Sonne sein

Sag mir einige erfreuliche Wahrheiten (11. März 1983)

Der Aufwind morgens am Felsfenster (Flocken, Blätter fliegen aus dem Abgrund himmelwärts)

Der Held der »Wiederholung«: fundamental unsicher

Holunder, hell hineinwachsend in den dunklen kahlen Apfelbaum: das Sinnbild für die Wiederholung (bedenk, wie du doch als Kind den Holundersaft mißachtet hast, der dabei das Hauptgetränk – neben dem Most – des Dorfes war)

Schwach bin ich, wenn ich von Sinnen bin, d. h. augen- und ohrlos bin

Unterschied zwischen dem Helden der Wiederholung und den anderen Burschen im Dorf: er glaubt sich verpflichtet zu dem, was er jeweils im Rausch versprochen, vereinbart, verlautbart hat

Der Schriftsteller oder Schreiber verliert deutlicher die Welt als andere (auch: gewinnt?)

Die Farben flügeln (das zu ihnen gehörige Zeitwort)

Spinoza traf Rembrandt und sagte: »Es gibt das Diesseits.« Und Rembrandt freute sich wieder einmal auf das eigene Gesicht. Er sah darin dann alles: das Gesicht Spinozas, Steine ... (13. März)

Was ist für mich »Genugtuung«? Zum Beispiel, die Schwellengeschichte geschrieben und »auf die Post gebracht zu haben«

»Ohne ersichtlichen Grund machte Maigret sich gewichtiger, schwerfälliger, träger denn je – vielleicht war es das, was man Inspiration nennt?« (G. Simenon)

Meine Welt hinterlassen: = Schreiben

Rembrandt sagte zu Spinoza: »Mir scheint, ich bin dein Sohn.« Und Rembrandt sagte zu Spinoza: »Du bist ein Rechthaber«

Ja: die Musik »bremst mich aus«; sie bringt mich ab vom Weg; sie beraubt mich meiner Bewegung

Die trockenen Blätter der Hecke rauschten in der Windstille allein vom Luftzug der Vorbeigehenden (am Almkanal)

Eichkätzchen (im Felsfenster): Morgenspringer; mein Morgen*heber* (15. März)

Lyrischer Epiker: wen es zum Erzählen drängt, aber ohne Geschichte

Erzähle im Fragesinn (Die Wiederholung)

»Arbeiten« entspricht mir nicht; wohl aber »werkeln« (schön wär's jedenfalls)

Spinoza läßt uns die Freude, und Rembrandt gibt sie uns

Allein: aufmerkend; »aufmerkend allein« (s. »Das Alleinsein ist meine Bedenkzeit«)

Die leere NIVEA-Dose: Erinnerung, daß derartiges einst fast ein Kleinod war

Gestern, am diesigen Tag, hat man nur diese und diese Form gesehen – heute sieht man wieder diese und *jene* Form (am Almkanal, in der Umgebung der Erdfarben)

Schweigen und Freude erzeugen (»Und«)

Die Irrationalen ebenso wie die Rationalisten sind unharmonisch; verkörpern das Unharmonische auf Erden

Und: Die Regentropfen, Kreise ziehend im Kanal, und dahinter am Waldrand die aus Kreisen aufgeschichteten Holzstöße

Der Vater zum Sohn am Sonntag im Wald: »Hier war ich schon lang nicht mehr.« Der Sohn (winzig): »Ich auch nicht« (20. März)

»Anscheinend konnte Spinoza in den letzten Monaten seines Lebens nicht mehr Linsen schleifen« (und machte, um seine Augen zu heilen, Nachtspaziergänge)

Und: Spinoza und Bach

Da er der Türen des Hauses überdrüssig war, ließ er sie allesamt durch andre ersetzen

Seinen Nutzen suchen: sein Sein erhalten

Nur noch machen, was mir Freude macht. Und was macht mir Freude? Die Langsamkeit (Sag statt »Freude« vielleicht besser »freudige Mühe«; denn die Mühe muß auch dabei sein, »das Mühen«; »du, die Natur und meine Arbeit, ihr drei seid meine Freude«)

Äußerstes Schmähwort: »Nein, du nicht!«

Ekstase: Unteilhaftigkeit; Seligkeit: Teilhaftigkeit (Sieh zu, daß du teilhaftig wirst)

Sich zurückschwingen, in den Anschauungs(zu)stand – dort, wo ich, im Frieden, nichts mehr schief anschaue – sich zurückschwingen ins Sein (nach Spinoza). »Man wird angeweht von den Lüften der Zukunft« (Heine zu S.)

Spinoza blickte immer geradeaus; ließ sich nicht ablenken – anders als ich – durch die Reklame (»das anschauende Wissen«)

»Die geistige Liebe zu Gott ist Gottes Liebe selbst, womit Gott sich selbst liebt«: einleuchtend = problemlösend; es gibt also keine »Gegenliebe« (23. März)

Trauer, ja – aber wie geht es dann weiter?

Spinoza ist das neuzeitliche Evangelium

Frischgeborene Wespenpaare, wie von der Sonne erzeugt, balgen sich auf dem Boden (»balgen«, das ist das Zeitwort – und so wird die Zeit leicht in der Sonne – die Sonne atmet zeitweise für mich – Sonne, die Zeitweise – und ich werde heute keine Zeitung lesen!, 25. März)

Die aus den Nestern – welchen? – fallenden ersten Wespen wie der vielarmige Mensch Leonardos

Für Spinoza ist »wirklich« auch: »gegeben« (*data* essentia)

»Daß wir nichts erstreben, wollen, verlangen oder begehren, weil wir es für gut halten, sondern daß wir umgekehrt darum etwas für gut halten, weil wir es erstreben, wollen, verlangen und begehren« (wie einleuchtend – auch weil das Begehren ein Ereignis ist, nicht aber »das Gute«).

Und die Unterscheidung S.s zwischen »Hoffnung« und »Zuversicht«, *spes* und *securitas*: »Hoffnung ist nämlich nichts anderes als unbeständige Lust, entsprungen aus der Vorstellung eines zukünftigen oder vergangenen Dings, über dessen Ausgang wir im Zweifel sind ... Wenn nun der Zweifel schwindet, wird aus der Hoffnung *Securitas*« (was wieder etwas anderes ist als »Gewißheit«)

Der verlassene Mensch dachte: »Aber man *kann* doch nicht allein sein!« Und dieses »Nicht-allein!« war der Gottesgedanke, naturhaft, aus der Materie

Die herrliche Schwelle einer nächtlichen Stadtausfahrt, gewölbt, dunkel, naß, glänzend, weitgestreckt (seit längerem wieder an der Porte d'Auteuil in Paris): Und was denke ich angesichts dieser weitesten aller Schwellen? Kind! Kind! (27. März 1983)

Jemand wie der Dichter Brecht hat mit den dichtungsbefaßten Professoren udgl. eines gemeinsam: sie sind, mit Körper wie Geist, zu einer einzigen Schwarte verwachsen

Das sein, was nicht zu lehren ist

Schwelle: Ich verehre dich, menschenleere Menschenpyramidenform (Porte d'Auteuil)

Erzählen: das Tau suchen zwischen den Masten, die Lianen zwischen den Baumkronen (das Grab Emmanuel Boves auf dem Friedhof Montparnasse: Platanensporen in der Grabkapelle, gleich daneben das Autobrausen) (28. März)

Merk dir: das Ewigkeitsdreieck geht dir nie *voran*, du mußt es selber dir nachziehen; und das Dreieck bleibt unbevölkert – leer; es leitet jedoch andre dazu an, es ebenso hinter sich herzuziehen, bevölkerungsfrei (Étang de Villebon, Wald von Meudon)

Im Wasser »landen« (Möwen im Étang de l'Ursine, Chaville)

Der Seufzende erweckt Vertrauen

Amselpaarhüpfzeit (im Zug vor Augsburg, 1. April)

Nur die Blicke zählen, in denen sich ein Werk denkt – auch wenn nichts draus wird

Und: das Bayern nach Traunstein, mit den einzelnen Häusern fern auf den Moränenkuppen, und das graubraune Maine des Malers Andrew Wyeth

Tageshöhe: Dingverbundenheit. (Wie stark war heute früh noch mein Auge – im »Orientexpreß« –, und jetzt, zurück »daheim«, ist wieder einmal alles bedunstet)

Karsamstag: Heute werde ich mit meinen Toten landwärts gehen (2. April 83)

Ist es Schöpfer*lust*, die ich manchmal habe? Oder nicht eher Schöpfer*sehnsucht*? Denn es ist eine Wehmut dabei, die nicht zur Lust paßt; aber ob Lust oder Sehnsucht, ich werde davon beseelt

Vorgestern, im Bus zur Gare de l'Est: das Gesicht einer schönen ernsten jungen Frau, in einem Straßengeschäft. Dann erst merkte ich, daß es A.s Gesicht war, das Gesicht meines Kindes, in einem Fassadenspiegel draußen, während sie drinnen, gleich neben mir, in dem Bus saß

Die platonische Höhle, das sind deine – und meine! – Augen

»Leidgeprüft« – »Freudegeprägt«

»Hilaritas«, lese ich bei Spinoza, sei »die Wirkung der Freude auf Geist und Körper zugleich« – und endlich ist wirklich Ostern (s. »wirklich«: gegebene Sache)

Ein seltsamer Fluch, meines Großvaters einst: »Putz Licht!« (Auf kärntnerisch: »Putz Liacht!«)

Lärchensprossen, noch verschlossen, wie Blüten, sonnenblumenhaft (Felsenberg)

Zeitwort für die Ruhe: sie »zieht ein«

Die Wiederholung: die Namen der Dinge und die Namen der friedlichen Vorgänge an den Dingen müssen wieder ihre Wucht kriegen (im Karst)

Sich an der Gegenwart *erholen* (Leopoldskroner Moos)

Der Hase im Moor: flüchtet erst vor mir, dann vor dir, und wir zwei Nachblicker und der Flüchtling bilden dann das veränderliche Dreieck

Was ist denn noch »zu beweisen«, Spinoza? – Nichts mehr

Die Müdigkeit ist mein Teil, wie die Aufgeregtheit

»Was nützt es, so oder so lang zu leben: ich werde in jedem Fall als verachteter Mensch sterben«, sagte mein Bruder zu mir, in Akron/Ohio, auf der Brücke eines Staudamms. Er hatte ein Buch verfaßt, in dem beim Aufschlagen die zerquetschten Käfer lebendig wurden, man mußte sie nur mit dem Fingernagel von den Seiten trennen. Und endlich auch hatte er ein Haus gebaut und zeigte mir eine Abbildung: eine düstere kleine Holzboothütte an einer Anlegestelle in der Beringsee

»zusammenwirken«, »durchwirken«: sammle Zeitwörter

Die geschlossenen Lärchensprossen, s. o., haben auch etwas von unreifen Himbeeren oder Brombeeren

Der Gekreuzigte ist eben nicht der »blutrünstige iste« (Goethe), sondern doch *einer von uns*; und deswegen wird er immer gelten, für die Menschheitszeit, die eine, die unsere Ewigkeit

Wenn ich »Die Wiederholung« vor mir sehe, sehe ich immer das Erzähllicht, aber nie sehe ich Sprache, nie Sätze, nie Schreibe

Der Augenschein ist zu wenig; er hält jedenfalls nicht vor für einen ganzen Tag

»Laetitia ... est enim transitio ad maiorem perfectionem«, »Denn die Freude ist der Übergang zur größeren Vollkommenheit« (Spinoza denkt-beschreibt die Realität) (6. April)

Mißgunst: Schadenfreude *und* Neid

Statt »Schwellenbewußtsein« sag auch »Ahnung«, statt »kein Schwellenbewußtsein«: keine Ahnung, Ahnungslosigkeit

Den Vögeln kann man mit den Blicken nach*gehen* (bei anderen Tieren ist das nicht so? Denk an die weißen Pferde von Lipica im Karst, im hohen Savannengras hügelan galoppierend)

Mutter Kind! Ach, Mutter Kind

Die weiblichen und die männlichen Lärchensprossen: die einen beeren-, die andern pinselhaft

Ein Mädchen tritt auf den Balkon des Neubaus, der noch kein Geländer hat

Die brennende Schwelle; die Schwelle als »Vorhölle«; danach folgt aber nicht die Hölle, sondern »das Freie«

Ein gut angelegter Raum fängt das Licht ein

Ja, das Höchste ist, wenn ich nichts als die Farben und die Formen erlebe, freilich nicht losgelöst von, sondern *an* den Gegenständen, *am* Gegenüber

Statt »beschreiben« sag auch immer wieder »gutheißen« (gut *heißen*) (am Kanal, beginnender Regen, Landschaft erfüllt von Amselpfiffen)

Erlebnis des Schindelgrau gestern an der Hausfassade in Anif, einem der wenigen Aus- oder Südländerhäuser dort: große grauglänzende Flächenlandschaft in Dreiecksform. Stundenlang davor vom Karst träumen wie Flaubert angesichts der Mauer von Ekbatana

Mehr und mehr für dich tun (= Liebe)

Kraft heißt für mich: Er hob den Blick auf zum Himmel

Spinozas Unterscheidung zwischen *ambitio* und *humanitas*: »ambitio« als das Bestreben, etwas zu tun, oder zu unterlassen, bloß aus dem Grunde, daß wir den Menschen gefallen; *humanitas* aber …

Wie mich gestern die schwankenden Zweige an der Eingangsbuche zum Morzger Wald begrüßten: »Da bist du ja endlich wieder«, und wie ich zurückgrüßte – beiderseitige Verneigung

Die Kinder – laut Spinoza –, weil ihr Körper im beständigen Gleichgewicht ist, lachen (und weinen) allein schon deshalb, weil sie andere lachen und weinen sehen (und ich erinnerte mich aus der Kindheit an den dicken Schauspieler der Landtourneetruppe mit dem »Barometermacher auf der Zauberinsel«, dessen Lachen das ganze Stück hindurch, unabhängig vom Stand der Geschichte, uns Kinderzuschauer auf der Stelle jeweils zum Mitlachen brachte)

Bei den meisten sogenannten Wahrnehmungen und »Betrachtungen« in Büchern oder Zeitungen denke ich: Es ist eine Schande (oder eine Unart), derartiges zu bemerken

Die Sonne scheint warm, und ich freue mich mit den Pflanzen (z. B. dem Salbei dort)

Ich würde mich viel wohler fühlen, wäre ich abgetan

Beschreiben ist gutheißen ist festhalten

»Denn wenn jemand einen geliebten Gegenstand zu hassen beginnt, werden mehr Triebe in ihm eingeschränkt, als wenn er ihn *nicht* geliebt hätte« (Spinoza in der Synagoge; »appetitus« ist ein weit besseres Wort als »Trieb« – Spinoza-Leser: alles in ihm drängt ruhig nach außen)

Verb für die Vögel: sie »gehören dazu« (besonders jetzt, da die Bäume noch kahl sind) (9. April)

Der Held der Wiederholung: von Jugoslawien nachhause zurückgekehrt, spricht er keine andere Sprache, nur die Sprache von zuhause *besser*

Augenblick: der Baum dort auf der Bergkuppe verstand mich

Ich war das Kind meiner Zeit
und bin geworden ein Kind der Ewigkeit

»Zorn« (ira) ist für Spinoza das Bestreben, dem Gehaßten Schlechtes zuzufügen (? – er verwechselt »Zorn« mit »Haß«)

»Der Haß, der durch die Liebe besiegt wird, geht über in Liebe; und deswegen ist die Liebe größer, als wenn der Haß nicht vorangegangen wäre« (Lehrsatz 44, De Affectibus; – wenn das nur kein »Lehrsatz« wäre; nicht als *Lehrsatz* aufträte)

Dunkler regnerischer Tag, und die (bayrischen) Berge in der Ferne als Sonnenkönige (10. April)

Was nicht wahr sein kann: sich aufgeben in einem Kreis = einer Gesellschaft; aufzugehen in einem Kreis (einer Gesellschaft), kann nicht wahr sein; ein *Kreis*, das kann nicht wahr sein; und du wirst es erfahren (oder nicht erfahren)

»Die Lust, die aus der Vorstellung entspringt, daß ein gehaßter Gegenstand zerstört oder von einem anderen Übel affiziert wird, bringt einige Unlust für das Gemüt mit sich« (könnte das Motto für die Geschichte vom Totschlag am Hakenkreuzschmierer sein)

Die religiöse Dankbarkeit, oder einfach die Religiosität, hieße: »Es ist schön hier« (im Moos, Birkensiedlung)

Ich begreife, im Wind und in der kalten Sonne gehend, zum ersten Mal den Namen »Buschwindröschen« (am Almkanal, 12. April)

Reinheit, irgendeine, aber Reinheit!

»Sich schwer machen« – um leicht zu werden, im Gehen und im Tun

Daß ich *mich* sein lasse: auch das gelingt mir viel zu selten

»Zuspruch« (wieder: wunderbare deutsche Sprache); Lob brauche ich keins, wohl aber den Zuspruch

Hinter dem Kanal war ein Küchenfenster beleuchtet, Muster der Kacheln, davor die Weidenruten: und das war der heutige Tag

»Die Freude ist nichts anderes als die Idee, beziehungsweise die Seele, ein und desselben Individuums ...«

Nicht »Erkenntnis«, sondern »Verständnis« (s. deutsche Sprache); »sie erkannte ihn mit einem Blick voller Verständnis«

Wozu gehört die Familie der »Wiederholung«? Zu keinem Staat, keinem Land, keinem Tal; sie gehört höchstens ins Kirchspiel. Also halb ins Jenseits?

Was ist mein Ort? Das ist nicht mein Ort (Lebensfrage)

Zu fast allem, was der Verstand so redet und von sich gibt, sagt das Herz oder »der Busen« weder ja noch nein; es sagt gar nichts. Und deswegen eben redet der Verstand »nur so«, wirkungslos und unwirklich

Das Leuchten der ersten Wegerichblätter gestern abend in der Dämmerung – tatsächlich eine Art von Wundblättern, Blättern, die den Schmerz, laut Volksmund, aus der Wunde »ziehen« (16. April)

»Die Traurigkeit ist der Übergang des Menschen von der größeren zur kleineren Vollkommenheit« (S.)

Und seine Definition der Freude: »Ich nenne sie Übergang. Denn die Freude selber ist nicht Vollkommenheit«

Schwer zu sagen, aber ich versuch es jetzt: In der Erzählung, als Erzählung, interessieren, bewegen, reizen mich nicht die Ursachen, Wirkungen, Aufeinanderwirkungen; z. B. gerade: der Falter mit geöffneten Flügeln, die Hummel flog vorbei, worauf der Falter die Flügel schloß, sondern das In-der-Ruhe-Lassen des einen gegenüber dem anderen, das *Sein-Lassen*, das gegenseitige, das in *mir* dafür das Zusammenwirken bildet: »Der Falter sitzt hier mit zitternden Flügeln auf dem weißen Tuch, *und* dort geht im Gras der schwarze Kater« – und das wäre bei mir übertragbar auf alle Vorgänge: *so* sehe ich, im Bild, *die Erzählung,* Die Wiederholung; weite Welt, weiteste Welt

»Gott ist nur in seinem Sohne Gott« (Jakob Böhme; sein Satz beschreibt die Materie)

Die Wegerichblätter, am Vortag noch der Erde anliegend, richten sich auf: gestern – heute

Manchmal genügt es, sich zu zeigen, um zu helfen; hilfreich zu sein. »Sich zeigen«. Zeige dich!

Schrumpfherz vom Zeitunglesen: welker, schwerer, blutleerer Beutel

Genugtuung hält das Schreiben für mich nur bereit, wenn es die Sonne – das Schöne, das Begütigende – bekräftigt hat, in ihrem *Zeichen* geschehen ist (»Wunschloses Unglück« hat mir noch keinen Augenblick der Genugtuung gebracht, die ich doch zeitweise brauche, und die nur ein anderes Wort für »Richtig«, »Recht so«, »Richtig gelebt«, »Recht getan« ist)

Beim auffliegenden Flugzeug scheint der Himmel durch die Fenster, beim über die Flußbrücke fahrenden Zug der Fluß (Sonntag; 17. April)

Im Park des Krankenhauses gehen Mann und Frau, ungewiß so von weitem, wer der Patient ist, und ihnen voraus läuft auf dem Rasen ihr Kind

»Denn wenn der Mensch mit der Vollkommenheit, zu der er übergeht, geboren würde, wäre er ohne den Affekt der Lust in ihrem Besitze dann«

Die Wiederholung: wo einst die Völkerwanderung durchging, stehen jetzt die verdorrten einzelnen Bäume in der leeren Steppe (z. B. vor Divača im Karst)

Unter »natürlich« verstehen viele »hemmungslos«

Die »Ergriffenheit« als das Gegenstück zum »Hochgefühl«; die erstere wird der Welt gerecht

Der Tag beginnt, sowie meine Augen die Farbformeneinstellung bekommen (Jesenice, Jugoslawien) (19. April)

Allerschönst sind die Augen der Menschen im Frieden (Ljubljana, Autobusna Postaja)

Nicht denken, aber be-denken; bedenken hat mit den Gegenständen, den gesehenen, zu tun (die Platanen vor dem Bahnhof von Ljubljana)

Noch nie ist eine verarbeitete Frauenhand recht beschrieben worden (wie etwa die hier auf der Lehne des Omnibussitzes, von Vipava nach Nova Gorica, 20. April 1983)

Vogelalleingeräusch zu Mittag: »Erbarme dich meiner« (Štanjel im Karst)

Wäre ich ein Mensch der Gesellschaft, so wäre ich mäßig, in jedem Sinn (Hruševica, *zunaj* = draußen)

Die kleinen Höflichkeiten beschweren mich, die großen dagegen ...

Die slowenische Karst-Greisin kennt drei deutsche Wörter: »kaputt«, »Kruzefix«, »Mensch«, und das alles sind Flüche

Könnte man sagen, ich betriebe ein Mich-hinweg-Stehlen aus den Ereignissen, der Historie, mit dem Mich-Begeben in die Stille, die Sonne, den Wind hier? Nein, es ist das Sich-in-den-Stand-Setzen gegen die Ereignisse, die Historie, das Sich-in-den-Stand-der-Dinge-Setzen (auf dem Mittelstreifenweg nach Krajna Vas)

»Ausharren«: anderes zu wiederholendes Zeitwort

»Vollends geduldig«: das war ich endlich einmal (heute nacht draußen am Karstbahnhof von Dutovlje)

Daß die Zeit vergangen ist, daß ein Abstand da ist, ein ungeheurer, zwischen Einst und Jetzt, das würde ich jeweils nur spüren, wenn ich einen Gestorbenen jetzt wiedersähe. Bei den Lebenden, auch wenn ich sie erst nach vielen Jahren, vielleicht zum ersten Mal überhaupt seit der Kindheit, wiedersehe, habe ich keine Spur und kein Gespür des Zeitvergehens, spüre keinen Abstand, kein Staunen, kein Sich-Wundern, keinen Schauder. Also, Tote, erscheint! (Sežana, Nacht)

Der Vogel »ciciban«, winzig, von Zweig zu Zweig, *kleinweise*, emporhüpfend – entspricht er dem österreichischen »Zilpzalp«? (Pliskovica, Karst)

Ich jage dir einen Schrecken ein? Um dich zu sehen (zur gelbgrünen Eidechse im Karst; → Komejn)

Jeder Gutheißungsmoment stellt ein Gesetz auf: Ich werde dieses nicht immer fühlen – immer wieder das Gefühl dafür verlieren –, aber ich darf doch nicht gegen das Gesetz handeln; muß tun und unterlassen, was dem Gutheißungsgesetz entspricht (Bahnhof Udine)

Wie der Regen auf die öligen Schienenschwellen gefallen ist; fällt; fallen wird (Udine)

An dem Gleisarbeiter fuhr der Güterzug vorbei; bei jedem Schlag der Waggons auf die Schienen ein Wimpernzucken des Arbeiters, der einen Besen in der Hand hält

Mit deinen Raumflügen – den weitestmöglichen Augenblicken und ihrer Beschreibung – ganz und gar in der Welt bleiben, in der alltäglichen Wachwelt (der Regen, der in die Pfützen des Feldwegs neben den Schienen fällt, in der friulanischen Ebene)

Nach dem Tauerntunnel, angesichts des Landes Salzburg zwischen den Alpenkämmen, die Empfindung, nun tatsächlich in Inner-Österreich zu sein, im Alpenbereich; »innen« aber nicht als »tief«; es ist nicht das tiefe Österreich. Und nach dem Paß Lueg geht es aus Innerösterreich hinaus, und es beginnen die Niederlande, die Urstromlandschaften, die Einzelberge

»Ja, weißt du denn so wenig, daß du von dem, was du weißt, *reden* mußt?« – Das gegen all die Wissenshuber und -meier gesagt

»Sich schön machen«; manchmal gibt es das doch, als Sehnsucht; als Zeichen von Sonne und Frieden (23. April, zurück in S.)

Eins der lieblichsten Wörter: »Schau!« (»Schau dort die beiden Amseln, oben auf der begrasten Steintreppe! Erst die eine, dann die andere!«)

Nur der Vergessene hat ein Gesicht

Für Spinoza scheint zwischen »Mitleid« und »Barmherzigkeit« (commiseratio und misericordia) kein Unterschied zu sein, »es sei denn, daß Mitleid den einzelnen Affekt [jetzt] bezeichnet, Barmherzigkeit ›aber dessen Gewohnheit‹, habitum« (eher Art?)

»Unterschätzung«, nach Spinoza, ist, »von jemandem aus Haß eine geringere Meinung zu haben, als recht ist« (auch hier ist »despectus« das bessere Wort). Aber: Meine Mutter hat mich z. B. aus Liebe unterschätzt bzw. *despektiert*

Kleinmut: »Aus Unlust eine geringere Meinung von sich haben, als recht ist«

Von der Sonne im Garten geblendet, sah ich drinnen im Haus die Uhrzeiger nicht

»Erhalten«: sammle die(se) deutschen Zeitwörter

Sprich langsam von den Dingen, die du im Lauf der Zeit gelernt hast zu sehen, nie besserwisserisch, nie siegesgewiß, beiläufig und doch nachdrücklich (ich dachte an den Wacholder im Karst)

Zeitwort für die Amseln: sie »stöbern«

»Wenn jemand, der sieht, wie ein anderer die Hand verbrannt hat, seine eigene Hand deshalb zurückzieht, als sei er es gewesen, der sich die Hand verbrannt hat« (Spinoza)

»Denn die Bescheidenheit ist eine Art des Ehrgeizes (ambitionis)« (derselbe)

Und wieder entfalten die Löwenzahnblütenköpfe, gestern noch verschlossen, ihre Indianerfedern, hinten am Kopf, erst eine, dann zwei ragen gelb da auf (26. April)

»Die Kühle des Wissenden, *und* die Wärme des Liebenden« (aus einem Brief)

»Hornisse, alter Freund«, konnte ich gerade denken; sie kam mir an den Tisch geflogen (im Moos)

Spinoza sagt für »ich«: »unser Körper«; und für »die Welt«: »der äußere Körper«

Bienen, an der Unterseite ganz gelb, *ganzgelb*, vom Löwenzahn (Morgen/Nachmittag)

Ein Beispiel für die »falsche Vorstellung«, nach Sp.: die Täuschung über den wahren Abstand der Sonne. »Durch die Erkenntnis ihres Abstands wird nun zwar der Irrtum behoben, nicht aber die Vorstellung, d. h. die Idee der Sonne ... Daher werden wir, auch wenn wir ihren wahren Abstand kennen, dennoch die Vorstellung haben, sie sei uns nahe« – die Vorstellungswelt kennt keine kopernikanische Wende; und die Vorstellungswelt ist meine, und deine?

Die Biene im Löwenzahnblütenstaub als der Müller, gelbbestaubt, während die dicke dunkle Hummel daneben eher als der Mehlräuber wirkt

Etwas weit weg von sich legen: das Messer; etwas nah zu sich legen: den Bleistift (28. April)

Mach mir Sehnsucht

Und: Die Birken blühen, und die Hahnenfüße sind zu schimmernden, schwarzgepunkteten Zeppelinen geworden, nah über der Erde schwebend, und die Birkenblühkätzchen stehen waagrecht wie die Seitenwindwarnsäcke auf den Autobahnbrücken

Der fruchtbarste Zustand für einen Künstler und überhaupt für jemanden: die Bitterkeit; sie ist die Erhabenheit, *im Maß*; die menschenmögliche Erhabenheit (Schmerz, und Blick, und Maß, und Körper, und Ansprechbarkeit) (Freitag, drei Uhr); Bitterkeit ermöglicht zudem Entschiedenheit, endlich einmal; und jetzt weiß ich es: *Die Bitterkeit kehrt meinen Grund hervor.* Ita est

Schwarzer Hund, notdurftverrichtend an weißer Birke

Voll Bitterkeit; dagegen: *leere* Verzweiflung, *leerer* Ekel, usw.; oder: Die Bitterkeit verkörpert mich; ist meine perfekte (s. perfectio, Sp.) Verkörperung (und: Bitterkeit ist nicht Verbitterung)

Die Peitsche des Fiakers und sein Hutband bilden, bei gesenktem Kopf des Mannes, zum Glockendröhnen auf dem Domplatz *eine* Linie

Ich verstand gestern erstmals das Wort »Fluidum«: Blick nicht direkt die Leute und die Gegenstände an – *wirf* nicht Blicke auf sie –, sondern überlaß dich dem Fluidum zwischen dir und den anderen Körpern (vielleicht ist das erst »Betrachten«)

Wie wirken die endlich wahrgenommenen, betrachteten, menschlichen Augenfarben? Sie erquicken

»Die Träne schwillt«, steht ungefähr bei Kleist. Ja, das Weinen hat etwas mit den Schwellen zu tun

Zwei nackt im stehenden Auto, die Körper überlaufen von den Schatten der Tropfen, die draußen an den Scheiben herabrinnen

Hören, lauschen: als eine Art, von sich abzu*sehen* (3. Mai)

Du redest so dumm zu mir von mir; dümmer kann nicht einmal ich selber zu mir reden

Jedesmal stürzten ihn die Bemerkungen seiner Tochter in einen Abgrund. Eines Tages etwa, als er ihr, mit einem Blick der Bewunderung, sagte: »Ich wollte, du wärst eine Königin«, antwortete sie, mit einem Beiklang von Verachtung: »Du solltest sagen, eine Heilige« (E. Bove, »Ein Vater und seine Tochter«, ein Meisterwerk!)

»Mitten in der Nacht wurde es in seinem Hirn langsam hell. Um seinem Schmerz zu entkommen, brauchte er ... nur all seine Ambitionen und Träume zu vergessen, und nur noch ein einziges Ziel vor Augen zu haben: der letzte Mensch zu sein« *(Emmanuel Bove)*

Der Held der Wiederholung: Es freute ihn, geistesgegenwärtig zu sein, aber nicht zu lange; 90 Minuten Fußballtormann zu spielen, hätte ihn schon nicht mehr gefreut

Sehe ich die Farben, so denke ich das Leben

Wunderbar leises Aufspringen des Hasen vor dem Wanderer

Das Bewußtsein meines eigenen Körpers, so reizvoll es sein mag, wird mir schnell langweilig; ein Körperbewußtsein, dessen Kraft darin besteht, über die eigene Leiblichkeit hinauszukönnen, ist mir lieber (ASK-Platz)

Mit einem Haifisch in der Brust eingeschlafen, der mich fast die ganze Nacht hinaus ins Tödliche – nicht Offene – zu zerren drohte. Wer verwandelt mir den Hai zum Delphin, daß ich mit diesem aufspringe, erleichtert? (Und mit dieser Frage ging mir wieder die Sonne der Seele auf)

Erst im Abstand gebt ihr mir eine Idee von euch; mögt ihr meine Idee Illusion nennen – für mich gilt sie weiter als Idee; und was ist das dem Substantiv »Idee« entsprechende Tätigkeitswort? »Geben«; die Idee gibt

Nach einer Nacht des Wahnsinns und des Tötungszwangs (s. Haifisch), die selbst im Schlaf nicht nachließen oder sich verwandelten, bekam er im Licht des folgenden Tages von jemandem zu hören, er sehe aus »wie ein Liebhaber«

Ich muß immer wieder schauspielern, um als der zu erscheinen, der ich bin

Für den Nichtigen und Bösen, den Unhold, besteht nichts, weder Vergil noch Goethe, weder Hölderlin noch Kafka. Aber wenn er deren Nachgeborener ist, wird er sie alle heuchlerisch preisen, nur damit er selber bestehen und die eigenen Zeitgenossen nichtigsprechen kann; für den Bösen, den Nichtigen, den Unhold, besteht nichts

Er badete in der Anwesenheit. In der Anwesenheit wessen? In der Anwesenheit. Er badete in der Anwesenheit wie ein Vogel in der Lache (5. Mai 1983)

Er (sie) wurde schwach: er (sie) erwachte zum Leben

Die »Weiße« der Dinge gestern abend in der Dunkelheit um Haus und Garten: die Messer auf dem Tisch spiegelten ein Licht, das gar nicht mehr da war; und auch an Hahnenfußblüten war nur noch ein *weißer* Emailglanz, kein Gelb mehr

Ein Buch »von jetzt« aufschlagen, und endlich wieder sagen können: »Das werde ich lesen!«

Nicht flüchten vor der Schwermut, sondern sich tatsächlich davon schwer werden lassen

Ich stelle bei mir eine Sucht fest: die nach dem Alleinsein. Ist es eine Sucht?

Die Sonne scheint, bei bedecktem Himmel, aus Tausenden Löwenzähnen und Hahnenfüßen

»Heilige Langsamkeit« (Rilke an Leonid Pasternak)

Tränen in den Augen, bin ich: So würde ich Vergils »Sunt lacrimae rerum« übersetzen (Unter Tränen, bin ich; den Tränen nahe, bin ich)

Zeitwort für den aufklarenden Himmel gegen Abend: Er »kommt an«

Niemand glaubt mehr an die Sprache; außer mir, der doch einst besonders sprachungläubig gewesen ist – auch den Ungläubigen spielte; Gleichgesinnte, bitte nicht melden

Und: abgefallene Kastanienblüten und Pfützen

Ein tägliches Gebet könnte sein: Erlaßt mir die Ungnade der Unnatur. Gebt mir die Gnade der Natur

Verb für den bergansteigenden Laubwald (Gaisberg): Er »spinnt sich«

Erkenntnis (slow. *spoznanje*) des Helden der Wiederholung: An der Gesellschaftswelt, gleich welcher, kann ich nur zugrundegehen. (Er sieht dazu die Internatsfront vor sich.) Also … werde ich mein Heil in einer anderen Welt suchen; in welcher? in der, die ich in mir habe (am Almkanal, Abend, 5. Mai 1983)

Kleiner dunkler Nachtfalter sitzt im Hahnenfuß, klein genug, käferklein, für dessen Blüte

Die Wiederholung: die Menschen der Gesellschaft sind vielleicht zueinander manchmal gut; aber ihm gegenüber erweisen sie sich mit der Zeit jedesmal als grundschlecht

Keine dünne oder dicke Haut habe ich, sondern zu wenig Haut, und zu viel

»Ingrimmiger Humor«: so soll es, mit der Zeit, mit mir werden; und das soll nicht jene Humor-Art sein, von der Goethe meint, sie sei ein »Zeichen abnehmender [= schwächer werdender] Kunst«

Das Sorgen kann nicht meine Hauptsache sein; ich bin aber davon, wie von einem Denkzwang, befallen; daher mein häufiges schlechtes Gewissen

Beileibe nicht ständig begabt für die Gegenwart: ich

Auf dem Löwenzahn still die Bienen, auf dem Hahnenfuß still die Nachtfalter: »Es wird Abend«

Heute: die grauen Spatzen in der braunen Fichte; gestern: der Fahrradgepäckträger mit dem schwarzen Rauchfangkehrerbesen und dem Packen weißer Papiertaschentücher

Ein Grundfehler ist es, zu jedem Erlebnis ein »und« hinzufügen zu wollen; dieses »und« nimmt dem Erlebnis-Inbild sozusagen seinen Rahmen weg

»Treuer Slawe«? Treu seinem Erlebnis (ich dachte an Boris Pasternak)

»Schauend sich zurücknehmen« wäre die Übersetzung jenes Hölderlinschen »schonend sich zusammennehmen« von der Sinn- in die Sinneswelt

»Es lohnte sich, das Wetter anzuschauen, beispielsweise, wenn es klar war und ein Windstoß einen kleinen blauen Falter davonwehte« (Hermann Lenz, Ein Fremdling)

Welches Verb entspricht der weißen Apfelblüte über dem Fliederblau? – »Türmen« (»Der weißblühende Apfelbaum türmt sich über dem Blau des Fliederstrauchs«). – Und welches Verb entspricht der Lichtnelkenkolonie im hohen Gras? – »Tümpeln« oder »dümpeln« ist zu schwer; es müßte ein Verb wie »weihern« geben: »Die Lichtnelkenkolonie weihert im hohen Gras.« (Und damit ist es jetzt tatsächlich Sonntag geworden, auch wenn es dunkel ist und regnet) (8. Mai 1983)

»Neuheit: Gerbera als Topfpflanze«: Habt ihr es also wieder einmal geschafft, aus einer Blume eine Topfpflanze zu machen

Sie sagte, ich hätte den »Lebenswahn«, und meinte damit, ich wollte immer nur von Erlebnissen hören, statt mir berichten zu lassen über die üblichen Schwierigkeiten und Hemmnisse

Wie lange brauche ich an jedem Morgen, bis ich farbfähig, oder »farbtüchtig«, werde (ich wiederhole mich)

Dumm werde ich mit jenem Augenblick des Tages, mit dem in meinem Innern die erste Abstrakt- oder Verallgemeinerungs-Bombe platzt: »Die Frauen mit Dreißig«, »Die Mönche«, »Die Touristen«, »Das Reimen«. Es sind das keine Augenblicke, und es ist kein Zünden, sondern ein »Krepieren«. Und was wäre ein Zünden? – Die Leere als Gegenüber, die Formen als Gegenüber; das Gegenüber, das Gegenufer, der Farben

Wie schön ist das leuchtende Gras, auch an einem verregneten Tag, im Verein mit der Dunkelheit unter dem Fliederbusch

Ich sehe dich von Angesicht zu Angesicht; und dein Angesicht leuchtet mir: so müßte das Sehen sein. »Sieh mich an und mach mich gesund«; die Heilkraft des Gesehen-Werdens

Tägliche Sehnsucht nach Jerusalem, d. h. einem Moment Pilgerschaft (10. Mai)

Die Mutter gab auf meine Fragen plötzlich keine Antwort mehr, und ich dachte: »Das kommt, weil ich die Fragen schon *im Weggehen* gestellt habe.« Und ich tötete mit einem sehr dünnsohligen Schuh eine Hornissenhorde. Die Hornissen bogen sich unter dem Schuh kaum. Und jemand sagte höhnisch: »Das sind ja bloß Einzeltiere. Das Nest hast du nicht zerstört.« Mein Vater sagte das

Was kann ich von meiner Tätigkeit im Garten hier sagen? – »Ich halte den Garten wild.«

»Ich liebte Dich so, wie man im Leben nur glauben kann, zu lieben, längst, längst außerhalb der Zahlenreihe« (B. Pasternak an Marina Zwetajewa)

»Wer alles wüßte, bräuchte nicht mehr auf der Welt zu sein« (Hermann Lenz, Ein Fremdling)

Erzählen: die Sonnenstrahlen in eine Folge bringen (ASK-Platz)

Ein besserer »Schriftsteller« kann ich nicht werden, aber ein besserer »Schauspieler«

Die kleinen Rucke des Vergißmeinnicht im Luftzug: die Farben läuten; Verb für die Farben: sie »läuten«

Zur Vorsorge kann man sagen: »Vorsorgerei«: indem sie mir die Gegenwart entzieht, ist sie verächtlich; zur gegenwärtigen Sorge kann ich dagegen nicht »Sorgerei« sagen

Blau hinter dem sonnendurchschienenen Laub, Dschunke im chinesischen Meer (Chr. Himmelfahrt, 12. Mai)

»Lauschig«, gar kein schlechtes Wort; »ein lauschiger Platz«

Die Kühle im Innern der Erbsenschoten (Empfindung an den Fingerkuppen)

Mit schwerem Herzen geschlafen – mit leichtem Herzen in den Tag

Etwas, was ich nicht kann: »mich begnügen«: mich begnügen mit dem einen, wo das andere der Fall sein sollte

Rilke von seinem Körper: »Sichtbar nur noch, um das Unsichtbare nicht zu erschrecken« (entspricht mir; 14. Mai)

Ortsbeschreibung: diesen Ort hier der Welt zurückgeben; diesem Ort die Welt zurückgeben (gilt auch für die Schwellengeschichte)

Aus meinem tiefsten Innern erst schaute ich ins weiteste Äußere. Und im tiefsten Innern herrschte die Ruhe, im weitesten Äußern das Farbige. Meeresaugen hätte ich gehabt in diesem Moment, für dich. Und aus dem Abfallhaufen erhoben sich pfingststrahlend die Löwenzahnsonnenkugeln

Das Vogelsangmeer heute in der schwindenden Nacht näherte sich aus der Ferne als Flut. Dann war diese Flut da, kein Brausen, keine Brandung, sondern gleich die Hohe See, die fruchtbare Salzflut, wie La mèr Haute in der Bretagne. Nur der Nahe-Vogel fehlte noch. Und er würde herein in die Bettkammer kommen und mir mit einem kurzen Laut das Ohr netzen, als Höhepunkt der Flut. Dann zöge das Meer sich wieder zurück

Geht in der Sonne die Schöne vorbei,
Winke ich sie herbei!
Vorhaben wird Vorsatz.
Vorsatz wird Satz.

»Geht in der Sonne die Schöne vorbei,
Winke ich sie herbei.«

Von mir wird Gerechtigkeit verlangt wie von sonst kaum jemandem. Gutes Zeichen; herzliches Zeichen

Noch einmal: Die Löwenzahnsporenkugeln, längst gemäht, blühen empor aus dem Wiesenabfallhaufen, stehen darauf, stehen aufrecht, in Gestalt von Tausenden von Miniatur-Sphären: Großes Bild, dieses Leuchten, aufwachsend aus dem Mist, aus dem Untergrund des Mists, diesen durchdringend; »*er*stehen« paßt dazu als Tätigkeitswort

Von den Blutbuchen kann man sagen: sie erscheinen in Farbe »getaucht«; und den blauen Himmel rundum haben sie auch noch in sich

Die Hornissen fliegen nicht unter Kopfhöhe; dagegen die Hummeln manchmal so niedrig, daß sie auf der Erde den Staub aufwirbeln

Alle Haupt-Wörter werden neu sich beleben, wenn du von Natur- zu Naturgegenstand das Entsprechungsverb auffindest (= Die Wiederholung); und die Natur hat unerschöpflich verschiedenartige Gegenstände

Das Rauschen der Bäume in der Nacht: »macht auf sich aufmerksam«

Gestern abend die Kuckucke von Kanalwäldchen zu -wäldchen als Heimbegleiter; und heute in der Morgendämmerung des herannahenden Vogelmeers wieder ein Kuckucksruf wie ein Lautleuchtturm (drüben auf dem Rainberg) (15. Mai)

Halte ich den Atem an, tritt in die Leere dein Körper

Jedes Haus sollte ein Flüchtlingszimmer haben (für einen Flüchtling und für die Flüchtlinge)

Treff mich in der Müdigkeit (geeigneter Ort für ein Rendezvous)

Ich sehe die Farben und werde gut (werde dir gut)

Die Bäume und Sträucher im Vorsommerwind: weiche Wedel über meiner inneren Karawane – diese Karawane erst auf den Weg bringend

Heute stehen die grausilbrigen Löwenzahnsporenkugeln auf dem Heuhaufen; die abgemähten Stengel haben sich aufgerichtet; und als Verb dazu fällt mir ein: »sträuben«

»Die Einzige«

A., 14 Jahre alt, mag keine traurig endenden Geschichten, weder als Film noch als Buch; es mißfalle ihr, auf diese Weise gerührt zu werden; es gebe doch auch ein »freudig gerührt« – das gefalle ihr; und es gefielen ihr auch Geschichten, wo es in der Hauptsache um Rache ginge – da gehe man am besten mit dem Helden, dem Rächer, mit (das sagte sie mir im Scirocco-Wind vor dem Haus)

Licht und Luft, wie sie wechseln von Gegenstand zu Gegenstand: so möchte ich es, Hunderte lichte und luftige Seiten lang, beschreiben und erzählen können

Sie wirkte heute erstmals, als ob sie jemanden brauche, und sich über jemanden freue (und ich?)

»Ich wollte, du hättest diese Bucht sehen können! Sie ist von einem breiten Strand umsäumt, und jenseits der Straße ziehen sich ganze Felder von blühenden Narzissen hin. Zwei Frauen mit schwarzen Strohhüten, die eine grau gekleidet, die andere in Gelb, pflückten sie. Als ich vorüberging, richteten sie sich auf und hielten sich die großen nickenden Sträuße über die Augen, um zu sehen, wer vorbeigehe« (Katherine Mansfield, 9. 12. 1915)

»Zwei verschiedene Freuden: der leere Eimer, der volle Eimer« (Marina Zwetajewa)

Die erste Libelle; und auch hier auf dem Felsberg die ersten geöffneten Holunderblüten: im Lauf des Nachmittags geschah das Aufblüten der Dolden am Busch, ein Schirm nach dem andern öffnete sich; und endlich wieder auch greifen die nackten Zehen die Erde (zuvor das unwillkürliche Sträuben)

Meine Ruhe ist deshalb so trügerisch, weil ich seit je der panischen Welt angehöre, und ihr immer angehören werde (ich merkte das gerade bei einem angstvollen Kinderschrei, der mich, den an der Oberfläche Lässigen, zu mir selbst zurückrief) (Mülln)

Nicht, daß ich denkunfähig bin, setzt mir manchmal zu, sondern, daß ich nicht an-dächtig oder be-dächtig bin (18. Mai)

»Sonnendurchwirkt«, so sah ich gerade das schwankende hohe Gras, und so wünschte ich es auch für mich

»Die Weisheit für sich behalten« ist ein wahrer Spruch

Freiheit: alles dem Zufall überlassen können (auch sollen)

Seit »Langsame Heimkehr« verstehe ich ALLES (Sloop John B.: »This is the worst trip ...«)

Welches Verb entspricht der Mutter, entspräche den Müttern? – Die Mutter »billigt« (»Mutter, dein Sohn geht immer noch unter dem Himmel«, denke ich fast tagein und tagaus)

Und das Verb für die Kunst? »Ergreift« (soll) (stillschweigendes Sollen in den Verben)

Und: Holunderblüten und Sommerwolken: beide bilden Kumulus

Nicht »bereuen« – was, laut Spinoza, es nicht gibt, aber: »bitter ankommen« (herrliche deutsche Sprache). Ich bereue nie; aber vieles von mir Begangene »kommt mich bitter an«

Statt »erinnern« sag »nachgehen« und schließlich: »einholen«; es geht mir nach und holt mich, endlich, ein

Der Ort überwältigt mich, und ich bewältige ihn (vom Ort überwältigt, soll ich ihn bewältigen)

Der Künstler (ich habe kein anderes Wort) fragt nicht, er wartet vielmehr, vielleicht jahrelang, auf die Offenbarung des Geheimnisses (ich habe kein anderes Wort), auch wenn dieses die Antwort auf eine erste, beliebige Frage gewesen wäre – offenbartes Geheimnis wirkt eben erst dadurch, daß er nicht gefragt, niemanden gefragt, sondern gewartet hat (nach Jahren sagte der Wirt, ungefragt, von der Kellnerin: »Sie ist meine Frau«). Das auch gegen die Rechercheure, gegen das Journalistische

Sie hat eine Art und *ist* liebenswert

Das Windrauschen, das Bäumerauschen, die Sonne; und ich, ob gehend oder stehend, in der Hängematte all dieser drei (gestern war ich vom Dasein einmal ergriffen »wie ein Russe«, und ohne Wodka) (19. Mai)

Was wäre ich am liebsten? – Ein Körper in Ruhe, ganz wach, ein klein wenig müde; fassungslos = nicht zu fassen, für mich selber, durch Schnelligkeit; nicht zu fassen, für die andern, durch Langsamkeit

Ich kann auf die Welt – das Licht der Welt – nicht verzichten; es sei denn zu deinen Gunsten

Es gibt, so scheint es, immer noch eine Wahrheit. Aber mehr und mehr gefälschte Schichten entziehen sie dem ersten, dem zweiten und dritten Blick; auch: verbergen sie; auch: er*halten* sie. Und diese gefälschten Schichten sorgen zum Beispiel für die notwendigen Lügen der

Erzählung; ohne sie, die Gefälschtheiten, als Vermittler kann ich nie zur Sache kommen – keinerlei Wahrheit entdecken und bergen (20. Mai 1983)

Der Gegensatz von Kleinmütigkeit ist nicht Großmut, oder Hochmut, oder Kühnheit, sondern Vertrauen und Treue

Was bin ich in meinem innersten Innern? – »Kind Gottes« (so *sage* ich; zuerst *dachte* ich allerdings: »Nichts«)

Die russisch-amerikanische Weite, die sich mir als Leser vor einem Vierteljahrhundert auftat, als Schreiber wiederfinden = Die Wiederholung (aber war ich ohnedies nicht immer darauf aus?)

René Chars Orakel zu übersetzen, gleicht dem Lösen einer mathematischen Aufgabe: es ist im Kopf ein Rechnen. Anders als bei der mathematischen Aufgabe steht als Ergebnis dann freilich keine einfache Zahl da, sondern ein Bild – einfacher als die einfachste Zahl

Das Höllische in mir geht zusammen mit der Selbstverdammung; das Göttliche in mir mit der Selbsterkenntnis – die zugleich ein Lachen ist: es lacht, und ich lachte

Betrachtung am Flughafen (München): Frauen, und darunter die Briefleserin, die weint, und die doch von allen die Kaiserin ist, mit den augenblicksweisen Lidern einer griechischen Statue. Wir sind ein erhabenes armes Geschlecht, wir Menschen. Die lesend weinende Frau: sie wird stolz, sie trotzt. Und hier war ich im Herzen der Dinge

Das Verb zu Liebe: »wachrufen«

Und: Eine weiße Katze rannte unter ein Gebüsch, und eine schwarze Krähe flog aus dem Grünurwald (vor Rosenheim)

Was kann ich von mir sagen seit »Langsame Heimkehr«? – »Meine Automatik ist kaputt.« (Ich muß, und kann? mich selber steuern) (21. Mai)

Verb für das abwesende Geliebte: es »wirkt mit«

In der Betrachtung der Natur: zwischendurch locker lassend nicht locker lassen! (zurück auf dem stillen Felsenberg)

Ein Mädchen ging mit einem blauen Glyzinienbüschel in der Hand und spielte damit Spirale

Der Lohn für das Sich-Einlassen ist der Schmerz, in dem ich auflebe

Das Verb zu »Ich«: »hören«; *ich* höre

»Der, der daherkommt nur mit seiner Stimme, ist fröhlich« (E. Bove von einer Musikantengruppe, vom Sänger; »Becon-les-Bruyères«)

Verb für niemanden: »sich aufgeben«

Kein stärkeres Lebensbild als das menschliche Augenpaar; mit diesem Bild kann ich weitergehen oder »ewig entgegengehen« (laut Nova)

Am Platz sein: nichts, was darüber geht. Und ich war noch nirgends ständig am Platz; am wenigsten zuhause; wenig auch in der Fremde; am häufigsten noch in der *Nähe* von zuhause, in Gehdistanz (ASK-Platz); »am Platz sein« heißt zum Beispiel: »Ich warte nicht mehr«

An eine Frau: »Du fragst so blöd wie ein Mann.« – Das war aber nicht nur ein Vorwurf, sondern auch eine Vertrauensbezeigung

»Den Ernst bewahren« ist die *Entsprechung* von »Die Ruhe bewahren«; sei aus auf solche Entsprechungen (wieder Sturm auf dem Felsenberg)

»Die Liebesperson, die dich rettete, würde sie dich kennen – die aber aufhört zu existieren, sowie man sie anspricht« (E. Bove: Die Religion offenbart durch einen Schriftsteller, in einem ganz alltäglichen Zusammenhang; ich muß Emmanuel Bove so aufmerksam lesen wie Friedrich Hölderlin)

»Ich glaube, ich muß behutsam spielen« (Gérard Philippe)

Der Großvater hatte noch einen vierten Sohn, namens Philip. Er war der jüngste und starb im Dritten Weltkrieg. Der Großvater schluchzte an meinem Ellenbogen, am Zusammenbrechen, mit weißen Lippen: »Er war ganz allein!« (Pfingstsonntag) – Philip, so soll der Held der Wiederholung heißen

Gestern saß im Laternenschein, mitten in der Felsbergnacht, ein kleiner Vogel auf dem Weg, ein »Zilpzalp«, seinen Schatten unter sich, und zilpte; flog dann für einen Sprung zur Seite und saß auf einem Zweig, erhabene winzige Silhouette; das Sonderbare war vor allem der »Tagesvogel« in der tiefen Nacht

Katherine Mansfields Umschreibung der Wiederholung: »Unser Gelübde immer wieder, in Anschauung all der uns umgebenden glühenden Schönheit: zu erneuern«

Wie die Katzen unversehens »im Türspalt« erscheinen, so erscheinen die Amseln unversehens »in den Luftspalten«

Herr zum (scheißenden) Hund: »Laß dir Zeit«

Nach der Durchquerung des Paradieses atmeten wir auf; die Gefahr war vorüber

Angesichts der Schönheit werde ich kühn (spüre ich Kühnheit) (23. Mai)

»Nachtmünze« (Parkplatz, Flughafen S.); die Nachtmünzen sind kleiner und leichter

Für das Rufen freilich gilt der sonst auf das Schreiben bezogene alberne Spruch: »muß aus dem Bauch kommen«; als er sich entschloß, die verschollene Katze zu rufen, merkte er, daß das richtige Rufen aus dem Bauch kommen mußte

Was verlangt das Haus? – keinen Eigentümer, sondern einen Hüter; es verlangt, gehütet zu werden

Eine Liebesnacht, gab es das noch? Ja, und am Tag danach bekam jedes ausgesprochene Wort allmählich seinen Hof

Und: der Fluß hinter den Kastanienblättern, und die Sehnsucht nach der Geliebten

Die Schildbürger, die die Sonne scheffelweise ins fensterlose Haus trugen: vielleicht war das gar kein dummer Streich, sondern ein Gleichnis; Gleichnis für das Festhalten-Heimholen-Niederschreiben; und das Gleichnis sagt: Es hat doch Sinn

Die ertrunkene Kuh im Hochwasserfluß (tut weh)

Nur im Liebesakt – auch wenn ich gar nicht »agiere« – sehe ich am andern das Antlitz; und jenem »Antlitz« entspricht als Verb: »ist losgelöst« (vom Körper, vom Kopf, vom Schädel)

Die Tag- und Geschichtswelt dem Traum zurückgeben; auch mithilfe des Tags und der Geschichte: das Wiederfinden in der Wiederholung (München, Flughafen)

Die Stimmen mancher Leute, Frauen, tun mir in den Zähnen weh

»Brandig« ist ein treffender Ausdruck für die kranke Seele

Wenn die Geschichtsschreiber sagen dürfen: »Zuerst war König X, dann war König Y«, dann dürfen auch die Liebenden zu ihrer Liebesnacht sagen: »Zuerst war Abend, dann waren wir« (24. Mai)

Verb für die Liebenden: sie »bessern einander« (und ergänze wieder: so soll es sein)

»Ich freue mich auf dich« heißt, soll heißen: Ich freue mich auf deine Erzählungen

»Siehst du, Richard, ich dachte mir letzte Nacht, daß man eigentlich mit dem Schreiben kaum erst angefangen hat. Wir wollen dabei von der Poesie und von Shakespeare absehen; ich spreche nur von Prosa« (K. Mansfield)

Was ist nachhaltig? Form. Das der Form entsprechende Verb: »hält nach«

Ich bin so halbwegs, und du bist so halbwegs, und so sind wir einander ein gutes Gegenüber

Was ist das Verb zu Kind? – Das Kind »versteht«
Das Verb für die Gegenwart: sie »baucht sich«
Das Verb für die Seele: sie »hält inne«
Das Verb für mich: »bin hier« (ich bin hier und höre)
Das Verb für den Schmutz: »gehört dazu«

Angesichts des Zweigs vor dem Himmel:
Gewiß erwarte ich da keine Gotteserscheinung.
Aber ich erwarte doch mehr zu sehen,
Als ich im Augenblick da sehen kann.
Und ich weiß,
Daß ich da mehr sehen kann –
Viel mehr.
Und als ich das dachte,
Hörte in meinem Innern das Zählen auf.
(26. Mai 1983)

Verb des Vaters: er »denkt mit«
Verb zum Sport: »trocknet aus« (mich)
Verb für die Begeisterung: sie »härtet«
Verb für die Herzlichkeit: sie »bereinigt«
Verb für das Paar: es »hilft einander auf«

Die Erinnerung: kein »Schatten« – sondern »die Sonne von einst«: was einst (auch) schattig war, erscheint als Erinnerung jetzt in der Sonne, in der »Sonne von einst«

Verb für die Phantasie: sie »gestaltet«

Verb für den Schauspieler außerhalb der Bühne: er »über- und unterspielt«; Verb für den Schauspieler auf der Bühne: er »stillt«

Weidenblütenflaumtage; an den Wegsäumen eine hohe helle Schicht davon angeweht, warme Inseln im kalten Tag, die Hand spürt eine Brutwärme im Innern

Ich bin oft nicht lichteinlässig; verhalte mich gesträubt gegen das Licht; bin dicht (leider) (27. Mai)

Verb für die Erzählung: sie »umspielt«

Verb für das vielfältige Grün (der verschiedenen Baumarten, Ende Mai): es »schreibt sich ein«

Meine Verlegenheit ist nur atemlose oder -behinderte Traurigkeit; ist Traurigkeit mit falschen Atemzügen

All ihr Ersehntes ist in Erfüllung gegangen, und nichts vom Erfüllten kann sie ernst nehmen

Verb für den Abend: er »rastet ein«
Verb für die Verzagtheit: sie »verkleinert«

Die Katze vor dem Vogel, mit dem Schädel klappernd wie eine Schlange; der Vogel, vor den Katzenaugen, furchtlos rufend (unter der Blutbuche)

Und: das Eichhörnchen reglos an den Baumstamm, und darunter auf der Wurzel reglos eine große Amsel

Verb für das Atemanhalten: es »reinigt« (30. Mai)
Verb für die Geistesgegenwart: sie »greift«
Verb für den Wind: er »kommt«

Rispenzeit: das hohe Gras im Garten; Rispenlicht

Der Spatz auf der Erde, überflogen vom anderen Spatzen, duckte sich und zog den Kopf ein

Verb für den Ernst: er »beglaubigt«
Verb für die Augen: sie »nehmen sich zurück«
Verb für die Philosophie: sie »will zuviel«
Verb für die Tonfolgen J. S. Bachs: sie »geben das Zeitmaß«
Verb für den Einsamen: er »verharrt«
Verb für den Traum: er »frischt auf«
Verb für das Licht: es »fordert heraus«
Verb für die Kunst: sie »läßt« (unangetastet)
Verb für den Stadtrand: er »bereitet vor«
Verb für Spinoza: er »türmt auf« (den Gegenturm zu dem von Babel)
Verb für die Langsamkeit: sie »macht Lust«
Verb für die Trauer: sie »häutet« (endlich)
Verb für die Pfingststunde: sie »hat Schmelz«
Verb für die Schönheit: sie »bewegt sich rückwärts« (sie bewegt sich, im Abstand zu mir, langsam rückwärts)
Verb für den Knienden: er »denkt weiter«

Umzingelt, aber nicht feindlich, von Amseln im Garten, wie von Indianern; immer wieder taucht so ein Amsel-Indianer auf und verschwindet wieder im hohen Gras, hinter den Bäumen, hinter den Felsen

Ich, der dumme Läufer: sowie ich laufe, fange ich zu zählen an, und das ist dann alles in mir (31. Mai)

Verb zum Bergaufgehen: es »formt«
Verb für die Art (oder Eigenart): sie »zündet«

Gib acht, daß aus deiner Erfahrung nicht Routine wird – wohl dem, den Erfahrung schüchtern oder scheu macht statt routiniert (denke an den und jenen Meisterkoch)

Verb für die Liebende: sie »macht ausfindig«

Ich liebe dich nicht mehr und sage dir nicht mehr, wo ich heute gewesen bin

Leb und stirb mit denjenigen, die dein Geheimnis bewahren (aber wer ist das?)

Verb für die Vernunft: sie »vergrößert«

Der Briefträger schlenderte gemächlich herbei, mit einem Eilbrief in der Hand, an einer Eiskugel schleckend (1. Juni 83, Vorsommer auf dem Felsenberg)

Die Blätter drehen sich im Sommerwind wie in jemandes Mund, wie zwischen jemandes Lippen

Fronleichnam – morgen – ist Spinozas Fest: das Fest des göttlichen Körpers

»Die selbe Sorgfalt, welche die Wilden aufwenden für die Herstellung einer Falle, wendete er auf für die Vorbereitungen zum Aufbruch« (Bove, »Die Liebe des Pierre Neuhart«)

In der Wiederholung muß auch eine starke Kritik jener mystischen Entschlüsse herauskommen, auf die sich der Held zunächst – und lange – so sehr verläßt

Aus dir wird nur etwas, wenn du etwas wiederholst

Anderes Verb für die Farben: sie »pendeln mich ein« (2. Juni)

Verb für den Lebendigen: er »stellt nichts dar« (Jahve)

Was ist die *Urform*? Die Verwandlung; die Wandlung

Jedes Ding der Welt entweltlicht sich, und mich, sowie ich mein Heil darin suche

Verb zum Tod: –

Frei spüre ich mich, sowie ich aufhöre zu erwarten (und sowie ich das aufgeschrieben hatte, fing ich wieder zu erwarten an)

Beim Tagträumen stocken mir die zufälligen Dinge in den Händen und bekommen so ihr reales Gewicht (gerade war das ein Stück Zucker) (4. Juni)

Der taunasse Bauch der Katze am Morgen

Man kann lernen von jedem, der begeistert ist

In der Arbeit, jedenfalls meiner Art Arbeit, finde ich wieder, was ich geliebt habe, mitsamt der Liebe

Denk nach, was besagt wird mit: »Die Kinder lassen einem keine Zeit«

Die Pfingstrosen zwischen den hohen Grasrispen: so haben die Rosen auch nichts Luxuriöses

Was heißt »der Weisheit letzter Schluß«? Die Weisheit ist doch schlußlos (folge der Gemeinsprache – aber verlaß dich nicht auf sie)

Sei einfach und anspruchsvoll; oder: Sei einfach und fordere = Poesie

Ein Leser liest auch neben einem Sterbenden (und das ist keine Sucht)

Daß ich befeindet werde, kommt vielleicht daher, daß ich meinen Weg nicht majestätisch (genug) gehe

Schweigen und Wissen; wissen und schweigen; »zu schweigen wissen« (s. Gemeinsprache)

Schreiben: sich von seiner besten Seite zeigen

Die Liebe ist schmerzhaft und führt zu nichts, und das ist ihre Herrlichkeit

Die Meeresküsten gehören dem Volk (sollten ...); und wie ist es tatsächlich?

Zu den Amseln, wie sie im Gras stehen, kann man (wieder) sagen: »rank«

Meine Freude kommt aus einem Bedenken (= Schwingenlassen) des Undefinierbaren

Verb zum Warten: es »gebührt«

Die Kraft spüre ich in mir aufsteigen als Kraft, mich zu verleugnen

Wende dich ab, aber nur im Viertelkreis: so ist es keine Flucht, und keine Abwendung

Ich ließ mir vom Weg den Weg weisen (7. Juni)

Eine Ladung der Menschheit brach durch das Eis, welches sofort wieder zufror. Eine Zeitlang gab es noch ein Ächzen in der Eisdecke, von den Bemühungen der Untergegangenen, diese aufzustemmen. Vorher war Cézanne auf einem Nebenteich freiwillig untergegangen. Ich hatte gerufen: »Cézanne ist tot!« – worauf erst auf dem Hauptteich die Menschheit einbrach

Du sagst »verschönern«, und ich sage »richtigstellen«

Verb für den Sich-Erinnernden: er »thront«

Ich werde vor dir, die ich begehre, nicht ruhen, bis ich dir zeige, wer ich bin

Die Wiederholung: Lange Zeit wollte ihn niemand – nur seine Mutter. Dann wollten ihn andre, und es gab keine größere Erleichterung, als endlich der Mutter ledig zu sein

Die Despoten, zusammen mit den Willenlosen, den Feiglingen und den Böswilligen, bilden in der Tat eine »Heerschar«

Verb für das Kunstwerk: es »durchwirkt«

Liebst du mich, so läßt mich deine Liebe zu mir kommen

Die Heilige im Obus (die alte Angestellte auf der Heimfahrt) (8. Juni 1983)

»Austrinken«, so ein Wort gibt es wohl nur in Deutschland

Lesen, das Erlebnis meiner selbst

Die herrlichste, gewaltigste, geheimste Schwelle: der Sommerwind im Garten

Durchbebte Souveränität, Souveränität, bebend (das rechte Schreiben) (oder »zitternde« S.)

Von den Erdbeeren, selbst gepflückt, kann ich sagen: »Ich führe sie mir zu Gemüte« (schon das Riechen ist ein Zu-Gemüte-Führen)

Statt »Würde« sag »Art«

Es zieht mich hin zum Verkommen, ohne daß ich verkommen will

Sonnenuntergang schimmernd unten am Bauchfell eines Windhunds

Empörter, aber nicht Empörer (ich)

»Nicht müde, zu wiederholen« (wieder eine treffende Redensart)

Schweigend ankommen; gegen all die wortreich Ankommenden

Umraschelt von Igeln in der Felsbergnacht; Verb für die Igel: sie »umrascheln«

Der Held der Wiederholung läßt sich an einem Straßengeländer nieder, in großer Erschöpfung (z. B. nach einer Gebirgsüberquerung), und kann endlich bestimmen, fassen, festsetzen, träumen, *wer er ist*

Im Stadtrandgasthaus erschienen drei junge Mädchen: eine Zwergin, eine sehr Dicke, Große, und eine Hübsche, sehr Zarte. Alle drei rauchten. Die Zwergin und die Dicke waren sehr laut, grüßten rundum und lachten. Die Schöne war schüchtern (manchmal ist Robert Walser in der Welt zu spüren und zurückzuholen)

René Chars »Präsentation« des Poeten: »der Ausgeschlossene und der Erfüllte«

Ohne im Garten gewesen zu sein, werde ich nicht zuhause gewesen sein

Ein Zeitungsschreiber setzt wieder einmal das Lobpreisen einer Sache durch einen Poeten einem Lügen gleich: XY »lobt/lügt« – solche Schreiber unterstützen das Verkommen

Verb zum Feigling: »rückt ab«

Verb für den Treuen: »besteht auf«

Wie empört mich der, der übertrieben gut von mir denkt. Wie möchte ich mich ihm einmal minderwertig zeigen, damit er sich besinnt und erfährt, was gespielt wird

»Wenn du mich liebst, such keinen Grund« (sagte wer zu wem im Traum?) (12. Juni)

Die Wiederholung: An wen auch immer der Held sich bisher im Leben anzulehnen versucht hatte – und wäre es auch nur aus Müdigkeit gewesen –, das Anlehnen war nicht möglich; höchstens an ein Ding

Der Held der Wiederholung sieht seine toten Brüder, im Weltkrieg gefallen, als »am Weg Zusammengebrochene«

Die Schönheit (besonders der Frauen) gibt zu denken

Mein Herz strebt weg von dir, du bist das falsche Wild!

Bei Lebzeiten hatte er die Brust voll mit Diamanten; mit seinem Tod kamen diese auf seinen Rücken, Brillanten geworden

Mir (auch anderen, den Nahestehenden) sagen zu müssen: »Ich habe keine Zeit«, gibt mir die Empfindung des Versagens

An der Fragerei »Kann ich etwas helfen?« sind zu erkennen jene, die keinerlei Sinn für das Helfen haben

Du kannst nicht hoch genug von dir denken. Aber du darfst davon nichts herleiten, daraus nichts ableiten, daraus nichts fordern (14. Juni)

Ohne Aura muß ich mich herbeidenken; mit Aura bin ich selbstverständlich (statt »Aura« sag vielleicht besser »Sphäre«)

Verb für die Schwäche: »versteht«

Erstarkend, und den Tränen nahe (»und«; sammle solche »Und«)

»Die schwanke Tamariske« (s. Vergil); »die leichte Linde« (s. Vergil); »der wogende Buchsbaum« (s. der Garten des Großvaters): drei ewige Gedichte (Juan-les-Pins, 16. Juni 1983)

»L'empire d'été«: René Char kann ich am besten lesen, indem ich ihn zugleich übersetze

Gehört nicht zum »Sehnen« jeweils ein »fast« dazu? Ich habe mich »fast« nach dir gesehnt; oder: Ich habe *begonnen,* mich nach dir zu sehnen; Verb für die Sehnsucht: »beginnt« – und ebenso auch zu »Glück« ein »fast«: Ich bin fast glücklich; Verb für das Glück: es »zögert« (und zögert, und zögert) (Juan-les-Pins)

Ihr Unrecht getan habend, erkannte ich sie: als eine Verletzte. Verletzt, wie sie war, erkannte ich sie

Aus der »vollen Männlichkeit heraus« müßten die Sachen oder Dinge geschrieben werden; die ruhigsten, liebsten und schönsten Gesten des Mannseins, so müßte das Schreiben sein (auch die sanftmütigsten Gesten, s. René Char?)

In der Sonne brauche ich mich nicht aufzuplustern. Ein Verb für die Sonne wäre auch: »beruhigt«

»Die Milchstraße hat sich noch nicht vom Horizont getrennt«: Juni

»Götter, am wenigsten trüber Ausdruck von uns selbst« (René Char)

Palme, Weltraumwedel: von unten betrachtet, mit dem Kopf im Nacken; Sonne gewaltig schimmernd im Palmstumpf, als Abglanz; Palme, Weltraumwedel; und daneben im Weltraum der Viertelmond

Er spürte an ihrem Hals ihr Herz schlagen, als Perle zwischen seinen Lippen

»Wenige werden gewußt haben, die Erde zu betrachten, auf der sie lebten, und zu ihr du zu sagen, mit gesenkten Augen« (René Char) (17. Juni, Antibes)

Nicht *atmen* können: *Nicht*atmen können

»Endlich zusammenbrechen«: so ist mir manchmal zumute, so sehe ich manchmal das Ideal

Gewaltig wehte der Wind aus dem Wind,
Blaute der Himmel im Himmel,
Erschien die Sonne in der Sonne,
Frischte das Meer das Meer auf
(»gestern vormittag«)

Aus der Nahrung eine Speise machen; aus der Speise ein Mahl machen; aus dem Mahl eine Zeit machen

Ein Mann saß in Betrachtung eines Knopfes versunken, den er im Handteller hielt (so »Die Wiederholung«)

Reiche Tage, schmerzhafte Tage

Die Frömmigkeit ist nicht mein Teil – wohl aber die Seligkeit

Und es gibt doch ein Verb für den Tod: der Tod »reißt ein«

Verb für den Betrachter: »erstarkt«

Liebende brauchen kein Symbol, kein Sinnbild: *denn wir sind jetzt*

Verb für den Lieblosen: »schmachtet«

Liebhaber ist der, der die Wahrheit sagt (19. Juni)

»Das Ballett der Platanen« (Gerhard Meier): so sah es auch ich vor zwei Tagen in der Allee nach Auxerre im Burgund, die Platanen im Sommerwind, großblättrig, die Blätter sich rührend bis in die Tiefe der Allee, herzbewegend, das innerste Herz aufrührend (und jetzt in Offenburg/Deutschland der winzige Rosmarin in den Rabatten, mit dem Etikett »Rosmarin« – aber immerhin das weiße Licht an der reifenden Erdbeere) (20. Juni 1983)

Im Stand der Liebe / die Quellen des Tigris und des Euphrat in deinem Innern

Issa: »Und Kanryô sah sich vor der unfaßbar schmerzlichen Tatsache, daß von dem Priestersohn auf dieser Welt nur mehr der Name übriggeblieben war« (d. h. das Kind war tot) (und, das lesend, dachte ich: glücklicher, schmerznäher, werde ich nie mehr sein)

Ein Fortschritt ist es, sich selbst bei seinen Verrichtungen übersehen zu können

Poesie kann nur sein, was kein Thema sein kann

William Faulkner war bis zu meiner »Volljährigkeit« mein »Firmherr« (im Zug nach Ulm)

Himmlische Sprache! Und sprich sie auch so

Für die Vereinigung dürfte nicht gelten: Er (oder sie) »schaffte« sie (ihn); sondern: Er (oder sie) *schuf* sie (ihn), sie *schufen* einander; sie *schaffen* einander

Auf den verlassenen Viehsteigen eines Moränenhügels im Voralpenland ging ein Mann im blauen Arbeitsgewand und mit schwarzen Gummistiefeln, und die Heuhaufen waren in der Abendsonne in einer langen Schattenlinie verbunden als eine Menhir-Reihe (zwischen Übersee und Traunstein)

Ein Sollens-Wort für die leibliche Vereinigung wäre: »sich zusammentun«; »wir müssen uns jetzt zusammentun«

Trauerfreude / Fülle des Menschseins

»Keinen Moment lang / Lassen wir ihn trocknen / An seinem Geburtstag« (Issa für den Buddha, und so hätte ich es auch gerne für mich; – zurück in S.)

»Leuchtschwärmen« (das Gegenteil von »irrlichtern«), das war das Tätigkeitswort zu den Platanenlapp- und -klappblättern im fern-innigen Ausgangstor der Allee bei Auxerre im Burgundischen; und gestern nacht hier im Garten des Felsenbergs das Auf und Ab der Leuchtkäfer (21. Juni)

Verb für den Sommersonnenwind: er »kleidet« (die bedürftige Seele)

> »Vor dem Torbalken / Paßt auf den Kopf auf! /
> So leicht ist / Das neue Sommergewand!« (Issa)

Die körperliche Vereinigung ist nicht »wichtig«, sondern essentiell, das heißt, es zählt bei ihr kein Wie – Hauptsache, sie *ist*

In den Gedichten Trakls sind zu viele Farbnamen

Hauptbefehl an sich selbst: »Halt dich zurück«

Mein Fahrrad lehnt an der Hecke, in welcher der Spatz kauert wie ein Dieb

In der Nacht, der tiefen, spiegelten sich die Glühwürmchen in den dunklen Hausscheiben – Issa hat doch nicht *alles* gesehen –, und dann jenes eine Glühwürmchen, hoch im Himmel über dem Hausdach, bei gleichzeitigem Wetterleuchten, einem großen Blaken (und zuvor die drei Erdbeeren als Nachtmahl für die liebreiche A.)

Die Melancholie, oder die Schwarzwolke, die sich in mich einkrallt mit den fallenden, kaum erst ergrünten Kastanien-Winzlingen im Juniregen

Dieser Mensch ist so langweilig, nicht weil er still ist, sondern weil er ohne Güte ist

Wegerich, japanisch: »Kraut-das-vor-dem-Wagen-wächst«

Ich erwachte, sowie mich das Bedürfnis faßte, zu danken

Zur hellgelben Farbe des Minztees in der Tasse sagte der Maler: »frech«. Und nie werde ich, durch dieses Wort, die Farbe vergessen (23. Juni)

Das Glühwürmchen gestern nacht vor dem Fenster hinaus zum Felsen; dann vor dem nächsten Fenster; und dann lachte ich und zeugte so aus der letzten Helligkeit zwischen den Baumblättern ein weiteres Glühwürmchen

Der Tropfen des Regens vom gestrigen Abend fiel in der Morgensonne vom Blatt, welches nicht aufschnellte, sondern sich hob; und wann werde ich endlich nur noch ein Ergriffener sein?; und in den Bäumen, bei Morgensonne, schillern die Tropfenfächer

»Die Bauern liegen Seite an Seite: / Im Disput übers ferne Gewitter« (= Die Wiederholung)

Baldrian, der die Wegränder rötet und fiedert mit seinen Blütenköpfen, Baldrian, der Wegwart – so wie der Felsbergbriefträger der Zeugwart von Austria Salzburg ist

Der blaue Himmel im Apfelbaum zeigte sich gerade als Kletterer; der Garten ist kostbar

Lerne ich durch René Char endlich wieder zu lesen? (Wie seinerzeit durch Friedrich Hölderlin)

In der mitternächtlichen Umarmung
Öffnete sie die Hand
Und zeigte da eine kleine gläserne Kugel.
Darauf erschien in seiner Faust
Eine faustgroße Kugel aus Bergkristall

Ein starker Vorwurf wäre: »Du kannst nicht unterscheiden!«

Liebe ergibt Pläne (für den Geliebten)

Tröste mich in meinem Glück, Dichter

Das Denken der Liebe geht so: Morgen! Morgen! Morgen! ...

»Der Ameisenpfad / kommt von den Wolkenbergen her / und setzt sich geradewegs fort« (dafür würde ich fast alle europäischen Gedichte hergeben, angefangen mit »Über allen Wipfeln ist Ruh ...«)

Was ist die Errungenschaft? Was wäre sie? Worauf liefe die Geschichte hinaus, die Historie? – Freie Hand zu haben. (Und kann ich nicht doch von mir sagen: »Ich habe freie Hand«?)

Als wir einander liebten – Meer oder Nicht-Meer, Sonne oder Nicht-Sonne -, waren wir gut. Wie waren wir gut, als wir einander liebten!

Eichhörnchenspuren auf unbeschriebenem Briefumschlag; »ungelehriges Eichhörnchen«, immer wieder in Panik im Haus gefangen, und immer wieder im Haus

»Halt still! Die Sonne kommt, der Chefarzt!«

Es ist wahr: Es gibt Leute, denen darf man, so man ihnen nicht in die Falle gehen will, nicht in die Augen schauen, so wie manchen Hunden; oder nur mit verschleiertem Blick

Verb für das Beispiel: es »bildet«

Biene unterhalb einer Lindenblüte schwirrend, im Sonnenuntergang als eigene Lindenblüte, als losgelöste Lindenblüte

Der »Riesenglühwurm« Issas trat gerade auf als der fast volle Mond hinter dem Nußbaum. Aber das echte Glühwürmchen vorne ist so viel wirklicher als der große Mond: so nah war es meinen Lippen, daß ich an die glühende Kohle dachte, die Jesaja auf die Lippen sich legen wollte vor dem Sagen dessen, was der Fall ist (Erde, Erde, Erde!). Und dann im dunklen Haus besah ich mein Gesicht im Spiegel mit dem Glühwürmchen in der Hand als Lampe – es funktionierte –: den Hals des Menschen da, den Wangenknochen, die Schläfe, den Haaransatz. Die Zweifachlampe des Würmchens, das gar kein »Würmchen« ist und jetzt als Ewiges Licht im Badezimmerfenster sitzt; ein Licht, ein Glühen, das, als ich es anhauchte, oder anblies, anders als sonst Glühendes, nicht aufflammte oder sich entfachte, sondern schwächer wurde. Die schönste Lampe im leeren Haus! Warum ist das Glühwürmchen nicht dargestellt an den Höhlenwänden von Lascaux? Kraterleuchten, das von dem Tier ausging, Lava-Schein, und nie möchte ich meinen Schläfenbogen vergessen in dieser Glühwurmlampe im sonst völlig finsteren Haus

Benutz jeden Moment der Fülle, des Ausgefülltseins, dich ZU RÜSTEN. – Das Glühwürmchenlicht im Zimmerfenster ist erloschen, aber ein anderes solches Käfer-Licht nun als Leuchtturm am Ende der Steinfreitreppe, obenauf, *atmendes* Leucht*feuer* eher, und wie triumphiert dieses immer wieder, atmend, über den großmächtigen, gleichbleibenden Kaltmond hintenwo; Glühwürmchenlicht ist auch ein Berghüttenlicht, wie verzagt: der Gast, der Freund, derjenige – er kommt nicht; und doch, immer wieder, das Aufleuchten, für nichts und wieder nichts – Mensch, sieh ein, – und geh jetzt schlafen; gute Nacht, Glühwürmchen! Das Glühwürmchenlicht und Georges de La Tour

Nichts Schöneres als ein Körper, aufgeblüht zum Begehren, wartend, geduldig, gewiß (24. Juni)

Am Morgen auf dem weißen Tischtuch, wo nachts das Glühwürmchen saß, schwarze Kohlesplitter (Fata Morgana?)

»Yatarō war Issas Name als Kind.« Und was war dein Name als Kind? (Die Wiederholung)

Eigentlich müßte nach der Liebesbezeigung der Tag enden

Ich bin Niemand, hieße: Ich bin nur noch Sehnsucht, oder Heimweh (= Odysseus)

Dies sind die wahrhaftigsten Tränen: die gleichsam aus meinem Schädel(skelett) kommen (zu Issas Beschreibung seiner Tochter)

Gefahr der Musik: Verlust der Gegenwart

Den Frauen die (kurzen) Wahrsprüche, den Männern die vierundzwanzig Gesänge (der Odyssee)

Donner, Blitzen, Baumrauschen, Autohupen, Kuhmuhen, Hahnenschreie, Vogelrufe: alles das, von nahem und weitem kommend, spielte in die Vereinigung der Leiber mit hinein und verstärkte, erhitzte, vergrößerte, vertiefte, erweiterte, umstrahlte, rundete, formte, verewigte, Laut für Laut, Blitz für Blitz, Ton für Ton, das Ineinandersein, das Aufeinandertreffen, das Aufeinanderziehen, das Sich-Annähern, das Zusammenfinden, das Zusammensein der beiden Geschlechter. Und so still wie danach sind sie noch nie gelegen

»Sehnen« hat bei ihm tatsächlich mit Sehne, gespannter, zu tun; laut Etymologie ist »Sehnen« allerdings »unbekannter Herkunft« (26. Juni)

Gestern, das »Und«: Die Jasminblüten fielen sternschnuppenhaft, und aus dem Haselbusch warfen die Eichhörnchen die hellen Nußhüllblätter (was etwas vom einstigen Türken=Kukuruz-Schleißen=Schälen im bäuerlichen Stall hatte)

Nach dem Gewitterregen hafteten dann an dem Felsfenster außen, bis obenhin, dicke Schnecken, wie vom Sturm da angeklatscht

Die Wandlungsglocken, unten von der Stadtkirche herauf: als sie zum zweiten Mal klangen – der Wein in das Blut verwandelt –, klarte in dem Wegerichblatt zu meinen Füßen der Regen der Nacht

Das Zittern, Erzittern: angesichts des Erdendaseins; angesichts des Daseins der Erde und angesichts meines eigenen Erdendaseins erzittere ich

Das Gedicht »vergegenwärtigt«; das Lied »vergänglicht«

Einmal werde ich dich so lange anschauen können, daß wir für immer miteinander vermählt sind (s. die Frau damals in Georgien)

Wenn im Lauf des Nachmittags auch das letzte Tautropfenblinken, das tiefste unten im Gras, verschwunden ist, zieht es mich aus dem Garten weg auf das Land

Erleichterung durch Liebe: der übliche Schmerz, das bist jetzt »Du!«

Das Schluchzen ist ein Aufatmen; eine Art des Aufatmens

Das Bild der Nicht-Geliebten ist scharfumrissen; das Bild der Geliebten ist unbestimmt und leuchtet

Tage des Taus und der nassen Augen: im Lauf des Tages ersetzen die nassen Augen den Tau

Erschütterung härtet (und stärkt) die Augenmuskeln

Das Herrlichste auf Erden ist doch das Epos (»Das Wasser meines Lebens«, so nennt der König des »Manns im Pantherfell« seine Tochter); und ein koân zu »Epos« wäre: »Das Epos stärkt die Waden«; und das Verb für das Epos, die Erzählung der Erzählungen? – es »entringt sich« (→ Die Wiederholung)

»Und keiner wird aus sich selber neu geboren« (Der Mann im Pantherfell, Schota Rustaweli)

Die Liebende: dem Geliebten zuliebe zuckt sie beim Donnerschlag zusammen (könnte im »Mann im Pantherfell« vorkommen)

Epos: Laß mich dir erzählen, vom Grün der Gräser, von den Augen deiner Mutter, vom Tod deines Bruders, vom Westwärts deiner Geliebten, vom Schmerz deines Vaters, vom Fern- und Nahsein des Meeres (→ DW)

Rüttle am Lorbeerbaum. Fällt etwas ab? – Nichts als wechselndes Licht

Verb für den Sänger: »läßt nicht nach«

Epos: mein Meer zum Wallen bringen, mit Ebbe und Flut (ASK-Platz)

Als das herrliche Lied zuende war, der große Saal wieder still, setzte der weiße Vorhang am offenen Fenster in der Stille noch einmal volle Segel auf (ASK-Platz, leere Gaststube)

Meine Toten, zunächst so vielfach tot, sind im Lauf der Jahre in mir nur noch einfach tot (ich dachte an Nicolas B.); und das ist eine Zurückbildung

Auch der Held in dem georgischen Epos spricht zum eigenen Herzen, wie einst und jetzt Odysseus (→ DW)

»Ein Liebender erweckt sogar das Mitleid seiner Feinde« (Der Mann im Pantherfell)

Der auf der Messerklinge zersprühte Regentropfen (28. Juni 1983)

Anderes Verb für das Bergaufgehen: »strahlt« (mich nach außen)

Die Farben in sich aufnehmend, kann man nur gut sein

Es gibt kein anderes »Sein« als das »Auf-der-Schwelle-Sein«; nein, als das »Schwelle-Sein«

Das Verkehrsdreieck als Besinnungsort

Epos: Erzähl mir dein Geheimnis – damit es bewahrt bleibt (bleibt dein Geheimnis in dir, wird es *nicht* bewahrt)

Die »oben«, die Machtleute, werden alles, was dein *Zeichen* ist, als deine *Schwäche* sehen. Also gib ihnen kein Zeichen

Bring dein Mißtrauen gegen das Mystische – die mystischen Entschlüsse, die mystischen Winke, die mystischen Gemeinschaftsentscheidungen – folgend ins Maß: das Mystische gilt doch! – aber nur *vorläufig*

Ausgestoßen aus der Liebe in die glühwürmchenbestärkte Einsamkeit (Europa, gegen Ende des 20. Jahrhunderts)

Nacht aus heißem Blei; dieses schmolz aber nicht, nahm keine Form an

Liebend, kann ich nicht haben wollen, weder mein Kind, noch dich; also kann (darf) ich dir auf deine Frage: »Was soll ich tun?« keine Antwort geben. (Aber ich kann die Frage verstehen und dir mein Verstehen zeigen)

Ein Schmerz, der mit Ruhe verbunden ist; der Ruhe ausstrahlt: es ist der SCHÖNE Schmerz – der Schmerz, der dir »schöne Augen macht«

Japanisch ist der Blitz »die Reisfrau«

Stilleben auf dem Tisch im Garten: lichtblauer Nähfaden, silbrige Nadel, sieben rotweiße Erdbeeren

Unwillkürlich dachte ich statt »Wissenschaftler«: »Unsere Sklaven«

»Du Quelle von Phantastischem, Ruhigem und Zornigem!« sagte der Mann zu mir im Traum (30. Juni)

Dein Gesicht geht mir voran. So kann ich doch sagen: »Ich habe dich«

Was möchte ich mit der Geliebten? – Mich mit ihr in der Sonne herumtreiben

Verb für die Trauer: »gelingt« (Gestern im Zuhälterlokal, im Blick auf den Indianer dort, gelang mir die Trauer, und im Blick ins Leere auf die abwesende Liebe, zu »Me And Bobby McGee«; die »Berufsschülerin« da im Dirndl, die Bosna-Verkäuferin im, so sie, »nach Würsteln stinkenden« glänzenden Berufskleid, das sie möglichst bald wechseln wollte; der onanierende Zuhälter; der traurig-liebevoll blickende »Strichjunge« mit den Kürzesthosen; »Satisfaction«; die »Berufsschülerin«, die dann nachhause mußte, »um den Pudel zu waschen«) (und ich erwachte heute fast glücklich: es war wie am Trading Post am Yukon River, oder wie zuhause im Gasthaus, wenn alle sich an meinem Tisch versammelten und erzählten)

Die Katze im Regen aus dem hohen Gras hervorrobbend: sie »krötet« da hervor; auch das Gesicht ist krötenhaft, nicht bloß ihre Bewegung

Ich will jedesmal für mein Schönsein irgendwie belohnt werden, desgleichen für meine Ruhe, und das regt mich dann doch wieder ungut auf

Die Idioten, im feierlich langsamen Zug auf der Festspieltreppe bergauf: ich grüßte sie, jeden einzelnen von ihnen, mitsamt ihren baumstammdicken Idiotennacken – und wie sie dann jedem Entgegenkommenden tiefsthöflich auswichen, hierhin und dorthin

Und es gibt doch ein Gebet, ein dinghaftes, stichhaltiges: das Dankgebet, gerichtet an die Farben (verwendbar auch als Tischgebet)

Der Indianer gestern im Zuhältercafé war, nach dem Kellner Giovanni Gareddu in Sardinien 1968, der zweite Mann, für den ich etwas wie Liebe (= wie Trauer) empfand; er fuhr dann, Ende des Freigangs, zurück ins Zuchthaus nach Oberösterreich

Fröhliches Angeben: *das* entspricht mir (z. B. mit dem Tischmesser im Nobelrestaurant meinen Bleistift spitzen)

SUNT LACRIMAE RERUM

Seine Augen füllten sich mit Dingen.
Seine Augen füllten sich mit Tränen.
»Sunt lacrimae rerum.«

Die Religiosität läßt sich wie folgend kurzfassen: Statt: »Das werde ich nie vergessen« sage ich: »Das werde ich DIR nie vergessen«

Das ist nicht mein Tagebuch, sondern mein Atom-Buch. Atom: Einheit zwischen Reflex, Reflexion und Gegenstand; s. »Form-Atom«; meine »Atom-Form«

Im Zustand der (seltenen) Erhabenheit hoffe ich, daß zugleich etwas Lächerliches an mir sei (und wäre es ein verdrehter Rockkragen)

Wieder von Königen erzählen (nicht das Königtum wiedereinführen, sondern von ihm erzählen = Die Wiederholung)

Verb für die Tränen: »stürzen«; »entstürzen«

Der stolze Mensch sagt: »Ich habe Zeit«; der Stolz des Menschen wäre es, sagen zu können: »Ich habe Zeit« (das wäre *mein* Kommunistisches Manifest)

Die Einbildungskraft, alias die Phantasie, die »weltumspannende«, das ist ein sanftes, das sanfteste Getrommel, ein Trommelfeuer, ein Trommelregen, ein Trommelwind, ein Trommelwortwerden, bestimmt durch das folgende Wort: »Wie ...«, und: »Wie ...«, und »Wie ...« (und »Wie«)

Übersetzen: im Tiefsten mit dem anderen zusammentreffen (René Char)

Geliebtes: Großes Abwesendes!

Die romanischen Figuren wissen, daß alles auch Schwindel, sweet illusion, ist; das aber macht ihre Vollkommenheit aus (z. B. die Fresken im Kloster auf dem Nonnberg, streng und lustig, wie der heilige Augustinus)

Euphrat und Tigris, die »aus dem Paradiese strömen« (Parzival des W. v. Eschenbach): das sind die Tränen

Ein Regenwurm kroch über die Schwelle im Haus, mit Spur – ich habe heute das Bedürfnis nach einem Schwellenschmuck; wo ist der Schwellenjuwelier, -maler, -architekt?

Kein Tag im Sommer ohne Füße im nassen Gras (Vorsatz?)

Schlaflos lange, empfand ich den Schlaf, wie er dann über mich kam, als Kleid; spürte, fühlte ihn als Kleidung; Verb f. d. Schlaf: »kleidet« (2. Juli)

Das Buchsbaumschloß mit der Farnschildwache davor

Der Vespergesang der Nonnen gestern war getragen von herrlicher Gelassenheit, aber nicht daß man sich sehnte danach, sondern man erfuhr: »So bin *ich* ja auch!« (Kloster Nonnberg)

»Everybody gets an eagle to feed« (Bob Marley; habe ich richtig gehört?)

Ein Mann namens »Rosenhauser« erzählte: »In Karlsruhe ging ich auf den jüdischen Friedhof meinen Namen suchen«

Der Kaufmann, mir das Kaufgut in Zeitungspapier wickelnd – gestern –; und ich dachte dabei an seinen verlorenen Sohn, der, als aus dem Gefängnis Ausgebrochener, vor kurzem in eben dieser Zeitung abgebildet gewesen war (3. Juli 1983)

Der Ort der Kunst ist eben nicht das »Nirgendwo« oder »Irgendwo« – sondern das »Immerwo«

Nächtlicher Heimweg auf den Felsenberg: Hinter jedem Gebüsch hockte ein Glühwurm, und ein gewaltiger Duft von Lindenblüten zog über den ganzen Berg (»und«)

Ein Buch ans Herz drücken (die Fragmente der Vorsokratiker – als Kind ist mir das so mit Karl May gegangen, und sogar mit Ludwig Ganghofer?)

λιλαίομαι, lilaíomai (altgriech.) = ich begehre, ich wünsche, ich sehne mich

Das Einander-nicht-haben-können: Insofern, Geliebte, habe ich dich doch, als ich von dir zu erzählen weiß

Und: die schwarzen Johannisbeeren und die Koalabären (Übereinstimmung *nicht* wegen der Wortähnlichkeit)

Zu Mittag, am Ende der Marktstunden, rollten ein paar Kirschen über die sonnige Straße; und dann zuhause auf dem Tisch die eine Erdbeere neben zwei prallvollen Erbsenschoten (»und«)

Es gibt das wirklich: der Durst nach deinem Mund (oder »das Dürsten«)

Endlich gleich auf gleich, »fielen wir füreinander in Liebe«; fielen wir in Liebe füreinander

Ich bin im Moment ein glücklicher Mensch, und so kommen mir meine Toten in den Sinn: »Die Wiederholung«

Verb für die Lindenblüten: »bewirten«

Eine Art »Stilbruch«: ein Spatz in einer Linde – und der Spatz fliegt auch, verwirrt oder unwirsch, sofort wieder vom Lindenzweig. Einzig die Bienen passen in die blühenden Linden, wo sie, in deren Helligkeit, dunkel werden, »verdunkeln«, dunkel wie Hummeln, und dann an den so kleinen, zarten Blütengesträubtheiten sich in Turner verwandeln – sie »hängen« in der Linde (dagegen ergeben ich, der Barfüßige, und die Spatzen eine Einheit)

Der Lindenbaum in voller Blüte: für nichts ist das Wort »Pracht« besser angebracht; das *Zittern* der Blüten im Vorabendwind; das *Schüttern* der Blüten durch die Insekten

Verb für die Spatzen: »unterfliegen«

Verb für die Phantasie: »wappnet« (weich)
Verb zum Schuldigen: »lacht falsch«
Verb zum Sammler: »wird rückfällig«
Verb zum Jäger: »redet sich heraus« (lügt sich in die Tasche)

Die Lavendelblüte, zum »Lippenblütler« erst geweitet durch die Biene (5. Juli)

Geist ist Lust (s. Gemeinsprache: »Ich habe keinen Geist dazu«)

Eine Art der Freiheit: sich unbesorgt verspäten

Bei Tage lief zwischen mir hier und dir hier
Die scheckige Katze durch.
In der Nacht dann
– O helle Körper! –
Der dunkle Igel

Herz der Geliebten, Herz der Menschheit. Ich liebe und bin ruhig

Verb für den Lehrer: »ist beiläufig«

Verb für die Daseinsfreude: »wird Legende« (deine Daseinsfreude wurde Legende; »deine legendäre Daseinsfreude« – so wie die Ära eines Königs »legendär« ist, z. B. die des König Artus)

Gäbe es das scheußliche, das falsche Lachen nicht in meinem Land, könnte ich mich mit meinem Land versöhnen. Könnt ihr nicht endlich anders lachen lernen? Einmal einen von euch Witze-Erzählern erschlagen (6. Juli)

Wie gut, daß wir entvölkert sind von all den heiligen Szenen, Bildern, Einstellungen, und nur noch die Schrift haben, die heilige (ich dachte das beim Anblick eines Barockgemäldes in der Ursulinenkirche; ich dachte das in Erinnerung an das Barock)

Verb zu den Notaren: »nisten«

»Wenn man liebt, möchte man abhängig sein« (sagte gestern ein junges Mädchen zu einem andern, in einem Geschäftseingang)

Es gibt keine herzlichere Erinnerung an das Sterbenmüssen als die Glocken freitags um drei

Liebend, das Bedürfnis, dich *zu versäumen*

Die Maulbeerhecke nördlich der Alpen! (gestern in Wals); plötzlich sah ich, fassungslos, auf der Straße vor dem Dorfplatz, wie vom Himmel gefallen, die Maulbeeren liegen, und aß sie sofort auf, voll Selbstvertrauen

Sich endlich des Unglücks entwöhnen!

Motto: Etwas tun, ohne lästig zu sein (Verb für die Eltern)

»Let the midnight special shine a light on me« (Creedence Clearwater Revival)

Die Regentropfen, so groß, gewittrig groß, sie auch fielen auf die Flußufersteine, wurden von der Wärme der Sonne sofort getrocknet. Und die Blitze dann leuchteten und widerleuchteten von den faustgroßen Kieseln; das Gewitter blitzte zurück aus den Flußufersteinen, jedem einzelnen (Saalach, 8. Juli)

Anderes Verb für die Liebe: »macht sorgfältig«

Einem richtigen Wort auf der Spur zu sein, das entspricht der Bewegung, mit der man ausholt zu einem Speerwurf – einem kleinen Speer, einem Bleistiftspeer; einem klein-großen Speer

»Die Sonne ist neu jeden Tag« (Heraklit, Fragm. 6)

Ich wiederhole: Die Zeitungen nehmen mir Ernst und Schauen; sie nehmen mir, mit all den »ernstesten« Nachrichten, den ernsten Blick (seit 1 Woche habe ich keine Zeitung gelesen)

Verb für die Güte: sie »wohnt« (und macht wohnlich)

Erfreulich der, der einmal (dann und wann, »zu allen heiligen Zeiten«) von sich begeistert ist (Größenwahn ist etwas anderes)

Ein Gefühl von »in medias res«: gleich nach dem Aufwachen in die Hausarbeit

»Aus dem Entgegengesetzten die schönste Harmonie« (Fragm. 8)

Veränderung im Lauf der Jahre: Ich schaudere nicht mehr vor Ekel, sondern vor der Möglichkeit der Todsünde (des tödlichen Frevels; und ich glaube an die Todsünde – daß sie tötet). – Andere Veränderung im Lauf der Jahre: Statt an den Tod und die Sexualität denke ich an den Tod und Gott (ita est; 9. Juli 1983)

Zur Schönheit gehört der Schimmer der Trauer und der Schulterschwung der griechischen Götter

Verb für den Lebendigen: »zittert«

Rondofragment für Knut Hamsun:

Kein Hunger:
Zu voll vom Da-Sein.

»Schwach vor Hunger« –
Stark vom Nicht-Hunger

Kein Durst ... (usw.)

Keine Bange vor der Schönheit; sie will nur erforscht werden. Das Schöne ist nicht des Schrecklichen Anfang

Verb für den Bleistift: er »startet«

»Ein ungerechter Herrscher stellte einst einem Eremiten die Frage: ›Welche Art von Gottesverehrung hältst du für die beste?‹ – ›Für dich‹, antwortete der Fromme, ›ist das der Mittagsschlaf; denn dann können deine geplagten Untertanen ein Stündchen oder zwei aufatmen und sich erholen von dir‹« (Scheich Saadi – solch einen Witz lasse ich mir gefallen!)

Eine Zeitlang

Dank dir
Komme ich gut aus
Ohne dich,
Eine Zeit lang.

Der *Selbstlaut* des Glücks – besser: der Daseinsfreude – besser: der Daseinserschütterung – ist nicht das »a« und/oder nicht das »o« – und nicht das »ei« – sondern das »u« (sehr langgezogen)

Elend: etwas zu betrachten als seinen Besitz; Freude: etwas zu betrachten als seinen Augenblicksbesitz

Die weißen Winden schließen sich am späten Nachmittag: Schwermutsstunde, Vertreibung aus dem Gartenparadies

Als ich der siebenbürgischen Marktfrau, die, bepackt mit noch vollem Rucksack, nach Marktende auf ihren Abholer wartete, noch einen Topf Honig abkaufte, sagte sie aus vollem Herzen: »Das ist brav!« (10. Juli)

Noch nie habe ich von dir geträumt, Geliebte. Ich brauche nicht von dir zu träumen

Verb für den Tau: »veredelt«

Indem ich euch die Treue halte, halte ich mir die Treue

Das einzige *gerichtete* Gebet: an die Mutter

Die Wiederholung: Die Heilige Sippe

Und: Tau und Glühwürmchen

Aus dem Singen wird ein Lied, wenn man *für* jemanden singen will; *so* entstehen die Lieder (Verb für das Lied: »singt zu dir hin«; im Gegensatz zum Singsang)

Verb für den Sommerwind: er »schattenboxt«. Und heute genügt mir der Sommerwind als Wein

»Hortensien«, das ist für einmal ein treffender Blumenname; die Hortensien verkörpern in der Tat den *hortus*, den Garten

»Und wo Menschen wohnen, da gibt es gewöhnlich auch Salz« (Scheich Saadi)

Die Lieder der Creedence Clearwater Revival sind fast sämtlich »Lieder über ein Lied«

Anderes Verb für die Sehnsucht: »führt zu nichts, aber ...«

»Langsame Heimkehr«: Durch meine Heimatlosigkeit wurden meine Sätze so lang (mußten ...)

In der Nacht möchte ich nur noch Frauenstimmen hören

So wie es recht ist, einen neuen Ton erst zu geben, wenn der vorangegangene völlig verklungen, so ist es recht auch mit einem Satz (s. »kein Synkopieren«, kein Jazz) (11. Juli)

Mein einstiges Holzhacken ist zum Bleistiftspitzen geworden

Schatten und Sonne im Innern der schwingenden großen Klosterglocke. Darunter am offenen Stiftsfenster ißt ein alter Mann am Fensterbrett sein Abendmahl: kleine, dunkle, von weitem, von unten im Hof unerkennbare Brocken. Tellerauswischen. Dann sein Teller-an-den-Mund-Nehmen und ihn-Ablecken. Schatten des Klöppels in der Glocke (St. Peter). Frau kommt dazu und stürzt aus kleiner Pfanne sehr dunkle Nachspeise – Schwarzbeeren – auf den hellen Teller ihres Mannes. Der alte Mann nun als Rückenbild, mit weißem Hemd und weißen Haaren, die Hosenträger übers Kreuz. Zuckerdose als Beigabe. Und im Kirchturm schwingt weiter, nun lautlos, die große Glocke. Und der Mann ißt mit dem Rücken zum Freien seine

Nachspeise. Dahinter die Gaisberganmutslinie. Das Dasein ist groß

Die Rohheit verkörpert sich in jenem Frauenspruch [1975?]: »Je suis sortie, je me suis amusée, j'ai mangé, j'ai dansé, j'ai fait l'amour«

Ein *Rache*lied, bei dem aber zugleich alle Dinge im Umkreis *aufblühen* (so wie »I heard it through the grapevine« klingt, von John Fogerty gesungen): daraus müßte auch Die Wiederholung bestehen! – Die Königskerze im Garten wird in solchem Rachelied zum Schwert, die Hahnenfußblüte, im Spinnennetz kopfüber, zum Gehenkten, die grüne Nuß schwärzt sich zum Geschoß – die Querrisse darin als Dumdum-Einschnitte. – Noch ein paar Jahre hier im Garten, und ich werde mehr wissen!

»Der nicht leidende Mensch wird nicht erzogen« (irgendwo bei den Vorsokratikern) übersetz besser: »Der nicht leidende Mensch bleibt nicht Kind« (es steht da ja auch tatsächlich »μή παιδεύεται«, *pais*, das Kind)

Das herrliche, lautmalerische altgriechische Wort für »lassen«: ἐᾶν, *eān*

Schwermut (= Todbeherrschtheit oder Todesdrücken) heißt nicht, daß ich den Raum verliere, sondern den Zwischenraum; oder: Ich sehe zwar noch dies und jenes, aber ich *erkenne* es nicht mehr

Mitten in der Stadt stand ein kleiner Traktor. Ein junges Mädchen saß rittlings auf der Sitzschale. Ein Bursche hielt sie um die Hüften, im leichten Abstand zu ihr. Das Mädchen hatte den Kopf erhoben – nicht gar hoch – und erschien unendlich ruhig, durchdrungen vom andern, und zugleich trauervoll; desgleichen der

Bursche. Es wehte der Wind der Welt um die Kollegienkirche

Das äußerste Lebensgefühl ist, daß sogar meine Knochen leben, ja glühen (wiederhole ich mich da? Recht so)

Seltsam auch: Jenes Eins-in-Eins zwischen dem Gefühl des äußersten Daseins-Einverständnisses (nein, Daseins-Triumphes!) und dem Gefühl der Verlorenheit: »Der Höllensturz steht bevor!« (Seltsam, oder nicht seltsam)

Es puffen (ja, das ist das Verb) tatsächlich Rauchwolken weg von den überreifen Brennesselblüten, in alle Richtungen, wie Indianerrauchsignale hinter den Felsen. Manche steigen auch bloß so in die Lüfte, nicht puffend, sondern sich lösend. Und dann auf einmal Puffschwaden in Serie. Manche senken sich sofort erdwärts, ohne Aufsteigen. Manche Blütenschwaden schweben lange, lange durch den Garten, in Zirrusform, bevor sie sich auflösen (und manchmal puffen auch richtige Ringe von den Nesseln weg, wie bei Kunstrauchern)

Er hielt es in ihr nicht aus, vor Freude, mit ihr zu sein

Die Eschen sind die Sommerbäume: ihre wogenden Fächer vor dem Himmelblau – wie im Mittelalter

ὁ μῦθος, ho mythos, ist auch der *Gegenstand* der Rede, die Sache. Also hieße mythéomai auch: »Ich komme zur Sache« (oder »ich deute«)

Mein Gott in mir ängstigt sich mit mir um mich; mein machtloser Gott (oder »armer« Gott, nach Hölderlin)

Statt »Bescheidenheit« wünsch dir Ruhe

Was erlöst mich täglich? – Der Gruß eines Unbekannten (und auch, einen Unbekannten zu grüßen) (»erlöst«? *ja, erlöst*)

Auf der Straße ging ein Mädchen mit einem Geigenkasten. Auf einem Feldweg kam ein Mann aus dem Westen (so »Die Wiederholung«!)

Manchmal thronen die Katzen so reglos, als hörten sie die ton- und lautlose Musik der Sphären

Im Wald aus Lavendel stand ein einzelner Blauklee. Die von Lavendel- zu Lavendellippe sich hangelnde Biene irrte sich und geriet in eine Lippe des Blauklees: Sofort zog sie den Rüssel wieder heraus und entflog (14. Juli 1983)

Das Kind sagte zum Vater: »Es hat Jahre gedauert, bis ich merkte, daß du blaue Augen hast«

Er spürte wieder ihren Puls am Hals zwischen den Lippen als eine Perle, und dachte: »So bin ich also kein schlechter Mensch«

Verb zu dem sich selbst ganz Genügenden: »ist gespenstisch«

»Wenn ich das Bergaufgehen nicht hätte« = wenn ich *dich* nicht hätte

»Ethos« = Heimat, Weideplatz, Stall; Sitte (wir sind immer noch am Anfang, bei euch, Griechen)

Ich ging den Fluß entlang. Das Wasser rauschte. Wen könnte ich lieben? (so DW)

Beim Anblick der befreundeten Frau erfaßt mich Herzlichkeit; beim Anblick der geliebten Frau Bangigkeit

Verb für das Tagpfauenauge: »rauscht vorbei«

Anderes Verb für die Liebe: (»spielt nicht«, sondern) »wird verhängt«, »verhängt sich«

Verb für den Erzähler: »offenbart« (seine Schätze)

Anderes Verb für die Geduld: »stiftet«

Die Erzählung ist mein Geschäft (und ein Tagpfauenauge flog durch mein Schiffshaus und rötete die Räume)

Nach manchem Erlebnis möchte ich nicht weg*gehen*, sondern *-fahren*

Der Sommer glänzt in den Eschenfächern; oder: In den Eschen wogt das Sommermeer

Verb für den Besucher: »gibt zu denken« (soll ...)

Reimspiel, falsches Spiel (ähnlich dem Jazz)

Zeitangabe, Zeitschwelle: »Am Tag des ersten Holunderrots« (entspricht Issa)

Die Kellnerin hat versehentlich einer Katze auf den Fuß getreten und wird zugleich von einem Gast gerufen. Die Kellnerin: »Gleich. Jetzt muß ich zuerst trösten!« (»Ein Tor ist, wer das Volk nicht liebt«, Kaiser Kang Hsi, Anfang 8. Jhdt.)

Als Sartre »La Nausée« schrieb und Camus »L'Étranger«, schien endlich die Sonne auf die Steine von Omaha/Nebraska (18. Juli)

»Mir ist das Wasser zu kalt. Das Wasser, das ich brauch', das gibt's nicht« (ein Nichtschwimmer an einem See des Salzkammerguts)

Zeitschwellen bei René Char: Wenn der Pirol kommt nach Vaucluse, röten sich die Feigen. Wenn der Kuckuck nicht mehr ruft, bilden sich am Weizen die Ähren

Sie zeigte mir im Traum ihr Kinderzimmer; da lag in ihrem einstigen Bett ihr Vater, las Comics und flapste dumm

Sich zur Schönheit *bekennen*

»Findeltiere werden zu jeder Stunde aufgenommen« (Tierheim, Maxglan)

Die Lindenblüten trafen im Mittsommer auf der Erde auf mit dem Geräusch von Herbstlaub (20. Juli)

Mich nicht verlieren! – das heißt auch: *Dich* nicht verlieren

Vor alle Klugheiten stell das kluge Schweigen (die Klugheiten des Schweigens) (besser: des *Stillseins*)

Verb für den Zwischenraum: »entstört mich«

Begehren: »Zeit, daß wir ineinander übergehen!«

Das Backen des Marillenkuchens im Laufe des Nachmittags im Gasthof: der Teig zur Zeit des Teigs / zur Zeit des Früchteauflegens / zur Zeit des rauchenden Blechs – und so verging der gestrige Nachmittag im Gasthaus am Flugfeld (21. Juli)

[22. Juli – 15. Sept. 1983: verlorenes Notizbuch]

Die Hand, die in den byzantinischen Mosaiken aus den Wolken kommt, die göttliche Hand, kann nur aus meiner eigenen Brust kommen (16. Sept. 1983, Ravenna, San Vitale)

Der Engel der Verkündigung, mit der Lilie: als empfinge er selber, und nicht nur die Jungfrau Maria, die Botschaft – so mitgehend ist sein Gesicht (Ferrara, 17. Sept., Jacopo della Quercia aus Siena, 1408)

Ich möchte mich an Pfingsten halten (und das schreibe ich auf vor dem Dom von Udine, eingedenk des Pfingstbilds Giottos in Padua, das ich gerade wiedergesehen = wiederholt habe; 18. Sept.)

Die Kunst: um dein Anders-Sein auszubrennen (hier sind Kunst und Religion eins)

Die Beweinung Christi (in der Romanischen Kapelle von Maria Wörth): Endlich haben die Frauen, die beweinenden, den Mann kleingekriegt

Erzählen ist nicht nacherzählen, sondern vorwegnehmen (zurück in S., 22. Sept. 1983)

Guter Gott in mir, mithilfe des Himmels und der Erde, und mithilfe der und des anderen

Nicht wenige, indem sie idealisieren, wollen haben; ich aber möchte das Idealisierte in Ruhe lassen (in der Ruhe lassen)

Abend im Fußballstadion: die Kinder, im Nachthemd, als Zuschauer im offenen Fenster des Hochhauses nebenan; später das Dazukommen des Vaters; hinter der Hochhauskante dann ein Teil des leuchtenden Vollmonds (S.-Lehen)

Die Farben verteidigen, gegen die Witze; die Farbenformen als *die* Anhaltspunkte

Ich brauche, brauche das Gegenüber, d. h. *dich*

Gastgarten am Flughafen: Die Finger des Ziehharmonikaspielers, gespiegelt in seinem Instrument; und hinter der auseinandergezogenen Harmonika das steil ansteigende Flugzeug; neben der Harmonika die Kinder, kopfunter an der Wegsperrenstange hängend

»Arbeiten« sollte ein Mir-Entgegen-Arbeiten sein, in der Zeit und im Raum (25. Sept.)

Wieder das Lachen hierzulande: so lacht man eben, wenn es nichts zu lachen gibt

Nach dem Hochwasser lagen in einer Mulde oder Wanne des den Bach begrenzenden Felsens zwei Äpfel

Mensch, Schmerzkaspar (inbrünstig aufweinende Frau inmitten der Stadt)

Im Garten in die Schule gehen

Eine Rauchwolke in der Luft, vom Tee, der schon ganz woanders ist (28. Sept.)

Die Geste des Helden der Wiederholung: sich mit der linken Hand voran den Weg durch die Menge zu bahnen, auch wenn gar keine Menge vorhanden ist

»Denn das *Mehr* (der Zusatz) vom Licht- oder Nachtelement, das ist der Gedanke« (Parmenides)

Zwei andere Äpfel (s. o.): auf der Fensterbank der Schusterwerkstatt, von der untergehenden Sonne umleuchtet (Maxglan; daneben eine Wolke in der Form eines im Baum hängenden Bienenschwarms)

Ich holte fortwährend zum Schlagen aus, kam aber mit der Hand nicht an das zu schlagende Gesicht. Wie so oft im Traum, war ich schlagunfähig

Lebensgefühl: wenn der Blick schweifen kann

Eingeschrumpft, punktklein, auf Meinung – das geschieht mir noch immer; und da bin ich schwach, schwächer, am schwächsten

Die Romanik, die romanischen Formen begnügen sich mit der Erde, ohne den Himmel außer acht zu lassen

Leben heißt, gemäß seinen Entschlüssen zu leben; nur das ist Leben

Zwei Kinder warfen Kastanien hinaus in den Fluß, um zu sehen, wie weit sie träfen. Sie warfen, und riefen dann im selben Moment, begeistert, mit leuchtenden Augen: »Gleich weit!« (Daneben lag das Flußboot an die Böschung gezogen, Wasserlachen darin, und ein Bursche ging vorbei, Mundharmonika spielend) (2. Oktober)

»Kein Übermut ist es, so viel zu trinken, daß ungeleitet nach Hause finden kann, wer nicht ganz altersschwach ist« (Xenophanes, »Elegien«)

»Die große Bestimmtheit dieser Schriftsteller« (Hölderlin über die Griechen)

Xenophanes lobt den Menschen nicht dafür, daß er sich für die Kämpfe der Titanen oder der Giganten oder der Kentauren begeistert – nicht für die »Nachbildungen der Früheren« und auch nicht für »wilde Aufstände« – »daran ist nichts Nützliches« –, aber dafür, daß er allzeit fürsorglich der Götter gedenkt (»Fürsorge«: *Prometheia*)

Die welkenden Blätter wie Früchte im sonst noch grünen Laub

Zum Gelassensein werde ich kommen, sowie ich gelernt haben werde, daß ich meine Art Welt nicht durchsetzen kann (4. Oktober)

Der Welt Herr werden, ohne, im geringsten, Herr der Welt zu werden (= Schreiben)

Gestern mit leeren Händen, in der Moorebene, vor den ersten Sternen: Bewußtsein von Freiheit

»Nicht von Anfang an haben die Götter den Sterblichen alles enthüllt, sondern mit der Zeit erst finden diese suchend das Bessere« (gegen die Offenbarungsreligion) (Xenoph., Fr. 18)

In der nächtlichen Straße rollte eine Kastanie leicht an Ort und Stelle; sie war gerade vom Baum gefallen; und das ist gestern gewesen (5. Okt.)

Wahrnehmer der Leere, das war ich von Anfang an; und im Wahrnehmen der Leere wurde ich zum Schreiber. Die *Dinge* zeigten sich mir erst mit der Zeit, und nur selten, ereignishaft

»Wer schreibt mir?« (Plus Name und Adresse, an der Unterführungswand zum Flughafen, plus: »Späteres Kennenlernen möglich«)

»Die Wiederholung« spielt jetzt *und* in einer legendären Zeit (wie all deine Bücher)

Es gibt viele altgriechische Wörter für »zögern«: mellein, diatribein, bradynein, oknein, und das schönste: »chronizein«, die Zeit zubringen

Und: Xenophanes und Voltaire, aufklärerische Ironie (»die Götter sind stumpfnasig und schwarz« – für die Äthiopier; »die Götter sind blauäugig und rothaarig« – für die Thraker)

»Gott ist ganz Auge, ganz Sinn, ganz Ohr« (Fr. 24)

Das Reich der Literatur ist das Zwischenreich: nicht ich, nicht du, sondern das Dazwischen, als Reich; nicht dieser Ort und jener, sondern der Bereich dazwischen; nicht diese Zeit und jene, sondern die Erzählzeit – die Zwischenzeit

»Im Lärm von uns allen verlassen«; das träumte mir gerade als Anrufung Gottes (7. Okt.)

Beim Betrachten von Landkarten, beim Lesen der Ortsnamen das Bedürfnis, gut zu sein, und die Sehnsucht, daß Frieden herrsche

»Nüchtern sei und Mißtrauen übe – das sind des Geistes Gelenke« (Epicharmos, Fr. 13; *arthron,* das Gelenk)

Bei den Vorsokratikern geben allein schon die einzelnen Wörter URBILDER, mit dem Sinn von »Urvertrauen«

»Guten Willens, wirst du im Tod nicht leiden; oben wird der (dein) Hauch (pneuma) bestehen, am Himmel« (Fr. 22)

Die Formen als die aufgehobene Herzlichkeit (überlieferte Herzlichkeit)

Ist es nicht auch eine Stärke der Slowenen, keinen Staat zu bilden, kein Staatsvolk sein zu wollen (= DW; 8. Okt.)

Die byzantinischen Mosaiken (z. B. von Ravenna) zeigen ein *Gefolge,* während bei Giotto *Zugeordnete* sichtbar werden

Aus dem Nachtsturm wird, mit den wühlenden Büschen, gleich ein Bär auftauchen

Die Wiederholung: erzähl einen jeden Ort mit seinem Wahrzeichen, nicht dem offiziellen, sondern mit dem Inbild, dem unwillkürlichen

Lampe in Viertelmondform im nächtlichen Haus – dann war es aber das Profil des Bewohners

Eine Birke vor dem Sternenhimmel: ideales Gegenüber; Gegenüber als Idee (10. Oktober 1983)

Ihr bewegt euch durch die Gegend als wandelnde Marterpfähle, und eure Blicke sind so, als sollte man auf der Stelle an euch angeschnallt werden (11. Okt.)

Das Fragment 45 des Epicharmos: »Wer nicht im geringsten vom Unglück verfolgt wird und sein Auskommen hat, aber dabei seiner Seele nichts Gutes und Schönes gönnt, den werde ich keineswegs glücklich nennen – er ist vielmehr als Schatzhüter für jemand anderen da« (phylax chrematōn, Schatzhüter; aber »chrema« ist auch *Ding*, und auch *Gegenüber*; »Ding-hüter«?)

Die Wiederholung: ein Hin und Her aus Gedächtnis, Wunsch (Sehnen) und Bitterkeit (= Epos)

In der Heimat werde ich (wieder) menschenscheu

Der Held der Wiederholung: Er will nicht verdammt werden, nicht verurteilt werden, aber braucht (benötigt) doch, einmal zumindest in seiner Geschichte, eine BEDINGTE VERURTEILUNG

Gedicht: Erfassen zweier Bilder in einem

Verb für den Frieden: er »wertet gleich« (die Geräusche, die Anblicke, die Gerüche; Abend in der Stadt)

Indem ich im Leben alles selber machen will (und muß), offenbart sich mir meine ganze Unfähigkeit (13. Oktober)

Und der Engel sagte zu mir: »Sie, diese dort, haben die Rede; du aber hast, hin und wieder, das Wort«

»Aufnahmefähig« heißt auch: ich mache vom andern – vom Gegenüber, vom »chrema« – im Vorbeigehen eine Aufnahme

Schreiben, spuren; übersetzen, nachspüren (»The Last Gentleman« von Walker Percy; »Der letzte Edelmann«?)

Der gelbe Tennisball im Mund des silbrigen Pudels

Sag statt »Gott« einmal: »die Umstände«

»Die Seherkinder« heißen die von Fatima. Aber das kann man wohl von vielen Kindern sagen?

Der Held der Wiederholung steht »nicht ganz« mit den Füßen auf dem Erdboden; aber das kommt von den Frostbeulen seiner Kindheit, an den Sohlen

Manchmal habe ich von außen her, durch die äußeren Umstände, keine Zeit; manchmal aber schaffe ich es nicht, im Innern Zeit zu haben; das letztere ist Zeichen von Versäumnis

Föhn: so klar alles ist, so wenig aber gibt es die Dinge, die Gegenüber; Föhn heißt: ohne Dinge (14. Okt.)

Die Einsamkeit, die ich sehe am andern, und die mich schmerzt, ist ja meine eigene Einsamkeit

Die Schwelle ist das Gegenstück zum Fangeisen

»Über sich hinausgehen«, ja; dabei aber doch von sich ausgehen, ganz von sich

Seele, die Weltraumstation (mit tagtäglichem Totalausfall)

Die durch die Wissenschaften verbiesterte Welt

Die Gegenwart, erweitert durch Phantasie: Schreiben

»Das leichte Gerüst irdischer Freuden« (G., Euphrosyne)

Bei Parmenides kann man dessen Wort für »schauen«, »leussein«, übersetzen mit »leuchten«, »beleuchten« (»Beleuchte, wie, durch den Geist, das Abwesende zum Anwesenden wird«)

Ich stelle mir keinen Leser vor beim Schreiben; ich *beziehe* ihn schreibend *ein* (18. Okt.)

Durch die Beschäftigung mit dem Benannten (Zeitung) versäume ich das Benennbare; ich kann, im und nach dem Zeitunglesen, nicht mehr benennen (und fand doch zum Beispiel die Kellnerin und den jungen Koch gerade im Speisewagen, die eine diesseits, der andere jenseits der Barriere, »welt-*bedeutend*« – während die Zeitungssätze die Welt zum Punkt schrumpfen ließen)

Für die meisten ist »Erzählung« immer noch das (grausige) Gewölle, das ein Verschlinger der Wirklichkeit nach vollbrachter Tat hervorwürgt; während ich, Erzähler – *das Ich als Erzähler* – an der Wirklichkeit schlucke, in Begeisterung und Trauer, in begeisterter Trauer

Der Mystiker hat Geschmack

Das herrlichste Daseinsgefühl bleibt es für mich, in der Erzählung zu leben; es heißt: Dasein *und* Entrückung; oder Entrückung *ins* Dasein (19. Okt.)

Von der Phantasie werde ich freigelassen und zugleich gehalten; auch mein Gesicht wird »gehalten«

Das Himmelblau heute erinnert mich an etwas jenseits meiner Erinnerung

Dich, Zauberhafte, einem Zauber, der dir fremd war, anpassend, erschienst du mir gewöhnlich

Die Weite habe ich in mir nicht als Natur; sie kann nur gewonnen werden

Das Religiöse – der Gottesdienst – ist in mir drin, nicht als Rückfallskrankheit, nicht als Mangel, sondern als Kraft

Wäscheabnehmen vor dem Mietshaus in der Dämmerung; junge Frau, vor dem Gestänge auf und ab schreitend; ein Paar Socken baumelt zuletzt noch und bleibt; Mond (Bessarabierstraße)

Keine Träume mehr, die mir die Weltkraft gäben? Und doch: Der Riesendichter zeigte mir eine kleine Eichenkapsel, die er zwischen den Fingern hielt, und sagte: »Das ist ein Zeichen. Das sind die Zeichen.« Und ich konnte den Kopf an seine Brust legen, worauf er noch sagte, er könne keinen Satz zustandebringen, an dessen Ende nicht ein *Kommando* stünde

Alle die Glücksstunden, sie gelten nichts mehr; aber ich habe mit ihrer Hilfe immerhin bis jetzt mein Leben gefristet (21. Okt.)

Das Schweigen als Tätigsein – das Stummsein als Leiden

Die Wiederholung: Gedächtniserforschung als erweiterte Gewissenserforschung; die Gedächtniserforschung schließt das Gewissen ein

Der Held der W.: Nie hat er sich vorstellen können, sein Teil werde einmal Leiden sein. Den Lauf der Zeit stellte er sich rein als Erweiterung seines Lebens vor; als ein Freiwerden »Stück um Stück« (und dazu hat er immer die Leere gesucht *und* die Nähe von Menschen)

Die Wiederholung: als sollte deren Held erst geboren werden, schaffe es aber nicht, aus der Mutter herauszukommen; er will hinaus in die Welt und stößt gegen fahle Häute, die jetzt noch, im Erwachsensein, in ihm sind: diese Häute zwischen Vorstellung, Gedächtnis und Welt, denkt er einmal, daraus entstehen die Krankheiten. War erst der Tod der endgültige Geburtsakt?

Der Mensch ohne Atmosphäre oder ohne Sphäre wird zum Mystiker; das ist seine einzige Möglichkeit, die Atmosphärelosigkeit zu durchdringen

Mein Fehler: gelingt mir das vollkommene Anwesendsein – schon fange ich es zu *sammeln* an, statt es nur, beiläufig, zu belegen, wie das etwa die Haikus tun, und es wird dann ein Beleg zuviel

Blick in einen verlassenen Innengarten durch ein offenes Türfenster: Kleines Blatt fällt, Zweige heben sich, große Taube flattert dazwischen, »und das ist alles« (Cormòns, Friaul, 22. Okt.)

Es genügt nicht, sich selber die Lebenszeichen zu geben

Die Verlangsamung »hält mich«; oder: sich halten durch Verlangsamung (im dunklen Zeitungsstand der sich vor Kälte die Hände reibende Verkäufer, während draußen die warme Sonne scheint; Gorizia)

Ich *bin* in der Landschaft: das schönste *Wissen* von ihr. Nur wissen zu wollen (»die Hügel des collio sind aus Mergel« etc.), vergällt mir die Landschaft, oder: ich bin da nicht mehr

Der Held der Wiederholung: Das Handeln ist ihm nicht selbstverständlich – vor allem nicht das Handeln zusammen mit andern; es braucht jedes Mal einen großen Ruck

»Ich arbeite« heißt: Ich friste mich nicht nur durch. »Was ich tue, ist Arbeit«, heißt: *Was ich dabei sehe,* ist *wiederholbar*

»Heimleuchten«: dreh den Wortsinn um

»Thronen am Ort«, an Ort und Stelle: aber so etwas erfährt man erst nach langer Ortlosigkeit

Umso entrückter der Blick, desto näher das Erblickte (die Leute im Karstbus gestern abend, samt den Rückenbildern der hinten Stehenden, der Busraum vor ihnen als beleuchteter Tunnel)

Die Erde mit den Bäumen und Felsen in der Sonne: die Erde will nicht, daß wir Krieg führen (Isonzo, 23. Okt. 1983, Sonntag)

Das Pflanzengeschäft am Sonntag, die Scheiben dunstbeschlagen (»wieder« in Kobarid, und bei dem Wort »wieder«, wie es mir durch den Kopf ging, die erste Freude an diesem Tag; ja, und hier in Kobarid, das verwegen wirkt im Vergleich zu den anderen Orten hier im oberen Isonzotal, enger, rauher, frecher – vgl. »Die Republik von K.« im Zweiten Weltkrieg –, ist die Herkunft des Helden der Wiederholung, des Philip Kobal – und das dachte ich bei dem ruhigen Leuchten im Gesicht des Kartenspielers, der, seine Karten den anderen vorhaltend, sie zugleich an sich hielt, mit gesenkten Lidern: er lächelte dabei das Lächeln eines Lächelns, genau wie ich es von meinem Großvater kenne)

Der Bahnhof von Cividale am frühen Morgen (des 24. Okt. 1983): die Schüler, die die Gleise überqueren, im blauen Himmel über ihnen der weiße, fast noch runde Mond, ein Baum an der Schranke im Wind sich biegend – und gestern am romanischen Portal des

Doms hier der Baum als Vogel –, und dann fährt der Zug hinaus in die leere friulanische Ebene, auf einen rauchig blauen Horizont zu, wo Udine lag: Bedauern, daß die Schüler nicht mitgefahren waren, daß er nicht mehr zu ihnen gehörte, daß er nicht mit ihnen zusammen lernen könnte – aber in solchem Bedauern wurden ihm die Augenhöhlen warm. Das, die Schüler, die Gleise, den Mond über dem Kopfbahnhof von C. wollte er *einatmen*, um es nach Belieben wiederzusehen

Im Bedauern erst behalte ich die Wirklichkeit. In der Wirklichkeit behielte ich diese nicht

Die Wiederholung: Die Machthabenden, auch wenn sie ihm Unrecht tun – er gibt ihnen dazu jedes Recht, aber er nimmt ihr Urteil nicht an

Geheilt nachhause zurückkehren. Aber gerade durch das Zuhause wird die Wunde wieder aufbrechen?

Der Held der W. stellt sich den heimatlichen Bach zwar manchmal vergrößert zum Fluß vor – aber das Meer kommt ihm in der Kindheit und im Heranwachsens-Alter erst gar nicht *in den Sinn* (dagegen die wenigen, die winzigen Brücken der Kindheitsumgebung: wie bestimmend)

Ich hatte einen »preisenden Gedanken«, und zugleich blies in der Vorstellung der Engel von Bovec, im oberen Soča-Tal, in die Posaune (seine Flügelfedern waren dabei gespreizt wie die eines Pfaus)

Empedokles nennt die Sinne »Greifer«, aber »enge« (26. Okt., zurück in S.)

Ich dachte, wieder einmal nach dem sogenannten Augenschein urteilend, an die Vorsokratiker mit ihrer

Geringschätzung des Augenscheins und sah darauf, erleichtert, gleich viel besser; die Farben entstanden

»Was ich liebe, das umsorgt mich« (träumte mir)

Der alte Schwätzer im Gasthaus (gestern abend) gab mir wenigstens ein Wort mit: »prägen«: Die Schriftsteller, »Schreiberlinge«, seien heutzutage nicht mehr imstande, »zu prägen«, mit der Sprache

Die Wellen im Fluß regten sich, die Leere dort erschien so belebt, und belebte (mich)

An der Bushaltestelle unversehens der Eindruck eines belebten Weihnachtsmarkts: die vielen Kinder, farbig, die da auf den Bus warten (28. Okt.)

In der tiefstehenden Sonne schien der Haarkranz der platzüberquerenden Frau zu rauchen

Steigender Drachen, eher »Papiergehäuse«, auf freiem Feld am Stadtrand nimmt einige Alpbilder mit sich (29. Okt.)

Erzähl dem andern nicht, was du weißt, sondern was dich ergriffen hat, schön und/oder schrecklich

Drei Fenster im Arbeitszimmer: in einem die Laubbäume; im andern die dunkle Fichte und der Nachbarfelsenberg (Rainberg) mit seinem Flugzeugblinklicht; im dritten, handnah, die Büsche, der wilde Wein, die Lianenseile – noch nie habe ich das gesehen (und sitze doch fast schon ein halbes Jahrzehnt an Ort und Stelle)

Wo die Schwelle beseitigt ist, oder nicht mehr ist, muß ich einsetzen, das Ich, das Kind

Und: Blaubahnen zwischen den Wolken am Himmel, Schattenbahnen zwischen den Bäumen auf der Erde (31. Okt.)

Aus der Dachrinne oben wurde ich am wolkenlosen Tag beträufelt von einer in der Rinne badenden Amsel (2. Nov.)

Gut liegend hatte ich das Gefühl der Wahrhaftigkeit

Ein guter Satz geht immer in die Kindheit zurück; findet etwas aus der Kindheit wieder (aber keine Anekdote)

Bildung: Bilde dich in dem aus, was dich erschüttert hat (wie z. B. »Die Reise nach Tokio« von Ozu)

Farbenbezeichnungen, -einfließungen in einen Text (s. Trakl) sind eine Nachgiebigkeit, eine *schwache* Schwäche (es gibt dagegen starke Schwächen)

Gemäß Empedokles »wirbelt« die Freundschaft – oder die Liebe – unter uns. *Helissein* könnte auch übersetzt werden mit »sich tummeln« – die Liebe »tummelt sich« unter uns (5. Nov.)

Sehnsucht, Schmerz, Hoffnungslosigkeit erwachten, und mit ihnen fing neu das Leben an

Die Heimat ist von den Feinden besetzt, seit je

Was Empedokles von den Gefühlen, der Liebe und dem Haß, sagt: »Sie hören nicht auf«, entspricht jenem Satz aus dem Korintherbrief, wonach die Liebe nimmer aufhöre; nur bei E. *kann* die Liebe nicht aufhören, während sie bei Paulus nicht aufhören *soll* (7. Nov.)

Die Tautropfen, in die Blätter- und Grashalmmulden rollend, sich da sammelnd, bringen Blätter und Gras so ins Schwanken. Alles Birkenlaub am Baum etwa zittert allein von dem Tau, und schillert, im Tauwind. Und ab und zu stürzt ein Blatt, von dem dabei der Tau rundum wegstiebt, in der Sonne, zu Boden

Gerede, Seelenzerstörer (dachte ich nach einem halben Tag mit einem Schwätzer)

Wahrscheinlich habe ich mich auch deswegen zum Schreiben hin bewegt, weil ich die Wärme, die ich immer wieder in mir spürte, auf die Dauer keinem *einzelnen* Menschen beweisen konnte

Empedokles wollte nicht trösten, oder vertrösten auf irgendein Ewiges. Er wollte feststellen (»nur feststellen«). »Wie sollte es – Liebe wie Haß – zugrundegehen, da nichts leer von ihnen ist?«

Und: Bleistiftspitzen und Vogeltschilpen (der Vogel antwortete mir gestern, als ich im Freien den Bleistift spitzte)

Augensucher, Gottsucher (9. Nov.)

Frage an den Fußballstar: »Und was ist Ihre größte Qualität?« – »Die Vision des ganzen Spielfelds« (Zico)

Alleinsein, schöne Brüchigkeit, doch Brüchigkeit

Ein Kind weinte beim Anblick wurzelloser Blumen (Traum)

Fraglos werden, zukunftslos, frei für die zukünftige Gegenwart

Wenn ich jemand Freundlichen wahrnehme – wen auch immer –, dann sehe ich vor mir dich, das Geliebte

Nichtskönner, tu wenigstens niemandem etwas zuleide! (Das könnte ich manchmal auch zu mir sagen)

Für Empedokles ist die Sonne der Zeuge, »epimartyr«, seiner (früheren) *Worte*

Ich brauche jeweils Zeit, bis die Bewegung der Blätter im Wind und ihr Geräusch das *bedeuten*, was sie *sind*, und mir bedeuten, was ich bin. Mein Menschenrecht Nummer eins ist also: Ich brauche Zeit (11. Nov.)

Ich denke viel öfter nur »in die Richtung« des Gegenstands, als ich wirklich den Gegenstand denke

Eichenblätter fallen in der Dämmerung wie das Knistern von Schnee. Und manche Blätter leuchten dabei auf wie die eine, die gesuchte Spielkarte

Ich brauche niemanden und verdiene keine Liebe

Statt »Gegenwart« sag »noch« (und noch, und noch)

Ich denke mir »meinen Teil«; ein anderes Denken entspricht mir nicht

Der Großvater, der einsame Arbeiter, auf dem Feld, der Alleinarbeiter, wohlig allein sich mühend: so sah ich ihn gerade in der »Wiederholung« (14. Nov. 1983)

Kommt, Farben! = Veni, Creator Spiritus!

Mit den Feinden älter werden: schönes Zukunftsbild

»Manche Bäume erhalten lieber den Wipfel und lassen stattdessen die unteren Äste absterben« (Plinius)

Geschickte Trösterin, erhöhst mein Bedürfnis nach Trostlosigkeit

Ihr Gesicht zeigte eine schöne Panik; oder: es wurde ein Kindergesicht

»Es ist deshalb sinnvoll, der Entwicklung des Lebendigen zu folgen und vor allem die Bäume zu behandeln, und dabei die Anfänge unserer Gebräuche aufzuzeigen« (Plinius; die Bäume als TEMPLA NUMINUM, Tempel der Zeichen, Winke, Hinweise?)

Was fällt mir zu »Mittelgrund« ein? »Ansiedeln«, »Ansiedlung«, und auch: »Tanzboden«

Ein tiefer (beteiligter) Blick gibt tausend Fortsetzungsbilder

Der Reif in der Baumgabel, die rauhreifgefiederten Spinnweben; Reifbäume als Kirschbäume in Blüte, so »durchweiß«; die Reifluft als Erfrischung der Augenhöhlen; die Waldreben(Lianen-)blüten bereift wie mit Kondensstreifen; das Weiß der Häuser als zusätzliche Reifflächen in der Landschaft

Die Atemschwelle: der Atem als Schwelle, zum Innehalten (ebenso die Traumschwelle: »Traum, bring mich zum Innehalten«; ich habe dafür die Träume *nötig*)

Nach der Lektüre von Historie: Vorbild Gegenwart; Vorbild Vogelzug (17. Nov.)

Wie liebreich sind die Menschen, die sich ihrer Macht nicht bewußt sind (diese Mädchen dort im Bus); oder auch schlicht: ... die ohne Macht sind (18. Nov.)

Ungeduld, Zumutung ans Herz

Mittelgrund und Phantasie: der Vordergrund ist zu nah für die Einbildungskraft, und die Ferne ist ihr unerreichbar

Anruf und Bild: durch den Anruf entsteht (erst) das Bild; *im* Anruf; im vom Angerufenen, vom Gegenüber, durchdrungenen Anruf

»Unvergeßlich« heißt: *Mach* es unvergeßlich (sonst geht es dir mit dem »Unvergeßlichen« so wie mit dem Versinken in die Musik, das dir vormacht, etwas sei schon getan, was erst noch zu tun ist)

Noch einmal »Anruf und Bild«: Aber welche Anrufe sind bildfähig, bilderzeugungsfähig?

Nicht: »Es drängt mich zum Pathos«, sondern: Mein Pathos drängt mich zum Pathos

»Matheteón«: Man muß lernen (herrlich vielgestaltige altgriechische Sprache; Vielgestalt und Feingliedrigkeit; die Wörter als Recht; brauchen keine Extra-Gesetze)

Die ständig in der Schräge fallenden Blätter machen den ganzen Baum (die Eiche) zu einem Gitter, freilich einem Gitter, das sich öffnet und öffnet und öffnet, und mich dazu

Vorbei mögen sein die Zeiten, da »Ich kann nicht an dich denken« bedeutete: »Ich liebe dich nicht mehr«; es heiße nur noch: »Ich kann *jetzt* nicht an dich denken«, und das sei ohne Bedeutung

Schön, wenn man für »Erde« sagt: »Weltgeschichte«, wie: »Ich bin viel in der Weltgeschichte herumgekommen«

Er wollte dem Schmerz entkommen und wurde von ihm überwältigt (22. Nov.)

Gefühl von Sündigkeit: wenn das Maß gewußt, aber doch immer wieder verfehlt wird

Der Held der Wiederholung lernt die andere Sprache – das Slowenische – zusammen mit einem Tier. Er lehrt es einer Katze. Und bei dem Wort für »Mond« etwa – »mesec« – öffnet die Katze das Auge zu einem schwarzglänzenden Schlitz

Verdammt zur Schnelligkeit; zur Langsamkeit begnadigt

Im Volk verschwinden, als Gegenteil von »Schwund«

Nie hält der Held d. W. sich für einzigartig; aber er denkt doch zeitweise, daß die episodische Begeisterung, die er in sich spürt – die »er« ist –, etwas Einzigartiges ist (= Philip Kobal)

Das Kind: durchschauert; der Mann: erfüllt

Und: ein durchsichtiger Lampenschirm, und der Rauhreif in einer Baumkrone

Der lang, überlang Erwartete endlich heimkommend: das Geräusch seiner Schritte als schlagendes Herz; mit dem Geräusch der Schritte des endlich Ankommenden fängt das Seelenherz des Wartenden zu schlagen an: So ist es seit der Kindheit (und es gibt also *zwei* Herzen)

In dem Delikatessengeschäft des Stadtzentrums das reinweiße Gewölbe. Nur an einer Stelle, oben in einer Ecke, stehen unregelmäßig mehrere Nägel heraus: Bild des Inhabers, der sich vor kurzem das Leben genommen, der sich in einem Schwermutsanfall vor den Zug geworfen hat

Verkehrte Welt im Haus: Haustier (hereinkommende Katze) sieht den still sitzenden Menschen nicht

Im Welthaus stöbern, nach einem Geschenk für dich: Schreiben

Eine Wolke, reinweiß, stürzte aus dem blauen Himmel zur Erde, und lag als Haufen von Schneekristallen zu meinen Füßen

Der Priester, der keine Taufe mehr vornehmen will, weil er es nicht erträgt, selber kein Kind zu haben: Figur der Wiederholung

In Betrachtung des Schnees sich zum Schneemenschen erweitern (30. November 1983)

Manchmal sage ich mir, ich muß endlich jede Hoffnung verlieren, für einen neuen Ansatz; aber es gelingt mir nicht (im Nachtzug S. → Paris; Bar-le-Duc in der finsteren Nacht, ein Stern, liegende Mondsichel, die beide zusammen etwas von einem Apothekerzeichen haben; 1. Dez.)

Das Glück der Augen des Gegenüber; das Aufgehobensein im Augenpaar – aber: außer diesem Augenpaar war heute kein *Ding* – ich habe also nichts zu erzählen – oder doch? Die auffliegenden Vögel als umspringende Bildtafel – aber das war gestern

Sehnsucht nach Kindergesellschaft – sonst Empfindung von Verkommenheit – oder auch Sehnsucht nach der Gesellschaft Unbekannter – und das seit jeher (3. Dez.) – in der Öffentlichkeit verkomme, verderbe, verfaule ich, verliere ich meine Seele

Fest: Station vor dem Tod

Umtost vom Stadtrand, geschützt vom Stadtrand; im Stadtrandboot (Porte d'Auteuil) (Und die Kuppe im Wald vor dem Étang de l'Ursine gestern: Ereignisleere, und dazu das *zeichenhafte* Auftauchen von Erwachsenen, Kindern, Tieren aus solcher Leere)

Spatzen, Freudeformen

Und: Kinder auf einer Haustorstufe, »Dame« spielend, die Spielscheiben schiebend, und daneben auf dem Bahndamm die beiden nebeneinanderfahrenden Züge (Clamart)

»Mathetéon« übersetz auch mit: »Man muß *ver*lernen«!

Die Sprech-, Rede-Stimme einer Opernsängerin, unmoduliert den Raum zerstörend (5. Dez.)

Die Wiederholung: Die Frauen wittern den bevorstehenden Weltuntergang (anders als die Tiere): sie suchen noch nach einem letzten Menschen

Sätze (meine), Augenblickszelte

Erweitere den Alltag, und nichts *anderes* (s. G.: »Schwerer Dienste tägliche Bewahrung, / Sonst bedarf es keiner Offenbarung«)

Wie in den Träumen unbewohnbare Räume (Turmspitze, Rumpelkammer) auf einmal einladend bewohnbar werden; und umgekehrt (7. Dez.)

Bei Empedokles heißt die Pupille: »das rundäugige Mädchen«

Innehalten als eine Art erlösenden Widersprechens; Widersprechen dem ewigen Gerede, auch dem eigenen, inneren

Ins Gastlokal Eintretender: »Wißt's, worauf ich gerade gekommen bin? Daß es schneit!« (Am Almkanal)

Die Häute des Auges sind nach Empedokles »mit Kanälen durchbohrt, göttlich wundersamen«, und »die Flamme« (des Auges) ist »gemischt mit ein bißchen Erde«: all diese Beiwörter des E. fasse ich auf als Ermutigungen, Bestimmungen, Erinnerungen, liebevolle Mahnungen; E. »gemahnt« mich

Augenblicksbild heute (8. Dez.): das Blau, Tiefseeblau, des Papiers, mit dem ich im Internat mein Pult ausgekleidet hatte (= Die Wiederholung)

Die Zweisamkeit (deutsche Sprache!) leben ist die Welt erleben, die geographische Welt. Erde, in mein Innerstes mündend, indem ich mit dir dort bin

Verirrt, gehört; verirrt *und* gehört: Orpheus

Die Gegenstände – etwa den Bach da draußen im Moos – im Licht: sie aus dem Bild, dem oft gesehenen, dem fertigen, ins Jetzt heben (= Die Wiederholung)

»Ich habe Herzweh gehabt«: das junge Mädchen über die abgeblätterte Stelle an seiner Geige

Empedokles-Verba: Süßes »greift« (nach Süßem); Bitteres »stürzt sich« (auf Bitteres); Spitzes »besteigt« (Spitzes); Heißes »reitet« (auf Heißem) (ungewisses Fragment?)

Raben flogen in einen Baum, aus dem dann der Schnee stäubte wie aus einem Schneehorst

Auf- und Abgehen im Freien: verjüngt

Der Held der Wiederholung lebt von seinen Vorwänden; er ist ein guter Finder von Vorwänden – allerdings immer nur zu einem Menschen *hin*; von einem Menschen *weg*, für solche Vorwände ist er kein guter Finder – niemand kann das sein

Die Ansagerin im Telefon sagte die Zeit an wie eine Sterbende (10. Dez.)

»Lichtblick« heißt (*soll* heißen): die Dinge, die Gegenüber im Licht sehen (nicht nur bei Tage)

Winter: ich freue mich tagsüber auf die Sterne (den Orion; den Fuhrmann)

Manches Wissen ist ein Unwissen; manches Nicht-Wissen dagegen …

Tun: um zu *fühlen*

Der Held d. W. verliert im Lauf der Zeit seine Singstimme, und findet sie auf einmal dann wieder

Urban Jarnik, 1826: die deutsche Sprache breite sich alle hundert Jahre um eine Wegstunde weiter nach Süden aus (er meinte den »Balkan«) (12. Dez. 1983)

Der Bruder (meiner Mutter) von seinem gefallenen Bruder: »Gregor war so ein feiner Mensch – den kann man gar nicht nachbilden!« (14. Dez.)

»Meletor«, altgriech.: *Fürsorger*, aber auch: *Rächer*; »Meletor«, das wäre ein anderer Name für den Helden d. W.

Und »Hepoa« ist das Gras, der Gras*platz*, und: *der Sommer*

Und: Ort und Lebenskraft; *Örtlichkeit* und Lebenskraft

Das Gefährliche der Mystiker: sie glauben, ein Recht, ja, *das* Recht zu haben; oder auch: das Recht »gepachtet« zu haben – die gefährliche, anderen gefährliche Demut der Mystiker

Das Feierliche, gewollt, ist das Pompöse; verkommt zum Pompösen

Statt »intelligent« sag: »hellhörig«

Die Katze kam, näherte sich *und ließ sich sehen*; ihr Akt von Zutraulichkeit (die Katzen haben, auch in der Haltung, etwas von Bettelmönchen; auch in ihrem Geschnurre)

»Die Klugheit vermehrt sich den Menschen mit Rücksicht auf das Gegenwärtige« (oder »entsprechend dessen, was anwesend ist«?) (Empedokles)

Held d. W.: Anders, als man ständig von ihm behauptet, hat er keinerlei »Begabung«, sondern, im Gegenteil, fehlt es ihm an fast allem (was die meisten besitzen) – und daraus kommt vielleicht der Anschein von Begabung (18. Dez. 1983)

Unbesonnen, verspiele ich die Dinge

»Niemand war unterwegs«: In solchen Minimalsätzen öffnet sich mir das große Tor der Erzählung

»Schau, leer!« (Blick, begeistert, auf einen Weg)

Aushalten, bis die Bäume zur Schrift werden. Und was besagt diese Schrift? Nichts, als daß Schrift ist – da ist. Aus dem Wirrwarr wird Schrift; soll ...

Eine dicke Zeitung, und kein ernsthafter Journalist; dafür »Doppelnummer«

Ein Geschenk soll den andern umhüllen; Verb für das Geschenk: ...

Verb für die Klage: »bricht durch« (und »schafft Raum«) (20. Dez.)

Aus dem schmelzenden Schnee ragt eine schwarze Schwimmflosse, und weiter weg auf dem Felsenberg eine schwarze Kanonenkugel, so wie gestern abend jemand mit einer dunklen Leiter an einer beleuchteten Tankstelle vorbeiging

Den Vater überwinden und ihn gelten lassen: Die Wiederholung

»Bei der Geburt weinte und jammerte ich, als ich den ungewollten Ort erblickte« (Empedokles) (21. Dez. 1983)

»Du willst immer nur sehen, statt erst einmal da zu sein« (gilt auch für mich?)

Der sich über den Bergrücken im Osten schwingende Orion setzte wie über eine Hürde, während zu seinen Füßen der Stern in Form eines Hasen lagerte – Versuch dann, mit diesen Sternbildern als Gegenüber einzuschlafen und die Nacht zu verbringen (21. Dez.)

Empedokles' Tätigkeit: er erinnert (mich; an »das alles«)

Viele, schreibend – und nicht nur Journalisten –, »bemächtigen« sich eines Themas; das kann ich nicht; oder: das ist nicht meine Sache

Der Gedanke: »Jetzt!« ist der höchste Gedanke (22. Dez.)

Empedokles: Richtig gesetzte Wörter, in Betracht kommende Dinge; Dinge *und* Wörter als Ethos, ohne ausdrückliche Ethik

Unterscheide zwischen Ungeschicklichkeit und Achtlosigkeit (ich bin leider oft nur achtlos)

Er gähnte in sein Ärmelloch (Passagier im Zugkorridor)

Freudig fragen ist freudig erzählen ist Die Wiederholung

Die Blätter winkend an dem kleinen Baum in der Dämmerung im Regen vor dem Bahnhof: das war fast der einzige Wink gestern (24. Dez.)

In Schwäche sich zeigend schöner werdend: Ästhetik (25. Dez.)

»Dir kann man nichts erzählen« heißt: Dich kann man nicht liebhaben

Ein Hang mit grauen Baumstrünken erinnerte an einen Judenfriedhof

Philip Kobal sagte zu seiner Freundin: »Ich möchte endlich etwas anderes von dir hören als deine Familiengeschichten. Erzähl mir, wie du einmal allein warst!« – Aber sie war nie allein, ohne Familie. Oder sie weiß davon nichts zu erzählen

Lächerliche Schnelligkeit: »unbeschreiblich schnell« – »beschreiblich langsam«

So lange werde ich sie nicht lieben können (wird sie mich nicht lieben können), als ich ihr nicht mein ganzes Unglück gezeigt habe – habe zeigen können. Aber was ist mein ganzes Unglück? Mein ganzes Unglück ist nicht zu zeigen (im Zug nach Bologna, 26. Dez.)

Ich erkenne mich in dir nicht wieder. Was haben wir also miteinander zu schaffen?

Giotto: »mitten im Leben«; ein jedes seiner Gesichter hat eine andere Wendung, und alle Gesichter zusammen haben *eine* Wendung (ἓν καὶ πᾶν) (Santa Croce, Florenz); und die Betrachter oder, eher, Zuschauer, wie verschieden sie auch sind, können alle mit den Bildern mitspielen, ohnmächtig-innig den Tod aufhalten wollen (z. B. den Tod des Franz von Assisi)

Der Sohn krönt die Mutter, heißt bei Giotto: Der Sohn *soll* die Mutter krönen

Zwei Adjektiva, essentiell für den Künstler: »erschütterbar« und »gewissenhaft«

Giotto schafft malend Verwandte: seine Menschen, verschieden-eins, sind als Verwandte versammelt um ein Ereignis, den Tod, die Himmelfahrt, das Abendmahl, den Verrat; und diese Verwandten sind zu erkennen daran, daß sie allesamt SEGELaugen haben – Augen als gespannte Segel

Wie bei Giotto auf einen Sterbenden, so sollen in der Wiederholung alle Personen ausgerichtet sein auf einen Lebenden

Marmor – Romanik: Romanische Formen und Marmor gehen nicht zusammen? (San Miniato, Florenz, 28. Dez.)

Vor der Kunst ausruhen

Ein Nichts tief erleben: das war von jeher seine Stärke, und das bedeutete auch seine Schwäche; er erlebte tief den Regen, das dunkle Licht, den Wind, die Tropfen im Wegstaub; aber er konnte nichts davon ausdrücklich wahrnehmen, und schon gar nicht auf Geheiß

Giotto: hält im Traum die Hand ans Ohr (= »Du sollst im Traum ...«)

Unterschied zwischen Engeln und Heiligen: die Engel sind ruhig (Ognissanti-Madonna in Siena)

Wie viele Haltungen haben wir im Lauf der Jahrhunderte verlernt und verloren: wie man ein (großes) Buch in der Hand hält, z. B.

Der geistesgegenwärtige Jesus: von Judas den Verräterkuß empfangend, deutet er zugleich dem Petrus, der dem Malchus das Ohr abschneidet, und gebietet ihm Einhalt (12. Jahrhundert)

Giotto: die Figuren blicken; Cimabue: sie lassen sich (nur?) anblicken

Der Engel der Verkündigung: im Kniefall weniger vor der künftigen Muttergottes als vom Schwung seines Herwegs, und davon auch das Haar im Nacken geflügelt, als ein dritter, rotblonder Flügel zwischen den himmelblauen (Girolamo da Cremona)

Im Traum kam zum Vorschein, was auf dem Grund des heiligen Cenote(-Brunnens) von Yucatán an Menschenopfern liegt. Von meinen geheimen Verbrechen war aber darunter kein Anzeichen, es gab keine Kadaver meinerseits am Boden des Wassers, nur einen vergoldeten Engel, der bei Berührung zerbrach, und jemand fragte, mit Blick auf den aufgedeckten Cenote: »Ob das verschollene Kind (mein Verbrechen!) jemals zurückkehren wird?« Und ich sagte: »Ich glaube nicht« (Verona, 1. Januar 1984)

Krokodilfrauenfüße in Krokodillederschuhen

Die ältere Frau saß im Restaurant allein am Tisch neben der Tür, in der Hand ein helles Stück Brot, gegenüber dem roten Feuerlöscher an der Wand, und um Mitternacht gestern wackelte dem schlafenden Kind der Kopf auf dem Tisch, weil der Vater daneben auf dem Teller das Fleisch schnitt (Jahreswende)

Prežihov Voranc erzählt die Sternbilder über Südkärnten so: »Die Mäher stehen über dem Ursulaberg, die Schnitterinnen über der Saualm, und die Recherinnen über der Koralm«: der hat noch wirklich für ein Volk geschrieben (und ich im Zug nach Sondrio)

Im Nebelblauraum der winterlichen Lombardei erschien jedes Blatt einzeln als Blatt, »unerhörtes« Blatt (Madonna di Tirano, 2. Januar)

Aus dem Grenzbahnhofsrestaurant läuft die junge, weißbeschürzte Kellnerin und biegt um die Hausecke: »Das ist alles.« Und das Pflaster leuchtet, und die Kreuzbänder hinten am Rücken der Kellnerin leuchten. Es gibt nur den Menschen. Es gibt immerhin den Menschen. Und dieser hat, wie auf dem alten romanischen Kirchentor von Verona der heilige Zeno, die Hände voll mit Insignien – auch wenn die Hände leer sind (und im finsteren Zuggang nachts das Funkensprühen einer Zigarette vorgestern als Silvesterfeuerwerk, »genug Feuerwerk«)

Im Schauen entfällt die Sprache – *kann* sie entfallen (Poschiavo, »wieder«)

Lärchenzweige, abgefallen, formen, übereinander liegend, auf dem Schnee Schriftzeichen, und die Lawine hinterläßt, abschmelzend, einen Judenfriedhof (oder einen Hag grauer Baumstümpfe) (nach dem Bernina-Paß)

Am Rand der Verzweiflung wiederholen sich die Mythen (3. Jan., St. Moritz, »wieder«)

Ich sehe deine Augenfarben: ich *bejahe* dich (und: Du hast nicht extra »schöne Augen«, du hast einfach Augen)

Zum Wohnen braucht man Lehrer (4. Jan.)

Liebe: gemeinsam schauen; Gernhaben: sich entfernen

Die Menschheit, gerade noch nackt und zitternd, tippt jetzt mit anmutigen Fingern auf die Tasten eines Zugtelefons, unschuldig wie je (zurück nach S., 6. Jan.)

Sie ist vielleicht deswegen ein natürlich religiöser Mensch, weil sie imstande ist, in sich die Bilder – *das* Bild – zu halten

Und: die Kanäle in den Pupillen (s. Empedokles), und das Nachbild der Winterbaumäste

Die Sommerge*liebte*, die Winter*liebe* (und es schneit wieder auf das Dorf Gois) (6. Jan. 1984)

Held der Wiederholung: sein Reflex, von einem Kranken immer wegzuschauen; auch von einem kranken Baum

Wolkenzug, ethisches Material (Schluß mit dem Geschwätz auch gegen die »Gräserbewisperer«)

Den Lehrern gehört die Welt; die Lehrer nennen alles beim Vornamen; die Lehrer duzen alles. Und das denke ich nicht freundlich (8. Jan.)

Bäche in der Landschaft, Friedensadern im Körper (jedenfalls für den »unhistorischen Betrachter«)

(M)eine Art Sündenfall: der Übertritt von der Ahnung zum ahnungslosen Wissen

Auf die in Vieleckmustern gerissene Asphaltstraßendecke fallen nächtlich die Schneekristalle, vorangekündigt von deren Schatten. Die Schatten verschwinden, die Flocken sind gefallen (9. Jan. 1984)

Das Goldene Zeitalter:

Der König freute sich diebisch
Und der Dieb freute sich königlich

Statt »Muttersprache« sag: »Mutter Sprache«

»Thyra« ist bei Empedokles »die Schwelle«, aber auch die »Gelegenheit« (zur Wirksamkeit)

Die Wiederholung: unauffälliges, nichts antastendes *Aufrauhen des Existierens*

Die Empfindung von der Einsamkeit der Menschen kann immer nur ein Augenblicksgedanke sein; aber dann denk ihn nach Kräften (eben des Augenblicks)

Dreifältigkeit der Wahrnehmung: die Birkenkätzchen sehe ich a) als Krallen b) als haltende Hand c) als Birkenfruchtkätzchen

Der Eisregen fiel auf das Bodeneis: unerhörtes, noch nie so gehörtes Geräusch (12. Jan.)

Bei Empedokles genügen mir die Wörter, ohne Satzgefüge, als Dingstifter

»In der Liebeskurve«: wie beim Gehen durch ein bestimmtes, unvorausgedachtes Einbiegen, irgendwohin, gleichwohin, ein Liebesmoment entsteht

Held der W.: ein Teil von ihm ist, nicht nur an der Oberfläche, menschenscheu, durch und durch menschenscheu, unabänderlich, urtümlich, unheilbar

Sich aufmachen (auf den Weg): *sich* aufmachen (die Tor' mach auf)

Die Wiederholung: unauffällig von Struktur zu Struktur (= Mythos)

Die gewisse Erfüllung, sowie in einer Ansammlung von Dingen noch ein kleines Ding – wie etwa der gelbe Bleistift von gestern – dazukommt; oder auch entfernt wird (15. Jan.)

Die Wiederholung: Slowenen, ein Volk der Dilettanten (s. Goethe: »Die Kunst gibt sich selber die Gesetze und gebietet der Zeit. / Der Dilettantismus folgt der Neigung der Zeit«)

Als er der Zeuge des Mißgeschicks eines anderen wurde, war er es, der sich bei dem andern entschuldigte

»Freudestreben« (Freude *und* Streben), wenigstens einen Augenblick lang am Tag, als Appetit auf einen zu Fuß erreichbaren Ort, zum Beispiel

Die Fragmente, die blieben von Musaios, beginnen oft mit einem Vergleich: »wie ...« – eigentümlich, daß, wenn von einem Dichter gar nichts sonst geblieben ist, doch wenigstens ein paar seiner seltsamen *Beiworte* und vor allem seine *Vergleiche* geblieben sind (sonst höchstens noch ein Orakelspruch)

Epimenides, »Priester und Seher« auf Kreta, soll siebenundfünfzig Jahre durchgeschlafen haben: er nannte die Hausgenossen »homokapnoi« ~ »zusammen im Rauch«, »*Rauch*genossen«

Wie der Mond die Vergleiche anzieht – die Sonne dagegen nur im Untergehen (19. Jan. 1984)

»Es gibt keine Mitte ...; und wenn, dann ist sie nur den Göttern offenbar« (Epimenides)

Held der Wiederholung: Im Geburtsort hat er gen Westen geschaut; in der Fremde schaut er nach Osten

Die vermeintlichen Spuren der Japanerinnen im Schnee waren Spuren von Hundepfoten

In einer Abendgesellschaft wanderte ein Schneeball von Hand zu Hand und verschwand dann irgendwo (gestern, München)

Der Weg nach außen geht für mich nur durch mich (21. Jan.)

Schriftsteller wird vielleicht auch der, der *nur im Glücksfall* räumlich denken kann; »im Glücksfall«: hier die gelbe Fassade, dort der spiegelnde Bach

Den Schneefall, das Fallen des Schnees mitmachen, das gibt es, als Lust

Wie doch die meisten die erlebten Geschichten, die sie erzählen, enden lassen mit dem, was sie selber gesagt haben, mit ihren eigenen Worten – der Held d. W. läßt sie enden mit dem, was der andere gesagt hat

Beim Zeitunglesen entfällt mir, augenblicks, alles, worüber ich mich gerade noch gefreut habe

Und: Gelb der besonnten Bahnhofsfassade und Braun der besonnten Fichte daneben

Philosophie wäre für mich Gleichmutslehre; wer lehrt mich die Philosophie?

Man kann auch *unschuld*bewußt zur Seite blicken, wegschauen, usw.

»Wilde Mitte«: ich brauche keinen Wilden Westen mehr

Das Wissen *verkörpern*; sonst tyrannisiert es nur

Farbe – Form – Struktur: das sind meine drei Stufen des Glücks

Sehnsucht nach einer geschichtlichen (historischen) Erzählung, in der aber weder Unterdrückung noch Gewalttat vorkämen, und die trotzdem nicht als eine Geschichtsfälschung wirkte: Gibt es das schon?

Und: Rauch der ausgeblasenen Kerze und Rose

Und: Morgendämmerung und Maus (vor dem Fenster)

Und: Schwelle und Augensenken

Verb für den Tagesmond, Mond am Tage: »rückt ins Bild«

Beim Erzählen von Geschehnissen, schon Geschehenem, beim Nach-Erzählen, spüre ich, wie ich meine Kraft verliere. Meine Kraft gewinne ich wie?

Und: Birkenstamm und schneefleckiges Feld (28. Jan.)

Im Raum: auf der Höhe der Zeit

Eine Ewigkeit, ein Augenblick Ewigkeit: die bei Kälte in den Ärmeln versteckten Hände der Kinder (31. Jan.)

Das Essen schmeckt; der Wein aber schmeckt *mir*

Der Held d. W. kann nicht Gruppen wahrnehmen; höchstens zwei Gestalten auf einmal; und in Gruppen nur einzelne, vereinzelte

»Die Wiederholung« spielt in einer Zeit, da die Künstler nur noch legendär sind, zum Glück

Er will an dem unterirdischen, oder nebenirdischen, magischen Strom teilhaben, der sich immer noch zeigt, fast täglich, in Schlagern, in Traumbildern, in Kirchenlitaneien, in Passantenaugen, in Kurven, in Wegkreuzungen (2. Febr. 1984, Mariä Lichtmeß)

Ein Grund, nachhausezugehen: nicht die Menschen dort, sondern ein nicht zu Ende gelesenes Buch

Ein räumliches Gefühl zuhause hat Philip K. am ehesten noch im Stall

Das schönste Alltagserlebnis ist (bleibt), Zeit zu haben

In der guten Arbeit spürt er um sich *das ganze Haus*; das Schiffshaus; die Arche

Im Talmud ist der Frieden ein »Gefäß« (Segen enthaltend), und der Urtext, wenige Sätze in der Mitte des Buchs, ist die »Mischna« = die Wiederholung

Es gab immer Erklärungen, und er gebrauchte sie auch jeweils; aber in Wahrheit hatte er nie auch nur *eine*,

eine einzige Erklärung für das, was er tat oder was ihm zustieß

»Er hat bei mir einen Kurs für Selbstverwirklichung gemacht, für 2800 Schilling, aber er hat ihn nicht geschafft« (Zeitung)

Er merkte, daß viele Leute, wenn sie überhaupt auf Kinderblicke eingingen, viel zu schnell freundlich wurden, d. i. schalkhaft wurden; es war eine Art Abwehr, so vorschnell auf das *lange abwartende* Kind einzugehen; »freundlich« war etwas anderes

Kartenspieler, Tarock: sich freuen weniger auf das Spiel als auf die Karten (5. Februar)

Mittelgrund, Kraftfeld; aber gibt es denn kein übliches, gemeinsprachliches Wort für »Mittelgrund«?

Messe: herzliche Bewegungen (oder: so soll es sein)

Und: dunkler klarer Tag und Unbändigkeit (die mehr war als seine persönliche Sehnsucht)

Gut geht es ihm, wenn er keine Meinung von sich hat. Und: »Wie gut ging es mir«, dachte er, »als ich noch nichts wußte.« Er blickte in die Gegend. »Aber ich weiß ja nichts!« Und er frohlockte

Immer noch, wenn ich denke: »Genuß«, heißt das: »Lesen« (aber was?, 7. Febr. 1984)

Alles Manieristische rettet mich nur in ein Scheinleben

Einmal dachte er, beim Anblick eines Fremden in einem Bus: »Dort ist mein Nächster. Jetzt habe ich einen Nächsten«

Die Schwermut, wenn für sie eine Erklärung gefunden wird, die weder mich selbst schuldig spricht noch andere beschuldigt, löst sich auf in Trauer

Vielleicht ist es doch die größte der Leistungen, sich seinen ursprünglichen Blick zu bewahren (»den Ursprung retten«)

Stadtrand: El Condor pasa

Schöner Übergang: vom Arbeiten im Freien zum Arbeiten im Haus (bei so vieler Arbeit jedoch weiß er nicht, was er tut)

Die Kellnerin ging in der Sturmnacht mit einem Tablett, auf dem Apfelkuchen lagen, vom Hauptgasthaus zum Nebengebäude, wo die Kegelbahn war. Und ich dachte: Das ist Leben, das Leben. Und ebenso kam der Busfahrer, nachdem er lange an der Schleife gewartet hatte, mit seinem langen leeren nächtlichen Bus daher an die Haltestelle, wo gegen Mitternacht die vereisten Stadtrandbäume im Wind sausten, klickten, brutzelten (Birkensiedlung)

Und: der tagelange Schneefall und das Zugpfeifen (keine Autogeräusche mehr) (10. Febr.)

Und: die runden Augen der Katze und der fallende Schnee (11. Febr.)

»Neu spuren«: Keine Gesetze gelten mehr, nicht einmal Goethe

Phantasie kommt aus Mitdenken (mit dem Gegenwärtigen)

Augenblicks-Instrument: die Eiszapfenreihe, ein Zapfen nach dem andern brechend mit verschiedenem Klang

Jugendgefühl beim Schuhputzen

In den Augenwinkeln von etwas gestört, sah er hin und entdeckte das Schöne

In die Fremde, ins Ausland: um die Illusion zu stärken (14. Febr., Étang de Villebon)

Mein ehemaliges Haus (im Pariser Vorort): dunkel, im Dachfenster ein leichter Schein; außen an der Seitenwand eine Blumenkiste mit einer großen Distelblüte darin, der ich Nahrung herbeischaffte, feuchten hellen Lehm; das Haus, wie alle meine früheren Behausungen, stand mir noch immer zur Verfügung, wartete auf mich, nutzbar; starkes, verheißungsvolles Vorhandensein der Dinge

Der Held d. W. litt es schon immer nicht, daß man ihm bei der Arbeit zuschaute. Also suchte er sich eine Arbeit, bei der niemand ihm zuschauen konnte

Verwünschung: Auf eure Grabsteine soll man eure wahren Namen schreiben!

Als er der Buchhändlerin das Buch an die Kasse brachte, fing die Frau darin zu lesen an und las immer weiter. Gibt es denn das? Ja …

Anmutige Unangemessenheit der Spatzen auf den Platanenruten

Motto: Mit Schweigen anfangen (Motto oder »Leitsatz«, 17. Febr.)

»Das Fühlen ist genauso erlernbar wie die Backhand beim Tennis« (Sexualpsychologe, 20. Febr., zurück in S.)

»Immerzu erzürne ein Mensch die gute Leidenschaft gegen die böse Leidenschaft«, steht im Talmud: das Wort »erzürnen« in der transitiven Bedeutung; nicht »ich erzürne mich«, sondern »ich erzürne« = entfache das Gegenüber (und so auch »mich«)

Die Form gibt die Vorstellung; der Wort-, Farben-, Tonsetzer ist ein Künstler der Vorstellung

Ein mitleidloser Verehrer

Philip Kobal trifft auf seinem Weg einen sogenannten Großen, sein Vorbild, und möchte von ihm etwas erfahren. Aber »der Große« bringt kaum ein Wort hervor, außer: »Ich habe die Banalität verpaßt. Ich habe den Eingang ins Geschichtliche und Gesellschaftliche verpaßt. Meine beiden Grundverfehlungen. Und jetzt bin ich verloren und stumm.«

Und der Talmud: »Vier Dinge vernichten (machen nichtig?) das Urteil über einen Menschen: Wohltätigkeit, Gebetsschrei, Änderung des Namens, Änderung des Tuns«

Vergeßlich bin ich, weil ich mir zu wenig Zeit nehme

»Er hatte noch nicht gelernt, seine Mitmenschen zu verachten. Daher fehlte seinem Auftreten die Sicherheit« (die Schwiegermutter Ibsens zu ihrem Schwiegersohn)

Der Held der Wiederholung sieht beim Zahnarzt den Abdruck seines Gebisses als das Gebiß seiner toten Mutter

Sich an der Kälte *laben* (23. Febr.)

Er erzählte, und sie blickten ihn ungläubig-gläubig an. Darauf log er vergnügt weiter

»Er lächelte im Dunkeln, denn an diesem Abend hatte er keine Hintergedanken« (Georges Simenon)

Statt »Vorstellung« sag vielleicht manchmal »Möglichkeit«: ich stelle mir nicht vor, dort und dort zu sein, oder das und das allein, mit ihm, mit ihr, mit ihnen zu tun – sondern ich erlebe es als eine bloße Möglichkeit. Aber gerade dieses Erlebnis »Möglichkeit« gibt mir den Ruck, den mir die (füllige) Vorstellung *nicht* gibt: es ist ein Wärmeruck, ein Zukunftsschub

Philip Kobal: Bei manchen Arbeiten muß er den Mund zum Atmen offenhalten; bei manchen schließt er ihn: die letzteren sind die ihm entsprechenden

Israel: keine Geschichtsschreibung, sondern *Umformung*: »Ein jeder in Israel versteht sich so, daß auch er schon mit aus Ägypten geführt wurde, und daß er selber mit am Gottesberg war«

Was ist seine Sehnsucht? In der Randzone zu überdauern, in der sonnigen, leeren, menschennahen Randzone

Die Materie des Scheins: meine Hauptsache

Auf die Erfindung kann ich mich weit eher verlassen als auf die Tatsachen; ich muß sie – die Erfindung – nur verfolgen

Der Ortlose, gerade dieser, verkörpert den Ort

Nichts klingt mehr als das Nachklingen

Erfolg des Lesens: ich eigne mir ein neues Wort an

Sein *Nest* verbrennt, und er entsteigt ihm verjüngt: das ist der Phönix und die Asche

Das Erlebnis Ruhe (ich kenne kein tieferes)

Lehrerinnen mit einem Deutlichkeitszwang, mit dem sie jede Anmut verlieren (29. Febr. 84)

Ohne Ort kein Glück; ohne Ortsgefühl kein *Nachhalt*

Der herrlichste und lieblichste Gedanke: »Kind!« (2. März, Wienerwald, Eichgraben)

Er gestand sich ein, daß er das Paradies auf Erden suchte, und daß das der Grund seiner Schwermut war

Unterschied zwischen Österreich und Frankreich: der zwischen Kaiser und König: der Kaiser ist *legendär* und wahrt das Geheimnis; ist eine *Spur* statt eine *Repräsentation*

In einer vollkommen verlassenen Landschaft kommt Philip Kobal an einem da menschenlos brennenden Feuer vorbei (= Die Wiederholung)

»Reizbar«: lebendige Eigenschaft

Keine Stories! Das Leben geht ja weiter (3. März)

»Da lief Abraham zu den Rindern – da brach ein Wind auf von dem Herrn her« (1. Moses 18); und Hiob sagt dann: »Zu mir stahl sich ein Wort«

Im Abstand zu ihr, in einem Nebenraum, umarmte er sie, reglos (so Die Wiederholung)

Er streichelte ihr über den Kopf, und sie fing zu erzählen an (so Die Wiederholung!)

Die Historie, in der Form von *Anpflanzungen*, gibt mir die nachhaltigste Schönheit – die Formenschönheit; s. die fragmentarische Allee aus der Kaiserzeit, die Wegreste der Königswege im Wald von Meudon und Versailles – und ich dachte dabei auch an den einst vom Großvater angelegten Obstgarten als solch eine »Pflanzung« (die »Hofjagdallee« beim Lainzer Tiergarten am Rand von Wien)

Erzähl deine Ahnung; »die Ahnung wird erzählt«, »die Ahnung erzählt sich«: Stärke unserer Zeit, immerhin

Die Psychoanalyse ist ein Sündenfall wie der Turmbau von Babel, nur in der Gegenrichtung, in die Tiefe statt in die Höhe

Die Schnee-Augen in den Astgabelungen (Nacht)

Philip Kobal verirrt sich in den Zentren, und findet sich neu zurecht an den Rändern

»Der Einwohner«, so heißt im Talmud Gott

Nach der guten Arbeit: der Raum als Lichtkreis

Die Wiederholung: Er stellte sich dem Urteil der Toten, das immer mild ausfiel, und doch ein Urteil war; er brauchte das Urteil

Stimmung, sich verdichtend, ergibt Struktur

Innehaltend sich beseelen

»Das Land der Verheißung«, »Die weiße Stadt«: Ich werde dort nie ankommen – aber sie werden mich zumindest erwartet haben: die utopische Grammatikform der Vorzukunft, oder, noch treffender, des *Futurum exactum*

Der Mittelgrund der Liebe

Oft fühlte er sich am Morgen beim Erwachen, und nicht nur da, entfernt, in dem Sinne von: »Entfernt ihn!« (5. März 1984)

Die Äste im Wind haben zeitweise etwas von der Bewegung vertäut nebeneinander liegender Boote

Es gelang ihm, die Zwischenräume zu sehen: es handelt sich in der Tat um ein »Gelingen«

Philip Kobal kann Belehrung nicht vertragen, schon gar nicht den belehrenden Tonfall. Höchstens die Begeisterung lehrt ihn, der begeisterte Zorn oder die ebensolche Trauer

Der ideale Humor ist der humorvolle *Blick*, ohne Worte

Der vor dem Fall Stehende wird angerempelt: *So* fängt er sich wieder

Ich ertrage nur die zufällige Musik, d. h. die Musik, die zufällig erklingt

Ach, Geschichte! – Philip Kobal will dagegen »der Jetzige«, ein Jetziger sein

Wasser und Wirklichkeit (des Tages): Bei ihm heißt es nicht »Wasser und Traum«, oder »Wasser und Wahnsinn«

Nach dem (unwillkürlichen) Grußwort bekam die Welt, auch die menschenleere, augenblicksweise eine Kontur; das Haus wurde Haus, die Gasse Gasse

Die erste Welle im Morgenmeer der Vogelstimmen (7. März, es ist wieder Frühjahr)

Innehalten, sich vergegenwärtigen – sich und die Gegenwart – sich die Gegenwart

Philip Kobal erkennt, daß er nicht »Forscher« sein, aber diese und jene *Zusammengehörigkeit* sehen kann, täglich – dieses und jenes »Und«

Noch einmal »Nacherzählen«: Nur im Erfinden, mitten im Erfinden, aus diesem heraus, hat das Nacherzählen seinen Platz; Erfinden und, in dessen *Folge*, das Nacherzählen, machen das Erzählen aus, das bekräftigende

»Verschweigen« und »innehalten«: mehr Lernenswertes habe ich eigentlich bis jetzt nicht erfahren (ohne beides tatsächlich gelernt zu haben)

Entfern dich wieder von den Glocken!

Eines Tages hörte Philip Kobal eine Beschreibung von sich, in der er sich, schmeichelhaft wie sie war, ganz und gar nicht wiedererkannte. Aber er beschließt da, dieser Beschreibung zu folgen

Jene körperlichen Arbeiten, die Oben und Unten eher trennen; oder die Trennung noch verschlimmern

Eine Art »Schuß«: ein Schuß Gegenwart

Das Licht als Wecker: Ich wußte heute früh, an einem bestimmten Licht, genau, daß es Zeit war. Es war das Wecklicht (9. März)

Einmal freute Philip Kobal sich innig über seine Feinde; sie dienten ihm als Erkenntnismittel

Einmal, anders als bei Odysseus, war sein Herz nicht mehr ansprechbar

Dienend, ohne das Bewußtsein und das Einverständnis, zu dienen, verrichtete er tatsächlich »knechtliche Arbeiten«, als Blinder, Geblendeter; »selber schuld«

An den Spitzen der Zweige in der Sonne Eisglühlampen (Weiden am Almkanal)

Die Komödie ist eine Weise der Freisprechung (auch der Zuschauer)

Seele, meine Eigenfarbe

Die Wiederholung: Er konnte sein Wissen selten äußern. Seltenst war er von seinem Wissen so erfüllt, daß er es äußern konnte. Aber wenn – dann »hob er damit an«. Er haßte die Wissensredner

»Nur wenige Tage im Leben war ich wie alle andern« (sagte gestern die junge Schönheitskönigin aus Maribor/Jugosl.)

»Was war dieser lähmende Schmerz in der Brust?« – Er wußte, der würde schwinden, könnte er sich nur von der Stelle bewegen. Aber es handelte sich eben um einen lähmenden Schmerz. Aber immerhin konnte er sich fragen: »Was war ...?« Und mit der Frage gelang ihm ein Bewegungs-*Ansatz.* Macht der Sprache; Macht des Fragens

Der eine meint das »Er wird sich gefreut haben« hämisch, schadenfroh, besserwisserisch. Der andere wird die Vorzukunft in diesem Satz als die Ortszeit der Poesie erkennen: »Ja, er wird sich gefreut haben«

Der Bilderkontinent: wo das Dasein/das Erdenleben sich weitet und betrachtbar wird als ein Bild, und betretbar als ein Kontinent. »Bildkontinent«: dieses ist das unmißverständliche Wort für Phantasie (ein mißverständliches Wort). Es handelt sich bei dem Bildkontinent um den Kontinent der Langsamkeit. Und der Zugang zu diesem Kontinent? Innehalten – aber der Zugang wird natürlich immer unsicher bleiben (Liefering, 11. März 1984, nach Weg hinter dem Schloß Kleßheim)

Das Schmecken als eine Art des Sich-Verlangsamens und Innehaltens; von allen Sinneserfahrungen erlernte Philip Kobal zuletzt das Schmecken; schmeckend sah er auf, hörte, roch er

»Wieder«: nach dem letzten Katzennachtlaut der erste Vogellaut – Frühjahrsmorgen (13. März)

Philip Kobal hatte immer wieder das Bedürfnis nach einem Gesicht; nach *dem* Gesicht; nach dem einen Gesicht; er machte sich auf, um das eine Gesicht zu suchen

Verwandle deine Gereiztheit in Betroffenheit: nur so antwortest du. Gereiztheit ist keine Antwort

Auf der Fahrt in den Süden wurde das Wasser der Bäche und Flüsse heller (14. März, wieder Udine)

»Ort des Heils« ist ein Pleonasmus; »Ort« genügt?

Er hat einmal – das und das – erkannt; und nun ist es bereit zur Wiederholung, aber: in einer jeweils *zu erneuernden Form* – und das ist mein – benötigtes! – *Zutun*

Ich gebe dir ein Rätsel: »Etwas brach auf. Es war keine Wunde, und es tat weh. Es war eine Wunde, und es tat gut« (Cormons, 15. März)

Das gewaltig(st)e Schauspiel: der Frieden (Bahnhof von Gorizia; hier und da ein Glanz auf den Zweigen, als seien das schon die Triebe)

Soldatenfriedhofsinschriften (der Verlierer, der Österreicher im 1. Weltkrieg, im Karstnebenfriedhof von Redipuglia): »Bleier Jak: *? †?«; »Aus Franz: †«; »Fisch †«; usw. (kaum je sonst wie am Rand des Karstes: Europa als Schlachtfeld der Geschichte)

Als Kind wäre Philip Kobal in der Mühle einmal fast in dem Trichter des zu mahlenden Korns versunken. Der Blick seines Vaters, der ihn am Arm festhielt, und festhielt, und festhielt

Und: Fahrräder und Bahnhöfe

Das Gesicht eines jungen Mädchens im Zug, Jahrzehnte im voraus gesehen: es war immer noch schön und garantierte eine kleine Unsterblichkeit (Capriva, Friaul)

Philip Kobal ist oft derart dem Schauen hingegeben, daß sein Gesicht etwas von einem häßlichen Idioten hat

OSTINATO: die Augenblicke aushalten (wieder in Ö., 17. 3.) (und im Tumult des Bahnhofs war eine Frau vertieft ins Blumenordnen)

Und: ergriffen und ruhig

Der Soldat sagte, wenn einem, im Hochgebirge, ein Finger abfriere, werde einem schlecht: daran merke man es; wenn es einem dann wieder gut gehe, sei es schon zu spät

Das Schlüsselloch in der Schwelle

Ein Schlimmes: wenn niemand ihm fehlt

Die Liebe als die Erinnerung – als die Erinnerung für sich – ohne Gegenstand; Erinnerung für sich, als Eigenwärme – Liebesschwingen

Der Schwätzer wurde erkannt an seinen eingerissenen Lippen (18. März)

Was er redete, kam aus der Sprachlosigkeit. Und daher hatte es Eigenart

Arbeits*blind*: Arbeits*sehend*

Im geduldigen Warten wurde der Vorraum zum Raum

Der Schlüssel zur Lade des Großvaters: der Schlüssel am gewaltigen Schlüsselbund der Wirtin, der ihr von allen der liebste ist (sagt sie); der unliebste ist ihr der Schlüssel zum Safe (sagt sie). (Ob sie aber es bloß sagt oder auch meint: mit der Schlüsselfolge zeigte sich im Reden endlich das Land – das Land der Erzählung)

Die Wiederholung: Alles im Haus des Großvaters war *deutlich*: die Vorräte, das Mobiliar, die Farben, die Kälte, die Wärme, die Dunkelheit

Die Philosophie kann nur im Wahnwitz enden – siehe Wittgensteins »Über Gewißheit«; dagegen das Erzählen … (solange das Pneuma reicht)

Die Ersatzreligionen sind daran zu erkennen, daß sie völlig schamlos sind; dagegen … (»schamlos und lauthals«)

Ich – Raum – noch – Dankbarkeit

Der herodianische Tempel, aus weißem Kalkstein: »Er (H.) beabsichtigte, ihn mit Gold zu überziehen. Da sagten unsere Meister zu ihm: Laß ihn, so ist er nämlich viel schöner; er sieht aus wie Schaum von Meereswellen« (der kindliche Talmud)

Rhythmus als Blendwerk?, nein, Blend-*Instrument*

Am Morgen spuckte er seine Alpträume zum Fenster hinaus. In seinem Speichel war Blut (21. März)

Das schöne Wort »Anlaß«; das häßliche Wort »Ursache« (häßlich? marklos)

»Eine gute Botschaft macht das Gebein markig« (Sprüche 15,30; Vespasian kann, auf die Nachricht, er sei Kaiser geworden, den zweiten Schuh nicht mehr anziehen, erzählt dazu der Talmud)

Er stand in der Sonne und sah sich als Kind in der Sonne stehen = Die Wiederholung; sich begnügend vergnügt

Verb für den Frühlingswind: »geht« (er macht tatsächlich Schrittgeräusche)

Die Frühwaise: Wenn der Vater zu Besuch kam, versteckte sie sich im Wald. Sie fragte dann aber, wie der

Vater gerochen habe. – Der Stiefvater teilte im Spiel, neben dem Spiel, für das Verhalten Strafpunkte aus, die er ausführlich auf das Papier malte

Sonnenuntergang: die Sonne schrumpft zum Bild, während sie vorher überall, im Abglanz, war. Untergehende Sonne versklavt den Blick, verdummt die Augen

Tempelzerstörung: »In jener Stunde lernte ich drei Dinge: daß man nicht in eine Ruine hineingehen; daß man auf dem Wege beten; daß derjenige, der unterwegs betet, das kurze Gebet sagen soll«

Der Arbeiter sagte: »Wenn ich etwas dazulerne, das gibt mir Berge«

Wunsch der Fleischersfrau: die Hände in die Sonne zu halten (23. März)

Kunst: gereinigtes Material

Stadtrandfamilie, unten auf der Erde dem Flugzeug oben im Himmel nachrennend

Das schlechte Spiel (z.B. Fußball, gestern, ASK-Platz) ergibt Fassungslosigkeit, ja Weltverlust, ja Weltschmerz; das schlechte Spiel als Fangeisen der Entwirklichung. Ich brauchte gestern nach dem schlechten Spiel eine ganze Wegstunde, damit die Welt wieder anfing, damit ich die Fassung wiederfand (25. März)

Der Himmelsraum, immer noch, Illusion hin, Illusion her: Ich erzeuge den Raum

Für Philip Kobal ist das Sprechen nicht natürlich; oder: Es ist ein anderes Sprechen in ihm als das geforderte;

und manchmal spricht sich dieses andere Sprechen aus ihm heraus; das alltägliche Sprechen wird ihm jedenfalls immer wieder zur Qual; und das war schon in der Kindheit so

Amseln, in der warmen Frühlingssonne wieder schlank geworden, fliegen mühelos durch die dichtverzahnte Zypresse

Der Meister der Überraschung hatte am Ende nur den natürlichen Weg nachgezeichnet

Philip Kobal rettete die Fliege aus dem Glas nicht aus Mitgefühl, sondern weil sie seine Freude am Tag behinderte

»Fixe Idee« heißt doch nur: Etwas will endlich bedacht werden?

Die Lust: ungestalt; die Freude: gestaltet (ich wiederhole mich?) – aber: In der höchsten Lust vergesse ich dann, daß es Lust gewesen ist – sie wird in der Erinnerung Freude – und gestaltet

Er war in seinem Atem, und dies und jenes war mit dabei: Ideal

Das Weiß der Elstern als eine Verkörperung der Feldwege; er hatte Zeit und ließ sich vom Weg führen (Glanhofen)

Stimme, Seelenmesser (auch Seelenordner) (27. März 1984)

In Philip Kobal erzählte es von den Vorfahren, von deren Landschaften, deren Unterwegssein, Augenaufschlagen, den Höhlenbildern der Vorfahren – und das war der herrliche epische Sinn; ging dieser verloren, ging tatsächlich ein Sinn verloren

Holunderrinde und Fels – Übereinstimmung zwischen dem Grau, den schwarzen Punktierungen: So lernt PK die Farben: durch das »*Und*«, die Übereinstimmung zweier Dinge

Wahr: Erkenntnis (oder »Übersichtlichkeit«) eher von der Sonne *abgewendet*

»Die meisten erzählen so widerwärtig vom Sterben!« dachte PK schon ganz früh (anders nur Wittgenstein vom Tod seines Vaters)

Er war gern auf gleicher Höhe mit den Dingen der Erde; er war gern in der Ebene

Schneetag quer durch Österreich: der Zugkellner mit Schneetropfen im Haar (30. März)

Die Wiederholung: Seine große Verfehlung war, daß er pochte auf ein Recht, das er zwar hatte, auf das er aber nicht pochen durfte

Seine andere Verfehlung war, daß er nicht faul = freiherrlich faul, sein konnte. So tat er, als lernte er, war aber nicht bei der Sache. Weder lernte er also, noch war er freiherrlich faul. Er lernte ohne Lernspur und verlor so, weder faul noch lernend, das Lebensgefühl

»Ein Kellner, der nicht lächeln kann, hätte ebensogut Gast werden können« (Flughafenrestaurant)

Einatmen des Brotdufts gibt die Seelenumrisse an (1. April)

In den sich wiederholenden Augenblicken der Anstrengung, des Dienstes, des Beistands, gelang es ihm, sich für das Ende (seiner Geschichte) einen Freispruch vorzustellen, der erfolgen würde (und in der Vorstellung oder Phantasie auch schon erfolgte)

»Du beschäftigst mich!« – Selbst deine Irrtümer sind von der Art, daß sie mich beschäftigen. Ein Gesetz: »Du sollst mich beschäftigen!«

Gegenwart: gesundes Herz. Krankes Herz: keine Gegenwart

Wohltat des Auf-einem-Bein-Stehens: als gewönne der Körper so an Erdenschwere (3. April)

Beim Speisenvorbereiten – nicht erst beim »Kochen« – wurde ihm warm

Aus dem Handteller blies er eine Handvoll Papierschnitzel hinaus zum Fenster, wo im selben Augenblick die Schneeflocken vorbeiflogen, wie aus einem größeren Handteller

Verachtete, geschmähte Flocken des April: dabei haben sie seltsame, »aprilene« Formen, sind eigen, auch in ihrer Bewegung luftwärts – »seltsame Vögel!«

Mandarinen, »leicht schälbar«: der Einarmige, als er sie am Markt einkaufte, sagte dazu: »Die sind richtig für mich, mit meinem Arm« (4. April)

Den Kindischen muß man strafen (: den Kindlichen)

Der Kopf in der Sonne wurde mit der Zeit zum Sonnenkopf (5. April)

Das Erlebnis mit dem Gesicht des fremden Gegenüber gestern im Bus: plötzlich begab sich darin die ganze Erde, ein Fluß floß, die Kindheit klarte, und es war doch, umso mehr, das Gesicht, das pure Gegenüber (hatte Philip Kobal nicht schon als Kind, zum Beispiel mit der Mutter, derartige Erlebnisse?)

Der Tag in der Jugend, als Philip Kobal erstmals von jemandem mit »Sie« angeredet wurde statt geduzt: was hatte das für ihn zu bedeuten?

Wann, wie, wie lange leben die Haustiere? Sie leben »in diesen Jahren«. Sie leben »diese Jahre« lang

Gehen und würdigen; gehend würdigen

Gebet um einen Zitronenfalter – und dann kam er, ihn, der ihn taglang erwartet hatte, jäh überholend, »humorvoll«, und flog dahin durch den Mischwald, war weit weg ein kleiner, nicht einmal gelber, nur heller Fleck – nicht klein, sondern winziglich, fast-nicht, im Laub, wo er von einem welken Blatt, nach langem Stillhocken jeweils, sich zum nächsten hob

Die Gnade des Sprachsinns: hat jeder? verliert fast jeder; und dann die Gnade des einen Worts

»Lange Mutter, langer Vater, viele Kinder – was ist das?« (Bauernrätsel) – »Eine Leiter.« – Anderes Rätsel: »Liegt jahrelang unter der Bank, und wenn man es angreift, schreit es?« – »Eine Kette!« Oder: »Dünner als ein Faden, höher als ein Baum?« – »Der Regen« (Rätsel, gesammelt in den dreißiger Jahren in einer Bergschule von einem Lehrer meiner Mutter = Die Wiederholung)

Mein Kind zeigt mir wenigstens manchmal ein freundliches Profil, und damit will ich mich begnügen (7. April)

Die kalten, nördlichen Länder, schärfer eingezeichnet ins Gedächtnis? die warmen Länder, sich zurückziehend vor dem Gedächtnis? (Ich dachte an Bergen, oder an Ako, Nordfinnland; an Delphi)

Sehr schöne Talmudstelle: »Nicht weiche dieses Buch der Weisung aus deinem Munde, es sinne darin Tag und Nacht!« – Und das sei »weder eine Pflicht noch ein Gebot, sondern ein Segen«. – Und wenn ich viele Pflichten so betrachtete, als Segen? (9. April)

Keine Zeit = keine Phantasie (keine »Erwärmung des Vorhandenen«, Ludwig Hohl)

Eine Sekunde Luft an den Schläfen heilt zwei Stunden Fernsehen

Der wird wieder ein Dichter sein, der sich auf ein Ding nach dem anderen einläßt: die Kraft des Sich-Einlassens

Die erste Hummel des Jahres, dunkeldick über dem lichten Gras, als Sommergewitterankündigung (10. April)

Der Verwundete ist »hinrichtungsfähig« (Wort des österreichischen Kanzlers Schuschnigg, 1934)

Dem Reden die Ironie, dem Schreiben die Leidenschaft

Unbegabt: ohne Vertrauen

Am Morgen die Katze aus der Nacht heimkehrend, mit einem (1) Tautropfen auf der Nase

Für die körperliche Arbeit mußte man Philip Kobal erst von außen begeistern. Aber er war auch zu begeistern, fürs Strohschichten, Dachdecken

Belebt werde ich nur durch Pathos – ita est (Taxham, Gasthof »Lilienhof«)

Allmählich lernt Philip K., in der Erde zu lesen, wie mit anderen Buchstaben, Wörtern: aus einer ungewohnten Richtung kommend, wird so einmal die vertraute alte Brücke über den Bach zu einem neuen Satz

Die Form, die aus der Leere kommt, ist Geist (und hat Geist, und gibt Geist)

»Heimkehr« bedeutet mir mit der Zeit immer mehr: Heimkehr zur Arbeit (13. April 1984)

Schulschluß, Osterferien: die Schülerin tritt ans Fenster ihres Dachzimmers, das weit offen ist. Endlich einmal kommt sie in ihrem Zimmer an, und dieses ist erfüllt von Morgenluft. Und unten auf dem Weg über die freie Wiese geht ein anderes Mädchen, die Schultasche schwingend weit über den Kopf (und da genau dachte ich: »Schulschluß!«)

Gut ist es, vor dem Verlassen des Hauses eine Tätigkeit zu verrichten; Übergangschaffen zum Weggehen: Tätigkeit

Der im Haus gefangene, panische Vogel: Lodern der Farben; der Farben des zu Rettenden, der Farben des Retters

Idealgestalt: ein Revolutionär, der den Augenblick wahrnähme

Die rege Gesellschaft verstummte. Kein Wort fiel mehr. Ich erwachte

Der Blick der Trauer wird aufgefangen. Aufgefangen von wem? Aufgefangen (16. April)

»Als Sachzwänge beim Bauen gab es nur zwei Kinderzimmer« (ein Magister-Architekt)

Sobald er sich klargemacht hatte, daß nichts zu erwarten war, wurden die Zeichen frei

Der Koch saß in der Küche, in Erwartung der Gäste, aufrecht, mit verschränkten Armen, schweigend, gesammelt, wie ein Priester vor der Messe in der Sakristei

Seine Lust aufs Leben setzte ein beim Anblick eines Mannes mit großkariertem Hemd (18. April)

Leere Viehsteige, blinde Fenster: Prüfstellen meiner Phantasie (für Die Wiederholung)

Vier Hasen rannten auf dem grünenden Feld in Spiralen, die Hinterteile erhoben (ein Satz aus der ewigen Erzählung)

Und: Hochsitz und Holunder

Karfreitag: Düsenjägerkondensstreifenfransen im Himmel, gleißender Stacheldraht (20. April)

Rosenstrauch: Aus dem Dornenholz treibt fanfarenhaft das Blättergrün (21. April)

Schöpferlustschmerz

Der Kindeskopf an der Hüfte des Erwachsenen; den eigenen Pulsschlag auf den des Kindes übertragen (23. April)

Zwei Kinder im Zuggang: »Wir werden nicht abgehängt, wir sind nicht der Waggon, wir sind der Zug« (Bischofshofen)

Noch eingerollte, frisch gesprossene Farnköpfe mit den verschmitzten romanischen Mienen, geschlossene Augen bei teleskopgewölbten Lidern, Schmunzeln, in sich gekehrt, in sich gekehrt äugend

Im Hebräischen sind die Worte für »Getöne« und »Seufzen« sehr ähnlich: siehe (höre) die Lieder der Slowenen

Zwei Schmetterlinge, ein gelber und ein roter, trafen sich in der Luft und stießen aneinander und stoben auseinander, als ob sie sich geirrt hätten (25. 4. 1984)

Gestern: A.s Herausstürzen (15 Jahre alt), Herausgestürztwerden, aus dem Dasein. Sie ist nicht mehr *umgeben*; nicht mehr umgeben von der Selbstverständlichkeit (fast tödlicher Unfall, Fastverbluten)

Das Erbarmen: Ich erbarme mich *deiner*; ich bemitleide *dich*. Erbarmen ist Umfassen. Die Schönheit des Genitivs, seine Wahrheit. Der Genitiv, der *Schöpfungsfall*

Gottlose Zeit, voll von Gottesmetaphern

Philip Kobal kann kein Verbot aussprechen

Mauern, ja, aber nicht zur Abwehr, sondern um das Verirren zu verhindern, nicht nur des Viehs

Herrlich im Talmud jetzt: »Die Welt besteht nur um des Hauches der Schulkinder willen.« Und: »Man darf die Schulkinder nicht stören, nicht einmal wegen der Erbauung des Heiligtums.« Und: »Jede Stadt, in der keine Schulkinder sind, wird zerstört«

Statt »Ich erinnere das« (bundesdeutsch) sag: »Ich entsinne mich dessen« (siehe »Genitiv«!)

Philip Kobal: Sein Kinder-Gehen begann mit *Entgegengehen*

Woran erlebt P. K. das Männliche? Am Weinen; oder an dem *Ereignis*, das zum Weinen führt

Seine »Lebensgeschichte« erfaßte er in der Naturgeschichte, in der Familiengeschichte – keinmal aber in der Weltgeschichte

Wenn nach langem in einer reinen Pflanzennatur da ein Tier auftaucht (ein Vogel, ein Eichhörnchen), hat dieses Tier etwas von einem Bruder, einem Menschenbruder, einem Bruder des betrachtenden Menschen

Gestern, 29. April 1984, am Bahnhof von Teisendorf/Oberbayern allein in der Dämmerung mit dem Telefonschrillen in der unbesetzten Station, dem Leuchtauge am Fahrkartenautomaten. Und dann das Leuchtschild mit dem Stationsnamen, von dem die Tropfen des geschmolzenen Schnees hingen, aber ohne je zu fallen. Sie hatten weder Tropfenform noch Farbe mehr, sondern das Elliptische, Gläserne von Puppen. Noch nicht gefroren, nicht mehr Tropfen, verkörperten sie, augengleich da hängend, das Puppenstadium zwischen Tropfen und Eiszapfen; hingen auch genau an den Stellen, wo das Schildblech selber, im Lauf der Wetterjahre, schon Tropfen und Zapfen gebildet hatte, zuunterst im Blech. Die gläsernen Wasserpuppen in der Dämmerung des unbevölkerten Bahnhofs, vollkommen ruhig und vollkommen gespannt. »Lohn des Wartens.« »Gesundes Warten.« Und eine Schneeflocke löschte dann zu meinen Füßen die eine Blase auf einer Lache

Im Verrichten eines Dienstes ist die Wiederholung am erfrischendsten: da kräftigt sie den, der dient, im Augenblick, da er sich das Wiederholen – oder einfach »das Dienen« – bewußt macht (1. Mai)

Die Vernunftfinsterlinge, düstere Söldner gegen alles Weitere (dahin ist es gekommen)

»Der Ungestalte« (Talmud): der Satan

Nur die Möchtegern-Künstler sind auf Meisterwerke aus (Schreiben: angesichts der Sonnendinge das Schweigen bewahren)

Arbeit: Entdeckung der eigenen, der mir eigenen Gestalt

Wie doch die Gegenstände der Bibel in die Kindheit zurück- und aus der Kindheit weiterweisen (selbst Gegenstände, die es für ihn damals gar nicht gab, wie ein »Feigenbaum«)

»Die Nachgiebigkeit«, »nachgeben«: wie oft, angesichts der *Natur*, Wörter dinghaft werden, Sachverhalte dar- und vorstellen, Schaltstellen werden (3. Mai)

Die »Mischna« (die Wiederholung) wird in einem Singsang gelehrt

Erkenntnisaugenblicke sind Vergleichsaugenblicke, insbesondere mit der Kindheit (4. Mai 1984)

Bei dem Wort »Dasein« kam Philip Kobal die Feldhütte daheim in den Sinn, inmitten der Äcker weit außerhalb des Dorfs

Auch von einem Blatt kann man sagen, es »blühe«: wenn es, wie dieses Basilikumblatt da, zuvor schlaff herunterhing, und nun, gewässert, wieder blüht (oder: das erholte Blatt bläht sich wie ein Segel, nachdem es in der Flaute war)

»Jedem Richter, der auch nur eine einzige Stunde ein wahres Urteil sucht, dem läßt das die Schrift gelten, als ob er dem Heiligen zum Partner am Werke der Schöpfung geworden wäre« (für den Talmud ist die Rechtsprechung eine Weise der Schöpfung, und sagt man nicht auch hier »Recht *schöpfen*«?)

»Meinung«, »Meinen« heißt: Jemand spricht zu nah an meinem Gesicht (5. Mai 1984)

»Fertigkeit«: es gibt auch scheußliche alte Wörter

Die Speise der Wiederholung, der Nektar der Wiederholung

Man kann niemanden zur Kunst bekehren

Der Regenstrom der Nacht. Danach der gleißende Tag; bis in den Mittag hinein das Funkeln in den Baumblättern und an den Grashalmen. Danach aber beruhigt sich das Bild zu einem vielfarbigen Leuchten oder Schimmern (der Unterschied zwischen »Gleißen« und »Schimmern«)

Nach der Schule: Schweißabdruck des Kinderfußes im Vorhaus

Der Tropfen im Gras blendet sonnengleich – daneben die dunkel glänzenden Augen der Maus

Denken wir uns deswegen so oft in unsere Kindheit zurück, weil wir die alltägliche, allgegenwärtige Kindheit, die, die frisch wird in der Wiederholung, verloren haben?

»Eines Sinnes«: schönes Wort

Der Igel in der vergangenen Nacht, an der Milchschüssel vor der Haustür, hatte da hinten ein Beinchen herausgestreckt. Ich nahm das Bein in die Hand: es war kalt, eine weiche kalte Sohle; der Igel überließ mir wie freundlich seinen Fuß und trank ruhig weiter, »gute Nacht«

Zu vermeiden: daß durch die Jahre jetzt hier in Österreich meine Prosa »kraus« wird. Stifter ist Jean Paul entkommen ... Woher kommt nur mein immer noch unüberwindlicher Widerwille gegen Leute und, leider auch oft, Land hier? Ich dachte dagegen, daß die slowenischen Dörfer doch einen – den – guten Raumgeist hätten (= Die Wiederholung)

Etwas tun, wobei man sich ins Zeug legen kann, das ist begeisternd (und heute war das einmal so, am 8. Mai 1984, – beim Übersetzen von Walker Percys The Last Gentleman – fast schon ein Jahr bin ich »dabei«)

»Bist du schon jemandem entgegengegangen?« – »Ja, als Kind, dem Großvater, wenn er vom Feld kam«

Der Augenblick, kurz oder lang am Tag, da die Gegenstände, durch mein Innehaltenkönnen, spielen, sich mir zum gemeinsamen Spiel zusammenfinden, im weiten Raum (auch wenn der nur eine Kammer ist)

So schön kann keine Frau sein, daß sie diese leere Steintreppe jetzt, umsäumt von dunklem Efeu und hellem Farn, in der Sonne und im Wind, noch verschönern könnte

Wenn sich, an den Naturdingen, die Farbenfolge ergibt, bin ich am Leben

Ein Himmel, ein Dach, aus Vogellauten, auch den Lauten des Vogels, der gerade ausgeschlüpft ist

Der Kolibri, oder Zilpzalp, auf dem Schuhrand, dem Saum des Schuhs, der draußen neben der Tür steht

Einzige Möglichkeit zu erziehen: den andern etwas merken zu lassen; am ehesten durch Trauer; weniger durch Freude; weniger durch Zorn

Die alte Frau im Zug, gefragt nach ihrem Zeichen, tat das kurz ab mit: »Was braucht ein alter Mensch ein Zeichen?«

Das Kind gestern sagte zur Mutter, als diese etwas – dabei Harmloses, Kleines – von ihm erzählte: »Warum mußt du immer alles erzählen?« Es wollte nicht, daß von ihm erzählt würde (wie auch A. damals) (13. Mai)

»Fünf saßen auf einer Bank und zerbrachen sie nicht. Da kam noch einer und setzte sich auch darauf. Da zerbrach sie. Der letzte ist ersatzpflichtig« (kein Bauernrätsel, sondern Talmud)

Die Gesten mancher Menschen mit dem Anschein von Blumen, zum Beispiel der kreisende Finger der jungen Frau dort an der Ohrmuschel

Beweg dich weg von dir und bleib

Nach Stunden der Erschöpfung, der Bedrückung, des Schmerzes fiel ein Bleistift von der Hand auf den Tisch, als Stimmgabel. Ruhe breitete sich aus und tat sich auf in der Messerbrust

Gestern gab es einen Augenblick, bei dem sich das Wort »ewig« einstellte: Als A. gegen Abend von der Schule heimkam, müde am Brunnen vorbeiging, mit der hellen Mütze auf dem Kopf, blaß, gefolgt von der Katze, und schließlich vom Sohn der Katze (15. Mai)

»Der Verbannte ging hinaus. Als er weinend fortging, kam eine Biene und stach ihn in sein Glied, worauf er entschlief«

»Wenn ein Mensch sieht, daß ihn seine Leidenschaft überwindet, so gehe er an einen Ort, wo er unbekannt ist, kleide sich schwarz und tue, was das Herz begehrt«

Vor dem Westfenster schrie ein Fasan, an dem Ostfenster flog ein weißer Falter vorbei (so DW)

Sein Elend wurde befruchtet von Trauer (so DW)

Er tauchte den Kopf in die Sonne (so DW)

Ein ernstes Paar; »Und«: Paar und Ernst

Hillel sagte: »Wer nicht lernen will, der sollte eigentlich sterben.« Und er sagte: »Wenn ich nicht für mich bin, wer ist dann für mich? Solange ich aber nur für mich selber bin, was bin ich?« Und er sagte: »Wenn nicht jetzt, wann sonst?«

Dem Tod *geweiht*; der Betrachtung *ergeben*

Endlich empörte er sich und fing zu denken an (so Die Wiederholung schreiben)

Das Mysterium der Erzählung: so ist es; und bedenk das wieder und wieder, verzagend-unverzagt

Die »Chinesische Zeit« jetzt der Bienen: in den gelbgelben Löwenzahnblüten versunken, Teil des Gelbs

Gewitternder Tag, Tag der Drachenfarben, des Drachenflügelrauschens; die Farben wie ausgeschnitten und ineinandergefügt, die durch die Sonne, am drachenleuchtenden Ahornzweigfächer vorbei, auf die Gewitterwand zusausende Hummel

Und Hillel sagte: »Der Schüchterne kann nicht lernen und der Aufbrausende nicht lehren«

Erneuernde Trauer

Die Maitage, da alle Spinnennetze voll mit Weidenflaum sind; »voll«? Gesternt mit Weidenflaum, wie ein Sternatlas diese Netze

Das Flugzeug aufsteigend über den weißen Apfelblüten – »Und«: das schimmernde Flugzeug und die weißen Apfelblüten (18. Mai)

Der Abend gestern am Sportplatzrand: Erst erschien dort am Gebüsch, dunkel, aufgerichtet, ein Fasan, so klein wie herrscherlich. Dann lief der helle Hase, nach dem allseits schon gefragt worden war, über das Feld, und alle sprangen von ihren Bänken auf (ASK-Platz, beim Flughafen)

Ein mir nicht einleuchtender Satz im Talmud: »Wer des Wegs geht und lernt, sein Lernen aber unterbricht und sagt: ›Wie herrlich ist dieser Baum, wie herrlich sind diese Ackerfurchen‹ – dem läßt es die Schrift gelten, als ob er sich an seiner Seele verschuldet habe«

Bei manchen weiß ich, daß sie mir nur in die Augen schauen, weil sie gelernt haben, daß man »dem Gegner in die Augen blickt«

Was ich auffange, fängt mich auf (20. Mai)

»Wertvolle Bekanntschaft«: recht bedacht, fast jeder

Das einzig schöne Hinterrücks: eingeholt von der Freude, heimgeholt, hinterrücks, von der Freude (23. Mai)

Glyzinientrauben, blau, im Gewitterlicht: Erinnerung an Dulder, Erinnerung an Heilige

Der Blitz gestern über dem Fluß, senkrecht aus dem hohen Himmel zur Erde herabstoßend; und ein zweiter Blitz folgte ihm, genau die Bahn des ersten nachziehend

Philip Kobal hatte keine Gabe zum Herausforderer, sondern zum Konterspieler. Und trotzdem trat er meist als der Herausforderer auf (25. Mai)

Die Katze im hohen Gras als Tigerin der Savanne

Und: Scheu und Liebe; Verb für die Scheu: »kommt auf«. Die scheuen Menschen: meine Wahl

Sie hielt sich eine Haarlocke an die Wange wie eine Rose

Und: der Regen im Laub und das Herz des Erwachenden in der Brust (29. Mai)

Die Wange des Säuglings lag auf meinem Handrücken, und dann ging ich mit dem glänzenden Säuglingsspeichel auf dem Handrücken weiter

»Warum sind die Feste in Babylonien so fröhlich? Weil sie dort arm sind« (30. Mai 1984)

Die Zeitlosigkeit der Liebesnächte, ihre Traumverlorenheit, ihre *starke* Traumverlorenheit: Stärke ist auch Traumverlorenheit

»Einst waren wir auf einer Reise unterwegs, da hob uns eine Welle hoch, bis wir die Lagerstätte des kleinsten Sterns schauten ...« – vor einer Erzählung, vor ihrem Anheben, steht im Talmud oft »Es wird gelehrt« – und so beginn auch mit »Es wird wiederholt«, »es sei wiederholt«

Die Löwenzahn-Sporenkugeln nach dem Sturzregen, vom Wasser zusammengefügt zu einem Gefieder, zu »Fiedern« (gibt es das Wort?); dann in der Sonne trocknend sich lösend, vergleichbar den Stricken eines Fallschirms (31. Mai)

»Hillel braust nicht auf«; oder so: »Es geschah einmal, daß Hillel seines Weges heimkam und lautes Geschrei in der Stadt hörte. Er sagte: ›Ich bin gewiß, daß dieses Geschrei nicht in meinem Haus ist‹«

Das Zirpen der Grille nach Mitternacht im Felsen, einziges Geräusch auf dem Berg (2. Juni 1984)

Die drei alten Männer im lindenduftenden Gastgarten die Faschistenzeitung lesend. Beim Weggehen ließen sie die Zeitung auf dem Tisch liegen. Sofort schickte ein junger dicklicher Mann vom Nachbartisch seine kleinkleinen Kinder nach dem Zeug und las dann den Dreck im Kreis seiner so lieblichen Kinder

Siehe »Traumverlorenheit«: der Autostau, das Knie der schlafenden jungen Frau, der Inn als Strom, Bob Dylans Zikadenharmonika, die ewigkeitliche Hand des Sängers an der Gitarre, der gemeinsame Schlaf im Auto, die Ahnung der Kurve und Steigung des Heimwegs dabei, die weißen nachmitternächtlichen Schuhe im Haus

Als Bob Dylan gestern sang, sah ich auf dem Rasen des Olympiastadions, farbig, sehr hoch gehend, die Wellen eines fremden alten Meeres, und dazu in der Ferne einen einzelnen Menschen auf dem Kamm eines künstlichen Hügels (4. Juni 1984)

Der Vater legte sich die Hand seines Kindes an die erschöpfte Stirn (so »Die Wiederholung« erzählen)

Seine Entfernung von den Vorfahren sieht Philip Kobal immer wieder als Verbannung, Verrat, auch Hochstapelei

Einmal sagte einer zu ihm: »Du siehst so arbeitsam aus, arbeitsam ernst«

Er dachte, fühlend, »Jetzt!«, und war erlöst; eine andere Erlösung gab es nicht?

Das leuchtendste, lichteste aller Grün ist das des Farns: Man möchte es ausspielen – nicht als Trumpf, sondern als Friedens- und Besänftigungskarte

Das Tagpfauenauge schwirrte aus dem tiefen Gras auf wie eine Heuschrecke und setzte sich auf mich, bei geschlossenen Flügeln, schwarz, »kohlig«, rindig wie ein Urtier; bei sich öffnenden Flügeln dann der rotleuchtende flaumige schmale Leib eine unbestimmte Erinnerung an einen Fabelfluß, vorne am Mund ein Spiralenfaden, der sich dehnte und zusammenzog

Ich glaube jetzt zu wissen, warum das verknüpfende, epische Schreiben so anstrengend, so erschöpfend ist: weil es stetig zugleich Rückweg, Rückweg *ganz zurück* ist, *und* Weiterweg, Weitergehen, ständiges, erfordert

Die Zeitungsfrau sagte: »Ich habe gehört, Ihre Tochter sei lieb.« Und sie fügte hinzu: »Wer lieb ist, bleibt's immer« (5. Juni 1984)

»Und«: Der Wind geht durchs hohe Gras, und ich möchte weinen, und die Grasähre neigt sich mir über das Knie und bleibt so

Zeitschwelle im Talmud: »... zu einer Zeit, da die Feigenmesser schon zusammengeklappt waren« (= nach der Ernte)

Die grimmigste Ironie, die mir je zu Ohren gekommen ist: Eine sehr alte Frau saß an einem sehr langen Tisch in der Kellergaststätte, schon lange allein. Da kam eine andere alte Frau dazu und bat, ob sie sich auch an den Tisch setzen könne, »oder warten Sie auf jemanden?« – »Ja, sicher!« sagte die sehr alte Frau, voller Ingrimm (7. Juni 1984)

»Seine Frau saß da und siebte Mehl. Als sie ihre Augen erhob und ihren Mann erblickte, wurde ihr Herz so überfroh, daß ihr Geist entflog«

Der Tag beginnt: Ich höre

Die zimperlichen Katzen: bei den ersten kleinen Tropfen des Regens, noch in der Sonne, kommen sie zum Haus, unters Dach gelaufen

»Ob er mehr tut oder ob einer weniger tut – wenn er nur sein Herz gen Himmel richtet«: der Talmud ist zuletzt doch ein herrliches Buch, – auch weil darin die Männer so recht weinen –: »und sie weinten beide«, über die Vergänglichkeit der Schönheit; Herzlichkeit zwischen Männern, von der ich sonst nirgends gelesen habe

Das Gefieder des Stars, als er vom Futterbrett wegflog, wurde vernehmbar als Dankesrauschen; mit dem Gefiederrauschen bedankte er sich

A. sagte, wie gern sie die Schwalben höre, als das Zeichen für den Sommer. Und sie hörte, vorgestern, eine einzelne Schwalbe mitten im Gedränge der Getreidegasse, die durch den Schwalbenlaut erträglich wurde, »fast«, sagte sie

Zeit haben, die Schönheit sehen. Nur glaubt man dann, daran zu sterben. Aber wenigstens wäre man so auf den Knien gestorben

Ist die Geschlechterliebe in der Tat abhängig vom Argwohn, vom Geständnis, vom Haß, vom Erniedrigen? Ist anders die Liebes-Öffnung gar nicht möglich? Jenes mildeste allen Sprechens, das dann aus dem Geschlecht kommt?

Die Zypressen sind so dunkel, daß die Spatzen, die hinauf in diese Bäume fliegen, hell erscheinen wie Schmetterlinge (9. Juni, Mossa, Friaul)

Erster Blick in den Kirschbaum: das Rot einer einzelnen Kirsche da. Zweiter Blick: der ganze Baum ist voll mit leuchtend roten Kirschen (Capriva, Friaul)

Die schwarze Katze, heimkehrend, wird geschmäht vom Papagei im Haus (San Michele im Karst)

Das einzige Wasser im wüstenhaften Karst: die Riesenlache auf dem roten Erdweg, Robinienblüten, in Form toter kleiner weißer Falter, auf diesem episodischen Weiher treibend, und dann hockte sich ein tatsächliches, lebendes, hellblaues Schmetterlingspaar an den Rand; hier, im Karst, ist die Phantasie im Recht – der Karst ist pur phantastisch (= Die Wiederholung) – und jetzt kommen auch schon alle möglichen Vögel zum Baden an diese lange Lache, die entflitzende Eidechse zeigt sich dem Blick nur noch als klappendes welkes Eichblatt, und kein Tier hier, das dem anderen etwas anhaben will, die Tiere bei*sammen*, im Augenblick der Phantasie jedenfalls: in solchen Momenten können mich die Vorfahren sehen, und ich kann mich von ihnen sehen lassen, auch wir sind bei*sammen*, und: ich möchte mich um meine Liebsten kümmern, für sie sorgen, alles für sie tun, jetzt!

Der zweiteilige, schwarzglänzende Aaskäfer auf dem Wegmittelstreifen, mit dem braungrünen Aas beschäftigt. Er hat violette Füße und geht liebevoll mit dem Miststück um, schiebt und rückt es zurecht, kriecht am Ende unter es, wird unsichtbar und nimmt das Aas, das dabei sanftest bewegt wird, auf seinen gepanzerten Rücken. Wie das Aas nun schaukelt, scheinbar für sich allein, auf dem Grasmittelstreifen: gewaltiger, fast unerträglicher Anblick

»Die Sterbegesellschaft«: Titel für ein stummes Theaterstück?

Seltsames Paradox: der Anblick eines Idioten, so wie der Anblick eines Friedhofs, rückt mir die Welt wieder ins Lot, und erdet mich (besonders an Touristenorten)

Der Priester verteilte die Hostien lächelnd, bei jedem Kommunizierenden neu auflächelnd (Sonntagsmesse in der Basilika von Grado; Pfingsten)

Bei Bewußtsein sein: den Tag, von morgens bis abends, würdigen – können (Villa Opicina)

Die Natur als der Idealspiegel, der einen sich selber ganz – als möglichen Ganzen – sehen läßt, die Natur als Ein-und-Alles-Spiegel, ohne daß man dazu sich selbst sieht (11. Juni)

Das schönste Lesen ist das bloße Nachsinnen, auch mit leeren Händen, ohne Buch

Schwermütig macht mich (auch) das Wissen-Wollen

Eine andere Geschichte vom Christophorus, dem Christus-Träger: er wollte das Geliebte immer weiter auf dem Rücken tragen, im Huckepack. Nur so, mit dieser Erdlast, wollte er in Hinkunft leben

Halt dich trotz allem an Österreich: Alter Mann und alte Frau gehen hintereinander auf einem grünen Pfad neben den Zuggleisen, gebeugten Hauptes (vor S.)

Als er sie berührte, sagte sie: »Ich dachte gerade: Wenn du mich jetzt nicht berührst, dann sterbe ich. Und du hast mich berührt«

Talmud: Liebesgeschichten zwischen Männern

Der männliche Rauchfangkehrer ging über den Felsenberg in Begleitung eines lieblichen Rauchfangkehrermädchens, das einen weißen Turban trug. Gemeinsam bogen sie aus einem der Bergstraßentorbögen, beide groß, schmal, zierlich schön – ein Paar. Und unwillkürlich grüßte ich dieses (13. Juni 1984)

Sie sagte, ihr Bein sei zweimal in Gips gewesen; »aber damals war ich noch Jungfrau« (abendlicher Satz auf der Kanalbrücke)

Den Geburtstag eines Tiers feiern; wie?

Kakophonistische Umschreibung für »ich« im Talmud: »mein Hasser«

Der Vogel im Gras zog hüpfend einen Kreis um den da Sitzenden, mit kleinen, einsilbigen Rufen, und die Katze daneben auf dem Gartentisch schaute beteiligt zu. Und der Vogel flog dann in den Rotdorn und brachte diesen frisch zum Blühen (so ähnlich erzählt auch der Talmud seine Geschichten, nur andere – andere?)

Die scheußlichste der Empfindungen: alles richtig zu tun, getan zu haben, im Land des Ideals – selber ein Ideal zu sein. Sie ist verbunden mit heftiger Todesangst, mit Todesdrang, mit Todessog. Und ich dachte dazu: Es müßte doch einen Heiligen geben, welcher der Patron der Ruhe, der Patron für Ruhe wäre – sofort würde ich mich an den wenden

Geschützt vom Touristenkörperwald, blickte er hinaus in das Freie (Zentrum)

Je idealer ich mich fühle, desto betrügerischer fühle ich mich; das ist der Weltschmerz

Die Ruhe kommt nur mit der Menschenliebe. Also wäre mein Patron? – Ich dachte an JESUS CHRISTUS

In der Sehnsucht leben, heißt, in der Gegenwart leben, heißt, in der Erinnerung leben, heißt, im Raum leben

Manches – manche Schönheit – ist nicht allein zu ertragen, auch nicht zu zweit oder zu dritt, sondern nur im versammelten Volk (14. Juni)

Die letzten Robinienlippenblüten: greisenmäulig

Der Patron der Ruhe sollte ein Wasserheiliger sein (dachte ich gerade, erstmals im Jahr wieder untergetaucht in einen Fluß, wonach die Schotterbänke neu rauschten, mir)

Der Föhntag gestern: selbst der christliche Postbeamte war unruhig; er müsse vor allem aufpassen, sich nicht zu verzählen; und es helfe nur, alles »ganz langsam« zu tun

Der Platz vor der Vorstadtkirche im Sommerwind: ein Zigarettenstummel rauchte, eine Katze sprang durch einen Zaunspalt, ein Kind aß unter einer Linde ein Eis, die Schwalben ersetzten die Mittagsglocken

Durchschauert vom Dasein: Das ist dein Gesetz

»Gewitter über Delft«: die finsterste aller Wolken über dem hellsten aller Schultertücher (Den Haag, 17. Juni)

Das Flußwasser (von der Saalach) in meinen Haaren mündete gestern, als ich in Scheveningen schwamm, in den Atlantik (18. Juni). Und drei Afghanen galoppierten am Meeresufer: erstmals sah ich an Hunden Schönheit

»Erzähl mir etwas!« Darauf, nach einiger Überlegung, beschloß er nicht zu antworten

Trauer: Fassung; Schwermut (oder Depression): Fassungslosigkeit

Die Gärtnerin aus Liebe: weil sie *den Garten* liebt

Nach der Geistesarbeit suchte er Halt an den warmen Brunnendachschindeln

Auf dem Ast landete der große Vogel und spreizte langsam die Flügel weit aus als der Vogel der Ruhe; nichts wollen, nur sich durchdringen lassen, das war Ruhe

Er erzählte, wie er, als Ministrant seinerzeit, mitten in der Messe vom Priester geohrfeigt worden war: Er hatte, als Tablett-Zuträger bei einer Trauung – die Ringe lagen bereit auf dem Tablett –, zuvor in der Sakristei einen sehr großen und einen sehr kleinen Ring gesehen und dann, der Moment gekommen, den sehr großen Ring dem Priester hingehalten für den Bräutigam – dabei war für den Bräutigam im Gegenteil der sehr kleine Ring bestimmt. (Und der mir das erzählte, mußte, Ohrfeige hin oder her, jetzt noch laut lachen)

Allmählich bin ich imstande, mich bedienen zu lassen, nicht nur zu bedienen (24. Juni, Avignon)

Fronleichnam, Feier-Tag des Corpus Christi: dessen langsames Schmelzen im Mund der Kommunizierenden. Mann und Frau tranken das »Blut« aus demselben Kelch. Die Frau reichte dem Kind, dem Ministranten, das helle Brot. Und der Priester sagte: »Souviens-toi, Chrétien, Chrétienne, n'oublie pas«

Der fremde Mann, auf dem leeren Bahnhof (von Aix) mich an seinem gelben Ginsterstrauß riechen lassend, so im Vorbeigehen – mir die Blumen nicht gebend, mich nur daran riechen lassend – und *so* sie mir umso mehr gebend

Sowie man seine *ganze* Macht entfaltet, steht man an der Pforte des Todes (26. Juni)

»Noch in Fesseln, rettet er«: So sagte jemand von dem Johannes auf Patmos

»Gotteszittern«: nicht Erzittern vor einem Gott, sondern das Gotteszittern in der Welt

Zwei Mönche gingen über den Felsenberg, und ich konnte einmal denken: »Gottesmänner« (30. Juni, zurück)

Die Zeitungsfrau im Zentrum sagte: »Ich bin so müde vom Auskunftgeben«

Durch Verschweigen zu Gott – zur Gottmöglichkeit

Sie erzählte, sie habe in der vergangenen Nacht erstmals von ihrem Vater geträumt. Dieser habe ein Schloß bewohnt, und sie habe ihn erst lange suchen müssen. Gefunden habe sie ihn schließlich hinten, an einem Teich. Dort seien sie miteinander geschwommen, und sie habe ihn dabei auf den Schultern getragen. Obwohl es sich nur um einen Teich handelte, gingen die Wellen sehr auf und ab. [Sie machte eine sanfte Handbewegung.] Es war fünf Uhr morgens. Sie habe nicht mehr geschlafen, sei aufgestanden und habe gemalt

Aus dem Halbschlaf heraus, im Innersten gepeinigt von ihrem Gerede, versetzte er ihr, aus der Tiefe der

Tiefen heraus, eine gewaltige Ohrfeige, und von ihr kam dann das erste wahre Geräusch, das er je von ihr gehört hatte: ein wunderbares Seufzen, worauf sie aus dem Raum lief, in die Nacht hinaus, worauf in den Raum und in die Nacht endlich der Friede einzog

Drei Stunden Gehen flußauf: Kindskopfes Wiederkehr (2. Juli 1984)

Mutter zum Kind im Gasthaus: »Daß du hier nicht wieder die Kerzen ausbläst, wie immer zuhause!«

Blick des Malers auf eine Taube, die auf grauem Beton saß: »Da ist sie nur noch Farbe!«

»Drei sind ein Vorgeschmack der kommenden Welt: Schabbat, Sonne und Beischlaf«

»Eine böse Frau?« sagte der Maler: »Eine, die ihm den Tisch richtet und dabei gegen ihn den Rücken kehrt«

Ideal: Über mich ist endlich nichts mehr zu sagen

Als die auffliegende Taube vor dem weißen Himmel schwarzdunkel wurde, hatte sie etwas von dem Menschen, dem endlich sein Flugversuch glückt (5. Juli)

Das Gespräch zwischen dem alten Mann und dem Kind gestern am Wirtshaustisch. An dem Hut des alten Mannes wurde durch Drehen der Westen gesucht. »Nein, das ist doch der Süden!« – ... »Aber das ist er jetzt, der Westen!« – Das Kind: »Nein, *ich* bin der Westen! Und du [dem alten Mann auf die Stirn tippend] bist der Süden!« – Und das Freudestrahlen des alten Mannes, über das Kind, über das Kindsein, das Sein des Kindes (auf dem Felsenberg)

Philip Kobal erzählte einem Psychoanalytiker von seinem Ahnenkult. Und der Analytiker sagte dann, so habe er, P. K., keine Probleme mit der eigenen Seele – nachdem Kobal ihm erzählt hatte, wie er manchmal die Ahnen in – kein homerisches *Lachen*, aber doch ein homerisches Lächeln ausbrechen spüre, bei seinem, des Lebenden, Streichen und Streifen drunten auf der Erde

»Das ist kein Geschäft, das ist ein Durchgang!« (sagte die Zeitungsfrau, traurig-empört, von ihrem Geschäft)

»Wo bist du mir denn alleweil?« (Frau zum Mann in der Imbißstube; und die schon alte Tochter zu ihrer greisen Mutter ebenda: »Du, Mutter, macht Bier Flecken?«)

Das Sein der Katze im Sommer auf dem in die Wiese versinkenden einstigen Schreibtisch (von »Wunschloses Unglück«) (7. Juli 1984)

Selbsterkenntnis ist Strukturerkenntnis ist Gesundung

Was macht mich wirklich? – Die Frage: Wen liebe ich?

Verb für den Dichter: »greift durch«

Als ich nachts das im Garten liegende Tuch ausschüttelte, flog davon ein Glühwürmchen hoch (und dazu der Stern neben dem zunehmenden Mond); regsamer Garten in der Nacht: ein Igel und ein Glühwürmchen

Zweifaches erzählte gestern der alte Maler: Wie schwer es ihm einst gefallen sei, zur Abstraktion zu gelangen; er, aus der österreichischen Provinz, gerade als Soldat und Heeresmaler mit allen Desastern des Krieges hinter sich: er habe es nicht gewagt, mit seiner doch immer stärkeren Sehnsucht nach Abstraktion die *Leinwand* zu benützen. Und so habe er es zunächst an den Türen seines Ateliers versucht. Eines Tages sei dann Poliakoff gekommen und habe gefragt, von wem denn die Türmalerei stamme. Auf seine Antwort rief P.: »Mais tu es un peintre abstrait parfait!« Ab da habe er nie mehr gegenständlich gemalt. – Und das zweite: Erstmals, jetzt, als alter Mensch, stehe er vor dem Problem, aquarellieren zu sollen. Das sei für ihn, durch die Wasserfarben, gerade der umgekehrte Weg als sonst: sonst sei es jeweils, mit dem Öl, vom Dunklen zum Hellen gegangen – jetzt müsse er vom Hellen zum Dunklen; ein Aquarell könne nämlich nur mit den hellsten Farben begonnen werden (8. Juli 1984)

»Raw Nachman sagte: ›Du weißt ja, daß sich Wunder ereignen. Aber Nahrung wird so nicht erschaffen!‹«

Für Krankenbesuche gibt es laut Talmud kein Maß: »... sogar hundertmal am Tag«

Philip Kobal las, oder hörte, die Beschreibung der eigenen Geburt seinerzeit, jetzt durch die alte Hebamme – »ein kräftiger, gesunder Knabe« – mit einem Grauen, als handle es sich um die Beschreibung seines Todes (10. Juli)

Auf dem Ladentisch des Lebensmittelgeschäfts lag eine silberne Stimmgabel

Ich mache, was ich bin: = Schreiben

Die Namen von zum Tod Verurteilten – wie jetzt die aus Florida und Georgia – sind wie die Namen von Heiligen: »David Leroy Washington«, »Jimmy Lee Smith«, »Ivon Ray Stanley«

Die Schönheit ist nicht zu haben; *sie ist*, jetzt

Im Einschlafen am Grenzfluß, bei den Schwimmern, die sich flußab treiben ließen, mit ihren Köpfen das Fließen des Wassers verkörpernd, spürte ich, wie sich in mir die Pforten der Ruhe schlossen; die Ruhe ist der einzige Ort (a. d. Saalach, unter den Weiden im Uferkies)

Der weiße Hemdknopf, den er jetzt in einer fremden Dorfkirche fand, verkörperte die Goldmünze, deren Finden er sich seinerzeit in der Heimatkirche gewünscht hatte, als Zeichen der All-Möglichkeit durch die Erst-Kommunion

»Gibt es doch nichts Schöneres, als mit anderen freundlich zu reden« (Franz Michael Felder)

Nach dem wilden heißen Nachtsturm sind am Morgen die Steinchen im Hof spitzer als sonst (und es gibt im Gras keinen Tau) (12. Juli)

Bevor Philip Kobal die Heimat verließ, brannte er sich ausführlich an den Brennesseln des heimischen Gartens, um beim Unterwegssein ein Gefühl von daheim zu behalten

Sie sagte, zum ersten Mal habe sie, in der Vereinigung, erlebt, daß sie sich nicht hingegeben habe wie sonst, sondern daß sie »zu zweit« war, daß sie zu zweit waren; zum ersten Mal habe sie es niemandem zu Gefallen getan, sondern für sich selber, sich selber zu Gefallen, *auch*

Eine Hochschwangere, den Bauch mit einem roten Tuch umknüpft, ging pfeifend auf dem Boulevard (Montparnasse, 17. Juli)

Wie ich mich sträube vor Zeitangaben; wie ich mich stärke an Raumangaben

Im Traum sah ich die Göttin des Schlafs: es war eine Frau mit vollen weichen Lippen und einer runden Stirn

Eine Lehre wurde mir gestern zuteil (19. Juli): Als ich der Familie G. von dem Kind auf dem Balkon weiter weg erzählte, wie es sich dort einen Plastiksack über den Kopf stülpte, und von meinem Erschrecken, und von A.s Achselzucken dazu und ihrer Bemerkung: »Was soll man da machen?«, antwortete Frau G.: »Vielleicht wart ihr zwei nur nicht gleichzeitig, vielleicht habt ihr nur nicht zur gleichen Zeit das gleiche Gefühl verspürt.« (Place Vendôme)

Das Hauptgefühl in der Todesangst: im Weg zu sein

Gehaßt zu werden: als werde man ständig, vor aller Welt, nur von hinten gesehen

Dinge: Herzstücke; so ist es, wenn ich bei Sinnen bin

Vor Sorge möchte ich sterben, vor Sorge *kann* ich nicht sterben

Manchmal ist es, als bestünde das fortschreitende Leben, oder das Älterwerden, aus einer Zunahme der großen und kleinen Teufelskreise, bis ...

Es stimmt schon, das ist es: absichtslos sein, was diesen und jenen Ort betrifft; einfach nur da *sitzen*; dasitzen

Die Weisheit nach der jeweiligen Todesangst ist unnütz für die nächste Todesangst

Der alte Schauspieler sagte im Traum: »Beim Auf- und Abgehen gibt es keinen Horizont«

Die Schatten der Platanenblätter auf den Nationalflaggen (an den Champs Elysées), wodurch aus den Fahnen, den französischen, die kanadische wurde, die »mit dem Ahornblatt« (21. Juli)

Ich wollte, sehr müde, in meinem Zimmer mich schlafen legen. Da lag meine Mutter, auf einem Diwan hinter der Tür, auch erschöpft, und wollte bei meinem Eintreten sofort aufstehen. Ich aber lobte sie dafür, daß sie sich ausruhte. Sie sollte sich noch viel mehr ausruhen. Ich strich ihr über die ganz weißen Haare. Und sie erzählte mir von dem schlimmsten Ereignis ihres Lebens: sie sei, jung verheiratet, mit »dem« Mann auf einem Weg gegangen, und da habe er ihr gesagt, daß er gar nicht ihr Mann sei

Das ungeheure Zikadenkonzert heute, beginnend in einem Eukalyptusbaum am Meer, sich verstärkend dann landeinwärts im Kiefernwald an der Autobahn, nicht ohrenbetäubend, sondern ohrenöffnend, hellhörig machend im Lärm, ein gewaltiger Schall, und dann alleinherrschend im stillgewordenen Kiefernwald rund um Sainte-Trinide oberhalb von Bandol (Côte d'Azur), zugleich das Grillenklicken tief unten im Gras – ich hatte nichts zum Schreiben mit, sonst hätte ich versucht, das Konzert aufzuzeichnen, das auch ich selber beeinflußte, indem ich mich den Zikaden näherte, von denen einige dann verstummten, oder aussetzten. Dann die einzelne, endlich auch sichtbare Zikade am Waldrand, auf dem Stromdraht, als die tonangebende für die anderen – wie sie ihren Hinterleib jeweils hob und vibrieren ließ einige Augenblicke lang – worauf der Leib sich wieder senkte und, im Stillstand, wiederum nachschrillte – bis er sich neuerlich hob und, mit bauchtänzerischen Bewegungen, wieder der Zikaden-Masse im Wald den Ton angab, und immer so fort: Es war das die Über-Stimme, jeweils die anderen, die immer gleichmäßig, ohne je den Leib zu regen, dahinschrillten, im Rhythmus *übersteigend* – metallisch glänzender Vorderkörper mit vorstehenden, wachsam dunklen Augen (22. Juli 84)

Orts- oder Unorts-Angabe auf der Landstraße: »Zwischen zwei Hunden«

Noch einmal zum Schall der Zikaden: Entgegenrauschen von oben; Baumkronenmeer; Metallblechflattern, Protestrasseln und -klappern in einem weltweiten Gefangenenhaus – und für einen Verirrten, einen Verirrten für immer, könnte es das Geräusch des Wahnsinns der Angst sein

»Reizvoll fremd«; »reizlos vertraut«; »reizvoll vertraut«: das letzte ist wünschenswert

Bei all dem toten Sommerrummel geht immer noch der Wind über die Erde (Ile de Bendor, vor Bandol)

Strand am frühesten Morgen: nichts als Vogelspuren, die Hunde kommen erst später

Für deine Begeisterung wirst du bestraft. Oder: Das sicherste Mittel, dich lächerlich zu machen, ist die Begeisterung. »War das immer so?«

Wieviel abenteuerlicher ist das Wiederfindenwollen als das Haben. (Das wäre immerhin ein Argument der Romantik gegen die Klassik)

Natur und Geschichte: In der Mittagssonne schrillen allerseits, sich verlangsamend, dann wieder schneller werdend, verstummend, im Vordergrund, bei den vorbeifahrenden Bussen, die Zikaden in den Pinien, nicht nur hellhörig – sondern auch sehend machend, und inmitten der Sonne, auf der Meeresuferstraße, steht eine noch junge Mutter, mit ihrer halbwüchsigen Tochter, und versucht, halb im Spaß, halb im Ernst, der Tochter das Lippenrot abzuwischen, drohend, lachend. Es gelingt ihr nicht (Cassis)

Nach langem Laufen in der Hitze sah ich endlich nur noch Einheimische, und Einheimisches

All dein Denken taugt nichts – ist bloße Denkerei, wenn (sowie) du den Blick für die spielenden Kinder unter dir verlierst

Frankreich: meine *Denk*strecke; der Karst: meine Anschauungsstrecke

»Bruderherz«: Wo ist mein Bruderherz? = Ich

Ich bewahre, schreibend, die Dinge in mir; *um*schreibe sie bloß. Und deswegen darf ich mich »Schriftsteller« nennen (?; auf der morgendlichen Fähre von der Ile de Bendor zum Festland)

Mein Gefühl der Sicherheit vor *deutlich* eitlen Leuten (24. Juli)

»Heutiger Ort«: Ein heutiger Ort wird erst Ort durch den Bahnhof – durch das Warten dort

Und wieder wurde mir eine Lehre erteilt: Als ich dem Zigeuner, heute auf dem Markt von Bandol, sagte, er solle das fremde Mädchen nicht berühren, sagte er, er habe sie »nicht berührt«, vielmehr sie nur »hübsch gefunden«

»Aus der Menschenwelt entrückt in die Naturwelt«: Es sollte aber kein Entrücken sein, sondern eine Gleichzeitigkeit, ein bloßes gleichzeitiges Voneinander-Größer- oder Weiterwerden. Wie aber vermeide ich die Entrückung? Durch die Bewahrung des Dreiecks: Ich – Du – Natur. Und das *Du* kann auch ein Unbekannter auf dem anderen Bahnsteig sein, am besten vielleicht ein Kind: ein Kind wartet geradezu darauf, das DU zu sein – mir DU zu bedeuten (Bahnhof Bandol)

Das nervöse Essen der Tiere (die Eidechse am Bahndamm): Immerzu müssen sie dabei zur Seite äugen, in Angst, vom Essen weggescheucht zu werden; die ewigen *Seiten*augen und *Seiten*blicke der Tiere

Verb für das Dreieck (s. o.): es »bewahrt«

Wie selbstverständlich sind in der Erzählung, in der Wiederholung, die Ortsangaben, oder einfach die Ortsnamen – wie beliebig als auch künstlich dagegen die Zeitangaben, die Angaben der historischen und gezählten Zeit – »Im Jahr 1984« –, ebenso die Personennamen (das Lachhafte der so »originellen« Personennamen bei Thomas Mann), es sei denn, es handle sich um Zeitangaben wie »Gegen Abend«, oder um einen Namen wie Odysseus oder Don Quijote

Wie häßlich ich werde durch all mein Gesicht-Wahren

Behalt das Dreieck (s. o.), das Du, im Auge, Ekstasengefährdeter

Eine angenehme Information: »Chaussée déformée«

»Bewähren«? Kann ich mich nur im Dreieck

Die Ding-Ereignisse: zum Beispiel jetzt, fast 42 Jahre alt, das Grün-Gelb des Stengels des Knoblauchs wahrzunehmen; aber dafür *weiß* ich es ab jetzt für immer

Vergleich zwischen dem Zikadenkonzert und der gerade beendeten Tour de France: Eine Zikade beschleunigt, und sofort zieht der ganze Peloton mit (Hoch Laurent Fignon)

Gebet an meine Sinne: eine Runde auszusetzen

Bergaufgehend in der Sonne, vom Meer ins Landesinnere: Ähnlichkeit mit einem, der einem politischen Skandal auf der Spur ist und diesen jetzt und jetzt erhellen wird. – Aber wieviel freudiger, unvergleichlich wohltätiger, fruchtiger ist es, der Natur auf der Spur zu sein, die Naturereignisse zu erhellen, oder erhellt zu sehen – auch für dich, Leser – gib's zu, oder du bist keiner, nur ein Verschlinger, oder ein »Kiebitz«: natürlich habe auch ich, wie du, die Morgenzeitung gelesen, weiß, wie du, daß Frankreich eine neue Regierung hat, kenne die ersten Ergebnisse der Meinungsumfragen zu dieser Regierung, weiß, daß einer der Staatssekretäre ein 70-jähriger Vulkanforscher ist, daß der Minister für Jugend und Sport ein ehemaliger Weltmeister im Eiskunstlauf ist, daß der Vater des neuen Premiers Antiquitätenhändler am B^{d} Haussmann ist ..., aber laß mich damit in Ruhe, Journalist, bleib bei deinen »City News«. – Dagegen die Nachricht des Zikadenchors: ein »Flügel« verlangsamt zuweilen das Konzert, und die anderen »Flügel« des Chors folgen. Und natürlich (?) steigen immer wieder im Hintergrund die französischen Jagdbomber auf. Und ich? esse dagegen einen Anis-Stengel

Die Durchtriebenheit (Gegensatz zur Klugheit) braucht für ihr Geschäft keine Luft; Verb zu den Durchtriebenen: sie »titeln«

Tagfreude ist Wegfreude (ich habe heute lange darauf warten müssen) (25. Juli)

Ideal: Ich nehme dich wahr = Ich nehme dich *zur Kenntnis*

Erlösende Eleganz, oder, eher, Beiläufigkeit

Gehen im Flußbett, auf dessen letzter Meile vor dem Münden ins Meer (Fluß »Rappe« bei Ollioure): die kleine Schlange, halbverborgen in den Flußpflanzen unten, helldunkel gemustert; die kleine Kresse, die weiche Entengrütze. Der Schlamm trübte sich dem meerzu Gehenden im voraus, und beim Rückweg konnte er, tief im Wasser, in seine eigenen Fußstapfen treten. Und der Wind unten im Flußbett zog ihm das aufgeknöpfte Hemd aus

Meine Lebensgeister erwachen, sowie ich Lust bekomme, die Landkarte anzuschauen

Ich will mir die Sorglosigkeit ergehen; ich habe sie dringend nötig (27. Juli); all mein Unglück kommt von meinem schlecht-ewigen Besorgtsein

Was dem Auge der Blick, ist der Stimme der Ton: Manchmal ist mein Auge blicklos, wie meine Stimme tonlos (28. Juli)

Das Kunstwerk: weder Dramatik noch Ruhe – dramatische Ruhe

Und: das Wehen einer Tamariske und eine offene Haustür (30. Juli)

Die »Sainte-Victoire«: Es gehören doch auch die *Namen* zur Herrlichkeit

Am Morgen stieg ich am Inselmeeresufer in meine Fußstapfen vom Abend zuvor

Ich umarmte von hinten mein Kind, das sich umdrehte und eine unbekannte Frau war. Die Umstehenden sagten, auch sie irrten sich oft (31. Juli)

Verb f. d. Freundlichkeit: »ergreift«

Zeitschwelle im Feriensommer: wenn der Sonnencrèmegeruch des Tages endlich weicht den abendlichen Parfums (so ließ er sich die Parfums gefallen)

Tisch im Freien: eine einzelne Maulbeere, hellrot, fiel in den gläsernen Aschenbecher (und die zerquetschten Maulbeeren auf dem Betonboden wie überfahrene Katzen auf der Autobahn)

In der Freude kann ich all die Verschiedenheiten, die Arten und selbst die sonst vor den Kopf stoßenden Abarten, gelten lassen, und dieses Geltenlassen verstärkt wieder die Freude

Bring keine Frau zum Sprechen

Solange ich im Tagverlauf Farben aufnehmen kann, fühle ich mich rein

Die verwesende schwarze Katze am Straßenrand: ein Auge leer und dunkel, das andre hell von den Würmern; unter der vertrockneten, transparenten Haut – kein Fellstück mehr – gingen Wellen wie von Wasser und Wind, von den Würmern unter der Haut, am letzten Fleisch

»Und«: Schwalbensichel und Mondsichel (Abend)

Diese zwei Lästermäuler – dabei noch fast Kinder – haben etwas von den Zikaden: sowie man sich ihnen nähert, oder sich gar einmischt, verstummen sie, völlig, statt etwa einen anderen Ton anzustimmen (was sie nicht können, als Lästermäuler), und sowie man sich wieder entfernt, oder woandershin schaut, setzt neu, im alten Ton, das Schrillen ein

Ich, als Fußgeher, habe doch ein Fahrzeug in mir: den Lauf

Der wilde Wein macht im Wind Bauchtanzbewegungen (2. August)

Das so unregelmäßige Rund des Portals der Kirche (von Le Castellet in der Provence): als würde da, im Machen, das Rund erst gesucht, und sei nicht etwas Vorgegebenes

Nach fünfundzwanzig km Gehens in der Hitze, die ich immer wieder als einen Schlag in den Nacken empfand, auf den Steilwegen bergauf die Zungenwurzel zu einem Stück harten Holzes geworden, kam ich heute zurück vom Hinterland an das Meer von Bandol und erlebte, darin badend, zum ersten Mal seit langem wieder die leibhaftige Sehnsucht, *im* Wasser, *nach* dem Wasser, so stark, daß die Brust schmerzte, freilich schön schmerzte. Die ganze Körperhautfläche dürstete, im Wasser, nach dem Wasser, ein Durst, der nicht zu stillen war, auch nicht, als ich wieder und wieder untertauchte, das Brennen, das Verlangen, das Sehnen blieb. Und trotzdem war es eine Art Vollkommenheit, vollkommenen Daseins, die Sehnsucht als eine Befreiung des Innersten, ein Aufwachen, ein Äußern, ein Außenwerden des Innersten. Ich wollte Teil des Wassers, des Meeres werden, und so ganz ich. Oder anders gesagt: Ich verstand erstmals die sonst fast nur auf Kinder angewendete Redensart: er, ich, es »wollte nicht mehr aus dem Wasser heraus«

Als ich heute durch den verbrannten Wald ging, war das Zikadenschrillen fern, und bildete einen weiten Kreis, Schall-Kreis, rund um den schwarzgrauen Kohle- und Aschebereich. Nur eine (1) Zikade saß dann doch innerhalb der Brandmeile und gab seltsam Laut. Und dann am Rand des verbrannten Waldes floß aus einem betonierten Wasserbassin Wasser ab, in einen dafür bestimmten, tiefen Graben, an dem eine Ziege weidete. Diese wich zuerst vor dem jähen Fluß zurück und wollte dann zu diesem vor, zum Trinken. Aber sie erreichte das Wasser nicht, und nicht; war an einen Pflock gebunden (Inbild des Elends)

Die Sehnsucht nach dem Meer, im Meer: = Ich konnte nicht genug kriegen = Sehnsucht

Das Erlebnis der kleinen, künstlichen Insel hier (Ile de Bendor): die ungeheure Anmut im Gang der Kellnerinnen, wenn sie nach dem Dienst nachts vom Hotel heimgehen: die junge Kellnerin etwa gestern abend, die mit einer Zigarette, glühend, in der einen Hand und der abgetanen Schürze in der anderen Hand zur Bootsanlegestelle ging, hat heute die Schürze anbehalten und hat in der gestrigen Zigarettenhand einen Pfirsich, an dem sie lutscht; gefolgt von dem ernsten jungen Koch, ohne Seitenblicke wie immer

Rücksichtslos wie ein Hund, schwellenlos wie ein Hund: ein Hund verscheucht den Fremden aus dem eigenen Körper

Sie war einmal schön – sie wird einmal schön gewesen sein; die Wahrheit der Vorzukunft

Als seien die Angestellten, von der Arbeit heimwärts gehend, mit ihren schaukelnden Bewegungen, gemächlich und zielbewußt, die Sohlen abrollen lassend, armeschlenkernd, Schultern nach hinten, die geheimen Herren der Insel

Ein Hahnkrähen im Villenreich: ortstiftend (Cap d'Antibes); ebenso eine Windenblüte, hier eigentlich »Unkraut«, unter all dem Lorbeer, Oleander, Rosmarin, Bougainvillea – und jetzt müßte ich hier im vollkommenen Rasen nur noch ein Wegerich-Blatt finden – gesucht und gefunden, ebenso Löwenzahnblätter: kleine, versteckte, zusammengedrängte Kolonien von Flüchtlingen; und nun belebt auch ein Spatz, niedrig fliegend, den ortlosen Swimmingpool; und eine Grille schnarrt und »meldet sich« – es ist Ort geworden, Atlantis in der Villen-Ödnis (4. August), auch am Vieleckmuster, aufgetrocknet rund um einen Baum im Erdboden

Auf einer Backsteinmauer hoch über dem Meer balancierte ein junges Mädchen, im Arm einen Pinscher, der gähnte angesichts des Meeres

Der erste Blick des lang unter Wasser gewesenen Kindes nach dem Auftauchen bedeutete: Wer bewundert mich? Wo ist mein Bewunderer? – Und das ist recht so

Fast alle Romane oder Erzählungen sind ein Mißbrauch der Phantasie, nicht das »Erwärmen des Vorhandenen«, sondern mutwillige Schieß-Übungen und mutwilliges Übers-Ziel-Hinausschießen

Côte d'Azur: Dankbar betrachte ich jene eine junge Frau, die ihre Brüste verborgen hält, und lasse die nackten Busen gelten an denen, die nichts mehr zu verlieren haben

Ungeduld, Körperverlust. Also ist Geduld Körperwerden?

»Ort« heißt: sich zurücklehnen können

Unterschied zwischen »servil – trüb« und »klar – dienend«

Philip Kobals Herkunft: wie so etwa die *zweite* Bedeutung des Wortes »Sekretär« für ihn, den Dorfsproß, befremdlich wirkte und vor allem von ihm selber auf Lebenszeit nicht anwendbar. Und wie viele solcher für ihn unanwendbarer Wörter gab es noch? Z. B. die Namen der meisten Zierpflanzen. »Lorbeer« ging noch, »Oleander« gerade noch – aber schon »Bougainvillea«, »Freesie« ...

Erst auf dem Weg vom Meer, aufwärts ins Landesinnere, fing der Tag an

Vergleiche oder Entsprechungen: Die merowingischen und die karolingischen Ornamentreliefe, mit den Blättern und den davon umfriedeten Vögeln – gestern in der Kathedrale von Vence – *wie* der »Wald« von Giacometti mit den Sitzen tief hinten im Wald, *wie* A.s Bemerkung angesichts des Pfirsichkerns, dunkel, mit gelbem Fruchtrest an den Rändern, das sehe aus *wie* eine Sonnenfinsternis, *wie* die frischgrünen weitflächigen Thymianpolster, nichtduftend, neben den schon ergrauten, *stark*duftenden auf dem Provencegipfel heute nachmittag, *wie* die weißen Äderungen im Kieselstein vorgestern vom Fluß Var, die wiederum deine weißen Haare waren, schöne junge Frau! (8. August 84)

Erkenntlich bin ich den Alten allein schon für manche Ortsnamen, die sie hinterlassen haben – ich dachte gerade an »St. Meloir-les-Ondes« in der Bretagne

Unterschied zwischen Beobachter und Betrachter: der Betrachter beschattet mit seinen Lidern, seinem Lidschlag und seinem Wimpernzucken, die Erscheinungen – wandelt die oft gar zu hellen und grellen Erscheinungen um in die Schatten der platonischen Höhle (Place Nationale, Antibes)

Die Erschaffung des Menschen: im Schoß des Engels und am Kreuz

»Sie meinten es herzlich gut miteinander, doch jeder auf seine Weise, keiner gab nach und so kamen sie immer weiter auseinander« (Franz Michael Felder, Aus meinem Leben)

Die Bergbesteiger sind unplatonisch

»Von jetzt an wollte ich in der Mitte bleiben. Lesen und Leben mußten sich doch versöhnen lassen« (idem)

Durch meine Heftigkeit enttäusche ich die, die mich aus der Menge freundlich anschauen (10. August, zurück in S.)

Die Fülle – ich dachte etwa an Venedig – schreckt von Mal zu Mal mehr ab; die Leere – ich dachte an den Karst – bewillkommnet einen immer wieder

»Ein freier Mann«, manchmal war ich das doch, gehend im Hinterland der Azurküste in diesem Sommer; brennende Sehnsucht hier nach solcher Fremde

Konzert, Musik im Konzertsaal gehört: gefangener Orpheus

Unter der Schädeldecke nistet ein grauer Vogel: die Müdigkeit (12. August)

»Getrost«: schönes anderes Wort für sorglos, unbeschwert

Leicht und energisch, so muß die Kunst sein (Mozart)

Auf einer Bank saßen nebeneinander mehrere Jugendliche und aßen alle die gleiche Sorte Apfel (13. Aug.)

»Da war mir einmal wohl« – F. M. Felder, lesend beim Kühehüten

Gestern konnte ich jemandem mein Gesicht zeigen, für einen langen Augenblick; es war ein Ereignis. »Von der Schwierigkeit, sein Gesicht zu zeigen«

»Andächtig und distanziert«: so beschrieb jemanden, der der Messe beiwohnte, gestern ein Priester (16. Aug.)

Epik: ein alltägliches, aus der Kindheit vertrautes Material bekommt Fülle

Österreich: das pausenlose Geplapper der Selbstgerechten; das Stummsein der Elenden (mit dem Omnibus über die Pack)

Es war am Ufer eines Meeres. Ein Schiff lag da, fast bis ans Deck oben im Wasser. Auf dem Deck standen dichtgedrängt viele Leute, die schrien, anfeuernd und zugleich fast panisch. Darauf hob sich das Schiff um einen Ruck, und ein weiteres Deck hob sich an die Luft, mit wieder einer Menschenmenge, die das Schiff und sich selber über die Meeresoberfläche gestemmt hatte. Die Schreie und das Brüllen nahmen aber noch zu, und Deck um Deck, gefüllt mit emporstemmenden Menschen, tauchte auf. Schließlich, nach einem besonders heftigen, langandauernden Anfeuerungs- und

Angstgeschrei, kam auch der Boden des Schiffs übers Meer hinaus, mit einer letzten Gruppe von Emporstemmenden darunter, welche die ganze Zeit unten auf dem Boden des Meeres samt dem Schiff an die Luft gestrebt hatten

Als ich erstmals in meinem Leben einen Ort ausfindig machte – die unterirdischen ehemaligen Bunker, versteckt im hohen Gras und Gebüsch, an der Mur südlich von Graz im Mai 1963 –, entstand meine erste Erzählung (18. Aug. 1984)

Er schlief schon tief, als auf einmal mehrere Leute zu ihm ins Bett kamen und sich über ihn hermachten, ungeheuerlich friedlich. Es war dann aber nur sie, die eine. Er schlief ruhig wieder ein, und die Vereinigung geschah im Schlaf (Die Wiederholung)

Ein Birnblatt fiel ab, langsam den Baumstamm entlang, bei der Berührung mit der Rinde immer wieder ein Knacken (das war der 20. August, Brunnsee, Südsteiermark)

Die Lebensgeister erwachen: Erdkreisgefühl. Und Erwachen im Erdkreis, mit allen Himmelsrichtungen in der Brust

Freiheit heißt für mich: Befreiung von den persönlichen Daten (im Bus Maribor–Ljubljana, 21. August)

Karst: Überzahl der Schmetterlinge im Vergleich zu den Vögeln – von diesen nur hier und da ein Rascheln im Gebüsch. Erstes Anzeichen des Karstes beim Anstieg aus der Ebene (des Vipava-Tals): die einzelne Kiefer inmitten der Laub- und Wasserbäume, der Robinien. Und durch den Graben herab machte sich dann der Karst-Plateau-Meer-Wind bemerkbar, »die Flügel härtend«; und vor dem Kalkmassiv verschwanden dann allmählich alle Bäche oder schwenkten ab. Die von einer Hauswand gelöschte italienische Inschrift aus der Okkupationszeit, nur »Annunzio« stehengelassen. Vor allem: wie das Rauschen und Rieseln der Talbäche plötzlich verstummt war – und der Karst da war mit Wind- und Vogel- und Wasserstille. Die Stimmen der Dorfbewohner immer nur durch die geschlossenen Hoftore vernehmbar. Vorstellung des umgekehrten Weges, nach längerem Aufenthalt oben in der Karstwüste erstmals wieder fließendes Wasser zu sehen, wie es unter einer Brücke strömt

Die Freude an der Struktur, mittels der Struktur; Strukturfreude, dauerhaft

»Und« (anderes): Er fühlte sich häßlich und dachte böse

Ich möchte doch einmal Orpheus spielen hören, und wenn es ein Schlager ist

Endlich, statt des Sonnenöls vom Meeresufer, roch er das frische Leintuch des Hinterlands

Nachdenkliche Träume sind das ideale Denken: langsam, tief, unwillkürlich, bildhaft, bewußt (Monfalcone, 24. August)

Freude heißt, zum Beispiel: Ich habe Zeit, und ich habe einen Weg (der zum Karstsee von Doberdob)

Und am Lago di Doberdò sitze ich nun »endlich«, auf dem zerfallenden Nachen, Wasser auf dem mit Farbe bestrichenen Boden, sitze unter einer Weide, deren Lanzettenformen vor dem dunklen Himmel, auf dem stumpfen Heck des Bootes, dessen Spitze vor mir in das hohe, tiefgrüne Schilf zeigend, genau jene Futterpflanzenart, wie sie damals auf dem inzwischen fast verlandeten heimischen See, nordwärts hinter den Alpen, »Hasch« hieß. Der Boden des fast undurchdringlichen Uferwalds vorhin war überstreut, knöchelhoch, mit Schilfhalmstücken – ist der See sommerlich so weit zurückgegangen? Höre, Philip! Das Rauschen der Erlen und turmhohen Pappeln, der Schall eines Hähers, der beginnende Regen im Schilf, im Wasser. Die Kriegsruinen auf dem Felsenhang am anderen Ufer, die Wasserläufer, handnah, wie Schlittschuhläufer, und ihre Schatten unter sich. Lichtes Dach der Weiden, deren schmale Blätter wenig schützend gegen den Regen. Zuvor die eine Uferstraße, über die eine Fasanenkolonie lief, ein Vogel schwanzfedernnah hinter dem andern, und dann noch zwei Nachzügler – von der Furt, die sie gezogen hatten, glänzte dann wirklich die leere Straße, Anwesenheit durch Abwesenheit. Und die Wasserläufer rennen nun nicht mehr, sondern stehen auf dem Wasser, wie abwartend. Das Boot ist angekettet an einen alten, dicken, übermoosten Weidenstamm, während es tief im Untergrund des Sees wimmelt von ameisengleichen Käfern. Und auch die stehenden Wasserläufer, mit ihren weitausgebreiteten Beinen, verdoppelt noch durch die Schatten, haben etwas von dem vielarmigen Menschen Leonardos, nur sind es unzählige solcher »Menschen« da auf und in dem See, das Wasser bis in die Tiefen erfüllt davon, so wie die Luft der Vorzeit, auf den Schautafeln, von den Flugsauriern, die sich kreuzen und überfliegen. Pflicht, so zu sitzen, zu warten, zu verharren, und leider mißachte ich diese Pflicht gar zu oft – vernachlässige so meinen Beruf, ja! – Und jetzt zittert und schauert das Karstwasser im Nachregenwind, und ein grauglänzender Käfer schießt auf dem Wasser hin und her und rennt dann im Kreis gleich einem Igel: seltsames Amphibienfahrzeug das, nur sein ovales Rückenschild ragt aus dem Wasser. Oben »rennen« die Tiere, rennen, und stocken – und unten, auf dem Grund, im Schlamm, *wandern* sie. Dauernd und weithin, bis in die schilffreien Seestellen in der Fast-Ferne (der See ist klein und groß zugleich), zittert die Oberfläche des Sees von Doberdob an zahlreichen Stellen wie von kleinen Tropfen, aber das sind keine Tropfen, sondern winzige, unhörbare Explosionen aus dem porösen Kalkuntergrund – Erscheinung »wie von Tropfen«, ohne daß doch im Zentrum der sich verbreitenden Kreise je ein Tropfen*fallen* zu sehen gewesen wäre. Die Amphibienkäfer, aufgeschreckt, flüchten nicht etwa geradewegs, tauchen auch nicht, sondern beschreiben Achterschleifen: ∞∞ ∞88888888. Merowingisch-karolingisch-langobardisches Muster (24. Aug. 1984)

Ein Regen so stark, daß es in meinen Augen, selbst als es längst schon aufgehört hat, immer noch weiterregnet

Ich war Zuschauer in einem großen Stadion. Plötzlich aber war meine Mannschaft aus dem Strafraum verschwunden, bis auf den Tormann. Ein feindlicher Spieler lag auf dem Boden und war dann nicht mehr da. Der Schiedsrichter war nicht zu sehen, hatte aber Schreckliches gegen meinen Tormann entschieden. Dieser war ein weißhaariger Mann und stand allein, wurde durchscheinend. Der Ball war ebenfalls weiß durchscheinend und größer als jede Kugel, die ich je gesehen hatte. Wo war die Rettung?

Die Stimmkunst, nicht nur etwa Redekunst, eines altgewordenen Italieners: eine Stimme so ruhig, langsam, einteilend wie die eines Wahrspielers. Es ist – da in der Hotelhalle von Monfalcone – als höre man, obwohl es nur um Alltäglichkeiten geht, durch ein Medium eine schöne lange Erzählung rezitiert

Franz Michael Felder: das ausgemalte Gesetz; und gerade sein breites, genaues Ausmalen gehört zum Gesetz

Von einem Polizisten hervorgescheucht, kommen vier Buben aus dem Karstkiefernwald jenseits der Bahngleise von Monfalcone. Sie gehen dann hinter dem Polizisten her und ziehen lautlos Grimassen; einer versucht dem andern die große Taschenlampe zuzustecken – sie waren wohl in einer verbotenen Höhle. – Und ebenso lautlos lachten zuvor die zwei Mädchen angesichts des verdeckt sitzenden Mannes in der Fotokabine des Bahnhofs. Es war ein großes gemeinsames, völlig lautloses Lachen über die auseinandergestellten Knie und die Hände des sonst unsichtbaren, beblitzten Mannes

Das Nieseln jetzt auf den nächtlichen Asphalt von Udine, der, von den Stadtlichtern bestrahlt, unter den kleinkleinen Tropfen immer neu aufglänzt. Und die vielen weißen (Tennis-)Schuhe, welche diese magische Nachtblickstelle queren, dazwischen die dunklen der spärlichen älteren Passanten, von ihnen allen kurze, flüchtige, im Betrachten aber nachdrückliche Spuren in dem Asphaltnaß. Und im Anschauen der sanften Tropfen und der Lichtstelle, auf die sie immerfort trafen, dachte ich, der ich doch eben noch gedacht hatte, »das Flügelige nicht mehr zu haben«, begeistert und staunend: »So beginnt also eine Geschichte! *Daraus* entsteht also eine Geschichte!« (s. »Eine Stunde in der Leere ist richtig«; Via Leopardi, Udine, 26. Aug. 1984)

Mein Da-Sein ist immer mehr ein Dort-Sein: ein Hingezogensein nach dem anderen Ort

Viele – auch ich – meinen, die Freude komme aus einer Erkenntnis, aus etwas Weiterzugebendem. Dabei kommt sie nur aus dem erlösenden Widerspruch – dem sich selbst Widersprechen-können

»Mensch, Werkzeug der Schöpfung«, ja (Cividale)

Langobarden-Ornamente: aus dem Staunen damals der Ortsfremden über die Weinranken?

Schreiben: Ich setze die Wörter ein, wo ein leerer Platz ist: leer *und* Platz

Philip Kobal war einer von denen, die nach einer Leistung sofort zurückschreckten und wegzuckten – jedenfalls nicht erhobenen Hauptes weggingen. Der Erfolg half ihm nicht *augen*scheinlich weiter

Schwäche: daß zwischen mir und der Welt ein *Geruch* sein muß; daß ich den brauche; »närrisch« aus bin auf ihn

Manche Schlager sind ein Hohes Lied – gerade manche Schlager (»Moonlight Shadow«, Gemona, Friaul, 27. August)

All der Marmor in der Welt – wann ist er endlich »alle«? (Kalk, laß dich nicht mehr schmelzen noch härten)

Kinder, kleinst, schossen auf der vorabendlichen Straße hin und her wie die Schwalben (immer noch in der Erdbebenstadt G.)

In einem guten Schlager passiert ständig etwas; er ist dringlich (»passano ancora ... treni per Tozeur«)

Im Lauf des Tages die Zeit einmal als Berg, einmal als Tal: in *diesem* Fall ist das *Tal* das Schöne; die Zeit als Tal

Goethes Geburtstag heute begangen mit: Heraus aus den Träumen! Hinein ins Tageslicht (Gemona del Friuli, 28. Aug., – und zu Hahnenschreien, Hundebellen, Spatzentschilpen und dem Nachgrollen des Erdbebens)

Statt »Illusion« sag auch »Duft«

Philip Kobal, der begeisterte Versäumer: Ein Ort begeistert ihn erst, wenn er dort – mehr oder weniger freiwillig – die Abfahrt versäumt hat

Je näher Philip Kobal jeweils der Heimat kam, desto sprachloser wurde es in seinem Innern

Verb f. d. Form: »richtet mich auf«

Die Eltern können ihre Kinder nicht begeistern; nur ein Dritter kann das; *das Dritte*

Liebe: Liebes tun; untätige Liebe gibt es nicht

Ich habe Zeit, Zeit zum Zugversäumen, in der Kastanienallee zum Bahnhof von Carnia, an der Grenze zwischen Mitteleuropa und dem Süden, der Wind in der Allee, die übergeht in Platanen – aufsteigende Blätter statt die hängenden der Kastanien –, ist ein Grenzwind

»Es war nicht streng mit mir, dieses Gewissen, aber es veredelte meinen Geschmack und ließ mich an manchem keine Freude mehr haben« (Franz Michael Felder und Goethe; »und«) (im Zug nach Tarvis)

Er sagte, er lebe lieber unten irgendwo, statt oben auf einer Anhöhe; so habe er nicht alles unter sich. Von so unten sehe er hinauf zu einer Linie, hinter der er sich etwas Schöneres vorstellen könne (G. J., Rosenbach)

»Auch Krieg ist ein Anfang der Erlösung« (Talmud; zurück in S., 29. Aug.)

Wieder einmal – das war gestern – wußte ich beim Aufwachen nicht, wo ich war. Und wieder einmal empfand ich dabei Glück, als Mehrwert, als Erlösung

Kaum wieder daheim, hatte Philip Kobal schon Hundespeichel an der Hose

Verstand : verständig; D. zum Beispiel ist verständig; sie denkt *mit.* Die Lächerlichkeit und Großspurigkeit der Denker – die Wohltätigkeit, Bescheidenheit und Menschenfreundlichkeit der Mitdenker (31. Aug.)

Die Wespen als »die Schlechten« wie bei Karl May die Komanchen

Nur dort leben, wo eine Entzifferung, eine Verknüpfung, eine Wendung wenigstens möglich ist (2. Sept. 1984)

»Wer das beklagt, was vergangen ist, siehe, das ist ein vergebliches Gebet«

Die Energie zum gutsinnigen Widersprechen – manchmal, zu oft, lasse ich mich stattdessen nur vom schlechtsinnigen Gerede ausstopfen

Als ich die Blumen goß, bemerkte ich meinen Durst

Aus einem Brief: »Ich bin überzeugt, man träumt in Spitälern zu viel und zu oft. Weil man zu wenig geliebt wird«

Wo dein Menschenbeurteilen anfängt, dein Menschenrichten, hört das Poetische auf

Wie reagiert der Übereilige auf die Erkenntnis der Langsamkeit? Er fängt zu schleichen an; d. h., er hat nichts erkannt

Das Notizbuch als meine Taschen-Uhr

Wenn ich einmal weitsehe, dann gleich bis Indianapolis

Begeistert hob Philip Kobal an, von sich zu erzählen, und erzählte von Niemand

Die Sauberkeit eines Hauses: Indem ich aber darin lebe und arbeite, auch für jemand anderen, wird daraus Reinheit (A. ist im Haus zurück, 6. Sept.)

Aufkommender Wind macht mich geistesgegenwärtig

Die Betrachtung eines einzelnen Dings, für sich, im wechselnden Licht, ist abenteuerlich; sie führt, irgendwann einmal oder auch sofort, zum nächsten unbekannten Ding. Der Blick aufs Ganze, der Gesichtskreis, jedoch ist unfruchtbar, und macht unfruchtbar. Genauer: gilt nur für die Naturdinge – für die gemachten Dinge, Häuser usw., ist es eher umgekehrt

Zuhause wurde seine Schrift kleiner als in der Fremde; schrumpfte

»Der Sonntagsbaum«: kann in der Stille endlich sein Rauschen entfalten (9. September)

Wann habe ich das Erlebnis »Haus« gehabt? Nach einem erschöpfenden, gefährlichen Weg, bei der Beendigung einer glorreichen – auch eingebildet glorreichen – Arbeit, beim Stillsitzen gegen Abend, beim Stillsitzen in der tiefen Nacht

Die Heimatgeborgenheit wurde ihm unter anderm genommen durch die Kälte der Gruß-Erpresser, vor allem der Gruß-Erpresser*innen* (Despotie der Weiber)

Die Wiederholung: Saga der Leere

Herrlicher Kampf des Schreibdaseins; aber es fehlt mir seit je der Beistand einer Frau. »Beistand«, nicht »Hilfe«

Erträglicher ist das einfache Gerede als das Wissens- und Bildungs-Gerede

Herbst, Leselust

Teile die Arbeiten ein nach denen, wobei du flach atmest, nach denen, wobei du außer Atem kommst, und nach denen, wobei du durchatmest (durchatmen kannst)

Das gibt es: Die Schrift eines Kindes berührte ihn mütterlich (= Die Wiederholung)

»Jetzt aber, da das Heiligtum nicht mehr besteht, gibt es keine Festfreuden ohne Wein« (Talmud und ich)

Das Wissen – wenn es sich zeigt – muß *tanzen*

Die Sonne macht die Fäuste der Kartenspieler zu Händen; die Menschen als Licht-Erscheinungen: wenn sie es nur wüßten, und wenn sie nur danach wären

»Und«: Das Brunnenwasser hörte auf zu rinnen, und er hörte auf, mit sich selber zu reden

Jedes Erlebnis setzt mir einen Muskel ein; und aus vielen solchen sanften, unscheinbaren Muskeln entsteht die Erzählung (11. Sept.)

Nur noch lesen, was ich zugleich entziffern muß, kann, usw. (Ich wurde heute so trübsinnig im Lesen-Schlingen ...; versuchte Wort für Wort zu lesen, aber ...)

»Ein Regentag ist so groß wie der Tag der Sammlung der Zerstreuten« (Talmud und ich) (Und ich dachte gerade, beim Lesen: »Ich habe noch für zwölf Tage den Talmud«, so wie: »Ich habe noch für zwölf Tage Wasser«)

Philip Kobal möchte in einer SCHULDLOSEN WELT leben, durch eine Frau, mit einer Frau, mit *1er* Frau

Wenn ich mich verlangsame, verlangsamt sich auch die Welt und wird »meine«; oder: wenn ich mich verlangsame, wird die Geschwindigkeit, gleich welche (der hin und her strebenden Leute auf den Plätzen), beschaulich

Emmanuel Bove, etwa in seiner (Vor-)Ortserzählung »Bécon-les-Bruyères« – im Sommer habe ich sie übersetzt –, öffnet die Bühne in meinem Innern: und *ich* bin so frei, sie zu bevölkern (neue alte Literatur)

Die Regenpfütze am Weg, spiegelnd das dunkle Laub und den hellen Himmel, begleitete mich ein paar Schritte lang als scheckige Katze

Eine große blonde Frau im schwarzen Kleid ging vorbei. In ihrem Kleid war ein langer Schlitz, der Einblick auf Netzstrümpfe ließ. Zu diesem Schlitz mit den Netzstrümpfen gehörte für einen Moment im Gesicht das Blau der Augen, oder was war es nur?

Sooft Philip Kobal versucht, von seinen Vorfahren zu erzählen, ist ihm, als erfinde er, lüge schlecht, gebe an – als habe er gar keine Vorfahren

Ebenso glaubt Philip Kobal immer, alles, was er tut oder unterläßt, vor andern begründen zu sollen. Durch die Begründung aber – die immer falsch ist – verliert sein Tun oder Unterlassen das Lakonische, Selbstverständliche, Ruhige, Für-sich-Stehende

Aus der Phantasie heraus war er immer antwortfähig – geistesgegenwärtiges Lächeln der Phantasie; phantasierend fängt er ohne weiteres einen vorbeifliegenden Ball auf, einen vom Baum fallenden Apfel; phantasierend weicht er einem Pfeil aus

Im Schreiben formt sich meine schlaffe Verlassenheit zur sanften Kralle

Franz Kafka, die schönste aller Sumpfblüten vom Anfang des 20. Jahrhunderts – aber eine Sumpfblüte. Knüpft endlich woanders an

Erzähl die Geschichte Philip Kobals wie die eines Nachbarbuben

Die Phantasie als der mühelose, still gloriose Übergang von Innen und Außen, im Frieden; selbstverständlichste (und allerseltenste) Vereinigung

Halt die Wunde lebendig – dein Herz

Nicht: Ich rufe »dich«, sondern: Ich rufe *dir*

»Ich und mein Kind«: Strafe nur, wenn ein allgemeines Recht verletzt wird; keine Strafe, wo nur meine Eigenart verletzt wird

Nach den Abenteuererzählungen des Weitgereisten, die fast den ganzen Tag einnahmen, alle prall und spannungsvoll, atmete ich am Abend auf bei der Erzählung eines Mädchens vom Ende ihres Tages: »Dann bin ich zum Parkplatz gegangen. Es ist dunkel geworden, und ich habe nach links und nach rechts geschaut und mich wohlgefühlt« (13. Sept. 1984)

Von ihrem (klein)bürgerlichen Elternhaus hat sie es übernommen, daß über niemanden geschwiegen wird, und weiß so dann nicht einmal – hat kein Bewußtsein davon –, daß sie böse ist, daß sie dauernd Grenzen verletzt. (Im Arbeiterhaus, daheim, wurde über die andern dagegen geschwiegen.) Die Kleinbürger als die plappernden Weltherrscher – und es gibt fast nur noch solche

Am besten sieht Philip Kobal die Dinge, die in einer fast unmerklichen Bewegung sind (15. Sept.)

Philip Kobals Weitegefühl beim Kühehüten: Noch viel später im Leben wollte er, wenn er sich in einem Haus gefangen fühlte, »die Kühe hinaus auf die Weide treiben«; die Weide, sein »Kraftfeld«

Philip Kobals Kindheit: häufig Hunger; kaum Durst

Und: (Guter) Tee und Gegenwart (überhaupt: Edles und Gegenwart)

»Die Fluren« sind im Talmud das Ausland; »das Land« ist Israel

»Wie bei einer Gazelle das Fell das Fleisch glatt oder schlaff umfaßt, so ist es auch bei dem Land Israel: In der Zeit, da es bewohnt ist, ist es geräumig, und in der Zeit, da es unbewohnt ist, schrumpft es ein«

»Gott und Land gehören zusammen … jeder, der außer Landes wohnt, ist, als ob er Götzendienst treibe« (Talmud, nicht ich)

Der geborene Erzähler wird im Lauf seines Lebens zum Opfer jenes »Erzähl mir doch etwas« – zum Opfer jener im Grund Erzählungsfeindlichen (vor allem Frauen), die immer aber deklamatorisch etwas »erzählt« bekommen haben wollen

Feiertag: Denken ans Werk – an die Werktage

Schreiben und Lesen machen mir (und euch) Arme und Beine

Die Wiederholung: den Toten Ehre machen

»Drei kommen, wenn niemand daran denkt: der Messias, ein Fund und ein Skorpion«

Nach dem tagelangen Regen der Sonnenfleck in Form eines Briefs

Ein Kind mit einer Schultasche ging vor dem Hügel. Dann ging neben dem Kind eine alte Frau. Dann wehte in einem Bauerngarten vor dem Hügel die Wäsche. Dann saß ein älterer Mann auf der Gartenbank und ließ die gekreuzten Füße schaukeln wie ein Kind (Maria Plain, 18. Sept.)

In Betrachtung fließenden Wassers – eines Baches: die Geräusche der Landschaft werden bildlich

Schön sind die Tage, da man in der vertrauten Gegend einen neuen Weg entdeckt

Still saß der Spatz, ungeheuer still für einen Spatzen, blinzelnde schwarze Augen nur, aber sonst ganz wie einmal der große gelbäugige Wanderfalke, gesträubtes Gefieder, spreizt es jetzt, schwirrt ab, schöner Tag

Aus den ausgezogenen Schuhen des Wanderers heizt es; kommen die Hitzewellen

Die reine Gegenwart als jene »kommende Welt« des Talmud

Das Fernsehen löscht mir die Tagesbilder; im Einschlafen bin ich dann bildunfähig, mit scheckigem Rauschen im Gehirn

»Die kommende Welt«: Ja, wenn ich aufschaue und die Gegenwart erblicke, kommt die Welt heran, kommt – die kommende Welt (21. Sept.)

Früher Morgen: Tautropfen an der Spitze des Grashalms; Vormittag: der ganze Grashalm ist taubedunstet

Philip Kobal, gezwungen, sich zu erklären, zerstört als Antwort einen Gegenstand: in diesen Augenblicken ist er der Verzweiflung am nächsten

Weltvergessenheit ist Unhöflichkeit ist Unvorsichtigkeit

Am besten ist Philip Kobal als Zuhörer. »Guter Schüler« war er vielleicht nur, weil die Lehrer sein Zuhören bewerteten. Er wurde oft gar nicht geprüft, wegen seines Zuhörens

Die drei entmutigenden Sätze: »Erzähl mir was!« – »Es fehlt dir an Humor.« – »Wie geht es dir?«

Philip Kobals Wunsch: jeden Morgen geweckt zu werden von einem Kind

Ein Sonnenfleck schwirrte über das offene Buch, ich dachte, ein Schmetterling (23. Sept.)

Sonntag: das Brunnendach im Garten dampft in der Nachregensonne, qualmt mit dem Wind, wie eine Feiertagsfabrik

Wang Wei saß im Haus und hörte draußen im Regen die wilden Beeren fallen. Und ich hörte die Hunde und die Polizeisirenen (auch ein »und«)

Was tun »die Bewährten«, laut Talmud, in der »kommenden Welt«? Sie »sitzen«

Und nun der letzte Satz des Talmud: »Der Heilige fand kein Segen enthaltendes Gefäß für Israel außer dem Frieden« – *das Gefäß Frieden*, Die Wiederholung

»Übersehen«, chinesisch: »nur mit dem Weißen der Augen anschauen«

Die Freude, der Festgast

Ich habe, immerhin, noch keinmal im Leben zwei Schluck Wein auf einmal getrunken

Der römische Landwirtschaftsschriftsteller Columella: »Die Wissenschaft vom Bauernleben ist ohne Zweifel die nächste der Weisheit, mit ihr gleichsam blutsverwandt«

Im letzten Herbst füllte ich mir die Taschen mit Nüssen, in diesem Herbst mit Äpfeln: der Nußbaum ist umgesägt worden; der Apfelbaum – tiefrote Äpfel –

steht weit draußen vor dem Flughafen, neben den automatischen Türen

Am Fenster, hinter welchem der Bergfelsen abstürzt, sitze ich nun schon lange, als am Fenster einer Pilotenkanzel; schon als Kind habe ich von so etwas geträumt, und nun hat es sich verwirklicht, aber auf andere Weise (26. September)

Von allen Jahreszeitennamen gebrauche ich allein das Wort »Frühling« mit Unbehagen

»Elegant baut der Bauer, wenn er nicht selber baut« (Columella); »auch soll in der Nähe des Hauses keine Heeresstraße vorüberziehen«

Schön auch an den romanischen Figuren, daß sie unbeschreiblich sind (Dom v. Trento, 30. Sept.)

Erzieherische Leere, die Leere als Erzieher

Erst indem ihn der Gegenstand an etwas erinnerte, sah er ihn (2. Okt.)

Eine Art Reisegefühl: sich mit jemandem mitzufreuen, der in ein anderes Land fährt

»Man soll den Stier (beim Pflügen) nicht mitten in der Zeile anhalten lassen, sondern ihm erst an der Kehre Rast gönnen, damit der Stier, in der Hoffnung auf Rast dort, den ganzen Raum umso tüchtiger durchquere« (Columella)

Allein schon in der Lust, das auf der Welt Sein zu preisen, dafür mich erkenntlich zu zeigen, fühle ich mich schöpferisch; oder auch: meine Art Kraft hört auf, wenn ich ein Urteil fälle

Philip Kobal ist sprachlos geboren, sprachlos aufgewachsen, sprachlos geblieben: Sprechen kann er nur im Kampf, im Streit, im Zorn, in der Liebe; da nur kommt *seine* Stimme aus ihm; und so entdeckt er seine Stimme

Sorgfalt statt Sorge (4. Okt.)

EOAE, des Morgens (Vergil, Georgica): ein anderer Titel für Die Wiederholung

»Soll ich immer nur auf Grauem stehen wie auf einem Vulkan?« rief die Wahnsinnige

Der Maler sagte, ein Maler könne nie eine Freude an seiner Arbeit haben wie ein Schriftsteller

Die Freuden des Vormittags: im Haus; die Freuden des Nachmittags: außer Haus, weit draußen auf dem Land; die Freuden des Abends: im Zimmer

Es zieht mich an ein Ziel, aber sowie ich mir ein Ziel vorstelle, mißfällt es mir

Im Traum las ich einen Text Kafkas, den es gar nicht gibt. Er erschütterte mich so, daß ich aufweinte. Der Text handelte davon, daß alle glücklichen Vergleiche Vergleiche mit der Kindheit sind. »Der Blick auf die Kindheit ist der Blick auf Alles.« Es schien im Lesen, auf dem Buch, in der Prosa selbst, die Sonne

Die Schwarzhaarige beknabberte an der nächtlichen Bushaltestelle einen blonden Maiskolben

Ich vertiefte mich in einen Gegenstand, und in den Augenwinkeln erschien das Geliebte (»und«)

Der Krieg ist beschlossen, über unsere Häupter weg. Die Machthaber handeln nur noch aus, welcher Spielart der Krieg sein wird. Und statt »kein Stein auf dem anderen« wird »keine Vorstellung auf der anderen« bleiben (7. Okt. 1984)

Eine, nach Columella, gegen Tau besonders empfindliche Nutzpflanze: die Wicke (»non amat rores«)

»Heute bin ich schon alt«, sagte der Vater in der Regel schon vor Mittag

»Alles würde ich geben, den Blick der schönsten Frau, für das eingehende Betrachten, das in die Dinge Eingehen und in ihnen Aufgehen, in die Dinge und die Begebenheiten, die Begebenheiten der Dinge«: nichts kann Philip Kobal das aufwiegen; nur da ist er ganz; ist er da; ist er (siehe wieder Francis Ponge: »Monde muet, notre seule patrie«)

Die Unordnung, *ertragen*, gibt ein Bild; die Ordnung dagegen ...

Und: zwischen den Bäumen ein Sonnennest mit dem Gelb eines Briefkastens, und darunter der wirkliche Briefkasten

»Die Jünger von Emmaus: sie versichern sich der göttlichen Gegenwart erst, als diese sie verlassen hat« (Maurice Blanchot)

Die Wiederholung: Ein paar Fehler muß ich noch machen und mich mit diesen beschäftigen. Und dann kann ich ans Werk gehen (8. Okt. 1984)

Die Verkörperung des Morgenlichts in den durchscheinenden Baumblättern: so düster der Tag auch ist – die

Blätter werden, je länger ich sie betrachte, immer heller; hellen sich auf; fangen zu leuchten an, bis das Licht im einzelnen Blatt auch den Betrachter verkörpert: Dreieinigkeit aus Licht, Gegenstand, Betrachter (vor dem Felsenfenster)

naklečati se, *slowenisch*: »sich müde knien«, »des Kniens müde werden« (Die Wiederholung)

Früher: »Gehen bis zum ersten Stern«; jetzt: »Sitzen bis zum ersten Stern« (Felsenberg) (10. Okt.)

Columellas Ratschlag fürs Einbringen der Feldfrüchte: »Erst einmal die Gerätschaften bereitstellen«

Philip Kobals Zimmer zeigt eine Mischung aus Wohn- und Reisegegenständen, wobei die letzteren auch als Wohngegenstände dienen

Die Welt ans Licht bringen, ja. Aber was ist das Licht der Welt? – Die Sprache

Aus der Konsonanten-Nacht in den Vokal-Morgen; das ist freilich mehr Appell als Tatsache; und »consonare« ist auch nicht ganz das richtige Verb für eine Alptraumnacht (11. Okt.)

Philip Kobals »Arbeitsfeld«: Im Beginn seiner Arbeitsweise entsteht es, dann verschwindet es jeweils, und bildet sich erst wieder im Abschluß seiner Arbeit

Lesen: damit aus der Sonne tatsächlich (oder tatkräftig) die Sonne wird – und schon scheint sie, zum Beispiel hier in Hebbels Tagebücher und auch zu ihnen hinaus

Es gibt einen eigenen TAUWIND: der Wind im Gras vom zitternden, abrinnenden Tau

Ein Gedicht beschreibt zugleich den Augenblick des Gedichts, das Was und das Wie in einem

Die Häßlichkeit hinterläßt auf der Stelle einen Eindruck; die Leere der Schönheit fängt erst im nachhinein zu leben an

»Ist dein Gedicht dir etwas anderes, als was anderen ihr Ach und ihr O ist, so ist es nichts« (Friedrich Hebbel!)

»Mitfreuen« kann ich mich nur mit dem, der verreist (ich wiederhole mich): durch deine Reise gehe auch ich auf eine Reise (12. Okt.)

Im Reden tue ich, fast immer, etwas, was ich nicht bin – anders im Zuhören und Verschweigen

»Körper und/oder Geist«: dabei gibt es nichts Körperhafteres als eine Idee; und nicht etwa ich verkörpere sie, sondern die Idee verkörpert mich (»durchkörpert« mich); die Nüstern, die Ohren, die Augen, die Beine, die Flügel der Idee

Im Ausland erschienen mir die Schönen schön; jetzt im Inland erscheinen sie mir bloß selbstgefällig

Gehen bis zum ersten Rauschen

In den Träumen hatte Philip Kobal das entsprechende, das am wenigsten illusionäre Abbild seines Lebens. War es deswegen, daß er seine Träume ablehnte? Weil sie ihm keine Illusion gaben?

Gestern saß im Abendbus vom Land in die Stadt ein Mädchen mit einem Oleanderstrauch, der schwankte; bei solchem Anblick wieder ein Gefühl, ja, ein Gefühl, von »Sein«, ja, Sein (15. Okt.)

»Neigung zur Ehrfurcht« ist nach Goethe eine »Erbtugend«

Der Wind wirkt im Gehen zunächst als Verwischer; dringt er dann aber in die Augenhöhlen, wirkt er als Sehschärfer

In Philip Kobal war immer wieder ein Glück, das freilich nicht nur nicht dauerhaft war, sondern erst gar nicht durchdrang. Es nahm weder Gestalt an, noch bildete es Gestalt. Es waren Glücksmomente über pure Tatsachen, ohne deren besondere Art und Weise, zum Beispiel, daß er eine Mutter hatte, nicht seine besondere, aber doch eine Mutter. Und in diesem Glücksmoment wurde sie »meine Mutter«

Hebbel und Nietzsche: der erstere meinte: »Woher soll die Weltgeschichte eine Idee nehmen, die die Idee der Gottheit aufwiegt und überragt? Ich fürchte, zum ersten Mal ist sie ihrer Aufgabe nicht gewachsen.« – Und Nietzsche wollte dann der Aufgabe gewachsen sein und spielte Weltgeschichte, Neue Folge

Die Beschreibung anderer, noch so gerecht, macht mich unfruchtbar

Das *dramatische* Erlebnis der Treue – ich erlebte es nur Künstlern gegenüber, dachte gerade an René Char –: es ist in der Tat eine Art stummen Schwurs

Der Wein (»Alkohol«): befreit nicht meine schöpferischen Kräfte – aber meine schöpferische Sehnsucht; und er befreit in mir Liebe, und Trauer, und Hoffnungslosigkeit, gleichermaßen (das Weiß der Möwen auf dem braungrauen Herbstfluß)

Nicht das Warten setzt mir zu, sondern das Getue und das Geschwätz der Mitwartenden

»Wer für längere Zeit von zuhause weg ist, der kehrt nie mehr wirklich zurück«, sagte der Komponist gestern

»Wenn man das Orchester machen läßt, was es will, endet das immer in einem Marsch«, sagte gestern der Komponist

Bei vielen sogenannt Unsterblichen muß man sagen: »Leider unsterblich«: bei so mancher Musik des 19. Jahrhunderts zum Beispiel. Und doch stelle ich mir unwillkürlich den Aufschrei des Publikums damals beim ersten Ertönen vor: »Ja! Das ist es!« Die Unsterblichkeit war sofort gesichert. Und dieser Aufschrei bleibt für den Machenden doch ein Traum, eine Sehnsucht, ein Trieb – jedenfalls meiner. Das aber mit der *Sprache* zu erreichen, ist wohl nicht möglich; auch zum Glück

Beim Wenden des Kopfes in der Herbstnacht spürte ich den Eiswind des Winters

Jene innerste Bitterkeit, die mich fruchtbar macht und tätig werden läßt, bedeutet auch: nicht reden müssen

Das Klassische: Problematik *und* Tanz; oder: der Tanz der Problematik (der ergreifende, klärende, erheiternde Tanz der Problematik)

Was interessiert mich? Der Ernst. – Vermeide das Ironische; es zeigt deine Verletztheit (bei Th. B. zeigt es gar nichts mehr, ist eine Art der Verrohung); suche den Ernst

Die Kunst: läßt ahnen, was man ahnen *kann*

Der einzelne kleine Apfel, allein, ungeheuer vor dem (Unters-)Bergrücken hängend – ungeheuer stark und allein vor dem massigen Hintergrund; als sei der Apfel schon vom Zweig, werde aber zugleich gehalten von dem herbstlichen Farbdunstraum des Bergmassivs, in der Schwebe gehalten: der vom bläulichen Dunstraum in der Schwebe gehaltene Eine Apfel im Dorf Gois bei S. (19. Okt. 1984)

Statt »Hochgefühl« sag »Vollgefühl«

»Der Humor ist eine erweiterte Lyrik« (Hebbel): solche Orakelsprüche, die beim Bedenken immer wieder eine Beinah-Helligkeit erzeugen, ohne allerdings ganz verständlich zu werden, tun mir gut

Er erwachte zur Würde durch seinen Blick

»Satire, die nicht von dem freiesten Geist ausgeht, ist unausstehlicher, wie der ärgste Pedantismus« (F. H.; das auch gegen alle heutigen satirischen Zeitschriften und »Letzte Seiten«)

Der Maler, mit dem ich gestern über die Dörfer ging, bezeichnete die Farbe der Lufthülle des Untersbergs als die eines »Halbedelsteins«; man dürfe nur nicht sagen, welches

Blind vor Absicht

»Die Müdigkeit hat ein weites Herz« (Blanchot)

Niedergeschlagenheit: Ich versuche zu denken, was nicht denkbar ist; Erholung: Ich denke, was zu denken ist

Freude: Ich werde zum Gefäß. Und ich spüre und habe dieses auch tatsächlich in der Brust, und fühle daran die Frische des Lebens (21. Okt.)

Zu »Stumme Welt, unser einziges Vaterland!« gehört auch, und vor allem, das menschliche Gesicht

Erstmals sah ich heute den sich drehenden – endlichen? unendlichen? – »Leib der Geschichte«, an welchem die Werke jeder Zeit, jeder Epoche aufglänzen und für allezeit – für wen auch immer – ihren Glanz bewahren – den »sich langsam um und um wälzenden Leib der Geschichte«, ich sah ihn, genau so. Die Geschichte als sich wälzender Leib, an dem nichts wiederkehrte, von dem aber der jeweilige Glanz – der Glanz der Künste, welcher auch immer – bleibend war. Und das sah ich im Traum? Allein? Nein, im Reden. Und natürlich hörte mich niemand

Du teilst mir immer mit, was man denkt und wie du fühlst. Erzähl mir lieber, was du gesehen hast

Die höchste Erzählung ist nicht die Beschreibung von Aktionen, Reflexionen, Reflexen, sondern die Wiedergabe einer Folge von Dingen; die Evokation einer so unerhörten wie einleuchtenden Dingfolge; die Dinge, in einem einmaligen Zusammenhang wahrgenommen, der durch das Evozieren ein für allemal gilt

Das Kind, das draußen auf der Straße vorbeilief, lief ein paar Schritte lang durch mein Herz (23. Okt.)

Und: Die Straße war leer, und er wollte etwas Großes machen

Als Erzählung interessiert mich eigentlich nur, wie einer Künstler wird, oder wie einer zugrundegeht, oder beides, oder das Offene

Ebenso selten aussprechbar wie »Ich liebe dich« ist »Ich liebe dich nicht«; auch das zu sagen, ist ein Ereignis

Für Friedrich Hebbel ist die Welt zugleich »Welt-Bedürfnis«; ich lese etwas, das gut ist, und denke von dem, der es geschrieben hat: »Schöner Mensch«

Kein Schatten des Göttlichen dringt mehr in unsere Höhle; diese ist verkachelt

So leer möchte ich sein, daß ich mit dem sich hebenden Zweig mich mithebe (25. Okt., am Felsfenster morgens)

»Das Darstellen wirkt im Beschränkten ein Unbeschränktes; darum sind im Lauf der Zeit alle philosophischen Systeme abgetan worden, aber kein einziges Kunstwerk« (F. H. erscheint mir als der erste moderne Schriftsteller; danach Nietzsche; danach Knut Hamsun)

Nur mein eigenes Wesen kann mich von meinem Wesen erlösen (mit deinem Beistand, und dem Beistand der Natur der Dinge)

Das meiste, an das Philip Kobal sich erinnerte, hieß nicht Erinnerung, sondern Versteinerung. Hüte dich vor den Versteinerungen (26. Okt. 1984)

Gestern nacht vor der Tür zum Garten die schwarze Schnauze des Igels gesprenkelt von Milchtropfen; heute nacht die Milchtropfen auf dem schwärzlichen

Lid des Igels. Der Igel zuckt zusammen bei jedem Geräusch, das ich neben ihm mache; entspannt sich dagegen bei jedem Wort, das ich spreche; stützt sich bei seinem Milchtrinken mit einem Bein ab vom Tellerrand; verschwindet dann, fauchend, auf seiner Igelstraße

»Das Amen geht unmittelbar aus dem Gebet selbst hervor; so ist es im höchsten Sinn ein Kunstwerk« (Friedrich Hebbel über das Vaterunser)

Columella, »Landwirtschaft«: »Das Wegnehmen der Triebe muß zu einer Zeit geschehen, wo sie noch so zart sind, daß man sie leicht mit dem Finger abstreifen kann«

Außer Haus, außerhalb des Hauses, des Hofes, des Obstgartens, verliert Philip Kobal sein Maß; es gibt dann für ihn eine Zwischenstrecke ohne Raum und ohne Umgebung

»Das Gemeine ist verloren, sobald es kämpft« (Hebbel; »aber leider scheut es den Kampf«: ich)

Gefragt, wurde er in der Regel auf der Stelle schwach; viel später erst merkte Parzival, daß es an der Art des Fragens lag; daran, daß es bloße Fragerei war

Die Wiederholung: sich von den Vorfahren befreien; aufhören, sich für ihren Gefangenen zu halten, oder auch für ihren glücklichen Erben; ohne sie dabei aber zu verraten

An jedem neuen Morgen sitzt seit Wochen derselbe Weberknecht an einer anderen Stelle der Hauswand, wie eine Sonne, deren Aufgangsstelle sich Tag um Tag verschiebt (28. Okt. 1984)

Den *Kindern* erscheinen deren Eltern nie kindlich – auch wenn sie's sind. Sind sie kindlich, erscheinen sie ihren Kindern als kindisch

Revocari, bei Columella, heißt: zurückholen, wiederholen; Die Wiederholung oder Die Revokation

Die Dichter (siehe Hebbel) geben mir zu denken; die Philosophen fast nie; mit ihrem so selten dringlichen, in der Regel bloßen Schau-Denken beweisen sie mir nur – so ähnlich sagt Hebbel –, was nicht wert ist, bewiesen zu werden; aber immer weiter krebsen die Philosophen herum, gravitätischer, maulheldischer und sinnloser denn je

»Wir wollen aber nicht sehen, was nicht ausbleiben kann« (Hebbel gegen »Emilia Galotti« und das berechnete Schicksalsdrama)

Das Ganz-Bewußtsein ist Liebe (dachte ich gestern); in der Liebe bin ich ganz Bewußtsein

Das Geräusch des 19. Jahrhunderts: »auf dem Vorplatz geht mühsam und schwer eine Uhr« (F. H.)

Aufrecht saß Philip Kobal vor der Leere, so, wie er sich einmal danach gesehnt hatte, vor einem Lehrer zu sitzen. Hochaufgerichtet saß er vor der Leere als vor dem ersehnten Lehrer

Formlose Begeisterung belästigt

Beim Anblick von Anmutigem: »Das kann nicht böse sein« (diese Frau kann nicht böse sein)

Klar hoffnungslos, wurde er gesellschaftsfähig – nach Stunden *unklarer* Hoffnungslosigkeit in Gesellschaft, wo ich zur Freude wieder einmal zu höflich und zum Zorn zu verdrossen war. Danach – nach dem elendigen Gerede in den Ohren – wieder, in Gestalt eines fließenden Wassers am Felsenbergfuß, die stumme Welt, mein einziges Vaterland (30. Okt. 1984)

Ich schenke dir ein kleines Naturbild, schriftlich, zum Beweis dafür, daß ich kein Amt habe und immer noch kindhaft bin

Im Stand der Phantasie: es ist tatsächlich ein Stand, ein rarer; ein Stand, an dem alle Kugeln abprallen

Nimm deinen Andrang zurück, und die Welt wird antik. Gelassenheit: die Schultern breiten Flügel aus

Ich lebe in einem Land, wo die Geistesgegenwart durch Forschheit ersetzt ist, und die Aufmerksamkeit durch Gelauer

Das Erotische an einem Nachdenklichen; und deswegen erscheint mir eine Frau so selten erotisch (könnte von F. H. stammen)

Shakespeare wird schon allen Zeitgenossen gemeinsam als der große Zauberer vorgekommen sein – Goethe aber, jedem einzeln, als »mein Dichter«

»Ich habe nämlich beobachtet, daß eine zarte Rebe meistens besser auf einer bescheidenen Stütze aufliegt als auf einer großen« (Señor Columella)

Mithilfe der Natur vergegenwärtige ich mich; mithilfe der Kunst vervollkommne ich meine Gegenwart; und unwillkürlich schaffe ich das beides zusammen in der Liebe

Im Haus der Wiederholung: Niemand hat da je jemanden gestreichelt. Welch Ereignis, als einmal dem Philip Kobal die Schwester den Arm um die Schultern legte

In der niederen Kunst: ich sehe nur Wirkung, statt Forschung

René Char: Obwohl er so schleppend ging, wirkte er unsterblich (Sommer 1983, verlorenes Notizbuch)

Struktur, die Rampe der Erfindung

Verbissen bin ich, wenn, was ich denke, noch nicht *recht wahr* ist; aber unterwegs zum Wahren bin ich, verbissen, vielleicht doch

Die herrliche Befreiung, die es bedeutet, immer weniger sich ein Wissen anzumaßen von den einzelnen Menschen: um wieviel kräftiger und würdiger erscheinen sie nun, diese wieder unbeschriebenen Blätter (so Die Wiederholung schreiben)

Philip Kobal sehnte sich nach einem kindlichen Menschen als seinem Freund. Und dann kam ein kindlicher Mensch, und er wies ihn ab

Unterscheide »Dankbarkeit« und »Danken« (Widerwille gegen das letztere; Goethe zeigt den Unterschied)

Immer wieder herrlicher Hebbel – so anstrengend er oft ist –: »ein leichtsinniger Hauch, der hindurchweht [durch die Kunst], ist nicht allein zu entschuldigen, er ist notwendig«

Ein Versprecher eines Freundes: »Ich hatte Augen in den Tränen« – sehr einleuchtend; und er merkte den Versprecher auch gar nicht

»Unwegsam«, »wegsam«: immer wieder die Lieblichkeit der deutschen Sprache

Er ergriff die Gelegenheit der Gesellschaft zu einem heiteren Streit. Mit sich selber konnte er nicht heiter streiten (3. Nov.)

In der Schwermut, besser gesagt, an deren Rändern, entdecken sich einige Grundgesetze oder -linien des Daseins. An den Rändern der Schwermut ist die Heiterkeit tatsächliche (tatkräftige) Heiterkeit, göttliche Heiterkeit

Energie ist nichts, wenn sie nicht die anderen umschließt und zu sich führt; wie? indem sie sie gelten läßt und zur Geltung bringt – du bist ja nicht im Krieg!

Gestern die Tischrunde (der ehemaligen Seminaristen): wir sind alle Schüler geblieben. Nur die Lehrer unter uns sind nicht Schüler geblieben; und ich wollte auch nichts von ihnen lernen (4. Nov.)

Die Wiederholung, Grundbild: Eine zarte Schiffsgesellschaft auf dem heimatlichen kleinen See – auf dem dabei nie ein Schiff verkehrt hat, höchstens die Schilfschneide-Nachen. Alle Lieben auf diesem Schiff im nebligen See versammelt

Jeder muß, soll, kann? zurück in seine eigene Antike. »Ich« soll ich werden

Philip Kobals Mutter war eine Erzählerin, und der Erzähler ist der Liebende oder Begeisternde. Genauer: der mündliche Erzähler ist der Liebende, und der schriftliche dann der Begeisternde

Idee: der sinnliche Sinn. Die Idee ist mehr als die Vorstellung, es ist die Sinnvorstellung, erschaut (oder erlauscht); und von »Moral« usw. zu sprechen, erübrigt sich so. – Oder sag einfach zur Idee: »sonntägliches Schauen«

DAS ALTE KÄRNTEN, so wie ich es heute früh sah im Morgengrauen, mit den Grablichtern noch von Allerseelen, den blinden Fenstern, dem Postautobus abgestellt in einem Obstgarten: »das alte Kärnten«, so kann ich es nennen, so wie die Slowenen im 19. Jhdt. das Land nördlich der Karawanken »lepa Koroška« nannten, »das schöne Kärnten«

Eine Empfindung von Gesundwerden, sowie ich von jemandem gut denken kann, bei dem mir das bis dahin nicht gelungen ist

Auch wenn in der »Wiederholung« vom Arbeiten erzählt wird, soll es eine sonntägliche Erzählung werden

Die Schwermut ist kein Zustand, sondern ein Kampf, der furchtbarst sein kann, zugleich an den Übergängen zum Leichtsinn

Edles Essen im Großelternhaus Philip Kobals; im Internat begann dann das Verschlingen

Heimat gab es für ihn im Inland allein an dessen äußersten Rändern, in jenem Lichtbogen dort, an den Grenzübergängen

Stärkste Getroffenheit des Ich und allgemeinste Struktur fallen zusammen; meine persönliche Erschütterung zeigt, bedacht-erzählt, die allgemeinste Struktur. Und ich bin nicht hoffnungslos, ich lebe, wenn ich an eine solche Art Schreiben denken kann (5. Nov. 1984)

»Du liest zur Selbstbestätigung!« – »Vielleicht. Auch. Aber es kommt darauf an, von wem ich mir mich selber bestätigen lasse«

»Wenn der Mensch betet, so atmet der Gott in ihm auf« (Hebbel und Hölderlin)

Ich weiß, in mir ist eine Sprache, und meine Sprache darf nicht verlieren; »darf nicht verlieren«? soll sich behaupten. Meine Sprache ist mein Schutz

Hebbel ist groß und zugleich ein »Kerl«, nicht im guten Sinn; oder umgekehrt?

Inne(n) bin ich, wenn die Gedanken mich leiten; außen bin ich, wenn Licht und Farben mich leiten; innen *und* außen – Ideal – bin ich, wenn ...

Und wodurch atmet der Gott in *mir* auf? Durch das Maß; und ich habe ein Maß

Rein bin ich, wenn ich bei der Sache bleibe. Und wie bleibe ich bei der Sache? Durch die Form. Durch die Form schaffe ich es, bei der Sache zu bleiben. Die Form schaffend bei der Sache bleibend, werde ich rein

Ruhig, müde und lebendig: so bin ich am meisten, »maximal«

Meine Müdigkeit bringt mich zum Vorschein (betone diesen Satz verschieden)

»Ich streichelte mein Eigen«: das ist nach Juan de la Cruz die Gotteserfahrung

An dem, was sie sagte, war immer etwas Richtiges, oder es war sogar alles richtig. Aber nie begeisterte sie mit ihren Richtigkeiten. Überhaupt begeisterte sie nicht. Auch ihre Schönheit war nicht von der Art, die begeisterte (auch die Trauer wäre ja eine Art von Begeisterung gewesen)

Manchmal konnte er Arbeit *spielen*, wie Musik; und das oft gegen Ende einer Arbeit

Erst in der Spracharbeit, am Gegenstand, erfahre ich die Wichtigkeit der Sprache

Einmal ein *sprechendes* Paradox: »von Müdigkeit geweckt«

Philip Kobal richtete sich auf zu seiner ganzen Kindlichkeit

Du bist so, daß man gezwungen ist, sich über dich zu erheben, um sich zu behaupten. Deswegen kann man dich nicht liebhaben

Eine Frau, kühl und erfreulich; in ihrer Kühle war sie erfreulich (»Und«)

Ein Idiot sagte: »Aus Anlaß des Tagesanbruchs stehe ich auf einem Bein; auf einem Bein stehend, beginne ich meinen Tag«

Columella: »Denn ein gerader Stamm hat auch ein Mark, das ihm gleicht«

Ich sah in der Ferne den Berg schimmern und wandte mich der entsprechenden Arbeit zu. Und was ist die entsprechende Arbeit? Zum Beispiel das Übersetzen

Vorstellung, daß eine »Putzfrau« auch etwas von einem Forscher hat: sie kenne ein Haus, die Gegenstände, die Windverhältnisse besser und anders als sonst jemand

Bei der Arbeit, bei Trost

Philip Kobal, wenn er einmal glücklich war, war tonlos glücklich; dagegen das dauernde Tönen und Singen seines Volkes

Die Natur gibt Verdoppelungen oder Wiederholungen eher von der menschlichen Seele als vom menschlichen Körper

Der Verstandesmensch als Dummkopf, s. Kant, von Hebbel zitiert: »Die alten Gesänge haben ... das Glänzende ihres Vortrags bloß dem Mangel an Mitteln, ihre Begriffe auszudrücken, zu verdanken« (ebenso dumm wie Aristoteles)

Farbige Libelle, aus dem Spätherbstnebel tauchend; als sei die Libelle die Verkörperung des Herbstnebels

Mit der Erkenntnis meiner Bedingtheit (meiner Natur) wuchs aus meiner Schwäche mein Humor (9. Nov.)

Die enge Liebeswelt; zwischen Mann und Frau; »heutzutage«?

Philip Kobal fühlte sich verantwortlich den freien Menschen gegenüber. Wer war ein freier Mensch? Der Dorf-Idiot?

Eine »versäumte Jugend« (s. Hebbel) hatte Philip Kobal schon deshalb nicht, weil er Latein und Griechisch lernte und manchmal mit Freude einen Apfel aß

Ein großes Buch ist auch jenes, das einen dazu bringt, andere große Bücher zu lesen; das Lese-Verlangen zu erzeugen (s. Hebbels Tagebuch), ist groß; und das Wort »groß« ist Teil der Materie

Noch einmal: Such in deinen Zuständen, auch Verzweiflungen, die Struktur. Ahne ich in meinen Zuständen die Struktur, ruhe ich in der Menschheit, oder finde zumindest eine gewisse Ruhe da. Etwa: Warten, wiederholt, in der Nacht auf das eigene Kind, im tropfenden Nebel, der fast schon wie ein Gift in das Herz fällt, und dann: »Sind denn nicht immer, auch in der Kindheit, alle nach Hause gekommen?«

Erlern in der angestammten Angst die französische Heiterkeit (11. Nov.)

»Eigentlich ist nichts pedantischer, als in der Gesellschaft Geist zu zeigen« (F. H.)

Glaub nur den Lehrern, die nicht prüfen

Je mehr ich darauf bestehe, was ich angeblich bin, zum Beispiel »Künstler«, desto mehr bin ich für den Freund, die Frau, die Kinder, ja auch die Kunst, verloren

»Wo man einen Trieb hervorzulocken wünscht«, sagt Columella, »muß man die Rebe mit einem Eisendorn verletzen und eine Schwärstelle hervorrufen«

Wenn es mir gelingt, jemanden in meine Gedanken einzuschließen, spüre ich in mir, in Brust und Armen, die Bewegung der Bäume (12. Nov. 1984)

Verb für die Struktur: »lichtet«

Die Frage für den Abend: »Was hast du heute gelernt?« An jedem Abend mit dieser Frage von jemand empfangen werden

»It is the forged feature finds me« (Gerard Manley Hopkins); und seine »inscape« entspricht dem »eidolon« der Vorsokratiker, dem »Bildlein« der Welt in dir

Beim Bergaufgehen begegnete mir heute der Felsenbergstraßenkehrer, aus seiner Arbeits»akten«tasche vorn herauslugend der blaue Bausch einer Hortensienblüte: »Eine, zur Begleitung heimwärts!« sagte er. Und nach diesem schönen Augenblick sah ich in einer Felswand die ebenso bläulichen Bäusche der da schlafenden Bergtauben

Der Teppich im Schreibzimmer mit seinen Prüf-Farben, d. h., an ihm prüfe ich nach dem Tun, ob ich froh bin, guter Dinge, »guter Arbeit«: leuchtet das Blau, so …; ist es stumpf, so …

Das täglich Neue, das Jungfräuliche der Welt läßt sich wohl manchmal sehen, aber nicht denken (entsprechend Ludwig Wittgenstein: »es zeigt sich«)

Der Pyramidenberg in der Ferne vor dem Felsfenster befreit die Freude, entbindet das Daseinsgefühl, verhilft zur Unbändigkeit, an diesem klaren, dunklen Morgen mit dem abnehmenden Mond; jede Rille im Berg (der »Staufen«), jeder dunkle oder helle Streifen entfaltet in der Brust einen Flügel; und die erste gelbrote Sonne an den Flanken wird spürbar auch innen am Rippenfell (s. »inscape«)

»Ich weiß alles über dich!« – Eine der schlimmsten Schmähungen

Columella rät beim Arbeiten zu Bewegungen, die »mehr ziehend als hauend« sind; denn »eine im Ziehen entstandene Fläche wird im selben Arbeitsgang zugleich geglättet«

Sagen zu können: »Ich bin da«, befreit mich von allem dem »So-oder-so-Sein«

Die märchenhafte Blätterfallnacht mit dem gemilderten Licht des abnehmenden Mondes gestern, dem lauen Wind, dem sich wellenden Weiher: In einer solchen Nacht ist vielleicht ein Dichter entstanden

Das »Erkanntwerden« ist doch etwas Grundanderes als das »Ich weiß alles von dir«; es vollzieht sich still, ohne Worte, umfassend; man kann nicht sagen: »Ich habe dich erkannt« – der andere spürt das nur, an seiner ganzen Existenz, spürt endlich seine *ganze* Existenz; und nichts Böses ist mehr an ihm, er ist rein durch das Erkanntwordensein. Dieses Dich-Erkennen ist ein Sein Lassen (13. Nov.)

Der Bereich der fernen Felswand heute morgen als die platonische Höhlenwand: man kann nicht dort sein; wäre man dort, an Ort und Stelle, so wäre dort nichts; aber aus der Ferne hier kann ich dort etwas hinein- und herauslesen

Manche sahen an Philip Kobal im Vorbeigehen eine innere Belustigung; dadurch wurden sie miteinander bekannt

Etwas Überteures zu bezahlen war eine Art, sich zu beschmutzen (17. Nov.)

Philip Kobal heftete sein Auge auf den Mittelgrund, wo das Herz und das Maß war

Die Gerade des Sonntags: ausgehend vom Knick im Bein eines Weberknechts

Freudenschrei: »Ha, jetzt habe ich Zeit!«

Geschwächter Körper sieht zwar die Bilder, aber er kann sie nicht fassen und halten; daraus entsteht seelisches Weh

Der stumme Erzähler: Ich bin eigentlich immer ein solcher stummer Erzähler gewesen; habe mich erst aus der Stummheit zum Erzählen aufgeschwungen; und erst dann, in diesem Aufschwingen, wurde ich gehört!

Keine Sucht ist es, es »besser zu machen«, besser als das vorausgegangene Eigene, und auch besser als »die anderen« – keine Sucht, sondern eine Sehnsucht

Ein Gefühl ist nicht vollständig, solange es nicht Bild ist, und solange dieses Bild nicht eine Form-Spur zeigt

Fürstliches Schweigen: Ideal

»Für das Auswählen der Pfropfreiser nimmt man einen milden und windstillen Tag« (C.): Pfropfen: Wenn ein unscheinbares Ding auf einmal einen Schein bekam, wie zum Beispiel der Bast, mit dem der Großvater beim Veredeln der Obstbäume das neue Reis umwickelte – wenn so ein Ding auf einmal Form wurde, Ereignis; waren das nicht die *Kunst*erfahrungen meiner Kindheit?

An den Säulen des Tempels rüttelnd die Säulen erst entstehen lassen: Schreiben

»Der wahre und tiefe Humor spielt mit der Unzulänglichkeit der höchsten menschlichen Dinge« (Friedrich Hebbel, und ich)

Es gibt keine männliche oder weibliche Kunst; es gibt nur eine kindliche Kunst, für die freilich alle männliche und weibliche Kraft gebraucht wird

Wie mich auf dem Heimweg bergauf vorgestern nachts mit Freude erfüllte, wie jemand von meinem Kind gesagt hatte, es sei »so liebevoll!«

Ich kann mit dir nur streiten, wenn ich dir zugleich glaube; mit so vielen ist es ein müßiger, leerer Streit, weil ich ihnen nicht glauben kann (s. gestern die Journalistin)

Der weiße Kopf einer Kuh, grasend, als Flecken des ersten Schnees (20. Nov.)

Gelingt mir der Blick an den Horizont und verbindet mich mit diesem, so spricht er mich frei; so ein Blick ist ein Wallfahrtsmoment, im Sitzen (am Felsfenster, morgens)

Einmal »Ja« sagen können »von Herzen« (liebreiche deutsche Sprache)

Augen aufmachen am Morgen und lachen: »Das können nur die Kinder, ein Erwachsener kann das nicht« (sagte ein Kind)

Sich an den Umrissen des Schönen die Blicke schärfen

»Du bist nicht zum Vergnügen auf der Welt« – sondern? Zur Freude (22. Nov. 1984)

Die Arbeit als die Freizeit: ein Ideal, das ich doch ein paarmal erlebt habe: Jetzt endlich, im Tun, bin ich an meinem Platz, frei, und habe alle Zeit der Welt; bin, arbeitend, der Herr meiner Zeit

Meine Schwermut kommt so oft daher, daß ich etwas formulieren will und merke: Falsch – ich sage es falsch

Gelten lassen kann ich etwas nur, wenn ich es schön finde

Auch über vieles, worüber man sprechen kann, davon muß man schweigen; der Geist des Schweigens und des Verschweigens: und da kam der Geist über sie, und sie schwiegen, mit Feuerherzen (Anderes Pfingsten)

Die Kinder lagen am Wegrand des Felsenbergs, tief eingegraben in die Laubdünen da. Nur die Gesichter ragten heraus, und der Wind jagte noch und noch Laub über sie. So grüßten sie die Vorbeigehenden, aus ihrer Geborgenheit heraus. Und ich dachte, diese Kinder können danach doch nie mehr verlorengehen

Das heilige, ja heilige, Gefühl in Gesellschaft eines Schlafenden, seit je; eine Art Sittengesetz: Verhalte dich so, als läge in deinem Haus einer im Schlaf, im Erschöpfungsschlaf

Ein Künstler wird seine glühenden Augen allein seinem Werk zeigen

»Goethe macht zuweilen namenlos schlechte Verse … Die sind wahrscheinlich aus seiner Verzweiflung an der deutschen Sprache hervorgegangen und also die Praxis der Verzweiflung« (F. H.)

Erotisch sind die, die nichts sind – nichts verkörpern, nichts darstellen; sowie ich entdecke, daß du nicht niemand bist, verlierst du den Reiz für mich

Philip Kobal hatte seit jeher – nicht bloß die Hoffnung, sondern die Gewißheit gehabt, eine, seine, Frau würde ihn von seinem Vaterland erlösen

Das Göttliche: diese Forschung hört, einmal angefangen (oder angehoben), nie mehr auf

Ein Zeichen des Geistes ist auch: das unauffällige, wortlose BETEILIGTSEIN

Wer den Himmel offen gesehen hat, gibt nicht auf; gibt, wer je den Himmel offen gesehen hat, auf? (Statt »Himmel« sag auch »die große Welt«)

Als die Mondsichel gestern nacht hinter dem Pyramidenberg versank, war das, als würde dabei in dem Berg eine Feuerader sichtbar und spränge da hervor

Ein Gefühl, zu denken, habe ich nur, wenn ich mich ins Werk denke. Und es muß doch »Werk« heißen, nicht »Arbeit«. Es braucht ja kein »großes« Werk zu sein, – eben meine Art Werk. Was war das Werk des Vaters? des Großvaters? der Mutter? – Dieses Werk-Denken bringt die tägliche Erlösung, so wie die Liebe; es ist eine Weise der Liebe

Die Schrift der Tagtäglichkeit: es ist eine gewaltige stille Bilder-Schrift: der Buschauffeur, das Schulkind, der Schuster, das Männchen in der Ampel; der Fluß, der zum schmalen zunehmenden Mond führt, die Sichel, die zur alten Frau führt, die mir gerade entgegenkommt, die Alte wiederum führt mich zum abgestellten Zugwaggon (zu sehen ist diese Bilderschrift am Rand der Schwermut, an den Rändern)

Der Lehrer als der Schwindler; die Entlarvung des Lehrers als des Schwindlers (26. Nov.)

Der Boden in den römischen Provinzen brauchte nicht umgegraben zu werden, weil er dort »mürbe« und »von sich aus gelockert« ist

Philip Kobal war ein gefährlicher Träumer: gefährlich, für sich und die andern, weil er die Tageswirklichkeiten an denjenigen seiner Träume mißt und beurteilt und bekämpft; denn die Traumwirklichkeiten hat er als die bestimmenden und entscheidenden Wahrheiten erlebt

Philip Kobal bewunderte die Schönheit der Schrift seiner Mutter. Aber erst ab einem gewissen Zeitpunkt war die Schrift der Mutter so schön geworden. Vorher war sie eher ein Gekrakel. Was war das für ein gewisser Zeitpunkt?

»In einem höheren Leben wäre die Sehnsucht Glück« – F. Hebbel; aber war das – bei mir hier – nicht immer so? Die Sehnsucht genügte als Glück?

Liebes Schweigen ist Geist, und gibt Geist

Die Trauer ist (mir) eine Art von dauerhafterer Freude am Leben

Die Amsel sitzt in der Morgendämmerung auf dem Brunnendach, wie die Silhouette der Dämmerung selber (28. Nov.)

Philip Kobal, der kein Schweiger war, wurde seit jeher, geradezu erotisch, angezogen von den Schweigern; von den Schweigenden

»Die liegende Rebe bringt nie Wein von edlem Geschmack hervor« (Columellas unwillkürliche Parabeln aus der Natur)

Der Schöpfer strukturiert das Nichtswürdige, und dieses bekommt Würde, oder: er umreißt die Struktur des Ungefaßten, und dieses wird real (s. Cézanne) – bekommt Wirklichkeitsgeltung

»Köstlichkeit«, im Sinn von einer speziellen Appetitlichkeit, des Seins, in »mir« zu befreien oder freizusetzen durch? »Mich lassen« *und* dich auf solche Weise sein lassen

Die weißen Möwen, schwebend über dem Fluß, trieben einen Freiheitskeil in die Uferhäuser

Gestern abend der Monolog des schwermütigen ehemaligen Priesters in der Wiese an den Frachtgleisen; gebeugten Kopfes stand er, auf dem Heimweg von seiner Analyse-Stunde, im Laternenschein auf dem Stadtrandfeldweg und sprach von dem Gift der Hitlerjungenzeit, das noch immer in ihm sei und das er nur nicht an die Kinder in seiner Schule weitergeben dürfe. Währenddessen landete das Abendflugzeug aus Zürich. Kärnten, wo er herstammte, sei die Wüste gewesen. S. sei zwar nicht das Paradies, aber er habe da schon mehr als nur die Wüste erlebt. Verheiratet, vier Kinder, Frau mit ihm unzufrieden, weil er nur Religionslehrer ist. Und dazu stand die Venus über dem Kar des Untersbergs, als stünde dort eine beleuchtete Seilbahngondel (29. Nov. 1984)

Amsel auf dem Brunnendach, Silhouette
der Morgendämmerung.
Radfahrer am Kanal, Silhouette des
Abendwerdens.
Orion dann glitzernd hinter den
Apfelbaumzweigen,
Silhouette des Winters.

Von der Betrachtung der Farben etwa kam das Pneuma, so wie gestern der gelbwelkenden Lärchbäume in der Sonne, des gelben Wipfels mit dem

Himmelsblau. Einzelne duftende Nadeln schwirrten herab durch die Luft, aufblinkend in der Sonne, dann im Schatten: und von diesem Welt-Bild wehte mich tatsächlich ein großer, gemeinsamer Atem an

In den tiefsten Träumen trat immer ein Erzähler auf. So überraschte ich heute, im jähen Aufwachen, diesen Erzähler. Er erzählte in der Mitvergangenheit, und dazu liefen die Bilder ... Und dann das andere Traumgesetz: im Traum, so lehrte der Erzähler, die Mitvergangenheit unterbrechend, sei kein Weg zu jemandem hin selbstverständlich; jeder Weg hin zu jemandem müsse erst gesucht werden. Im Traum war der Erzähler ein Gott, der Gott des Erzählens

Das Hervorblitzen der ersten Sterne aus dem Abendhimmel: immer wieder versäume ich ihren ersten Augenblick

Das Absterben des Dichterischen, des Hervorblitzens in mir, zum Beispiel durch Systematisieren, wäre zugleich mein persönliches Absterben

Bei wem hatte Philip Kobal erstmals das Gefühl von einem »feinen Menschen«? Beim Idioten des Dorfes; und bei manchen Erzählungen von Verstorbenen

Er nahm des Entgegenkommenden Gestalt auf und konnte lächeln; Gestaltwahrnehmung als der ideale Humor

Eintreten in die Müdigkeit wie in die Erd-Atmosphäre

Auf das Licht ist nur augenblicksweise Verlaß; aber eben auf diesen Augenblick kommt es an; bring ihn zur Geltung; mithilfe dieses Lichts gelingt das Phantasieren, und aus der Phantasie heraus gelingt der

Augenblick des anderen; gelingt die Dreiecksgeschichte (1. Dez.)

Noch einmal: meine Sympathie für die Leute von Schilda, welche die Sonne mit Scheffeln ins fensterlose Haus tragen wollten; sie sind die Patrone der Künstler

Angst: ohne Herzblut

Ein Herrlichkeitsaugenblick des letzten Tages: die im Wintersonnenschein aus der Eiche schwebenden, fallenden, sich lösenden Blätter, wie sie sich so widerstandslos lösten; und die Art ihres Sich-derart-vom-Zweig-Lösens öffnete im Anschauen wieder das Tor ins Reich der Phantasie; und das Geheimnis dabei lag wieder im Zeitwort, im Verb; das Geheimnis? das Gleichnis: die Eichblätter »fielen« nicht, sie ...? sie »metaphorisierten«, d. h., sie »bedeuteten«, ohne bestimmte Metapher, eine andere, die andere Welt: diese hörte, im Gleichnis der unbestimmbar sich vom Baum lösenden, knisternden Blätter vor dem blauen Vorwinterhimmel, auf, endlich, *etwas Bestimmtes* zu sein, und die Welt, in der Betrachtung der sich so mir nichts, dir nichts lösenden Blätter, verbreitete herzerwärmende Unbestimmtheit; die unbestimmte, unbestimmbare andere Welt oder, wieder einmal: »monde muet, ma seule patrie«

Im Jahr 1496 zog eine Gruppe Wiener Juden über Kärnten nach »Jerusalem«, wurde in K. überfallen und, trotz Geleit, ausgeraubt; und fast gleichzeitig mit den Judenausweisungen in K. tätigten die Fugger da erstmals ihre Geschäfte

Eine Art der Ver(klein)bürgerung: Verlust der Scheu

Philip Kobal dachte sich in der Dorfjugendzeit: »Aus den blinden Fenstern glotzt wenigstens niemand heraus«

Nüsse, kleine Boote in der Morgendämmerung; Boote der Morgendämmerung (4. Dez. 1984)

Schweigend sich freuen: wer kann das? Das Schweigen als *Ausdruck* der Freude (Ideal)

Für mich gilt: Verfehle ich die Form, so verfehle ich das Leben

Ein Buch, oder auch nur eine (1) Seite, oder auch nur eine (1) Zeile, ist von allen Kunsttaten die am wenigsten ereignishafte, und deswegen entspricht mir das, als Schreiber wie als Leser; die Schwelle da ist mir die unauffälligste, lieblichste, menschennächste; das Buch, die Seite, die Zeile, fällt mir sozusagen in den Schoß, und ich bin dabei schön allein

Die furchtbar unverwüstlichen *Kriegs*zeichen – dagegen die immer wieder vom Verschwinden bedrohten Friedenszeichen: die Künstler erneuern sie. Abschaum der sogenannten Künstler, welche die ohnedies unübersehbaren Kriegszeichen nachziehen

Philip Kobal war einst »freudig« – dieses Eigenschaftswort beschrieb ihn einmal. Jetzt aber »freut er sich« nur hin und wieder: ein Zeitwort beschreibt ihn (4. Dez.)

»Ein Mensch, der an der Überwältigung durch den ersten Gott-Gedanken stirbt« (Fr. Hebbel – das ist freilich seit ziemlich langem erstes wieder tiefes »Augenmerk« in seinen Tagebüchern – sonst sah ich eher zunehmende Stockflecken)

In der sich hebenden Dezemberdämmerung, mit den ersten Farben im Düster, dem Rotwerden der Äpfel auf der Felsfensterbank, dem Gelbwerden der Birne mit dem wegziehenden Stengel: die Anwesenheit der Abwesenden, die Anwesenheit der Toten (auch im Grünwerden des Felsengrases)

Nichts Schrecklicheres auf Erden, als nicht mehr der Menschenwelt anzugehören; aufzuhören, Mensch unter Menschen zu sein, bei gleichzeitiger Gesundheit und allen sonstigen Lebensfunktionen; hinausgetrieben werden, weg vom Menschengestade, hinaus aufs offene, grausig offene, menschenleere Meer (s. Dez. 1978, N.Y.C.)

An (in) der Horizontlinie bin ich mich los, und bin; *ich* bin *es*

Bleibt dein Herz bei der Sache, und handelt es sich um eine Sache, bei der das Herz bleiben kann, so regen sich, bei was auch immer, die Flügel des Geistes

Die sogenannt »Temperamentvollen« betrügen sich und vor allem die andern um den Anfang – um den herrlichen Moment des Einsetzens – der Liebe, der Zartheit, des Zorns

Gedicht, Zweischritt

Der Maler, allein, hat sich an seinem Geburtstag ein Bild gemalt; und der Erzähler?

Im Umgang mit einem Unbekannten: Ich lerne von ihm, neue Fragen zu stellen

Stufen der Existenz – für neue Pindarsche Oden. a) In Schutz genommen werden; b) verteidigt werden; c) bezeugt werden (der Dichter besingt keinen Olympiasieger mehr, sondern legt für gleichwelchen andern Zeugnis ab)

Was heißt »Ruhe«? – Ich weiß, daß ich liebe (sonst verdient keine »Ruhe« diesen Namen) (6. Dez. 1984)

»Wenn die Gimpel pfeifen, kommt der Schnee«, sagte der Bergstraßenkehrer (bis jetzt haben sie noch nicht gepfiffen)

Philip Kobal und der Verrat? Nein. Wohl aber: Philip Kobal und die Verleugnung (s. der Apostel Petrus nach der Gefangennahme Jesu): Oft, immer wieder, hat er, und zwar ohne einen Grund, einen anderen verleugnet; es sträubte sich in ihm etwas, als Bekannter, Verwandter, Liebhaber, Freund von jemandem zu gelten. »Ich kenne diesen Menschen nicht.« Er wollte als einer allein angesehen werden

»Das Geburtstagskind«: ein eigentlich tiefsinniger Ausdruck

Alle Horizonte verlieren: so eine Art Tod ist die Schwermut; das Ich ist nur noch *ein* Punkt; und dieser Punkt ist nur noch Schmerz

Der kleine Vogel des Schneiders, mit dem dieser im Märchen-Wurfstreit den Riesen besiegt hat, fliegt hoch durch das Bild – immer wieder wirft der Schneider diesen Stein, der ein Vogel ist, in die Höhe und siegt gegen den Riesen, vor meinen Augen, in meinen Augen, in meinem Herzen. – Nicht: »Ich finde ein Bild«, sondern: »Ich erlebe ein Bild«, und finde mich darin

»Vorsicht Dachlawinen« an einem warmen Sonnentag ohne Schnee, das ist wie »Memento mori«

Juan de la Cruz, der sogenannte Mystiker, beschreibt doch nur, wie ein Physiker, Vorgänge der Materie, der weitesten Materie. Und was ist die weiteste Materie? Der Mensch in der Fülle des Friedens – der Mensch in einer solchen Fülle, daß er an sich, an seiner Körperlichkeit, an seiner Grenze, eben diese Grenze *und* den möglichen Übergang spürt, als Sehnsucht, oder, in der Form, als *Ausruf*, nach dem Göttlichen, das ein unvermeidliches Wort ist in der Folge der Weiterung der Materie (»Mitten in diesen Trockenheiten … teilt Gott [der Seele] ein zartes Innewerden mit«)

Viel, viel Elend der Menschheit kommt davon, daß die Leute lesen, ohne zu lesen (ich dachte an die Scheinlektüre Hölderlins, Nietzsches …)

Die Welt der Darstellung gegen die Weltlosigkeit der Meinung

Die Stimme versagt mir, sowie ich Lehrer sein soll

Sich dem Zustand der Wahrheit nähern, d. h. der erhabenen Schwäche

Welt-Bild (nicht Symbol und nicht etwa Gleichnis): auf dem Kanal trieb, Kopf voraus, ein Schilfkolben, auf dem leeren Wasser dieser ganz gerade Stab mit dem braunen Kopf, im Nebel; und dann fuhr die Rothaarige auf dem Fahrrad über die Kanalbrücke: »Das Rot wird zuerst wieder im Nebel verschwinden«, dachte ich. Und dann verschwand es

Wenn du auf jenes ἓν καὶ πᾶν, Ein *und* Alles, aus bist, mußt du dialektisch vorgehen

Wahr-Zeichen der Schönheit: sie verschönt den, der sie wahrnimmt (die falsche Schönheit, oft nichts als Ebenmäßigkeit, dagegen …)

»Ein Baum ist dann zum Versetzen reif, wenn sein Stamm die Stärke eines menschlichen Arms hat« (Señor Columella)

Eine herrliche Sprache – fällt mir jetzt erst auf – ist das Lateinische, wenn es Vorgänge in der Natur und Arbeiten mit der Natur beschreibt, etwa bei C.: »Stercus (= Mist) autumno debet inici, ut permixtum hieme radices oleae calefaciat (warmhält)«

Schilfkolben treibend im Kanal, Welt-Bild: Wie aber vermeiden, daß so ein Weltbild im Beschreiben, statt daß es sich zum Weltbild noch verstärkt, abgeleitet wird zu einem Gleichnis?

Das Geliebte im Haus: Musik im Haus (auch wenn das Haus still ist)

Denke ich mit dir, Entfernter, mit, so werde ich dich bei der Rückkehr empfangen können; denke ich nicht mit dir mit, so kann ich dir auch keinen Empfang bereiten

Hat Friedrich Hebbel nicht irgendwann sein Kindsein verloren (im Gegensatz zu Goethe, Hölderlin)? (Kindverlust, Krachledernheit)

Lange Zeit hat Philip Kobal weder entschieden Ja! noch entschieden Nein! sagen können. Auf einmal konnte er es

Seltsam: daß ich gerade, als ich die längsten Sätze schrieb, am meisten Kind war (»Langsame Heimkehr«); wo man doch immer von Kindern behauptet, sie drückten sich nur in kurzen Sätzen aus

Wiederholen kann ich nicht das Erlebnis, aber den Weg

Noch einmal »das musikalische Haus«: die Geräusche eines dir Lieben darin, die Geräusch-Folge; so wie heute früh das Schüttern des Bodens im Kindzimmer, noch in der Adventsdunkelheit, wobei der Hörer dachte: »Schöner werde ich es nie haben!«

Es gibt diesen und jene, bei denen ich lebhaft nachfühle, sie seien aus Höllendreck gemacht (12. Dez. 1984)

Streit (auch Kritik, auch Selbstkritik): das Leben denken (s. Heraklit, der Streit als der Vater von allem)

Erst als, in der Umarmung, ihm aufging, daß er sie nicht haben konnte, wurde die Umarmung wirklich. Im Mangel erst spürte er das Lebensgesetz. Und die Umarmung wurde herzlich durch das Bewußtsein der Unvermeidlichkeit des Mangels

Der Schüler mit seinen Schülerschülern: hoch solch ein Lehrer!

Die Freude des Gehens: die Linie wird zum Pfeil

Der ständig Sprechende oder Sprechbereite, der nie Sprachlose wirkt herz- und lieblos, soviel er auch von Liebe reden mag. Entsteht denn nicht (erinnere dich) an jenen Übergängen von der Sprachlosigkeit zur Sprache jene »unbestimmte Liebe«? Die Liebe und die Übergänge (»und«). – Von der Sprache zur Sprachlosigkeit scheint es mir dagegen keine Übergänge zu geben, nur den Fall

Und ich glaube doch, daß ein Künstler – und das ist sein Merkmal – die Welt erobern will – seine Art Welt mit seiner Art Welteroberung

Er bewegte sich mit skeletthafter Hast. Er verlangsamte sich und spürte das Leben (14. Dez.)

»Zum Pfropfen einjährige Zweige, die gegen Sonnenaufgang gerichtet sind« (C.)

»Liebe«, sagte der Analytiker gestern, sei »Licht«, und »Verkündung« (»*Und*«)

»I had a great teacher. The teacher points and says *Look*; the response is *Yes, I see*« (Walker Percy über seinen Lehrer William Alexander Percy)

Der Akkord – noch einmal »das musikalische Haus« –, der durch mein stilles Haus klingt, als das Geliebte heimkehrt – auch wenn dieser Akkord eigentlich nur der Krach ist, mit dem die eiserne Hauspfortenklinke heruntergedrückt wird

»Für jene, die das Apfelgrün in einem Abendhimmel entdecken, gibt es Arkadien – nicht das, was es nie gab, sondern das eine, das vielen Menschen ständig innewohnt; nur dieses eine kann geteilt werden« (W. A. Percy)

Ich bin nicht von vorneherein gerecht; gerecht werde ich erst durch eine Bedenkzeit. Und was ist die geeignete Bedenkzeit? Das Schreiben (im Gegensatz zum Reden)

Die Sonne der Form; das innere Licht der Formen; »du als Künstler«? Du, als deine Sonne! (16. Dez.)

Die unschöne Kraft und die schöne Kraft: nur diese hinterläßt Form

In den Haustieren haßte Philip Kobal die Welt (in den ihm aufgezwungenen Haustieren)

Bei Hermann Lenz, zum Beispiel, tut immer die Historie mit im Erzählen (»heutzutage«, »damals«). Bei mir ist das nicht möglich; mir kommt auch vor, die Geschichte, die Historie, schwäche manchmal das Erzählen ab, nehme ihm Wucht, Einheit, Reinheit (für das letztere ein Fragezeichen) – nehme jedenfalls dem Erzähler die Gegenwärtigkeit und dem Erzählten das Morgenlicht

Immer ihr: »Erzähl mir was!« Und dazu gleich ihr ewiges ungeduldiges Geseufz

Philip Kobal war immergleich, sah immergleich, dachte immergleich, war alt und jung zugleich; für ihn gab es weder das »früher« noch nur »jetzt«

Noch einmal »Leere«: die Leere umreißt mich besser als das Volle, die Fülle; die leere Straße umreißt mich besser als die volle Straße

Die Alpenländer haben »die Berge«. Ich aber brauche einen (1) Berg, und nicht die Berge

»Stille Nacht«, aus der Ferne, nur mit Ziehharmonika, hört sich erträglich an

Eines Tages befahl sich Philip Kobal: »Hör nun endlich auf, gegen dich selber zu sein!« Und der Befehl wurde befolgt

Die Form ist nicht verfügbar, sie ereignet sich; Form-Ereignis, Satz um Satz, Satz *für* Satz

Eines Tages sagte Philip Kobals Mutter: »Ich bin für die Freude verloren«

Statt »die Leere umreißt …« sag auch »gestaltet«: »Die leere Straße gestaltet« (mich, dich, ihn); das epische Element, entstehend erst aus dem Leeren: weniger freilich aus dem leeren Haus als aus dem leeren Weg, dem leeren See, dem leeren Fluß, dem leeren Zug, dem leeren Autobus, dem leeren Bergrücken

Bei dem Gefühl »Ich habe Zeit« nehmen die Dinge auf der Stelle Form an

Die Frau heute im Postamt gab zwei Briefe nach Amerika auf. Beide waren bestimmt für »Springfield«, der erste ging da zum »East Sunset«, der zweite aber an die »Natural Bridge«

»Die Seele, diese Blinde«, beschreibt (ja) Juan de la Cruz

»Die Ekstasen, die Stigmen, die Gliederverrenkungen, die immer auftreten, wenn die Mitteilungen nicht nur dem Geist gelten« (idem)

Sowie die Welt mir endlich zur Betrachtung offensteht, kann ich mich fragen: »Wen liebe ich?«, *und* ich kann fragen: »Was kann ich für ihn tun?« – Das sanfte Skalpell der Formen, das mir den Trübsinn wegoperiert. »Die sich regenden Bäume regten in ihm die Liebe auf«

Philip Kobal, sooft man ihn »fleißig« nannte, war jedesmal gekränkt

Ist die Liebe eine »Neigung«? Nein. Sie ist ein Zustand, ein Zustand des Geistes, der Zustand des Geistes, der *Stand* des Geistes. Sie ist der umfassende Zustand des Geistes: »Zustand«, der zugleich »umfaßt« (so lese und übersetze ich Juan de la Cruz)

Jedes an den rechten Ort gesetzte Wort, d.h. jeder künstlerische Satz, hebt die Erinnerung; es ist ein Heben; und ein Wort, am falschen Ort, und also nicht zwingend, macht mich lustlos; entzieht mir das Wasser des Lebens

»Mit der Freiheit des ungesonderten Geistes alles umspielend« (Juan de la Cruz)

Die Lichter der Grenzstation, flimmernd im Vormorgendunkel durch die windbewegten Baumwipfel, die bis in die Höhe des Felsfensters ragen, als ein anderes, ein glühendes Elektrokardiogramm, Herz*maß*zeichen (21. Dez.)

Sowie ich willentlich nachdenke, schwillt mir der Schädel an von Geschwätz

Mein Freund, der Widersprecher – der Widersprecher, mein innerster Freund: der dem Hochfahrenden in mir ebenso widerspricht wie dem mich Niederziehenden

Der Berauschte schämt sich dann, daß er berauscht (von etwas) war; der Begeisterte schämt sich dann, daß er nicht mehr begeistert ist

Manchmal, wenn Philip Kobal an sein einstiges Dorf zurückdachte, hatte er ein Glücksgefühl bei der Vorstellung, daß da ein jeder das Seine machte, der Schuster, der Bauer, die Bauplanzeichnerin, der Gastwirt, die Arbeiter auf dem Dach, und daß, was ein jeder da machte, für ihn war, der, wiederum jetzt, auch das Seine macht, das wiederum für die anderen da ist

Weihnachtliche oder, eher, adventliche Empfindung hatte Philip Kobal seit je nur in der leeren Welt, genauer: auf dem leeren Feld, den leeren Fluren, die sich so erst mit Ahnung bevölkern können – was ihm genügt

Schön ist nur, wer (oder was) *für sich* schön ist

Das Worte-Finden, auch im Zorn, ist eine Art von Besänftigung – im Zorn die Besänftigung einer zuvor wortlosen Wut; nur in solcher Art von Besänftigung entsteht eine poetische Sprache

Ein Sündenfall Philip Kobals war es, daß er angefangen hatte, zu meinen, in der Schule damals, gezwungen. Und dann war er immer wieder ein Meinungssklave, unglücklich, ohne zu merken, warum; dann hielt er inne und ...

»Göttliches«, im Sinn des Juan de la Cruz, erfahre ich nur, indem ich mich auf das besinne, was ich liebe. Es wird nicht erfahren, indem ich mich auf einen »Gott« besinne

Verb für den Pyramidenberg nach dem Regen: »dampft ab« (am Felsfenster, morgens)

Ich sehe, ich erkenne: Es hilft nur Teilen, es hilft nur Zusammen-Halten. Allein geht es nicht. Allein darf nicht sein (23. Dez.)

Ich ging auf einer nächtlichen Überlandstraße, wo zugleich die vielen Entgegenkommenden klar sichtbar waren, auf einen Tunnel zu, welcher die Grenze zu einem anderen Kontinent, ja sogar einer anderen Welt bildete. Diese konnte auch das Nichts sein. Es war aber etwas Aufregendes an dieser Nichtserwartung, und aus dem finsteren Tunnel kamen mir dann mehr und mehr fremdartige Gestalten entgegen, Verkörperungen des Grenztunnels selber, Grenzmenschen einer Grenzrasse mit wie tibetischen Gesichtern, langen, schütteren Bärten und einem Ränzel auf dem Rücken, Wächter, Tote und Pilgersleute in einem. Ich bewegte mich auf den geradezu farbigschwarzen Tunnel zu, bange, gefaßt

»Die bräutliche Seele«, Juan de la Cruz – herrliches Beiwort. »Einmal war seine Seele bräutlich gewesen …«

Einmal hatte Philip Kobal sich kränken lassen und sich daraufhin einen abgesonderten Bereich schaffen müssen, und da zu meinen angefangen. Das Meinen war die *schlechte Innerlichkeit*; und so besehen, sind die Zeitungen das Muster dieser kranken Innerlichkeit. Und gab es dagegen eine gesunde Innerlichkeit? Dazu erinnerte ich mich an den Aufblick gestern, zu den Spatzen, hintereinander in der Dachrinne, dem der auf den Fasan, würdenträgerhaft spazierend durch den Garten, vorausgegangen war – gesunde, gesund machende Innerlichkeit war demnach der beseelte Aufblick

Lernen konnte Philip Kobal vor allem von jenem, den er, ohne dessen erklärter Schüler zu sein, insgeheim belauschte – der Lehrer als der Belauschte

Der Gegenwartslose – gegenwartslos ist geistlos – nimmt mir die Zeit (24. Dez. 1984)

Die Leute, für welche Gott eine Gewohnheit ist, sind verschlossen für das Ereignis des Göttlichen

»Geist«? Mit »Geist« meine ich vielleicht nur: »Klärung des Problems«

Mit einem Lächeln oder einem Lachen fing bei Philip Kobal das Sprechen, das Dankbarwerden, das Erzählen an

So zerstörerisch, Frau, bist du, weil du ohne Abgrund bist

Das Moos für die Weihnachtskrippe holten die Kinder vom Friedhof (gestern in Morzg)

Große kleine Ereignisse: Gerade etwa kam die Katze von draußen herein, und an ihrem Fell spürte ich den nirgends sonst noch wahrnehmbaren ersten Schnee, die förmlichen Flocken. Warum ist das ein »großes Ereignis«? frage ich mich. Weil daran der Gang der friedlichen Welt seit altersher und jeher sinnfällig wird; »Sinnfall« wird. »Seit jeher« vergeht nicht bloß, sondern ereignet sich so ein Bild, als Handgreiflichkeit, und wölbt sich – ja, das ist sein Verb – aus dem Zeitvergehen auf zum dauerndfrischen Bild der Welt, oder Welt-Bild (25. Dez.)

Der Weg nun über die Stadtrandfelder: Der Schnee, der erste in diesem Winter, fiel vorbei an den Sträuchern mit den Schneebeeren. Zuerst stürzten nur harte Graupelkörner herab, auch in den Kanal, wo sie tief untertauchten. Dann wurden die Graupeln durchkreuzt von Flocken, die schwebten, als hätten sich an den Graupelkugeln Fallschirme geöffnet. Auf den schmalen Asphaltwegen zwischen den Feldern blieb der Schnee zuerst liegen. Auf dem Hauptfeld traten dann schon die Kinder Spielzeugschneepflüge, als hätten sie Schi angeschnallt. Dann im Dorf M. auf den umgebenden Dornenhecken einzelne Flocken aufgespießt von den Dornen, die Flocken ebenso aufgespießt wie die Graupelhartkugeln, Kristalle neben massigen Bällchen. Dann Tausende von Staren, Amseln, Meisen und Spatzen in dem einen unabgeernteten Apfelbaum, all die pausenlos angepickten und gebissenen Äpfel von den Schnabelhieben schwankend, der kahle Baum voll von den hellen Äpfeln und den meist dunklen Vögeln, und ich dachte unwillkürlich: »Das habe ich noch nie *gelesen*!« Einmal dachte ich unterwegs im Schneien auch, Trakl habe sämtliche seiner Gedichte in einer Zone des Todes geschrieben. »Es schneit klein«, hatte ein Entgegenkommender gesagt

Die Weltsprache? Ja, die Weltsprache des Nachdenklichen

Das Herrlichste dieses Tages – neben dem Schnee im Fell der Katze am Morgen, noch bevor der Schnee irgendwo sichtbar fiel – hätte ich fast vergessen: meine Ankunft vor der verborgen fließenden Quelle im Morzger Wald, und mein Antrieb, diese Quelle jemandem zu schenken: die Geschenkidee »Quelle«

Er sah sich als der Blasebalg der Träume, die von ihm ausgingen (26. Dez.)

An den Feiertagen in Ö. waren die Leute, spazierengehend, seit je? lauthals mit dem Totsagen ihrer Nächsten beschäftigt. Bleib du an den Feiertagen zuhause, oder geh erst im Dunkel aus deinem stillen Haus

Ein anderes Lügenmärchen (= Die Wiederholung): die Lüge als Märchen, die märchenhafte Lüge, und also erfreulich. Indem ich entschlossen lüge, mit Vergnügen, entsteht das Märchen

Wieder einmal lag der Großvater im Sterben, und die Rede davon ging um im dicht bevölkerten Dorf. Und ich war wieder einmal nicht bei ihm, machte Hausputz. Mein Haus war voll von nackten Säuglingen: Probe-Säuglinge für die erst noch zu gebärenden

Nachdem Philip Kobal wieder einmal lange am Waldrand unter den sausenden Fichten gehockt hatte, fiel dann der Mutter, bei seiner Rückkehr ins Haus, seine »schöne Stimme« auf

Auf einen Fund hoffe ich nur noch in mir selber (anders als in der Kindheit)

Vergleiche für nichts Vergleichbares: »wie ein Schlittschuhläufer, wenn er vom Eis auf die Erde übertritt«

Ist die Erwartung tot, wird der Tod erwartet (einmal erlaube auch ich mir ein Sprachspiel)

Ein Moment Schlaf, und manchmal stürzt sich da eine ganze Götterwelt auf den momentweis Schlafenden

Ich ging am hellen Tag auf der verschneiten Dorfstraße. In einem Schneehaufen lagen zwei nackte kleine Gliederpuppen. Aber als ich näherkam, waren es winzige Kinder, mit Beinstümpfen. Sie regten sich da, halb vom Schnee bedeckt. Ich hob sie sofort auf und spürte die Eiseskälte ihrer Stümpfe. Ich fragte sie, woher sie kämen, doch sie lächelten nur in meinen Armen und strampelten. Ich fragte Vorbeigehende. Ein halbwüchsiges Mädchen wußte es endlich: die beiden kleinen Kinder stammten von einem Bienenzüchter und einer Musiklehrerin, »getrennt«, »geschieden für immer«, »die kommen nie mehr zusammen«. Mit einmal, die Winzlinge in der Armbeuge – sie mußten, sollte es nicht zu spät sein, sofort ins Warme – spürte ich die Tragik der Eltern, von Eltern überhaupt

»... der Ausruf des heiligen Franziskus: ›Mein Gott und alle Dinge!‹« (Juan de la Cruz; der allerschönste aller AUSRUFE; s. »Eine Kultur habe ich nur, wenn ich ausruffähig bin!«, Langsame Heimkehr)

Das Gerede, das sich alphaft oder mehltauhaft auf die Seelen legende, war von den Städten auf das Land, in sein Dorf, gekommen durch den Krieg, als eine Art dieses Krieges (1939–1945); und da im Dorf seit damals der Krieg stattfindet: »Stumme Welt, mein einziges Vaterland!« So war es nach der Kindheit (28. Dez. 1984; manchmal die schöne Versachlichung, das Datum zu einem Gedankenbild hinzuzuschreiben, »das Gegebene«)

Ich drang ein in das psychiatrische Krankenhaus und ging friedlich geradewegs durch den Garten. Beim Seitenblick aber auf einen verkachelten Bereich spürte ich den Mordzwang. Ich hatte schon öfter getötet und würde nun wieder töten. Der Mordzwang war erwacht durch den Seitenblick, auf die Kachelwand. Beim Weitergehen durch einen langen düsteren leeren Kachelflur lag da eine eingeringelte Schlange, die ich jetzt noch als schmerzendes Knäuel in meinem Brustinneren spüre. Ich wollte, ohne auszuweichen, mutwillig über sie steigen, doch sie richtete sich auf, Springtier, bereit, mich in die Augen zu beißen

Es gibt ihn, den Freisprecher in mir, den zeitweiligen Erlöser, den Lassenden, Erlassenden

Juan de la Cruz' Beiwort für die Berge: »würzig« (Spanien, Steppe)

Ich saß in einem dunklen Gastgarten im Karst, mit Blick auf nichts. Die Tische standen in Reihen hintereinander. Ganz hinten an einem Tisch saß ein langjähriger Freund, eben angekommen. Wie selbstverständlich blieben wir, er und ich, obwohl wir uns nun zufällig so wiedergetroffen hatten, jeder an seinem Platz sitzen, tauschten nur ab und zu – ich über die Schulter blickend – eine Bemerkung aus. Ich übersetzte für ihn aus dem Slowenischen. Zwischen uns war ein leerer Tisch, auf dem eine zerknüllte Landkarte lag. Ihretwegen schreibe ich den Traum auf (29. Dez. 1984)

Nach Juan de la Cruz ist der »Tastsinn« der Seele ihr Wille, und das »Gehör« der Seele sei ihre Erkenntniskraft; so, sich vorwärtstastend, wird sie imstand, zu vernehmen »das Flüsterlied der Luft, der liebevollen«. – Mein »Tasten« wäre das Gehen, wodurch ich dann auch höre

Was ist für mich das Schreiben? Entzifferndes Wiederfinden der Kindheit

»Die hohe Freude«: das Beiwort trifft es. Ich empfand sie heute, auf der Stadtrandwiese, über die sich aneinander mir nichts, dir nichts vergnügenden Kinder. – Aber warum genügt dann so wenig, mir dieses Lebensgefühl zu entziehen und ein Totgewicht gegen das Brustbein zu knallen wie eine Abrißkugel? Eine kurze Zeit nur mit jemandem, der mir nur vor den Augen fuchtelt und »in den Ohren liegt«, achtlos um jede Grenze, achtungslos um jede Schwelle, lieblos ständig und billig vom Lieben plappernd: und in mir pocht nur noch jener Schmerz des Totgewichts. Es ist schon so: Es gibt sie, die menschlichen »Ent-Fruchter« (nicht nur »Entkerner«). – Aber immerhin kam dann nach einer Stunde Gehen im Schneefall wenigstens – siehe hier – eine gewisse Sprachlust zurück

Ich begegnete, o Wunder, einer Familie, die »in der Zeit lebte«, d. h. die, als Familie, die Zeitlichkeit weihte: die Familie der Wiederholung. Die Zeitlichkeit weihte? Ja, den Morgen, den Abend, den Feierabend – s. das samstägliche Hofkehren –, die Jahresfeste, vor allem Allerheiligen, zur Zeit, als die Toten der Familie noch ausschließlich die im fernen Land kriegsweise getöteten und dort auch verscharrten Söhne waren. Die geweihte Zeitlichkeit: Gefühl von klarem Dunkel, Geruch von Weihrauch gemischt mit glimmendem Buchsbaumholz (die Familie Kobal)

Ein schönes Warten: nachts, im leichten Schneefall, vor einer Telefonzelle, während eine Mutter im Hof des Mietshauses mit ihrem Kind lieblich über den Schnee redet (30. Dez.)

Die Schneeflocken gaben dem Philip Kobal seit jeher das Stirngefühl, Geschöpfgefühl, Geistgefühl, Firmamentgefühl; auf der Erde stehend, ruhig, vom Firmament berührt, ohne Ekstase

Juan de la Cruz' Beschreibung der Musik des Schweigens, »herrlicher als alle Melodien und Reigen der Welt«: so erfährt man lesend, daß man nicht allein ist

Daß, was ich spüre, keine Freude ist, sondern daß ich sie mit etwas anderem (Außer-sich-Sein, Glück, Aufregung) verwechsle, erkenne ich an meiner Achtlosigkeit, etwa im gleichzeitigen Umgang mit Dingen

Liebe gewinnt Gestalt durch die Erinnerung an etwas, was das Geliebte einmal, einst, gesagt hat. Die Liebe, gewußt, aber nicht im Blut, gerät so in den Blutkreislauf – gewinnt Gestalt –, indem du, Geliebtes, meine innere Stimme wirst. Und sofort, jetzt, zieht es mich zu dir, und ich will dir gut sein (ich dachte an A.s Bemerkung vor Jahren schon, von den Katzen, die meinten, in dem einen Hausfenster schneie es, in dem nebenan aber nicht – dort strebten sie hinaus ins Freie –, angesichts der Fenster jetzt, in denen allen der Schnee fällt)

Die zwei betrunkenen Jünger von Emmaus gestern im Gasthaus am Fluß; der eine lallend, der andere schweigend; als hätten sie beide gerade Ausgang aus einer Knechtschaft in eine episodische, doch wiederholbare Freiheit. Der Lallende sprach so laut wie vollkommen unverständlich, bis auf das immer wiederkehrende Wort »Schnee«

»Der Coitus als Bestrafung des Glückes des Beisammenseins« (Franz K.)

Es war schon vorgestern, der starke Moment mit einer jungen Frau, die ich nach Jahren wiedersah. Als sie von sich sprach, von ihrem Tag, ihrer Arbeit, ihrem Lesen, irgendwelchen Kleinigkeiten, vielleicht einem Schuhkauf, spürte ich, wie in solchem Reden, in solcher Erzählung, die Geschichte der Menschheit Stimme wurde. Der Schuhkauf, oder das Erwachen am Morgen, oder das Reden von Augenbrauen oder brüchigen Fingernägeln nahmen Gestalt an, hell von Bedeutung. Es waren Glieder, die – nicht eine Menschenkette, vielmehr eine luftdurchlässige Schrift aus menschlichen Handlungen, Verrichtungen, Gegebenheiten bildeten, jede Einzelheit eine ergreifende, herrliche, erhabene Letter. Und in den Sinn kommt mir jetzt noch dazu das Weglaufen einst dieser jungen Frau, einer Grundschullehrerin, zu ihrer Schule, weg zum Nachmittagsunterricht, Laufen zwischen Pfützen, vor dem Bahnhof von Versailles, etwa im Mai 1978, und, und …, geschichtliche Handlungen das alles – so wie ich selber gerade das Ausbreiten des Tischtuchs für mich und mein Kind als solch eine geschichtsträchtige Handlung erlebte

Aufwachen wollen mit dem EOAE Vergils; aber oft ist im Erwachenden kein Selbstlaut – überhaupt kein Laut. Das Rauschen des Bleistifts auf dem Papier erst bringt manchmal zum Mitlauten, dann Selbstlauten, dann Hören und Schauen (31. Dez.)

»Alle neuen Freuden dienen der Seele mehr zur Erinnerung, damit sie an dem, was sie schon besitzt, innigere Freude hat.« (Vom Göttlichen *»überformte«* Seele:) »Es ist wunderbar: Auch ohne erneute Freuden ist es der Seele, als ob sie immer neue empfänge ...« (Juan de la Cruz; in Blockbuchstaben zu notieren)

»Mit den Frauen habe ich es nicht gehabt in der Allee«, sagte der Maler (gestern, als wir durch die Hellbrunner Allee wanderten), »aber mit den Büchern.« Und: »Schau, die Flächen der beschneiten Baumrinden: manche Flächen sind unheimlich!«

Das neue Jahr: die Katze trank auf der Schwelle die warme Milch, und der Zuschauer trank mit (1. Januar 1985)

Wie konnte die Liebe entstehen? Auch durch das Sichfreuen zweier Menschen an einem Dritten; durch das gemeinsame Gewahrwerden der Kindhaftigkeit eines Dritten

Ein Erleuchteter erleuchtet, allein mit seinem Gruß, einen anderen, einen Entgegenkommenden

»Hölle« ist salzburgerisch auch der Ort, in dem man etwas bergen und verbergen kann, z. B. der Raum zwischen Kachelofen und Wand (2. Jan.)

»Sich schmiegen an das Warten«: diesen Ausdruck lernte ich aus dem heutigen Traum. Wäre das Erwartete eingetroffen, hätte dieser Zustand der Vollkommenheit, das Sichschmiegen ans Warten, nicht angedauert (3. Jan.)

Juan de la Cruz vergleicht die göttlichen Werke und Ratschlüsse mit dem Dickicht, dem Unterholz, dem vielfältigen Baumgrün: »In ihrer unabsehbaren Zahl mögen sie wohl ein Dickicht genannt werden«, und »die Seele will da hinein«, »bis in das Herz von grünen Irrgewinden«. – Er hat einfach gesehen, was, von Kind an, der Fall ist

All die Erfahrungen, die Juan de la Cruz so genau und begeistert beschrieben hat, warten immer noch auf die Menschen. Diese sind dazu da. Aber wie nur heute sagen statt »Gott« und »Christus«?

Das Allerwohltuendste an einem Menschen: Weisheit. Und die allerwohltuendste Weisheit? Die Weisheit der Erzählung

»Ich habe keine Zeit mehr«, schrieb Kafka beim Ausbruch des Weltkriegs, und dann doch: »Ich habe Zeit.« Und er schrieb weiter

Die hohe Ruhe eines Mißachteten; eine »tiefe« Ruhe ist es nicht; vielleicht ist es aber die höchste Ruhe

Zu »Gott« und »Christus«: Vielleicht kann man die Frage oben, welche Worte verwenden?, aber doch, mit Juan de la Cruz, beantworten, ohne dabei einen Gott zu benennen oder einen Mittler, so: »Die Seele wirkt nicht mehr allein«

Kafka, Franz, ewiger Heranwachsender vor der Tür des Geistes, man kann dich endlich doch nur lieben

In Gesellschaft mehrerer kann ich mir eigentlich nur beim Fehlermachen zuschauen

Die Hymne entsteht am Saum; »hymnos«, das Band, der Saum

Kindisch erschien gestern auf den ersten Blick der erwachsene Schlittenfahrer. Dann zeigte sich in seinem Rücken, da angeschmiegt, ein kleines Kind. Und das ganze Bild wurde kindlich (5. Jan. 1985)

Wieder die Weisheit der Vorzukunft: Morgen wird der Raum, in dem ich heute bin, Raum gewesen sein (heute ist er es noch nicht)

Philip Kobals Kindheit bestand aus einer oft verlegenen Stummheit. Die Verlegenheit blieb ihm dann, aber leider nicht die Stummheit. Die Verlegenheit, indem sie nicht mehr stumm bleiben konnte, verstärkte sich

»Die Seligkeit«, so Juan de la Cruz, »wird von der Seele immer vermißt.« So ist es. »Daher der Schmerz.« So ist es

In »Langsame Heimkehr« – ich lese mein Buch gerade in einem herrlichen Englisch, so still und dinghaft, wie es ein Englischschreibender wohl schwer schaffen kann – ist keine kalte, pompöse, sondern eine warme, süße Feierlichkeit. Diese Erzählung lesend – wäre sie nicht übersetzt, hätte ich sie vielleicht nie mehr gelesen –, fühle ich starke Verpflichtung

Du, dich an dir freuend, erfreust mich. Ich, mich an mir erfreuend, erfreue

Erkennen ohne Objekt, einfach »ich erkenne« (ohne »etwas«), das macht die Kunst (6. Jan.)

»O Wunde, lind zu dulden« (Juan): Genauso ist das ruhigste Daseinsgefühl; das Angekommensein, auf Erden

In einer Erzählung müssen die Personen Seelen haben, besser: die Seelen der Personen müssen im Gang der

Erzählung entdeckt werden (und das denke ich, gerade wieder einmal ein völlig seelenloses Buch lesend, selbst dabei einschrumpfend)

»Also öffne dich. Der Mensch komme hervor. Atme die Luft und die Stille« (Kafka)

Verb f. d. Seele (bei Juan de la Cruz): »ballt sich zusammen« (mit Gott)

Was mich manchmal noch daran hindert, Künstler zu sein: daß ich mich, wenn ich etwas geschaffen habe, hin und wieder gut finde (15. Jan. 1985)

»Viele geistlichen Meister fügen den Seelen großen Schaden zu. Sie begreifen nicht die Eigenwege des Geistes. Und so lassen sie die Seelen jene zarte Salbung verlieren, womit der Heilige Geist sie für sich selber vorbereitet, und lehren sie mit selbstgebrauchten oder irgendwo angelesenen Weisen auf der Erde zu kriechen« (Juan)

Glücklich ging ich heim von der Arbeit und sah, als ich aufschaute, im beleuchteten Flur des Krankenhauses eine Silhouette sich dahinschleppen (18. Jan.)

Die Grundbedeutung von »schenken« ist »schief halten« → »zu trinken geben«

Das Wort, die Sprache, nach Juan de la Cruz: »würdiges Atemholen«

»Seinesgleichen« sah Philip Kobal immer nur auf Bildern, auf Gemälden, oder hier und da unter den Passanten (20. Januar)

Nur der Schöpfer, in seinem Glück und seiner Angst, kann sagen: »Gott!«? Nur er kann einen Gott anreden, ihn aussprechen, ihn aus sich heraussprechen, damit er, in seinem Glück wie in seiner Angst, ein rettendes, beruhigendes, ihn versachlichendes Gegenüber habe (22. Jan.)

Es gibt zumindest einen (1) Sinn der Kirchenräume: Ich möchte dort denken, wo alle denken

Meine Bangigkeiten – fast ein Todesbangen – rühren immer wieder daher, daß ich mich den Herrlichkeiten der Welt nicht gleich auf gleich fühlen kann

»Ruft man sie [die Herrlichkeit des Lebens] mit dem richtigen Wort, dem richtigen Namen, dann kommt sie. Das ist das Wesen der Zauberei, die nicht schafft, sondern ruft« (F. K., 18. Okt. 1921)

»Haus verliert nichts«, sagte die Haushälterin, als ein Gast lang nach etwas suchte und es endlich fand

Was Philip Kobal gefehlt hat und immer noch fehlt, das ist der große Lehrer, und zwar von Angesicht zu Angesicht, nicht nur erfahrbar aus der Lektüre, der Betrachtung von Werken, sondern der Lehrer als Körper, als Jetziger, als vor ihm Anwesender (28. Januar)

Morgengebet / Abendgebet / Nachmittagsfluch

Philip Kobal hatte niemanden, dem er Fragen stellen konnte – die dringlichen, die dramatischen, die entscheidenden Fragen –, niemanden als seine tote Mutter, und vielleicht dann und wann ein Kind

Wie war es mit den Liedern der Beatles, der Rolling Stones, der Creedence Clearwater Revival? – Sie haben mich »gehoben«, wie man einen Schatz hebt

Die Zeitungsfrau, deren Mutter begraben worden ist, weinend: »Nun kann ich zu niemandem mehr Mutter sagen«

Philip Kobal spürte, wie er seiner längst verstorbenen Mutter immer fremder wurde, und spürte auch, das war recht so

Er sagte zu sich selber: »Ich bin glücklich. Aber ich bin nicht guter Dinge. D. h. ich bin glücklich ohne Gegenwart von Dingen. D. h., ich bin auf eine Art unglücklich. Nicht nach dem Glück streben, sondern danach, guter Dinge zu sein!«

Das Abstoßende an der Christenreligion: daß es Verdammte gibt (dachte ich wieder einmal)

»Schrecklich pünktlich«: ja, der schrecklich Pünktliche

»Es gibt kein Ding der Welt, in dem kein Gebot wäre«, sagte Mosche von Kobryn. Und ich sah dazu die paarweise hängenden Haselkätzchen als Bergescheren

Eine der größten der Schmerzen: nicht helfen zu können (31. Januar)

Gestern stapfte ich gemeinsam mit einem unbekannten Kind, auf dem Heimweg von der Stadtschule zu dem fernen Dorf, durch die Schmelzeisebene. »Ich bin der mit dem weitesten Schulweg«, sagte er. Und bei der Abzweigung endlich heimzu hörte ich ihn dann pfeifen und schließlich in Haustürnähe sogar jodeln, das erste schöne Jodeln, das ich in meinem Leben hörte (1. Febr. 1985)

Im Schnee lag die Rehlosung als die Augen eines Würfels, eine glückliche Sechs

»Jeder soll sich mit seinem Herzen das Stehen am Sinai vorstellen« (sagte der Rabbi Menachem Mendel von Kozk)

Teilnehmen, Anteil nehmen, kann ich immer noch nur an denen, die allein sind, oder, gerade noch, an einem Paar, oder an einer Fußballelf

Die »Alternativler« wirken auf mich nicht als die Boten einer anderen Welt, sondern nur als Spitzel (keiner Welt)

Jemand erzählte weinend von einem gerade Gestorbenen: »Er hat noch vierzehnmal Schmerz gehabt«

Voll Durst auf ein Bier wartend, in einem bevölkerten Gastgarten, wurde Philip Kobal zum Begräbnis seiner Mutter gerufen und erwachte

Die Katze endlich wieder draußen in der Sonne: wie entfernte, ausgehakte Winterfenster (4. Febr.)

Jede Gewißheit wird gefolgt vom Zweifel, und so, nur so?, ist der Zweifel richtig

Trauer, gewürzte Augenwinkel

Die körperliche Vereinigung als eine Art des »Tauchbads«, dann und wann

»'Cause four guys from England / Took us all by the hand / It was time to laugh / Time to sing / Time to join the band« (So besingt John Fogerty die Beatles-Zeit)

Am letzten Schultag hier gingen zwei Buben in der Dämmerung mit ihren Taschen auf dem Rücken, und eins der Kinder machte dem andern die Bewegungen eines unter- und auftauchenden Delphins vor (14. Febr. 1985)

Der, oder die, Schreckliche: er, oder sie, hat keinen Funken Größe in sich (und so wenige Menschen gibt es, die gar keine Größe in sich haben). Und sie gerade werden und sind dann die Größen-Wahnsinnigen. Es ist bei ihnen nicht Sehnsucht nach der Größe, sondern ein *wahnwitziges* Verlangen danach. So wenige sind sie, und sie zerstören doch seit je das Erd-Reich (14. Februar)

Lobend lebe ich auf

Es zeigt sich etwas zu Bedenkendes; macht sich stark fühlbar. Aber ich bleibe bedenkunfähig. Dennoch erscheint mir eine solche Denkunfähigkeit als ein starkes, wahres, ein bleibendes Gefühl. Vielleicht darf auch es, gerade es, »Denken« genannt werden?

Am besten sehe ich Bäume (16. Februar); »Get out of town«, singt dazu gerade Neil Young, und das werde ich jetzt auch tun; »Bäume, Schrift meines Lebens!«

Der erste Grashalm des neuen Jahres, die erste Gras-Insel

Die Natur hat nichts zu bedeuten neben einem Menschenauge

Ohne Ahnung gehörst du zum Pöbel. Ich spreche nicht vom »Wissen«; auch der Pöbel »weiß«

Das Kind hat recht, dem Gebrechlichen nicht zu helfen; dieser soll es allein schaffen – und schon baumelt der Krückstock frei über der Stuhllehne

Bei dem Mann, der gestern nacht durch die fast leere Halle der Gare de l'Est ging, mit einem kleinen Schlitten, dachte ich an Emmanuel Bove (17. Febr.)

Verb für den Windglanz in den Bäumen: »währt«

Ein Tag, der seine Bedeutung bekommt und überhaupt erst anfängt mit einer Zahl, etwa heute, 18. Febr. 1985: »Die 368 Toten der BELGRADO« (des von den Engländern versenkten argentinischen Schiffs) – ich erlebe diese Zahl als Inschrift (s. Goethe und die Gedichte in »Inschrift«-Form)

Philip Kobal legte sich zum Abschied von seiner Landschaft die Hände seines Vaters auf die Stirn

Zurück im Eiszapfenmorgenlicht – zurück im mitteleuropäischen Winter. Auch im Ausland – auch in Frankreich – war es kalt. Aber hier herrscht *unsere* Kälte

»Wie die Zeder, erhaben und unfruchtbar«, heißt es in den Chassidischen Geschichten; und doch befruchtet die Zeder: den Blick, die Anschauung

Was sollte einem Volk geschehen, wenn so etwas eintritt wie ein Staatsempfang eines Kriegsverbrechers durch einen Vertreter dieses Volks (Ö.)? Es sollte, wie ein Mensch, zittern an allen Gliedern. Und solch ein Volk wünsche ich hier herbei

Mutter und Kind schliefen immer gemeinsam, das Kind mit dem Hintern in der Schultergrube der Mutter: das tat der gut, denn es schmerzte sie oft der Rücken

»Der Mensch muß zu Gott schreien und ihn Vater nennen, bis er sein Vater wird«: das ist Lehre!

Die Vögel mit ihren Stimmen in der Kälte: brüderliches Gefühl

Pleonasmus vom »streitbaren Geist«: der Geist *ist* streitbar

Die eine Schauspielerin, um Tränen in die Augen zu bekommen, stellt sich ihre tote Mutter vor. Die andere stellt sich die Welt vor: Nur diese Schauspielerin macht es gut und ist groß

Erlösungsgefühl in Ö. über jeden Krüppel, jeden Stockhäßlichen, jeden Idioten, jeden offensichtlich Einsamen

Man kann sagen: »Es ist mir zum Weinen zumute«, aber nicht: »Es ist mir zum Lachen zumute«?

Philip Kobal, allein und verlassen, hatte das Bedürfnis, sich zu schmücken

Die alte Frau gestern im Krankenhausflur, wirr, die Füße in blauen, durchsichtigen Zellophanhüllen, ein Auge zugeschwollen; sie fand ihr Zimmer nicht, öffnete und schloß im Flur, jeweils sehr sacht, die Türen. »Alles, was mir bleibt, ist ein bißchen Gehen«; »je mehr man sucht, desto weniger findet man«. Die seitlich unten an die Hausfront der Prosektur angebrachten, ins Leere führenden Portale (20. Febr. 1985)

Wortverwandtschaften: zwischen »Schlaf« und »Schlamm«, dieser ist eigentlich »träge Masse«; »Schlaf« und »Schläfe«, dieses ist ursprünglich dasselbe Wort wie »Schlaf«: die »Schläfe« (slaf) ist so benannt, weil der Schlafende darauf liegt

Vereinzelt euch, Gruppen, jeder vereinzele sich – damit wieder, wieder?, neu, endlich, ein Volk wird

In der *Gesellschaft* von Köchen, Zimmerleuten, Landarbeitern, Wahnsinnigen, Alten, Kindern – in der *Meute* von Lehrern, Anwälten …

Österreich: die »Blickfänger« (wie »Hirschfänger«)

Jener Rabbi, der beim Lesen eines Sündenregisters lacht: »wie er lacht, kommt ein Hauch der Mildigkeit über die Welt«

»Er lernte das Lied, mit dem die Frösche Gott lobpreisen. Es dauert sehr lang, bis man dieses Lied erlernt«

Noch einmal »Schlaf und Schläfe«: dem schlafenden Kind über die Schläfen streichend es erziehend (21. Febr.)

Schon vor der ersten Dämmerung erschallen durchs ganze Land die Unstimmen der Hundehalter mit ihrem »Fuß!«

»Es ist nicht meine Sitte, ein Haus zu betreten, in dem kein Wanderer ist«, sagte der Wanderer

»Wiederholen«, althochdeutsch WIDARHOLŌN = ZURÜCKRUFEN

Gott wird nachbiblisch »Ort« genannt

Verb zur Schwermut: »befällt«

Eine wahre Empfindung bleibt nie innerlich; sie wirft *entschlossen* den Blick aus nach einem Gegenstand, erfaßt ein Ding – und sei diese Empfindung auch Gleichgültigkeit: Hauptsache, *entschlossen* (24. Febr.)

»Der Laufschritt«, so unpassend zu einem Kind; dagegen »der Hüpfschritt«. Aber jene totalitär erzogenen Kinder mit den Laufschritten

Ein Tag voll eifrigen Tauens heute, mit dem Frühjahrswind an der Stirn, Tag der Dachlawinen, Tag des tiefen Einsinkens der Katzen in den Schnee, der sie nicht mehr trägt; und zusehends sticht aus dem schmelzenden Schnee der Salbei, zusehends (25. Febr.). »Im Beisein des Tauens«: Erwartung des ersten Zitronenfalters; und im Tauwind schwebte eine weiße Feder in den Taumorgen

Wohlgefühl seit jeher, wenn ich jemanden mein Deutsch mit einem, gleichwelchem, ausländischen Akzent sprechen hörte

Sie sagte, es sei undenkbar, nicht ständig verliebt zu sein

»Schawat« = innehalten = feiern

»Auf der Suche nach Schneeglöckchen geriet Mittwoch ein siebenjähriges Mädchen mit der Hand in ein Fangeisen. Die Ermittlungen über Schuldige sind noch nicht abgeschlossen.« Die Welt? Die Erde? (28. Febr. 1985)

Morgenansprache ans Kind: »Na, kleines Volk!« (1. März)

Die Frühjahrsvögel singen, als seien sie hier im Haus; als sei im Haus hier ein Vogelzimmer

Der Himmel: »die Meßschnur« (chass. Geschichten)

Der Ausländer sagte, schon wenn er sich hier im Inland zu Wort melde, zu reden anfange, spüre er das Weghören, das Gelangweiltsein der Zuhörer, der Inländer, ihm, dem Ausländer, gegenüber

Als sei in den Höhlungen der dicken uralten Weiden am Karstsee mit Gewißheit etwas zu entdecken – und auch wenn diese Höhlungen leer wären (noch einmal der See von Doberdob, = »Guteich«, 4. März 1985)

Zuversicht ergreift mich beim Anblick von Schülern, nicht aber von Lehrern

Endgültig und tödlich wurde Philip Kobals Familie entfernt, die doch die Allfamilie war, gebildet aus einer hungernden, elenden, mitten auf der Straße auf dem Bauch liegenden, beim Stehlen einer Rübe erwischten, schwarzgekleideten alten Frau – die Rübe, rot, entwand man ihrer Faust –, seinem, Philips, suchenden, aber nicht fragenkönnenden Ich, und seinem abwesenden, verschollenen, hilflosen Kind, so daß am Schluß, in einem dunklen leeren Flur, nur noch ein Aufschrei blieb, ein Aufschrei, mit dem auch noch der allerletzte der Allfamilie – der damit zugleich angeschrien wurde – zu Nichts wurde. Und dieser Aufschrei lautete: »Es gibt uns nicht mehr!«

»Der Tiefschlaf der Verzweiflung«: an diesem sollen die kleinen Kinder gehindert werden. Und »die Kinder«, das ist für den chassidischen Rabbi das Volk

Und wieder erlaube ich mir ein Wortspiel: »An diesem Menschen ist ein Künstler verlorengegangen«: Aber leider geht an manchem Künstler ein Mensch verloren

Begeisterung, bedacht, besonnen und geformt, kann kein Irrtum sein, und wird nicht vergehen; ist unvergänglich

Der »mittlere« Künstler: In dem, was er »so tut«, voll naturgegebenen Spieltalents, wird kein Problem sichtbar – »Problem«: griech., »Vorgebirge« –, kein »Wie denn nur?« Der freilich, welcher nur das »Wie« vorführt, ist genauso »mittel«, und dazu auch noch wichtigtuerisch. Derart treffen sich die Traditionalisten und die Avantgardisten

Streit ist nur möglich mit dem Geist; also streite nicht mit der Polizei! (ermahnte ich mich selber)

Der »gute Umweg«, oder: Der Umweg ist gut

Morgendämmerung: die Vögel sitzen singend auf den Zäunen und sind ansprechbar. »Guter Vogel!« sagte ich, und die Amsel wendete den Kopf nach dem Sprecher, wobei aus dem Düster das Gelb ihres Schnabels entstand (7. März)

»Alles Volk brach in Tränen aus«: wenn das in Ö. nur einmal möglich wäre

»Und«: Klavierübungsklänge aus einem Souterrain, und ein schultaschenschleppendes Kind

»Du weißt ja gar nicht, was du bist: Göttliches Gesetz!« sagte jemand. Es war der letzte Satz des Traumerzählers, und die Betonung lag auf dem zweiten »Du« (8. März)

Oft *spielte* Philip Kobal den Fremden bloß. Und warum? Weil er sonst gar nichts war. Oder: Er war allzuoft ein »verwirrter Fremder«, statt ein »klarer Fremder«

Niemand kennt wohl das Gefühl der Verworfenheit so wie ein Künstler; am ehesten noch der Verbrecher

»Sehlustfeindlich« (Feuilleton)

»Lebensgeister«: die Spatzen am Morgen (10. März)

Eine Art Despotie: seelenlöschende Seelenlosigkeit

Gestern bewegte ich mich taglang in einem Gefühl der Sicherheit, das mir erst jetzt, da ich es aufschreibe, als trügerisch erscheint (12. März)

Es war einmal: Ich bettete das Kind an mein Herz

So viele verleumden ihr eigenes Erlebnis, und so hört dieses auf, zu sein

Was wahr ist, muß auch schön sein; oder: das Wahrheits-Ereignis ist, so tragisch es auch sein mag, immer ein Schönheits-Ereignis; oder: der Durchbruch zur Wahrheit ist ein Ereignis an Schönheit (21. März)

Philip Kobal war zu jedem Kampf bereit, der würdig war; aber die meisten, heutigen, Kämpfe waren unwürdig. Und so drang er allmählich zurück zu der aufrührerischen Haltung seiner verschollenen Vorfahren

Ich, Schreiber, beharre auf meinem Wort, welches das unsere ist

Philip Kobal war ein »ordentlicher Mensch«, und zugleich der Antipode zum »Ordnungshüter«

Ich bestehe aus mir selber: kein besseres, kein schöneres Orakel

Wilde Schneeschmelze im Föhnsturm; wildes Blauen; wildes Rinnen; sanftes Singen der Vögel

Weh: als der Anfang des Lebensgefühls

Zeitangabe: »Am Tag der Freude an der Lehre«

Das Böse hat in der Schrift nichts zu suchen. Es muß daraus verjagt werden, ins bloße Sprechen (24. März)

Wieder, wieder: Ich dachte an den »ersten Zitronenfalter«, und schon schaukelte er durch den sonnigen Felsengarten. Und wenig später kamen sie zu zweit, ihr Gelb besonders aufleuchtend im Vorbeiflug an der tiefdunklen Eibe. Einer flog dann über mich hinweg, ein Herz, mein Herz (25. März 1985)

»... fiel mitten im Singen der Psalmen der Schauer des Mitlebens auf ihn, und er schrie auf«

»Ich bin« bedeutet: »Ich bin im Umkreis«

»Ich habe Zeit« als Wahlspruch; Zeit zu haben, adelt mich

Erzählung von dem vereinsamten Schiweltmeister: »Er wollte immer nur siegen, besiegen, und kann jetzt nicht dienen, bedienen. Er führt eine Hotelpension und richtet, als Besitzer, an niemanden das Wort« (Dalaas, 28. März)

Der Kußfleck am Hals des Mädchens rührte in Wahrheit von der Geige her

Sie erzählte von den Bussardscharen, die sich in die Kälte des Inntals verirrt hätten und auf den Maulwurfshügeln da thronten wie auf Felsgebirgen, und als ich dann im Zug aufblickte, sah ich einen grauen mächtigen Bussard wirklich inmitten einer sonst leeren Wiese auf einem kleinwinzigen Maulwurfshügel thronen

»Ich lag neben dir, und auf einmal liebten wir uns, es war unfaßbar«, hieß es in dem Brief, den ein junges Mädchen im Zug dem anderen zeigte und vorlas; bei mir, dem Dritten, ein Gefühl der Rührung und zugleich der Verachtung, ja Empörung über solch ein Herzeigen

Wenn ich mich freue, blicke ich auf, halte Ausschau und entdecke: »Wo ist eine Form?« Ich bin auch gewiß, wo auch immer, in der Zivilisation oder der Natur, solch eine Form zu entdecken

Der Weltverlorene sagte zu der Meise, an welcher er die Welt wiederfand: »Du bist es.« (12. April)

»Sich kasteien« bedeutet bei den Chassidim: in sich das Ebenbild Gottes verderben

»Ich habe keinen Schlüssel, dich zu öffnen.« – »So sprengt mich denn mit einem Nagel auf.«

Sie liebt nicht mehr; sie wünscht auch nicht mehr, zu lieben; denn sie ist nicht mehr vorsichtig, sie ist unachtsam; Liebe und Achtsamkeit

Begegnung gestern mit dem Funker auf dem Felsenberg – »eigentlich eine Polizistentätigkeit, erfüllen tut das nicht« –, der früher jahrelang zur See gefahren ist. Seine Erzählung von seinem herzkranken Kind, und von den anderen, noch kränkeren Kindern: eins, »das nicht mehr lachen und nicht mehr weinen konnte«, »und solch eine armselige Hand«; die Pensionen rund um die Herzklinik, wo die betroffenen Familien hausen und sich miteinander unterhalten; sein Rütteln an seinem umgefallenen Kind: »Ich habe mich zur Ruhe gezwungen, um ihm den Puls zu fühlen« (18. April 1985)

»Du bist kein poetischer Geist, du bist nur widersetzlich.« – »Es ist poetisch, widersetzlich zu sein.«

Sie waren doch alle hier einmal Kinder und haben die Augen der Erwachsenen gesucht. Hatten sie die gefunden, so blickten sie weg, aus Scheu, und suchten von neuem die Augen, und blickten dann scheu wieder weg. Jetzt sind sie erwachsen, und erzogen worden, dem andern nur ja in die Augen zu blicken. Aber sie suchen nicht mehr die Augen des andern, sie beschauen diese nur. Sie haben die Scheu verloren. Sie verdienen keinen Antwortblick; wollen auch keinen. Früher, als Kinder, haben sie den Blick gesucht, um sich zu öffnen. Jetzt dient ihr Blick fast nur noch dazu, sich mit dem andern zu messen. Sie sind verdorben. Sie sind nicht erwachsen, nur *aus*gewachsen. Ausgewachsene Monstren (19. April 1985)

Sprache kann ich nur haben, indem ich sie vorher, dringend, gesucht habe. Ich kann Sprache nicht von vorneherein haben. Das ist das Abstoßende an all den Sprachgewandten

Zeitschwelle im Jahr: Das Gras ist schon so hoch, daß die Katzen wieder Fährten hineinziehen können (20. April)

Das Nest des Zaunkönigs: In Wirklichkeit hat Philip Kobal es nie gesehen; aber in seinem Gedächtnis gibt es dieses Nest

Gestern, durchlässig vor Müdigkeit, saß ich endlich wieder einmal unter den Sternen. Und es war nichts mehr zwischen ihnen und mir

Viele in Philip Kobals Dorf, um überhaupt den Mund zum Reden aufbringen zu können, mußten anzüglich werden; »Zotendorf«

Er hat nicht recht, sich zu freuen. Der andere dagegen hat recht, so freudlos zu sein. Und trotzdem ist der, der sich freut, im Recht (Gedanke im Schlaf)

Die Erinnerung an meine verschiedenen, allesamt schrecklichen Einsamkeiten ist zugleich meine Rechtfertigung; und sie macht mich unangreifbar (22. April)

»Und«: Der Rettungshubschrauber fliegt über das Felsenhaus, und unten auf dem Weg kommt das Kind heim, ein rotweißgestreiftes Eis leckend

Während Mann und Frau am Telefon ihren Streit austrugen, sang bei einem jeden von ihnen im Hintergrund dazu ein Vogel, ein Gesang dem anderen antwortend, Gesang und Gegengesang

Frühjahrsschnee: der Regenwurm im Schneetreiben, dann die Weinbergschnecke im Schneesturm (frühmorgens auf dem Felsenberg, 24. April)

Verwandlung der bösen Müdigkeit in die gute: im Kopf fangen die Bilder zu blühen an

Komm zu Besuch mit einer Frage; eine genügt

»Der Fluch wird nie gelöscht«, sagte der Analytiker, »auch nicht in der Hypnose, vor allem nicht der Fluch der Mutter, bei der Geburt.« Und mir war da, als sei ich bei der Geburt sowohl verflucht als auch gesegnet worden (27. April)

Unwillkürliche Handauflegungen: etwa wie einem Neugeborenen der ältere Bruder oder die Schwester die Hand auflegt, »einfach so« (28. Mai)

Der Frühjahrsschnee wieder: Es schneit das Schneien, so wie »Begin The Beguine«. Die blauen Taubnesselblüten und die Flocken. Die grünende Birke und die Flocken. Und noch viele Gegenstände der Landschaft den Flocken so verbunden mit einem »und«. Vor dem Sturm, gegen Morgen, in der völligen Dunkelheit, wieder das Vogelmeer. Dann kam der Weststurm, und nur noch dieser war hörbar – in den kurzen, kleinen Ebben sangen allerdings allüberall die Vögel weiter. Vor dem Haustor fielen dann die weißen Flocken am Morgen auf die schwarze Schuhcrème. Es lag schon ein anderer Schnee auf der Erde, der von den Baum- und Strauchblüten, lag im Gras, trieb auch im Kanalwasser unten in der Ebene, wohinein danach der wirkliche Schnee fiel und in und neben den dichttreibenden Blüten auf der Stelle unsichtbar wurde. Noch später, gegen Mittag, fiel der vereiste Schnee aus den weißblühenden Bäumen auf mich, wehte mir ins Gesicht, und die Fichtenstämme standen in der Ebene als Schneefänger

»Freudig klagen? Ja, lieber Freund!« (F. M. Felder)

Haus der Trauer – unbehauste Verzweiflung

Philip Kobals Art, zu bauen: durch Betrachten. Betrachtend baut er

Bist du ohne Liebe, fehlt am Horizont den Wolken der Saum (30. April)

Ich dachte an den bevölkerten abendlichen Flughafen von Frankfurt gestern abend, und es fehlten mir darin die Juden, als Erwartende, und es fehlten mir auch die Kleider, die Gewänder, von Erwartenden

Philip Kobal gab einmal einem Freund auf dessen Heimweg das Geleit, ging dann mit ihm über die gewohnte Geleitstrecke hinaus, und auf einmal hatte er den Freund bis ganz nachhause begleitet

Zeitspanne: »lange nach Mitternacht, aber noch vor dem ersten Vogelruf« (3. Mai)

Je länger ich die Chassidischen Geschichten lese, desto mehr sprechen mir alle Rabbis da mit einer einzigen Stimme

»Ins schöne Deutschland«, so konnte Franz Michael Felder im 19. Jahrhundert sagen, ebenso wie die Slowenen jenseits der Karawanken von der »lepa Koroška«, vom schönen Kärnten sprachen

Die Mondfinsternis gestern abend; von unten nach oben wanderte langsam der Erdschatten, bis der Vollmond in diesem Schatten verschwunden war. Eine Zeitlang zeigte sich so eine umgestürzte Mondsichel, ein Mond, der auf dem Gesicht lag (5. Mai 1985)

Franz Michael Felder an einem ihm völlig fremden Ort: »Herr XY tat mir einen großen Dienst, als er mir sagte, wo Ost und West liege«

Er lag im Halbschlaf und fühlte sich betrachtet von seinen Toten. Unter dem Blick der Toten blühte sein Gesicht auf (= Die Wiederholung)

Sehnsucht nach dem Meer hier im tiefen Binnenland: und dann wellte sich dieses Meer, stundenlang, samt Ebbe und Flut, in einer hellen Plane über einem Gemüseacker

Statt »denken« und »fühlen« sag auch: »ermessen«

Philip Kobal konnte von sich nur reden auf dem Umweg über eine Erfindung

Eines Tages faßte sich Philip Kobal ein Herz und fragte jemanden: »Wer bin ich?« Und der Gefragte war einer, den er bis dahin eher verachtet hatte

Der Himmel hinter den frisch grünenden Bäumen zeigte das Blau eines Arbeitshemds

Ein Unbekannter, dem er immer wieder begegnet auf stillen Wegen: so faßt er Vertrauen zu ihm (8. Mai)

Die Schwermut ist vielleicht nur die Umkehrung der Inbrunst

»Du sollst dich nicht sorgen!« sagte der Rabbi Mordechai von Lechowitz. – Das wäre tatsächlich das Elfte Gebot

»Das tiefste Bedürfnis nach Erlösung ist das nach der Fähigkeit zur Huldigung«, sagte mir der Analytiker (ja, der)

Ein Ast so durchtränkt vom Regen, daß ein sich darauf niederlassender kleiner Vogel genügt, und der ganze Ast sprüht nur so von Wasser

»Wir plauderten lange neben dem Misthaufen« (F. M. Felder = Die Wiederholung)

Die Momente im Haus – eine seiner Töchter am Instrument, die andere die Beatles hören wollend, die eine ruhigen Gesichts, die andere erzürnt, das Licht, das durch die offene Zimmertür fiel – waren für ihn nicht etwa »erstarrte Zeit«, sondern »die Fülle der Zeit«, in dem Sinn, daß sich an ihm, Zwist zwischen den beiden Kindern hin oder her, erfüllt hatte, worauf alle seine Vorfahren hingelebt hätten (der Analytiker, ja, er)

Lebe ich auf, habe ich ein Bedürfnis, zu retten

Die Schwermut bedeutet nicht: Ich kann zu wenig; denn ich tue, was ich kann; sie bedeutet vielmehr: Ich bin zu wenig

Pflicht zur Frechheit, s. die Chassidim, die »Frechlinge« heißen, im guten Sinn

Heute nacht sangen die Vögel auf dem Felsenberg in einem Getreidefeld; als erwachten sie in einem Getreidefeld (11. Mai)

»Da war es, als treibe er sein Zittern nach innen. Und da erst stand er fest an seinem Ort …« (der Rabbi von Kobryn)

»Du hörst nicht zu.« – »Sag nur das Wort, und ich höre zu.«

Das junge Mädchen sagte, von allen trojanischen Gestalten wollte sie am liebsten der Anchises sein, des Äneas greiser Vater: der sei »so alt und leicht«, sein Sohn konnte ihn auf den Schultern tragen (aus der brennenden Stadt). Die Kassandra wollte sie nicht sein

Gute Gesellschaft: wo einer den andern aufmerksam macht auf all das unscheinbar Schöne

Am weitesten, tiefsten, schönsten und gültigsten erinnere ich mich im Lesen

Hahnenfuß, keine Blume für Bienen. Irrtümlich an ihn geraten, flitzen sie von dort sofort weiter zum Löwenzahn und verschwinden augenblicks in diesem

Spätnachmittag: der Löwenzahn *macht* zu; Abend: der Löwenzahn *hat* zu

Jeder Tag ist ein (kleiner oder großer) Kampf; und wenn es nichts zu bekämpfen gegeben hat, wird mir der Tag unheimlich

Betrachte ich die Welt streng, wird sie ergreifend

Die letzten (Brief-)Worte Franz Michael Felders: »Schreibe auch gelegentlich ein paar Zeilen an Deinen einsamen eingeschneiten Freund F M Felder«

Am besten sehe ich mich, wenn ich mich über mich lustig mache; und am nächsten fühle ich mich mir selbst, wenn ich bitter bin

Auf dem Gehsteig vor dem Haus kämmte der feiertäglich gekleidete Vater dem feiertäglich gekleideten kleinen Sohn noch die Haare; dann gingen sie in der Morgensonne schräg über die Straße (16. Mai, Christi Himmelfahrt)

»Für wen gehst du?« – »Und für wen geht Ihr, Rabbi?« Das Wort traf den Zaddik wie ein Pfeil. (Ja: Für wen gehst du? = Die Wiederholung)

»Im Freien wirst du keinen Sieg mehr erringen!« – So sprach der Mann im Traum

Verb für die Erinnerung: »keimt auf«

Er fand in einem seiner Schuhe eine Muschel vom letzten Sommer

Wie ein Bettler suche ich manchmal einen Blick

Dichter, der Bauer ohne Land; oder: der Bauer auf Atlantis

Ein Verzweifelter, wie ein Idiot, bildet mir einen Horizont, mit dessen Hilfe ich mich selber übersteige. Dagegen ich in meiner gelegentlichen Fast-Verzweiflung: fühle mich jeweils zugleich schuldig und stehe dann, unter Zittern, neben der Verzweiflung – ich bin nicht der Verzweifelte

Der von seiner Wallfahrt – nach Fatima – Zurückgekehrte sagte gestern: »Hätte ich alles, was ich gelitten habe, überzeugt gelitten, wäre ich heute ein Märtyrer, wie es noch keinen gegeben hat. Nur die Mutter Gottes hätte mehr gelitten«

Manchmal ein derartig starkes Bedürfnis nach Reinigung und Reinheit, zusammen mit einer fühlbaren Unmöglichkeit, beides zu erreichen, so stark das Bedürfnis, daß man glaubt, man müsse sich opfern (= sich töten), um endlich rein zu werden (und statt »man« sag ruhig einmal »ich«)

Andere Erzählung des Wallfahrers: »In Portugal regnet es so stark, daß sich von einem Moment zum andern vor den Schuhen das Wasser staut und zwei Bäche davon wegfließen«

»Jeder Teil, beraubt seines ihn umgebenden Ganzen, kommt in die Gefahr, falsch zu werden, weil er sich als

Ganzes aufspielen muß« (das schrieb mir ein junger Mann hier ins Notizbuch, aus Anlaß seiner schizophrenen Schwester, die, mit zwölf krank geworden, bis dahin »still« gewesen war)

Philip Kobal hatte von klein auf die Schwierigkeit, Auskunft zu geben; es kam aber auch keiner in seine Gegend, der Auskunft verlangte (23. Mai)

Ein Freudenmoment war es für mich gestern, als der junge Mann erzählte, durch meine Bücher sei er darauf gekommen, zu suchen, was in seiner Gegend geschrieben wurde, und was da zu entdecken sei; er suche freilich noch

Am besten rede ich vielleicht mit mir selbst; aber dann spüre ich es nicht (24. Mai)

Allein zu sein nur mit Gott – das ist zunächst jedenfalls meine Vorstellung –, bedeutet die schrecklichste aller Einsamkeiten

»Du aber hast einen Menschen beschämt!« sagte der Rabbi zu seinem Sohn; und das las ich als den ärgsten der Vorwürfe

Gelingt es mir, über mich hinauszusehen, rundet sich der Horizont der Welt

Wie viele Dinge und Tiere in den slowenischen Regionen einfach mit ihren *Farben* angesprochen werden, wie mit Kosenamen, z. B. belka (von *belo*, weiß) heißt die weiße Kuh, die weiße Ziege, eine weiße Henne, das Schneehuhn, die Laus?, ein Apfel, eine weiße Birne, das weiße Brot

Spätfrühlingsmittag: die Grashalme sind getrocknet; nur noch im dichten, dicken Rotdorn blinkt es vom Nachtregen; und aus diesem Rotdorn, als ich ihn schüttle, bekomme ich an dem heißen Tag eine Tropfendusche

Ein Lebensproblem: nicht jeweils sofort, freundlichst und entschieden, Nein sagen zu können

Philip Kobal fühlte sich immer wieder der Bruder zu einem Mann, nie aber der Bruder zu einer Frau. Oder?

Dankbar sein können, heißt, bewerten zu können (heute erst kann ich den gestrigen Tag richtig bewerten) (30. Mai)

So spräche ein Lehrer zum Schüler: »Ich kann dich nicht zum Lernen anstacheln, ich kann nur auf dem Umweg deine Lernlust wecken«

»Wer nur lernt und betet, mordet das eigene Wort in der Seele« (Chassidim)

Philip Kobal wurde im Karst so still, so Teil der Vegetation, daß ihm ein Vogel durchs Haar flog, ein andrer unter der Achsel durch

Unrein fühle ich mich bei Ermattung aller Sinne

Nur aus der äußersten Einsamkeit heraus kann ich anfangen, episch zu schreiben, nur aus dem äußersten und hintersten Winkel einer Einsamkeit, die mich zugleich schützt (bei den Früheren war das wohl anders?)

Männliche Scheu (die Scheu ist keine Berührungsangst)

Eine Felsrippe im Erdreich bildet den Horizont, auch nur in Entfernung eines (1) Schritts (Karst)

Die schönen Augentäuschungen manchmal nach einer körperlichen Arbeit: der Weg, besonnt, zeigte sich zum Beispiel gerade, nach dem Grasmähen, so hell, daß da für einen Augenblick ein hellgekleideter Mensch ging (2. Juni 1985)

»Einmal, unterwegs, nah bei Warschau, empfand ich, ich müsse eine Geschichte erzählen ...« (der Rabbi Bunam)

In der Trauer und in der Freude war Philip Kobal gesellschaftsfähig; nur da?

Die slowenische Sprache: ein unendliches Gedicht aus Zärtlichkeit und Spott, ohne Grobheit

»Das zerschlagene Herz bereitet den Menschen zum Dienste Gottes. Die Schwermut zersetzt den Dienst. Man muß zwischen ihnen recht unterscheiden, wie zwischen Freude und Ausgelassenheit« (sagte Rabbi Bunam)

Manchmal zeigt sich gerade die weiteste Welt als eine heidnische Welt

Glück fühle ich inzwischen nur noch, sowie ich phantasiere – sowie ich mich *mit* anderen in der Phantasie sehe

Dehteti, slow.: stark atmen; sich sehnen

Ist mir etwas zuwider, so sage ich mir: Gerecht bist du da nicht, amüsant bist du aber, wie du jetzt lästerst, schimpfst, schmähst, auch nicht – also werde lieber gerecht! (9. Juni)

Wie der Wind oft erst den Anblick, die Gegenständlichkeit der Bäume erzeugt, auch gerade, indem er deren besondere Gegenständlichkeit auslöscht, verwandelt, umwandelt, versetzt, von der Stelle versetzt, bewegt, die Bäume in Wellen, Licht und Farben umsetzt, und so erst betrachtbar, erkennbar in ihrer Eigenart werden läßt – wie eben jetzt die sich wellenden, farben- und lichtspielenden, sich im Wind aufhellenden Bäume dort in der fernen Allee: vom Wind verwandelt, zeigt jeder Baum für sich erst sich erkenntlich: in der Verwandlung, durch Wind und Licht, erscheint mir erst der Gegenstand; wird der Baum mein Gegenüber und nimmt mich in sich auf, Reisebegleiter (Fronleichnam)

Die dreißiger Jahre in Ö.: »Mehr Bettler kamen ins Geschäft als Kunden« (sagte gestern ein alter Geschäftsmann)

Das Gefühl der einstigen Nationalsozialisten, daß ihnen ihre »schöne Jugend« nicht zu nehmen sei (s. gestern) – während unsereiner das Gefühl hat, die Jugend habe begonnen erst *nach* unserer Jugend. Meine vereinzelte Jugend etwa – Jugend als Vereinzelung –, voll von meist eingebildeten Schuldmomenten, während die tatsächlich schwer schuldige Gemeinschaftsjugend dem einzelnen jedes Schuldgefühl weggebrannt hat. Oder: in der Gemeinschaft konnte das Gefühl Schuld gar nicht erst entstehen; jedes schuldhafte Verhalten des einzelnen ist darin weggestrahlt; seltsam, gewaltig, absurd, wahr, unentschlüsselbar

Geräusch der ersten Erdbeeren des Jahres im Handteller wie von winzigen hohlen Kürbissen

»Er ist nicht mehr, er hat ausgeflucht«, slow. Redensart, die der Grabspruch meines Großvaters sein könnte (14. Juni)

d-r-n, drei Konsonanten: slow. Wort sowohl für »das Zucken in den Gliedern« wie auch für »das Aufspringen des Wassers in einem Bach«

»Wenn der Chassid merkt, daß er im Beten die Größe Gottes nicht erkennt, geht er essen ...«

Das slow. Wort f. d. »Einzigen« hat die zweite Bedeutung: »der Arme« (16. Juni)

Seltsam: daß gerade meine Art Tun oder Arbeit, das Schreiben, jeweils ein Arbeiten mit dem ganzen Körper, durch den ganzen Körper hindurch, zu sein scheint – so spüre ich es jedenfalls zugleich –; das sogenannte körperliche Arbeiten dagegen nicht

»Als ich noch ein Schüler war ...« (erzählte der Gerer Rabbi im Alter) – wie klingt das sehnsüchtig und schmerzlich: »Als ich noch ein Schüler war ...«

Im Slowenischen gibt es einen eigenen Ausdruck, ein einzelnes Wort, für das Geld, das ein Kind anderen Kindern zahlen muß, damit es mit ihnen spielen, oder Kind, oder »Fant«, sein darf: »fantovščina«. (Und es gibt auch, oder gab?, ein eigenes Verb, um ein Geräusch auszudrücken »wie von siedendem Mus«)

Aus seinem Elternhaus erinnerte sich Philip Kobal an keinen Durchzug, an keine zufallenden Türen, an keine je schlagenden Fenster

Auf einmal sank mir die Zeitung im Garten herab; ein Vogel hatte sich auf deren Rand gesetzt

Slowenische Redensart: »Ein guter Ruf reicht bis ins neunte Dorf«

Du bist dazu gemacht, daß du dein Denken fühlst: also geh! sitz aufrecht! träume! erblicke!

Es gibt auch ein eigenes, einzelnes slowenisches Wort für »die Kotwürste des Regenwurms«

Der Karst sollte im letzten Kriegsjahr des Zweiten Weltkriegs zum hintersten Fort oder Bollwerk der Faschisten werden, zum geheimen Rückzugsstaat. Und da erst kam es dort zu den schweren Kämpfen

»Sieh ins Buch! Wenn man ins Buch schaut, weint man nicht!« (Und gerade, nach acht Monaten Lesens, habe ich die Chassidischen Geschichten zuende gelesen)

Und wie höflich selbst die Früchte im Slowenischen angeredet werden (können): »Fräulein!« heißt eine bestimmte Birne, heißt ein bestimmter Apfel (das alte Wörterbuch aufschlagen: ein anderes Hellwerden)

Die gefiederten Eschenzweige bilden die Scheitel der Erdgewächse im Himmel (21. Juni)

Der Gekreuzigte, wie auch immer, gehört zu meinem Alphabet; er ist eine Letter meines Alphabets

Weg vom Sonnwendfeuer – heim zu den Johanniskäfern (wieder die Glühwürmchen auf der Steintreppe in der Nacht)

Eigenes slow. Wort für den, der gern Bitteres hat, den »Bitterliebhaber«; ein eigenes einzelnes Wort auch für den »Holzstoß, der bestimmt ist für ein Notfeuer«

Sprichwort: »Trauer, runzliges Weib«

Die Kunst sorgt für den Mittelgrund (so dachte ich wenigstens gestern; 24. Juni 1985)

In der Regennacht blieben doch überall tief im Gras und unter den Büschen die Leuchtpunkte der Johanniskäfer, Signalfeuer für den Abflug zu einer geheimnisvollen Welt – »Es ist der Welt kein Bestand als durch das Geheimnis«, las ich zugleich in des Aischylos »Gefesseltem Prometheus« –, Abflug zu einer anderen Erde, die dabei ganz und gar hiesig war, dieselbe wie immer, nur eben in einer herrlichen, glühenden Stille. Und ich saß unter dem Brunnendach und wendete den Kopf in diesem Erdkreis, auf den rundum der Regen rauschte (27. Juni 1985)

Die karminroten Ebereschenbeeren und die sie pickenden Amseln, und der Maler sagte dazu: »Binnen kurzem haben die Amseln die Farbe aus dem Baum gefressen« (28. Juni)

Eine andere alte slowenische Redensart: »Das Herz spielt mir vor Freude«; und dann jenes einzige Wort, welches bedeutet »das Wasser, das über einem lehmigen Boden steht«, ein Wort, bei dem ich ein unvergängliches Bild sehe und das mich an die Indianersprachen erinnert, *ilovičnica* (schon seit Monaten nun lese ich das Epos der slowenischen Wörter)

Jemand, ein Künstler, ist groß, wenn er, ganz rein, eine Spielart der Menschenmöglichkeiten umschreibt; dabei wird er einem freilich auch besonders auf die Nerven fallen können (ich dachte etwa an Robert Walser)

Der Vogel flog so dicht über das Gras, daß dieses davon aufwallte und noch lange nachwehte, wie von einem starken Windstoß (das war gestern früh, 29. Juni)

»Kafka ist unsere Pyramide« (René Char)

Am dunklen Tag, bei strömendem Regen, saßen im Haus die Ameise und ich; es war ein Regen für einen Fürst in seinen Gemächern und ein Kind in seiner Holzhütte (2. Juli)

»Ein zarter Bayer«; »wenn ein Bayer zart ist, ist er *besonders* zart« (Bayrisch-Gmain, wo unsere Familie im Jahr 1948 im Morgengrauen versteckt über die Grenze heimkehrte nach Ö., zwischen den Milchkannen des Molkereilasters)

Ein alter Mann nannte mir ein anderes Wort für den Wein: »Lebensweise«

»Es gibt keine wahre Furcht als an einer Stätte, wo Vollendung waltet«, sagt der Rabbi Jehuda im Buch Sohar

Alles Geschriebene, was nicht Buch ist, und alles Leben, was nicht Buch werden kann (oder könnte), interessiert mich nicht, stößt mich ab, ekelt mich an, langweilt mich

Ein slow. Verb bezeichnet das »Klappern eines Apfels mit seinen losen Kernen«, ein anderes das »Geräusch, das entsteht beim Bewegen eines nicht ganz vollen Fasses«

Wird von mir etwas gefordert, so fühle ich mich verkleinert; werde ich dagegen um etwas gebeten ...

Die Art der Siegeskraft der Literatur: niemand ist der Besiegte; es gibt da keine Besiegten; oder höchstens so, wie wenn jemand erlöst sagt: »Ich bin besiegt« (13. Juli)

Die Verborgenheit ist nicht im Abseitigen, sondern in der Allerwelt; und die Verborgenheit ist da auch eine Geborgenheit (17. Juli)

Das Gesetz der Lebenden und das Gesetz der Toten: das Gesetz der letzteren habe ich mir noch nicht zu eigen gemacht; zu sehr stehe ich noch unter dem Gesetz der Lebenden

Nichts von den Menschen wissend, dachte er nichts von ihnen, hatte dafür aber dieses und jenes luftige Bild, und das war das Leben

In einem der drei offenen Fenster saß ein Papagei, im andern standen die roten Geranien, im dritten gähnte eine Katze (das war gestern)

»Auch haben wir gelernt: Alles, was im Zeichen der Liebe kommt, hat keine Lider und keine Wimpern am Auge.« – Denk immer: der Sohar predigt nicht, behauptet nicht, sondern erzählt von etwas, das du kennst. Das gibt Lese-Vertrauen

Vergleiche nur mit Naturdingen, nicht mit Gemachtem, Produziertem

Künstler: das Symbol des menschlichen Scheiterns – immerhin das durchsichtigste und das klarste (22. Juli)

Reisender, Verräter am heimischen Garten

Tagmond, Krönung der Nußbaumkrone

Laut Buch Sohar gehört das Singen zur Nacht: »Die in der Nacht die Gesänge erheben, walten über allen Singenden«

Verbinde Sprache und Wind

Treue: meine Entsprechung zum andern zu finden

Die Kunstarbeit ist ja kein Rausch, sondern die Große Ernüchterung; und zugleich muß das, was ich mache, mich im Machen selber ergreifen

Träumend, oder nein: phantasierend erfuhr er, daß das, was war, *ist* – reiner, luftiger, förmlicher *ist*, als es *war*, und so sein wird – gewesen sein wird (23. Juli 1985)

Kein anderer kann mein Vorbild sein. Aber er kann mich an mein Vorbild erinnern

Lebensgefühl, eine Art davon: das nasse Gesicht abzutrocknen in einem sonnegewärmten Tuch

Zeitschwelle im Jahr: bis gestern waren die Bienen im Lavendel; ab heute sind in den Blüten dort die Hummeln (24. Juli)

Dadurch, daß ich Griechisch, Latein und das Recht gelernt habe, bin ich im Stand aller Mittel, die Wörter zu verdinglichen, zu reinigen und im Abstand zu halten. »Verdinglichen«: durch das Griechische; »reinigen«: durch das Lateinische; »im Abstand halten«: durch das Rechtsstudium

Ich habe gelernt, aber ich habe nichts erlernt

Mitsein

Der Gärtner: Was wild ist, kriegt seinen Raum. *Das* wäre Gärtnerarbeit

Der Felsenbergbriefträger sagte: »Ich fahre nicht mehr weg.« – »Haben Sie einen Garten?« – »Nein, ich bin eh immer im Stadion.«

»Die Erscheinung des Bildes der Gottesmajestät: die Erscheinung der Farbenheit« (der Sohar) – es wurde immer schon alles gewußt

Zeitschwelle im Tag: Gerade noch die eine (1) Abendhummel im Lavendel, und jetzt sind die Lavendelblüten allein

Es gab eine Zeit, da wurden Särge aus Baumrinden gemacht. Man wurde einfach darin eingewickelt, am besten in die blaugraue Rinde der Buchen, die so leichte und zarte (26. Juli)

Überzeugung gibt Sinn

Ein kleiner Vogel auf der – ab heute – wieder mit den weißen Windenblüten gesäumten Steintreppe, im Sitzen und dann Aufflattern seine verschiedenen Federkleidfarben zeigend, erst das Rot, dann das Grauweiß, öffnete dem Betrachter die Welt; er reiste mit dem Vogel augenblicks nach Sardinien

»So wie die Antlitze kleiner Kinder, in denen noch jedes Antlitz enthalten ist«; s. Vergleiche für nichts Vergleichbares

»Der Mensch männlich und weiblich zugleich, und nur diese Gestalt ist eigentlich Mensch zu nennen«

Im Garten kann ich zuschauen, im Haus nicht (gelbe Hornisse und graue Spinne am Brunnen, Hell- und Dunkelgeschöpf)

Ich bin im Wind; ich war oft im Wind und ließ mich sein; ich ließ mich im Wind sein; ich möchte mich im Wind sein lassen

Meine Art Wissen darf nicht gewußt werden

Jeder heiligt. Jeder heiligt sein geliebtes Wesen. Liebt er nichts, kann er nicht heiligen. Der Liebende aber heiligt. Es gibt kein Heiligen ohne das Lieben. – Jeder heiligt? – Jeder war einmal gedrängt, ist gedrängt, wird gedrängt sein zum Heiligen

Jeden Tag kommt der Augenblick, der, indem ich ihn mir bewußt mache, mir eingibt, ich sei am Ziel (29. Juli)

Das Geheimste, und ein Geheimnis, sollte bei einem jeden Menschen dessen Humor sein

Zwei reifende Holunderbeeren, durch einen Regentropfen verbunden, lagen wie in einer gemeinsamen Fruchtblase (Regentag)

Sich das Gehirn lüften durch Spracharbeit (z. B. übersetzen des »Prometheus«, seit Wochen nun)

Die Lindenflugsporen wirbelten hoch aus dem Himmel und hingen dann in sämtlichen Gartenspinnennetzen, flogen lautlos herbei auf den Gartenarbeitstisch und waren einfach so da, fast katzengleich, und Prometheus sagte: »Wen du da siehst, das ist der Feuerüberbringer an die Sterblichen, das ist Prometheus«

Das unfruchtbare Steinland in der Ferne befruchtet aber das Herz des Betrachters

Das Buch Sohar hat manchmal genauso wie in mir das Epos des Traums, des Großen Traums: »Wir haben gelernt: Ein Buch der Verborgenheit, ein Buch, mit der Waage gewogen. Denn solange keine Waage war, konnte man nicht von Angesicht zu Angesicht schauen. Die Könige der Urzeit sind gestorben, sie fanden ihre Nahrung nicht ...« »Genauso wie in mir der Große Traum« (22. August)

Sich kräftigen durch Arbeit (so geht es jedenfalls mir)

Ein lauer Wind ging, in dem alle Blätter einzeln sich hoben, und in dem, als er unter den Achseln ankam, der Mensch selber sich als ein Blatt fühlte (24. Aug. 1985)

»Was auf der Erde ist, ist auch auf der Höhe« (das herrliche Buch Sohar). – »Durch das *Wort* und durch den Hauch in einem ward die Welt gemacht.«

Slowenisches Wort für die »Nachtblindheit«: »Hühnerblindheit« (und ich sah meine nachtblinde Mutter wieder)

Und jenes einzige, kurze slowenische Wort für den, »der am Ende eines Dorfes oder eines Marktfleckens wohnt« (»končar«)

Die allesumfassende Kunst wäre es, von sich selber märchenhaft zu erzählen; wie Rembrandt, wie Goethe

Philip Kobal mißt seine jeweilige Liebe zur Welt an den blinden Fenstern; diese sind sein Meß- oder Prüfgerät; sagen ihm die blinden Fenster nichts, so ...

Für den ich je Erbarmen empfand, durch den wurde ich aufgerichtet (10. September)

Ich spüre doch eine Kraft in den Händen, fürs Ans-Werk-Gehen, zum Werk. Und als was spüre ich diese Kraft? Als ein Zügelhalten, und als ein Zügeln. Nur so ist es Kraft!

Ein Ort muß her für das Ich! Das Geliebte allein genügt nicht. Es muß ein Ort her, der mich umfängt. – Und dazu stellte ich mir endlich einmal jene festliche Heimkehr vor, wie ich sie noch nie erlebt habe

Die Spinne hing in ihrem Netz als der Urmensch

Die Heiligen Bücher – wie etwa der Sohar – sind nichts anderes als (liebende) Ordnungsrufe

Gerettet bin ich dadurch, daß du da bist, mein Gegenüber; du brauchst mich nicht eigens zu retten (11. Sept.)

Vorgestern, als durch die Schwermut (der Ankunft im Heimatland) die Menschen- wie Dingkörper unkenntlich geworden waren, traten diese dann, mit jenem Augenblick, da das Wirtsmädchen mit einer großen, bauchigen, leeren, leuchtenden Glasvase in das Gastzimmer kam, mit einem Ruck neu aus der Wirrnis hervor und wurden zu »Gestalten im Raum«, beides in diesen Augenblicken so gewaltig wie noch nie. Die Welt erschuf sich so, und den Schwermütigen mit

Auf dem Feldweg saß gestern ein Bub und hielt ruhig eine Schnur mit dem Drachen in der Hand. Der Drache stand hoch oben und zitterte. Der Haarwirbel des Buben. Dieser wandte den Kopf nach keinem der Vorbeigehenden, hatte Augen nur für seinen in der Himmelhöhe zitternden Drachen. (Das war auf dem Gang nach Anif mit dem alten Maler, der es nicht fassen konnte, daß er die Schönheit der Welt einmal nicht mehr sehen würde. Sein Profil beim Staunen über das Sterbenmüssen)

Eine Taube flog durch den Zigarettenrauch eines öffentlichen Parks (14. Sept.)

Die junge Frau sagte, zum ersten Mal seit langem dem Haus entkommen, im Garten weit weg unter dem blauen Himmel, es sei, als wäre sie mit einem Fallschirm da herabgelassen worden, aus dem blauen Himmel in den Gastgarten

Das alte Paar im Bus, zurück vom Landausflug, auf der Fahrt in die Stadt: »Jetzt wird uns die Stadt gleich wieder geschluckt haben«

Der ungeliebte Mann kommt täglich über sie. Und sie? »Ich bin halt still«

Der Lebensodem (ja) kommt (bei mir) immer mehr als ein Ausbruch (ja, das ist das Wort) der Trauer; Ausbruch der Trauer als einer Art von Liebe

Die zahlreichen Leute, die mich gestern auf dem Weg zum Stadtrand anredeten, zuerst das ältere Ehepaar am Kanal, wobei der Mann, durch die Frau angestachelt, mir von hinten nachrief – ich dachte, er wollte eine Auskunft –, zwei sehr kleine Leute mit beide gleich liebem Blick, die wie aus einem Munde nur sagten: »So gehen also Sie hinunter vom Berg, und wir gehen hinauf auf den Berg!«; danach der alte untersetzte gebräunte Mann, der aus der Tiefe einer Straße, zwischen Platanen hervor, auf mich zukam und sofort ein Gedicht rezitierte von der Einsamkeit im Alter, mit vollklingender Stimme, und dann übergangslos die Namen der Orte in der Osttürkei hersagte, als große Litanei: dort war er im Sommer, zur Zeit seines Geburtstags, hingereist gewesen, fast zwanzig Namen waren das, die er in Schwingung brachte; und danach, im Flughafentunnel, der ebenfalls ältere, große Mann, der aus Oberndorf stammte – seine erste Bemerkung – und hinzufügte, am besten seien doch die Orte, wo, anders als in S., »nichts ist«: da könne noch etwas kommen, noch etwas passieren; und dann, und dann, und dann ... (15. Sept. 1985)

»Der Alte der Tage«: Ausdruck im Sohar für Gott; und die Erzählung, das sei der Seelen-Odem, in welchem sich Nachtseele und Tagseele verbänden; die Erzählung ist die Wonne

»Im Schutz des Dienstes«: Philip Kobal steht immer wieder im Schutz des Dienstes. Wie die Dinge und der Raum sich aufhellten und leuchteten, sowie er in der Tat jemandem zudiensten war (18. Sept.)

Mein verworrenes Inneres verlangt und drängt nach der Klarheit des Schriftlichen

Heute früh das Kind mit der schweren Schultasche in der Dämmerung auf dem Wiesenweg unterwegs zur Schule: So traurig das Bild war, so wach wurde des Betrachters Sehnsucht, zu lernen. Und dann noch ein Kind, und noch ein Kind

Im Slowenischen ein (1) Wort für den Mäher, den Wasserläufer, den Weberknecht – und den Sternengürtel des Orion, dessen drei Gürtelsterne

Seltsame Sonnen, die tagtäglich neu aufgehen und füllig werden: die Spinnennetze

Drücke ich die Kritik an dir mit Humor aus, dann habe ich deine Würde bewahrt (und unsere Freundschaft)

Gestern nacht, beim Heimkommen auf den Berg, die fahle Gestalt im Garten, das undeutliche Gesicht einer Wiedergängerin: und dann war es die Wahnsinnige (richtiges Wort) aus der Schweiz – Land, besonders begabt mit solchen? –, die schon vor drei Tagen hinter der Vogelschautafel gelagert hatte (ich war da, nach einem Umwegs- und Ablenkungsspaziergang, endlich von ihr losgekommen mit einem Händedruck und einem »Bis zum nächsten Jahr!«). Gestern sprang sie mich an, schlug. In einem regelrechten Kampf warf ich sie zu Boden. Danach hörte ich zwei Nachtstunden ihren Haßtiraden zu, es gab keine andere Wahl mehr (»Ihre Scheißliteratur!« »Niemand liest das!«). Nächtlicher Weg dann, mit ihr gemeinsam, bergab. Ein paarmal wäre sie fast gegangen. Aber kaum hatte ich mich umgedreht, kam sie – ihre Stöckel! – wieder gerannt und schlug mir die Nägel in den Arm. Starke Schädel- und Herzschmerzen. Für Momente war ich nah dran, sie zu erschlagen, oben auf den Eisenzaun am Wegrand zu spießen. Dann, auf die Entfernung von einigen Schritten, gegen Mitternacht, ein seltsamer, halb verlogener, halb wahrer magischer Prozeß zwischen uns beiden: Ich hob zum Abschied den Arm, auch zum Gruß, und gebot ihr, gleichfalls den Arm zu heben. Sie tat es, sehr langsam. So standen wir, ein jeder mit erhobenem Arm, und sie stellte mir, Schritt für Schritt rückwärts gehend, feierlichst Fragen, wie: »So kann ich also jemand anderen heiraten?« (– »Ja.«) – »Aber ich kann auch ledig bleiben?« (– »Ja.«) – »Sind wir jetzt nicht wie Kinder?« – Und da konnte ich endlich lachen und »Ja!« sagen. In diesen Augenblicken erschien mir die Gestalt der Wahnsinnigen, mit ihrem erhobenen Arm und der leicht gekrümmten Hand, wie phosphoreszierend, selbstleuchtend, herausgeprägt, als Lichtkörper, aus der Dunkelheit, und von einem Strahlenring umgeben, und zugleich stand ich da und achtete, daß mein Arm oben blieb, als sei das die einzige Form, sie zu bannen und nicht nur abzuhalten, sondern so auch heimzuschicken. Zwischen uns sausten die ganze Zeit die Katzen hin und her, und ich dachte danach, sie hätten die Gefahr gespürt und mich beschützen wollen. Endlich allein, beim langsamen Nachhausegehen, Schritt für Schritt, streichelte ich eine der Katzen, die neben mir herging; ich spürte dabei tatsächlich ihren muskelgespannten, wie kampfbereiten Körper. Und wieder einmal dachte ich, daß die Frauen heutzutage, ich kann es nicht anders ausdrücken, mein Tod seien, und daß eine Frau einmal wirklich mein Tod sein würde. In der Nacht dann, bei anhaltendem Schmerz in Brust und Kopf, Traum von zwergenhaften, dafür sehr breiten Polizisten, mit denen ich eingehakt über den dunklen Berg ging (19. Sept. 1985)

A. sagte: »Wenn man in der Schule ernsthaft etwas erzählen will, hört einem niemand zu«

»Unsere Kindheitsträume sind so schön, daß davon aus unseren Stoppelfeldern wieder die Ähren sprießen« (wörtlich letzte Nacht)

Im Slowenischen gibt es ein Verb für den Laut, »den eine Bienenkönigin von sich gibt«

Ein anderes Wortbild, eine andere Umschreibung für die Kunst: ein herzhaftes Spiel

Und ebenso gibt es ein eigenes Verb für Hühner, »die, mit den Flügeln schlagend, im Sand baden« (Lesen des alten slow. Wörterbuchs: ein anderes »Krieg und Frieden« – aber mehr Frieden als Krieg)

Philip Kobal fühlte sich als Jugendlicher von allen Charakterisierungen betroffen, und von keiner gemeint

Und: Weit weg in der Ebene das Aufbrausen eines gelandeten Flugzeugs, und nahebei das Wespengeknister im Schindelholz des Brunnendachs

Die Tränenmasse im Menschen: Schlag mit dem richtigen Stab, im rechten Moment, in der richtigen Weise daran, und sie entströmt dem Stein

Die Sternbilder der Ruhe: die Sternbilder, die sich zeigen, wenn ich ruhig bin – ruhig und erschütterbar

Es war wieder Krieg, und ich war ein älterer Mann in diesem Krieg, ein Flüchtling, außerhalb aller Parteien. Der Krieg war aber zugleich schon Erzählung. Ich entging dem Krieg, indem ich in die untersten Gemächer eines Schloßturms stieg; die Kämpfe fanden statt im ganz obersten Gemach (23. Sept. 1985)

Von der Heiligen Schrift (des Sohar) aufschauend, war ich für diesen einen Augenblick der im höchsten Himmel fliegende Vogel

Wie ein Tagesrad bewegt sich das Netz der Spinne quer durch den Garten, jeden Morgen um eine Umdrehung weitergekommen, an einer anderen Stelle

Aus dem Fadenscheinigen – dem Sprechen – hin zum Gewebe – dem Schreiben

Philip Kobal war weniger einer, der rodete, als einer, der Schneisen schlug

»Und merke, wie die Tiere, vom Tag ihrer Geburt an, das Feuer fliehen, und ebenso alle bösen Orte. Hingegen wirft sich der Mensch geradezu ins Feuer ...« (Das Buch Sohar)

Frühherbst: Jeder Gartenwinkel hat seine Spinne

Nachdem sich Philip Kobal beim Grasmähen durch die Brennesseln verbrannt hatte, war es, als regne es ihm in leichten, aber scharfen Tropfen auf Hände und Füße

Und: Sie lachte im Schlaf, und vor dem Fenster trillerte ein Vogel

Innerhalb der Worte, wenn es mir gelingt, sie zu bedenken, wurzelt, zutiefst in mir, der Himmel

Gestern der Nachmittag an der Salzach mit den zwei Priestern und dem angehenden Priesterstudenten und dessen Vater, der seinen Sohn zum Studium von Kärnten nach S. begleitet hatte. Der Vater, Wildbacharbeiter, war weder für noch gegen den Priesterberuf des Sohnes: »Er muß entscheiden, was er tut.« Die beiden »fertigen« Priester erzählten von ihrem »Ruf« oder Gerufenwerden, über die Jahre hin. Manchmal sei der Ruf völlig verstummt. »Die Finsternis als Gefährte des Priesters« (»als Fahrzeug«, sagte einer der beiden). Zum Priestertum kamen sie alle durch das gemeinsame Gebet in der Familie: »Das Leben war geprägt durch das Gebetsleben.« Einer der Väter hatte aus seinem früheren Dorf in das neue Dorf die alten Gebete mitgebracht (27. Sept. 1985)

Es gibt (oder gab) ein slowenisches Wort für den »Gras- oder Getreidehalm, mit dem die Kinder in der Höhle der Feldgrille stochern, um sie da herauszujagen« (»maklja«)

Im Wipfel der Esche versuchte eine Krähe zu singen, ein grauenhaftes und dabei klägliches Geräusch – ein bißchen, wie wenn jener Lauthalskritiker sich an ein Gedicht machte

Es gab oben im Baum einen Krach wie von großen Vögeln, und dann brach ein erster Herbstapfel durch das Laub

Die Sätze der Erzählung gehen zurück in deine Kindheit, und gehen voraus zu deinem Sterben, Satz um Satz: Das ist Erzählung (3. Okt.)

Der deutsche »Kuckucksspeichel« ist slowenisch eine »Schlangenmilch«

Streitbar zu sein – schon recht. Aber du müßtest dann auch der Wächter deines Streitens sein

Sonne, Bedenkhilfe

Ich habe meiner Mutter Bücher zu lesen gegeben, und jetzt gibt mein Kind mir Bücher zu lesen

Bedenk jene Müdigkeit, in der das Gehirn heiß wird und du alles sagen kannst, mit der größten Ruhe, auch das Unerhörte, sozusagen Obszöne, und es ist das Selbstverständliche

Beschmutzt durch Sätze, sich reinigen mithilfe einzelner Wörter

Slowenisches Verb, das ausdrückt ein »Sich-satt-Flüstern«

Die Geräusche der Regentropfen an den Kieseln vor dem Haus hörte ich als die Geräusche meiner Heimkommenden (8. Okt.)

Und in der Nacht das Geräusch des Regens in den Bäumen als Katzenzungen, welche Milch schlabbern

Meine Toten kann ich nur ansprechen, wenn ich ganz lebendig bin

Der Briefträger, tropfnaß, sagte: »Ich, als Uniformträger, mit Regenschirm? Da werde ich ja gleich photographiert!«

Wenn ich mich nicht ehebaldigst in Ironie übe – eingeschlossen die Selbstironie –, bin ich verloren. Und wie übe ich mich in Ironie? – In Gesellschaft (und zwar in einer möglichst dummen). – Aber merke: Ironie nur im Sprechen und Schweigen, nicht im Schreiben

Als ich A. gestern nacht vom Garten aus durch das Badezimmerfenster nach dem gerade von ihr gesehenen Film fragte, sagte sie: »Frag mich nicht durch das Fenster!« – »Soll ich dich denn durch die Tür fragen?« – »Ja!«

Der Bergstraßenkehrer sagte gestern zu mir: »Heute sind Sie so langsam gegangen, daß ich Sie gar nicht erkannt habe. Sind Sie's überhaupt?«

In Philip Kobals Haus lachte einzig die Mutter, die sterbenskranke (11. Okt.)

Für »Schäferwolken« heißt es slowenisch: »der Himmel blüht«

Das *Ungezierte* Jugoslawiens; zwar gibt es auch da Fensterblumen und Blumengärten, aber ich sah sie nie als Schmuck, mehr als Urwüchsigkeiten

Vorgestern sagte die Zeitungsfrau, im strömenden Regen: »Beim Heimfahren macht es mir nichts, wenn ich naß werde, ich komme ja heim«

Philip Kobals Großmutter hat sich, als Braut, noch geschämt, seine Mutter schon nicht mehr

Slow. Wort für den »Halm zum Aufreihen von Walderdbeeren«; die Erdbeeren auf solch einen Halm gereiht (ich habe das in Wirklichkeit vielleicht nie gesehen, und doch habe ich es gesehen in Wirklichkeit). – Jenes Wort ist »nuza«, und, es lesend, dachte ich voll Freude: »Morgen komme ich im Wörterbuch zum O.«

Gelingt es mir, »in der Erzählung« zu denken, so spüre ich die Welt, wie sie »steht«

Philip Kobal ging manchmal vom Elternhaus weg, ins Ungewisse, Namenlose, wohin es ihn zog. Aber weil ihm das ungehörig schien, gab er ein Ziel an, einen Ort, einen Ortsnamen, und log also. Man kam ihm dahinter, daß er gelogen hatte, und verdächtigte ihn, wirklich Ungehöriges zu tun. Dabei hatte er sich nur irgendwo dahinbewegt, im Schutze des Namenlosen

Gestern der Weg endlich wieder auf den Untersberg; sehr vielfältiger Weg, mit der ganzen Schönheit des Berges, des Grases, des Steins, der Höhlen. Marder unten am Bach. Murmeltiere oben im Kar. Die aus dem Leeren anfliegenden Dohlen, an den Leib gelegte Flügel und Krallen, die Kolke tief im Wasser des Bachs, wie ein Bildgedanke an den Sommer, wo man da hätte eintauchen können. Einmal ein Berg, der im Näherkommen und da-Sein noch mehr hielt, als er aus der Ferne verheißen hatte, vor allem mit der Herrlichkeit des Kars, das mich tief unten aus der Ebene immer so angezogen hatte als eine die Seele befruchtende Mulde:

aus der Nähe wurde dieses Fruchtbare beschreiblich. »Spring ins Kar!« (19. Okt.)

Erscheint das Inbild (einer Sache oder Person), werde ich die Ruhe selbst; bedenke ich das Inbild, kann mir nichts geschehen

Das Erzählen ist eine Kunst in der Zeit (21. Okt., Die Wiederholung endlich angefangen)

Meine Gewissenhaftigkeit und meine Begeisterung gehen schlecht zusammen. Aber im Schreiben *müssen* sie zusammenkommen (23. Okt.)

Poetisch heißt: das Böse und Schlechte vernichtend

Der Jugendliche, der ich war, soll mich Alternden herausführen aus dem Elend (= die Fremde), und heimführen, wohin?

Das Schreiben, Aufschreiben müßte eine Form meines Zeithabens werden – eine *Form* aber

Im Erzählen, rein durch dieses, wurde das Mädchen junge Frau, und auch der Erzähler wurde, rein im Erzählen, Erwachsener, dabei ohne Älterwerden, beide

Das Erzählen muß, auch für den Erzähler selber, ein Erkennen sein – und zwar simultan: er darf nicht zuvor gehabte Erkenntnisse nach-erzählen; Erzählen ist *Hervorbringen*, und die Erzählung der Erzählungen ist die Erzählung vom Erzählen: die Erzählung ist DIE HAUPTPERSON

Filip Kobal hat einst den Todesschweiß der Mutter gerochen; im Gedächtnis ist daraus ein Duft geworden

Das Schreiben drängt zum Gefährlichsein. Es *muß* gefährlich sein

Filip Kobal und sein Dorf: Niemand prüfte da. Aber in der Stadt fing sofort das Prüfen, das Geprüfe, an – in den Kleinstädten jedenfalls. Die Dorfabkömmlinge wie er konnten nur in Dörfern oder in großen Städten bestehen

In seinem Heimat- oder Staatsland fühlte Filip Kobal sich wohl fast nur in den öffentlichen Pissoirs

Meine Art ist unvollkommen; aber wenn das, was ich aufschreibe, meiner Art entspricht, wird es vollkommen und ewig (wenn ...)

Nur in der Erzählung nimmt die Seele Gestalt an (24. Okt.)

Er ging mit ihr im Traum beiseite und sagte, daß er sie liebe. Ihr Gesicht alterte unter seinen Worten und blieb schön

Geschichte wollte Filip Kobal studieren aus Empörung, Geographie dagegen aus Begeisterung

Das Wissen, gleichwelches, blieb nicht bei ihm. Was aber blieb bei ihm? Was ihn je durchdrungen hatte. Und was hatte ihn durchdrungen? Das Schöne? – Das Erschütternde. Das Beruhigende

Jugoslawien, wie Filip Kobal es erfährt: Alles Köstliche ist *verborgen* (auch durch den Kommunismus?)

Das Mittel, den zeitweiligen, unschönen Unernst zu verlieren, ist eine geliebte Frau oder ein Feind

Was zählt für das Erzählen: das Recht der Vorfahren zu vertreten

Sich der Sonne mit der Sprache würdig erweisen

Ein Kind, auf einer Baumwurzel sitzend, sagte: »Ich habe einen guten Platz!«

Ideale Gesellschaft: die Gesellschaft der Müden (die schlicht müde sein dürfen)

Nichts darf im Schreiben ergrübelt sein; alles muß zufliegen

Alles Denken, das kein Bedenken ist – eines Gegenstands, der vor Augen steht –, ist bloße Denkerei, Gedanken*flucht*

Der Mann im Lokal (von Lehen) gestern erzählte, als Kind sei er jeden Tag geprügelt worden. Er und sein Zwillingsbruder hätten allmorgendlich vor dem Vater zur Exekution antreten müssen. Später, in der Lehre, sei er vom Lehrherrn weiterverprügelt worden, der Vater hatte diesem das angeraten. Erlöst worden sei er dann von seiner späteren Frau (27. Okt. 1985)

Zur Zeit von Filip Kobals Vater war es noch etwas Großes, sich ein Haus zu bauen

Vielleicht kann das Bösartige hierzulande auch deshalb so selbstbewußt auftreten, so flegelhaft, so seelenlos ruhig, weil das andere, die Vertreter jedenfalls von etwas anderem (die Kirche etc.) bloß so vor sich hinfrömmeln?

Das Schöne ruft mich auf zur Arbeit

Erzählen heißt auch, *hin*erzählen, auf ein Kind. Die Kinder haben ein Recht auf den *hellen* Weltraum

Für Filip Kobal, den Jugendlichen, gab es Gott nur in der Empörung

»Nur nicht weltfremd werden!« sagte der Betrunkene gestern zu sich selber

»Wir zwei!« sagte die Mutter Filips jeweils von sich und ihm, aber auf eine Weise, wie sie das genauso von sich und der Katze sagte

Ein Feind ist vor allem der, der aus zwar vorhandenen, mich aber nicht bestimmenden Eigenschaften von mir ein Bild macht. Ich dagegen will mein eigenes Bild von mir durchsetzen. Freilich habe ich gar kein Bild von mir, sondern ein bloßes Bild-Gefühl. Dieses will ich durchsetzen

Noch einmal »Kind«: Sinnlos erscheint mir eine jede Arbeit, die nicht auf mein Kind zuführt (auch wenn ich gar kein Kind hätte)

»Der Säumer liebt den Zögerer« (slow. Sprichwort)

Gestern nacht ging ich im dicht nieselnden Nebel und spürte fast jeden der kleinen Tropfen, auf der Stirn vor allem. Die Stirn war der Empfänger; als bildeten sich dort andere Augen, mit einem sechsten, dem Stirnsinn. Das Feinste der Wasser, die Nebeltropfen, trafen das sehr Harte, den Stirnknochen, und das Harte begann zu empfinden, wurde ganz und gar Empfindung (29. Okt. 1985)

So verächtlich und unappetitlich mir auch die meisten Bücher geworden sind: Mir geht es nur um die Bücher, das Buch

Das Bauerntum interessierte Filip Kobal nicht. Aber was interessierte ihn? Unwillkürlich dachte er dazu: »Die Schienen. Die Gleise.«

Es ist für die Menschenseele kein anderes Land mehr bewohnbar als das Land der Erzählung (das dachte ich heute früh auf dem Weg durch die dunstige kalte Stadt)

Tue ich etwas, bei dem ich nichts empfinde, werde ich häßlich; bei so vieler körperlicher Arbeit – außer im Garten – werde ich häßlich

Aus der Gemeinschaft der Gläubigen hatte Filip Kobal sich bald verloren; zugleich war er überzeugt, daß sie recht hatten

Eine Gesellschaft an einem Tisch: Immer ist da nur einer der Erzähler. Die Stimmen der andern, so laut sie auch sind, prägen sich nicht ein, stören nur. Die Stimme des Erzählers ist im Gleichmaß, ruhig – allein sie

Viel zu schnell war ich gestern zuhause, hätte unter der windigen Nachtkuppel bleiben sollen (1. Nov.)

»Denn wäre das Salz nicht, dann könnte die Welt das Bittere nicht ertragen« (Der Sohar)

Er blickte zum Himmel: Sprich mich frei!

Zu seinen Eltern redend, wurde Filip Kobal seine Stimme

»Freut er sich nur allein und teilt seine Freude nicht mit andern, so wartet große Strafe auf ihn« (Der Sohar zu mir)

Die endlich glückende Erinnerung, etwas Allerseltenstes: die Entdeckung des Gelobten Landes – eines *Rand*landes (4. Nov.)

»Es ist kein Denken außer im Erzählen« (sagte es in mir im Traum)

Schreiben hat auch als Rache an der Schöpfung, nicht nur als Lobpreis, sein Recht; aber dann hat es mit grimmigem reinstem Humor zu geschehen

Keine Erfindung, nur das Erlebte erfinderisch wiedergeben

Es ist keine Freude, ein Buch zu schreiben, wohl aber, am Buch mitzuschreiben, mit andern

Das Raumleben in Jugoslawien; das Leben des Raums selber, im Gegensatz zu Österreich

Der Dialekt kennt in der Regel keine Sehnsucht, leiert bloß dem Alltag nach, begleitet all die voraussehbaren Vorgänge, maulend, schimpfend, jammernd – nie klagend, preisend, *entdeckend*; wer etwas entdeckt, fällt vom Dialekt in die Schriftsprache, so wie der Klagende, Preisende, Aufschreiende

Filip Kobal verehrte an seiner Jugendfreundin das Gesicht, nicht das Wesen. – Aber war nicht das Gesicht das Wesen?

Die Schwärze der Einsamkeit: trink sie, als Wohltat

Herr, mach mich unkenntlich! (Das wäre mein Gebet)

Seine Tage zählte er, seit er erstmals das Glück erlebt hatte

Grundbedingung für den (epischen) Humor: sich Zeit lassen (nicht damit »ins Haus fallen«)

Denkkraft / Fühlkraft / Sinnkraft: Stufen der Kraft

Ich will mich besinnen aufs Gestern – was war? –, finde nichts, und schlage suchend das Buch Sohar auf (9. Nov.)

Mit dem Sterben der Mutter fing für den Sohn das Leben an, das lebendige Leben

Die ungeheuerlichen Zwänge Österreichs: wie kann da ein freier, gerader Sonnengeist entstehen? Denke dagegen an Camus' Algerien

Das Erd-Reich der Natur – das Welt-Reich der Schrift: Erdreich und Weltreich versöhnen

Hörte er von einem großen Schurken erzählen, fühlte er sich sofort gleich auf gleich, ebenbürtig; nicht so dagegen bei Erzählungen von einem sogenannten »großen Menschen«

Das herrlichste Leben ist im entwerfenden Denken, aus einer Illusion der Gegenwart heraus, und aus einer erwachenden Erinnerung an die Hoffnung einer Jugend oder des Jungseins

Erster Schnee: Und immer noch möchte ich einzig in solchen Begebnissen sein (12. Nov. 1985)

Eher geben die Kinder den Eltern den Segen als die Eltern den Kindern; eher haben die Kinder die Segenskraft

Schreiben als das endlich verwirklichte Schweigen

Verlorene Kindheit, verlorene Orte: der Traum ist aus – die Träume müssen einspringen

Der eine erregt Aufsehen, der andere erzeugt Einsehen (meine Sache wäre eher das letztere)

Unterscheide das natürliche Geheimnis vom gemachten

Ewig würde Filip Kobal seinen Eltern dankbar sein dafür, daß sie ihm ihre Heimatlosigkeit vererbt hatten

Sowie ein Erlebnis, so schrecklich es auch war, seine Stelle in einer Erzählung zeigt, bekommt es seine Heiterkeit

Unterdrücke deinen Zorn nicht, sondern kläre ihn, daß er himmlisch wird

In der Menge war Filip Kobal erweckbar – wandte man sich aber an ihn allein, wurde er verstockt (16. Nov.)

»Zur Rede stellen«: das ist eine meiner Sachen. Und wen aber zur Rede stellen?

Wer Geist hat, darf den nicht beschreiben, sondern muß, unter Lebensgefahr, *mitspielen*

Sag nichts gegen die Randereignisse; sie retten dich

Das herrliche Wetterleuchten der Schrift in der Dunkelheit (der schriftlichen Erzählung)

Ohne Volk ist nichts zu machen – jedenfalls nicht die Kunst, von der ich träume. Und hierzulande ist kein Volk für mich

Ist es nicht das erste Zeichen von Schwermut, das eigene Leben bewerten zu wollen, was natürlich mit einem Abwerten enden muß?

Sich entfremden / sich entgeistern / sich vergeistigen (Stufen des Lebens)

Der Besucher im Krankenhaus bat die besuchte Kranke: »Bitte, laß mich noch ein bißchen bei dir sitzen, zum Ausruhen!«

Mit dem Ende des Kinos werden wir vertrieben worden sein aus einem Paradies (18. Nov. 1985)

Als seien allein schon Wörter wie »Vater«, »Mutter«, »Bruder« ein Rückfall in die Enge. Hinaus aus der Erzählung mit ihnen!

Die Kopfstütze des Mannes: die Frau; und umgekehrt

Um dich erzählen zu können, mußt du dich besser und schlechter machen, als du bist

Befreiende Erkenntnis: kein Thema zu haben; nichts zu erzählen zu haben als die Erzählung

Der Schnee, worauf immer er fällt, fällt auf den Heimatort (21. Nov.)

Von einem Dorf könnte ich nie sagen, es sei ein »Nest«; von einer Kleinstadt wohl

»Der Freund ist der gerechtere Vater« (sagte jemand gestern am Gasthaustisch)

Die Dorfstraße war ein breiter Fluß, auf dem im Morgengrauen, unter weißen Baldachinen, die sich in dem

Fluß spiegelten, eine wilde, weithin schallende Prozession von Priestern, einzig diesen, dahinging. Der Zuschauer empfand einen großen Schauder angesichts des Erscheinens der höheren, der schrecklichen Welt. Es war Gottesfurcht

Einen, der *straft*: Hat Filip Kobal so jemanden gekannt? Sein Vater, indem er strafte, hat sich selbst bestraft. – Niemand im Dorf, der strafen konnte. Auch er selber hat später keinmal bestraft. Es sei denn, *wegzugehen* war eine Strafe

Im Inland, zuhause, war Filip Kobals Fremdsein begleitet von Schuldgefühl. Im Ausland erkannte er: Ich habe keine Schuld an meinem Fremdsein. So war die Entdeckung des Auslands für ihn die Entdeckung seiner Schuldlosigkeit

Du hast dein Recht. Aber indem du dir dein Recht nimmst, wird es Vermessenheit

Durch die Arbeit erst erkenne ich den Reichtum des Träumens

Erfinderisch ist, im Schreiben, einzig die Erinnerung; und nur die Erinnerung als ein Gefühl

Die Schneeflocken im Dunkeln als die Berührung des Haustiers der Haustiere

Nur außer Haus kann ich bedenken, was ich im Hause gemacht habe

Filip Kobal wollte etwas tun, wobei er sich mit niemandem messen müßte; er wollte den Zwang meiden, sich zu messen

»Ich« sagt er nicht aus Überhebung, sondern weil er allein ist, weil er verlassen ist. So entdeckt er seinen Schutzherrn »Ich«

Vorwurf an einen Schreiber: »Deine Worte haben keine Augen!« (Mach deinen Worten Augen!)

Was in den Zeitungen nicht Katastrophe ist, ist Befürchtung oder Drohung; und im besten Fall ist das letzte Wort nicht gesprochen

Innerhalb der Sätze, zwischen den Wörtern, gilt eher die Chemie; zwischen den Sätzen eher die Physik (im Sinn der Hebelwirkung)

Die Erinnerung als eine Weise des Aufgehens (einer inneren Sonne; »es ging mir auf«)

Es gibt mystische Augenblicke, mystische Stunden, mystische Nächte, aber ein mystisches *Leben* nur im Land der Erzählung (27. Nov.)

Der Dämon im Menschen (in »einem«), der, wenn er nicht verwandelt wird, nur böse sein kann. Das Dämonische als der Verwandlungsstoff. Wird es nicht verwandelt in eine Kraft, bricht es aus, kraftlos, zerstörerisch

Verrückte Freude; die Freude als schöne Verrücktheit

Erfindung, lichterer Zwilling der Erzählung. Und beide miteinander gewinnen mir die Gegenwart, den Nachtzug nach Paris oder sonstwohin

Würde ich schaffen, was mir vorschwebt, wäre ich die Gegenwart in Person

»Das Zauberwort«: Dazu brauche ich aber den, der es hört, und mich selber, der es hört

Ein Unterschied in meinem Bewußtsein zwischen Jetzt und Früher: In den Jungen jetzt sehe ich fast nur noch die Töchter und Söhne ihrer Eltern (auch wenn ich diese nicht kenne), und früher sah ich einfach die Jungen (auch wenn ich die Eltern kannte)

Ich allein: *ein Trockental.* Es gibt die zwei Bewässerungsmöglichkeiten: 1) die andern, die Gegenüber 2) das Ich, und die Erzählung

Schweig, Erzählung in mir, so lange, bis ich am Tisch sitze und schreibe (2. Dez. 1985)

Die einzige Energie, die ich kenne, kommt aus der Verlangsamung

Die mir *nicht*-Verständlichen, *das* sind meine Landsmänner, meine Kompatrioten

Jugoslawien: gut für jeden, der sich sträubt gegen das Fragen und Gefragtwerden

Das herrlichste aller Märchen ist die Sprache; die Sprache, die sagt, was sie sagt

So wie ich lernen muß, meine Sachen zu schonen, so muß ich auch lernen, mich selber zu schonen. In meiner Arbeit aber – wie unfähig bin ich oft dazu!

Der Speer (der Erzählung) geht mehr durch mich durch als von mir aus

Eingedenk dessen, daß noch nie jemand Angst um ihn gehabt hatte, beschloß Filip Kobal, keine Angst um sich zu haben

Das herrlichste aller Kraftfelder: zwischen mir, meinen Vorfahren, meinen Kindern

Allein schon einen Feind sich vorzustellen, heißt, daß du nur unterliegen kannst (auch als Sieger)

»Suchen Sie jemanden?« – »Ja, einen Platz.«

Die »Freude« ist, gemäß dem Sohar, »ein Bekanntwerden«, der »Jubel« ein »Erkennen«

Das Land der Erzählung heißt: die Erde ist mein (unser); Entgrenzung aller Staaten (7. Dezember)

Das im fortwährenden Gehen sich ereignende Zögern ist die dem Denken (Bedenken) am meisten entsprechende Bewegung

Vielleicht ist doch das Anrührendste am Erzählen das gelegentliche Selbstgespräch des Erzählers mit sich selber

Der Regen ließ sich hören vor dem Haustor wie ein dort fressendes Kleintier (10. Dez.)

Die Wiederholung: Ich erzähle, unterschwellig, das Erzählen

Verlassenheit, wie war die nachzufühlen, als letzte Nacht die Frau im Traum sagte, sie fürchte, aus jedem Zuschauerraum gewiesen zu werden

Einst war Filip Kobal in seinen Träumen der Held. Dann war er nur noch der Statist. Dann war er nur noch der Zuschauer. Und dann wurde er aus dem Raum gewiesen

»Vorsichtig« erzählen, in dem Sinn, wie man sich vorsichtig bewegt, um ein Tier nicht zu erschrecken

Vielleicht wird die Schönheit Linie, nachziehbare, nur durch die – das Ursprüngliche erst sehen lassende – Entstellung (oder auch das Verstelltsein)

An der Ausdruckslosigkeit im Gesicht seiner Freundin, wo dafür alles nacheinander, eine jede Stelle ihren Ausdruck bekam, entdeckte Filip Kobal die Schönheit des Menschengesichts

Der Humor der Wartenden; der Humor in der Warteschlange

Das Schreiben ist ein Erleben, das ich nicht teilen kann – das nicht zu teilen ist – mit niemandem: gerade das herzlichste Erlebnis ist mit niemandem zu teilen, es sei denn, dann durch die Schrift, die *dasteht*

Wenn dich dein Kind schon nie singen hört, so soll es dich wenigstens manchmal summen hören

Das Reden war für Filip Kobal in der Regel eine unangemessene Geschwindigkeit – etwas Fremdes, nicht Geheures. Reden war Fremdsprache. Das Aufschreiben dagegen war er selber, eine Langsamkeit, eine, seine eigene Sprache

Ein Krüppel, wie er dahingeht, sich müht, herrlich, der Mensch der Menschen, von den Hausstufen auf die Straße, von der Straße hinab in die Unterführung: Vorbild für die Letter, den Buchstaben, den Gang des Erzählens, das Stocken, Ausholen, Weitergehen der Erzählung (15. Dezember)

Wohl habe ich ein Recht, aber ich habe es nicht zu fordern (s. o.) (17. Dez.)

Das »So« – »in gleicher Weise« oder »demnach« – am Anfang eines neuen Satzes muß, als Überleitung, wirklich, durch die Tat, den Satz zuvor, verdient sein

Der Lehrer ging im beleuchteten Schulzimmer auf und ab, kein Schüler zu sehen, und fuchtelte wie ein Wahnsinniger in einem leeren Raum

»Die Statue des Bedenkers«: Ja, im Be-Denken wurde man statuarisch, im Bedenken, in der Tat

»Johannes Araya«, so hieß der in der Bessarabierstraße von S. verhungerte Äthiopier, 32 Jahre alt. »Mehrere Tage bewegungsunfähig und mit Atemnot kämpfend in der Notunterkunft ... der Mann starb, kurz bevor die Polizei in seine Wohnung eindrang« (ich will wenigstens den Namen festhalten, am 18. Dez. 1985)

Märchen: bei allem vielleicht schrecklichen Geschehen werden durch die Märchen Orte zu Orten, die es sonst nicht sind. Es gäbe ohne die Märchen kein »Häuschen im Wald«, keinen »gläsernen Berg« usw. Und das ist das Anziehende und Weltstiftende am Märchen. Es werden die Orte zu Klarheiten, die immer da waren, nur nie abgegrenzt wurden

Die ganze Nacht hindurch beschmutzte ich jemandem das feine Gewand, in dem er verreisen wollte. So sei ich eben, sagte der andere gelassen

Sehnsucht heißt: »Ich sehe mich dort« (: »Ich sehe mich dort *nicht*«)

Weinen macht mich das Leben, nicht der Tod. Im Tod beweine ich nur das Leben (19. Dez.)

So begann die Erzählung eines Sterbenden: »Vor einiger Zeit ...«

Es stimmt schon, wie der Sohar sagt: Das Buch steckt, am Ende einer Höhle, in einer Felsspalte. Und man selber steckt mit drin

Blindes Arbeiten: Ich zähle; Arbeit mit Augen: Ich vergesse, zu zählen (ich höre auf, zu zählen)

Ich mag, sonst im Leben, kein Kind mehr sein. Aber im Schreiben muß ich es sein

Geistreich ist geistlos (ist eine Art von Geistlosigkeit)

Gelang Filip Kobal das Sprechen, war das vielleicht nichts anderes als das der anderen, aber es hatte eine andere Bewegung

Nicht verneinen, aber sich abgrenzen

Auch mein eigenes Kind träume ich hinein in meinen längst von mir verlassenen Heimatort, als gäbe es vor ihm selbst für meine Nachkommen kein Entkommen (23. Dez.)

Ein Professor erklärte lachend, es gebe ein Organ im menschlichen Körper mit Namen »Nichts«. Dieses »Nichts« sei ein sehr wichtiges Organ irgendwo mitten im Leib

Gott der Träume: Ich lag heute nacht auf einem Tisch als Säugling und freute mich des Liegens als Säugling

Bin ich sorgsam, erscheint mir meine Mutter

Ohne von jemand entdeckt zu werden, ist Filip Kobal nichts. Und entdeckt hat ihn nie jemand zuhause, nur dann dieser und jener Fremde

Ein Kind wurde zum Tod verurteilt, durch Erhängen, und andere Kinder sollten das Urteil vollstrecken. Sie taten es auch willig. Ort der Hinrichtung: eine Toilette. Selbst das Verurteilte gehorchte und sprang willig in die Schlinge. Ich öffnete die Tür und wollte sie vor dem Anblick gleich wieder schließen, trat dann aber doch hin und befreite das Kind, drückte es an mich. Es hatte nun etwas erlebt, was es niemals vergessen würde. Das genügte als Strafe (26. Dez.)

Jede größere Freude verdanke ich dem Werk der Menschen (dachte ich gestern angesichts des mittelalterlichen Kanals)

Sehr viele wissen gar nicht mehr, was Arbeit ist; sie sind nur noch Präsenzdiener

Auch im Land der Erzählung habe ich der Ausländer zu sein (Ordnungsruf an mich selber: »Ausländer!«)

Herausgefordert, werde ich erst, und bin ich

So weit kommen im Schreiben, daß ich einfach die Wörter an ihre Stellen dirigieren kann, ohne Eingriff, mit der natürlichsten aller Handbewegungen

Der Herzschlag des Schlagers entfernt sich schnell; im anderen Erdteil, durch Zufall, kommt er vielleicht zurück

Der Blick der Liebe, ja; der Blick der Trauer, ja; – aber der Blick der Blicke ist doch der, wo ein Sachverhalt vor Augen steht, zum Bedenken. Und aus ihm kommen dann auch Liebe und Trauer (28. Dez. 1985)

Ich war auf einem fremdländischen Platz, und der steinerne Löwe dort kam ins Rutschen. Er brach dabei aber nicht auseinander, sondern streckte sich, mir zu Füßen. Ein Schimmel kam gelaufen, den Rücken bereit für ein Kind. Der Steinerne Löwe war zuvor nur ein Mauerteil gewesen und hatte sich erst im Einstürzen der Mauer zum Löwen geformt. »Schaut!« rief ich. Das Weiß des ungebärdigen Schimmels in der tiefen Nacht

Was ist »das Christliche«? Die freundliche Aufmerksamkeit

Außerhalb des Dorfes begann das Glotzen; innerhalb des Dorfes herrschte das Äugen

Im Traum erfuhr ich, wann ein Künstler kein Künstler ist: wenn er »einen Würfel zu wenig geworfen hat« (29. Dez.)

Die Feinde nicht besiegen, sondern sie überwinden

In der »Kirche der Passanten«; das Gottesvolk der Passanten (»Die Wiederholung« könnte auch »Die Kirche der Passanten« heißen)

Seine Art Liebe: das Erbarmen (1. Jan. 1986)

Du bist ein Geistesmensch, und deswegen ein Stotterer

Ich weiß viel, doch mein Wissen hat keinen Zusammenhang, auch zum Glück: so doziere ich nicht, so belehre ich nicht

»Jauchzen« ist ein herrliches deutsches Wort. Aber wann habe ich jemanden wirklich jauchzen hören? Die Osternächte jauchzten – die Osternächte selbst ... Es mußte *einer für alle* jauchzen; jauchzte *einer*, war es für *alle* (3. Jan. 1986)

Von dem, was die anderen nicht von mir wissen, lebe ich

Franz Kafka hat für mich gesagt, daß ich im Elend bin. Also brauche ich selber es nicht mehr zu sagen. Also soll ich etwas anderes sagen, oder schweigen

Wenn ein Kind zum ersten Mal das Wort für ein Ding ausspricht, rundet sich das Ding, und nicht nur ein »Ei!«

Schnee und Teekanne, so wie Buch und Fels: als gebe eines das andere

Seid ihr der Zeitgeist – ich möchte der Raumgeist sein

Das Tragische wie das Böse wird aufgehoben durch das Erkennen; aber mein Erkennen besteht immer nur in einem Wort, nie in einem Satz

Schreiben: den heimatlosen Kindern eine Heimat geben (6. Jan.)

Alles, was mich begeistert, läßt sich fast nicht sagen; »fast« ...

Schon der 20-jährige Filip K. vermißte immer wieder an sich die Trauer; stellte sie sich ein, empfand er sie als Gnade

Mein einziges Verdienst im Leben bisher: daß ich hin und wieder bei der Sache geblieben bin (und so soll es auch bleiben)

Das Christentum ist groß nur als Religion der Minderheit, während das Judentum als Religion der Mehrheit groß ist; Islam und Buddhismus sehe ich nicht als Religionen. (Und was für ein Wort noch fällt mir zu einem Christen ein? »Gesammelt«)

Noch einmal »Erkennen«: Mein Erkennen war nie ein »So ist es!«, sondern immer: »Das ist das Wort!« (10. Jan.)

Im Abseits der Geschichte: da schreibe ich; da schreibt *das Ich* (11. Jan.)

In dem Spiel von Sonne und Dingen bin ich der Dritte; auf mich kommt es an, den Dritten

Der Idealzustand ist es wahrscheinlich, die Zustände lächerlich und zugleich erträglich zu finden

»Es gibt nur eine einzige Tatsache, das ist die heilige Dreifaltigkeit, und es gibt die Gerechtigkeit, und davor habe ich Angst« (sagte gestern ein Betrunkener?)

Das Schreiben hat ein Gesetz; das Reden keins

Schreiber, Steinmetz des Atems

Was ist ein Werk? Der Durchbruch eines Menschen zu sich selbst

Wenn du zum Göttlichen vorstößt, sagst du nicht »Göttlich!«, sondern betest, nicht allein zu sein. Und du willst deinem Kind – du hast eines – etwas schenken (16. Jan.)

Arbeiten: vernünftig atmen

Vielleicht ist heute das Lobeswort, das am meisten auszeichnet: »eigen«

Ich bin nur da, wenn *du* erscheinst. Ideal: Ich bin mit dir

Im Arbeiten will ich oft alles auf einmal schaffen und zerstöre so oft das Werk (19. Jan.)

»Festlesen«, »ich habe mich festgelesen«: ein Wort wie »festbeißen«

Endlich weiß ich und kann es sagen: Die Ruhe ist das Äußerste des Innersten

Die beste ist vielleicht doch jene Arbeit, die einen hindert, weiter als an morgen zu denken

Meine einzigen guten Bekannten sind die Personen der Erzählungen, und die paar andern möchte ich zu Personen der Erzählung machen

Das »Und so« der Bürger (»die Literatur und so«), und das »Und« der Erzähler

Erst im Wiederholen blüht das Frühere (22. Jan. 1986)

Auf den Vorwurf: »Du beziehst alles nur auf dich!« antworte mit: »Aber ich bin doch nicht nur ich.«

Die Seele kann nicht hassen; aber ich kann nicht mit der Seele allein erzählen … (mehr Shakespeare in mich hinein, aus mir heraus!)

Auf keine Entdeckungen kann ich mehr hoffen, wohl aber auf Erweiterungen

»Der Icherzähler« ist ein schöner, treffender, hintergründiger Ausdruck: ohne Icherzähler keine Erzählung (ich erzähle mich in der Erzählung *mit*)

Wenn ich etwas düster sehe, sehe ich gar nichts

Der allgegenwärtige Bürgerpöbel in der heutigen Pöbelzeit, die Bürgermännchen und -weibchen mit ihren weißen Champignon-Fingern gleich dem gebleichten Dreck ihrer Hündchen – der Bürgerpöbel: wenn er nur gleichgültig wäre, wie irgendein Arbeiter – aber er läßt nicht in Ruhe

Das »Und, und, und ...« des Erzählers ist wie ein »Kind, Kind, Kind ...« (22. Jan. 1986)

Ein Gesetz zu finden, so glaube ich zu wissen, wird eine von Mal zu Mal schwierigere Expedition. Wohl euch Gläubigen!

Ein Engel, von zu nahe gesehen, spreizt sich als ein Pfau; ewige Ebbe und Flut des Bewußtseins

Vor der Schönheit finde ich mich selber schön – nur so

Posaunenstoß ins Herz: mein Karst

Ich habe kein Vokabular für die philosophischen Probleme im Erzählen, muß vor ihnen beständig das Schreibkind sein, Glück oder Unglück?

»Zeige deine Wunde« (Joseph Beuys ist gestorben, 24. Jan. 1986)

Seltsam: das slowenische Volk, »Volk des Leidens« genannt, kennt in seiner Grammatik keine Leideform: statt »Ich wurde bespuckt«, »sie haben mich ...«

Statt »Bürger« sag vielleicht »Stadtsassen«. Die Stadtsassen wollten immer durchschauen. Wen sie nicht durchschauen konnten, den beglotzten sie

Die Sprache, die wahre, wahrgewordene, -gemachte, anders als die Musik, *steht* – und schwankt und zittert zugleich

Wörter, Bewahrer der Kindheit

Es gibt keine toten, es gibt nur lebende Sprachen

Die Gebärde des Erzählens ist die des Heimholens, mit dem ganzen Arm (26. Jan.)

Erschöpfung, meine Rechtfertigung, meine einzige (hundert Tage »Wiederholung«)

Ist das die Liebe?: Filip Kobals Eltern waren froh, daß sie sein Vater und seine Mutter waren

Geht in mir das Erzählen über ins Zählen, ist der Tag vorbei; wird es finster in mir

Nur aus dem Zweisprachigen, dem Schattengebiet, erhebt sich das epische Hin und Her, steigt das Alt-Neue auf, bilden sich die Gleichnisse (28. Jan.)

Die Melodie der wandernden Lichter, der Züge, der Autos, der Flugzeuge im Himmel: mein Vaterland

Die Erzählung heutzutage handelt nicht vom Volk, nicht von der Geschichte, nicht von der Mitte, nicht von der Grenze, sondern, wie ein Kind sagte, vom NEBENBEI. – Ja, weniger die Historie zu erzählen drängt es mich, auch nicht den Erduntergrund, die Höhlen ..., sondern? Den Luftraum, den »Meteor«

»Wenn ich eine Frau heiraten müßt', müßt' ich sie vorher erschlagen. Der hauert ich den Schädel so ein, daß man sie an der Pyramidenkreuzung operieren müßt', die Liebe wär' hin« (sagte der Betrunkene gestern)

Daß ich Zeit habe, ist mein Stolz (4. Febr.)

Das Weltkind hält im Gehen immer wieder inne und beugt sich hinab zu den kleinen und kleinsten Elementen – sonst ist es nur der ausgewachsene übliche Menschenaffe

Das Fest der Arbeit; meine Arbeit, mein Fest (so sollte es sein ...)

Ein Satz hat dem Sachverhalt zu entsprechen, gerecht zu werden dem Verhältnis zwischen der Sache und mir, dem Icherzähler, und so muß er manchmal lang sein

Spring den Ursprung!

Es gibt Kinderrufe, von denen allein die Toten sich nicht gerufen fühlen können

Künstler, oder Menschenskind: wenn du deinen Anfang aufgibst – weg mit dir von der Bildfläche

So vollkommen ist deine Freiheit, daß du Gott mit dir hast. So vollkommen ist deine Freiheit, daß du nicht nur einverstanden bist, geboren zu sein, sondern dankbar: Gott ist mit dir (9. Febr. 1986)

Der schönste, der menschenwürdige Zustand: die Nachdenklichkeit; – völlig schweigend sich umgeben fühlen-sehen von der Welt und nachdenklich werden – nichts sonst mehr sein – und *sein* (14. Febr.)

Die Reinheit des Lesers (auch wenn er gerade kein Buch liest): ich kenne niemand Reineren

Meine Vorfahren: Ich sehe für euch, was ihr, im Krieg – auch im Krieg eurer Arbeit – nicht sehen durftet (und wenn es nur diese Waldreben sind, auf dem Weg zur Fontaine Ste-Marie)

Schön ist nur, was beschreiblich ist; das Übermenschliche kann bloß noch Nachricht sein: »angekommen auf dem Mars«

Meine Sehnsucht, zu tun, ist Sehnsucht, *mit*zutun

Nichts Ruhigeres als ein verwundetes Herz (Étang de l'Ursine)

Die Vorzukunft: die Inschrift der Inschriften: »Ich werde hier gewesen sein« (Bahnhof Ch.-Vélizy)

Ein Künstler in Gesellschaft: Schande!

Ich habe Vertrauen zu den Gläubigen, aber ich erwarte nichts von ihnen. Von den Künstlern aber erwarte ich. Zum Papst habe ich weder Vertrauen, noch erwarte ich etwas von ihm, von gleichwelchem Papst, es sei denn, ich träfe ihn irgendwo als unbekannten Gläubigen

Als ich jung war, wußte ich nicht, daß ich jung war

Die Erkenntnis, wie ich arbeite, macht mir Lust an der Arbeit und ordnet meine Handgriffe

Zeichen eines Liebespaars: die Scheu der Scheu (19. Febr.)

Ich habe in meinem Land Ö. wohl *sanfte* Menschen getroffen, aber noch keinen *zarten* – außer vielleicht einen Slowenen. Und mein Bedürfnis geht nach einem zarten Menschen

Durch meine Arbeit habe ich meinen Größenwahn verloren. Leider?

Glaube nur dem einen, der Einer ist (25. Febr.)

Ein Arbeitersohn, der »Kritiker« wird: Schande (bei Bürgersöhnen und -töchtern: naja, was bleibt ihnen übrig?); ein Arbeitersohn hat Künstler zu werden

Kritikerwort: »schonungslos« (als Lob). Die Kunst aber hat schonungsvoll zu sein. Sie ist die höchste Schonung. Schonungslos dürfen nur die Wichte sein

Erzählung, nur du kennst unsere Einsamkeit (28. Febr., 12^{h} 20, »Die Wiederholung« beendet)

Die Seltenheit eines richtigen Geschenks; daran geht dann aber das Herz auf

Die Welt wird aufgehört haben zu bestehen, wenn auch der zarteste der Japaner das Lachen der Alpenbewohner angenommen haben wird (2. März)

Der Blechbieger gestern abend sagte, die Arbeit mache ihm Freude, »wegen dem Blech«; er biege gern das Blech. Und er glaubte mir nicht, daß ich ihm glaubte

Ein anderer Arbeiter sagte gestern abend: »Wenn ich unrecht hab', lüg' ich. Wenn ich recht hab', reg' ich mich auf!«

Spielbälle, eingefaßt den Winter über in den Schneehaufen, tauten da heraus, kunterbunt, und kamen ins Rollen (5. März)

Der Diskus in deiner Hand, wenn du Mensch sein willst, ist das Buch

Jemand Vornehmen erkenne ich auf der Stelle: an seiner Schönheit und an seiner Scheu

»Schön, wenn man lachen kann vor dem Heimgehen«, sagte die Zeitungsfrau am Abend (11. März 1986)

Kann Dichter wirklich nur der sein, der erkennt, daß er sich nicht einlassen darf – wie etwa Pessoa –? Und ist es mit dem Epiker anders? In ihm (in mir) ist der dauernde Widerstreit zwischen Sich-einlassen-Wollen und Am-Rand-bleiben-Wollen (16. März)

Ernsthaft sein heißt, auf seine Sprache achten

Sehe ich am Ende eines mühseligen Tages im Sternenhimmel den Orion, wird es mir möglich, da zu sein

Wirklich komisch ist nur die Selbsterkenntnis (19. März)

Heute, beim Lesen im Freien, in der Sonne und in der Ruhe, bedauerte ich die Katze zu meinen Füßen, weil sie nicht lesen kann

Lieben können heißt teilen wollen

Zeigt die Welt ihre übermenschliche Schönheit, rast mein menschliches Herz

»Er muß ein Mensch sein, weil ihn Goethe liebt« (Rahel Varnhagen)

Vom ersten Falter heute sah ich nur dessen Schatten

Der Psychoanalytiker sagte, »lärmende Symptomatik erlaubt günstige Prognose«, wer schreie »ich bringe euch alle um«, bringe niemanden um

Regenmorgen, an den noch kahlen Zweigen rutschen die Tropfen (21. März)

Schneeflocken, so groß, daß sie auch zuhöchst im Himmel einzeln sichtbar sind

Einen Augenblick heute früh ging ich im Laubsturm über eine Berglichtung, sah mich von hinten und wußte mich unschuldig

Immer noch das Höchste: den Schein des Unscheinbaren wiedergeben (etwa die Regenrillen auf dem Boden eines Laubengangs)

Zwei Mädchen fuhren auf einem Fahrrad; die auf dem Gepäcksitz aß einen Apfel

Meine Art Kraft ist eine gewisse, tiefinnere, zur Tat drängende Unbändigkeit

Der Blick ins Freie: brüchig-brüchiger im Lauf der Jahre

Fruchtbar werden jene, die, lügend, sich dessen bewußt sind; unfruchtbar dagegen …

Regentag. Auf dem beregneten Gehsteig die Blasen von den Sohlen der da Gehenden, allmählich dann platzend und verschwindend

Fast unerzählbar sind mir Handlungen, die ich tatsächlich »getätigt« habe; Handlungen werden mir beschreiblich fast nur im Erfinden

Des Rauchfangkehrers rußiges Gesicht, und darin die strahlendblauen Augen

Unterscheide zwischen »schwach« und »schwächlich«: schwach bin ich gern (26. März)

Was ich zu schnell lese, von dem wird mir kalt; in der Natur, *an* der Natur kann ich dagegen langsam lesen

Könnte ich doch allein den Raum verkörpern, wie manch ein Kind: dann wäre ich ein Künstler

Weinen können heißt, endlich eine Grenze ziehen können des Elends

Welt, Herzhalt

Die Schankwirtin sagte: »Das würde mir im Leben nie einfallen: jemanden zu fragen, wer er ist« (27. März)

Die zwei Fiaker von S., Vater und Sohn, saßen müde, zärtlich, traurig, nach der Tagesarbeit in einem abgelegenen Stadtrandwirtshaus. Der sehr junge, noch unerfahrene Sohn sagte begeistert von seiner Arbeit (es war sein erster Fiaker-Tag gewesen): »Du, Vater, da hat man was in den Händen!« (Neuer Blick auf die Fiaker – es lohnt sich doch, seßhaft zu sein?)

Wünschen können, empfinde ich schon als Erfüllung; die tatsächliche Erfüllung erzeugt eher nur Bangigkeit

Wenn ich *gegen* etwas kämpfen wollte, habe ich bisher immer verloren; es gelang mir jeweils nur, *für* etwas zu kämpfen

»Sie sind der einzige Mensch, bei dem ich weiß, was ich anhatte, als ich ihn zuerst sah« (Rahel Varnhagen an David Veit); und dieselbe: »... aber nur Herzen erschließen Herzen«

Schriftstellerisch ist nur, wer aus einer angesammelten Stille heraus anfängt zu schreiben und die Stille schreibend ständig bewahrt

Könnte ich nur jenes Schweigen und Stummsein aus der Kinderzeit wiederfinden, unter dem ich litt, das aber das Richtige war

Das Dröhnen der Liebe; Verb für die Liebe: ....

Dem Zitronenfalter folgen mit den Blicken, hin durch die Landschaft: wie sein Flug die Gegenstände hervorhebt, das Gras, den Baumstamm, den Bach, und wie sein Gelb sich von Ding zu Ding verändert, – herausleuchtet, verschwindet (Karfreitag)

Sehnsucht nach dem Geist, Leiden unter der Geistlosigkeit. Das erste Anzeichen von Geist ist Anmut, *und* eine Aura von Einsamkeit; auch eine gewisse Zerbrechlichkeit, ein anziehender Abstand

Ein Epos des Friedens – mein Ideal – ist nur mit dem persönlichen Einsatz zu schreiben; beim Epos des Krieges genügt schon der Krieg

»Die nicht wissen, daß der Körper die Person ist, können ihn sich zerschießen lassen« (R. Varnhagen)

Beim Lesen des Aristoteles geht es mir wieder wie vor Jahren: »Die Philosophen sollten das Sagen haben, und die Dichter das Schreiben«

Exhibitionismus hat nichts mit Wahrheit zu tun

Folgendes rief die Wahnsinnige mir gestern in der Allee entgegen: »Die alte, untergegangene Ruinenstadt möchten Sie neu heranflehen. Aber das nützt Ihnen gar nichts mehr.« Und aus der Entfernung: »Die irgendwo im Weltgetriebe untergegangene alte Ruinenstadt, mit ihren verfluchten Pfefferhütten!« (31. März)

Unterscheide zwischen Wahrheit und Wahrhaftigkeit; das erste ist mir fremd, das zweite ereignet sich

Wann habe ich angefangen, über jemanden den Kopf zu schütteln? Und wann werde ich damit wieder aufhören?

Jedes aufmerksam aufgenommene Wort gibt mir einen tieferen Atem: das ist das Werk des Lesens (3. April)

Der Geist, er äußert sich und geht über auf den andern im Wort, im Schweigen und im Blick – wobei der Blick das Wort, das Wort Schweigen und das Schweigen Blick sein kann

Ein richtiger Satz wirkt jeweils als eine Aufforderung, der ich willig und gern folge

Zur Liebe gehört wohl auch, daß das andere, der andere, die andere jedes Merkmal verliert und nur noch das Geliebte ist

In der Sonne zu sein und nichts mehr als diese zu spüren, läßt mich an »das Buch« denken; das Buch, mein Buch, als Angehöriger der Sonne

Sich zurückatmen in den Raum der Ahnen; Gedanke der Vorzeit gibt mir Stärke für die Zeit

Noch nie habe ich eine beständige Freude erlebt – noch nie aber auch eine beständige Angst

»Und«: Unter dem Balkondach der rauchende Tee, und auf der Straße der sprühende Regen

Gestern gegen Mitternacht hörte ich in der leergewordenen Stadt das Geräusch von S.: der Regen, fein fallend auf die Tausende Blechdächer, ein großes Geräusch, gleichmäßig durch die ganze Stadt dringend

Eine Brücke wurde abmontiert, weil sich darunter ein Pharao samt Gefolge verborgen halten sollte. Aber der Brückenkeller war leer. Sogar der Thron des Pharao war verschwunden

Nonnengesang: Abstandbehaupten von einer Art Welt, die nicht die rechte ist

Der junge Betrunkene sagte gestern in der Abenddämmerung, er habe sich am Himmel versündigt, und das sei nicht wiedergutzumachen. Er, als Bauernbursche, habe schon in der Kindheit erfahren, daß der Himmel Liebe sei. »Nun bin ich nicht mehr zu retten«

Die Traumbilder *haben Bedeutung*; die Halbschlafbilder *sind*

Im Lesen, glückt es, kannst du das Lesen erfahren, als verstärktes Dasein (8. April)

Der Frühling ist längst schon da; aber noch immer jammern die alten Weiber, daß er nicht kommen wolle

Wie viele Leute klagen, ein Tag sei wie der andere, und wie wünsche ich mir, daß ein Tag wie jeder andere wäre

Der Sinn-Geber ist die Ruhe, die Ruhe ist der Sinngeber

Angesichts des nassen Asphalts, angesichts der Ewigkeit

Vieles, was ich denke, würde zum Gedanken, und damit brauchbar, erst, würde ich es in die Frageform bringen (11. April)

Zur Festigkeit genügt es nicht, zu schweigen; du mußt das Wort ergreifen

Eine der schönsten Liebesbezeugungen: »Ich sehe dich ganz ein« (Rahel V. an ihren Mann)

Alles wird sterben, was wir Menschen uns je so ausgedacht haben – aus Not, aus Zorn, aus Wunsch –, aber der Gottesgedanke, das einzige *nicht* Ausgedachte und Auszudenkende, ist unsterblich; wird nicht sterben

Es ist doch die bedenkende, Pausen einlegende, zögernde, stochernde, Abstand nehmende, nichts beanspruchende *Männer*welt die meinige

Ein ewigkeitsgültiger Sozialismus ist der Epikurs: jedem seinen Garten

Man darf nie im *Reden* jemanden zum Weinen bringen; wohl aber soll man es im Schreiben

Der Mut, das heißt, die Form

Der Blick in die Gesichter der leidenden Menschen, ihn aushalten, als Gottesdienst; ein anderer Gottesdienst ist mir nicht denkbar (die Shoah); »Treue den leidenden Menschen« (mein Motto)

Verwandt kann ich mich allein fühlen im Abstand, und daraus folgen dann die – gleichermaßen Abstand nehmenden – Rucke der Annäherung

Dichter ist der, für den es keine Übereinkunft gibt; aber natürlich ist er, auf seine Weise, auf Übereinkunft aus

Anstelle des oder der »Regierenden« die zunehmende Selbst-Herrlichkeit: das ist Heutzutage, die historische Gegenwart; jeder starrt für sich allein (13. April); und der Haß der kleinlichen Etwasse gegen die großartigen Niemande (phantasier darüber)

Erlöst werde ich durch ein Wort von innen

»Wahrhaftig« ist nur ein anderes Wort für »teilhaftig« – und das ist nun das erste Synonym, das ich erfahre, und annehme

Das Buch verlängert die Sonne ins innerste Herz

Statt »Kritik« sag »Begleitschreiben«

»Es wird gewiß bald dahin kommen, daß Schriftsteller ..., die bloß durch die Geschichte ins Leben blicken, von denen, welche die Geschichte durch das gegenwärtige Leben auffassen und darstellen, scharf und klassenweise werden unterschieden sein. Dann werden die leider doch noch zu geistreichen Faselbücher nicht gelesen werden können, und bald nicht mehr geschrieben« (Rahel V.; herrliche schwesterliche Frau)

»Dann sind sie echt, die Freunde, wenn sie immer jung bleiben, ja jünger werden« (dieselbe)

Vom Einzelnen zum Allgemeinen: nur so geht es bei mir: von der Karotte zum Garten zum Raum(schiff)

Handwerker: jemand ohne Hintergedanken

»Es ist noch Phantasie im Menschen übrig für idealische Zustände, und die will Stoff, Nahrung« (R. V.)

Der Körper ist da, um den Geist zu zeigen (16. April); Leidenschaft nur, wenn es um den Geist geht (oder gegen den Un-Geist)

Was Traum war, soll Rede werden (oder Schrift?)

»Genießen Sie Ihr eigenes Herz! Das einzige wahre Geschenk des Himmels« (Rahel V. am 6. Dez. 1828)

Sich kindlich und aufmerksam treiben lassen: das bringt das Epos hervor (dachte ich gerade, unter dem Brunnendach, in der Sonne des 21. April 1986) (und das dachte ich »gegen Musil«; warum gegen ihn?)

Eine(n) meinesgleichen lesen: ich kann ruhig sein

Dich gerecht zu behandeln, gelingt mir am besten im Schreiben

Die Erzählung *entringt* sich mir – nicht weil sie meiner Natur widerspricht, sondern weil sie meine tiefinnerste Natur ist

»Vermöge der Sprache« (Hugo v. Hofmannsthal)

In der Freude über Gelesenes und über das Lesen selber wurde ich fähig, mit auf einem bis dahin mißachteten Tier auf »Du und Du« zu kommen. Lesen als eine Art Frühlingsanfang, Anfang überhaupt des Jahres

Verb für Goethe: »bevölkert« – seine Werke bevölkern die Leere

Erleuchtete Gedanken heißen bei Rahel Varnhagen jene mit »Hellheit und *Umrisse*[n]«

Föhn: Die Ferne ist so nah, daß es keinen Schwung mehr geben kann zu ihr hin

Die Furt der Künste: die glückende Überführung der wirren Welt der Dinge in die klare Folge der Worte

Auf einer Wiese stand ein Tisch mit einem Bücherstapel, die obersten Deckel betaut. Eine Verlassenheit ging von dem Tisch aus, als gebe es von dem Haus nur noch diese Bücher. Die jüngstverstorbenen Verfasser waren schon vergessen und in der Vorhölle

Der Vogelgesang aus allen Winkeln des Gartenweltraums, der Gegengesang zum Käfiglied (23. April 1986)

Ich bin, zuweilen, die Welt, aber ich habe sie nie. Und dabei bleibt es

Die Gesellschaft der auf den Steinstufen stehenden, sie säumenden Farne, noch eingerollt, mit den Gesichtern einer archaischen Familie

Dem großen Hofmannsthal fehlte, gegen sein Fremdsein in Deutschland, vielleicht die Geologie. Aber auch sie hätte ihm in D. nicht zu einem Boden unter den Füßen verholfen

Hugo v. Hofmannsthal war ein Österreicher. Also steht es auch mir frei, endlich ein Österreicher zu sein? Und diese Geschichte wäre eine andere »Wiederholung«?

Ich habe viel mehr Macht, als ich glaube, und eine andere, als ich glaube

Im Gegensatz zu früher sehe ich keine Schönheit mehr auf den ersten Blick; es sei denn, sie, die Schönheit, blickt *mich* an

Meine Wahrheit ist die Namenlosigkeit, und es gelingt mir nicht, mich daran zu halten

Männlich sind Erwartung und Gefaßtheit; nicht die Hoffnung (»ganz ausgehöhlt liegt man da nach einer Nacht der Hoffnung«, Hofmannsthal)

Weg von mir – mithilfe der Liebe und der Arbeit und der stetigen Bewegung

Die ersten Psychoanalytiker wollten die Krankheit heilen, die Nachfolger haben die Schöpfung gestört

Selbstverständlich sich nicht *mit* den Klassikern messen, wohl aber, selbstverständlich, *an* ihnen

Gelöbnis: Trotz meines schwachen Herzens die Weite zu bewahren in meiner Brust

An meiner Sprache soll eine Nation erscheinen, eine nicht verwirklichte, außer eben durch meine Sprache

Morgenhummel schlägt ans Fenster, zu groß für eine Fliege, zu klein für einen Vogel (25. April)

Ich hasse dich für das, was du lieben könntest und nicht liebst; verachte dich für das, was du zu lieben vorgibst

Die Sprache staut die Zeit und stützt den Raum

»Man begreift, daß fast alles davon im Freien erträumt ist« (Hofmannsthal zu Ferdinand Raimund)

Nichts geht dir zu Herzen; du stutzt höchstens, kurz

Es gibt ein Lesen, das übergeht in ein Lauschen; auf ein solches Lesen bin ich aus

Misch dich nicht ein in die Bemühungen der Tiere, auch nicht zur Hilfe (etwa die blattschleppende Ameise)

Wenn ich, auf einem öffentlichen Platz, unter vielen Menschen, keine Augenfarbe als Gegenüber habe, so ist der Platz ohne Zentrum

Die Meise hatte sich heute früh in das Haus verirrt, und als ich sie einfing und ins Freie trug, spürte ich mit dem kleinen Vogel das Herz aller Kreatur in meinen

Händen (sie entflog hin zum Brunnendach, wo sie blieb, in Berührungsnähe)

Die Sonne scheint, und es kann losgehen. Es? Das Lesen, das Verbinden, das Da-Sein

Bewerte jeden Satz daran, ob er dich zum Aufschauen bringt (besser: »messe« ihn ...)

Die reinen Lyriker lassen sich nicht studieren; interessieren aber tun mich, und studieren will ich jene Lyriker, die erzählen wollen

Ich dachte gerade, im Garten, am Morgen: »Seltsam, kein Windhauch!« – und schon bewegten sich die Halme

Der jugoslawische Vater mit seinem Kind gestern draußen im Vorort, beide eisessend – überall im Wegstaub die Eistagesspuren –; das Kind im Arm des Vaters zurückgelegt, wie gewiegt, dabei schon zehn Jahre alt; der Vater scheu, ruhig, krummer Körper – dabei noch jung –, hüftenlos; kurzer Ausflug

»Auszuruhen vermag die Seele nur im Gleichnis« (H., 1894)

Wie ich die Augen Hofmannsthals näher spüre als die Goethes, mehr auf mir – hat das mit der größeren zeitlichen Nähe zu tun? Oder mit Ö.?

Erziehung: jeden so sein zu lassen, wie er ist. So ist er gut (28. April)

Die Stille, in der ich lebe: ich habe sie mir erobert, und ich habe sie fruchtbar zu machen und zu nutzen

»Es ist töricht zu denken, daß ein Dichter je seinen Beruf, Worte zu machen, verlassen könnte« (1896)

Frieden: Bei jeder bewußten Handlung soll dein Auge aufleuchten

Wir waren im Krieg, und ein Bomberangriff folgte dem andern. Das Besondere aber war das allgemeine Schüler-Sein. In der Bedrohung, in einem großen, fast lichtlosen Barackenraum, saßen wir und lernten, in einem wohligen, ruhigen Studiereifer über Hefte und Bücher gebeugt. Einer von uns war der Schüler der Schüler, was hieß: der Mensch der Menschen. Es war mehr als nur ein großes Lernen, das von ihm ausging – es war vielmehr, als habe man auf den »Schüler« da gewartet wie auf den Erlöser, und alle Lehrer der Welt sollten herbeieilen, wo endlich »der Schüler« sie erwartete. Endlich war, im Schüler, die Welt Welt geworden

Was für ein Reich der Kultur Ö. zur Zeit Hofmannsthals war, verkörpert in *Lesern* wie ihm

Landkind: Vieles, was du heute als »schön« erleben könntest, hast du seinerzeit als etwas »Schädliches« sehen müssen, und kannst es jetzt nicht schön finden. Oder der Weg dahin ist lang

»Verschwitzt« ist ein treffender Ausdruck für »vergessen«: Im Schweiß des Schreibens habe ich fast all mein Wissen vergessen

So will ich am Ende wenigstens gut den Gehenden am Rand der Landstraße darstellen

Warte, bis selbst im ärgsten Gerede das Kindliche erscheint, wie gestern in der Wirtsstube, als der Mann unversehens erzählte, seine Frau habe die Goldregenbüsche auf der Bergkuppe für Sonnenschirme gehalten (2. Mai 1986)

Erforsche die Weltstrukturen auf eigene Faust. Das wird stümperhaft sein. Das wird richtig sein

»Die heitersten Stunden des Lebens«, so sagte ein Übersetzer – Abraham Voss, 1826 – vom Übersetzen (und ich unterschreibe)

An manchen Tagen schreibt und erzählt sich die Welt selber, und ich schreibe zu wenig mit (aus dem Sommerhimmel mit den weißen Kumulus fallen weiße Blüten auf den Leser und sein Buch)

Der ohne ein Beispiel, ohne eine einzelne Kultur aufgewachsen ist, wird aber vielleicht später die ganze Kultur heimholen können

Ich muß (kann) der Welt Bedeutung geben, durch Langsamkeit

Erlebte ich doch einmal die Unbändigkeit manchen Morgens und die Ruhe manchen Abends vereint (4. Mai)

Der Grund des Schreibens kann nur das Erfahren sein, nicht das Wissen; im Wissen bin ich notgedrungen schwach, es *darf* auch nicht meine Stärke sein

Wirbeliges Entfalten der Farne: Nahen des Sommers

An eine Frau: Ist dein Liebeswahn nicht ein Ansturm gegen die eigene Lieblosigkeit?

»Der Anfang eines wahren Kunstwerks ist göttlich wie der Schwung eines wundervollen Vogels, wie ein Traumübergang« (Hofmannsthal 1908)

Bleistifte, getreue Knappen

Die sinnliche Welt – die Welt der Blätter, des Windes, der Augenblicke, des Ohrensausens – entzieht sich mir, in der Erzählung, immer mehr; anders in diesen Notizen?

Ich hatte mein Kind in der Hand, eingeschlossen in einen Eisklumpen, und wärmte es, das sehr über Kopfschmerz klagte, unter meinem Rock, am Herzen, ins Leben zurück. So klein war das Kind, in dem Eis fast gar nicht mehr da

Ich muß mich abfinden mit meiner Stümperhaftigkeit und Unvollkommenheit, bestimmt von meiner Herkunft; so viele »rohe Stellen« in der gekochten Kartoffel (6. Mai)

Wovon ich weiß, daß ich es auf keinen Fall sein könnte: ein Diplomat, ein diplomatischer Mensch

Erst der Leser öffnet mir das Buch, das ich geschrieben habe

»Die Gesellschaft in einer Komödie behandeln, wie Poussin die Landschaft behandelt hat« (H., erholsamer Geist)

Die Zeit, die sieben Jahre nun, auf dem Felsenberg hier wurde mir gerade fühlbar an dem einzigen Kind, das während dieser Zeit da geboren worden war und das im Augenblick im langen Kleid zügig an mir vorbei auf dem Kammweg ging

Klassik und Romantik: der Romantiker begnügt sich damit, daß Ich die Welt ist; der Klassiker dringt darauf, daß Ich die Welt wird

Ich muß mir mehr zumuten, an Lesen, Schreiben, Gehen, Entbehren

Bin ich nüchtern, fühle ich mich herzlos; ich möchte aber ein Herz fühlen in meiner Nüchternheit

Kunst: das aufbewahrte und gewahrte Freuden- und Traueratmen (8. Mai)

»In Prosa dichten ist darum schwer, weil sich bis ins Atom hinein der Enthusiasmus und die ratio vermählen müssen« (H., 1920)

Würde meine Freude ganz in mir aufwallen (oder -quellen) können, so stürbe ich daran?

»Freidenker«: schön zweideutiger Ausdruck, für einen Schriftsteller

Gestern, beim Lesen am Felsfenster morgens, fühlte ich mich in einem Licht- und Farbenraum, der das ganze verzweigte Haus, bis in die hintersten Kammern und Nischen, erschloß, und ich, lesend, war die diesem Raum entsprechende Farben- und Licht-Komplementärfigur, eine Form festen Lichts bis in die innersten Gehirnwindungen (10. Mai 1986)

Was mich an Hofmannsthal wundert und auch ein wenig stört: daß er so angezogen ist von Anekdoten (Hauptstädter?)

Wo habe ich das nur, und nicht bloß einmal, gesehen? Ein nächtliches Haus, belebt durch den oder die

Lesenden? Mir ist, ich hätte das irgendwo draußen, im Vorbeigehen an beleuchteten Fenstern, tiefnachts, gesehen, als das reinste, klarste, schönste Bild der Menschheit. Um den oder die Lesenden die vielfältigen Formen von Hauspflanzen, und über ihnen, wie bei geöffnetem Dach, der Sternenhimmel; in ihrem Rücken ein niederländischer Kanal; vor ihnen der beglückte Passant. Wo habe ich das nur gesehen?

Herrliche Bemerkung bei H.: »Im Gleichnis ... wird ein Teil von dem Raub, den das Sprache gewordene Denken am Leben begeht, diesem zurückerstattet« (1925)

Ich darf der Antike, in ihren Formen, nicht nacheifern; ich weiß ja, ich habe sie in mir

A., nach der Rückkehr von ihrer Reise, nachdem sie mir diese Tag um Tag erzählt hatte: »Endlich habe ich dir einmal gleich alles erzählen können«

Das Volk soll unterscheiden lernen; durch die Zeitungen verlernt es das Unterscheiden

Todesvorstellung: eine Buchseite nicht mehr umblättern können

Nur wenn du erzählst, erscheinst du mir als Mensch; oder wenn du zuhörst

»Von einer Ausgabe meiner sämtlichen Arbeiten kann nur die Rede sein nach meinem Tode, oder wenn Deutschland wieder poetisch geworden sein wird, welche zwei Zeitpunkte so ziemlich zusammenfallen dürften« (Grillparzer, 1870; der freieste Geist, den Ö. je hervorgebracht hat)

Ohne Liebe zum Volk keine epische Poesie; aber Liebe zum Volk ist heute Archäologie des Volks (nur heutzutage?) (12. Mai)

Er wurde geboren als Begeisterter; entdeckte sich dann als solcher, zum Spott der Umstehenden; verlor sich dann ...

Der Dialekt ist schön, und recht, wenn er der *Bei*klang ist

An die Farben, als die Gleichnisse, sich halten; die Formen, als die Gesetze, einwirken lassen; den Bewegungen, den langsamen ebenso wie den rasenden, ruhig nachgehen, mit den Augen: das halbe Leben

Ein ganz besonderer Enthusiasmus geht von den Unterscheidungen, dem Unterscheiden-Können, aus; vielleicht ist das sogar das Wesen der Begeisterung

»Unwirsch«: Unwirsch streifte die Kellnerin den Lorbeerbusch

Ein glühender Blick, und am Fluß kommt der ersehnte Wind auf

Was heißt: »Mir wurde die Kindheit gestohlen?« – Es wurden mir die Abende mit den andern Kindern, am Dorfplatz, rund um den Kirschbaum dort, gestohlen

Ich dachte gerade: Nur nicht verknöchern – und sah mich dagegen das alte Griechisch buchstabieren und lesen – nein, ich bleibe weich, weit und hell (14. Mai)

Wer oder was soll der Held sein von »Nachmittag eines Schriftstellers«? (Denn einen Helden hat die Erzählung nötig) – Der Nachmittag? Der Winter? Die Phantasie?

Garten(arbeits)tag: Selbst an den Lichtschaltern im Haus haften dann am Abend die Grashalme

»An eine Frau«: Mit dir zusammen verliere ich meine Spur und achte mich selber nicht mehr

(Be)denken: das Sinnliche einbringen (heimbringen)

Und: Wehmut und Fernblick

Lebhaftes Denken: keine schönere Teilnahme (auch wenn das lebhafte Denken ein zorniges ist) (17. Mai)

Der gestrige Tag und die melancholische Schönheit Alpenösterreichs: von der Autobahn Richtung Kärnten wieder die Staffel der leeren Viehsteige, die Endzungen des Schnees, und zuhause, im Stiftskirchenhof, der Schnee, wie schon in der Kindheit, wieder zuhauf, mitten im Frühling, und rußig wie je, und das die Jahrhunderte durchstrahlende Schmunzeln der drei Könige in ihrer Nische, wieder, und der blühende Obstgarten des langtoten Mutterbruders aus der Ferne wieder, helles Bild der Abwesenheit und Verlassenheit, das Apfelblütengewölk dort jenseits des ehemaligen Kuhweidebachs, und die Schlucht der Drau wieder, und in dem Bachzufluß wieder, ja, wieder, die eine Bachstelze auf dem Bachstein, der Vogel schwanzwippend auf dem runden Bachstein, Teil des Bachs, Wappenvogel der Gegend, und mit ihm flog dann auch mein bedrücktes Herz auf, und tut das im Aufschreiben nun wieder; und das Autogerumpel wieder auf der Holzbohlenbrücke über den Fluß

Mein einziger Glaube ist wohl der an die Kraft der Orte, und die Orte sind am Schwinden

Die zwei schönsten Aufforderungen der deutschen Sprache: »Laß!« und »Lies!«

Ein befreundeter Mensch im Haus: du kannst achtsam sein und dich selber spüren durch die Achtsamkeit

Der Mann im Ledermantel gestern sagte: »Ich werde bald untergehen.« Und: »Ich werde dich umlegen, weil du schwach bist.« Spucktropfen lagen auf dem ganzen Tisch herum von seinem fast unverständlichen Reden. Er ist arbeitslos und hat seit zweieinhalb Jahren mit keiner Frau geschlafen. Und er hat Angst vor seinem Bruder, daß der ihn nicht mehr ins Haus läßt. »Ich habe versagt.« Schöne, kräftige, weiche Hände – Malergehilfe –, die schon lange nicht mehr gearbeitet haben. »Mit zwanzig war ich groß.« Und er zeigte, wie er damals getanzt hatte, in der Betrunkenheit voll Eleganz, sich elegant vor dem Fall bewahrend. »Aus Frankenmarkt.« Sein Hauptwort: »Aus!«

»O Polizei! Kannst du denn nur zu viel und zu wenig sein und nie genug!« (Franz Grillparzer)

Eine der schönsten Wirkungen des Lesens ist das liebevolle Ermahntwerden; vor allem, wenn der Schreiber sich selber ermahnt

Erhobenen Kopfes zu gehen, das habe ich kaum je geschafft, es sei denn im Ausland, und gegen Ende einer langen Arbeit

Der Rotdorn hat zu blühen angefangen: Anhebung des Gartens durch eine (1) Farbe

Was ist das andere Wort für die Freude? Rundumleuchten

Ein Busch bewegte sich im Vorsommerwind, als läge darin bäuchlings ein Barockengel

Schreiben: Durchquerung des eigenen Herzens

Die Hummel in der Schlafkammer hatte etwas von einem da notgelandeten Jumbo

»Wer eilig ist, der hat kein Glück«, sagte der Mann gestern im Gastgarten

»Begeisterung ist der einzige Hebel meiner Natur« (F. G., 1826); und dann der ergreifende Satz: »So viel ist gewiß: Ist einmal der Dichter über Bord, send ich ihm den Menschen auch nach«

Der Kuckuck ruft inzwischen schon gewisser als noch vor zwei Wochen, leichter anklingend, spielerischer; er hat seinen Ton gefunden. Und er ruft nun im Kreis um das Haus herum, im Uhrzeigersinn, von der Esche, von der Blutbuche, von der Eiche; und zwischen seinen Rufen eine Art Gewieher oder Gekicher oder etwas wie ein Flügelschlag an Ort und Stelle; und am Schluß des Kreises ruft der Kuckuck wie aus dem Zenit

Wenn Grillparzer dann aber gegen die Judenstadt in Prag pöbelt, bin ich wieder froh, daß heute heute ist

»Wenn ein eigentlicher Dichter durch nähere Bekanntschaft leicht verliert, so kann dagegen ein schlechter dadurch nur gewinnen« – ita est

Grillparzer: zeitweise ein Griesgram, der einen zum Lachen bringt

Wie im Lauf des Tages mir der Atem zum Schreiben schwindet, so schwindet auch der zum Lesen; auch fürs Lesen benötige ich das Pneuma

Eine der wenigen Handlungsarten, bei denen ich das Warum weiß: Wenn ich mir sagen kann, so zu handeln, gehöre sich, einem andern – oft gar keiner Person – gegenüber

»Tatsache«: Ich werde das Schöne, die Schönheit, ab jetzt daran bemessen, wie sie mich aufhorchen macht und sehend werden läßt

Gerade erbrach sich ein Betrunkener in den Stadtbrunnen, ein langes langsames Rinnsal vom Mund zum Wasser, der Rausch ver(sinn)bildlicht in dem einen hellen, gerissenen Faden an seinem dunklen Rock. Und jetzt sitzt der Elende gekrümmt auf der steinernen Brunnenbalustrade, sieht seine Kindheit, sieht seine Gegenwart, und denkt sich sichtlich: »So nicht!« (19. Mai)

Die drei Flügel des Dichterberufs: Übersehen – Seinlassen – Geltenlassen

Beim Lesen tut mir das Herz weh um Franz Grillparzer (»Ich brauche eine große Krankheit ... sonst ist auch der Dichter verloren«). Auch um mich? Nein

Kein Tag mehr soll mir vergehen ohne ein, auch noch so kleines, Naturbild – und ich schaue mich danach um im Gartenkreis, und erblicke? einen weißen Falter vorbeifliegend an der stockdunklen Eibe, eines das andere erst *verkörpernd*

Das schöne alte Camping-Ehepaar gestern in der milden Abendluft am ASK-Platz: weniger »ein Fleisch und ein Blut« oder »ein Leib und eine Seele« als ein (1) Atem – so ruhig, so miteinander, ohne besonderes Einssein (und dazu das unendliche, wie alle Träume sammelnde Flimmern der Birkenreihe vor dem Abendhimmel, Drehen und Drehen, und Sich-Winden und Sich-Winden der herzförmigen Blätter)

Das Auge, vertieft von der Seele, beredt durchs Bedenken, erzeugt den Raum: Augenblick einer Hochzeit, die gleich wieder vorbei ist, aber immer noch nachwirkt als Vor-Bild und Tonangabe

Ich bin nicht allein; ich lese meinesgleichen

Die Todesfurcht einer Greisin ausgedrückt in ihrem Regenschirm am wolkenlosen Tag

Ein Sterbender lag unten in der Halle des Krankenhauses, unter der Bettdecke noch mit den Händen fuchtelnd, um ihn herum auf den Wartetischen die Broschüren und Zeitschriften, am Bett der Urinbeutel, über ihm die Infusionsflasche, bei großem Getriebe in der Halle um dieses eine, einfallende Gesichtchen herum, das fast schon unwahrnehmbar geworden war (22. Mai)

»Im übrigen bleiben sich die Deutschen aller Orten gleich. Man muß mit ihnen in einem herzlichen Verhältnis stehen, um sie nicht abgeschmackt zu finden« (F. G. in Paris)

Auf der Höhe der (meiner) Zeit bin ich nur, wenn ich alle meine Probleme (= *griech.* Vorgebirge) vergesse und den Augenblick selber verkörpere, z. B. das Blau des Himmels hinter den Weidenbäumen

Verbinde die Unbestechlichkeit und die Selbstkritik Grillparzers mit dem Träumerischen und dem Geltenlassenkönnen Hofmannsthals

Verlust der Reinheit: Verlust der Höhe seiner selbst

Den Namen »Gedanke« verdient der »Gedanke« nicht, zu dem nicht zugleich ein Inbild erscheint

Bei Hofmannsthal ist mir zu wenig an Schmerz zu spüren, als ein Mitschwingen in den Worten

Gestern, das war zum Beispiel der Tau, der sich über Nacht angesammelt hatte auf dem Fahrradsattel (und mit dem ich mir vor Sonnenaufgang die Augen und die Schläfen wusch) (24. Mai)

Hofmannsthal, noch einmal, fehlt oft die Dramatik der Form, das Dringliche der Sätze. So vieles ist ihm zugeflogen. Daher wird eher selten ein Leben sichtbar, und eher selten auch die Teilnahme an diesem möglich. Zu selbstgewiß ist er, im Vergleich etwa zum fruchtbar selbstkritischen, ja, -quälerischen Grillparzer

Grasrispe vor dem Himmel, Natur-Pagode

Jeden Zeitungskauf, jedes Durchblättern, ja, jedes Sich-Vertiefen in eine Zeitung betrachte ich als eine Niederlage

»Ich liebe Regentage!« rief die alte Frau und rieb sich mit beiden Händen beide Schenkel

Emmanuel Bove: im Wortsinn der Heilige der letzten Tage

Kommt mir die Große Folge meines Lebens in den Sinn, treten mir die natürlichsten Tränen in die Augen

Nichts Langsameres als meine Seele. Sie gibt mir mein Maß. Sie braucht dieses aber auch, um überhaupt erst als Seele wirken zu können – um mich zu beseelen (25. Mai)

Mit dem ersten schriftlichen, niedergeschriebenen Wort am Tag spüre ich es buchstäblich an der Stirn Licht werden

Die Sprache Schillers, so Hofmannsthal, könne man »nicht beim Wort nehmen wie die Goethesche«

»Est modus in rebus«, sagt wunderbar Horaz – und wie übersetzt (?) das der Herr Professor? »Es gibt ein rechtes Maß in allen Dingen«; und wie übersetzt er »nil medium«? »Die rechte Mitte kennt man nicht …«; Verb zu den Professoren als Übersetzer der großen antiken Künstler: »versündigen sich«

Als Wappen-Pflanze meines »Geschlechts« der Breitwegerich: ständig niedergetreten und doch wiederkehrend

Was ist bedenkbar? Die Kindheit. Was noch? Das Kind. Was noch?

Der begeisterte Leser hält sich für einen Dichter, und wohl zu Recht (26. Mai)

Hölderlins Beiwort für den Geist: »gemeinsam«

Die Schlaflosigkeiten der Nacht zahlen sich aus im gemilderten Sehen?

Ich habe gestern zwei wunderbare – freilich eher das Herz zuschnürende als öffnende – Erzählungen Tschechows gelesen, »Darling« und »Ariadne« (in english): wie elegisch darin die Zeit umspringt, da ist, schon nicht mehr da ist; lauter Trauernde, Einsichtsvolle und Biester (die Frauen – deren Freund Tschechow ganz und gar nicht war)

»Sie mochte mich nicht. Sie haßte mich, weil ich ein Landschaftsmaler war« (Tschechow, Eine Künstlergeschichte)

Die Landschaft, wo er herkam, hatte in all den Jahrhunderten keinen Schriftsteller hervorgebracht, und würde auch all die nächsten Jahrhunderte keinen hervorbringen. War er überhaupt selber einer? (27. Mai 1986, »Nachmittag eines Schriftstellers« angefangen)

»Bei Bauarbeiten stürzte Montag ein 47-jähriger jugoslawischer Gastarbeiter von einem Gerüst und schlug mit dem Genick am Boden auf« (Und das ist schon die ganze Nachricht)

Die Lehrerin, Schularbeiten korrigierend im Gastgarten, kopfschüttelnd und triumphierend lächelnd die »schweren Fehler« zweimal unterstreichend: die Welt wird untergehen

»Goethes Widerspiel, möchte ich außer der Poesie und dem allgemein Menschlichen sonst nichts betreiben«, Grillparzer 1836; und das trifft wohl auch auf mich zu, leider?

A., heute früh, unwillig: »Alle wollen mir etwas ein*reden* – daß ich traurig bin, daß ich das und das bin – vor allem Vater und Mutter!« Ita est. Und laß ab vom Einreden, Vater!

Man kann über jeden Menschen, läßt man sich nur Zeit für ihn, in Tränen ausbrechen? Auch über A. Hitler? Ja

Sich in den Streit begeben, aber nicht streitend, sondern mit einem Werk, erhält und macht schöpferisch

»Wäre meine Heimat nicht gar so entwürdigt, ich würde mich dahin zurücksehnen« (G. 1836 in Paris)

Noch einmal: Ich fühle mich in der Ironie nicht zuhause

Wittgenstein, in seinen »Vermischten Bemerkungen«, befreit sich zum Goetheschen Geist, dem Geist der Anschauung

Die Psychoanalyse stößt sich bei mir an den Stirnknochen – und das Herz ist ohnehin dagegen

Wie mir oft beiläufige Bemerkungen als Aufruf dienen, etwa: »Velázquez voll strengem Ernst« (Grillparzer)

Wo spüre ich mich selber am reinsten? In den Augenwinkeln

Die Vaterschaft der Kindheit ist vielleicht die wirklichste oder wirksamste: das Kindsein als Vater und Mutter

Die Kunst hat keinen Sinn mehr, weil wir uns die Welt nicht mehr als ewige denken können, in unseren Nachfahren? (1. Juni 1986)

Der Raum der Erzählung ist ein Erholungsort und, vor allem, wortlos

Zeig mir den, der er selber ist, und ich werde ihm vertrauen und glauben, selbst wenn er mich richtet

Der Ganzheitsblick: der das Störende einbezieht

Ein winziges Kind, auf dem Dreirad, brüllte: »Immer mir nach!« Aber niemand folgte ihm

Schreiber, Mann der Begeisterung; und auch: Schriftsteller, bescheidener Souverän (ASK-Platz)

Schriftsteller: Tassos *Turm*, das ist er selber (4. Juni)

»Da ich ... ziemlich alleinstand, so war es mir nicht möglich, die Anschauung immer lebendig und rein zu halten« (Grillparzer 1849)

Er dachte: »Niemand weiß, wer ich bin!« Das hieß aber nicht, daß er es selber wußte (5. Juni 1986)

Farbensehen kann ich nur im Erleben – nicht im Farbensehen-Wollen

Ein Mann ging im strömenden Regen mit einer großen Kugel Eis, eifrig daran leckend

Manchmal: meine Seele müßte in einen anderen Körper, damit sie da mehr Ruhe hätte

Sich anhalten an den Säulen der Gegenwart, zum Beispiel in Form der Holunderdolden jetzt

Der Ausländer sagte gestern, die – so seltene – Freude gebe ihm »einen Hügel im Leben«

Gedicht/Erzählung: die offene Begeisterung eines Gedichts (z. B. »An die Dauer«) und die notwendig verhaltene einer Erzählung (z. B. »Nachmittag eines Schriftstellers«)

»Selbstvergessende Liebe« (Grillparzer als alter Mann)

Aufblickend nach den Tagen und Tagen des Regens sah ich gerade zu meinen Häupten den blauesten Meereshimmel (7. Juni)

Als ich bei Grillparzer, in seinen »Erinnerungen an Feuchtersleben«, las: »Ich will aber nicht von mir reden, sondern von ihm« – da spürte ich Enttäuschung

»Entscheidend ruhig«: so soll mein Erzählen bleiben und, noch mehr, es *werden*

Allersanftestes Annäherungsgeräusch eines daherwehenden Blattes, lieber Besuch

Allein die Deutschen *sprechen* zu hören, verödet die Welt

Der Entschluß, verdient er diesen Namen, muß in die Weite gehen

Schön: wenn der Blick zweier Fremder, aus dem Abstand, teilnehmend auf einen fremden Dritten geht

Statt mit »in den Sinn kommen« versuch es auch mit »in Erinnerung rufen«

Der Humor nicht als eine Umgangsform! Er soll tief in mir bleiben, für die entscheidenden Momente, und dann erst befreiend ausbrechen

»Der Goethesche Mensch wird alt!« (So dachte ich zumindest gerade, unwillkürlich)

Die Langsamkeit als Gefährt; das Gefährt der Langsamkeit

Der Hochsinn, der ausgeht von der Schönheit; »Und«: die Schönheit und der hohe Sinn

Die *gemachte* Schönheit und die *gewordene*: zu unterscheiden daran, daß die erstere nur herausfordert, während die zweite? beruhigt, schlichtet, begütigt, überrascht

Würde doch Partei ergriffen für das einzig Wählbare, den Geist! Aber widerspricht der Geist nicht der Parteiung? So, Geist, bleibe »nebendraußen«, einsam!

Endlich freute ich mich, rein; aber die Freude wurde dann sofort gedämpft von der Vorstellung, der und der andere freue sich nicht auch so

Nur im Streit mit mir allein kann ich gewinnen

Erst dann werde ich im Gleichmaß sein, wenn ich weiß, daß ich nichts zu erwarten habe

»Nachfolge Goethes« sagt mir ungleich mehr als »Nachfolge Christi«

Ich habe hier in S., in nun fast sieben Jahren Seßhaftigkeit, keinen einzigen intuitiven Menschen getroffen. Wo aber? (10. Juni)

Verlaß war nur auf den leeren Himmel – immerhin

Sakrament der Langsamkeit, wovon ihr Alten noch nichts wissen konntet (wohl aber es erahnen?)

»Die Inspiration war mein Gott und ist es geblieben« (Grillparzer)

Das Freudige sag freudig, aber das Mißliche sag sachlich, und das Klägliche, Beklagenswerte sag klagendsachlich

Garten: Ein Fleck Savanne muß da sein (12. Juni)

Der Mann gestern abend sagte: »Mir ist von den Frauen das Herz durchgehackt worden«

Vom Kopfsteinpflaster hin zum freundlichen Asphalt: hier sind Menschenspuren

Thomas B.: der unfruchtbarste aller Schriftsteller (so viel er auch schreiben mag)

Nacht auf dem Felsenberg: die Vögel als dessen einzige Bewohner

»Zugleich sollten die Deutschen in ihrer abgeschmackten Gründlichkeit nie den Unterschied zwischen Poesie und Prosa, noch den Umstand vergessen, daß ein Trauerspiel, so traurig es auch sein mag, doch immer auch ein Spiel bleibt« (mit Grillparzer sehe ich mich – fast – ganz als Österreicher)

Ich habe mich noch nie gerächt – immerhin (15. Juni)

Kunstsinn, Menschwerdungssinn. Und in meiner ganzen Jugend habe ich kaum einen Leser getroffen, je »höher« die Schulen, desto weniger – an der Universität, unter Studenten wie unter Lehrern, dann gar keinen mehr

Was heißt für mich »auf der Höhe sein«? Auf der Höhe z. B. der Baumkronen sein

Verlust der Anschauung: ich wäre kein Schriftsteller mehr

Was gilt eigentlich? Das Preisen? Das Beklagen? Das Erzählen? Das Hervorkehren des Weltinnenraums? Was war das Spiel der Künstler gegen Ende dieses Jahrhunderts? Gab es noch eines?

Sinnlos Eilende erkenne ich daran, daß sie darunter nicht leiden; gezwungen Eilende dagegen …

Manchmal bildet mir allein der Name eines großen Künstlers den Horizont

In der Leere feiere ich immer wieder meinen Geburtstag (18. Juni)

Ernst verloren, Geist verloren – und das gilt besonders fürs Erzählen

So wie jener Freund sich wünschte, in der Sterbestunde den Moment wiederzuerleben, da er aus dem Talnebel hinauftauchte in die Bergsonne, so ich, daß ich noch einmal das Ich erlebe, meinen Freisprecher

»Jean Paul hatte, im Gegensatz zu Tieck, eine wirkliche und wahre Empfindung; er ging ihr aber als einem Genußmittel nach und verfiel dadurch in Empfindelei« (Gr.)

»Und wer der Dichtkunst Stimme nicht vernimmt, / Ist ein Barbar, er sei auch wer er sei« (Torquato Tasso)

Ich bog aus der Sommerstille ein in die von Bienen summende, tosende Lindenallee wie in eine erfrischende Schlucht (samt dem so feinen Duft der Lindenblüten)

Unterschied zwischen dem Epos und der Erzählung: im Epos *soll* ich all dem, was sich auftut an Seitenwegen, nachgehen; in der Erzählung *darf* ich das nicht

Der Betrunkene sagte gestern zu mir: »Ich weiß, warum Sie oben auf dem Berg wohnen: Sie schreiben ein Buch, und das muß geheim sein!« – Und auf meine Frage: »Warum muß das geheim sein?«, einfach ein: »So.« – Und meine Erleichterung, daß das Orakel schwieg

Zum Schreiben gehört wesentlich, daß es *problematisch* ist

Ein Traumgesetz: die Verschollenen kehren niemals zurück, geraten vielmehr in eine immer tiefere Verschollenheit (21. Juni)

Mit der Vermeidung von Worten wie »auf einmal«, »plötzlich« usw. erst war er Schriftsteller geworden

Mit jeder Arbeit wollte er ein Problem aufspüren; und das Problem mußte, wenn nicht gelöst, so *dargestellt* werden

Wenn mich beim Schreiben die Wärme umgreift – ist das nicht ein Wahrheitsbeweis? Und der geschieht weniger beim bloßen Notieren als beim Erzählen – Strukturieren – Gliedern – Folgefinden – *Fortsetzen*

Als der Arbeiter gestern sagte: »Das ist eine heilige Sache!«, meinte er damit: »eine gefährliche« (27. Juni)

»Es gibt einen Punkt, jenseits dessen Gestaltlosigkeit Sünde ist« (Gershom Scholem an Werner Kraft); und derselbe zu Karl Kraus: »Er ist nicht bei sich, das sagt alles«

Was ist die Eingebung? Die Belebung eines Worts (ich wiederhole mich?)

Heute nacht war ich Lebensretter und beharrte auch darauf (29. Juni)

Die Freude, die du empfindest, nenn und beschreib sie nicht; laß sie mitwirken in der Form

Und wieder Franz Grillparzer: »Schön ist dasjenige, das, indem es das Sinnliche vollkommen befriedigt, zugleich die Seele erhebt«

Die Freude des Dichters – der Stolz des Übersetzers

Ein Tier, sowie ich seine Farbe wahrnehme, antwortet; es wird, indem ich seine Farbe wahrnehme, beruhigt und begütigt

Warum bringe ich jeden auf einem Bein Stehenden, vor allem die Kinder, immer wieder mit Hermes, dem Götterboten, zusammen? (1. Juli)

Behutsamkeit: als fasse man die Dinge jeweils mit beiden Händen zugleich an

Für mich ist Gesellschaftsleben kein Leben, sondern ein Treiben

Immer wenn ich in meiner Art beschwingt werde, weiß ich, daß das, was ich tue, recht ist. Aber ich muß immer in meiner Art bleiben, dieser treu bleiben

In der Ruhe sehe ich die Welt als eine gleichmäßige Folge von Vorbildern (die Erdbeeren auf dem Gartentisch, der schwankende Klee, das Brunnendach)

Der Blick belebt sich vor allem im und am Mittelgrund; und das ist das Zeichen des Menschen

»Abkehr von der Revolte des sich verdoppelnden Wortes und messianisch erstrebten Witzes zur Reinheit des ganz Eindeutigen und selbst Humorlosen« (Scholem gegen K. Kraus)

Ich bilde mir meines Kindes Einsamkeit nicht ein: aus meinen Träumen *erfahre* ich, daß es wirklich einsam ist

Behutsamkeit: mit ihr blitzt im Hier das Überall

Statt »Wiederholung« sag auch »Rekonstruktion« – so wie Gershom Scholem von Kafkas »Prozeß« sagt: »die erste Rekonstruktion der Welt des Buches Hiob«

»Begeistern« = »das Herz aufgehen lassen«? Nein, ist weniger (und mehr) als das andere; ein Vogel oder ein Kind zum Beispiel können das Herz aufgehen lassen; begeistern aber?

Nicht zu wenig erlebe ich täglich, sondern zu viel

Wahrhaftigkeit ist erkennbar an ihrem Schwung und gesichert durch ihren Umschwung

»Nachmittag eines Schriftstellers«: Was vor fünfzig Jahren, zur Zeit F. S. Fitzgeralds, noch der Stoff für eine Kurzgeschichte war, mußte nun eine längere Geschichte werden (3. Juli)

Das Kindschaftsgefühl von nassen Wimpern in warmer Sommerluft

Erst wenn ich Sprache habe, erfüllt sich mir das Gefühl

Unwillkürlich dachte ich gerade von einem Sachverhalt: »Das ist noch nicht lang genug her – das weiß ich noch nicht« (5. Juli, 12^{h} 55: »Nachmittag eines Schriftstellers« abgeschlossen)

Wer sagt: »Ich könnte, wenn ich wollte«, dem fehlt schon der Grund jeder Kunst, die Begeisterung (also kann er nicht, auch wenn er's kann)

Ich kann in den Sterbenden nicht die Sterbenden sehen (die alte Frau heute im Krankenhaus sagte: »Meine Biographie wird weitergehen«)

»Kaum etwas ist mir lieber als die Sätze, die ernste Geister mit Bewußtsein wiederholen« (Ludwig Hohl)

Der Zustand am nächsten der Wahrhaftigkeit ist vielleicht nicht die Ruhe, sondern die ruhige Entbehrung. Was fehlt mir so oft? Nicht die Liebe, die Heimat, die Natur, das Abenteuer, sondern die ruhige Entbehrung (6. Juli 1986)

Nach einer längeren Arbeitsexpedition: Wie dann alle Vor-Orte des Lebens nah wirken, nah im Umkreis und in der Sonne, von einem Moment zum andern neu zu betreten

Wein ist mir ein Synonym für »Tag«; und schmeckt mir der Wein nicht, so ...

Das Geheimnis der Epik, der Lyrik, vielleicht überhaupt der Kunst, scheint mir die Gestaltenreihe: das Gewahrwerden, Anschauen und ruhige Benennen der Gestaltenreihe. Aber wo ist das möglich außer im Garten, im Krieg ...? Die Biene am Lavendel, und an der Nebenblüte der weiße Falter, und ...

Kommt am Tag die Bedrückung – das Ende der Tagwelt –, nicht durchatmen, sondern aufhören zu atmen; so bildet sich, zumindest für Augenblicke, die dauern eine Welt, ohne Tag, ohne Nacht

»Bei wenigen wird es klarer als bei Stendhal, daß höchste Prosa ist, wo Unmelodisches im Leser Melodisches erweckt« (L. Hohl)

Habe ich »falsch angefangen« als Schreiber, vor nun über 23 Jahren? Ich kann nicht falsch angefangen haben, denn ich habe angefangen; halt dich an deinen Anfang, ja an deinen Anfangs*satz*!

Kein Unbehagen von früher ist abgetan; es ist vielmehr Ablehnung geworden

»Allein mit der Natur« ist manchmal wie »allein mit der Geliebten«

Was mich an Ludwig Hohl abstößt, sind nicht seine (übervielen) Meinungen, sondern seine Gestik: »Man beginne ...«

Kann man die ganz Großen in seinem Innern nicht daran erkennen, daß es einen ganz und gar nicht verlangt, ihr Grab aufzusuchen (s. Vergil; so dachte ich gerade bei der doch herrlichen Schilderung Hohls vom Gang zum Grab Katherine Mansfields bei Fontainebleau). Bei den ganz Großen zieht es mich, s. Vergil, an ihren *Geburts*ort

Literatur: Ich erlebe mit ihr, daß ich gelebt habe und lebe

Durch und durch fröhlich, ansteckend fröhlich, bin ich nur, wenn ich mich über mich selbst lustig mache

»Ich habe heute noch nichts erlebt!« klagte er gegen Abend, und lebte auf

Autorität spürte ich jeweils nur im Widerstand; im Widerstand meinen Platz behauptend; d. h. arbeitend (8. Juli)

Härter werden im Schreiben? Aber das entspricht mir nicht. Höchstens schärfer und klarer

Mich entfernen von meinem Platz, um zu erfahren, wer ich bin

Die Gefühle erfinden die Handlung, und das wird die Erzählung (so jedenfalls ist, oder war, es bei mir)

Dem Th. B., dachte ich heute, fehlt in dem, was er schreibt, schon seit langem der Schmerz. Deswegen sind seine Tiraden – nichts

So hätte ich jenem Fragenden gestern, ob meine Bücher erlebt oder erfunden seien, antworten sollen: Die Handlung ist erfunden, und die Gedanken und die Gefühle sind entdeckt

Die Zeit bedenken, den Raum wahrnehmen: kennst du ein reineres Lebensgefühl?

»Der leise Regen«: Darf man da einmal »leise« sagen, ohne zu poetisieren? (10. Juli)

Eine Art, auch eine, von Gelingen: Es gelang mir, mich mißachten zu lassen

»Zeit gewinnen« ist ein schöner Ausdruck; aber Zeit gewinne ich eben nicht, indem ich mich beeile

Das Geliebte erscheint immer in Lichtgestalt, und immer im Abstand

Ein Fall, da ich mich selber mit »wir« ansprechen kann: »Tun wir, als ob nichts wäre« (12. Juli)

Statt »Idee« sag vielleicht besser: »Griff«. – Ich dachte gerade an Die Wiederholung – daß sie keine Idee habe, aber einen sehr tiefen Griff

Ohne Arbeit: Ich habe keine Zeit mehr (während der Arbeit hatte ich regelmäßig nicht nur die Vorstellung des Zeithabens, sondern des *Zeitschaffens*) (14. Juli)

Die Seele zu haben, heißt, die Formen zu erleben (und das erkenne ich heute, weil die Formen *nicht* sind)

Ideal: sich von der Sonne bescheinen, vom Wind anwehen, von der Nacht umdunkeln lassen

In diesem 3-Wort-Satz treffen sich vielleicht am ehesten Kunst, Ethik und Leben: Forme dein Maß!

Das Herz geht mir nicht auf über ein Geliebt-Werden, selbst ein noch so ersehntes, vielmehr über mein Lieben-Können

»Schöpferische Phasen«? Gibt es nicht. Man tut, oder tut nicht

Eine Reinheit fühle ich in mir vor allem in der Rückerinnerung an die Zeiten einsamen Gehens, aufmerksamen Lesens, des Übersetzens, des Wachens neben einem Kranken oder einem Kind (16. Juli 1986)

Vom Flugzeug aus, im großen Überblick, sehe ich nirgends ein Gleichnis; unten am Boden aber …

Wie tut es gut, alte Männer wieder als spielende und wettende Kinder zu sehen. Nur: wie wird das mit mir, der ich nicht mehr spielen und wetten mag? (Place des Vosges, Paris)

Die Schwalben hoch über Clamart. Und ich? Wo anders als unten, ganz auf der Erde sein? (18. Juli)

»Es ist unerläßlich für einen Künstler, alt zu werden«: das träumte mir gerade am hellichten Tag

Manche blicken ins Buch nicht als Leser, sondern als Überprüfer. Das ist die Miene, die sie dabei einnehmen, und der besondere Abstand (20. Juli)

Ich habe jeweils nur einen (1) Gedanken. Ein Weiterdenken kenne ich nicht; und wenn, dann gilt es nicht

Nur jene Eleganz, die ganz von innen kommt, aus dem tiefsten Gefühl, wird zum Ereignis

Bedenke mich mit dem Licht; ich bedenke dich mit dem Licht. – Wird die Sprache nur noch im Ausruf Licht?

Eine Straßenecke ohne Spatzen – was ist da geschehen? Und dann hüpfen unter all den Tauben doch zwei kleine Figuren herum

Die schwarzen Pariser Straßenkehrer mit den langen Besen: Könige, die nicht fallen können

Unvergleichliche Geräusche: der Blütenschnüre der Eßkastanien, wie sie auf einen Laubweg fallen, so wie heute im Wald von Locguerolé in der Bretagne, vor Tagen im Wald von Clamart: Welche solcher unvergleichlicher Geräusche kennst du noch? (23. Juli)

»Und was kann überhaupt die Müdigkeit schon Großes, Dauerhaftes schaffen...?«, so L. Hohl, der doch ziemlich Große, der da aber, wieder einmal, nur recht haben will und sich so ins Unrecht setzt – und warum ins Unrecht? Weil er ausschließt; denn es ist nichts auszuschließen

Wie bedrohlich jung wirkt die Welt manchmal im Verhältnis zu mir Alterndem: ich dachte, säße ich in dreißig Jahren wieder hier vor der bretonischen Waldwand, würden die Bäume immer noch gleich jung wirken

Meine Überzeugungen habe ich gewonnen vor dem vierzigsten Jahr – was aber nicht heißt, daß ich jetzt von meinen Überzeugungen lebe (26. Juli)

Seit je gerate ich in Situationen, die ich nicht meistern kann – etwa die, harmlos, eines »Frühstücksraums«. Das heißt aber nicht, daß ich sie meistern soll. Solche Situationen sind nicht zu meistern, anders etwa als die »Angst vor dem Hund«, »das Schwindelgefühl auf dem Münsterturm«. Sie sind nur zu vermeiden

Furchtbarer Einzelgänger, der ich geworden bin; furchtbar auch für mich selber?

Es ist doch das Dichterische in mir, als meine Instanz – die ich immer wieder überschritten habe. Hätte ich meiner Instanz gehorcht, hätte ich vielleicht keine Zeile geschrieben, oder jedenfalls keine zusammenhängenden Sätze; der rein seiner Instanz gehorcht hat und doch zu einem Zusammenhang kam, das war wahrscheinlich nur Hölderlin

»Die Prüfung muß durch die Knie gegangen sein. Der Eigensinn muß sich beugen und verschwinden« (Heidegger 1963, Ein Wort zu Hölderlins Dichtung)

Ich bin der, der im schlimmsten Wirrwarr das überwältigende Bewußtsein haben kann – allerdings nur nach dem großen Eigen-Wirrwarr, und nur zu den heiligen Zeiten –: Es ist alles in Ordnung

Dem Heidegger fehlt doch das Entscheidende: das Trunkene (mit oder ohne Wein)

Gelingt es mir, nach langem Hin und Her endlich ein kleines Problem zu lösen, ist mir gleich, als sei nun alles gelöst (28. Juli)

Nichts, was besser beim Schauen hilft und es lenkt, als das gute Lesen, Wort für Wort

Wem kannst du deine Begeisterung *anvertrauen*? Lebensproblem

Statt »gefallen« sag besser »zusagen«

Nur als Antwortender kann ich ironisch werden; ich kann aber nicht anfänglich ironisch *sein*

Statt »Übersetzen« sag auch »Anwenden«: Als ich z. B. Emmanuel Bove übersetzte, konnte ich mein einstiges Gehen und Dasein in Paris anwenden; das Schreiben aber, das »Verfassen«, ist *kein Anwenden*

Ludwig Hohls Sich-unverwundbar-Geben kann auch abstoßen (schweizerisch?); ich brauche die verwundbare Natur (Biarritz, 29. Juli)

Heute früh, am Golf von Biscaya, dachte ich nach, wie ich in der Kindheit das Licht erlebt hätte – und sah die braune, sonnige Fensterbank im Großvaterhaus vor mir

Einen Adelstitel würde ich nur den Spatzen verleihen: »Herr von Spatz«

Eine Art Ewigkeitsaugenblick: das Zusammenrinnen von Regentropfen auf frisch geteertem Asphalt (31. Juli)

Raum finden, Zeit finden: Zeit finden, um Raum zu finden (1. August 1986)

Das Hochgefühl ist nichts wert, wenn es nicht Dankbarkeit ist, und Sehnsucht, und Mitgefühl (oder Mit-Denken)

Nichts Erdverbundeneres oder Erdnäheres als das Esoterische

Die Griechen in ihren Dramen hatten alle Zeit, zu sprechen; nichts wurde eilig abgetan

Der Koch stand am Geländer über dem Strand, vor dem Andrang des Mittags, einen angebissenen Apfel in der Hand, jung, vergnügt

Unterscheide zwischen »meine Ruhe haben« und »die Ruhe haben«: *meine* Ruhe haben, gilt nicht

Eins der herrlichsten Gefühle: Was ich gemacht habe – meine Sache, mein Werk –, *kann warten*

Das Meer, die Welle, wenn sie über mich Schwimmer hinwegprellt, schreit wirklich, wie bei Aischylos, sie schreit!

Wahrheit(en) aussprechen nur durch Bemühung; dagegen das leichtfertige Ins-Gesicht-Sagen

Als Ödipus seine Tochter Ismene fragt: »Warum kommst du, Kind?«, antwortet sie: »Aus Sorge, Vater«, und: »*als Selbstbote*« (Aut-Angelos)

Manchmal gelingt mir ein gewisses Vergnügen an meiner ewigen Unschlüssigkeit (schönes Wort), so als sei diese das erste Zeichen meiner Freiheit. Ich kann mir die Unschlüssigkeit leisten (anderes schönes Wort) (4. August)

Auch ein schöner Körper, in seinen Linien, seinen Bewegungen, hat ein Recht auf Verehrung; aber schön ist er dabei doch nur, wenn er seine Art hat

Bild der Hölle: Ein Pudel wurde auf den Balkon geschleppt zur Betrachtung des Meeres, wie ein sterbender Mensch, wurde dann zurück ins Zimmer geschleppt

Der Kellner war so erschöpft, daß er verschnaufen mußte, um den Platz zwischen zwei Stuhlreihen zu überwinden (Biarritz, 5. August 1986)

Keine Frau! – Das Gebot der Gebote für einen Künstler?

Nimm dir ein Vorbild an dem Krüppel, der im Rollstuhl unentwegt aufs Meer schaut, wie einer von der Rettungsbrigade

Eine griechische Inschrift, für meinen Grabstein: σιγᾶν (= schweigen)

Nie wollte ich etwas erreichen; mich immer nur behaupten (7. August)

Eine weiße Windenblüte zitterte noch von der Biene, die sie gerade verlassen hatte (am Fluß Nive im Baskenland)

Zu der Schar der am Morgen den Himmel durchtauchenden Spatzen kann man wirklich nicht »Geschwader« sagen (8. August)

Vor dem Abschied von einem Ort: Sehnsucht nach dem Gewahrwerden und Sich-Einprägen einer Form (letzter Morgen im Baskenland)

Meine Orte sind Ort für mich nur, weil ich es bin, der die Grenzen sieht, und vielleicht zieht

Die Place des Vosges, die Fontaine Sainte-Marie, die Kapelle von Locadour, der Meerfluß Blavot im Regendunst, das urtümliche bretonische Café mit den Zwiebeln auf dem Stuhl, das Meer von Biarritz, der Anblick A.s mit dem Rucksack am Palasthotel-Tor, die diskoïdalen Grabstelen auf dem Friedhof von Villefranque im Baskenland, das Rauschen der Robinie in St. Pierre d'Irube, die Innenstiege im Gastraum des Iduzki Alde, die Spatzen allüberall, der Wegerich allüberall, und noch viel mehr der letzten vierundzwanzig Tage erfüllt mich mit Herzlichkeit (back home: Nasenbluten)

Anschauen, bis das Herz schlägt in den Dingen; ein Netz der Stille auslegen und Ding für Ding der Stille einholen (10. August)

Die ersten paar abgefallenen Blätter werden sofort, auf der Stelle, weggekehrt; allerkleinlichstes der Geräusche (back home, Sonntag; wo soll ich wohnen? im Sinn von »Wohin soll ich mich wenden?«)

Es fehlen mir hierzulande, ganz und gar, die Leute, an denen ich mich messen, beweisen und aufrichten kann

Ich bin vielleicht der Vater, der sein Kind mehr braucht als sein Kind ihn (20. August)

Nichts, außer der Trauer, trägt ganz die Welt in sich; nur die Trauer …

Die Wiederholungen, die Wiederkehr eines Ortes in der Ortlosigkeit, machen erst das Leben aus

Nur sehr wenige Schriftsteller habe ich bisher gelesen, bei denen ich nach dem Wort »plötzlich« verläßlich eine Änderung, einen Umschwung, eine Erkenntnis erwarten durfte; und einer dieser wenigen ist Yasushi Inoue; das »plötzlich« leitet bei ihm regelmäßig eine verläßliche Erleuchtung ein

Was hat mich gestern bewegt und kam mir nah? Einzig die schwarzen Holunderkügelchen vor der hellen Steinmauer. Anderes – der Anblick meines Kindes, und dies und das – hat mich wohl bewegt, aber es tat mir zugleich weh; ich konnte es, anders als die Holundertrauben und die Steinmauer, nicht behalten; die Nähe war da eher ein Stich

Was ich außerdem von dem Schriftsteller Inoue denke: Er hat, nicht nur schreibend, Zeit für alles und jeden

Was ist zu gewinnen im Leben, vom Leben, außer die Gerechtigkeit?

Betrachte auch dich selber als den andern, für den du zu sorgen hast

Es wurde mir bedeutet, ich hätte »alle verlassen« – und mein einzig gewisses, sich mit den Jahren verstärkendes Gefühl: das der Verlassenheit (22. August)

Aus der Angst um das eine Geliebte kommt die Grausamkeit gegen den ungeliebten Dritten (24. August)

Begeistert denke ich voraus an jene Zeit, da ich kein Zuhause mehr haben werde. Die Zählung hat schon begonnen (und habe in der Heimat die Sprache fast verloren)

»Schon am Bahnhof Matsumoto verfielen sie in das Schweigen, das in den Bergen üblich war« (Inoue, Die Eiswand)

Heute früh tauchte nach langem endlich wieder der Wanderfalke hier auf, graugetigert, gelbäugig aufschwebend aus den Baumkronen am Felsfensterrand

Aus purer Menschenangst und aus Beschwichtigungszwang verfalle ich manchmal dem Dialekt (mein Kind so dagegen nie)

In der Heimatkirche, in einer Seitennische, auf dem Boden liegen, mit dem Gesicht nach unten – als Rettung vor dem Hierzulande-Sein?

Das *Verstehen* schon ist rhythmisch. Merk dir das für dein Übersetzen

Ich sah die helle Stelle im Weiher, wo gerade ein Fisch aufgesprungen war, und eine unbestimmte Liebe ergriff mich

An eine Frau: Du kannst, aber du willst nicht; weil in dir keine Liebe ist, ist in dir auch kein Wille, geschweige denn ein guter

Die Musik im Haus hörte sich draußen, in der Sonne, im Wind, an, als ob dort drinnen jemand bitterlich weinte

Horch auf die Wahrheiten im Vorübergehen

Fast nur die Nachsicht mit mir stiftet eine gewisse Zuneigung zu mir (26. August)

Nur durch Brandkatastrophen – indem die beschrifteten Tontafeln von Feuer gehärtet wurden – ist von manchen Kulturen überhaupt etwas überliefert worden (s. Mykene); Schrift-Funde nur dort, wo es gebrannt hat

Wie lange brauche ich manchmal, bis mir in den Sinn kommt: »Ah, ein neuer Tag!« Oft gerade durch den Vorgang des Aufschreibens, das Formen von Buchstaben zu einem, wenn auch gleichgültigen, Satz (28. August)

Das Wort »Werk« verdient nur das Eingriffslustige?

Dem gerechten Blick gelänge es, die Welt zu balancieren – der Betrachter als ein anderer Riese Atlas, ein Atlas der umfassenden und allerleichtesten Last

Entschieden anfangen! (Wie oft habe ich unentschieden angefangen)

Die Geschichte von meinem Sprachverlust – bald sieben Jahre ist es her – muß ich noch lange für mich bewahren; sie ist mein Schatz (30. August)

Als Grenznatur geboren sein – und als Grenznatur sterben: *Ziel*

Sicher scheint mir – seltsamer Ausdruck –, daß der Prosaiker mehr von den Übergängen weiß als der Poet

In Slowenien bin ich gebettet, wo auch immer ich liege, im Bett der Vorfahren. Ita est (Nova Gorica)

Meine Freude auf andere ist eigentlich mehr eine Freude auf Luftgestalten; habe ich dann die Leibhaftigen vor mir …

All meine Phantasie entzündet sich bei mir nur im Weiterbedenken einer Geschichte, einer Erzählung; Fragment-Denken ereignet sich bei mir höchstens zufällig; mein Phantasieren kommt allein aus einem vorausgesehenen, notwendigen, einheitlichen Zusammenhang

Sich lassen – und dann sich *über*lassen, zum Beispiel dem flirrenden Laub der Bäume im Sommerwind, als Beispiel (Avtobusnja Postaja Nova Gorica)

Die Geduld, die manchmal am Schreibtisch einsetzt – das ist das treffende Verb –, ist sie nicht etwas noch Umfassenderes als die Freude?

Mein Land, meine Ruhe: bin ich in meinem Land, habe ich meine Ruhe (Karst, 3. Sept. 1986)

Oft sind die Kinder das einzige am Tage, das mir die Welt verkörpert; aber warum verkörpere ich nicht selber gefälligst die Welt? – Um die Welt zu ver*körpern*, brauche ich ein entsprechendes Gegenüber, zum Beispiel die Kinder …

Ich bin zwar manchmal – oft – schwach. Aber ich kenne eine ideale Stärkung: das Aufschreiben. Schwach, stärke ich mich schriftsuchend

Die Orte der Jugend sind geheime Orte, die offen betretbar und zugleich verborgen sind, und auf Lebenszeit wiederholbar; Orte der Jugend und der Verjüngung (und gerade verschrieb ich mich, indem ich statt »Lebenszeit« »Liebenszeit« schrieb) (5. Sept. 1986)

Nichts, was mich mehr und fruchtbarer aufregt als das Aufspüren eines Ortes; und nichts, was mir stärker das Gefühl des Versäumnisses gibt als das Versäumen einer einzigen Örtlichkeit eines solchen Ortes (zum Beispiel Aquileia)

Angesichts der Kunst die Gegenwart einatmen – gerade wenn diese Kunst jahrtausendalt ist (zum Beispiel Aquileia: da sind die Mosaike, und dort die Mopedfahrerin hat den Reflex des Rückspiegels auf ihrem Schlüsselbein)

Der Feuilletonist: zugespitzt, aber ins Richtungslose

Das »plötzlich« in der Erzählung – merk dir das – darf nur die Zusammenschau (= Vision) einleiten, keinen Knall, nur das *innere* Ereignis

In die Anschauung, gelingt diese, passen alle Leute hinein; so wie ich mit ihr nicht der Böse bin, sind sie, erlöst durch meine Anschauung, es auch nicht mehr (Ethos der Anschauung)

Gesundheit, oder Normalität, fühle ich in mir nur, wenn ich an die Arbeit, ans Werk denken kann; schwerer heißer leichter Kopf vom Werkdenken (und der kleine leere Balkon am nächtlichen Municipio von A. zeigt sich dabei, als solle er den Frieden verkünden, den endlichen, nach einem langen Krieg)

Ab einer gewissen Zeit des Lebens sind wohl keine Eingebungen und Erkenntnisse mehr zu erhoffen; nur die schon geschehenen weiterzubilden? (Udine, Dom)

Was mir noch aussteht, zu lernen: daß ich selbstverständlich der bin (den verkörpere), der ich bin – und das lerne ich wohl nie? (Gemona, Erdbebenstadt, 7. Sept.)

Groß denken, d. h. durch die Jahrhunderte hin, kann ich nicht, es sei denn durch Eingebung; ich kann nur – episch gesehen – von einem Tag zum andern denken, vom Morgen zum Abend: und so bin ich wieder bei der Odyssee

Die unheilbare Krankheit Heimatlosigkeit (Tarvis, Grenze); mich heimschreiben, mich heimarbeiten – nichts anderes wirkt. – In der Heimat umherirrend, bin ich mehr ein Gespenst als ein Geist (zurück in Ö.) – und dieser und jener Unschuldige im Land bekommt dann Angst vor meiner Erscheinung

Gutes Fieber: so leicht, wie es ist, könnte ich es täglich brauchen (9. September)

Der frisch gespitzte Bleistift wiederholte gerade im Haus den Geruch des Osterfeuers (10. Sept.)

Sieben Jahre und mehr bin ich nun ansässig an einem Ort und habe da, langsam, in Abständen, stetig, gearbeitet. Aber damit mir der Ort auf Dauer etwas bedeutet, muß ich mich, auf Dauer, von ihm entfernen?

Wer bin ich? Nicht einmal eine ordentliche Schreibmaschine habe ich …

Jeder Widerspruch, der mir nachgewiesen wird, bestätigt mich. Also weise mir endlich wieder einer einen Widerspruch nach!

Die Schreie des Käuzchen heute nacht, noch im Schreien beantwortet und übernommen von einem anderen, entfernteren Käuzchen, bekamen dabei allmählich etwas sehr Zartes, etwas Fragendes, und in den Rufpausen war es, als ob vor dem Felsfenster eins auf das andre geradezu wartete (11. Sept.)

Jede Schreibaktion oder -expedition ist doch ein Sich-hinab-Lassen in einen Schacht hin bis zum Mittelpunkt der Welt (statt »Mittelpunkt der Erde«), das man aber nicht zu oft unternehmen soll und auch nicht kann. Die Begabung, obenhin, leichthin mit dem Schreiben anzufangen, fehlt mir; ich muß jeweils tief hinunter, hinein in mich, und kann erst aus dieser Tiefe heraus leicht und »oberflächlich« werden

Ich muß der Langsamkeit endlich den Rang eines Glaubens, eines stetig zu übenden, geben; den Rang einer Glaubens*ordnung*; anders gehe ich verloren

Eine Weise Literatur, die jede andere Weise Literatur ausschließt, ist keine große Literatur

Eine Art Flug ist es auch, dem Flug eines aus der Gefahr geretteten Wesens nachzuschauen (13. Sept.)

Es ist ein Unterschied zwischen dem Lesen-Wollen und dem bloßen Wissen-Wollen, »was drinsteht«

Auf die Häßlichkeit muß man sich gefaßt machen, auf die Schönheit nicht

Mein Kind ist fürsorglich, ohne in Sorge auszuarten

Seltsam, wie ich immer noch glaube (es ist ein Glaube), das Kind, das ich war, aus dem bestimmten Dorf, dem bestimmten Haus, dieses bestimmte, unschuldige Ich könne, und dürfe, trotz all meiner möglichen, zwischenzeitlichen Schuld, nicht zugrundegehen

Das Tupfen der Hummeln an den Gräsern (am Felsfenster, morgens, 14. Sept.)

Immer noch empfinde ich manchmal das reine Glück – »die Fülle des Seins« – als Kraft in den Schultern und an der Stirn; aber danach begreife ich es nicht mehr recht, kann es nicht mehr gelten lassen (und zu diesem reinen Glück als der Fülle des Seins gehören die Tatsachen »Kind« und »Werk«)

Kein herrlicheres Frühstück (oder warum nicht sagen »Frühmahl«?) als ein guter Tee und eine dünne Scheibe Brot, allein mit dem Ausblick auf die Ferne und dem Bewußtsein, in der rechten Gesellschaft zu sein, auch nur der fallenden Blätter (am Felsfenster, morgens)

Welche Landschaften sind in mir geblieben und werden in mir bleiben bis ans Ende meiner Tage? Die, wo ich ging und lichtdurchlässig war, ganz da (und ich dachte gerade an die Straßen von Clamart)

Sollen die Stille und die Farbigkeit des Erdkörpers übergehen auf ein Buch? Ja, nur so sollen sie übergehen, und bleiben

Wenn ich für Augenblicke vollkommen war, erinnere ich mich danach rein nur an die Dinge im Umkreis (die Fontaine Ste-Marie, die hohen Bäume, das gekrümmte Herbstblatt auf dem noch leicht feuchten Tischtuch); und der Gedanke jetzt: So wohlergehen soll es *dir* einmal auch! (16. Sept. 1986)

»Man könnte sagen, daß die Sonne dort bedeutend wird, wo durch Könige, Heroen und Reichsbildungen ›die Geschichte beginnt‹« (Mircea Eliade)

Und: Mondlicht und Flur (oder »Mondlicht und Fluren«)

Jetzt weiß ich, was mich so stört an der meisten Musik: sie nimmt mir den Raum; sie verzerrt ihn (Nacht, Garten, Grillen). – Habe ich mich in der Musik nicht immer wieder (schlecht) vergessen? Statt daß sie mich erinnert hätte, an das, was ich vergessen habe? Statt daß sie mich gemahnt hätte an meine Leitbilder? – Und das liegt an mir?

Th. B.: *entschlossen*-demagogisches Erzählen; man kann es auch bewundern; für mich aber ist es form- und sittenverderbend

Wie fremd war mir doch von Anfang an jedes Buch, das nicht Erzählung war

Die verblühende Rose drehte ihr Gesicht zur Wand (18. September)

Die Entdeckung eines neuen, unerhörten Orts innerhalb der altgewohnten Umgebung hat etwas von einer Lebensversicherung, gültig zumindest eine Zeit lang (so wie gestern der Baggersee im Vorregenlicht, die vom Ufer ins Wasser springenden Frösche, mit dem Schild »Achtung, Untiefen!« – hieß »un-« da »plötzlich«, »jäh«? –, dem Wind, der auf dem Wasser sich ausbreitete, als fiele er »jäh« aus den Randbüschen)

Meine Ortssehnsucht geht nie auf Farbigkeit, höchstens immer nur auf Erdfarben, Braun, Grau, Fastschwarz, Ebene, Hochebene, Kanäle

Problematisch bleiben im Schreiben, lebenslang, Satz für Satz, kein Meister werden, aber doch dies und jenes meistern

Gestern wieder, wie nun alle die sieben Jahre hier, die Rotäpfel des Flughafenbaums, der genau vor dem Gebäude steht, zugleich wie unsichtbar – diesmal aber waren die Äpfel schon gepflückt und lagen in einem Sack zu Füßen des Baums; daneben die paar übriggebliebenen im Gras – die runden, ebenmäßigen schalschmeckend, die unregelmäßigen, buckligen, gebauchten, mit Auswüchsen wohlschmeckend, würzig, verläßlich; am Fensterbrett dahinter die Pilotenkappen (19. Sept.)

»In unserem Ort gibt es den unschönen Brauch, daß sich die Leute gern Spitznamen geben« (Prežihov Voranc)

Das richtige Wiederholen wird immer festlich sein, und barock

Das Epos der sog. Heimatverbundenen wird immer mit Tricks arbeiten, die das Epos des Heimatlosen nicht nötig hat (s. Die Wiederholung)

Ich dachte gerade an Prežihov Voranc, den slowenischen Schriftsteller (Lovro Kuhar), jenseits der Karawanken – oder der Petzen –, zur Zeit meines Großvaters, zwischen den zwei Weltkriegen, zur Zeit, da die sozialistische Idee noch eine heilige war, und von welcher Zeit dieser Schriftsteller so raumgreifend erzählte, daß die Räume bestehen bleiben. – Wie viele Jahre war er wegen seines Sozialismus im Gefängnis, in Ö., und hat dort etwas angefangen – und unsereiner, was fängt er mit seiner Freiheit an? – Mir täglich bewußt machen, wie frei ich bin (21. Sept. 1986) (P. V.: »Wir Kinder damals hatten Sternenaugen«)

Das Sehen verdient den Namen erst, sowie es unterscheidet, das Einzelne würdigt und es mit einem Ganzen verbindet

Was für eine Ruhekraft doch immer noch ausgehen kann von einem Sonntagmorgen; und wie dann die hellen Vögel in der Ferne, halbverborgen im Laub, aufblinkend, verschwindend, mir Augen einsetzen; als seien sie selber bewegliche Augen

Die Musik – sogar die Mozarts, jetzt z. B. – habe ich wohl immer mit jener Bangigkeit gehört wie die Sträflinge, nach Tschechow, auf ihrer Verbannungsinsel Sachalin, für die der Klang von Musik aus der Ferne bedeutete, sie würden nie mehr heimkehren

Die zweite Ernte der Erdbeeren (vor dem Felsfenster): rot nur noch auf der Sonnenseite (23. Sept.)

»Historische Erscheinungen, welche die Kritik auflöst, muß die Poesie wieder ins Leben rufen« (schrieb Friedrich Hebbel, als er etwa so alt war wie ich jetzt)

»Was ist doch ein Mensch, dem die Form fehlt! Ein Eimer voll Wasser ohne den Eimer!« (idem)

»Die Anschauung umfaßt immer den Gedanken und die Vorstellung zugleich« (idem, 1848)

Gut steht es mit mir, wenn ich alle die lieben Orte der Erde in mir einen Augenblick lang still daliegen sehe, fast unheimlich schön, einen *neben* und *nach* dem andern (27. Sept.)

Aufschauen! = den richtigen Winkel finden zum Licht (28. Sept.)

Wie kann man zu Leuten sagen, die am stillen hellen Morgen gleich das Radio aufdrehen? »Ihr entblödet euch nicht ...«

Leben: Mitfühlen des auf der Erde auftreffenden Blatts, immer wieder; Fall und Berührung der Erde nachvollziehen (dieses häßliche Wort ist da aber einmal am Platz). – Und dann schaute ich in den leeren Himmel des Sonntagmorgens und dachte: »Wo sind heute die Vögel?« – und schon kamen sie, im Moment meines Gedankens aus dem Leeren tauchend, eine ganze Schar, den Himmel durchfliegend von West nach Ost, Richtung Sonnenaufgang: »So, und jetzt möchte ich noch zwei Libellen sehen, oder wenigstens eine (1)!« – Von nichts werde ich so durchatmet wie von der Anschauung. Und dann hellte das Nachbild des einen Baums als luftige Pyramide den Nebenbaum auf

»Bei dem großen Schriftsteller hat jeder Satz ein Menschengesicht« (Friedrich Hebbel); und: »Die Menschheit hat immer ein höchstes Haupt, aber wie selten erkennt sie ihren König«

Was denke ich zu »Werk«? – Luftraum – der in dem, der sich darauf einläßt, zum Kreisen gebracht wird

Vor drei Wochen schwamm ich im Tagliamento, und gestern abend sah ich den Fluß an derselben Stelle dahinströmen in Pasolinis Film

»Es ist das Kennzeichen der höchsten Schönheit, daß die Begierde, ihr gegenüber, gar nicht erwachen kann« (der ferne Freund Hebbel)

Immer wieder bei Hebbel die herrlichen Naturbilder, und die genügen mir schon als Leser; sie geben mir die ganze Welt

Die große Kunst: Man spürt das Zittern und hat die Form; man hat die Form und spürt das Zittern (ich wiederhole mich? Ich wiederhole mich!)

Kein Gedanke ist der, mit dem ich nicht zugleich groß die Augen aufschlage und, wenigstens diesen Augenblick lang, die Ruhe selber werde

Hilf dir aus der (ewigen) Verlegenheit; erzieh dich zum Ernst; und da dir das allein nicht gelingt, laß dich erziehen zum Ernst durch die Liebe und durch die Künste; die Wucht des Ernstes; »mit wuchtigem Ernst«

Hebbel, wenn er eine Situation bedenkt, denkt immer tragisch, oder eher: denkt zwanghaft hin auf eine Tragödie

Seit langem wieder hörte ich, im Haus, Musik, den »Orfeo« von Monteverdi; und das Herz blutete, in einem mächtigen Aufwallen; meine Musik (1. Oktober)

Jedes Volk hat doch sein Geheimnis, das geahnt, umrissen, erforscht sein will. Aber möchte ich das Geheimnis des österreichischen Volkes erforschen?

Statt »Gnade« sag auch »Schein«

Die wahrsten, am meisten stärkenden Tränen sind die Tränen der Übereinstimmung

Der Doppelgänger, der mich zuerst mit blinder Liebe, dann aber blindem Haß verfolgende, ist *der* Mythos meines armen Lebens

Verloren kann ich so lange nicht sein, als ich sagen kann: »Ich kann auch anders!« – Und das kann ich immer noch (kann – kann – kann)

Gestern, als sich der Schauspieler im Stadtrandwirtshaus an meinen Tisch setzte und nicht wich, dachte ich, sein Geschwätz hörend, mit stetig sonorer Stimme vorgetragen, das hätte ich verdient, als Strafe dafür, daß ich Schriftsteller bin

»Der Künstler hat lauter Kugel-Gestalten im Kopf, der gewöhnliche Mensch lauter Dreiecke« (Hebbel)

»Und es stellt sich als letztes heraus, daß man der Welt nur insoweit dient, als man sich selbst liebt« (siehe »Über die Dörfer«)

Im Flugzeug über Europa sitzend, hatte ich die Vorstellung, von unten die Mittagsglocken zu hören

Jeder Augenblick der Unbeschwertheit, Freund, ebenso wie mancher der Beschwertheit, müßte dir doch eine Lehre sein. Nur mußt du, anders als in der Beschwertheit, in der Unbeschwertheit die Lehre erst entdecken? (4. Oktober)

An mir selber ertrage ich kein »Warum?« Aber die andern frage ich so doch immer wieder?

Habe ich, alle die Jahre, und nicht nur in S., jemanden getroffen, von dem ich lang und breit erzählen möchte, einen Helden? – Nein, aber vielleicht habe ich mir auch nicht die Mühe gegeben, einen zu entdecken? Sind Helden denn offensichtlich? – Und zudem bin ich nicht skrupellos genug, zu übertreiben und jemandem also ZÜGE zuzuschreiben. Und so scheint es mir auch recht (Sonntag in London, wo wahrscheinlich gerade drei lateinamerikanische Romanciers joggen)

»Let not the blessing of the plain man have little value in your eyes« (Talmud-Spruch an der Synagoge des Great Cumberland Square)

Ich bin im Krieg geboren. Andrerseits bin ich im Haus meiner Mutter geboren (7. Oktober)

Fast jede andere Gesellschaft stört die Gesellschaft von Leser und Schreiber, als die große und richtige

Vielleicht sind doch die zwei Grund-Erfordernisse für ein Kunstwerk, jedenfalls heutzutage, die Dringlichkeit im Ausdruck, im Verein mit der Gemäßheit (= Form)

Ja, in mir wirkt immer noch das Kind von einst. Aber dieses Kind kann nur schauen und nicht reden

Heute früh wurde ich vom Grün, dem dunstigen Grün der Ferne, augenblicks umhüllt wie von einem Schutzmantel, und spürte diesen leibhaftig auf den Schultern (zurück am Felsfenster)

Heute möchte ich, und zwar bald, jemanden treffen, der an etwas seine Freude hat, und nicht wieder, wie gestern den ganzen Tag, einen Jammerer, Sich-Beklager usw. (8. Oktober)

Ich habe im Moment kein Problem, und das bedrückt mich

Unter dem, was ich aufzählen müßte auf die Frage, was mich hier in S. durch die Jahre gebracht hat, wäre sicher auch der Tee; freilich nur ein bestimmter

Gestern stand bei den beiden Experten im Klosterhof auch der Idiot, in seiner üblichen Vor-Schräg-Lage, die Hände auf dem Rücken, im guten Anzug und in den

Turnschuhen, und blickte wie üblich himmelwärts, mit seinem Anschein unentwegter Heiterkeit; der allerdings täuschen konnte (9. Oktober)

Gliedern, was in mir ist

Bin ich gescheitert? Aber was habe ich denn gewagt? Und was ist Scheitern?

Ich bin voll Geist, solange ich nicht sprechen muß; ich war seit je voller Geist, solange ich nicht sprechen mußte

Die Kindlichkeit eines frisch Einsamen: ein sehr alter Mann, auf einmal offen, *alles* zu sagen

Jemandem, der den »Gefesselten Prometheus« hörte, diese andere Sprache, die aber auch Sprache ist, wurde nachher die alltägliche Sprache unverständlich, und blieb das den ganzen Tag lang, bis in den Abend hinein

Ich kann nichts über dich sagen – und ist das nicht schon viel?

Ich lese wieder einmal Hermann Hesse, die Briefe, des alten: ein Recht-Denker (hoch!): »Es scheint wirklich dem Menschen nur die eine Hoffnung gegeben, zwar nicht die Welt und die andern, aber wenigstens sich selber einigermaßen ändern und bessern zu können, und auf denen, die das tun, beruht im Geheimen das Heil der Welt«

Das Schauen-und-Würdigen(-Können) ist die Seele

Ein Mann trug ein Kind auf dem Arm, und der Mann hatte den Kopf auf des Kindes Schultern gelegt (11. Oktober)

Das Rauschen der Blätter im Wind: Ermahnung und zugleich schon deren Erfolg

»Und«: Die Worte und der Himmel. – Es sind doch die Worte, die lieben Bemerkungen, die einen, wie nichts sonst, aufsehen lassen zum Himmel; diesen anschauen lassen; der Anschauung freigeben

Als ein vollständiger Gedanke erscheint mir schon der, ohnehin so gar seltene, *Ansatz* dazu

Wie viele rechtfertigen ihre Boshaftigkeiten, nur weil diese vielleicht einer kleinen Tatsächlichkeit unter unzähligen entsprechen, mit ihrem stereotypen: »Weil's wahr ist!«, und das geradezu triumphierend. – Als ob »wahr« nicht etwas anderes hieße, etwas *ganz* anderes

»... im übrigen bin ich froh, wenn ich unvertont bleibe« (Hermann Hesse 1952)

Die SPANNE Dasein: diese, von hier, dem Felsfenster, bis dort, hin zum Baumwipfel, mitlebend, im Zucken und Schnellen der Zweige unter dem Hüpfen und Schwirren der kleinen und großen Morgenvögel (12. Okt.)

»Phantasie und Einfühlungsvermögen (sind) nichts anderes als Formen der Liebe« (H. Hesse)

Wenn jemand wie Hermann Hesse das Wort »Glauben« verwendet, dann glaube ich ihm

»Man hat vom Krieg als einem Stahlbad gesprochen. Nach meiner Erfahrung ist es aber nur der Friede, der Kräfte gibt« (H. H.)

Mehr noch als das Lesen wirkt die Anschauung als eine Freisprechung, lebenslang

Ein anderes Wort für die »Seele« wie den »Geist«: Zusatz

Die Hölle ist es, an den Falschen zu geraten. Und ich bin bisher immer so sehr an die Falschen geraten, daß ich die Richtigen wohl gar nicht mehr ertrüge (und vielleicht bin ich auch selber immer wieder der Falsche gewesen?) (14. Oktober 1986)

Ich faßte Vertrauen zu dem Passanten, der ein abgefallenes Blatt, und mehr, aufhob und in sein Adressenbuch legte

Nichts, was den (meinen) Geist wohl so verläßlich *anstimmt* wie ein seltenes Wort, hier und dort, stimmlos oder mit Stimme. Und oft ist das auch nur die richtige *Stimme*, ohne ein vernehmbares Wort

An die Geburtstage meiner Jugend kann ich mich nicht erinnern. Wurden sie nicht gefeiert? Auch nicht von mir selber? Seit einiger Zeit freilich ...

Sektenplakat in der Stadt: »Die Formen vergehen, doch das Leben währt ewig« – mir scheint es eher umgekehrt; oder: das ewige Leben in den Formen

Mein Kind als Leserin Franz Kafkas: »Gute Beobachtungen« (16. Oktober) – während meine Mutter seinerzeit sagte: »Nein – das kenne ich schon alles, von meinen Läufen zu den Behörden!«

Erst in den Ritualen – eben auch des Schreibens und des Lesens – geschieht bei mir ein zusammenhängendes Denken

»Das Problem der Zeichnung in der Prosa« (s. P. Valéry) – das ist das des »Nachmittag eines Schriftstellers«: die Linien der Zeichnung herauszuarbeiten aus dem tagtäglichen, vor allem nachmittäglichen Wust

Wieder, wie schon im letzten Herbst, erschien gerade die Maus vor dem Felsfenster, sich wühlend dort durch die Schichten der Teeblätter; als sei es durch die Jahre dieselbe (18. Oktober)

Meine Krankheiten, Mängel usw. werde ich nicht los; aber ich werde ihrer vielleicht Herr, wenn es mir gelingt, sie als Strukturen (meiner Zeit) zu beschreiben

Das Wort ergreifen? Ich werde höchstens, im Glücksfall, ergriffen von einem Wort

Die Welt ist aus den Fugen? Für andre ist das eine Redensart, für mich ist es eine Erkenntnis

Oft an den Stadtrandgegenden das Erlebnis von Reinigung und dann Reinheit

Mein Witz, wenn überhaupt, darf nur aus dem Material kommen, nicht aus mir selber

Ein Zeichen für das Schwinden meiner Geistkräfte ist es, wenn ich Halt suche an meinem Körper

Erzähl von den Unbekannten so, daß sie unbekannt bleiben, und doch, als seien sie einem im Innersten schon begegnet

»Der Stand der Bücherkäufer ... ist ein vornehmer, ein adliger Stand« (der alte Hermann Hesse) (21. Okt.)

Vielleicht kenne ich den Geist nur als Sehnsucht?

Erlösung heißt für mich: im Bild sein (ich wiederhole mich)

Wozu sind die Katzen eigentlich gut? – So wie die Vögel mit ihrem Fliegen, erfreuen sie einen, manchmal, mit ihrem Dasitzen und Hingelagertsein

Die Frische der Welt am Stadtrand, wie von altersher (hier in S. ebenso wie in Anchorage, Alaska)

Schöner Schauder der Vergessenheit; »das Vergessenwerden ist nicht das schlechteste Los« (H. Hesse) (am Felsfenster, morgens)

Von Hermann Hesse geht oft eine innere Heiterkeit auf mich über, so als bekäme ich, stumm, eine Stimmhaftigkeit eingehaucht. (So verhält es sich jedenfalls mit Hesses Briefen)

Ideal: in einem Land leben, wo wohl Sprache wäre, doch bei Bedarf unverständlich

Mein Lebensproblem, die Unschlüssigkeit, wird schon deutlich bei manchen meiner Unschlüssigkeiten vor den Satzzeichen (23. Oktober)

Aufs Ganze gehen, ohne alles zu geben (Motto)

Gelingt das Werk, gibt sich die Welt zu deiner Geliebten; oder: zeigt sich die herrlichste aller Geliebten, die Welt

Eine der schönsten Ortsbezeichnungen: »auf Augenhöhe«; »er begab sich auf Augenhöhe« (25. Oktober)

Mein »schlechtes Gedächtnis« soll mir recht sein; ich behalte dafür in der Regel eine starke Ahnung; und damit steht mir frei, zu erfinden

»Man soll sich das Wünschen abgewöhnen« (der alte H. Hesse); und derselbe: »Die Literatur ist ein gefährlicher Beruf, ebenso gefährlich wie das Priestertum«; und derselbe: »Geisteskrank bin ich nicht, leider nicht, die Flucht in den Wahn ist mir versagt«

Seltsam, daß ich an einer Platanenstraße, unter Platanen, so oft das Gefühl habe, auf dem richtigen Weg zu sein; als buckle sich da mir auch der Asphalt, auch wenn er sich garnicht buckelt (27. Okt.)

Das Schreiben ist nicht Qual; aber der *Teil* des Schreibens ist Qual

Den Raum verkörpern: Lebenskünstler

Das Große Bild in mir war nie intakt. Erst durch das Schreiben schien es, zeitweise, intakt zu werden – oder es drohte vollends zu verschwinden (mein Epos: »Der Bildverlust«!)

An eine Frau: Wie kannst du mich lieben, wenn du mich nie fühlen lassen kannst, wer ich bin?

Damit ich das Glück erlebe, muß aber zuvor die von mir eingegangene Wette hoch gewesen sein

Einer Seele werde ich *inne*, sowie ich im *Außen* eine Form unterscheide (ich wiederhole mich)

»Symbolhaftes Erkennen« (M. Eliade): ja, nur so, durchs Bild, im Bild, habe ich je erkennen können: »das Studium (der Bilder) gestattet uns ..., den Menschen besser kennenzulernen ... den noch nicht in die Bedingtheiten der Geschichte verstrickten Menschen«

Die sterbenden Wespen klammern sich an die Wipfel der Grashalme (31. Oktober)

Vor über einem Jahr, mit dem ersten Satz der »Wiederholung«: ein Ruck ging durch mich, mit dem ich mehr wurde

Die Schwelle hilft mir zum Leben. Ich glaube, da bin ich in der Tat, einmal, zum Entdecker geworden. Und wie hilft sie mir zum Leben? Indem sie mich verlangsamt, Raum um Raum

Der Langschläfer: Er schlief so lange, bis nicht mehr er selber träumte, sondern die Gesellschaftswelt – bis ihm seine Pflichten und Versäumnisse träumten (1. November)

»Die Symbole und Mythen kommen aus zu weiter Ferne, als daß sie sterben könnten: sie bilden einen Teil des Menschen, und es ist unmöglich, daß sie irgendeinmal nicht mehr auffindbar wären in einer existentiellen Situation des Menschen im Kosmos« (M. E.)

In den Euphemismen – sie sind keine Lügen –, wiederholt sich da nicht der Mythos? Ich dachte gerade an »Er verblich«, »der Verblichene«; und von »er verblich« ist keine Form der Gegenwart denkbar, »er verbleicht«? Also: Mitvergangenheit als Begleit-Form des Mythos

A., gestern W. Benjamin, »Das Kunstwerk ...« lesend, sagte: »Das ist nicht Lesen. Lesen ist nicht Lernen«

O endlich der Übertritt aus dem eindimensionalen begrifflichen Leben, mit seinen gar zu seltenen Einsprengseln von Ahnung, in das geistige, stetige, reine der Bilder, in die man überginge, wie ich gerade, für einen schmerzschönen inneren Augenblick, in das Bild des grünen Dorfheimatfriedhofs! (Allerseelen)

Immer mehr werde ich stolz, daß es mir gelungen ist, mein Leben bisher möglichst wenig bestreiten zu müssen von meinem Wissen

Heute nacht wurde ich geköpft, wobei ich selber die zu schwache Klinge auswechselte, und der Henker meinte, die neue sei nun aber »gar zu stark« (5. November)

»Allhier«, so wie das Igelpaar sagt, im Wettlauf mit dem Hasen, das wäre ein Zielwort; »allhier« sein, hier *und* zum Beispiel im Grün der Ebene jetzt *und* an der Flanke des fernen Pyramidenbergs (Staufen); die Geborgenheit in diesem »Allhier«, auch wenn ich in Wirklichkeit auf der Felskante dort vielleicht erfrieren müßte (am Felsfenster, morgens, 6. November)

Mein Platz am Felsfenster, morgens, ist eine Wiederkehr oder Wiederholung des Platzes auf der blaubemalten Truhe in der hölzernen Galerie oben außen damals in der Kindheit am Großvaterhaus, wo ich als Sechsjähriger saß und meine ersten Bücher las, geborgen vom Lesen und vom Angesprühtwerden, dem zeitweiligen, sehr feinen, durch den Sommerregen – ähnliche Schauder der Geborgenheit, angeweht von der Bücher- *und* der Draußenwelt, ἓν καὶ πᾶν, ein-und-alles (6. November 1986)

Meine Gegend: eine Gegend ohne Schlingen; meine Gegend, mein Stolz

Was mir an den Wissensbüchern so zuwiderläuft, ist der *Ton* des Wissens, der Tonfall, die Syntax des Wissensgetues, der man beim Lesen nicht entkommt, eine scheußliche Leier, an der Stelle des Tonfalls des Suchens und Ahnens in der Poesie und im poetischen Erzählen (so geht's mir leider auch immer wieder bei Eliade)

»Ich habe heute frei« sollte bedeuten: »Ich habe heute Zeit für die Gegend«

Öffnet die Freude in mir den Weg, oder ist es die Vorstellung eines Weges, die mich der Freude öffnet?

Der Säuglingsblick zum Himmel ist so selten vereint mit der Augenhöhe des Erwachsenen

»Der Würfel fällt für die Geschichte (So-und-so) ...« heißt es immer wieder im »Parzival« – als sei das Erzählen selber von Vorgang zu Vorgang jeweils erst zu sichern

Die großen Reinigungen: durch die Kunst, die Natur, die Kinder (und das gilt)

Eine schöne Bedeutung, oder Spielart, von »anhängen«: Ich hänge der Erzählung an. – Es bleibt, es wiederholt sich: das höchste der Lebensgefühle, das ruhigste, das stärkste, das am meisten welteinlassende und -durchlässige, ist es, in der Phantasie der Erzählung zu leben

»Sursum corda!« könnte auch heißen »Sursum oculi!«

»Eine Linde, nicht zu hoch und nicht zu breit, / die Maße waren angemessen« (so immer wieder im »Parzival«)

Es wird mein Ernst sein, der mich rettet, und nicht mein Humor

Dieser herrliche, weiträumige, warme Novembertag; und meine Erwartung eines Zitronenfalters; und meine Unfähigkeit, der Schönheit der Erde zu entsprechen; und meine Bedrücktheit deswegen; und mein Gesetz trotzdem, dieser Welt, wie sie sich heute zeigt als Raum unter der Sonne, zu entsprechen; usw., usw.

Die »Und«-Verbindungen immer wieder im »Parzival«, als die ideale Erzähleinfalt: »Fürst Gournemans saß ganz alleine / und die Lindenkrone warf / ihren Schatten ...«

Gestern war einer meiner schönsten Tage während all der Jahre in S.: – Trübsinnig ging ich stadtaus, in der klaren warmen Luft, und dachte auf einmal, jetzt oder nie sei es die Zeit, den verbotenen Rainberg zu besteigen. Der Pfad ging genau da hinauf, wo das Schild »Betreten des Rainbergs verboten« stand. Der Anstieg war leicht. Der Rücken des Zwillingfelsbergs zu dem meinen hier, weitgestreckt, war gefolgt von einer Lichtung nach der andern, in jeder Feuerstellen, in einer davon der frischgerissene Vogel, von dem eine Feder hier im Notizbuch liegt. Ich hatte gedacht, der Berg sei leer. Aber dann grüßten mich, winkend, von einem der Vorsprünge zwei Buben, von denen sich herausstellte, daß sie aus A.s Klasse waren, in der Schule unten am Bergfuß. Und einer hatte, da in der Wildnis, ein Buch von mir dabei, und ich gab, einmal fast fröhlich darüber, meine Unterschrift. Auch die Buben schienen freudig aufgeregt: der Blick hinunter auf ihre Schule – sie waren da nun schon im letzten, im achten Jahr –, mit den vielen Glasluken in dem gräulichen Flachdach, mußte seltsam sein für sie. Und auch sie waren das erste Mal auf dem verbotenen Berg, lagen oben in einer warmen Blätterkuhle. Der Halbmond, der immer heller wurde, stand über der dämmernden, klarumrissenen, wie leeren Erde, in der alle Formen, von Stadt und

Land, eine, große, ergaben. War das China, Südamerika, Alaska? Ich stieg dann an einer Scharte im Bergrücken hinunter, seltsame, sonst nie gesehene dunkelblaue Blumen mit hohen Stengeln auf dem Weg. Zuunterst an der Felsscharte eine Leiter, versperrt, die wiederum hinaufführte zum eigentlichen Gipfelkopf mit jener Signalstange für die Flugzeuge, wovon das Blinken in mein Schreibzimmer hinein all die Jahre ein Zeichen des Abends gewesen war. Ich wollte schon umkehren, kletterte dann aber, klopfendes Herz, den Fels hinauf, mit ein paar »kritischen« Griffen, und dachte, oben, als erstes, wie ich von da wohl wieder herunterkäme. Dann aber weiter auf einem kaum merklichen Pfad zum Gipfelpunkt des Rainbergs, leicht. Erinnerung an unsere Kindheitsklettereien auf jenen Felskegel des Burgbergs zuhause, eine Art Kanzel-Vorsprung über der Tiefe, ein Platz kaum für zwei. Seltsamster aller Blicke dann hinüber zum Nachbarfelsenberg, inmitten der Stadt unten, auf das Gebäude, wo ich wohne. Dessen kleiner Vor-Turm unmittelbar bezogen auf die graue riesige Festung dahinter, als zwei zusammengehörige ehemalige Herrschaftsbauten, wie aus dem Fels gewachsen, der ganzen fremden märchenhaften Gegend; die Festung selber, in den vielen kleinen Fenstern noch das letzte Licht, unversehens als eine riesenhafte, langgezogene Rauch- oder Nebelschwade, gar kein Menschenbau. Urzeitliches Gefühl, trotz der elektrischen Lichter allüberall, durch die Einheit von Fels und Türmen. Und einleuchtend dann, daß dieser leere Berg, auf dem ich stand, einst der Wohnort der Ureinsassen hier gewesen war. Mitten in der Stadt S. befand ich mich da in der Savanne der Freiheit, hoch oben, wo alles nah war und entrückt. Dann der Venus-Stern. Dann die Leiter hinab, die versperrte, an den Stangen rutschend (da die Sprossen unzugänglich waren), wie ein Feuerwehrmann. Dann langsam, fröhlich, durch und durch guter Dinge bergab in die fremde geheimnisvolle Stadt, in einer ähnlichen Freude, die ich an diesem gestrigen Tag doch auch schon vorher empfunden hatte, an der Erzählung und vor allem der Erzähl*weise* des Epos von »Parzival« (9. Nov. 1986)

Immer wieder reitet Parzival, selbst aus der schönsten und besten Gesellschaft, »ganz allein« weg, ohne Grund, und übergangslos (Identifikation meinerseits)

Zeitangabe bei Wolfram von Eschenbach: Wann? – »Zum rechten Zeitpunkt.« – *So* kann ich lernen

Das Bild in mir, mein Inbild, das ist mein Gesetz und meine Gerechtigkeit, und es ist streng; oder auch: das Bild in mir ist das innere Segel; eine Art von anderem Sonnensegel (10. November). – Und das Schreiben: Weiten, Auffächern, Gliedern meines Bilds (das Epos heute: »Der Bildverlust«)

»Der Gral war: Frucht der Seligkeit / Füllhorn aller Erdensüße«

»Parzival wahrte die Form / und fragte nicht« (Die Kunst des Fragens)

Wenn ich mein Drängendes verloren haben werde, werde ich kein Schriftsteller mehr sein (und dazu die Sehnsucht, irgendwo auf dem freien Feld, unterhalb des Felsfensters, jetzt den Parzival reiten zu sehen, von sehr weitem)

Wenn das Zittern der Gräser in der Sonne endlich sprechend wird: anderer Tagesanfang. – Und wodurch wird es mir sprechend? Etwa durch ein Gelesenes, das in mir stehenbleibt, innehält, Fuß faßt, als Bild, und ich mit ihm

Das Tagträumen hat etwas von einem Angeln mit einem Netz; und nach einiger Zeit zieht man das Netz heraus und ...

Mir scheint, die Liebesvorstellung gar vieler ist, es solle der andere endlich für sie verantwortlich sein, sie mögen die Verantwortlichkeit für sich selber verlieren, jemand möge und solle sich endlich ganz und gar um sie kümmern (12. November)

Es ist schon so – es gilt (mir): allein die Offenbarungsgeschichte – wie jene des Alten Testaments –, auch meine persönliche. Wie selten fallen mir Historie und Offenbarungsgeschichte zusammen

Ich erkenne in der Regel der anderen Leiden nicht mehr – so anders als einst im »Parzival«

Die Inspiration, wie auch immer, kann bei mir nur kommen aus einem ordentlichen, geordneten Leben

Ein schöner Fund, gestern auf der Flußbrücke: der »Schulstift« (mit dem ich jetzt das aufschreibe)

»Die Kirchenväter, denen es darauf ankam, Anschluß an eine Geschichte zu finden, die gleichzeitig eine Offenbarung war« (Mircea Eliade) – und ich muß jetzt den »Gottesstaat« lesen! Immer habe ich ja in meinem persönlichen Leben ein Einschreiten, einen Eingriff, eine Offenbarung erwartet. Und insofern kam ich aus der jüdischen Geschichte? Einen Eingriff? – Eine (tiefinnere) Plötzlichkeit

A. heute früh, als ich sie fragte, ob sie den Namen des Berges vor dem Felsfenster wisse: »Meinst du den beleuchteten?« (Die Gipfelspitze der Staufen-Pyramide war von der Sonne schon angestrahlt)

Der Anblick des Berges: »gibt mir etwas«; »erfüllt mich« (mit seiner Farbe und seiner Form); »stützt mir die Augenbrauen«; »stärkt mir die Schultern«; »läßt mich in den Armen die Sehnen spüren«

Eins der Grundgefühle in der Kindheit: »Die Welt, wie sie daliegt, und wie ich sie wahrnehme – das ist es nicht!« Und jetzt, immer wieder, angesichts dieser Welt: »Das ist es!«

An eine Frau: Dein Umarmen war jeweils nur ein Umschlingen

Satz eines Lesers: »Durch Ihr Buch werde ich für später jung« (mehr Lesersätze aufschreiben)

Noch einmal zum Zeitunglesen: das Leben versäumen (14. Nov.)

Im wüsten Regen kam es wieder zum allgemeinen, universellen Tod, der mich, wie sämtliche anderen Wesen, tief unter die Erde schwemmte, durch das dichte, abgefallene Laub hinab und hinein ins Nichtsein, als der Bestimmung. Mein Bedürfnis dabei aber war, damit einverstanden zu sein, durch und durch, mit dem Grauen auch – worauf das Laub, in dem wir untergingen, Blatt für Blatt aufleuchtete und Farben annahm, und der Regen in der inzwischen vollkommenen Menschenleere etwas Faßliches wurde. Ich schlug die Augen auf mit dem Gedanken: Anbetung!

Fortschreiten kann ich nur, indem ich zugleich auch zurückgehe; aus mir heraus kann ich nur, indem ich in mich hineingehe. Möglichst weit zurückgehen! Möglichst tief hineingehen!

Die Form einer Erzählung in sich zu spüren, hat etwas von dem Durchbruch eines Flusses durch die Enge in die Stromebene

Lesersatz (warum nicht): »Beim Lesen der ›Wiederholung‹ fühlte ich mich wie an einem besonders schönen Tag, wo jedes Ding seinen Platz für alle Zeiten findet und doch von einer Bewegung getragen scheint, die ihm jeden anderen Platz ebenfalls ermöglicht«

Einmal, glaube ich, werde ich Heimweh haben nach der tintigen, warmen, stofflichen, rauchigen Pyramide des Staufen, am Felsfenster, morgens (16. Nov. 1986)

So unendlich – ja! – schön erscheint mir heute die Erde unter der Sonne, mit dem leeren leuchtenden Grün der Moosebene und dem Violett der Berge am Horizontkreis, daß ich jemanden anrufen möchte, einzig um ihm das zu sagen

Der künstlerische Grund und *die* künstlerische Energie, das ist am reinsten das Durchlässig-Sein, die Durchlässigkeit: und das als das andere, weiträumigere Wort für Erbarmen

Nach Sonnenuntergang die Bergpyramide in der fernsten der Fernen: den Mont Salvage mit dem Gral gibt es immer noch

Der junge Mann von gestern, der so schwer einschläft: um einzuschlafen, denkt er sich Rätsel aus. Manchmal, mitten in der Nacht, kommt ihm die Idee, nachhause, in seine Kleinstadt zu fahren, und er nimmt das Taxi dahin. Er besucht dann aber niemanden, auch nicht Vater und Geschwister, sondern ist nur da, »um am Ort zu sein«. Wenn ihm eine Frau gefällt, kommt er auf der Stelle ins Zittern, und die Frau zieht sich zurück, »seit drei Jahren habe ich keine Freundin gehabt«. Ein von vielem, sehr Verschiedenem begeisterter Mensch, jung, und würdig, und verwirrt, und naiv, und durchtrieben (19. November)

Jene Halbschlafbilder, die sich immer noch einstellen, und in denen es mir, gerade in der Schlaflosigkeit, auszuruhen gelingt, werden aber im Lauf der Jahre mehr und mehr abschüssig, sind Landschaften »tief unter mir«

Leseunfähig, wie ich manchmal bin, genügt dann aber vielleicht ein einziges Wort, und ich kann wieder lesen: »Anfortas mit dem seufzerschweren Herzen«

»(Gott) macht den Sprung, den niemand sieht – / kein Hufschlag und kein Glöckchenklingen, / wenn er vom Herzen wieder abschnellt« (Parzival)

»Einer der Hauptunterschiede zwischen dem archaischen und dem modernen Menschen besteht ja gerade in der Unfähigkeit des letzteren, das organische Leben – besonders das der Erotik und der Ernährung – wie ein Sakrament zu leben« (M. Eliade)

Noch einmal: Meine Kindheit bestand fast nur aus dem Warten auf das Ereignis; auf das Erscheinen der endlich wirklichen Welt hinter der Scheinwelt. Und der Ort für dieses Warten und für das endliche Erscheinen konnte nur zuhause, die Heimat, sein. Daher das Grauen, ja, des Heimwehs, als ich in das Internat kam: Es war dort nichts mehr zu erwarten (21. November)

Treffende Beiwörter: »nackter« Haß, »nackte« Verzweiflung, »nackte« Schwermut

Ich bin immer noch aufbruchsbedürftig, täglich; aber nur in die Gegend

Und: Ein Schirm verschwand in eine Unterführung, und ein letztes Blatt wehte von der Pappel oben

»Deus« (Gott) und »dies« (Tag) gehören in der Etymologie zusammen

»Bitte wahrt hier streng die Form«: So steht es immer wieder im »Parzival«

Ich stand auf dem leeren Felsenbergweg, und die abfallenden Lärchennadeln wehten herab auf mich und wehten mich an; ich hätte noch lange so stehen können

Sie, der *alles*, so scharf, in die Augen springt, sagte: »Ich möchte endlich wieder nur sehen können, was ich will!«

Eine mir doch vorstellbare Erzieher-Tätigkeit: ein Kind – oder einfach irgend jemanden – zum Gedenken zu bewegen (25. Nov.)

Standhalten dem Chaos, womit? Mit dem Blick

Die Erinnerung an ein Buch – Simenons »Les vagues« – hob meinen Blick zu den Wolken

Die Philosophen haben sich durch ihren Beruf und ihre Berufsmäßigkeit den Weg in die Kindheit abgeschnitten – versuchen sie es dennoch, werden sie kindisch (s. H. Blumenberg)

In den Religionen aller Völker ist der Himmelsgott aus den Himmeln verschwunden als Instanz; wurde entweder vergessen, oder stieg herab zur Erde, sich mit ihr vermählend. Nur bei den Juden ist der Herrschergott, das Gesetz, oben geblieben

Verb für die Schrift: sie »heiligt« (ja)

Du warst doch schon so oft einverstanden mit deinem Tod – also sei es für immer

Ein scheinbelebtes Gesicht: wie es manchmal Leute haben, die nicht allein gehen, nicht allein sind, und doch allein (3. Dezember)

Was mich vielleicht immer noch am stärksten belebt: das Wundern

Ein Bild zu haben – ein *rundes Bild* –, das ist schon meine Art Humor. – Aber meine Gefahr dabei: ein Wortmaler zu werden – statt Zeichner zu bleiben (5. Dez. 1986)

Zur Feier seines Geburtstags lockerte er einer Pflanze die Erde, und schrieb dann, mit der Erde an seinen Fingern

»Das Wasser symbolisiert die Summe der Möglichkeiten. Die Wasser sind *vor* jeder Form und sie *tragen* jede Form. Das Auftauchen aus dem Wasser wiederholt den kosmogonischen Akt der Formwerdung« (Eliade): In die Mitvergangenheit gesetzt, könnte das ein Absatz meiner Biographie sein

Mit dem Erzählen jeweils so weit kommen, daß es auch als Lebensvorschlag, verwirklichbar, ausgelegt (= gelesen) werden kann (seit zwei Wochen an der »Abwesenheit«)

Mein Geburtstagsgeschenk heute war der überraschende Anblick der Synagoge, zum ersten Mal hier zu Gesicht, fast verborgen in einer Straße zwischen Zentren und Vororten, erkennbar nur an dem Davidstern vorn an dem Zaungatter

Was tut das Rauschen der Bäume? Es spricht mir aus der Seele, immer noch

Noch einmal: Rein bin ich, rein werde ich, rein fühle ich mich im Grund nur im Betrachten und Entziffern der Natur

Beiwort für einen Rauchfangkehrer: »offenherzig« (»mit der Offenherzigkeit eines Rauchfangkehrers«; bei dem bundesdeutschen »Kaminfeger« wüßte ich das schon nicht mehr so ...)

Meine Lebensfreude ist fast nur noch Geh-, Schau-, Hör- und Schaffensfreude

Die Kunst der Erzählung ist die weiseste der Künste

Der Morgenstern, allein am Himmel, saß dem Nußbaumast auf, so als ob dieser funkte (10. Dezember)

Ich wurde von Haien angegriffen, in einem unterseeischen Wald, mit Fichten; vor dem ersten, der einzeln kam, silbrig, konnte ich mich noch hinter einem Baum verstecken; dann aber kamen die Haie von allen Seiten durch das klare Wasser in hellen Scharen auf mich zu. Die Harpune in meiner Hand war winzig klein

Ideale Taufe: durch die Phantasie. Und spürbar an der Stirn, die sich senkt, für das Wasser und Feuer in einem!

Die Abwesenheit: eine Geschichte von schwankenden Gräsern

Zeitung: der Mörder, ein Bastler, bekommt, wegen seiner Verwendung der Dumdum-Geschosse, *keine* Strafverschärfung: das Kerben der Geschosse sei ja Teil seines Wesens als Bastler

Immer wieder verbanne ich mich aus dem weiten Land der Erzählung durch mein hirnrissiges Zeitunglesen

»Die Abwesenheit«, so meinte der Bekannte gestern, als ich ihn nach der Bedeutung des Worts für ihn fragte, das sei nicht etwa Nicht-Sein, sondern: »aussteigen aus der Geschichte«

Ein Grund des Pilgerns wäre für mich: die Treue beweisen

Zeig mir, wie du über einen Ort redest, und ich sage dir, wer ...

Schreiben: das begeisterte Bild; ohne begeistertes Bild kein Schreiben (»das merken und nicht vergessen«)

Ich war mit meinem Kind verabredet, und sie kam endlich und setzte sich an den Nebentisch zu Fremden, ohne mich zu erkennen (13. Dez.)

»Bevor Hermes – der Götterbote – die Person wurde, die wir kennen, war er nur eine Steintheophanie« (Eliade)

Abwesenheit als Gedankenlosigkeit? Dagegen aber jene Abwesenheit, welche einbezieht – den, der *will*

Wer nie begeistert war, hat nichts zu sagen

Seit »Langsame Heimkehr« bin ich ausgesetzt. Aber vielleicht war ich das schon immer

Niemand konnte so begeistert von seinen Selbstzweifeln reden wie Franz Kafka; deswegen ist seine Prosa wahrscheinlich unüberwindlich

Als jemand ohne Lehrer habe ich mich doch weit durchgeschlagen …

Ohne Anschauung bin ich kein Mensch

Ein Herzloser: das böse Nichts

In meinen Träumen, seltsam, ist das, mein, Vergessenwerden – so ganz im Gegensatz zu meinen Wachvorstellungen und sogar -wünschen – etwas Schmerzhaftes und auch Groteskes. In den Träumen bin ich, anders als gewünscht, eben nicht unauffällig, bin, vergessen, doch nicht der gewünschte Niemand, sondern gar auffällig, eben grotesk-lächerlich, eine Schande; und ich blamiere mich da jeweils als der Vergessene: indem ich vergessen bin, aber zugleich Leben spiele, mit den Verrenkungen eines unfreiwilligen Clowns (15. Dezember 1986)

»Das verlassene Kind wird von den Elementen beschützt, und oft zum Helden, König der Heiligen« (Eliade)

Etwas wie »Würde« heutzutage: kann wahrscheinlich nur noch heraus»geschwitzt« werden, an der Grenze zu allem

Wird meine Melodie nicht gehört, werde ich menschenscheu

Im Gras vor einem dunklen Schloß am Meer, wohin ich allein heimkehren sollte, lag ein Spiegelscherben, und daneben blühte eine einzelne kleine blaßblaue Blume; bis die welkte, würde es mich noch geben

Bildbildungsmüdigkeit: Zeichen fürs Ende des Arbeitstags (16. Dez.)

Dein Bild (Inbild): läßt dir deine Ruhe, und gibt dir eine zusätzliche andere Ruhe

Die mädchenhafte Stimme einer Hochschwangeren

Wenn sich mir etwas entschlüsselt, entschlüsselt es sich als Deutung? Nein, als Bild

Heißt Schreiben ernst sein? Ernst bleiben? – Ernst *werden*

Die kurzen Schübe der Kraft ausnützen zum Nichtstun; ich mißbrauche sie leider oft zum Tun

Wahrscheinlich bleiben jung nur die Empörer (Nacht, Wind)

Und merk dir: Die Welt, wie sie sich gibt, ist nicht die Welt; du mußt sie zeigen (= wahren)

Die Gegenwart der Anschauung, auch in Form (Gestalt) eines Duftes, sie ist mir alles, ἓν καὶ πᾶν (17. Dezember)

Eine der Rechtfertigungen für das Schreiben ist zumindest, daß ich dabei noch am wenigsten Unheil anrichte; zumindest erinnere ich mich nicht …

Es bringt mir das Schneien doch immer noch, vierundvierzig Jahre alt, die weite Welt, die erfüllende Gegenwart, wie etwa die erste Schneewehe gestern im Himmel, gegen das Kupferdach der Kollegienkirche wehend, oder eher prallend, oder prasselnd, mit einem harten Geräusch, das mich aufschauen ließ zu dem heuschreckengleichen Flockenschwarm hoch im Nachthimmel, und die zweite Welle dann erst erreichte mich, unten; Schnee, Bote der Gegenwart

Zwei verschiedene »man« sind zu unterscheiden: das der profanen Welt und das des gemeinsamen Wahrnehmens

Nur auf dem Weg über ein Drittes – mein Eigenstes – kann ich *dich* gewinnen. So war zumindest einmal meine Überzeugung

Gestern sagte der Berufsspieler: »Wenn ich mich gegenüber der Schönheit finde, muß ich mich bezähmen, um nicht zu weinen«

Wahrhaftes Reden: wenn das Gesagte dem Redenden selber in die Augen tritt

Der Maler gestern erzählte zwei Geschichten von Abwesenheit: die von denen, die in der Schule seinerzeit »durch Abwesenheit glänzten« und so von einem selber ablenkten – der Englischlehrer gleich beim Betreten der Klasse: »Who is absent?« –; und die Geschichte von dem Totgeglaubten, von dem dessen Mutter dann aber, durch einen anderen Soldaten, gesagt bekam, ihr Sohn könne nicht tot sein, sei nur »schwer verwundet« gewesen – und ab diesem Augenblick »hätte der Abwesende, wäre er anwesend gewesen, für die Mutter längst nicht so anwesend sein können wie als solch ein Abwesender« (18. Dez. 1986)

Gerade erfuhr (ja) ich ein anderes Wort für die Seele: »das Vermögen« (»ich vermag«)

Wenn ich überhaupt etwas wie eine Stimme habe, dann ist das das Rauschen der Bäume; oder: das Rauschen der Bäume gibt mir die Stimme an

Der Spieler sagte: »Die einzige Gesellschaft ist die der Spieler – im Frieden die einzige natürliche Gesellschaft«

Was gibt mir das Aufschreiben? Die Vorstellung (*und* das Gefühl), etwas *aufzuheben*

Eine Art Erlösung: Nicht ich denke (an) die Bilder, sondern ich werde von ihnen bedacht; die Bilder denken mich; und schriftstellerisch (künstlerisch) handelt, wer beim Schreiben (stetig) im Bild bleibt; anders wirst du zum (üblichen) Literaten

Die Stummheit: ein Punkt; das Schweigen: die Ausbreitung

Das Schneien als Staffeln des Raums; und indem ich die Augen einstelle auf das Wirbeln der Einzel-Flocken, die einzelnen und wieder einzelnen, entschwindet die übliche Wirrheit aus dem Kopf und kommt eine Schwade von Ruhe, und auch das Gewirre draußen entschwindet

Noch einmal: Halt dich ans Bild. Dieses zeigt immer die größere Wahrheit, das Begütigende, das Gute. Laß in deinem Schreiben nur Leute vorkommen, von denen du ein Bild hast, und wenn auch bloß das eines Augenblicks

»Ich warte gern«, sagte der Spieler

Die Heimleiterin gestern sagte, alte Leute hätten, wie die Kinder, Nischen in ihren Zimmern

Ein Mensch hat verletzlich zu sein und demgemäß auch zu leben (21. Dezember)

Vogelschwärme in der Luft, fliegende Tagsternbilder

Die hauptsächliche Forschung im Schreiben besteht im Warten (22. Dez.)

Immer wieder in den letzten Nächten wurde mein Haus, das schöne, weiträumige, geradezu fürstliche, bevölkert von einer Unzahl sich hereindrängender Fremder, und ich hatte in meinem Haus kein Recht mehr. Meine Sachen wurden zur Seite geschoben, auf meiner Chaiselongue nahm ganz selbstverständlich, nachdem ich schleunigst die Bücher da weggetan hatte, ein älteres belgisches Touristenpaar Platz. Ich stand hin und her laufenden Kellnern im Weg, Kinder verschütteten Schlagsahne auf die Teppiche, während ich vergeblich nach einem Eimer suchte, um den Boden aufzuwischen. Auch die Hausschlüssel kamen mir dann abhanden. Und meine Freunde, in die verschiedenen Ecken und Winkel gezwängt, schüttelten die Köpfe über mich, daß ich sie in ein Haus geladen hatte, wo ich weder der Herr war, noch sie als die Gäste galten (23. Dezember)

Zum ersten Mal seit seiner Verbannung aus dem Paradies lachte Adam, als er von seinem Sohn Seth hörte, die Menschen sollten erlöst werden. Und dazu saß ein Kind oben in der Krone eines Baumes

»Und«: Äpfel und Jugend. Das ist mein Inbild. Und siehe: »Die Götter essen Äpfel und bleiben jung bis zum Jüngsten Tag«

Eine Schneeflocke, schnell herabstürzend, kam und zerstäubte eine dahinschwebende andre

Auch für den Archäologen/Etymologen gestern war »Abwesenheit« etwas Zwie-Spältiges: einmal »Wegsein, Entferntsein, Verlassenheit« – und andrerseits etwas wie eine Zuflucht, die er sich »gönnt«; weg von den andern zu sein, als »Gunst«

So selten bin ich froh aufgebrochen; die Freude kam erst nach dem Aufbruch

Schreiben auf dem Grund des Schweigens? Ja, wie auf Glas; dem Glas des Schweigens, das stillt; gelten läßt; zur Geltung bringt (25. Dez.)

Eine Flocke landete genau auf einer Baumknospe und lag dann da als großes Auge der Knospe

Schreiben als eine Art stilles Feiern – die stillen Messen waren mir oft die liebsten

»Liebe Zehe!«, pars pro toto für ein Kind

Mein Nachbar gestern, befragt zu »Abwesenheit«: für ihn sei eher Positives damit verbunden – die Abwesenheit von Leiden etwa. Schlimm sei nur, wenn einer körperlich da sei, aber abwesend sei: so die drei letzten Tage seiner sterbenden Mutter. – Und er habe im Leben bisher zwei Wallfahrten unternommen: eine, wobei auf der ländlichen Heimfahrt dann, in der Kalesche, alles »farbig« gewesen sei, und er ständig gesungen habe; die zweite Wallfahrt, mit einer Opferung von Korn für eine gute Ernte, sei dagegen »streng« gewesen, »ohne Farben«, habe über Nacht gedauert (26. Dezember)

Die Abwesenheit als *die* Erziehung (Felsberg, Nacht)

Nur das Bild, nicht der Gedanke, erfüllt das Gehirn

Bei jeder Art Wissen, das nicht sich einfügt ins Bild und dieses verstärkt, wird mir auf der Stelle unruhig zumute

Kunst, »modern« (statt post-): Es hat das Ich mitzuspielen oder eher -zuwirken, bis in die entlegensten Figuren hinein

Meine Befangenheit vor jenen Lesern, die keinerlei Natur-Sinn haben: als seien sie feindliche Leser, und nicht allein mir (28. Dez.)

Aus dem Schwanken der Bäume ist nichts zu beobachten, sondern nur Kraft zu ziehen für dein Erzählen

Das Gesundbad der Augenhöhe

Wieder einer sagte zu »Abwesenheit«, gestern: »Abwesenheit heißt: Was ich liebe, ist nicht da.« Und: »Abwesenheit ist nicht für immer; abwesend heißt nicht verschwunden«

Literatur: Es genügt nicht das Bild – es muß jenes eine (1) Wort dazukommen, welches das Bild erst zum Bild-*Pfeil* macht

Literatur, auch: mein Lügen bewahrheiten (30. Dez.)

Die Stadt S. hat – wie jede Stadt? – ein Geheimnis: ihre Stadtteile

»Viele alte Leute haben aufgehört zu lesen«? (Zeitung). – Wer anfängt zu lesen, hört nie auf

Ich spielte mit meinem Kind, indem ich es in einem dicken Buch, foliantdick, mit mir herumtrug, damit tanzte und sang. Aber als ich das Buch dann öffnete, war das Kind nicht mehr drin. Dabei hatte ich es doch gerade da hineingetan (31. Dez. 1986)

Die Kunst, Form- *wie* Lebenskunst: sich merken, was einem gefallen hat (»sich merken«)

Würde ich lieben, würde ich überraschen (1. Jan. 1987)

Die Lauscher-Ohren der Romanik: War das nicht doch die größte Epoche der Menschheit (der europäischen)? – Und während ich mich das fragte, setzte sich der Spatz von jetzt auf die Stirnwulst des Löwen von 1100 (Modena)

Die Propheten des Alten Testaments (in Modena): *Sophonias* hält mit der einen Hand sein Gewand zusammen wie einen Vorhang und mit der andern die in der Waagrechten sich entrollende Schrift. *Malachias* hält mit der einen Hand, ruhiger, lockerer als sein Nebenmann, sein Gewand, mit der andern seinen Bart. *Jeremias* hält in beiden Händen das Buch, ziegeldick, bausteinhaft, bereit, für seinen Baustein die Lücke zu finden. *Isaias* hält mit der einen Hand seinen wie verknäuelten Gewandwulst, mit der andern den Finger, oder Daumen, in den Buchfalz als Lesezeichen (dieser Arm steckt, gebrochen?, im Gewand wie in einer Schlinge). *Ezechiel* hält in der einen Hand die sich, schräg, entrollende Schrift, weist mit der andern – überlanger Zeigefinger – himmelwärts, die Hand dabei am Jochbein. *Habakuk* hält mit beiden, ganz vom Gewand umhüllten Händen den Kelch, auf dem seine Bartspitze ruht. *Moses* hält, wohl mit seinen beiden Händen zugleich, die verrutschten Schrifttafeln der Zehn Gebote, die klein, aber dick sind, und, seinem verzerrten Gesicht nach, sehr sehr schwer (doch das Mosesgesicht kann auch verzückt sein – Verzückung in Stein, die richtige!). *Aaron* hält in der einen Hand seinen knospenden Stab, eher Stock, so dick ist er, mit der andern weist er, mit wieder überlangem Zeigefinger, aufwärts. *Daniel* hält seinen Folianten mit seinen beiden Händen, auch von unten her, wie einen Geschenkeschrein (aus dem Morgenland). *Zacharias* hält sein dabei fast ebenso großes Buch, wieder ein Baublock, in der einen Hand, leicht im Handteller, die andre, die Finger voraus, an den davon kaum berührten Gewandsaum. *Mich(e)a(s)* hält seine Schrift als Rolle sich vor den Bauch, mit der andern Hand den Gewand-Überwurf gewinkelt oben auf der Schulter, sich daran festhaltend, mit geballter Faust. *Abdias*: die Schrift in seiner einen Hand ist kaum entrollt, während die andre Hand, gleich unterhalb, Gewand UND Mann zusammenhält. – Und sie alle, Propheten und Gesetzbringer, haben sehr große Affenfüße und sind allesamt barfuß. Sich bis in die Knochen hinein durchpulsen lassen von dem Licht, das von diesen Steinfiguren ausgeht, vor allem die Stirnknochen (2. Januar 1987)

Nicht die Fremde ist herzlos, sondern ich, als Fremder, in meiner Fremdheit mich gehenlassend, werde herzlos (3. Jan.)

Was der gegenwärtige-historische Zustand der Welt ist, läßt sich nicht entscheiden; es läßt sich nur fragen und in Frage stellen (auf dem 1.-Weltkrieg-Friedhof wieder von Redipuglia)

Mein Fall ist vielleicht das Aufgeregtwerden von nichts und wieder nichts, seit je (wieder in der Sonnenleere des Karstes, 4. Januar, wo von dem trockenen Kleineichenlaub im Plateauzugwind ein Siedegeräusch kommt wie jenes aus dem Strandsand vom langsam zurückflutenden Meer: von diesem Sausen in der Stille und Sonne, da stamme ich ab, da komme ich her; und das Geräusch meines Schreibzeugs und das Geräusch der kleinen Blätter ist eins; ἓν καὶ πᾶν; wieder am See v. Doberdob)

Und wenn unter tausend Paaren auch nur eins ist, das sich liebt, so ist es nicht die Ausnahme, sondern die Regel: es gibt das Gesetz an

Stärke gibt's nicht; es gibt nur Eingeborenheit; ich will nur Eingeborenheit

Ich habe ein neues Ziel: es ist das alte, nur angegangen aus einer anderen Richtung

Dein Wildes nicht erkaufen durch Barbarei

Mit seiner Untat verschwand auf der Stelle der Grund für sie (es hatte zuvor einen gegeben). Er wußte, schon im nächsten Augenblick, nicht mehr, warum er die Tat begangen hatte. Es gab keinen Grund mehr, und damit auch keine Entschuldigung

Für mich gibt es nur die Sorge als Liebe, oder eher: die sorgende Liebe. Sonst bloße Verliebtheit, oder Unfähigkeit

Wenn ich beim »Und ...« bin, bin ich im Land meines Ideals (wieder in Udine, das edle Caffè mit der allmontäglichen Totozettelbox und den flachen weißen Schädeln der alten Männer, 5. Jan. 1987)

Jenes »Erkenne dich selbst« kann nur im Schrecken enden? Bei mir jedenfalls?

Aus der Stille zurückkehrend (wie heute, 6. Jan., zurück in S.), empfinde ich die Menschen, auch die mir näheren, fast gleich wen, als beleidigend, die-Stille-beleidigend, ihr nicht entsprechend – und kränke und verletze und beleidige nun selber. – Mit dir und euch die Stille endlich teilen lernen, und das nicht nur auf dem Umweg über das Schreiben! Die Stille muß mir ermöglichen, diesen und jenen zu »empfangen«. Und stattdessen? will ich nur immer weiter die Stille empfangen, unwillig über jeden andern

Was mein Land Ö. betrifft, glaube ich, gescheitert zu sein. (Und das merke ich an meinem Widerwillen bei jeder Rückkehr, jedenfalls aus anderssprachigen Ländern)

Gibt es in Ö. kein Hochland? Warum gibt es in Ö. kein Hochland? Ich weiß, ich gehöre ins Hochland

Gestern nacht traf ich auf meine Kumpane, von denen einer unversehens eine Zigarette nahm und mir damit grinsend die Wange brannte. Und er würde auch, immer so weitergrinsend, nie mehr von mir lassen und immerfort Glutlöcher in mich brennen. – Und heute nacht stand Borges hinter einer Bücherwand, in den Spalt zwischen Mauer und Büchern gezwängt, den Kopf da groß zwischen den Büchern, der Kopf selber buchgroß. Und als ich mich vorstellte, sagte ihm mein Name nichts. Aber eine Fürstin, so war zu lesen in einem der Bücher zu Seiten von Borges' Kopf, hatte als Lieblingswort »wiederholen« – das immerhin (7. Januar)

Ich kann nicht lieben? Ich kann nicht (recht) anwesend sein. Ich kann nur Zeichen setzen. Ich kann nur lieben, indem ich in der Abwesenheit Zeichen setze, und hoffe, sie würden gelesen

Als ich, vor drei (3) Tagen in der Karststille, angesichts der gesetzkräftigen Schönheit dort, in die Leere und die Weite jenes »Erscheine!« rief, oder schrie, oder brüllte, hatte ich dann natürlich keine Erscheinung, an die ich mich nun hier halten könnte, wohl aber habe ich das Wort – »Erscheine!« –, und an dieses kann und werde ich mich halten (und so habe ich zum neuen Jahr gerade alle alten Bleistifte im Haus gespitzt – etwa 40)

Das einzige, was ich von »uns allen« sagen kann: »Wir alle sind unverbesserlich«

Ich muß mir immer wieder sagen, daß ich etwas weiß, was nur ich *so* wissen kann. – Und sich auch immer wieder sagen: Ich bin der Empfänger. – Und dazu atmen, den Kopf heben, im Kreis schauen, tiefer atmen ...

Die Illusion ist jene Art der Illumination, die Dauer hat

Immer wollte ich mit den grammatischen Zeitformen (ernst) spielen. Aber es hat sich nie ergeben. Jetzt, mit der »Abwesenheit« als Geschichte, ergibt es sich (9. Jan.)

Die Werke der Erlöser stoßen mich oft ab; die Werke der Erlösungssehnsucht dagegen ergreifen mich und sind die schönsten. Aber gehört beides nicht leider zusammen? Eins ist nicht zu haben ohne das andre?

»Heiliges Rußland!« (Tod Andrej Tarkowskis). Kann man dagegen sagen: »Heiliges Amerika«? Dieses ist eher »Gottes *Besitz*«, oder es lebt sich so

Das Dichterische ist inzwischen, in der Prosa jedenfalls, das Unerwünschte

Schöner deutscher Ausdruck: »Es rückt vor Augen.« Durchs Phantasieren, das strukturierende, rückt zugleich die Gegenwart, wie zum Beispiel jetzt morgendlich vor dem Felsfenster, vor Augen, als Bild, und Inbild

Auch hierzulande ist Stille, inmitten des Lärms. Aber im Karst (zum Beispiel) ist die Stille DAS GROSSE GUT

Die Bitterkeit an sich selber gutheißen – und zugleich sie offenhalten, um nicht zu *ver*bittern (Ende aller Kunst wie Kindschaft)

Schöne Aufforderung: »Laß dich wieder einmal anschauen!«

Verb für die Formen: sie »beglaubigen« (anders als die Notare)

Schreiben nur mit ganzer Seele (»ganz« in jedem Sinn)

Am liebsten habe ich doch immer jenen zugehört, die es zu erzählen treibt, die aber nichts Spezielles zu sagen haben und mich also mit nichts behelligen

Auf Augenhöhe: werde ich erlöst von meinem Haß

So vielen, die gehen, ist anzusehen: sie gehen bloß zufällig

»Böse Menschen singen nur noch Lieder« (dachte ich gestern, beim Vorbeigehen am Heimatgasthaus) (11. Jan.)

Stoff und Form (sag es kürzer als Goethe): Es ist Stoff, und so wird Form

Es ist wahr: Ich kann von Leuten nur gut denken, wenn sie im Abstand bleiben, d. h. nichts beanspruchen

Ein anderer Maler sagte: »Abwesenheit ist Platz für Unvorhergesehenes«

Mich, während ich in einer Arbeit bin, mit andern zu treffen, zu reden, usw., empfinde ich immer wieder als Landesverrat (13. Jan. 1987)

Die Stille des Karstes ist eine derartige, daß die Vorstellung möglich wird, auch jenseits der Stille könne alles noch gut werden (im Gegensatz zu der Stille hierzuland): es herrscht da eine sozusagen politisch-ästhetisch-ethische Stille – sozusagen?

Immer wieder bin ich gezwungen zu denken (zu meinen), die Leute ohne Schwellensinn, das seien keine Menschen (selbst diese und jene Tiere haben doch einen Schwellensinn?)

Verb für die Seele beim Inne-Werden eines Orts: sie »buchtet sich« (wird zur Bucht)

Die uralte Frau gestern, die im Stadtrandviertel an dessen Hauptstraße stand und schon sehr lange auf einen wartete, der ihr heimhülfe, in der bitteren Kälte. Sie hatte dann aber, in mich eingehängt, warme Hände, strahlte überhaupt von dem ganzen schmalen gebrechlichen Körper Wärme aus. Ihre Plastiktasche, wie schon Jahrzehnte benutzt, hatte ein Loch und war sehr schwer. Während sie so eingehängt neben mir herging, entschuldigte sie sich immer wieder, in einem fragmentarischen Deutsch. Sie stammt aus Rostow am Don und ist gleich nach der Revolution, als junges Mädchen, von Rußland weg, ihr Mann ist schon lange tot. Sie noch in den Hof ihres Mietshauses bringend, bei der Baptistenkirche, stellte ich mir vor, sie habe vielleicht Angst, ich sei ein Dieb und könnte ihr die Handtasche stehlen, aber sie entschuldigte sich immer weiter, »es tut mir leid, daß Sie so weit gehen müssen«. Zuletzt wünschte ich mir im Stillen, sie möge mir ihren Segen übermitteln, was sie, durch sehr dicke Brillen mich anäugend, dann auch tat. Erfrischt machte ich mich auf den Weiterweg (14. Januar)

Übertragen auf mich und meine Weise kann ich nur das Wissen aus der Geologie, den Wörterbüchern und der Religionsgeschichte – nicht der Geschichte. Nur bei diesem Wissen kann ich mitspielen. Oder: nur dieses Wissen kann mich beseelen. Nur bei diesem Wissen rastet in mir etwas ein

Ich weiß zwar nicht, wer ich bin, aber ich weiß, was ich tue (und getan habe)

Die geistige Kraft ist eine Bildpfeilkraft – und die wird immer wieder stumpf. Schärf sie. Zum Beispiel wodurch? Durch Zeithaben. Ich habe Zeit, und die Dinge stehen scharf als Ziel

Am Anfang war das Wort? Am Anfang war das Bild? Das Bild gibt das Wort

Ich habe mich allein oft geschämt; öfter aber noch in der Gruppe; am häufigsten als Teil einer Masse; nie in der Menge (der Passanten)

Beiwort zum Gerede: »lieblos«

Dauer heißt: JETZT WIEDER

»Die Wiederherstellung der Großen Zeit ist das Ergebnis eines jeden Ritus und einer jeden bedeutsamen Tätigkeit« (M. Eliade)

Das aus der Stille Geschöpfte schafft Raum und wird das Unsterbliche gewesen sein (16. Januar)

In deinem Märchen von der Großen Zeit aber zugleich vollkommen materiell bleiben. Die Große Zeit, in der das Märchen von der Abwesenheit spielt, soll die Materie nur *lüften*; mit der Großen Zeit sich durchschlängeln und -schlagen durch die tyrannische alltägliche

Was mein Augenmerk – treffendes Wort – natürlich oder organisch auf sich zieht, das ist die Anmut, das sind die schönen Haltungen und Bewegungen

Und es ist ein Unterschied zwischen einem Kind und dem »ewigen Sohn« (s. Kafka)

»Tröstet mich nicht, aber schreibt mir bald« (das schrieb der Anatom Jakob Henle 1848 nach dem Tod seiner geliebten Frau)

Wieder einer, befragt zu »Abwesenheit«: »Abwesenheit ist bei sich selbst, *an sich* sein«

Ich werde nie aufhören, anzufangen; ich will nie aufhören, anzufangen (Felsenberg, Nacht)

Verb zu den unentwegt Fernsehenden: sie »ochsen«, »sind verochst«

Die Häuser aus der Ferne wirken ja oft wohnlich; nur nicht an die darin tickenden Uhren denken ...

Ich will zu oft Gefallen finden an Menschen und Dingen, statt sie einfach sein zu lassen; und daraus kommt viel Elend

Jenes Große Bild, welches mein Inneres ganz ausmißt, ausfüllt und aufrührt – das erst ist das Wahre; und: Jenes Bild ist groß, welches zugleich aufblitzt als Idee

Sprache, die Richtschnur

Eine Offenbarung stelle ich mir vor, über die man endlich lachen kann

Eine »glückliche Kindheit« verbringe ich erst in der glückenden Erinnerung (18. Januar)

Intelligent bin ich nur, sowie und solange ich im Bild bin

Ich bestehe darauf: das Erfahrungsfeld des Schreibers, seine Werkstätte, das ist die Leere. – Oder: die Leere ist des Schreibers Forschungsstätte

Der poetische Stoff wird geformt aus Ahnungen und ist unzerreißbar

Wenn ich von mir selber schreibe, so *in meinen Strukturen*, und die das lesen, finden dabei, in den Bildern, sich selber

Meine beständige Angst, oder ein Grauen, vor der Formlosigkeit – und dann jene Stimme der Ruhe in mir: »Keine Angst – es wird sich schon gliedern!«

Die sogenannten »mystischen« Erfahrungen sind Lebenserfahrungen

Alles, was gegen die Zeit gemacht ist und Form gewinnt, ist unvergänglich

Ein Lohn der Schreibarbeit: die Zeit-Wörter leuchten auf als *Tätigkeits*wörter

Vom alten, festgefrorenen Schnee sprangen die frischfallenden Graupelkörner auf (am Felsfenster, morgens, 23. Jan.)

Heute nacht ging die Maschine kaputt, mit welcher die Stille erzeugt wird. Sie stand am Ufer eines Sees und ratterte plötzlich los, mit einem Höllenlärm, Ruß und Qualm ausstoßend. Sie drehte sich – der Motor in einem Eisenkäfig, schon sehr alt – schneller und schneller und würde gleich explodieren. Ich lief zu ihr, um den Hebel zu drücken, der sie abstellt, aber konnte nicht heran, andere standen davor

Tritt im Schreiben, Beschreiben zum Äußeren das Innere hinzu und verbündet sich ganz mit dem Außen, so entsteht ein Rhythmus, und aus der Beschreibung wird Prosa

Meine Eigenheit besteht darin, daß ich nicht beobachten kann (es ein Widerstreben in mir gibt gegen das Beobachten) und nur instinktiv wahrnehme; und aus der instinktiven Wahrnehmung entsteht dann das Inbild, und dieses gibt den Rhythmus für das Erfinden

Odsotnost, Abwesenheit (slowenisch), sei für ihn, den Freund aus Ljubljana: »srečanje z ravnino jeseni«: = *Begegnung mit der Ebene im Herbst*; und sein slow. Nachbar antwortete: »Abwesenheit ist die Existenz der Träume in der schweigenden Weite« (»v molčeči daljavi«) (25. Januar)

»Wenn die Erinnerung an Alexanders Indienzug unvergänglich geblieben ist, so deshalb, weil er, ins Mythische übertragen, das Bedürfnis nach mythischer Geographie befriedigte, das einzige, auf das der Mensch nicht verzichten kann« (Eliade; ita est)

Und derselbe: »Das Absolute kann nicht ausgelöscht, nur herabgewürdigt werden«

Mein Kind fragen, was für es »Abwesenheit« ist!

Die Bilder mögen, so oder so, auslegbar sein; aber wichtiger als alle die Auslegungen werden mir immer die Bilder selber sein

Gegen die Gedankenflucht: die Anschauung. Gegen das Gerede: das Stillsein

Und eine Frau, befragt zur »Abwesenheit«: »Sie stimmt mich am Anfang traurig. Aber dann wird durch sie das Jetzt *mehr*«

Jene leeren Zwischenräume durch Abwesenheit, worin sich dann die »Kristalle der Abwesenheit« bilden (27. Jan.)

Der Mythos steht am Ursprung, und aufgrund seines Vorhandenseins findet man, oder sucht man, – oder legt hinein

Kultivier deine Schwäche; die Kultur der Schwäche

Noch einmal zu »Beobachten«: Ich kann nicht beobachten, aber ich kann offen sein

Dem Geräusch, mit dem die Post durch den Torschlitz fiel, las ich ab, daß es wertlose Post war (wie fast täglich) (29. Jan. 1987)

Für einen anderen Freund ist »Abwesenheit«: »Angezogen auf dem Bett liegen, am Morgen oder am Abend, mit dem Gefühl, auf jemanden zu warten, während niemand erwartet wird«

Der gegen das Fenster geprallte Vogel sitzt da und kann nicht einmal mehr versuchen, zu fliegen. Wieder einer, der nicht weiß, wie ihm geschehen ist (am Felsfenster, 30. Jan.)

Nur die Bedürftigen, die Halben, werden überliefern

Der Gemeine, versucht er einmal, weniger eindeutig gemein zu sein, wird unverständlich

Mir scheint, die ewigen Witze, das endlose Witze-Erzählen muß hierzulande deswegen einspringen, weil in Ö. der Lebensatem so oft abbricht

Jedes Schreiben ist doch eine Probe auf meine Kindlichkeit (Felsenberg, Nacht)

In der Zeitung heute das andere Wort für »Waffen«: »Rüstungsgut« (31. Jan.)

Jenes Land der Erzählung wird aus Raum *und* Linie. Ich muß die Linie im Raum spüren. Linie? Wegspur? Möglichkeitsweg? – *Folge*

Vielleicht war ich am ruhigsten jeweils in der Ekstase. Aber diese Ruhe war die allertrügerischste

Erzähl eine Welt ohne Richter, Henker und Galgenvögel, die trotzdem kenntlich wird als die Welt

Seltsame Todesanzeige heute in der Zeitung: »Plötzlich und unerwartet hat Gott der Allmächtige den XY *erlöst*« (unterstrichen »von mir«)

Verb für die Schwäche: sie »bekennt mich«; Schwäche, meine Bekennerin

Die Schönheit ist unbeholfen. Zur Schönheit gehört, daß sie unbeholfen ist. Meine Liebe zum Schönen entsteht erst durch das Unbeholfene des Schönen

Die Liebe, offenbart sie sich endlich, will sich sofort verbergen

Mimikry als Menschen-Beschreibung, wie sie, seit dem 19. Jahrhundert, so oft in den Romanen vorkommt, erscheint mir als Verstoß gegen ein Tabu. Mimesis aber?

Literatur ist das Immerdagewesene in der mir eigenen Form (oder Spielart)

Wenn ich je von »Erlebnis« reden konnte, war es, fast immer, ein (tief)inneres Erlebnis, und fast immer ein Aufschreib-Erlebnis, d. h., ich konnte es nur mitteilen durch Schreiben. – Die Erlebnisse, die ich hatte, waren also in der Regel zugleich Schweig!- und Verschweig!-Erlebnisse, es sei denn, ich hätte jemanden geliebt und sie und mich ihm *anvertrauen* können (1. Februar)

Und noch einmal: Geprägt bin ich nicht vom Erlebnis der Historie, sondern von der Zeit außerhalb der Geschichte. Die Historie hinterläßt in mir, an mir, keine Prägung, kein »Wasserzeichen«

Meine Freude kommt oft daher, daß ich zurückdenke, mich wundere – und dann mich freue, daß ich noch bin

Ich muß mir immer wieder ein*schärfen*, daß ich die andern brauche; sonst …

Das fast einzige Gefühl von »Längstvergangenheit« kam, nach all den Jahren hier in S., als ich heute früh mit dem stumpfen Messer schnitt und dazu dachte: »Daß der Messerschleifer damals vorm Haus stand, das ist schon sehr lange her!« (2. Febr. 1987)

Verlasse ich den Spielkreis der mir eigenen Sprache, werde ich roh und finster

Ein (tief) wahrer Ausdruck, dachte ich gerade am Fluß in der Dämmerung, ist: »Unendlich schön«. Also verewige das unendlich Schöne

Und vergiß nicht, daß Schreiben ein endloser, gegliederter Aufschrei oder Ausruf ist. Ach, das Gliedern …

In einem hohen Traum sterben, oder im Schnee

»Die Geschichte der Religionen ist das Drama, das aus dem Verlorengehen und dem Wiederentdecken der religiösen Werte entsteht« (M. Eliade)

Könnte das Leben nur aus immer neuen Schöpfungstagen bestehen, auch bloß sekundenlang, herzschlaglang (3. Febr.)

Das Schreiben kommt zu einer Art von Erfüllung, sowie darin ein (das) Gebet gelingt

Seltsam, daß, in meinen Augen, die Prosa viel eher mit nichts zu tun hat, sich aus dem Nichts und dem Leeren bildet, als ein Gedicht

Ein anderer Befragter: »Abwesenheit, der Wunsch, sich mit dem Wichtigen beschäftigen zu können, endlich!«; und wieder ein anderer: »Abwesenheit hieß, daß ich nicht mehr darauf gerichtet war, was mich anstarrte«

In der Dämmerung saß der Umriß eines Vogels vor dem Fenster, wie ein Märchen, das nicht gestört werden wollte (am Felsfenster, 4. Febr.)

Und heute, tags darauf, wieder der Umriß des Märchenvogels in der Dämmerung vor dem Fenster: was ist märchenhaft an ihm? Seine Ruhe *und* sein Umrißhaftes

Daran, daß mein Schwung mich immer wieder verläßt, merke ich, daß er nicht falsch ist

Ich wartete gerade auf die Wiederkehr des Märchens vor dem Fenster in der Dämmerung auf dem Felssims: und da war er schon, der dunkle Umriß, trippelnd heute, und leicht verrückt zu den Vor-Dämmerungen (7. Febr.)

»Glück« gegen »Glückseligkeit«: eine Glückseligkeit, eine *zeitweise*, ist wohl möglich – ich habe sie ja erlebt. Und daß sie echt war, erkannte ich jeweils daran, daß mir zugleich weh war

Wenn ich *sagen* kann: »Der Tag war schön«, dann *war* er schön, und *wird* schön (8. Febr.)

»Ein Anflug von Humor«: und dieser Anflug genügt mir

Was habe ich an Realität gewonnen im Lauf der Jahre? – Was ich an Leere gewonnen habe

Vögel, im Himmel und auf Erden, Verbindungsleute

In den Künsten allein erhält sich das Atmen der Vergangenheit

Ich kann nur die unbekannten, unberühmten, unberufenen, unverrufenen Orte wirklich liebgewinnen (10. Febr. 1987, Rom)

Sixtinische Kapelle: Ich möchte nichts sehen als den Finger Gottes, wie er jenen Adams berührt

»Und der Geist und die Braut sprechen: Komm! Und wer es hört, der spreche: Komm!« (Apokalypse; und nie wurden herrlichere Sätze aufgeschrieben)

Ja, schreibend so tun, als ob: als sei das, was sporadisch in mir ist, auch beständig außer mir da, als ein Großes Reich. – Nur fehlen mir dann dazu, im Aufschreiben, doch, zur Befestigung dieses Reichs, die Daten (14. Febr., zurück in S.)

Noch einmal: das Denken ist sehr wohl meine Sache, freilich nur das sporadische, nicht das systematische – wenn es dieses, außer bei Spinoza, überhaupt glaubhaft bei jemandem gibt

Indem ich mich entferne, »in Maßen«, gelingt es mir, mich und die anderen sein zu lassen. – Was aber ist das Maß?

Was heißt »das Leben poetisieren« (Vorwurf)? Es handelt sich ja nur um das allernatürlichste wie auch höchste Übertragen und Verwandeln des Lebens in die Struktur der Schrift

Ich lebe auf, sowie ich anfange, mich zu wundern; und indem ich anfange, mich zu wundern, fange ich an, mich zu achten

Der selbstgefällige Alte gestern im Wirtshaus sagte immerhin, er würde »bis zum letzten Schnaufer Anschluß suchen« (= nicht allein bleiben). – Freilich wirkte er als der von allen im Raum Isolierte; die andern hatten wohl genug von seinem ewigen Anschluß-Suchen (16. Febr.)

Der ideale Erzieher hat die Gabe, zu wecken und zusammenzuhalten (ich dachte gerade an René Char)

Liebevoll angeschaut fühle ich mich fast nur, und gar zu selten, von den Abwesenden

»Es ist die Gegenwart, die mich erhöht, / abwesend schein ich nur, ich bin entzückt« (Herr v. Goethe)

Erwarte ich von einem Gegenstand, indem ich ihn anschaue und in der Anschauung verharre, daß er mir sein Geheimnis preisgibt? Nein, ich erwarte einzig, daß er mehr wird

Mit Hilfe des Abwesenden fühle ich mich manchmal daheim; Abwesenheit, die eigentliche Begeisterung

Die einen beklagen sich, im falschen Land geboren zu sein; die anderen, in die falsche Zeit geboren zu sein. – Und du, Weltkind? Tu, als ob nichts wäre

Das Schöpfertum bricht auf im Menschen, heißt: das Märchenhafte bricht auf

Sehnsucht ist das, wo das Leiden mitspielt

Ich leiste zu wenig Widerstand gegen die »Einfälle« – die halben Visionen – die nicht wirklich sind – nicht einmal halb

Beiwort für das Geräusch der Flüsse, wie ein dauerndes Umblättern: »unbezahlbar«. – Und so vieles, das unbezahlbar ist

Ich hatte mir endlich ein eigenes Haus gekauft, zwar in einer Siedlung, doch abseits, nah an der Verlassenheit. Es lag herrlich an einem Kanal, umgeben von Grasland, mit Blick auf einen runden, wie durchsichtigen kleinen Berg. Das Licht in den Räumen war bleich, die Dinge davon ausgebleicht. Mein Haus war eben noch ein Gasthaus gewesen, mit einem schönen, jungen Selbstmörder als Gast, dem die Vorbeigehenden durch die Fenster gute Ratschläge für sein Vorhaben gaben.

Danach rollte ich in dem Hauptraum die Teppiche weg in die Ecken, von wo sie immer wieder zurückgerollt kamen. Als einen Mangel empfand ich, daß es beim Haus nur Gras gab, keinen Obstgarten. Amerikanische Touristen kamen dann vorbei und bemerkten, dieses Haus sei eher etwas fürs Heiligsein, nichts fürs tägliche Leben, und die eine Frau unter ihnen, alt, weißhaarig, betrachtete mich dazu mitleidig und bedenklich

Die tierische Scheu ist die menschliche Scheu ist das Verbindende zwischen dem Tier und mir

Perikles sagte: »Wir lieben das Schöne und bleiben schlicht. Wir lieben den Geist und erschlaffen nicht« (Thukydides, die Rede auf die Toten des Krieges; »und nun erhebt den Klageruf, jeder um den er verlor, und dann geht!«)

Bild, Inbild, gegen Abbild: Bild *hebt* die Wirklichkeit; Abbild versenkt sie

Daß (nur hierzulande?) so viele »nichts als ihre Pflicht erfüllen«, verzerrt ihre Gesichter zu Visagen

Was tut die Kunst? Sie organisiert die Lüfte (19. Februar)

Eine Art von Gehörigkeit: Es gehört sich, mehr zu verbergen – du aber (»an eine Frau«) zeigst fast nur, oder aber, statt daß du verbirgst, ver*heimlichst* du (23. Febr.)

Und wieder einer, gefragt zu »Abwesenheit«, antwortete: »Das Synonym für Abwesenheit: Chemie« (25. Febr.)

Wie so oft gegen Ende eines Schreibens muß ich mir wieder sagen: »Ab jetzt nur noch, entschlossen, montieren!« (Sonst Ausuferung!) (27. Febr.)

Meine jeweiligen Stunden- und Tageslieben will ich mir einschreiben, und einbläuen, als Lebensglauben

Mein Realismus ist der der Grammatik – der wahrheitsgetreuen Grammatik

Ein Monstrum kam im nächtlichen Flur, riesig, fratzenhaft, auf mich zu, und auf einmal konnte ich es, nach dem ersten Schrecken, auslachen, worauf es sich sichtlich schämte, den Kopf einzog und mit einem schüchternen Lächeln zurückwich (3. März 1987; 16^{h} 30: »Die Abwesenheit, ein Märchen«, beendet; jetzt todmüde, lebensmüde?)

Kunst: Ernst und Anmut (»und«)

Die Eingebung des »Jetzt!« Die Eingebung des richtigen Zeitpunkts

Was ist die Literatur anderes als veranschaulichtes und gegliedertes (organisiertes, rhythmisiertes) Gefühl? Dieses Gefühl muß aber groß sein

»Wir brauchen keine Träumer«, sagte gestern im Stadtrandwirtshaus der sich selber als »Arbeiter« Bezeichnende. Und: »Ich kenne alles!« Und es stellte sich natürlich dann heraus, daß er gar kein Arbeiter war

Im nächsten Jahr: Ich werde mich irgendwo im Ausland einheimisch machen durch Übersetzen. Nur wo?

Immer wird den Künstlern vorgehalten und nachgetragen, sie hätten »eine Botschaft«. Mich beunruhigt dagegen, daß ich keine habe

Noch einmal: aus dem Zustand der Schwäche heraus schreiben; so komme ich nicht in die Gefahr, aufzutrumpfen

Jetzt weiß ich: Literatur muß einen Duft haben, freiwerdend nur durch den freien Leser (und Nicht-Literatur, wie die von Thomas B., hat keinen Duft)

Vergiß nicht, daß dein einziger Muskel der Geist zu sein hat, und daß dieser Muskel kommt und schwindet

In der Stille, in der Natur, geht es immer hoch her

Die Stimme im Traum sagte: »Die Spur des Kindlichen spricht zur Seele« (6. März)

Der Kopf der Meise erschien am Felsrand wie der eines Bergsteigers im Moment vor dem Erreichen des Gipfels (am Felsfenster, 8. März)

Was heißt »Schöne Sprache«? – Nur durch die Treue zum erlebten Ding, zum Sachverhalt, bekommt meine Sprache Schönheit

Wie einem manchmal – nicht die Menschen, sondern die Verlassenheiten von Räumen und auch *Zeiten* (Stunden, Tagen) leidtun – und man möchte hier und jetzt dableiben und die Räume und die Zeiten trösten

Sich das einzubläuen, an was man episodisch hat glauben können, ist Altern?

Seelenkraft heißt, mitgehen zu können (z. B. mit den schwankenden Gräsern)

Jeder Tag als die Aufgabe der Erkenntnis und Sinnbildwerdung des Raums (11. März)

Der Kleiber verfolgte die Meise, einen flachen Sonnenblumenkern im dicken Schnabel wie ein Messer (am Felsfenster, Morgen, 12. März); »Kleiber können als einzige Vögel kopfabwärts klettern«

Und heute (13. März), der schwarzköpfige kleine Gimpel vor dem Felsfenster, mit dem kurzen gedrungenen Schnabel, einen Sonnenblumenkern nach dem andern knackend, in seiner sich blähenden Halsbacke verschwinden lassend, der selbstbewußte von allen Vögeln, in meiner Greifweite, wie allein auf weiter Flur – indes dagegen die Meisen mit ihren Kernen sofort losschwirren, nie an Ort und Stelle fressen

Die Ruhe, zu fragen, hat eine Ähnlichkeit mit der Ruhe, die ich brauche, um lesen zu können

»Die Stunde der Vögel«: Es ist tatsächlich am Morgen nur jene eine Stunde – da sie vor das Felsfenster kommen –, dann sind sie verschwunden, untergetaucht für den Tag, gleich Delphinen

Schreiben: Ich übersetze mein Innenbild in die Sprache; die Hauptsache ist also mein Innenbild

Von einer Sache, einem Grashalm, sagen können: »Sie (er) ist förmlich da!«, das heißt Dasein, des Anschauenden

Sich schmücken ist ein Gedanke

An all den Witzen haben die Leute hierzulande das Lachen verlernt?

Die Unantastbarkeit eines reinen Hörers – sein »Ungeschorenbleiben«

Wie die Namen in der Regel doch *spielverderberische* Gäste der Wirklichkeit sind (»der Name ist der Gast der Wirklichkeit«, das Buch vom Südlichen Blütenland): das dachte ich gerade beim Anblick der morgendlichen Wesen vor dem Felsfenster, welche »Vögel« heißen müssen, und dann noch »Meisen«, »Kleiber«, »Gimpel« usw., und dann noch »Blau-Meisen«, »Specht-Meisen«, »Schwanz-Meisen« ... Ohne Namen, dachte ich, wäre das vor dem Felsfenster jetzt die große Welt (15. März 1987)

Ich wunderte mich über mich, als ich mich über jemanden freute

Vögel, Botschafter der Wirklichkeit (Felsfenster, Sonntag)

So wie jenes μαϑητέον »man muß lernen!«, so präg dir ein auch das χρονιζέον, »man muß Zeit haben!«

»Ein feierliches Lied, der beste Tröster zur Heilung irrer Phantasie!« sagt Prospero im »Sturm«

»Der Geist vergeudet sich im Namen, und das Wissen drängt sich hervor im Streiten« (Blütenlandbuch)

Im Schlüsselfach lagen statt des Schlüssels Steine, und im Bett meines Kindes lag die wahnsinnige greise Schwester meiner Mutter

Was, unter anderm, macht mir Freude? Ernst (immer wieder)

Und endlich erschien jetzt am Felsfenster im Schneesturm die erste Meise, die Brustfedern zerzaust vom Sturm (16. März)

In Ö., als Staat und Gesellschaft, verkümmere ich? Und andererseits fruchtet doch hier das *Land*? (»Das kann jeder sagen!« – »Sag, was jeder sagen kann«)

In dem dichten und so raschen Schneefall, daß dabei der eine Grashalm, zusehends, unter den sich häufenden Flocken vor dem Felsfenster verschwindet, kommen jetzt ganze regelrechte Vogel*herden* da an, Meisen, Stare, Rotkehlchen, Baumläufer – mit dem Star als dem Leittier in der Bedrängnis, und dann kommt auch noch der sonst so autonome Gimpel in die Herde, den Kopf bis hinauf über den Schnabel bestäubt vom Schnee, und taucht schwarzkopfüber in die Flockendünen, zum Kernsuchen

Sein Blick erleuchtete sich von einem (einzigen) Wort

Das Lachen der hiesigen Gesellschaft: vielleicht hat sie tatsächlich etwas zu lachen? Auf das Lachen hörend, glaube ich das aber nicht

So will ich heute hier am Felsfenster sitzen und lesen, bis die Eiszapfen davor zu tropfen anfangen; im Augenblick aber landen erst die morgendlichen Meisen im Schnee, daß es nur so staubt (21. März 1987)

Für die Geschichte vom »Bildverlust«, die Geschichte von Freunden durch die Jahrzehnte, werde ich endlich der reine Chronist sein?

Stoff des Gehens: Ich ergehe mir mein Recht

Am Felsfenster, tags darauf: Die Gimpel scheinen Spätaufsteher zu sein. Sie kommen jedenfalls immer erst eine Stunde nach den Meisen – von denen eine sich gerade momentlang anzuklammern versuchte an einem der Eiszapfen – und verdrängen die Meisen dann in die Felsenbüsche (22. März)

»Sie wandeln müßig im Beruf des Nichthandelns« (Blütenland)

Und der Noch-später-Aufsteher scheint der Kleiber zu sein, mit ihm die Schwanzmeise – und jetzt das brachiale Dazwischentreten der schwarzen Amsel, riesig unter den Kleintieren (Sonntag am Felsfenster)

Für das Frage-Schauspiel brauche ich auch ein paar starke, nachbrennende Inbilder von Menschen, allein im Raum und/oder miteinander. Erst durch solche Menscheninbilder wird auch der Raum zum Bild und zur Szenerie, ohne Szenen-Mache

»Peer Gynt« ist die Geschichte unseres menschlichen Größenwahns und dessen Unüberwindlichkeit, höchstens Wandelbarkeit

Versunkenheit gegen Versenkung: Aus der Versunkenheit muß ich erst auftauchen; in der Versenkung kann ich mich wenden, hierhin und dorthin, überallhin

Kunst: das, was man nicht immer haben kann, wenigstens verstetigen

Nein, Ö. ist nicht mein Land; und das bläu dir ein wie deinem eigenen Hund

Mithilfe meines die Dinge mir als Formen einverleibenden und so unversehrt (zurück)lassenden Anschauens habe ich mich bis jetzt durchs Leben gebracht

Gestern wurde das doch noch einer meiner schönsten Nachmittage hier: An den Bahndämmen entlanggehend so viel und so weit wie möglich, wo an diesem Sonntagnachmittag vereinzelte alte Südländer langsam, rauchend, dahinspazierten, bei den weißen Wurzeln der Birken, die überall bloßlagen, kam ich auf die Bahnüberführung mit dem Plankenboden, und blickte lange von da auf die Kuppeln und Giebel des Hauptbahnhofs. Das Stromabnahmegerät einer Lok, die gerade hielt, löste sich oben von den Drähten, sank in sich zusammen und richtete sich dann wieder auf, als ein seltsam urtümliches Sechseckgestänge. Der Maschenzaun, auf dem ich darüber stand, zitterte von den auf den Planken da Gehenden, die fast alle Ausländer waren. Fast eine Stunde lang stand ich so, und obwohl ich still stand, war es, als drehte ich mich zugleich gemächlich im Kreis. Die hohe Festung, fremd wie noch nie, und dadurch schön, schloß sich gleich an den eigentlich ein paar »Armbrustschußweiten« entfernten Berg der Kapuziner an, an den Bergfelswänden die Rieseneiszapfenbahnen. Unter den Bahnsteigdächern ab und zu die Beine, nur diese, der wenigen Sonntagspassagiere. Ein dunkles klares Licht, das ein jedes Ding einmal merkens- und bemerkenswert machte, vom einzeln abgestellten Güterwaggon zum isoliert im Leeren jenseits des Gleisfelds sich erhebenden »Nightclub« namens ROMA. Danach im Gehen jenseits dort die verlassenen Lagerschuppenstraßen, herausgehoben durch die sonntagnachmittägliche Leere und das Licht. Ausländische Kinder, kaum schulalt, prügelten einander, die Oberschlägerin ein kleines Mädchen, das gezielt ohrfeigte und einen nach dem andern der noch kleineren Buben zum Weinen brachte, bis sie selber ein Schlag traf, auf den hin sie laut heulend verschwand in eins der Jammerhäuser, in meiner Vorstellung nun geprägt fürs ganze Leben, nie mehr heilbar. Ich hatte inmitten der prügelnden Horde gestanden, ohne ein Zeichen der Teilnahme zu geben, nur schauend, »wie es mein Ideal ist«, und das Zetern und Hauen hatte so (?)

mit der Zeit aufgehört (ich dachte an Pasolinis »Accatone«). Danach ritt im Schlamm an einem der Gütergeleise ein Kind, diesmal ein inländisches, auf einem Pony, ein Gefühl, in Dodge City zu sein, und fing dann auf seinem Zwergpferd regelrecht zu galoppieren an, während zwei andere Sonntagskinder daneben herliefen; sonst niemand zu sehen. Dann das Pferdewiehern, dann das Kuhgebrüll. In einem Stall standen in der Tat viele Kühe und Kälber, welch letztere aber nicht zu den Kühen gehörten, sondern nur die Pflegekinder waren, bis zum Abtransport; ein Stallbursche mußte deswegen Aufsicht halten, weil die Kälber an den falschen Müttern saugten, hin und her durch den ganzen Stall. Ich weiß jetzt gar nicht, was an all dem Trauerland so schön war, aber es war schön. Auf einmal führte dann eine der leeren Straßen durch eine Art Moor, in einer Vorstadt, mir durch all die Jahre hier fast unbekannt, mit Namen »Sam«; Abflußkanäle und Torfbuckel, die ich bisher nur von der Moosebene kannte. Es fing zu regnen an, so sanft wie in der Kinderzeit auf den Feldwegen. Auf der »Robinigstraße« kam ich wieder zu Gütergleisen, wo gewaltige Pyramiden leerer Blechfässer lagerten, in allen möglichen Farben, aus Ländern wie El Salvador, auch Chile. Ich war da auf einmal in der Großen Zeit, und die Fässer tönten im Regen wie einst am Yukon River in Alaska. Niemand außer mir da unterwegs, kein Mensch. In den Fässern war Sirup aus BRESIL gewesen, Honig aus MEXICO, »Aceite de Oliva español«, BORGES. So habe ich S. noch nie erlebt, so leer, so lebensvoll welthaltig, entgrenzt, allda. Ich war vor Schwermutsfreude nah am Herzzerspringen, kam dann noch an dem »Robinighof« vorbei, wo »Mozart als Kind gespielt hat« (23. März 1987)

»Ich bin vorangekommen. Ich habe Umgangsformen und Musik vergessen« (Blütenlandbuch)

»Als X an Y seine Fragen gerichtet hatte und Y ihm auf alle Fragen geantwortet hatte, er wisse keine Antwort, da machte X vor Vergnügen einen Luftsprung« (daselbst)

Und doch: mit Fragen *verwunden,* hin zur Lebendigkeit – zur Kristallisation

»Lieber Gott, glaube an uns: Wir sind einsam« (Valentin Rasputin – die Russen, und die Amerikaner, haben mich auf den Weg des Erzählens gebracht, und sie sollen mich immer wieder zum Erzählen zurückbringen)

Zu den meisten, ahnungslos wie sie sind in ihrem Fragen – ihrer Fragerei –, kann man buchstäblich sagen: »Warum fragen Sie?«

Halt dich, beim Frage-Drama, an das schön-Unwirsche der chinesischen Weisen, vor allem bei den aufdringlichen, den scheinklugen Fragen

Gestern, bevor ich mich mit dem Maler traf, hatte ich mir dringend eine Frage für ihn vorgenommen: wie denn, was ich täte, nun wahrhaftig auf ihn wirke, was es in ihm ausrichte, warum er meine Gesellschaft suche. Aber als ich ihn dann traf, redeten wir wieder nur dieses und jenes. Ich hatte Unlust, ihm die rechte Frage zu stellen, in der Befürchtung, seine Antwort würde nur lang und breit, usw.

Die Wurzeln des Himmels: das sind die Wörter; die Wörter verwurzeln den Himmel in meinem Innern (26. März)

Liebe: Was kann ich für dich tun?, *und*: Was kann ich für dich lassen?

Das Herz ist so klein, und die Hilflosigkeit ist so groß, horizontweit

»Man ging dem Grenzwart nach: Darf ich fragen? Der Grenzwart aber sprach: Nein!« (Blütenland)

Mein Zutrauen hierzulande doch zu der Gemeinschaft der Eisenbahner, der »Verläßlichen der Geschichte« (29. März)

In der Kirche gestern ließ der Täufling, gerade getauft, etwas fallen, und der alte Mann neben mir sagte: »Schon haben wir etwas verloren!«

Die Taufgesellschaft gestern im Gasthausnebenraum: Was für ein geheimnisvoller, lichter, klarer, märchenhafter Tag das so noch wurde. Stundenlang hätte ich dieser Gesellschaft zuschauen können. Der schon ältere Vater, der den Täufling, ein Mädchen, das beinah schon gehen konnte, immer wieder hinaus ins Freie trug, wo es zwischendurch einmal regnete, einmal weiß von der Sonne war. Die größeren Kinder in ungewohnten Jacken, die sie zum ersten Mal trugen (unbehagliche Rucke mit den Schultern). Der Täufling habe geschrien nur, wo vom Gehorsam gegen die Mutter Kirche gehandelt wurde. Dann mein Aufbruch quer durch den Wald, ein heftiger Regen, der Wald nur aus Buchen, in weiten Abständen, ohne Büsche, Flysch-Untergrund des Waldbodens – Vogesenhügelgefühl durch das Kamm-, Côte-hafte der Horizonte, kein Mensch unterwegs außer der Betrunkenen mit ihrem durchnassen Hund, die meinte, in meine Richtung führe kein Weg in die Stadt, weil dazwischen die »Autoschnellbahn« sei. Ich lief dann aber über die zwei Fahrbahnen und kam über einen schönen leeren Wiesenweg hinunter an den »Alterbach«, voll Wasser, überquerte ihn dann zu einer Straße in »Itzling«, die

»Verbindungsstraße« hieß, unten der Weg an dem hohen Bahndamm, oben die leeren, luftdurchschienenen Sonntagszüge, Schrebergärten mit Hütten in der Form von gewaltigen verschlossenen Reisekisten, Tropenkoffern, und meine Zuneigung zu diesen Eisenbahnergärten, in denen aber niemand war, nur hinter Bahnbarackenfenstern plötzlich ein Hantieren von Männerarmen im Halbdunkel, unerklärlich. In einer Remise dann die Lok, selber fast remisengroß. Dann Einkehr in das Gasthaus »Zum Guten Hirten«, des Namens wegen; an allen Tischen Eisenbahner in Zivil, deren Stammlokal das war, an einem Tisch ein Ziehharmonikakonzert, stundenlang, gleichmäßig – weder traurig noch je auch heiter oder gar überschwenglich –, eben wie eine Überlandzugfahrt, dazu das Rumpeln und Surren der Züge. Danach noch ein Abendmahl in einem anderen Gasthaus, ebenso märchenfarben, in einem terrain vague, der Vorraum eine rechte Schenke mit einheimischen Kartenspielern, denen die mitspielende ältere Wirtin das Fell über die Ohren zog, wie das nur beim »Schnapsen« möglich ist; das Speisezimmer aber von einer hellblauen Weite und Feinheit, eine Art Abrahams Schoß nach einem sehr langen Tag, wo ich aß und trank wie im Halbschlaf, dabei nur um so inständiger anwesend. Ganz zuvor noch der Priester der Taufkirche, der sich leibhaftig bei mir entschuldigt hatte, daß seine Taufgesellschaft »mein Sinnen« störe, während umgekehrt ich mich entschuldigte für mein Dabeistehen (30. März 1987)

»So bin ich nun schon siebzig Jahre alt und mache in meinem Alter immer noch Räder« (der Wagner im südlichen Blütenland)

S. ist zuletzt eine durch und durch geheimnisvolle Stadt geworden. Warum aber finde ich hier nicht meinen Dauerort?

Lese ich etwas Herrliches – wie gerade das Buch vom Blütenland –, so drängt es mich, auf der Stelle mit dem Lesen aufzuhören und hinaus in den Großen Tag zu gehen

Kein Tag ohne richtige Frage. Und wenn ich allein bin? Richte ich die Frage an mich selber? Geht das? (Und das ist das Frage-Drama)

Der Urwald hier vor dem Felsfenster, Stamm in Stamm, die Kronen mir in Augenhöhe, das ist, übertragen aus Wang Weis Südlichem Blütenland, mein »Reisigtor«. Und an diesem Riesenreisigtor wehen jetzt am Morgen *(31. März 1987)* die Schneeflocken vorbei in der Gestalt unzähliger einzelner Reisender, von West nach Osten, einander überholend, zurückbleibend, ausscherend, sich niederlassend auf dem Teehügel vor dem Fenster, einige auch umkehrend, auch himmelwärts, während wieder die Felsenmaus, am ganzen Körper zitternd, bis hinauf und hinein zu den hellen durchscheinenden ovalen Ohren, still zwischen den Sonnenblumenkernen sitzt schon seit langen Minuten, sich nicht da heranwagend und halb in die Teeblätterschwelle da eingegraben, mit ihrem rötlich-gelben Fell und dem sehr langen nackten Schwanz in dem Schneetreiben

Mein Kopf wird mir ganz frei nur, wenn er entwirft (= phantasierend strukturiert); andere Gedanken anerkenne ich nicht, jedenfalls nicht an mir

Die Kunst des Fragens: die Fragen des Tages und die Fragen der Nacht; die Fragen des Sommers und die Fragen des Winters; die Fragen der Jugend und die Fragen des Alters …

»Die höchsten Menschen der alten Zeit benützten die Liebe als Pfad und die Pflicht als Herberge, um zu wandern im Raum freier Muße ...« (das Blütenland wird immer schöner und schöner)

»Trauer und Freude sind Verkehrungen des Lebens, Lust und Zorn sind Übertretungen des Sinns«: Der Taoismus ist die unerbittlichste Philosophie, an der Grenze zur Erbarmungslosigkeit. Und er hat auch etwas mit Sterbegebeten zu tun – Sätze, unentwegt den Sterbenden vorzulesen (2. April)

Das rührend-Herrische der Dichter; nur *ihr* Herrisches kann mich rühren; und manchmal das der Kinder

Im »Altertum« des Blütenlands: »Geister und Götter störten nicht.« – Und wenn im Südlichen Blütenland von den »Alten« die Rede ist, denke ich mir den Großvater und seinen jungvernichteten Obstgartensohn

»Die Vögel des Himmels leiten die Stimme«, laut Sohar. Und die Schmetterlinge der Augenhöhe leiten das Schweigen

»Mit einem Fachmann kann man nicht vom Leben reden, er ist gebunden durch seine Lehre« (im südl. Blütenland)

Ein Rotkehlchen landete gerade im Teeblatthügel wie ein Herbstblatt, so sanft und still. (Rotkehlchen, einsame Vögel, nie zu zweit, und schon gar nicht im Schock) (4. April, Felsfenster). – Und jetzt ein leibhaftiger Zaunkönig, pfirsichhaft

Ich bräuchte einen kritischen Freund; und da ich keinen habe, bin ich mir das selber

Wohl dem, der sein Reden beginnt mit einem »Schau!« Hab Vertrauen zu ihm (5. April)

Schreiben: *für* jemanden, und mit meinem Märchenblut (nur noch so)

Gestern noch über die Autobahn und unter den Eisenbahngleisen durch auf die »Europastraße« von Taxham geraten. Jede ausländische Stimme dort im Vorort eine Begütigung, ebenso jedes ausländische Gesicht, das mir entgegenkam. Weg von der Stadt! Querfeldein zum Sportplatz; dort bis zum Schlußpfiff dem Spiel der Zweiten Division zugeschaut. Bekanntes Gesicht: der ehemalige Trinker, der hier sein Kind zu besuchen vorgab und Fußball schaute. Wegen des kleinen Damms, auf dem wir Zuschauer standen und saßen, Erinnerung an die Fußballspiele seinerzeit in G., ebensolche Schreie der Spieler, ebensolche Zurufe der jungen Frauen: »Gerhard, hinter dir!«, Rührung bei solchen Zurufen. Ebenso auch das eine (1) sich ereifernde Großmaul am Spielfeldrand – dreißig Jahre wie ein Tag –, die Verhöhnung der gegnerischen Torleute wie eh und je. Der Lautsprecher vor der Fichtengruppe als das einzig Neu-Zeitliche, und in der Pause klang da, »wie eh und je«, APACHE heraus. Lächerlichkeit des Sich-auf-der-Erde-Wälzens eines scheinverletzten Spielers, so fern von jedem Stadion und Fernsehen, und des Aufs-Feld-Laufens eines sogenannten Masseurs (mit zwei arg zerschlissenen Koffern wie ein Clown) da auf den Dorfspielplatz. Der eine schöne Spieler – auch sein schönes Laufen. – Danach, fast schon Abend, die grellweiße, spitzlichtige Sonne, und unversehens Weh und Verlassenheit. Gefühl der Ausweglosigkeit, was die Lebens- (nicht Schreib-)Zukunft betrifft und so im warmen Wind mit schwermutskalten Händen am Flugfeld entlang. Eingetaucht da in die heimatliche Flugfeldunterführung. Und der Flughafen dann in der Leere des Sonntagabends, kaum mehr Leute als die zwei Wachpolizisten. In der Nacht heimwärts, immer zu Fuß. Das ehemalige Gasthaus namens »Jägerwirt«, mit der

Creedence Clearwater Jukebox, zum Chinarestaurant »Frieden« geworden. Aufstieg auf den Felsenberg im Föhnsturm, vor mir ein brünstiges Paar in Eile, sie kaum erwachsen, mit greller Stimme, oben auf einer Bank, nur ein paar Schritte vom Weg, schon ineinander, die Frau wippend ein wenig wie ein Kind auf einem Spielpferd. Und überall auf dem Berg tauchten dann aus dem sturmbrausenden Dunkel weitere Paare auf. Vor dem Haustor noch eine Zeitlang in dem Windlärm auf und ab gegangen. Dann noch im Fernsehen die »Sportschau«, wo ich über das ruhige Selbstbewußtsein eines jungen Tormanns herzhaft lachen konnte. Trotzdem dann blieb die übliche Begütigung im Dunkeln, durch das Nachtsein, aus (»Sonntagnachmittag eines ...«?)

Das Eichhörnchen, vor dem Felsfenster jetzt, rotbraun, setzte sich auf, an den Vorderpfoten in der Morgenluft glänzende Regentropfen, und schabte dann mit diesen Pfoten an der Scheibe, die uns beide trennte (5. April); und heute, tags darauf, wieder die rötliche Maus auf dem Felssims, die Ohren durchschienen vom Morgenlicht, beim Knabbern der Sonnenblumenkerne in Känguruh-Haltung (6. April). – Während die Katze vor der Tür sitzt, sitzt die Maus vor dem Fenster ... Und jetzt wechseln Maus und Meise sich ab im Kernehaufen; das Bodentier hat mit seinem Hin und Her da schon eine Straße geschaffen und läßt sich vom Vogel nicht stören, der Vogel umgekehrt auch nicht

Die Hauptfigur für ein Drama »Die Kunst des Fragens« sollte vielleicht der junge Franz Kafka sein, DER GROSSE FRAGER; und dazu? »Der kleine Frager«, »Die kleinen Gefragten«; und »Die Ungefragten« (Der Chor der Ungefragten)

Das zumindest schaffen: allabendlich *mit* der Welt einzuschlafen (8. April)

Frage an verängstigte Kinder, die sich »ertappt« sehen beim Spielen an einem verbotenen Ort: »Warum spielt ihr nicht weiter?« (Die Kunst des Fragens)

Dschuang Dsi, der vom südlichen Blütenland, redet so wunderbar um die Dinge herum – wie es ja auch das Wahre ist

Wenn den Blick der Betrunkenen noch etwas belebt, dann sind das die Spatzen

Mein Recht spüre ich habhaft werden in den Abseitsbuchten (17. April)

Manchmal erlebe ich das Zählen in mir als das Gegenteil eines Zwangs, als ein Vollgefühl, als Dort-und-Da-Seinsgefühl: So wie ich eben, auf einen Blick, die Spatzen auf dem Quai der Giudecca in der Sonne zählte: »Eins, zwei, drei – vier, fünf, sechs«

Stimmung ist nicht Kraft. Stimmung schwächt (macht schwächlich)

Im Leiden – nicht in der Freude – sehe ich Vorfahren und Nachkommen vereint (21. April, Ostern vorüber)

»Ein Kind kann den ganzen Tag weinen, es verschluckt sich nicht. Es kann den ganzen Tag etwas festhalten, und seine Hand läßt nicht locker. Es kann den ganzen Tag blicken, und sein Auge blinzelt nicht« (sagte Lao Tse; und ich bin zurück in S. und zurück, daheim, beim Lesen)

Wie verächtlich ist der verfügbare Humor, wie ereignislos

Gibt Lao Tse vielleicht seine Weisheitslehre nur für Männer, und nur für ältere?

»Höchste Liebe kennt keine Zuneigung« (ähnlich dem verächtlichen, fernfernen Blick des Pantokrators): das Buch vom südlichen Blütenland ist ein durch und durch religiöser Text, das Poetische und das Religiöse sind darin eins

Die Kraft der Verzweiflung: Augen zu suchen

Das Aufgehen der Gestalten: der zweite Tagesanfang

Wer auf Liebe aus ist, lerne die Sprache des anderen, und vergesse dabei seine angestammte

Ich verkörpere etwas, vor dem ich Angst haben muß, weil ich ihm doch nicht recht entsprechen kann (das Gesetz der Schrift)

Gott preisen? Nein (nicht eigens); die Dankbarkeit enthält schon die Richtung

Zu »Abstand« gehört »gewinnen«

Zur Schwermut gehört, sich nichts vorstellen zu können – keine Vorstellung zu haben von einem Ort, dem Wind, einem Wegstück, der Wärme der Sonne; und es gehört zur Schwermut jene schreckliche Ungeduld, jenes Keine-Zeit-Haben; und »Schwermut« heißt auch: Mein Auge findet nicht die Einstellung

Lehrer kann nur jemand werden mit Selbsterkenntnis

Du kannst jemanden nicht aus dir verlieren, wenn du von ihm einmal ein Inbild erhalten hast. Und dieses Inbild? Zeigt dir den Menschen in seiner Einsamkeit. Wird die Einsamkeit an ihm zum Bild, so kannst du dich daran halten. Und du *sollst* dich daran halten und damit den Menschen jeweils *wieder*finden. Aus dem

Bild kommt das Verstehen (Ich dachte an jenen Stadtmitteplatz, wo A. einmal saß unter all den Fremden, auf niemanden wartend, zart) (26. April 1987)

Eine Art Erlösung kann es sein, etwas, das einem arg zusetzt, endlich denken zu können – »So ist es«, und damit den Abstand zu gewinnen. Denken? Ins Bild rücken, von einem wegrücken

Trifft ein Geistloser auf einen Geistlosen, kommt es immer zur Geistfeindlichkeit, gegen einen sichtbaren oder unsichtbaren Dritten

Den Ekel könnte man umschreiben als ein »widerwärtiges Quellen der Phänomene«

Wie könnte ich zur Geduld kommen? Indem ich, erst einmal, Geduld habe mit mir selber. – Wer hat Geduld mit mir gehabt? Mit wem habe ich ...?

Ein Augenblick zählt, sowie er zur Bedenkzeit wird

Ich hatte wieder einmal meine tote, von mir getötete?, Mutter bei mir, diesmal in Form eines langen flachen Pakets, das ein Buch war. Ich wollte diese tote Mutter loswerden und suchte nachtlang nach einem Platz, wo sie niemand fände, wo vor allem der Gestank mich nicht verriete. So ging ich, mit dem Paket in der dunklen Plastikhülle auf der Schulter, kreuz und quer durch meine Heimatgegend, immer wieder schnüffelnd, ob die Leiche schon röche: hinter die Trafik mit ihr? in den Schutthaufen? Oder ans Ende des alten Steinbruchs, am Fuß des Burgfelsens? Überall würde man mich hingehen sehen, sehen, wie ich das Ding da verscharrte. Am Ende kam mir die Idee, mit ihr den einen unwegsamen Hügel hinanzusteigen, quer durch das Gestrüpp, bis hin zu seiner von allem Bewohnten abgekehrten Seite –

dort würde der Leichnam auch nicht herausstinken. Ich kletterte also mit dem Buchpaket den Hügel hinauf. Aber auf halber Höhe wurde mir der Weg versperrt durch eine Bahnstation, eine nagelneue, elegante. Seit kurzem führte ja eine Fernlinie vorbei, und es ging da nirgends über die Schienen. Ich stand in dem leeren, blitzsauberen Bahnhofsraum, betrachtet aus der Entfernung von ein paar Beamten. Noch konnte niemand wissen, daß das eingewickelte Buch auf meiner Schulter die tote Mutter war. Was tun?

Auch ein Vorwurf: »Du kannst dich nicht offenbaren!« (= Du kannst dein Elend nicht zeigen)

Das Heraklitsche »Den in dieselben Flüsse Steigenden fließen andere, und andere, Wasser vorüber« wäre zu variieren mit: »Dem aus demselben Fenster Schauenden zeichnen sich andere, und andere, Lichter, Farben und Formen ab« (Felsfenster, morgens). Und siehe dazu auch das Blütenland: »Blicken wir auf die äußeren Gestaltungen, so finden wir ein unaufhörliches Auftauchen« (28. April 1987)

Manche der Vögel, wie sie unten aus der Felswand herauf vor das Fenster geflogen kommen, haben etwas von Springern: als sprängen sie aus den Kulissen heraus auf eine, meine, Bühne

Man kann auch belastet sein mit einem »Werk«; manchmal wäre ich gern unbelastet, werklos, leichtherzig in der Sonne, beim Brunnendach

Jemanden zu sehen, ohne ihn zu sehen, empfinde ich als Erfolg

Nirgends mitlachen! – Aber doch zu allen heiligen Zeiten in ein Lachen miteinstimmen!

Ich horche, wenn geredet (oder geschrieben) wird, nur auf, wenn eine reine, d. h. suchende Sprache gesprochen (oder geschrieben) wird

Das Schwierigste wohl in der Prosa: die Zwischenräume lassen, oder schaffen, zwischen den Sätzen, und dabei doch den *Zug* erhalten: Zwischenraum *schaffen*, Zug *erhalten*

Angesichts des einen hüpfenden Vogels an wieder einem Stadtrand dachte ich: Bleib! – und schon war er weg

Die Welt wird vielleicht untergehen. Aber dort und dort an den Rändern wird ein Lauscher geboren. (Und das muß nicht ein Indio oder ein Turkmene sein.) Und so lebe ich, leben wir zwei, weiter (30. April)

»Unter meinen Worten sind neun Zehntel Gleichnisreden. Ich bediene mich äußerer Bilder, um meine Gedanken auszudrücken, gerade wie ein Vater nicht selber den Freier macht für seinen Sohn« (im Blütenland)

Gestern, hinter dem Flughafen, in der Stille und Namenlosigkeit, angesichts der hoch in den Bäumen jammernden großen Vögel – »Was ist denn?« fragte ich sie –, war ich frei, das heißt, das Gras wehte. Warum bin ich nicht immer frei, *so* frei?

Wegeriche, die Pflanzenspatzen

Eins der spärlichen Wörter, die mich im Blütenland immer wieder stören, ja abstoßen und begriffstutzig (= meine Natur) machen: »die Berufenen«. – Aber wahrscheinlich ist das chinesische Wort dafür ganz anders?

Alles Arbeiten – meines – sollte darauf gerichtet sein, Zeit zu lassen. Wie aber schaffe ich, mir und den anderen Zeit zu lassen – dieses Voll-Gefühl – außer im Arbeiten? Zirkel?

Die Farben als Kopfstütze (ich wiederhole mich)

»Der Spruch der Expertenkommission wird (sic) die Rehabilitierung W.s bringen« (österreichische Präsidentschaftswahl)

Ganz zu mir komme ich seit jeher, sowie ich bewundern und verehren kann – oder einfach nur bestaunen, z. B. bei Raimunds »Gefesselter Phantasie«: »Es ist die Phantasie ein tiefer Zauberbrunnen, / Aus dem wir der Gedanken Nektar schöpfen / … / … alle Ströme der Verhältnisse / Ergießen sich auf seinem Grund«

»Ich Dummkopf ohne aller Phantasie« (Nachtigall in der »Gefesselten Phantasie«; ja die dümmste der Dummheiten ist die Phantasie- und die Ahnungslosigkeit)

»Spanne«: treffendes Wort für ein Zeit- und Raum-Zurücklegen *in einem*

»Ein Buch vornehmen«, sagte gestern abend im Fernsehen der in der Rolle eines Kritikers auftretende Wahnsinnige: »Wenn ich mir ein Buch vornehme …«: Drohung

Gestern bestand der Tag, außer Arbeiten und Lesen – im Blütenland und die herzliche, liebevolle »Gefesselte Phantasie« –, nur aus jenem Flattern, fast einem Knattern, der von ihrem Stamm abstehenden weißen Birkenhaut, unten beim Gehen am Fluß; und dann der jungen, edlen, wie eine Schonung gestaffelten Minze am Au-Uferweg; und dann dem knöchelniedrigen Bärlauchwald mit seinen weitleuchtenden grünen Lanzetten – nicht genug gewürdigt im Vorbeigehen –; und dann den gelbgrünen Ahornblüten, eine zarte Pracht vor dem lindblauen Himmel in der vom Fluß, schon lang stadtauswärts, wegführenden Ahornallee: also doch, im Bedenken, *dies und das* – und so ist es die Regel (29. April)

»Wo finde ich einen Menschen, der die Worte vergißt, auf daß ich mit ihm reden kann?« (Blütenländler)

Wieder: Alle die Farne sind *fast* schon entrollt, aber kein einziger *ganz*

Es ist wohl nicht zu ändern: Hier in der Heimat, in Ö., erscheinen mir die Zwischenräume, die die Natur so schön läßt, allzu oft verstopft und verklebt und vernichtet durch eine darin lauernde, hassende, böse Bevölkerung (– wie weit wäre es jetzt etwa an der Fontaine Sainte-Marie)

»Und wieder«: Und wieder standen hinten am dunkelgrünen Schopf der sich gerade öffnenden Löwenzahnblüte die zwei gelben, auseinandergespreizten Indianerfedern hervor (der Garten als platonische Höhle, oder: »Am Abglanz [dem kleinsten] haben wir die Welt«)

»Geisterfrischend« ist noch umfassender als »herzerfrischend«

»Blick dich um, lächerlicher Gekränkter!« – das sagen meine Toten zu mir

In meinen Heimatjahren bin ich leider anlehnungsbedürftig geworden (3. Mai)

Die Natur gibt kein Gesetz, aber das Muster, mit dessen Hilfe ein Gesetz gefunden werden kann (könnte, sollte): vom Muster der Natur – wie jetzt eben angesichts der weißblühenden Wildkirsche unten in der Moosebene und dem Weiß des Schnees oben im Kar des Unterbergs – *erleuchtet* und zur Sehnsucht *entbrannt*, das Gesetz suchen gehen

Ich versprach mich gerade in Gedanken, indem ich dachte: »Endlich *bewölkt* sich auch der Nußbaum«

Durch das Schreiben, vor allem durch »Langsame Heimkehr«, habe ich mein »Charisma« verloren, und jetzt erst setzt sich das durch als eine angenehme Empfindung

Spatzen, die Schwarzkopfindianer

Wer keine Distanz kennt zwischen Reden und Schreiben, kann nicht Schreiber sein

Politiker machen eine »Bergbegehung«; »begehen« einen Berg (Zeitung)

Aufzeichnenswert von dem, was andere sagen, erscheinen mir vor allem die besonderen Wendungen in dem der Sache nach Bekannten

In den Augenblicken der Verbundenheit mit der Welt fällt mir der Regen zugleich aufwärts

Mein Kind war gestern nacht eine riesenhafte Totemsäule, mich, mit mehreren farbigen Maskenschädeln übereinander, weit überragend. In Wirklichkeit aber steckte es drinnen in der Säule, kleinwinzig, und redete leise da heraus, auf meiner Brusthöhe

Skulpturales Denken: das Denken, das gilt, ist nicht nur bildhaft, es »skulpturiert« (zum Beispiel den auf der Bank am Flußufer auf dem Bauch Liegenden im Regen unter dem Kastanienbaum, kopfunter)

In den Momenten des Übermuts (»Dichten ist ein Übermut«, G.) beleben sich mir vor allem die Zeitwörter: Die Lokomotive gerade, allein, *pfeffert* über die Eisenbahnbrücke

»Voll Leben« heißt für mich: voll Zeichenhaftigkeit

Ganz zu begreifen glaube ich mich nur in jenen Momenten, da ich mir wieder einmal als ein vollkommenes Rätsel erscheine (6. Mai)

Du in Innenräumen Abstumpfender: gedulde dich bis draußen

Das religiöse Element, mitwirkend etwa auch in Emmanuel Boves »Mes amis«: Ich bin nicht *ganz* allein – es gibt noch meinen Schreiber. – Und siehe jetzt im Nō-Spiel dazu: »Am sonnendurchglänzten / Berg, am Kataoka-Berg, da liegt, / Hungernd nach Reis, / Ein Wanderer am Boden; / Ach, ist er ganz verlassen?«

Verb für das Buch: es »erschließt sich«

Jene Fragen, die man vor allem an sich selber richtet, beginnen oft mit einem »Ob«: »Ob er inzwischen Kinder hat?« (dachte ich gerade von einem lang nicht mehr gesehnen Bekannten)

Ausruhen von dem allseits auf einen losgelassenen Gerede im Inbild. Aber woher es holen? Aus dem Atem?

»Nach dem Regen brennen die Brennesseln selten«, sagte A. heute, an ihrem letzten Schultag (9. Mai)

Kein Träumer war ich in der Kindheit, aber zeitweilig ein Entrückter

Seltsam, wie Shakespeare, nach den Nō-Spielen gelesen, mir in vielem infantil erscheint – und dann doch wieder, King Lear, das Herrliche: »Nothing almost sees miracles, / But misery« (siehe »die Verzweifelten sehen die Gnadenzeichen«, wie es mir zuflog für Über die Dörfer)

Und dann Lears Rede über das, was ihm not tut, gipfelnd in: »Ihr Himmel, gebt mir doch Geduld, Geduld tut mir not!« Die Geduld für den König: »true need«

Das Rascheln des Winds im Hauswandefeu erinnerte mich daran, daß ich heute noch nicht meiner Toten gedacht hatte; daß ich an diesem Tag noch nicht ganz der geworden war, der ich bin

Eine schöne Gehende umarmen, ohne ihr Gehen zu unterbrechen

Jahre hat es mir zugesetzt, daß ich in einem Buch, statt »Whisky, please leave me alone«, falsch zitierte »*Let* me alone«, und heute lese ich im King Lear: »Let me alone«

Es gibt Tage, an denen das Herz nicht blutet, und das ist ein Mangel

»Bitte begrabt mich hier am Wege, damit wenigstens der Schatten der Reisenden aus der geliebten Stadt auf mein Grab fällt« (Nō)

Herrlich wird das Leben im Umkreis der Selbstvergessenheit (wie etwa heute beim Sitzen und Lesen an den Ferngleisen im Taxhamer Niemandsland, wo die Züge an mir vorbeifuhren und mich rüttelten) (11. Mai)

Die Fahrten und Reisen in den Nō-Spielen, auch wenn sie tausend Meilen dauern, dauern immer nur ein paar Schritte lang

»Erleuchtung ist nicht wie ein Baum gewachsen. / Und der *klare* Spiegel steht nicht auf einem Halter«

Zu dem Apfelbaum, der sich spalierweit ausbreitete, aber gerade nur Kniehöhe erreichte, sagte die alte Frau des Gartens gestern: »Zum Pflücken muß man sich da bücken. Mein Mann hat ihn schon so gekauft«

Als ich im Nō-Spiel gerade las: »Die Heide am Fluß ist einsam. / Niemand sieht mein trauriges Herz«, sah ich vor mir das Voyager-Photo des Mondes namens Miranda, des fünftgrößten der Uranus-Monde, mit seinen Rillen und Klüften, wo die weißen Flecken vielleicht Eis sind, jenen Mond, dessen Schwerefeld kaum ausreicht, »ihm die Kugelgestalt zu sichern«

Für mich gibt es doch keine schönere Befreiung, als verhaftet zu werden den Dingen der Welt (und das merkte ich gerade, als diese immer allzu kurze Stunde am Tag schon wieder endete) – verhaftet den regennassen, rundlichen Zaunstangen, den einzelnen Tropfen in den gemuldeten Fliederblättern, der den Handbesen aus dem Fenster schüttelnden Frau

Das Ahnen ist immer beseelt; ist eigentlich identisch mit Beseelung (das Wissen dagegen eher selten; beseelter Wissender, wo bist du mir?)

Ich las in der Zeitung von einem Dichter, sein soundsovielter Todestag sei »nahezu unbeachtet vorbeigegangen«, und dachte: »Der Glückspilz!«

Ein Alter, Verwirrter, Betrunkener, mit Krawatte, zahnlos, das Bein genagelt, beim Reden spuckend, trat auf mich zu und erzählte übergangslos, aus dem Stand, nach einer raschen Bemerkung bezüglich der Arbeiter dort auf der rauchenden Teerlava (»Das raucht doch, nicht wahr?«), in Sprungbildern »sein Leben«, beginnend von der »Desertion als Zeuge Jehovas«, dann von seiner Zum-Tode-Verurteilung und Begnadigung, dann von seinem Kniefall im »Bürgerbräu«, um Verzeihung wegen seiner Bombenlegungen in Südtirol, dann von seiner Hinrichtung als Terrorist in Stadelheim, und war schon wieder verschwunden (ein Tag in Innsbruck)

Wenn ich, hier am Inn in Innsbruck, am 14. Mai 1987, die so klare, feine Staffelung der Natur hierzulande anschaue – wie jetzt den glucksenden, windüberwehten Fluß, darüber die frischgrünen, blühenden Bäume, darüber die himmelhohe, granitene Nordkette, mit den frischweißen Schneehängen, darüber die noch himmelhöheren Wolken und das Blau – diese so klare, feine Musterhaftigkeit der Natur hierzulande –, so frage ich mich: Warum sind wir Österreicher nur solche Arschlöcher? (Dazu mein Bruder, der in Über die Dörfer erst heimisch wurde, als endlich das Wort »Arschloch« fiel – ohne das gehe es bei mir eben nicht). – Und manchmal doch die Lust, *dafür*, für dieses Muster, aufgelockert jetzt von der weißgesichtigen schlanken Flußstelze mit dem schwarzen Brustlatz, den blauschwarzflügeligen Wasserschwalben mit den weißen Bäuchen, dem im Uferschlamm trappelnden Kind, – *dafür* »in die Politik zu gehen«

Gerade sagte ich, in Gedanken, zu Walker Percy, der mich, ebenso in Gedanken, mahnte, »in der Mitte« zu bleiben: »You know, for an Austrian writer writing means BORDERLINE«

»Das Zirpen der Grillen spricht zum Herzen« (Nō)

Im Nō-Spiel heißt Abgehen von der Bühne »Sterben«

Gerade, im Lesen des innigen Nō, dachte ich: Ich habe noch nie geliebt (»In einer Pfirsichblüte erschien ihm im Spiegel die Gestalt der Geliebten«)

Kunst hat nichts mit Können zu tun, vielmehr mit Umreißen; ist da nichts zu umreißen, hilft auch kein Können. Oder: Ist da keine Leerform …

Was ist märchenhaft? Auf einem Gang durch eine altbekannte Stadt sitzen etwa draußen, in der Stille und Farbenprächtigkeit, vor ihren Häusern all jene Leute, die man durch die Jahre da getroffen hat (ein wenig war es so gestern, 15. Mai)

Als einen halbwegs leichten, übergänglichen Tod stellte ich mir gerade den Tod eines Bluessängers vor

Gestern, als ich über das terrain vague zum Flughafen und über ihn hinaus ging, stand da ein Kreis von jungen Männern mit Schäferhunden. Diese, an Leinen gehalten, bellten wüst, die Bäuche fast am Boden vor Zerren. Sie wollten endlich losgelassen werden auf den Mann, der in Entfernung, mit bandagiertem Arm, wovon die Fetzen herabhingen, hinter einer Holzwand stand und einen Überfall auf die Hundehalter mimte. Als die Hunde dann den Mann ansprangen, hingen sie senkrecht an dessen Arm, und er drehte sich mitsamt den Tieren, die in der Luft hingen und pendelten, im Kreis. In all dem Getöse, Gekläff und Gebrüll war das Herrliche der kleine weißköpfige Vogel, der schwanzwippend, unberührt davon, daneben in einer der Brachlandpfützen badete (17. Mai 1987)

Allein schon der *Gedanke* ans Lesen der Nō-Spiele erfüllt mich mit Stille

»Das Herz allein, es sei / Strahlender Vollmond meiner Brust. / Wer anderswo Erleuchtung sucht, / Dem wird kein Gewinn«

Eine meiner doch täglichen Vorstellungen: für immer in der Umarmung halten (Vorstellung/Wirklichkeit ...) (25. Mai)

»Und«: die »Wartegesänge« des Nō und die Psalmen (Jedes Volk hat seine eigene Psalmenweise?)

Die vollgestellte Welt des Abendlands – die (bei aller Bevölkerungsdichte) so leergeräumte des Fernen Ostens – die Macht der Poesie (s. auch Nō und Shakespeare)

Nach dem Gewitter: die Hummeln hoch auffliegend

Die unvergleichliche Sanftheit des Lesers – leider habe ich die als Schreiber oft verloren

Das Mystische, wenn es sich mit einem Bild verbindet und erzählerisch wird, ist das Mythische (»jetzt hab' ich's«)

Seltsames Formabenteuer Leben; und dazugehörend das Atemabenteuer: das Abenteuer, den Atem zu behalten, und zu erneuern

Als die schöne Frau lächelte, veränderte sich an ihr nicht die kleinste Miene, nicht einmal die Augen; ihr Lächeln war eine pure Hauterscheinung; es war das herrlichste und tiefste Lächeln, das ich je erlebt hatte; lang ist's her

Die Österreicher, ein vaterloses Volk!

Die Wahrnehmung der Formen ist einer der möglichen Übergänge zur tätigen Liebe (Felsenberg, Nacht, Bäumerauschen)

Wieder ging ich barfuß im Taugras – in diesem Jahr aber erstmals (26. Mai)

Etwas Seltsames: Täglich, vielleicht gar mehrmals, will »die Welt« etwas von mir – »Artikel«, »Interview«, »Lesung« … –, und trotzdem identifiziere ich mich allein mit den »Verbannten« – und schaue in diesem Sinne auf ins Himmelsblau

Die Geschichte, die Historie, und der entsprechende harte Stil müssen das Übergewicht gewinnen für meine nächste epische Unternehmung (»Der Bildverlust«), und doch hat das Mystische und Mythische, immer wiederkehrend, für die leeren Zentren der Erzählung zu sorgen; das Verhältnis freilich umgekehrt als in der »Wiederholung«?

Der Abend gestern, edles Essen, bei dem unglücklichen, wirren Amateurkoch, Restaurantkritiker und Dichter, der sich wünscht, einst bei seiner Einäscherung sollten »sämtliche Meisterköche des Landes in der ersten Reihe sitzen«. Sein Leben in Ö.: ein Blauer«, aus der Zwischenkriegszeit (ein »Blauer« war einer, der schon vor dem Nazitum großdeutsch sein wollte, wie er, wie schon seine Eltern). Er war ohne die mindeste religiöse Erfahrung, in meiner Einbildung auch spürbar an einer eigenartigen Hintergrundlosigkeit im Reden, das so eher ein Plappern war, vor allem ein *Nicht-Zögern.* Im Lauf des Abends fand am Kopf des so Dahinredenden auch ein unablässiges Springen statt: vom kindisch Senilen zum herzlich lachenden Kindskopf, vom massiven, sogar edlen Cäsarenprofil zum frauhaft Weichen – zum Kopf vieler mir bekannter hiesiger älterer Männer in einem werdend; am Ende dann ausbrechend in wohl fast echte Tränen über sein Österreich, das er verabscheut in seiner staatlichen und wirtschaftlichen und kulturellen Art, nicht einmal die Landschaft gebe es mehr – ein richtiger wilder Weinensausbruch so um Mitternacht – und ich wiederholte im stillen, beim Anblick der vielen glänzenden Töpfe und Pfannen in des weinenden Redners Rücken, immer wieder meinen bewährten Francis-Ponge-Refrain: »Stumme Welt, mein einziges Vaterland!« (27. Mai 1987)

»Ein Schauspieler, der seine zeitweilige Blüte mit der wahren verwechselt, entfernt sich in seinem Herzen immer weiter von dieser« (der Nō-Meister)

Ich habe nie um etwas beten können, oder doch: unwillkürlich, und ohne Hoffnung auf Erfüllung

Indem ich meine alten Wege gehe, verjünge ich mich und die Welt

Gestern, bei dem einen Film von Mizoguchi, dachte ich wieder einmal: »Wie leicht ist die Kunst!« und: »Wie klar ist, was sich gehört und was zu machen ist!« – und heute, nach dem anderen Film desselben Mannes, denke ich, wieder einmal, gar nichts mehr; wieder einmal sehe ich nur Unklarheit und Verworrenheit; und wieder einmal weiß ich nicht weiter

»Hoffnungsknick« (Sprache der »Grünen«, »Alternativen«)

Nicht im Selbstgespräch an sich weite ich mich, wohl aber in jenem Selbstgespräch, das zugleich Erörterung ist – und das ist *Bedenken*, oder *Bedenkzeit*

Die einzige Eleganz, die ich, neben der des Ausweichens, vielleicht geschafft habe, besteht im Wegwerfen von Gegenständen?

Der Säugling tönte wie ein entrückter Muezzin oder ein elegischer Bluessänger, und ich stellte ihn mir tatsächlich, wie er so aufrief zum Gebet, hoch oben auf einem Minarett vor

Die Statistiker, diese Freudeverderber, kann ich mir nur als selber freudlose Menschen vorstellen

Sieh nach, wo im Alten Testament sich die erste Frage findet, und im Neuen Testament die letzte?

Erst mein Bedenken-Können eines Gegenstands, oder, noch stärker, von etwas Drittem, Abwesendem, schafft Raum, zwischen mir und dem Gegenstand, und dieser Raum ist ein Lebensraum

Orakel (unwillkürlich): Erhalte dich allein

Trauer: Himmelfahrt (die gewaltigen, verborgenen Kontinente der Gefühle, wie Trauer, Freude, Liebe – und plötzlich sind sie da, »Atlantis taucht auf«)

»Und ist bei einem Schauspieler, der nur das *Dämonen*-Nō beherrscht, nicht zu befürchten, daß selbst sein Dämonenspiel kalt läßt?« (Der Nō-Meister)

Die erste Frage in der Heiligen Schrift stammt von der Schlange im Paradies, der Versucherin (auch die Vorsokratiker nach den ersten Fragen durchforschen)

Zeitung: Der Pfarrer ist »ein ganzer Mann. Er besitzt einen Jagdschein«

Die seltsamen Fußpfade zwischen den Gleisfeldern der Bahnhöfe, von Schiene zu Schiene wechselnd, an abgestellten Waggons vorbei: diese Eisenbahnerpfade sind wie die Umkehrung der Zöllner- und Grenzwächterpfade, und ich dachte wieder, gestern mich auf diesen Pfaden durchs Gelände schlängelnd, an die Eisenbahner als die fast einzigen Widerständler unter dem H-tum, als die Hingerichteten (29. Mai)

Als gestern die Regentropfen auf den Fluß auftrafen, blinkte es da von Fettaugen, so undurchdringlich schmutzig war das Wasser

Das Innehalten als Höflichkeit; die Höflichkeit des Innehaltens

Die Geschichte hat hierzulande, statt den Raum zu weiten (wie etwa die Geschichte Jugoslawiens), ihn zerstört. Das Gras am Bahndamm ist kein Gras. – Und tags darauf setze ich jetzt zu dieser Aufzeichnung ein Fragezeichen (30. Mai)

»Der geschickte Schauspieler lernt auch aus dem Spiel eines lächerlichen Darstellers. Das ist sehr wichtig« (der Nō-Meister)

Die zweite Frage in der Bibel: »Wo bist du?« (Gott zu Adam, nachdem der die verbotene Frucht gegessen hat); und die dritte: »Wer hat dir gesagt, daß du nackt bist?« Und die vierte (Gott fragt »das Weib«): »Warum hast du das getan?« Also selbst Gott fragt

Was mein Theater betrifft, kann ich doch sagen, daß all meine Stücke geschrieben sind mit Forschergeist

Was erscheint manchmal so schrecklich am Gehabe der so vielen? Daß es so traumlos ist. In dem, was sie äußern, ist nichts zu spüren von dem Besänftigenden, Erweiternden, Zögernden aus irgendwelchen Träumen

Jener immerwiederkehrende Schritt des Engels der Verkündigung, sein *Hinzu*treten mit der Lilie, im Abstand zur knienden künftigen Mutter Gottes: all diese Inbilder sind Erscheinungen des leeren Himmels über unseren Schädeln

Du leidest heute nicht: Also nutz das, heb den Kopf, schau und unterscheide

Die herzlichste Anmut ist vielleicht die, die sich bewußt ist, daß sie sich gleich blamieren kann

Gehen soll heißen: durchmessen

Die Zedern sind keine Himmelsbäume, sondern Horizontalbäume, im Gegensatz zu allen Bäumen sonst (wieder im Friaul, 31. Mai)

Kaum wieder im Süden, sehe ich den Schatten selbst einer kleinen Fliege auf einer Steinmauer als Eidechse

Manchmal, Ausland hin, Inland her, genügt das Schrillen der Spatzen, mich mit Glück zu erfüllen

Wenn du umherirrst, nach deiner Art, dann aber selbstbewußt! Selbstbewußter gehen, streunen, umherirren!

Die Maulbeerblätter, mit ihren starken, erhabenen Adern, haben etwas von Bauernhandadern, die man allein schon im Sehen zu betasten meint

Das »Weltgeschehen« heute wieder in der Stille am See von Doberdob, nachdem ich in ihm geschwommen war, erstmals in diesem Jahr, erst allmählich blickfähig für den See, so kalt war das aus dem Kalkuntergrund quellende Karstwasser zunächst: am Ufer, bei blauem Himmel, die Regenbäume, aus denen, rätselhaft, unablässig große Tropfen klatschten, wobei kleine Bäche, geradezu in Strömen, die Stämme hinabliefen, an denen sich hier und da Schaum staute (mit dem Finger gekostet, angenehm bitter). Nur diese Bäume da regneten, während die Orte sonst überall heiter und trocken waren. Lange Zeit hielt ich diesen Mikro-Regen für einen aus dem blauen Sommerhimmel, so groß und geräuschvoll platschten sie auf diese eine, einzige Stelle im See. Aber sie kamen aus den Bäumen allein, der da angesammelte Regen der letzten Tage und Wochen? Und sämtliche Weidenstämme in der sonst trockenen Landschaft blinkten, da wo ich schwamm, von Nässe, und es klatschte davon aufs Wasser, ins Ufergras und -schilf, auf meinen Scheitel, und weite Kreise zogen sich von den seltsamen Riesentropfen bis zur Mitte des Sees hinaus (2. Juni 1987)

Auf zu einer neuen Himmelskunst, wie die Romanik, wie die japanische Tradition

Viele altgewordene italienische Kellner haben etwas von glaubensdurchdrungenen Mesnern (bundesdeutsch: »Küstern«); glaubens- und *amts*durchdrungen

Die winzigen Spatzen, wie sie tagsüber da hoch oben sitzen auf allen Drähten: von wie seltsamen, erstaunlichen Tagen könnten sie doch wohl an jedem Abend dann, still geworden, bloß noch ruckend mit den Köpfen, insgeheim erzählen, nur wem? (Muggia Vecchia)

Die blonde junge Frau näherte sich dem mittäglich verschlossenen Haus, sich in den Hüften wiegend, auf sehr hohen Stöckelschuhen, sperrte, ohne eine falsche Bewegung, auf, verschwand im Hand- und Hüfte-Umdrehen in dem Gebäude – und kehrte nach einem Moment, einer Zeitspanne, *einem neuen Augenblick* wieder, entspannt, versunken, aufmerksam, eine Säuglingsstrickjacke im Arm, in den Armen

Die Bilder der Toten zeugen von der Zartheit der Menschen. Nur noch sie? Unentdeckt sind wir wieder geworden? (Friedhof Muggia Vecchia)

Von kaum etwas ist wohl so viel zu lernen wie aus der Haltung der im frühen Mittelalter gestalteten Evangelisten und Propheten. Lernen? Ja, lernen

Gelenkigkeit ist mir erreichbar fast nur durchs Schauen

Nichts Schöneres, als die innere Weltkarte zu betrachten (4. Juni, Repentabor, Karst)

Nach dem Sintflutregen war der Himmel von einem solch frischen, neu entstandenen, leuchtenden Blau, als wollte er einem etwas erzählen

Gestern kreiste der Adler, in sehr langsamen Schwüngen, über der stadiongroßen, auch so sanftgrün in die Erde eingelassenen Riesendoline, schien sich dabei immer höher in den Himmel zu schrauben, wechselte manchmal die Kreisensrichtung, sich zwischendurch also gegen den Uhrzeigersinn drehend. Obwohl er höher und höher stieg, schienen dabei seine gebreiteten

Schwingen – einmal verstand ich dieses Wort – näher und näher zu kommen; doch als ich hoffte, er würde nun zu Häupten von mir Gehendem kreisen und so mit mir mitziehen, drehte er auf einmal buchstäblich ab und zog eine schnurgerade Flugbahn gegen den Norden, flugzeughaft. Ich konnte ihn verfolgen, bis er dort, in meiner Vorstellung, mit den Wolken über dem Vipavatal zog. Niemand, der ihm nicht so wie ich mit den Blicken nachgegangen wäre, hätte in dem Winzpunkt im Himmel einen Adler gesehen, hätte überhaupt den Punkt gesehen. Es war dann, als habe er die Nordwolken durchstoßen, und war »mir« verschwunden (6. Juni 1987, Hruševica, Karst)

Was ist das Glück? Erhebung: auf der Erde bleibend, werde ich erhoben, auf die Erde

Die Atemschrift der Natur ist beantwortbar nur durch die atmende Schrift der Poesie?

Und: Zeithaben und Gerechtigkeit; ich bin gerecht, wenn ich Zeit habe

Die Pfingstabendmesse gestern, nach einem Tag des Alleingehens wieder oben im Karst, im Dom von Muggia unten am Golf von Triest, zelebriert von drei prächtig gekleideten Priestern – wie der Großvater seinerzeit in der österlichen Auferstehungsnacht –, und sofort kamen die Tränen, »entstürzend«; auch kam ich gerade zurecht für das »Sursum corda«, Empor die Herzen!, das *gesungen* wurde. Das Volk in der Kirche war, im Singen, Antworten, Segen empfangen, Kommunizieren, von einer Festigkeit, Begeisterung, Durchdrungenheit, wie ich sie »ewig« nicht mehr erlebt habe. Das »Padre nostre« als selbstverständlichstes Gebet, von welchem das ganze Kirchenschiff erbrauste. Das Fingerzeigen der beiden Nebenpriester, einer sehr alt, der andere sehr jung, ihr Zeigen mit gestreckten Fingern auf die eucharistischen Dinge, das Brot und den Wein, von einer frühchristlichen Macht, in der die Gegenwart zu jener anderen, Großen Zeit, unvergänglich, wurde. Danach die Leute, samt Kindern, noch lange nach Mitternacht auf dem Platz zusammen, im schallenden Gespräch

Angesichts von all uns Häßlichen, beim Gedanken des »Veni creator Spiritus!« – Gedanke, der zugleich schon wirkt –, kommt mir in den Sinn: »Wir sind alle schön!«

Wahr: der Heilige Geist ist »der Dritte«, und er erscheint immer, auch grammatikalisch, in der dritten Person: nicht »ich«, nicht »du«: »*Er*«

Belehr mich nicht, sonst werde ich blöde

Ich wollte immer »der Vater« sein, und habe natürlich versagt; »natürlich«?

Die herrlichsten der Kirchenräume bleiben doch die Worte der Evangelien

Der Vater braucht den Sohn, mehr als der Sohn den Vater (ich wiederhole mich)

Der »heimische Sprecher«, der native speaker, hindert mich am Träumen

Die Familie der Phantasie: in der Phantasie erheben sich die Familiengespräche

Die Stille ist so unbeschreiblich wie Gott; vielleicht aber ist sie *um*schreibbar = erzählbar?

Die Eidechsen, kommt mir vor, sind die einzigen »größeren« Tiere, die ganz und gar nicht ansprechbar sind (zu einer Schlange dagegen könnte ich sprechen)

Meine Begeisterung kommt aus der Naturwahrnehmung, meine Beruhigung aus der Menschenwahrnehmung, und im Glücksfall: ist alles eins, ἓν καὶ πᾶν

Verb für die Stille: sie »überfährt« mich; ein besonderes Überfahrenwerden; und ich? »Erübrige mich«

Liebe ungläubige Mutter, dein Sohn wird dich noch mit einigem überraschen

Der geliebte Mensch, sind das die Kinder, die Eltern, ersetzt dir nicht den Raum – es sei denn, es sei *deine geliebte Frau.* Heimkehren konnte Odysseus nur zu seiner Penelope (9. Juni, Udine)

Was ist das Verb für den Ort? Er »weht« (auch bei Windstille)

Seltsam, wie die Verschubgeräusche der nächtlichen Bahnhöfe, das Poltern, Klirren, Krachen, meinen Schlaf so verläßlich mit Friedlichkeit impfen (impften, geimpft haben, geimpft haben werden)

»Das tut mir ewig leid«: guter Ausdruck

Bei Kirchen, Kapellen usw. in Ruinen kann ich eher denken: »Heiligtümer«, als vor den intakten Gebäuden (wieder in Gemona, der Erdbebenstadt, 10. Juni)

Ideal: nach außen unbewegt, innen rege

»V. mag langes Lesen nicht. Er verlangt aufbereitete Information« (heimischer Kanzler laut Zeitung; zurück in Ö.)

Ich kann mich aus meiner Jugend an fast keinen Wind in der Heimat erinnern, und ich werde auch den von jetzt bald wieder vergessen haben (an der Drau)

»Und«: die graurissigen Pappelstämme und die graurissigen Spatzen

»Millionen für europareifen Wörthersee« (Zeitung; wie weh »Muttersprache« tun kann)

In der Heimat: Welch Schande, nicht schon längst tot zu sein, und nicht schon längst wahnsinnig; welch Schande

»Die Stellungsstraße durchwandern« (= Militärtauglichkeitsprüfung)

Wie ich unwillkürlich immer wieder bei den österreichischen Ortstafeln denke: »Da ist nichts!«, und wie ich heute doch in Verehrung zu der Kirche im Feld blickte, wo der »Meister Thomas von Villach« vor 500 Jahren gemalt hat: »Thörl-Maglern«

Der Bankier als Bundeskanzler redet auch über die geschichtlichen Ereignisse »per saldo«, wörtlich so

»Die Annexion war auch für viele, die dagegen waren, eine Sache, zu der sie gesagt haben: Jetzt ist es geschehen. Es war ein Vollzug« (Politiker)

Feuerlöschphysik: Wenn die nahe aneinander liegenden Feuerlinien einander berühren, bricht das Feuer zusammen

Gestern noch die herrliche Schusterwerkstätte in der Erdbebenstadt, wo sämtliche Häuser neu sind, bei vielen terrains vagues dazwischen, mit hohem, wehendem

Gras, durch das ein märchenhafter Wind ging – die Häuser neu, doch viele Werkdinge noch die alten, vor dem Erdbeben: die Schusterwalze hatte da etwas von einer inmitten des Neubaus verrottenden Steinschleifmaschine, samt Sandstaub; die Holznägel, fingernagellang, oben zugespitzt, daneben in einer Schachtel auf der Fensterbank – und dementsprechend dann, auf der Zugfahrt nordwärts, etwa bei Carnia, die Grasfläche mit den Holzprügeln, ein flaches, viereckiges Plateau, die Hölzer eine nach innen gehende Spirale, wie ein Kunstwerk, der Neu- *und* der Altzeit, auf dem Betonplatz einer Kaserne, wie absichtlich in solcher Form angelegt, in klarer Übereinstimmung mit dem Schwarm der Holznägelchen zuvor in der runden Schachtel des Schusters von Gemona

Es ist Zeit, daß ich, zurück zuhause, wieder zu lesen anfange, und nicht nur, wie unterwegs im Ausland, Landkarten und Fragmente von Inschriften in alten Mauern (11. Juni)

Wie ich seit jeher erschrak und auch heute noch beklommen werde, sooft ich höre: »Kann ich dich etwas fragen?«

Es hat mich lebenslang bedrückt, gefragt zu werden, und es hat mich lebenslang doch auch immer wieder verletzt (oder beleidigt, oder geschmerzt), *gar*nicht gefragt zu werden. Aber zuzeiten wurde ich dann doch erlöst (ja) von der richtigen Frage, im richtigen Moment, und zeitweise erlöste auch ich jemanden so

»Wir wurden von einer Weisungslage überrollt«, sagte der Beamte. (Aber nur kein Karl Kraus werden)

Denken – so habe ich, ex negativo, begriffen vor allem hierzuland, wo fast in jedem Reden die Demagogie herrscht – heißt, Unterscheidungen zu treffen, noch und noch Unterscheidungen, vom Hundertsten ins Tausendste, ohne Haarspalterei

»Strafe muß sein«, ein Grauensspruch. Strafe muß nicht sein; *kann* eigentlich gar nicht sein; *ist* aber; ist also absurd

Daß sich ein Werk aus der Luft bildet, der bloßen, heranwehend dann und wann (ȯ schmerzliche Abstände), das ist ja das Große. Tu, als wärst du im Mittelalter, oder im chinesischen Altertum, oder im langen japanischen Reich

»Es ist doch zeitweise schwer, das alleinige Herz querwelts zu schleifen«, sagte wer zu wem?

»Die Menschen lieben die Blüten, wie sie während der vier Jahreszeiten aufknospen, weil sie diese immer als überraschend neu empfinden«, lese ich beim japanischen Nō-Meister, und möchte sofort hinaus in den Garten, und blicke zumindest auf zu den weißen, fünfblättrigen Blüten der wilden Erdbeeren vor dem Felsfenster draußen, die grünen Früchte sich schon rundend in der Blütenmitte, sehe weiter weg in den Baumkronen die hellgelben Lindenblüten und erinnere mich an die Pappeln von gestern bei Sonnenuntergang, das Blattwerk von der jetzt allgegenwärtigen Pappelsamenwolle wie aufgebauscht und unzählige weiße Flaume darüber im blauen Himmel treibend, im schrägen Licht mit dem Glanz von Kometenschweifen (12. Juni)

Eine mögliche Satire: Ich bin zum Schweigen bereit – aber wo bleibt die Öffentlichkeit dafür?

Das Romanische, dachte ich gestern, im Vorbeigehen an einem Barockportal mit Wappen, läßt mich deswegen so schön *sein,* weil da keiner der Obertan ist und alle die Könige sind

»(Der Schauspieler, einen Alten verkörpernd) bemühe sich um einen jugendlichen Stil. Gibt man so nicht wirklich das Herz eines alten Mannes, der sich nach der Jugend sehnt?« (Der Nō-Meister, beschreibend die Besonderheiten des Nō, veranschaulicht die Gesetze der Poesie)

»Eine bewegende Lektüre bietet der vor Erregung vibrierende …« (Buchkritik)

Einen Garten zu haben, kann auch gefährlich sein; denn sowie man aus dem Garten tritt, kann man abstürzen

Die Natur antwortet nur durch die Schrift; also: ich lese

Endlich einmal kann ich das Wort »Gefilde« anwenden: DAS GEFILDE DES GEISTES

Frauen, in der Regel, bemitleiden zwar viel, aber sind dabei grausam und ohne Erbarmen? Und gerade das kann heilsam sein? (14. Juni)

Der Garten, obwohl vieleckig, zeigt sich dem Aufblick als Kreis, »der Gartenkreis«

Der Nō-Meister sagt, *erst* müsse das Wort »Weinen« gefallen sein, und *dann* erst komme der Ärmel vor das Gesicht

Ruhe: ein Bildstock auf dem Land, zwischen weitschwingenden Weizenfeldern, und die Mutter und ich dort auf einer Holzbank

Der Theologiestudent sagte vor ein paar Tagen, zum Priestertum fühle er sich nicht fähig, weil er innerlich nicht offen genug sei

»Mein Vater schwimmt den ganzen Wallersee aus«, sagte ein eisessendes Kind zum andern

Für Flauberts Wörterbuch der Gemeinplätze: »Der Selbstmörder steckte voll von Plänen« (was dabei, wie üblich, nicht *nur* Gemeinplatz ist)

Ein Huhn stand heute im hohen Gras, und die roten Mohnblätter neben ihr waren ihre Küken

Form: verhaltene Herzlichkeit

Ich lese dich: Ich nehme deinen Atem neu auf

»Tritt man als Erzürnter auf, muß man in seinem Herzen viel Kraft geballt haben, die Kraft durch den Körper strömen lassen und dann aus dieser Gestalt heraus spielen« (Nō-Meister)

Von Brennesseln geätzte Hände: als ob es darauf regnete (15. Juni)

Der Roman des Lesens

Ein Lyriker kann sich erlauben, die Frauen zu lieben

»Das Auge vorn, das Herz hinten« (Nō): Anleitung zur Langsamkeit

Die letzten zehn Lebensjahre meines Großvaters, fast nur in elender Einsamkeit verbracht, bei klarem Kopf und beweglichem Körper, dachte ich mir gerade als ein ständiges stilles »Oh, ich!«, zeitweise verstärkt von lautlosen Tränen (»Der Bildverlust«)

Mein Spruch an die Läufer: »Keucht woanders!«

René Chars, des Dichters, Fragen – als Beispiel – sind *enthusiastische* Fragen. Nur *so* fragen!

»Landschaftsgärtner«: schöne Bezeichnung; könnte auch eine für einen Schreiber sein

Mein Beitrag zur Geologie, oder Erdgeschichte: der in acht Jahren entstandene Teeblätterberg vor dem Felsfenster, vom Regen immer wieder abgetragen (erodiert), gerundet, zum Hügel gemacht, auf dem nun die Erdbeeren wachsen, und auch die Gräser, höher als der Berg selber, diesen verbergend, ähnlich wie der Laubwald, den Sommer über, den urtümlichen Hügel von Morzg

Das empfundene, oder musikalische, Wort, in das Land hinaus gedacht, kommt aus diesem zurück als Licht

Heute nacht las ich ein Buch, dessen Text, dessen Lettern allmählich übergingen in leuchtendweiße Eisschollen, von Seite zu Seite mehr Fläche einnehmend, zuerst noch mit mannigfaltigen Rissen und Zwischenräumen, bis am Ende des Buchs, auf der letzten Seite, nur noch das glatt zugewachsene, wolkige Schneeweiß herrschte, mit großem Glanz, eine herrliche Lektüre

»Ertappt«: Du hast mich dabei ertappt, daß ich es eilig hatte

»Die Zuschauer urteilen gelegentlich: ›Gerade da, als der Schauspieler gar nicht spielte, war er besonders fesselnd‹« (Nō-Meister; s. auch Robert de Niro, Bruno Ganz …)

Der Postangestellte klebte auf den Auslandsbrief besonders große und bunte Marken, »um für Ö. Reklame zu machen«

»Am meisten kommt man an, wenn man als letzter kommt«, sagte der Dichter, der nicht mehr schreibt. Und: »Er sitzt mir den ganzen Tag gegenüber – und am Ende fragt er mich, ob ich ein Herz hätte.« Und dann: »Die Sonne kommt schon, das ist das Schöne an ihr«

Die Spatzen schwingend in den hängenden Lärchenzweigen: »Bitte, noch einer!« (23. Juni)

»Ab dem fünfzigsten Jahr gilt die Regel des Nicht-Spiels … Ich habe gesagt, daß es vom fünfzigsten Lebensjahr an keine andere Möglichkeit gibt als das Nicht-Spielen, und damit meine ich: Will man im Alter etwas Schwieriges tun, heißt das nicht, von neuem beginnen?« (Das merk dir für dein weiteres)

Schwermut heißt vielleicht, würde ich mich fallenlassen, würde nichts mich auffangen; im Unterschied zur Trauer

»Wo gehöre ich hin?« – »Weg von hier!«

Gestern/heute: Gestern früh stieg eine Nacktschnecke die Felsfensterscheibe hinunter / heute steigt eine Schnecke mit Haus da hinauf

»Sie ist böse zu den andern, weil sie nicht sterben kann«, erzählte die Krankenschwester gestern von einer qualvoll Sterbenden

»In unserer Kunst gibt es etwas, was man als ›herrenlosen Stil‹ verabscheuen muß«, sagte der Meister Seami vor Jahrhunderten zur Postmoderne

Ein Trost ist für mich zum Beispiel auch der Gedanke: »Ich habe noch nichts erreicht!«

»Wer Nelken und Pollen zuerst heimholt, wird der Konkurrenz überlegen sein« (bei der Frankfurter Zeitung wirkt der Wirtschaftsjargon ständig auch in den »Wissenschafts«-Teil hinein)

Ich kann mich nicht umdrehen, so müde bin ich: und indem ich das aufschrieb, konnte ich es (26. Juni)

Mich in die Zeit zu denken und an den Ort, gibt mir die Gestalt

Schreiben: sich hinablassen in die Erlebnisse, durch schmale, mit dem freien Auge nicht sichtbare Ritzen

Wie herrlich, Zeit zu haben. Aber diese muß zugleich doch beschränkt sein: »Ich habe *noch* Zeit!« (29. Juni)

»Abenteuerlich leer«: so meine Vorstellung von einem eigenen Haus

Lesen, um endlich wieder den Blick heben zu können, jetzt! (Ich wiederhole mich)

Die Liebe ist ein Wissen, ein unverlierbares: und das sage ich mir und schreibe es auf, weil ich mein Wissen immer wieder verliere (Gebet um das Liebeswissen)

Die vorbildhafte Gewissenlosigkeit dieser und jener Frau: ich erreiche sie nicht (leider?)

Was haben mir die nun schon vielen Jahre des Lebens und Tuns in Freiheit gebracht? Äußerste Stärke und äußerste Schwäche

»Malte (= Mörtel)«, sagte gestern der Maurer, »muß immer dick sein. Und das da ist nicht Malte, das ist Spritzer«

»Wen man nachzuahmen trachtet, das ist der große Schauspieler. Wen man nicht nachahmen sollte, das ist der große Schauspieler« (Nō)

Ohne die Familie geht es nicht. Allein, auch mit einem Kind – eben ohne Familie –, weiß man nicht, wie einem geschieht

Bei Lesern kann man nicht von »Publikum« sprechen

Das Eigenartige an der Stadt S.: daß fast gar keine der Bewohner mit den Schönheiten hier, den von Menschen gemachten, oder auch nur den Befremdlichkeiten hier, mitzuleben scheinen; keins der hiesigen Werke – Bauten, Bilder, Plätze, Weisen, Verse – scheint einzugreifen, mitzuspielen, aufzuleben im Leben der Nachkömmlinge? Und ist das nicht überhaupt ein österreichisches Problem?

Jetzt ist wieder die Weidensamenzeit. Ist sie »angebrochen«? Nein, sie hat »angehoben« (30. Juni)

Und dann heute »wieder«: das Schwimmen im kalten Grenzfluß. Und warum kein Jauchzen meinerseits? – Ich habe nie jauchzen können?

Gefühl der Vollständigkeit: Ein Bleistift liegt neben mir

»Die Kindergestalt ist der Grundstil des höchsten Nō«

Noch einmal zur Ruhe: Sie ist eine Art des Sich-in-Bewegung-Setzens, langsam, gleichmäßig, in die endlich richtige Richtung. Und auf vielen parallelen Gleisen fahren ähnliche Züge mit mir gleich auf gleich

Typ des Krieger-Spielers: »Die Kraft ist das Wesentliche, und dazu bewege man sich fein«

Ruhe heißt auch: bei deiner Sache sein; und endlich nicht mehr unruhig allein

»Diese Schrift darf keinem Fremden vor Augen kommen«, setzte der Nō-Meister Seami 1421 in Japan fest. – Ich bin kein Fremder (da nicht)

»Ich realisiere« heißt: Die Vorstellung formt sich

Nur allein sehe ich den Hof um die Dinge. Und in Gesellschaft?

»Kinder behaupten manchmal, sie hätten Bauchweh, halten sich aber den Kopf. Und bei zunehmendem Leiden werden sie immer stiller und verstummen bei stärksten Schmerzen ganz. Dem Aberglauben, Säuglinge und Kleinkinder empfänden keine Schmerzen, hängen noch immer viele Ärzte an«

Vor ein paar Tagen sah ich, im landenden Flugzeug, den Judenfriedhof hier von hoch oben. Genau zeichneten sich seine beiden Teile, der Vorkriegs- und der Nachkriegsteil, unten an der Eisenbahnlinie ab, mit den freien Stellen, die Leerflächen erstaunlich groß. So ortskundig bin ich mit den Jahren hier in S. immerhin geworden, wenn auch anders ortskundig als ein Taxifahrer

Der Geschichtsschreiber muß den Kopf aus der Geschichte heben – sonst aber ganz drinstecken

»Ich bin ein glücklicher Mensch. Ich bin ein Auskunftgeber« (das tagträumte ich gestern am Fluß, 3. Juli)

Die Weltfahrt, gedacht für den Spätherbst: nicht »unternehmen« möchte ich sie, sondern »auf mich nehmen«

Sobald ich zu überlegen beginne, wie ich bin, werde ich schwach (oder schlecht)

Ein Künstler ist nie und nimmer »unterhaltsam«

Mein Blick ist die Zutat; und ohne diese Zutat wird nichts

»Ich brach [über den Tod des Sohnes] zusammen, und die Tränen der Trauer lassen meinen Ärmel verfaulen« (und mit dieser Totenklage habe ich die Schriften des Nō-Meisters gerade am Felsfenster beendet, traurig) (7. Juli 1987) (Wieder einmal habe ich nichts mehr zu lesen)

Den Frühnachmittagssommerwind, wie er so regelmäßig zu dieser Stunde sich erhebt und geht und durch den Garten hier fächert – ihn auffächert: Ihn werde ich auf der Weltfahrt vermissen

Ich habe nicht den mindesten Grund zu einer Zufriedenheit. Und wieso bin ich gerade zufrieden?

Der Lindenblütenduft der letzten Tage: einer der wenigen Gerüche, bei denen das Wort »Duft« am Platz ist

Eine Art Wunsch-Sterbens (oder Wunsch-*Vergehens*): angesichts eines silbrig-grau verwitterten, schimmernden Holzschindeldaches

»Hatten sie den [Kaiser-]Hof verlassen, wurden die Verfechter des Konfuzianismus meist in kurzer Zeit Taoisten«

»Und«: die Müdigkeit und das Gelingen (in einer Art von Müdigkeit gelingt dies und jenes)

Die Sehnsucht ist die Längstschrift

Was kann ich vom Glück sagen? Für manche Augenblicke des Tages *streife* ich es (9. Juli); oder es streift mich

Ohne Werk kein Himmel

Deine Art Lachen verrät dein unklares Inneres

Je älter ich werde, desto reicher werde ich, natürlich, an Stoff. Aber umso mehr wird, natürlich, die Form zum Geheimnis

»Zu Bewußtsein kommen« heißt für mich »zur Gerechtigkeit finden« (ich wiederhole mich)

»Du mußt dein dunkles Selbst zum hellen Selbst erweitern; / Nur die Verschlossenheit ist in Gefahr zu scheitern« (der sonst gar geläufige oder spitzfindige Friedrich Rückert)

Gestern auf dem Soldatenfriedhof die zwei Grabsteine: auf dem einen: »Er war edel und gut«, auf dem andern: »Er war tapfer und treu« (Erster/Zweiter Weltkrieg)

Die Musik, selbst die zarteste, empfinde ich oft als eine ungehörige Übersetzung oder gar Überschreitung oder gar Verdrängung der Stille

Eine alte Frau sagte, auf der Caféterrasse eines Stadtplatzes: »Früher habe ich noch manchmal nach jemandem Ausschau gehalten«

Ein alter Mann kam gerade in den Garten hier geirrt und sagte: »Jetzt bin ich am End!« (11. Juli)

Lesen: Sesam in der Brust, öffne dich!

Bienen, die die weichen blauen Käsepappelblüten streifen in ihrem Vorbeifliegen, scheinen ihnen so zärtlich-flüchtige Backpfeifen auszuteilen; und so ist es auch, wenn mich manchmal, für Augenblicke, eben das Glück streift. – Und endlich finde ich das andere Wort für das mir widerstrebende »Käsepappel«: *Wegmalve* (Lexikon: »verbreitetes Unkraut«)

»Philosophisch reichlich religionsverdächtig« (Buchrezension)

Die Bäume rauschen, das Tor geht auf

Schon knistert es im Nußbaum, der sich doch im Frühjahr als letzter belaubt, wieder von welkenden Blättern (12. Juli)

Gibt es eine bessere »Leibesübung« als das Nachschauen, etwa einem Vogel und noch mehr, einem Schmetterling, und noch mehr?

»Das schönste aller Bänder ist jenes, das das Verbundene und sich selbst so viel wie möglich zu einem macht« (Platons »Timaios«; ich habe wieder zu lesen)

Die Zeit, nach Timaios: »Ein bewegliches Bild der Unvergänglichkeit«, oder: »Ein in Zahlen fortschreitendes unvergängliches Bild«

Der Priester gestern sagte, die Eitelkeit des Priestertums sei abzuhalten durch das Wort des Paulus: »Ihr tragt Gold in irdenen Gefäßen«

»Über die übrigen Götter aber zu sprechen ..., übersteigt unsere Kräfte. Wir müssen denen Glauben beimessen, die vor uns darüber gesprochen haben« (Timaios)

Sanfte Augen sehen am schärfsten, und zugleich am reichsten

»Gott hat das Sehvermögen verliehen, damit wir beim Erschauen der Kreisbahnen der Vernunft am Himmel sie für die Umschwünge unserer eigenen Denkkraft benutzen«

Lebensgefühl kraft Zurückhaltung (ich meine nicht die Askese)

Meine Art Verfolgungswahn? Daß ich das Wort »Schirmständer« höre als »Schriftsteller«

Was war seit je mein dringlichster Schreibansatz? – »So (wie jetzt, wie schon seit längerem) geht es (mein Leben) nicht mehr weiter. So *darf* es nicht weitergehen!«

Heilmittel gegen die Fassungslosigkeit: Schönheit

Es ist schon so: Meine Zuneigung zu diesem und jenem kommt vor allem daher, daß ich ihn endlich los bin

Noch einmal »Anschauung«: In der Anschauung erwacht das Bewußtsein, begütigt sich, und begütigt von sich aus dann andre

A.s Art der Freundlichkeit: sie zeigt einem etwas, macht auf etwas aufmerksam

Am Sonntag einen sonntäglichen Menschen sehen. Wann habe ich einen solchen zuletzt gesehen? – Vor langer Zeit, an den Bauern zuhause, und dann noch einmal, vor fast einem Jahrzehnt, jene fröhlichen Frauen im Karstdorf, in der Mitte des Jahres, am Fest Mariä Himmelfahrt. Jetzt? Nur noch die Freizeitleute, die Bunten, die Trainingshosenleute? Aber immer noch schallen die Glocken durch die leeren Straßen, umso feierlicher (19. Juli 1987)

Fast alle Bücher, auch die ehrenwerten und auch die bewundernswerten, haben eine *Mach*art – aber meine Bücher sollen keine Machart haben!

Indem ich langsamer atmete, bekam das Fenster einen Vorhang, der sich bauschte, und in der fernen Bergpyramide erschien der Eingang zur Königskammer

Nichts mehr erwarten, nur noch möglichst aufmerksam die Tage verbringen

Dem »Problem der Zeichnung in der Erzählung« entspricht das Problem der Lebenslinie im Leben

Ich tastete mich mit einer Nachbarin voran auf dem Sims eines hohen Gebäudes. Immer wieder war die Frau daran, zu stürzen, taumelte hinaus ins Leere und fing sich doch wieder. Schließlich fiel sie. Aber ich rief ihr nach: »Langsam!«, worauf sie tatsächlich langsamer wurde und heil auf dem Boden aufsetzte

Es ist eine seltsame Freude in mir, die sich nicht befreien kann. Vielleicht im Sterben?

Die Kinder, in der Fremde, allein mit den Erwachsenen, haben alle Heimweh

Das junge Mädchen hatte den Lebenswind unverwüstlich in den Augen, als Freudenflor

Der einsame Mensch wird unplastisch, auch sich selber

Was ist mein Element? Die Fremde ist es jedenfalls nicht mehr so recht. Was ist mein Element? Am ehesten noch der Garten (29. Juli)

Als der Spatz, grau, aufschwirrte in der grauen Holzhütte, war für den Augenblick alles Sinn

»No lone zone« ist jene Zone im amerikanischen Atombeschußbunker von Wyoming, wo niemand allein sein darf

Beim Lesen des »Timaios«: Platon drückt mir doch das Herz zu mit seiner Denkerei, während Francis Ponge, mit seinen lichten, feurigen, dichterischen Sätzen, es mir wieder leicht macht

Ich habe kein Bild von mir, nicht einmal eine Meinung. Zum Glück weiß ich immer noch nicht, wer ich bin. – Und hier wiederhole ich mich nicht nur gerne, sondern auch selbstbewußt

Vielleicht ist »Schwermut« nur ein anderes Wort für »Heimatlosigkeit«

»Und«: Im Menschengewimmel diesseits des Flusses rollte auf der Straße ein Apfel hin und her, und jenseits der Brücke, an der Ampel, verdeckte die Hand eines da wartenden Kindes das Schild »Nur für Blinde«

»Slowenisch ist mein Sonntagsgewand« (Florjan Lipuš; und ein wenig geht es sogar mir so)

Gestern im Bauerndorf am Stadtrand wurde eine Kuh zwischen den Bespring-Stangen geführt, dort angebunden und erst einmal langwierig besänftigt. Dann kam der Stier jäh aus einem dunklen Schuppen angestürmt und war auch schon auf die zu besamende Kuh gesprungen, diese niederreißend und von ihr herabfallend. Warum ich das festhalte? Weil beide Tiere nicht wußten, »wie ihnen geschah« (1. August 1987)

Es muß doch auch heutzutage noch etwas geben, vor dem man die Stirn beugen kann

Auch Platon nennt die Hoffnung »verführerisch«, eine Mischung aus »unvernünftiger Wahrnehmung« und einem »zu jedem Wagnis bereiten Eros« (und mit solchem Lesen wurde es jetzt doch noch Sonntag, mitten im Regenstrom, wo die Riesenschnecken vor dem Felsfenster sich buckeln als Walfische)

Der Tanz des Zögerns: das Zögern in Bedenken und Eleganz verwandelnd

Was schriftstellerische oder Sprach-Arbeit ist, weiß ich immer erst, wenn ich sie praktiziere (4. August 1987)

Erinnerung: Als die Wolkenschatten plötzlich das Marmorschimmern der Fassade des Doms von Pisa löschten, war dessen Pracht plötzlich nicht mehr zuviel

Manchmal, wenn es hell wird in mir, wird es mir zugleich bang

Ich habe mich in der Kindheit zwar viel gewundert, aber nicht nachhaltig genug, um ein Entdecker, Forscher, Wissenschaftler zu werden

Gerade auf »armen Böden« kommen besonders viele Pflanzenarten vor

Noch einmal zur Freude: Stellt sie sich einmal ein, als geschehe das Allernatürlichste auf der Welt; als »begebe sich« …

Warum erwarte ich von niemand mehr etwas? Ist das nicht eine Art der Liebesunfähigkeit? – Ich *will* erwarten

Eine Heilige der Beschwichtigung würde ich brauchen – und habe sie doch

Verb für die Unterschiede: sie »durchleuchten« uns

Denke ich für dich, so atme ich durch

Nur einer (ein einzelner) einem (einzelnen) andern, und nur *augenblicksweise,* können wir noch stiften, was einmal allen gemein war, *immer wieder* gemein war

Statt »den Glauben bewahrt« sag: »die Sprache bewahrt«

Bild: das eisleck- und rauchsüchtige Jugoslawien: zwischen Daumen und Zeigefinger die Eistüte, und zwischen den zwei Nachbarfingern die qualmende Zigarette (20. August) (Es gibt noch Bilder?)

Bild: die Verbundenen, Vergipsten etc. quer durch Jugoslawien, eine Art von Bild-Litanei, eine jedesmal neu erstaunliche WEISSE SERIE von verbundenen, gegipsten Fingern, Armen, Füßen, und am Ende (Ende?) der Litanei vielleicht eine mächtige Frau mit einem mächtigen weißen Verband um den mächtigen Unterschenkel (es gibt noch Bilder?)

Eine absichtslose Parabel, zu lesen zum Beispiel an den alten Hausdächern in Slowenien: Schon lange hatte ich die Vorstellung, die verschieden getönten gelb-rotbraunen Dachziegel der slowenischen Häuser bildeten eine Art von Schrift. Und dann kam einmal der Anblick der aus Ziegeln gebildeten Aufschrift IHS auf dem Dach einer Kirche, sagen wir, in Ptuj. Nun hatte ich also die schon lang geahnte Schrift klar vor mir, eindeutig, leserlich. Und gerade das fand ich da, angesichts zugleich all der schön unentzifferbaren anderen Schrift auf den andern, nicht-kirchlichen, profanen Dächern im Umkreis, als *zu viel*, als unangemessen. Die beiden Schriften, die schön unleserliche, geheimnisvolle, auf den Nachbardächern, und die eine, deutliche, auf dem Kirchendach, sah ich als eine zeitgemäße oder vielleicht auch ewige Parabel für das Verhältnis zwischen Kunst und Religion: die Kunst, das war die vielfältige Geheimschrift, die »ausformulierte« Religion war der eine Schritt zu viel – für mich Leser jedenfalls – hin zur behaupteten Eindeutigkeit

Traumstufen: Traum – Wahrtraum – Werktraum

Als mögliche Helden einer langen Erzählung stelle ich mir die jungen, selbständigen Unternehmer, ohne Tradition, nur mit dem Erfolgswillen und den offenen Augen ausgestattet, der ehemals kommunistischen Länder, wie Jugoslawiens, vor: etwa der junge, wachsame Gastwirt dort, der einerseits etwas von einem angespannten, finsteren Manager hat und andrerseits doch immer erleichtert auflächelt. Diese Leute lassen sich, im Gegensatz zu den Westlern, nicht gehen und haben auch keinerlei Gehabe. Sie sind auf dem Sprung, eine neue Art von Pionieren (21. August, Ljubljana)

Jenes Leichte, Luftige, Entstofflichte, das umso mehr den Stoff in sich aufgehoben hält, ist in der Literatur allem sonst überlegen

Und noch einmal zur Schwermut: Sie heißt, sich selber nicht denken zu können – wie auch niemand andern

Höflichkeit ist etwas Großes; ich meine nicht die, die man im Benimmbuch lernt. Aber es ist schon wahr: jener, der allein *und* schwach ist, zieht Unhöflichkeit, ja Feindseligkeit an. – Sag statt »Höflichkeit« vielleicht besser »Zuvorkommenheit«

Manchmal haben allein die Kinder an einem Ort das Maß von Ortsansässigen, und die Erwachsenen ragen neben ihnen auf wie lauter groteske Gullivers

Der Höhepunkt unter all den Verbundenen, Vergipsten, Eingefatschten Jugoslawiens war gestern abend der junge Mann, der den Arm um die Schultern des eleganten jungen Mädchens gelegt hatte, bis über die Ellbogen und andrerseits bis über die Fingerspitzen im Wundverband. Und der erste Verbundene war der, frühmorgens, mit den weiß zugeklebten Augen. Und jetzt, auf einem Balkon in einer Steinwüste, ein winkendes Kind mit einem Verband ums Handgelenk

Was unterscheidet die Pflanzenornamente, in einen Stein geschlagen im 9. Jahrhundert, von denen eines Steinmetzen von jetzt? Sie haben ein Maß (gehabt) und blühen jetzt stärker, als es eine Schablone von jetzt täte

»Erkannt!« sagte der Landsmann im Ausland zu mir, so wie man sagt: »Touché!« oder »Erwischt!«

»Früher und jetzt«: Früher, wenn unbekannte Leute, mir aber vom längeren Anschauen liebgeworden, dann aufstanden und weggingen, konnte ich insgeheim sagen: »Gott mit euch!« Und jetzt? Immer noch – dann und wann

Mein Drang geht nach der *kleinen* Neuigkeit im *wiederholenden* Orte-Erleben: *Bucht Neuigkeit*

Die Spatzen können, im Flug, aufsetzen auf die Erde und sofort gehen, so wie manche Hochseilartisten das können

Wohl die größte aller Kräfte, scheint mir: das Zeitliche, sterbend, »segnen« zu können

Kaum gehen mir die Augen auf, schon halte ich Ausschau – und wonach? nach einem Spatzen (vor allem im Ausland)

Und die monumentalste aller Mienen, zu sehen in Jugoslawien wie vielleicht nirgend sonst: das kaum merkliche Augensenken zweier voneinander sich verabschiedender Liebender (so wie vor ein paar Tagen auf einem Zugbahnsteig, freilich einseitig, von einer Mutter, bitter liebend, zugedacht ihrem Sohn im Abteil, der sich gleich darauf in ein Pornoheft vertiefte, so heute, im Sich-Entfernen, der dem abfahrenden Bus bitter liebend nachblickende Vater: zwei Giotto-Bilder der Jetztzeit, der Entfernung und des Abstands) (Koper)

Und andrerseits scheint ein neues Jugoslawien an den Tag zu kommen, in ungeheuren Inbildern der Menschenverachtung, wie etwa jenes der Klosettfrau im

Busbahnhof, die hinter einem ihrer Kunden einen nassen Gummihandschuh »in effigie« auf den Kachelboden schmiß, »daß es nur so klatschte« (es gäbe noch und noch solcher Bilder aufzuzählen): eine Art landweiten Neu-Wiens, freilich ohne jede Verstellung im Haß (24. August 1987)

Noch einmal: Ich will die Weltreise nicht – ich setze mich ihr aus

Wie so vielen der Heiligen der Engel im Schlaf erscheint und mit dem Finger den Weg zeigt, zum Haus hinaus

Die kurzen Anflüge des Allmitfühlens, wie gestern in den Gassen von Koper, da ich eine Zeitlang den Pfirsich mitschmeckte, den ein Kind sich zum Mund führte, den Staub mitspürte an den Fingern eines andern, im Rinnstein spielenden Kindes, selber als der Gelähmte in der nächsten Gasse dort im Rollstuhl saß: nachvollziehbar so die Idee des allmitfühlenden Gottes, und zugleich unerträglich (25. August)

Verb für die Güte: sie »holt aus«. Das gilt auch für die Geduld

Vor Tagen, in Koper, Istrien, das seltsame Erlebnis – eher eine Vorstellung –, als ich, um eine Auskunft zu erhalten über die lang schon vergeblich und mit zunehmender Blindwütigkeit oder gar Begehrlichkeit von mir gesuchte »Elias-Rotunde«, das karolingische Heiligtum, von einer Frau mit Lippenkrebs dahin verwiesen, auf einen einsamen Klingelknopf drückte, in einer abgelegenen Stadtgegend – Erlebnis oder Vorstellung, nun würde da die Tür aufgehen, und dieser Augenblick würde über mein weiteres Leben entscheiden; mit dem Anläuten jetzt wäre ich in eine andere Macht als die meine geraten, und es gäbe nun kein Zurück mehr, es wäre mit meiner Freiheit, überhaupt mit mir, aus; aber nicht nur im schlimmen Sinn

Immer wieder: meine lang ersehnten, erträumten – und dann lustvoll, freudig versäumten Begegnungen

Variante zu Goethe: Es gibt drei Stufen des Schreibens: die Fülle des Stoffs – die Hoffart des Grammatikers – die Demut und Einfalt der Form

Träume, Beglaubiger der Liebe

Liebe: Ich kann mir für dich nichts ausdenken; es kann mir für dich nur etwas einfallen

Verb für den Gedanken: er »bildet sich« (ich wiederhole mich)

Der Schweigekünstler – wie er mir vorschwebt – könnte ich sein; bin es aber leider nicht

Das Verb für die Freude: sie »wird geboren«. – Was aber geschieht weiter?

Trauer, die Erlösung – die erlösende Trauer. Bei Giotto gibt es fast nur Trauer, erlösende. Sogar die Braut – von Kana – erscheint trauernd (und edlere Menschen als die Trauernden Giottos sind von niemand sonst je dargestellt worden) (28. August)

Vielleicht ist mein Schreiben nur ein Gefüge von Nachbildern, deren Sachen und Sachverhalte es schon längst nicht mehr gibt. Aber was heißt »nur«?

Die Helligkeit der Nebenstrecken

Gestern bei Mozarts Musik konnte ich, endlich wieder einmal, die Musik als die ideale, bedeutende – nichts und alles bedeutende –, unentzifferbare, sprechende menschliche Stimme hören, die Sprechstimme der Sprechstimmen; Menschenkindstimme, nicht als Kehl-, Brust-, Rachen- oder Kopftöne, sondern allein durch das Instrumentenspiel; ein wunderbares, bescheiden-unbekümmert sich behauptendes, das Sprech-Spiel behauptendes Stimmenerheben. Und die Gesichter der Musiker, beim Zusammenmusizieren, wiederholten die trauerfreudigen Gesichter Giottos, wo es kein Detail gibt, das den Blick auf sich zieht und vom ganzen Bild ablenkt; vollkommen unanekdotisch das Geschehen hier wie dort, erzählt allein in Haltungen und Farb- oder Klangformen (30. August, zurück in S.)

Verb für den Schmerz: »stößt an«

Ich muß hier kopieren den doch herrlichen Schlußsatz des »Timaios« (des von mir zuvor geschmähten Platon): »Indem das Weltganze sterbliche und unsterbliche Bewohner erhielt ..., wurde zum sichtbaren, das Sichtbare umfassenden Lebendigen, zum Abbild des Denkbaren, als ein sinnlich erschaubarer Gott, zum größten und besten, zum schönsten und vollkommensten, dieser, der einzige Himmel, der ein eingeborener ist.« – War solch eine Sicht auf den Himmel nur auf den griechischen einst möglich? – Ein paarmal, nein, immer wieder, ist sie doch auch hierzulande dem Späteren gelungen, und auch ihm bedeutete diese Sicht Gesetz

Anderes Wort für »Dasein«: Verschwundenheit (des Selbst)

Die Bäume rauschen – die Akazien vor dem Felsfenster, mit ihrem allerweichsten Blattfächerrauschen –, das bedeutet: Ich bin wieder da (bin wieder heimgekommen; und dieses Rauschen, das jetzt stetige, mitsamt dem Glanz auf den Blättern, das ist das, s. Timaios, *Denkbare*, »das Abbild [Hörbild] des Denkbaren«)

Was tun (oder bewirken) mir die Toten? Schöne Umwege

Wieder: Das Sehen – der Tag – beginnt, sowie sich zwischen den Dingen, den Pflanzen, Tieren, Wesen, Steinen, die Zwischenräume auftun und jedes Wesen für sich leibhaft machen, in einer (möglichen) Folge mit den andern

»Heraussterben«: »Vier alte Leute sind im letzten Jahr aus dem Haus herausgestorben«, erzählte der alte Mann gestern. Und der andere alte Mann sagte: »Ich weiß nicht mehr, wer ich bin. Stunden zuhause weine ich allein. Schluß machen? Dann sich gehen lassen und trinken. Am nächsten Morgen beim Aufwachen ... Ich habe viele Bekannte, aber immer wenn ich mich nähern will, steht meine Frau dazwischen« (sie ist gestorben)

Die Reizbarsten sind manchmal die Glücklichsten; warum also nicht reizbar sein?

Die Liebe fehlt mir in der Regel erst mit dem Augenblick, da ich »realisiere« (s. o.), daß sonst gerade alles recht und schön ist

Mein letzter Monat hier soll ein Monat des »wieder« werden

Schreiben: nicht: Sei ätherisch, sondern werde es, durch die Schwere der Dinge

Lesen: sich erhöhen dorthin, wo ich hingehöre

Variante zu der Parabel mit den Schriften auf den Dächern: Er folgte den Spuren am Sandstrand erst, als die Meeresflut sie schon wieder verwischt hatte (2. September)

Die einfachsten Entschlüsse sind jene, die der Körper schon dabei ist, auszuführen, in dem Moment, da sie mir erst bewußt werden

Gestern zählte mich jemand unter die »Erfolgsmenschen« … (3. September 1987)

Ein gelungenes Essen müßte ein Wonnegefühl in der Mundhöhle geben, und zwar pars pro *toto*

Primitiv (auch im Wortsinn) fragen – subtil antworten: Lebensprinzip

Der gestrige Tag, das war vor allem die Hand der alten Frau auf der ihres greisen Mannes, eines, vollkommen geistesgegenwärtig, immerfort zuhörenden, niemals wegsinkenden Neunzigjährigen. Und beim Abschied hatten beide, Mann und Frau, obwohl es schon Abend wurde und kühl war, gleich warme Hände, sehr warm (4. September)

Bei jenen Kindern, die nicht weinen können und die besonders gefährdet sind durch verminderte Schmerzempfindlichkeit, »tritt der Tod meist ein vor Erreichen des zwanzigsten Lebensjahres«

»Der Bildverlust« als Wir-Erzählung; wir alle haben unsere Bilder verloren?

Das liebste Licht bleibt mir das Wetterleuchten. So weit weg es erscheint – es kommt mir am nächsten. Das von gestern abend hätte von mir aus die ganze Nacht dauern können, wie es stetig und immer wieder die Dinge hervorfackelte aus dem Land. Und ich dachte, es wäre doch richtig gewesen, den Fehler in meiner Übersetzung von Aischylos »Prometheus, gefesselt« einfach stehenzulassen – das falsche Wort »Raumauge« fürs »Wetterleuchten« dort zu lassen; es nicht auszubessern in »Sternenauge« (5. Sept. 1987)

»Wundgeheilt« und ähnliche Paradoxe in Paul Celans Gedichten stören manchmal mein Lesen. So auch: »Klettert sie hoch, zum Todessprung, die / Laufkatze Leben«

Das inländische »Gerede« ist mit den Jahren angewachsen zum »Geschnatter«; und dieser Umwelt muß (will) ich bald endgültig entkommen

Wieder zur »Freude«: Sie ist ein mich überhebender Atem, der, so erscheint es mir, nicht aus mir kommt. Es ist kein Atemzug meinerseits, sondern eine zusätzliche, erleichternde, mich leicht machende Luft (jemand wie Freud natürlich sähe, nein, *wüßte* es anders). In der Regel ist ein (1) solcher Luftmoment am Tag schon viel. Aber deswegen ist er auch beschreiblich

Die Kinderlaute und -rufe wie »Vater«, »Mutter« höre ich aus dem allgemeinen Rumoren heraus, wie wenn aus einer schlickigen Tintigkeit Delphine empor an die Lüfte springen

Schreiben, dichterisches (ob lyrisch oder episch): Es deckt dein geheimes Leben nicht auf, zeigt es nicht, offenbart es nicht, entschlüsselt es nicht wie die Psychoanalyse, entlarvt es nicht wie ... – es *spricht* zu ihm

So viele Geschichtebegeisterte erscheinen mir eher als Heraldiker. Sie sind auf der Suche nach Wappen, auch einem Wappen für sich selber; sie möchten durch ihre Geschichtsforschung aufgenommen werden in die Gesellschaft der Wappenträger

Freud, statt darzustellen oder -legen, möchte beweisen. Auch wenn er dem äußeren Anschein nach nur darstellt, spüre ich doch beim Lesen, daß er auf dem Weg zum Beweisen ist, und so werden seine Schriften mir unlesbar

Die Spinne veranstaltete vor der Ameise einen Tötungstanz, und dann wurde das umwickelte Opfer von den Fäden emporgehievt wie ein Urwaldtier. Modriger Geruch des Spinnennetzes auch ohne Kadaver darin. Und zugleich mit dem Tanz rannte wieder die Maus durch den Erdbeerwald vorn vor dem Felsfenster, während die Katze wieder hinten vor dem Haustor lauerte. – Und zugleich fiel der Vorherbstregen auf den Teehügel vor dem Fenster, ein eigentümliches, pralles Geräusch, ein Auf*treffen* (6. Sept. 1987)

Aufleben ist aufhorchen

Die Katzen haben zeitweise tatsächlich etwas von Märchentieren: Jedesmal, wenn man aufschaut nach ihnen, erscheinen sie in der Landschaft woanders, näher, ferner, einmal weiter rechts, einmal weiter links, ohne daß man sie je da hat sich hinbewegen sehen

Der Lebens- oder eben Aufhorchensmoment, das war gestern zum Beispiel in der Nacht beim Heimweg bergauf jenes allseitige Fallen der Bucheckern, der Buchenfruchtschalen, der winzigen, bootsförmigen, stachligen, ein Geräusch so hart und hallend wie von Wassertropfen in einer – Stille sonst – ausgedehnten Höhle (7. Sept.)

Die Zeit hier am Felsfenster: die unten aus dem Konglomerat herauswachsende wilde Eibe, vor acht Jahren ein da angeflogener Keim, ist, bei aller Eibenlangsamwüchsigkeit, immerhin inzwischen aufgewachsen im Felsen zur Größe eines (recht kleinen) Christbaums

»Rien / n'aura eu lieu / Que le lieu« (im Französischen ist »stattfinden«: *Orthaben;* »nichts wird stattgefunden haben als die Stätte«. – Und auch bei Mallarmé hier die Philosophie der Vorzukunft, des Futurum *exactum*)

Kaum je finde ich hinter den Wortfügungen Paul Celans das Bild. Bin ich so abhängig, oder »unabdingbar«, vom Bild? – Und dann fand ich das Bild doch: »Graben im Buch, / das der Schläfenlärm aufschlug«; ein Bild, ein aus mir gegrabenes Bild, *unser* Inbild. – Aber gar zu selten kommen mir von Celan solche Bildpfeile wie »dort, bei / der Opferstaude, / wo das Gedächtnis entbrennt, / greift auch der Eine / Hauch auf«

Ja, das Felsfenster verewigen; etwa mit dem Sturmregen jetzt, dem Klirren der Tropfen an den Scheiben. Zuckende Erdbeerwaldblätter, unablässiges Sichheben und -bäumen der Felsenbüsche vor den Dunstschwaden unten in der Ebene. Die Kronenblätter im Sturm leuchtend von Nässe, Meeresanbrausen an der Felswand, das Laub so weit auseinandergefegt, daß die Winterhelle durchs Fenster weht, Lichtfurten im Laubwerk erzeugt von dem Sturm, wobei ich für den Moment wieder in Nome an der Beringsee war, mit dem tobenden grauen Meer in den dortigen Wohnbarackenspalten, den im Wind zu blinden Spiegeln werdenden Straßenlachen, in jenen Herbsttagen vor dem Winteranbruch für einen Winter acht Monate lang, dem Hund, der am Straßenrand dort eine Möwe zerbiß – den Sturm durchdringendes Krachen der Knochen –. Die Fächer der Esche, vom Sturm hier jetzt gerundet und allesamt in eine Richtung gedrückt, haben dagegen etwas von den windschiefen Schirmpinien auf einer mittelmeerischen Inselkuppe. Und Vögel pfeilen vorbei, schreiend, wieder von West nach Ost, Regenschläge allerseits wie Blitzschläge, während die Grashalme am Felssims sich bewegen ähnlich den Schriften manchmal auf den elektronischen Anzeigetafeln der Flughäfen, wenn da binnen Sekunden alle Buchstaben umspringen. Und für den Moment, in dem ein Tropfen auf den dunklen Teeberg klatscht, wird dieser wirklich blitzhell. Ausharren am Felsfenster, lesend, aufschauend, anschauend, mich entsinnend, sammelnd, vorausträumend, atmend, die Luft einlassend, bis die Freude einsetzt, sich auftut, mich streift, mich lüpft, augenblickweise, Freude ohne jeden Kindes- oder Werk-Gedanken, nichts als anteilnehmende Freude am Jetzt, etwa den Lotsenbewegungen der Eschenblattfächer jetzt im Regenwind; todbereit (8. Sept. 1987)

So weit ist es im Lauf der Jahre mit mir gekommen, daß mir scheint, ich könnte dem Tod mit mehr Würde gegenübertreten als einer (hiesigen) Menschenversammlung

Auch bei Mörike reimen sich die »Schwellen« auf »Quellen« (Dichter, ich gehöre doch zu euch, zumindest als Leser)

Natürlich baut die poetische Sprache Luftschlösser; aber es sind bewohnbare, haltbare Luftschlösser

Bleistifte oder Füllfedern usw. sollte es geben, die schreiben nur bei einer gewissen Langsamkeit

»Nur keine Hoffnung aufkommen lassen!« dachte der Hoffnungssüchtige

Lesenkönnen ist Nachsinnenkönnen (und dazu reiten nun die Vögel ein auf dem bis dahin leeren Felsfenster – Springreiter) (10. Sept.)

Schreiben ist Eingreifen; aber nur, um den Bestand zu zeigen; Literatur, unsichtbare Sauerstoffmaske

Lebensgefühl des *Mitgenommenwerdens* – und sei es auch nur von einer jämmerlichen zufälligen Melodie; ich werde *mitgenommen*, ich lebe

»Wenn die Partner des sokratischen Gesprächs, um Antworten auf die lästigen Fragen des Sokrates verlegen, ihrerseits die vermeintlich vorteilhafte Rolle des Fragers beanspruchen, dann scheitern sie damit erst recht«

Und doch gilt für mich: die Fraglosigkeit – etwa der Weisen – ist nicht meine Sache; das Fragen brauche ich immer noch zur Belebung, innersten. Und ich stellte mir gerade für mein Fragedrama einen Wettstreit zwischen den »dummen« Fragen der Zen-Schüler und den »schlauen« Fragen des Sokrates vor. Sind nicht die dummen Fragen oft fruchtbarer? (Ich wiederhole mich)

Berggipfelhütte gestern: der Wind dort sprühte die Suppe aus dem Löffel (Untersberg; 17. Sept.)

Die vollkommene Erfahrung: zu erfahren, was ich schon gewußt habe

Die pädagogische Frage ist eine »Scheinfrage«: »eine Frage ohne einen eigentlich Fragenden«

»Fragehorizont«: dieses Wort gibt es. Und wenn es hieße: der Horizont, der erst entsteht durch das Fragen?

»Es ist die Macht der Meinung, gegen die das Eingeständnis des Nichtwissens so schwer erreichbar ist. Meinung ist das, was das Fragen niederhält.« – Wieder einmal sehe ich mich, lesend, nicht allein

Finde jemanden, der sein Kind nicht nur lobt, sondern begeistert von ihm erzählt

Unmögliches fragen, solches Fragen erhebt den Gefragten zum Kind. Zum Beispiel: »Wann wird das Ende der Welt sein?« Oder: »Wird mich einmal jemand lieben?« Und seltsam, daß gerade solche unmögliche Fragen Antworten ermöglichen können, lakonische wie sehr ausführliche. Und das Weinen (eines Kindes) als die größte und letzte Frage

Neugierige Frage gilt nicht; all die *falsch* Fragenden, wie zum Beispiel die Eltern. Dagegen haben Großvater und Großmutter gar nie gefragt – auch nicht recht? Dagegen: *liebend* fragen; die Fragen des Liebenden. *Was* aber fragt er? Und *wie*? – »Ich werde mir für dich eine Frage einfallen lassen!« (19. Sept.)

Phantasie: Ein Problem (ein Vorgebirge, ein Vorwurf) geht über in die Frage. Der Übergang eines Problems, belastend gestaltlos bisher, in die Gestalt einer Frage (»Form einer Frage« genügt nicht), das ist für mich Inspiration, oder Zusatz-Atem

Statt »wahre« Fragen sag besser »sinnvolle« Fragen. Das Fragen selber als Sinn*fülle.* Und überleg das zurück hinein in die Kindheit: Habe ich mir die sinnvollen Fragen nicht jeweils nur selber gestellt? Denn sie waren nicht zu beantworten, es war mit ihnen kein Sich-Wenden möglich

Wann ich, gleichwo, ein Kind panisch-angstvoll nach seinem Vater rufen höre, fühle ich mich gerufen, von gleichwelchem Kind

Wieder einmal lag der Großvater im Sterben, ebenso wieder einmal das Kind, ein jedes in verschiedenen, kleinen Bettkammern. Der Großvater, in Rock und Krawatte, richtete sich ständig auf, während das Haus in allen Zwischenräumen gedrängt voll war von Straßenvolk, das schmatzend trank und aß. Plötzlich verschlechterte sich der Zustand der beiden Sterbenden, eine große Kälte ergriff die zwei Körper. Da kam mir die Idee, das Kind von den Mitteln des Arztes zu befreien, die aus bunten, um den Kopf gewickelten Karten bestanden, und ich nahm das Zeug, eins nach dem andern, von der Stirn des Kindes, worauf dieses zu sprechen begann und zu essen wünschte: »Leber mit Petersilie!«, worauf ich einen aus dem Gedränge sofort hinunter zum Fleischer schickte. Dann allgemeines Warten auf die Leber. Und dann waren alle Bettkammern, die ich öffnete, um nach den beiden zu sehen, leer. Dann mein eigenes Kind, das am Morgen heimkam und mir, in meine Bettkammer, hinaufrief, daß die Träume alle nie stimmen

19. Jahrhundert: »Zusammenbruch der Tradition des philosophischen Fragens und Aufkommen des Historismus«

Die Katze, sich räkelnd und raschelnd oben im Dachrinnenlaub (»Dach-Hase«, alter Ausdruck für die Katzen): auch die Katzen scheinen den Sonntag zu spüren?

Mörikes Beiwort zu den Blumen stimmt: »feenhaft« (z. B. jetzt hier die feenhafte Hibiskusblüte)

Natürlich: nicht sich messen an oder mit Goethe. Aber an ihm doch das eigene Maß finden (so wie es etwa wohl auch Mörike geschah)

»Gnadenlos dumm«, ein treffender Ausdruck (für nicht gar wenige)

Die *Leit*frage: der Anblick des Himmels

Stufen: Unterscheiden – erkennen – strukturieren – Schwung geben (das letztere als das Künstlerische)

Begeisterung wird plastisch, also Kunst

Meine Sehnsucht geht nicht *hinauf*, und nicht *hinab*; sondern? *hin*

»Wissensvorsprung«: »Das Lesen Ihrer Zeitschrift bringt mir W...« (s. »gnadenlos dumm«)

Nicht ich – nicht in der Welt – nicht *fragbar* – bin ich, sooft ich, mit den Augen, den Ohren, den Bewegungen, mir voraus bin

Verb für die Rosen (bei Mörike): sie »leuchten vor«

Rätselhaft, und auch ein wenig lästig, wird mir bei Eduard Mörike nur, daß er so oft den schönsten der Lebensaugenblicke, wie etwa den mit dem Schmetterling am Bibelrand »Im Weinberg«, auf ein Mädchen hinrichtet – obwohl andrerseits solch vollkommene Augenblicke wohl immer übergehen wollen, ganz natürlich, in eine Liebesbotschaft. – Also ist der Makel oder Mangel bei mir Leser? (21. September)

Dagegen »das wilde Herz ward weiß am Wald« Trakls: noch immer, nach acht Jahren in seiner Stadt, komme ich mit seinem Farbwortsetzen und seinen Stabreimen nicht zurecht. Und das Ach! Mörikes ist mir so viel näher als die gehäuften O! Trakls: »Und dort im Walde wonnesam, / Ach, grünt schon des Kreuzes Stamm!« Und mit seinem »sinnvoll spielend« könnte man die Phantasie umschreiben

»Die liebe Sonne«: dem Mörike glaube ich solch ein Beiwort; es ist ja auch mehr ein Flehen, oder ein Gebet Läßt du dich ganz ein aufs Durcheinander des Lebens, so wird dieses märchenhaft

Der Tag gestern, das war der verlassene Zirkusplatz von Taxham wieder: noch das leere Rund der Manege in der Wiese, mit dem Sägemehl, ein bißchen wie ein Wüstenstück inmitten des Grüns dort am Bahndamm, die Schleifspuren der Geräte und Käfige erhalten trotz des nächtlichen Regens, die vielen blauen Plastiktrinkhalme im Kreis, der starke Geruch der weitergezogenen Tiere (22. Sept. 1987)

Heute nacht, zwischen drei und fünf, habe ich erstmals seit langem wieder, im starken, beunruhigenden Rauschen der Bäume auf dem Felsenberg, »das Kreisen der Sterne« erlebt, ohne den Mond, und dann, erstmals in diesem Jahr, das Heraufkommen des Jägers Orion, im Osten hinter den Bäumen, gegürtet sich über die Kronen schwingend und im Lauf der Stunden dann westwärts pirschend; dazu das starke Flimmern der Pleïaden; das Funkeln des Aldebaran am Orion wie dessen magisches Auge – nicht im Gesicht; Grillengezirpe und Laubrauschen auf der weiten menschenleeren Erde

Aber wenn Mörike sagt, in »Sehnsucht«: »Möcht ... mich schwingen auf das Roß«, so glaube ich ihm nicht – und zum Glück auch er selbst sich nicht

»Und wenn die feinen Leute nur erst dächten, / Wie schön Poeten ihre Zeit verschwenden«

Kann man »falsch anfangen«? Ich glaube, man kann nicht falsch anfangen; oder: Im Schreiben kann ich nicht falsch genug anfangen

»Hier wohnt der Frieden auf der Schwell'!« – Poetische Sätze, selbst indem sie nur sagen und beschreiben, sagen zugleich: So soll es sein!

Hervor*brechende* Fragen! Nur solche!

Meine Lieben habe ich – vor allem in mir selber – verloren, weil ich, vor allem ihnen, den Lieben, gegenüber, nicht schweigen konnte

Nicht: *Man* fragt; – *ich* frage (da ist besonders deutlich der Unterschied zwischen »man« und »ich«)

Jeder hat einen Ort, einen mehr oder weniger geheimen: darauf verlaß dich, und darauf schreibe zu

Ist das eine Schwäche Mörikes? Seine Sehnsucht, eine gewaltige, lenkt fast jedesmal über in Gläubigkeit, Gebetston, einen auslaufenden; einen verharmlosenden? Schwäche, daß selbst die disparateste Gleichung, im Gegensatz zu Hölderlin (dessen Gott eben »arm« ist), aufgeht?

Und zum ersten Mal sah ich gestern in der Synagogenstraße hier überhaupt Juden, zum jüdischen Neujahr festlich gekleidete Frauen, ebenso kleine und größere Kinder, und den jungen Rabbivater mit rundem Hut und langem Bart, hier in S.! Und sie gingen mitten auf der Straße, das kleinste Kind an der Hand des Schwarzgekleideten, und ich folgte ihnen, bis sie abbogen, mit den Blicken, dankbar wie Walker Percys Moviegoer, wenn dem ein Nicht-Ort endlich zum Ort wird (25. Sept. 1987)

Eine Art Liebe: mit Hilfe des Geliebten das Lügen wieder erlernen, als ein Lebenserweiterungsspiel

Platon, so erzählte gestern der Linguist, sei gegen Ende abgerückt vom fragenden Sokrates; schon im »Phaidros« habe er nur noch resigniert »festgestellt«, »gemäß der Wahrscheinlichkeit«

Die Liebe der Frauen im 19. Jahrhundert (s. etwa Mörikes Gedichte) ist heute nur noch im Traum erlebbar? Nur? Und ebenso ist es mit den damaligen »Freundschaftsbündnissen«? (»Der Bildverlust«)

Was heißt es, daß so viele, kaum aus der Kindheit entlassen, mir »entweiht« erscheinen? Waren sie vorher also *ge*weiht?

Die Kunst des Fragens: schütteln am Phantom Gottes

Dichterleben: sich die Dringlichkeit erhalten

Wenn die Katzen vor dem Haustor hocken in Gestalt von Büßerinnen, kommt manchmal doch eine Zärtlichkeit auf für diese mir sonst so fremden Tiere

Eben ist wieder, noch in der Frühdämmerung, ein Vogel halb ans Felsfenster geprallt, und hat es halb nur gestreift, und nun hockt er, ein Rotkehlchen, da mit einem (1) gebreiteten Flügel. Und nun schwirrt es wieder auf und fliegt weiter, wie ein Rennfahrer nach einem Boxenstop. Röte die Lüfte! (29. Sept.)

Seit je kann ich am besten mit andern sein, wenn es uns allesamt um nichts geht

Von der Stille lebe ich – und der Krach hört nie auf (30. Sept.)

»Was für ein Unsinn ist das, in meinem Alter von den Menschen so beschwert zu werden – daß ich dann zu meinen erträumten Figuren zurückkehre wie aus der Hölle in den Himmel« (das schrieb Hofmannsthal mit 46 Jahren)

Lesend denke ich: *Mehr* lesen!

»Ich freue mich über Österreich«: so konnte Hofmannsthal noch 1921 schreiben

Auch eine Art von Schwermut: nicht mehr bewerten zu können; nicht mehr gerechtwerden zu können: Ich weiß nicht mehr, daß du mein Freund bist (Der Bildverlust)

Gestern im Wirtshaus am Kanal der schwermütige ehemalige Elektriker, gerade vierzig Jahre alt. Zitternder Kopf, zitternde Scheitelhaare obenauf. Die Augen hinter den staubigen Brillengläsern so vergrößert, daß sie wie da aufgemalt erschienen, ohne je ein Blinzeln. (Dafür geschah immer wieder eine andere Art Blinzeln, quer durch den Raum, in den schräg die Sonne schien: von den Schatten der vorbeipreschenden Radfahrer jeweils draußen auf dem Kanaldamm.) Der Schwermütige stand, zitternd am ganzen Körper, voll mit Medikamenten, und starrte mich an, flehentlich, als erwarte er Hilfe; gab dabei vor (sagte), er habe noch nie an Selbstmord gedacht, auch nicht an den Tod; ließ sich befragen mit der Geduld eines Patienten und gab lakonische Ja-Antworten auf fast all meine Fragen (wobei ich mir dazu einen unsichtbaren Dritten vorstellte, der meine Fragen zugleich beurteilte). Als ich ihm dann doch nicht recht helfen konnte – außer bei der Bierbestellung, zu der er allein unfähig war –, wandte er sich von mir ab und ging. Aber er hatte die ganze Zeit inständig gewartet, ich würde etwas Erlösendes sagen oder tun. Auf dem Damm draußen die zitternden, besonnten Herbstgräser. Und in der Ferne wieder das frenetische Sichdrehen des Laubwerks in der tiefen Schlaglichtsonne. Und so ging etwa der Dialog mit dem Schwermütigen: »Aber träumen tun Sie, trotz der Medikamente?« – »Ja.« – »Alpträume?« – »Das kann man wohl sagen.« – »Ist es nicht traurig, daß auch in diesem Jahr wieder den ganzen Oktober lang im Kanal kein Wasser fließt?« – »Ja.« – »Wasser beruhigt doch?« – »Ja.« (2. Okt. 1987)

Romanik: der helle Schlaf der Könige (»War nicht das 12. Jahrhundert einer unsrer höchsten Augenblicke?«, so auch Carl Jacob Burckhardt; an Hofmannsthal)

Manchmal, die Geistesverwandten lesend, kann man in der Zeit sitzen wie in einem (niemand sonst sichtbaren) Fürstenzelt

Noch einmal der gestrige Schwermütige: das elendste an ihm waren seine bleichen alten schlaffen Kinderhände

Das Sicherheitsgefühl der Treue; als sei nur da eine Sicherheit möglich

Wieder ein schöner Ausdruck: »ein geneigtes Ohr«

Freundschaft kann ich für dich fühlen, sowie ich sehe, daß du dich für etwas begeistern kannst

»Benommenheit«: das ist das Wort für den Zustand des Übergangs (ich jetzt; bevorstehend das Wohnsitz-Aufgeben auf unabsehbare Zeit; bevorstehend der Ortswechsel meines Kinds; bevorstehend ...)

C. J. Burckhardt, treffend zu Kleist: »Lauter Meisterwerke, [aber] *keine grauen Stellen*, wie sie für die ganz großen Autoren so bezeichnend sind, die hohen Augenblicke als Hintergrund steigernd«

Es gibt auch Tiere, die zögern (unser Haustier hier zögert leider nie)

Verb zum Todesgedanken: er »bricht herein«

»Herrlich die Abwesenheit von plumpen Fragen« (Carl Jacob Burckhardt in Paris)

Gestern wieder – zum letzten Mal? – das traurige Lokal des ASK-Platzes (»Athletiker-Sportklub«): Leer der langgestreckte Barackensaal bis auf die zwei, drei Habitués und die Kellnerin. Im hellen Licht saßen wir verstreut da, während draußen die wenigen Blätter der einst von den Sportlern selbst gepflanzten Pappeln sich drehten in der Dämmerung, zur leisen Radioherbstmusik: die blondgefärbte, sehr junge Schwangere im Pracht-Dirndl, ihr ebenso junger Mann mit offenen Tennisschuhen, die verhärmte, sehr bleiche Köchin mit den dünnen Haaren, ihr Mann, der Stenz mit der naß zurückgekämmten Frisur, gestreifter Rock, karierte Hose. Eigenartige Würde dieser Gruppe auf einmal, zusehends, dieser Gruppe da am verlassensten Stadtrand, wie sie dasaß, ohne Erwartung, versunken alle miteinander, doch scharf umrissen von einer kümmerlichen Zusammengehörigkeit (4. Oktober)

Immer noch mein: O jemanden verehren können! (Damit es grünt.) – Aber ich kann fast niemand jetzt Lebenden verehren. Liegt das an mir? (Doch, manchmal, und immer noch: »Verehrtes Kind!«)

Jeder wahre (wahrhafte) Satz ist eine sanft-gebieterische Aufforderung zur Wende. – Was für einer Wende? – Zur Wende

Ausruhen auf der Klippe

Die Bilder gelten nicht mehr: Ist das nur ein Problem des (meinen) Alterns? Oder das Problem einer Epoche? Eines Zeitalters? (»Der Bildverlust«)

Der Maler sagte gestern zu mir: »Ich habe im Lauf der Jahre mit Ihnen gelernt, Sie nicht mehr zu fragen« (8. Oktober)

Die »Entscheidungsfrage«: Nach Kierkegaard geht sie auf die »ewige Seligkeit«; so eine Frage sei die einzige »Entscheidungsfrage«: »unendlich interessiert« sei der Mensch nur vor *dieser* Frage

»Verzeihen Sie mir von nun ab die Schrift; es ist wieder ein Gewitter« (Hofmannsthal, der gewitterempfindliche, an C. J. Burckhardt, 1926)

Nach dem »Auszug« meines Kindes: Ich muß mich neu beg*ründen* (9. Oktober)

Die Herzhaftigkeit der Gelassenheit; Beiwort für sie also: »herzhaft« (und ich kenne kaum etwas Herzhafteres)

Ein Liebesbeweis wäre: Rechenschaft abzulegen vom Licht um dich herum

Sterben möchte ich in einer Stunde des Wohlgefallens an der Menschheit, oder wenigstens an diesem und jenem Menschen

Stufen: ergründen – begründen (s. oben) – stiften

Die Gesichter mancher arabischer Frauen: nichts Bräutlicheres, an Stirn, Augenglanz, Zahnschimmer

Noch einmal »Anschauung«: so lange in ihr verharren, bis sie mir schmerzlich wird und ich so durchlässig werde, in der Schmerzhaftigkeit – bis das Angeschaute und ich schmerzlich-durchlässig-einander-durchdringend werden

»Ich habe eine Idee!« sagte der Sonntagvormittagsbetrunkene auf der Straße zu sich selber

Der Bildverlust: Aber werden nicht gerade im wehen Entschwinden die Bilder vielleicht noch einmal möglich, in der Geste des sie-nicht-mehr-Fassenkönnens?

Ich sah den Papst im Vatikan als den steinernen Gast der Welt

Die Nischen des Zeithabens: davon laßt uns leben, Freunde; davon laßt uns das Leben *bestreiten*! (14. Okt.)

Ich wollte verschwinden vor dem Staatspräsidenten, der jetzt und jetzt das Wirtshaus betreten sollte, in dem ich saß, fand aber meinen Mantel nicht, hatte auch zu großes Geld, so daß ein rasches Zahlen unmöglich wurde. Immer hektischer wurde es in dem Lokal, der Präsident näherte sich schon mit dem Heultonauto, ich kroch unter die Tische, die zusammengeschoben waren. Wie der Begegnung – die dabei doch nur aus einem Satz und einem Händedruck bestanden hätte – entkommen? All meine Kleidungsstücke purzelten mir aus der Reisetasche, und ich war eingeklemmt zwischen Theke und überfülltem Garderobenständer. Niemand verstand meine Angst

Noch einmal: Die Errungenschaft der Kunst bleibt wohl, daß sie von all den Meinungen erlöst und zurückführt ins Offene

Führ die Emmaus-Geschichte weiter in der Vorzukunft: wie die beiden Jünger nach der Begegnung mit dem Auferstandenen sich voll Freude aufgemacht haben werden auf den Rückweg nach Jerusalem, und wie ihre Haltung, aufrecht, erhobene Köpfe, jene noch größere Freude angezeigt haben wird, die sie dann haben werden am Erzählen

Ob die Farben, anders als die Wörter, auch menschenfresserisch sein können? (Ich dachte an die Farben und ihr Opfer Van Gogh; Opfer?)

»Gott wandelt zwischen den Töpfen«, sagte Teresa von Ávila zu den Stilleben Zurbaráns

Es ist so: das Denken an andre geschieht (ja, geschieht) am besten, am wenigsten willkürlich, über die alltäglichen Handlungen, die kleinen Handgriffe; der »Umweg des Gedenkens«

Das Licht der Welt braucht deinen Zusatz (dunkler Morgen am Felsfenster, 17. Okt.)

Das mir schönste, tiefste und nächste Zeichen der Gegend von S.: der in den Konglomerat-Stein (»Nagelfluh« paßt, als anderes Wort dafür, in dem Fall besonders gut) eingeritzte Wasserkopf-Gekreuzigte auf dem

Friedhof des Dorfes Siezenheim an der Grenze zu Deutschland

Wann erlebte ich erstmals eine Insel? War das erst das jugoslawische Krk, mit über einundzwanzig Jahren damals? Oder nicht schon jene Schotterbank, aus dem Bach ragend fünfzehn Jahre früher an der Kuhweide?

»Wie einer, der sich auf einer großen und zeremoniellen Flucht befindet« (so C. J. Burckhardt zu einem Dichter)

Wie war das vor ein paar Tagen, vor ein paar Jahren, in Paris, oder sonstwo, vor dem Einsteigen ins Flugzeug zurück in die Heimat? – Von Hirschhornknöpfen umzingelt

Er konnte lieben nur ohne jedes Bezeigen einer Gegenliebe

»Ist nicht aller Sinn nur an stummen Formen, Gebärden und aus der Musik zu erkennen?« (wieder C. J. B. an Hofmannsthal). – Und H.: »Es ist zu viel Spannung in der Welt, man muß wirklich Lustspiele schreiben.« – Ob mir das für Die Kunst des Fragens gelingt?

Gestern in S.-Lehen setzte sich der Bursche aus der »Landesnervenklinik« im angrenzenden Lokal auf die Bank neben mich, so als brauche er diese Empfindung einer »gemeinsamen Unterlage«. Die Bank bog sich dann auch geradezu unter uns und schütterte. Er hatte stark angeschwollene Augen, wie die eines Boxers, und sollte um sieben wieder in der Anstalt sein, zum Medikamentenempfang. Er ging dann plötzlich, grußlos. Seine weißen Hände: »Nein, ich bin kein Arbeiter!« Und als er weg war, kam aus der Jukebox wieder das »Lodi« von den Creedence Clearwater: »Somewhere I lost connection«, wie eine Ergänzung zu jenem mittelalterlichen Klage-Freude-Gesang des Einzelsängers, den ich in den letzten Wochen immer wieder in den leeren steinernen romanischen Kirchenhallen gehört hatte, ausklingend jeweils mit – nach dem wiederholten »eo miseri« – jenem frenetischen: »laetitia!« (19. Okt.)

Die Kunst des Fragens: wie ich etwa die entscheidenden Fragen in der Regel versäume, zum Beispiel heute, als in Anif der russische Tennislehrer mir sagte, Dichter seien das »allernotwendigste« – und ich versäumte, ihn zu fragen – ja, was nur? –, wie er denn auf so etwas komme: wohl in der Befürchtung, seine Antwort werde dann länger sein als ein Satz

Jemand wie Woody Allen läßt an seinen Filmen nichts weg, sondern an ihnen ist von vorneherein zu wenig. Es fehlt ihnen von Anfang an etwas, etwas Notwendiges, Dringliches – zum Beispiel das inbrünstige Pathos Chaplins

Wieder einmal erlebe ich jene »unbestimmbare Bedeutung« mancher Naturbilder, etwa jetzt am Morgen der übergroßen Tautropfen, vereinzelt an den Grasspitzen, vor dem Felsfenster. Kommt diese »unbestimmbare Bedeutung« von dem Gegensatz zwischen den gar feinen Halmspitzen und den ihnen aufsitzenden, wie wunderbar da haftenden, weithin blinkenden Wasserkugeln? Oder von der *Ausnahme*-Erscheinung – davon, daß von all den Gräsern nur zwei, drei mit diesen Tropfen behaftet sind? Die anderen »leer« sind?

»Am Scheidetage weissagt unser Geist, / und Wahres reden, die nicht wiederkehren« (Der Tod des Empedokles)

Noch einmal »Phantasie« und »Zeithaben«: Meine Phantasie beschloß, ich hätte Zeit

An seinem letzten Tag soll der Sterbende gesagt haben: »Und jetzt beginnt der Ernst des Lebens«

Hölderlins Beiwort für »Sehnsucht«: »bang«

Wieder die versäumten Fragen: so wie ich zum Beispiel gestern versäumte, zu fragen, als die Frau des blassen belgischen Photographen neben ihm saß und des Paarseins so sichtlich froh war – versäumte, zu fragen – aber was? (23. Oktober)

Ihr ständiges Seufzen hieß: Ich möchte gefragt werden! Endlich dann die Frage. Und die Antwort? Nichts als das erlöst-rätselhafte Lächeln der endlich Gefragten

Wortspiele, Zeichen von Schwäche

»Die fremden Formen müssen um so lebendiger sein, je fremder sie sind« (Hölderlin, »Grund zum Empedokles«)

Zu jenem Satz Goethes, die höchste Kultur, die ein Mensch sich geben könne, sei, »daß niemand nach ihm fragt«: Aber gerade so ein Satz, wie etwa auch die Hölderlins, *fragen* doch, nach mir, liebevoll, freundschaftlich, mahnend – sind reine Fragen

Schreiben nah am Nichts – was das beständigste ist

Ein Sinn des Aufbruchs: dort *da* zu sein

»Und«: Zorn und gute Laune (gutgelaunt vor lauter Zorn)

Liebe, das hieße auch: »Ich beanspruche dich!« (Etwas, was ich zum Beispiel nie gelernt habe)

Der Fragewissenschaftler sprach von »Frühen Fragen«. Und: Einige der frühesten Fragen hätten mit dem *Raum* zu tun: »Wo ist ...?« Andere Frühe Fragen seien: »Was ist das?« und »Wer?« Fragen nach der *Zeit* tauchten viel später auf. Und: Kinder täten sich oft schwer mit *Doppel*-Fragen; auf die Frage: »Willst du Schwarz- oder Weißbrot?«, antworteten sie in der Regel bloß »auf das letzte Wort«, mit »Ja!«

Ein Kind sprang von der Haustür ein paar Stufen hinab, dem Kindermädchen in die Arme, traf aber stattdessen daneben auf dem Boden auf und war verschwunden. Das Mädchen erklärte sogar, da sei nie ein Kind gesprungen (1. November)

Zur Freude gehörte nicht nur die (allmorgendliche) Natur vor den Augen, sondern auch das Bewußtsein des (eines) Lieben im Rücken (Felsfenster)

Ich bin dem, was ich gemacht habe, im Weg (verstelle den Blick darauf). Aber ich bin dem, was ich gemacht habe, gern im Weg (vorderhand)

Mißtraue dem, der von seinem Sichgehenlassen sagt: »Ich muß«

»Mann mit Fremdherz erstach Rivalen« (Schlagzeile, 3. Nov.)

Ein Künstler wird zum Beispiel der, der von kleinauf nicht zuhause war

Nocheinmal: »Ich habe eine Frage an dich!«: Jene so Gefragten, die dabei erschrecken, und jene, die dabei aufleben, sich aufrichten, nähertreten

Ein Gespräch ist eine Kunst, und umso mehr ist es das Fragen (Die Kunst des Fragens)

Statt »Glaube, Hoffnung, Liebe« sag du: Ort, Buch, Liebe

»Der selbstgefällige Leser«: eigentlich etwas Undenkbares. Aber es gibt ihn; er stellt sich, als Leser, in den Vordergrund; und verstellt die Bücher

»Ich suchte einen Weg, zu helfen, ohne zu verletzen« (Johannes Moy)

Nach dem Fragewissenschaftler ermöglichen Fragen, indem sie komplizierter und komplizierter werden, ein immer einfacheres Ja oder Nein. »Ist denn wirklich kein einziges Mal die Verzweiflung über Sie gekommen, über das auf immer verlorene Glück des Unbehindertseins?«

Die wahre Sehnsucht läßt kaum einen Menschen an sich heran und wirkt streng, ja mißmutig?

Ein großes braunes Heupferd hockt heute zwischen den Erdbeerblättern draußen am Felsfenster, sichtbar nur an den angewinkelten Beinen, die dem Anschein nach geknickte Grasstengel sind. Und jetzt steigt ein Weberknecht über das Heupferd, langfüßig, seine Beine noch weit dünner, das Heupferd dabei reglos, der Weberknecht die Erdbeerblätter, wo er geht, zum Zittern bringend, wie ein sehr leichter, unsichtbarer Regen (9. November 1987)

Fragesuffixe seien in den meisten Sprachen durch VOKALE bezeichnet, im Mongolischen sogar einen verdoppelten Vokal: *»uu«* oder *»üü«; deutsches* Fragen dagegen geschehe oft »nur durch *Betonun*g« (der Fragewissenschaftler)

»Flehentlich fragen«: Und warum denke ich dabei an Mozart?

Der Verunglückte heute in Maxglan, am Straßenrand auf der Kippe liegend, ab und zu den Kopf hebend, mitsamt dem Sturzhelm, sein Moped geklemmt unter das Vorderrad des Autos, in dem eine weinende Frau saß. Als Zuschauer grinsende Lehrlinge. Der Verunglückte, so jung, mit Lockenhaaren, bewegte immer wieder den Kopf und die Finger. Und dann die ungeheure Behutsamkeit der endlich eintreffenden Rotkreuzleute, in ihrer Art auch, sich ganz hinab zu dem Verunglückten gebeugt, ihm *Fragen zu stellen.* Als der Junge dann in den Wagen geschoben wurde, erschien er plötzlich als alle Schüler und Lehrlinge in einem. Ohne Signal danach die Abfahrt (11. November)

»Frauen suchen eine Sprache zu vermeiden, die sich aufdrängt – Befehle, Direktheit und Fragen, die eine Antwort wollen« (der Fragewissenschaftler)

Seltsame Hochzeit: Reiskörner auf Eisenbahnschienen

Grundvoraussetzung, noch einmal, fürs Schreiben: das unbeirrbar weite Herz – wie das eines einverstandenen, loyalen Bewohners eines Weltreichs

Erlebe ich etwas *Grund*schönes (von Grund auf Schönes), so denke ich: »Wieder etwas zum Verschweigen!«

Mein Orakel einst: »Zeig niemandem deine Heimat!« – Und doch die Verjüngtheit dessen, der mir heute seine Heimat zeigte. – Und ich verjüngt mit ihm

Die Erde warf sich auf und wellte sich unter unseren Füßen. Alle Leute standen vor den Häusern. Der Weltuntergang stand bevor. Die Erde würde in zwei Hälften brechen, die beide voneinander weg ins Schwarze trudeln sollten. Und es gab keinen Gott für uns Verlorene, nicht einmal einen rächenden. Nur ein schwarzes Gitter zeigte sich über unseren Köpfen, das näher und näher kam

A. sagte gestern unwillig von einem Freund: »Er hinterfragt so viel!« Und auf meine Kritik an diesem Wort beharrte sie darauf; er »hinterfrage« in dem Sinn, daß er die Phänomene nicht in Ruhe lasse (16. Nov.)

Im Zug heute, gegen Sonntagabend, fragte ein Bursche, mit ruhig-traurigem Gesicht, den Schaffner nach einer Zugverbindung zum Lehrlingsheim, unten an der jugoslawischen Grenze. Aber es gab so spätabends dann längst keinen Umsteigezug mehr. Was sollte er also tun in der Grenzstation? Die zwölf Kilometer zu Fuß gehen? – »Du hättest nicht so lang bei den Eltern bleiben sollen«, sagte der Schaffner (und heute habe ich meinen Wohnort aufgegeben für die Weltfahrt)

Wie schwer ist das Sehen. Und es gibt keine Schule dafür; jeder kann es nur selber lernen, Tag für Tag neu. Aber dann, in der Betrachtung, hat selbst das Schwarz der toten Blätter jetzt ein Leuchten

Den Toten kann ich immerhin mehr versprechen als den Lebenden (17. Nov., Heimatfriedhof)

Eine solch heiter-beschwingte, musikalische Glaubensgewißheit wie damals im zwölften Jahrhundert hat es wohl nie vorher und nie nachher gegeben, eine die Welt mit einheitlichen Formen durchwirkende und -knüpfende Gewißheit: denke ich hier vor einer Nische der Heimatkirche angesichts der drei wie träumenden Steinkönige, eng beieinander, träumend, schlafend, schmunzelnd – so große Schlaflider! –, mit ihren Gaben zwischen den Fingern, dazu allseits die Spatzenlaute und das Schneeschmelztropfen auf die Friedhofskiesel. Und draußen dann im Freien gibt jener aus dem Bach ragende runde Riesensteinblock mit dem über ihn hinwegschießenden Wasser dazu den Unter- oder Grundton an, eine Art Baß, tief, dunkel, vibrierend: dunkles Gezupf und zwischendurch Orgeln, an diesem Schopf hell über den Fels schnellenden Wassers, der Epos-Saiten für eine ganz andere Menschheit. Bleib bei mir, mit dem Spatzengezirpe, als der mich fürs Weitere bestimmende, leitende Klang. Dieses unbestimmte Zupfen und Orgeln an dem überstehenden Bachstein hat am ehesten wohl etwas von sehr fernen Blechschlaginstrumenten, auch *Reib*instrumenten, läßt an »Waschbrett« denken, an »Jamaica«, an viele ausgelassen und zugleich vollkommen gesammelt musizierende, zusammenspielende Menschen in einer Lichtung des Urwalds. Leb wohl, Märchenstein, und begleite mich, im innersten Ohr

Im Obstgarten der Vorfahren das Schaukeln, wieder, der ungepflückten Äpfel, samt den Regentropfen daran, und die Rabenschreie, und vom fernen Bach das Tönen anderer Buckelsteine: Nein, mit diesem Garten bin ich noch nicht am Ende, und auch nicht mit den Vorfahren

Sich erfragen: anhand (und angesichts) der Formen

Nachdem er sich in Sicherheit gebracht hatte, kam ein Anflug von Humor; und der Humor kam nur so

Gestern wurde das Wort »Weltreise« – die Sache, die mir jetzt bevorsteht – mir einmal doch anwendbar. Der Weg zu meinen Heimatorten – zu den paar abseitigen kleinen Örtlichkeiten dort – war eine Weltreise (18. November)

»Die Prosa fordert den ganzen Mann«, sagte gestern ein einmal nicht selbstgerechter, sondern gerechter Lyriker, der Angst hat vor der Prosa (Jesenice, Jugoslawien, 19. November 1987; und erstmals da unterwegs auf unbestimmte Zeit)